Des mots d'amour

JUDITH MICHAEL

Des mots d'amour

Traduit de l'américain
par Marie-Hélène Sabard

Titre original :
ACTS OF LOVE

Pour Ann Patty

Du plus loin que porte l'œil humain, j'ai scruté l'avenir,
Et vu toute la merveille des mondes à venir.

Lord Tennyson, *Locksley Hall*

New York

1

Luke n'avait que rarement croisé Jessica avant sa disparition. Brèves rencontres de hasard... ils ne s'étaient guère appréciés.

— Luke, je ne comprends pas ce qui te déplaît chez elle, lui avait asséné sa grand-mère sur un ton impérieux. Tu es metteur en scène et elle, c'est une comédienne – et l'une des meilleures, tu le sais mieux que moi : c'est elle qui prendra la relève, si un jour je quitte la scène – cela aussi tu le sais. Elle est très belle, ce qui ne gâte rien, et, en outre, bien qu'elle soit en âge d'être ma petite-fille, c'est une amie..., *Et toi... toi, tu ne l'aimes pas !* Mais, mon pauvre petit, tu ne la connais même pas. À propos, de quoi avez-vous parlé tous les deux, hier soir ?

— De la pièce, de la façon merveilleuse dont vous vous accordez pour jouer. Bref, les banalités d'un soir de première.

— Des *banalités* ! Mais vous avez le monde entier comme sujet de conversation, et au moins le théâtre en commun ! Et puis Jessica est une femme chaleureuse, intelligente, qui s'intéresse à tout...

— Surtout à elle..., l'interrompit Luke, lui-même étonné de l'exaspération qui perçait dans sa voix. Tu sais bien que les soirs de première ne se prêtent guère à la conversation, avait-il poursuivi, radouci. C'était sa soirée, et la tienne. Vous avez fait un triomphe, tout le monde voulait vous parler. Je n'intéresse pas

11

ta protégée et elle ne m'impressionne pas, excepté sur scène, naturellement. Sais-tu seulement combien de fois j'ai pu appeler son agent pour lui proposer un rôle ? Mais non, elle est toujours trop occupée, ou repartie pour Londres. Elle y passe un temps fou...

— Elle adore Londres et le public londonien le lui rend bien. Oh, Luke, je m'étais dit que peut-être...

Constance Bernhardt s'était interrompue, posant la main sur le visage de son petit-fils, puis elle avait repris très doucement :

— Tu n'étais peut-être pas dans ton assiette hier soir ?

— Tu veux dire... à cause de Claudia ? Non, rien à voir, avait riposté Luke, à nouveau irrité.

Malgré lui, les mots avaient claqué, durs et secs. Dissimulant son exaspération, il avait écarté de sa joue la main de la vieille dame et l'avait prise dans les siennes pour y déposer un baiser.

— Si tu me laissais m'occuper de ma vie comme je l'entends, nous serions tellement plus heureux tous les deux.

— Toi, tu serais plus heureux, je n'en doute pas, mais je ne vois pas du tout en quoi te laisser tranquille ajouterait à mon bonheur personnel ! avait rétorqué Constance Bernhardt avec vivacité.

Luke avait éclaté de rire, et elle aussi. Ainsi se terminaient la plupart de leurs disputes. Par la suite, Constance avait multiplié les tentatives pour faire se rencontrer Luke et Jessica, mais en vain : leurs emplois du temps surchargés et leur peu d'intérêt l'un pour l'autre avaient eu raison de ses efforts. Puis elle était morte, et Luke s'était rendu en Italie pour fermer sa villa. Alors, d'une manière aussi étrange qu'inattendue, il avait à nouveau rencontré Jessica...

La lumière pénétrait à flots dans la bibliothèque de Constance. Luke était assis dans la bergère où la mort l'avait surprise en plein sommeil, il promenait ses doigts sur les objets qu'elle avait dû toucher dans les dernières heures de sa vie : une petite table ronde, couverte d'une nappe damassée, une carafe et un verre où demeurait encore un fond de vin ; dans un pêle-mêle d'argent, on voyait Luke à sept ans, âge auquel il était venu habiter avec elle, Luke lycéen, Luke étudiant, Luke metteur en scène, posant devant l'affiche de sa première pièce, Luke lors de la remise de sa première récompense théâtrale... Tout près du cadre, sur le guéridon, comme s'il devait rester toujours à portée de main, était posé un coffret d'ébène, ouvragé avec art, incrusté d'or et d'ambre. Luke l'ouvrit et y découvrit des lettres, des centaines de lettres serrées les unes contre les autres ; celles dont le papier était jauni, les plus anciennes, se trouvaient sur le dessus. Il laissa négligemment courir un doigt le long du paquet, comme on effleure avec un bout de bois ramassé dans la campagne les planches d'une palissade. Toutes les lettres semblaient couvertes de la même écriture. Il en prit une au hasard...

Chère, très chère Constance,

Je tiens à vous remercier encore (et encore et encore et encore, je ne le ferai jamais assez !) de vos si merveilleux, si chaleureux, si généreux encouragements d'hier soir. Quand vous avez dit que mon interprétation de Peggy était « du bon boulot », j'ai enfin eu la certitude que j'étais une actrice et que je le serais jusqu'à la fin de mes jours – tout simplement parce que Constance Bernhardt me l'avait affirmé. La pièce tient grâce à vous, naturellement, et il est vraisemblable que personne n'a même remarqué ma présence, mais vous ne pouvez pas vous imaginer ce que représente pour moi le fait de jouer sur la même scène que vous. Ma mère a beau dire qu'à seize ans on est trop jeune pour monter sur les planches, je suis heureuse d'avoir

essayé. Oh oui ! je suis heureuse de l'avoir fait ! Et c'est
à vous que je dois ce bonheur ! Pour cela, merci, très
chère Constance, mille fois merci !
Recevez l'éternelle affection de

Jessica.

« Jessica, songea Luke. La jeune Jessica Fontaine
au début de sa carrière, toute frémissante d'exaltation. » Il jeta un œil à la date figurant en haut de la
lettre. « C'était il y a vingt-quatre ans. Elle doit avoir
quarante ans maintenant. Si pendant toutes ces
années, elle a écrit à ma grand-mère... celle-ci lui
écrivait donc aussi. Une longue amitié... Dieu sait si
Constance m'en a parlé de cette amitié, et un nombre
incalculable de fois. »

Il attrapa une autre lettre, toujours au hasard, et
l'ouvrit :

Très chère Constance,
Tu ne vas pas le croire ! C'est Peter Calder qui a
obtenu le rôle masculin, ce qui signifie que je vais
devoir subir deux scènes d'amour avec lui. Tu te sou-
viens ? Pas plus tard que l'année dernière, toi et moi
nous étions juré de ne jamais l'approcher à moins de
dix mètres ! Et maintenant voilà : je vais devoir me
débattre avec ses pattes gélatineuses, pour l'amour du
théâtre.

Luke éclata de rire. *Gélatineuses.* C'était exactement le mot qui convenait pour décrire Peter Calder
et aussi la raison pour laquelle, comme presque tous
les autres metteurs en scène, il avait depuis longtemps cessé de lui confier des rôles. Or Jessica avait
dû jouer deux scènes d'amour avec lui – mais quand
cela ? Il chercha la date : dix-sept ans auparavant. En
sept ans, la petite jeune fille qui jouait les utilités sur
la même scène que Constance Bernhardt avait fait du

14

chemin : elle donnait la réplique à Calder, à l'époque un acteur très demandé, aussi bien dans les théâtres de Broadway qu'au cinéma. Luke avait oublié à quel point Jessica avait connu un succès rapide. Cette même année, il décrochait son premier job à Broadway. Il avait vingt-huit ans alors et, pendant six ans, dès la fin de ses études, il s'était mis à travailler pour de petites compagnies théâtrales qui tiraient le diable par la queue, montant des pièces dans des greniers, des églises désaffectées, d'anciens studios de cinéma. Elles attiraient un public clairsemé : souvent les spectateurs ne parvenaient même pas à occuper les quarante ou cinquante sièges disponibles. Et pourtant, les critiques avaient fini par s'intéresser de loin en loin à son travail, on avait peu à peu prononcé son nom dans le « milieu ».

Puis, un jour, un compte rendu du *New York Times* avait commencé par ces mots : « La magistrale mise en scène de Lucas Cameron... » Deux mois plus tard, on lui proposait d'être l'assistant metteur en scène d'une production de Broadway. C'était tout ce dont il se souvenait pour cette année-là.

« Non, il y a eu Claudia aussi, songea-t-il soudain. Oui... c'était l'année de notre mariage. »

Il piocha négligemment une troisième lettre dans le coffret, à peu près au milieu de la liasse. Une coupure de presse glissa sur ses genoux. Il la déplia. C'était un article paru dans *l'International Herald Tribune*, lequel reprenait une information de *La Tribune de Vancouver*.

TRAGIQUE ACCIDENT DE CHEMIN DE FER AU CANADA

Le déraillement de l'express Canada Flyer au niveau des gorges de la rivière Fraser, à quatre-vingts miles au nord-est de Vancouver, a fait cinquante morts et trois cents blessés lundi soir, vers vingt-deux heures trente. Équipés de torches et accompagnés de chiens, les sauveteurs des villes voisines ont passé la nuit à fouiller les décombres, poursuivant leurs recherches sur les berges rocheuses du fleuve, alors que la température était tombée bien en dessous de zéro. Parmi les rescapés découverts au lever du jour mardi matin, Jessica Fontaine, la célèbre comédienne qui venait de passer ces quatre derniers mois à Vancouver pour le tournage de *L'Héritière*. La star se trouve dans un état critique. Le train avait quitté Vancouver à vingt heures et se dirigeait vers Toronto. Les causes de l'accident, le plus grave de toute l'histoire des chemins de fer canadiens, sont encore inconnues.

Luke se souvint. À l'époque, la rumeur allait bon train : on avait d'abord prétendu que Jessica Fontaine n'en réchapperait pas, qu'elle était sur son lit de mort, ensuite qu'elle serait incapable de jouer pendant un an, puis deux, puis trois… D'autres bruits avaient couru : elle avait survécu à l'accident et remonterait sur scène une semaine plus tard… deux semaines plus tard… un mois peut-être. Personne n'arrivait à la joindre pour savoir ce qu'il en était vraiment. Ses amis, son agent, les autres comédiens, les journalistes de la télévision et de la presse écrite, tous avaient appelé l'hôpital de Toronto, mais à tous on avait délivré le même message sibyllin : Miss Fontaine ne recevait aucune visite ni aucun appel. Ses amis avaient continué de téléphoner, son agent s'était rendu à l'hôpital, mais jamais personne n'avait été autorisé à lui parler ou à la voir. Enfin, un jour, six mois environ après l'accident, on avait appris qu'elle avait disparu sans laisser aucune adresse, aucun numéro de téléphone, aucun indice permettant de la retrouver.

Le silence s'était refermé sur Jessica Fontaine. Elle avait été l'actrice la plus admirée des scènes américaines et londoniennes, avait tourné au moins deux films et, soudain, au faîte de sa gloire, elle s'était comme dématérialisée. « Une météorite, songea Luke,

16

traçant un arc lumineux dans le ciel avant de s'évanouir dans les ténèbres. »

Il remit les lettres à leur place, ainsi que la coupure de presse, et promena ses doigts sur le coffret qui les renfermait. Constance avait choisi l'un de ses objets les plus beaux – l'un de ses préférés aussi – pour conserver les lettres de Jessica et elle l'avait posé à proximité de son fauteuil favori, dans la bibliothèque. « Comme elle devait l'aimer, se dit Luke. Comme elles ont dû s'aimer toutes les deux. Je me demande ce que l'on peut ressentir quand on vit une amitié pareille… »

La sonnerie du téléphone retentit. Il décrocha.

— Vous êtes chez la *signora* Bernhardt, dit-il.

— Luke, pourquoi ne m'as-tu pas raconté que tu allais en Italie ? J'ai été obligée de demander à Martin où te joindre, et tu sais que j'ai horreur d'interroger les domestiques…

Il écarta le combiné de son oreille et laissa son regard se perdre au-delà des portes-fenêtres, vers les doux arrondis des collines et des vallées de l'Ombrie qui semblaient envelopper la villa de sa grand-mère.

— Ce voyage n'a rien à voir avec toi, Claudia.

— Si, et tu le sais. Nous devions dîner ensemble hier soir.

— Je suis désolé. J'ai oublié. J'aurais dû t'appeler, je le reconnais. Mais… Constance est morte, et je suis parti dès que j'ai appris la nouvelle. Je n'ai pensé à rien d'autre.

— Oh… je suis navrée…

Claudia s'interrompit un instant, pendant lequel Luke crut presque l'entendre réorganiser ses pensées.

— C'est triste, reprit-elle. Vous étiez si proches l'un de l'autre. Mais… elle ne m'a jamais aimée, tu le sais, et elle l'a montré assez clairement… Oh, pardonne-moi, je n'aurais pas dû dire ça. Luke, pardonne-moi, je t'en prie… J'ai eu une mauvaise semaine, et puis… sans nouvelles de toi, j'ai dû demander à Martin où te trouver… Peu importe, je n'aurais pas dû te parler comme ça de Constance. Je veux dire… qu'est-ce que ça peut faire à présent, qu'elle m'ait aimée ou non ? J'ai été tellement bouleversée que tu sois parti. J'ai besoin de toi, d'un peu de compréhension, d'un peu de réconfort. Ce n'est pourtant pas trop demander.

Luke commençait à se trémousser dans son fauteuil, comme quelqu'un qui s'apprête à décamper. Il était à sept mille kilomètres de Claudia, assis dans une somptueuse bibliothèque inondée de soleil, et pourtant il avait l'impression de suffoquer. C'était exactement ce qu'il avait ressenti au bout de deux mois de mariage avec elle, même s'il lui avait fallu cinq ans pour demander le divorce. Et ils avaient beau être divorcés depuis onze ans, il n'en connaissait pas moins par cœur chaque mot de leur dialogue : « On dirait une scène mal écrite, songea-t-il, qu'aucun dramaturge, si talentueux soit-il, ne pourrait améliorer. » Néanmoins, il était incapable de la faire sortir de sa vie.

— Je serai de retour dans huit jours. On dînera ensemble à ce moment-là.

— Quel soir ? Quand rentres-tu ?

— Mercredi ou jeudi, je n'ai encore rien décidé. Je t'appellerai.

— Et si je suis occupée ?

— Eh bien… dans ce cas, nous trouverons un moment où tu seras libre.

— Appelle-moi avant de quitter l'Italie.

— Je t'appellerai quand je serai rentré à New York. Claudia, il faut que je te laisse. J'ai beaucoup à faire.

— Comment ça ? Que peux-tu avoir à faire ? Les obsèques ont sûrement déjà eu lieu.

— Il faut que je ferme sa maison et que je fasse… son deuil.

Il raccrocha brutalement, furieux contre Claudia et aussi contre lui-même de s'être une fois encore emporté. Il la connaissait pourtant. Pourquoi se laissait-il atteindre ?

« C'est à cause de cette maison, pensa-t-il. La femme qui l'habitait est finalement la seule que j'aie jamais aimée. La voilà morte. Et sa maison l'est aussi. Où que j'aille, dans quelque pièce que ce soit, elle est là… et pourtant elle n'est nulle part. Je n'arrive pas à apprivoiser son absence ; elle a été ma mère, mon mentor, ma meilleure amie… depuis toujours. Comment a-t-elle pu partir ? Comment a-t-elle pu me faire ça ? »

Luke fut terrassé par le sentiment d'une perte immense. Les souvenirs affluèrent, pêle-mêle, si vifs qu'il crut presque entendre la belle voix sonore, grave et un peu voilée de sa grand-mère, une voix qui recelait une telle force que le public se figeait en l'entendant, comme paralysé par la crainte de manquer un seul mot. C'était cette même voix qui l'avait félicité quand il avait eu besoin d'encouragements, qui l'avait invité à venir partager la beauté d'un coucher de soleil ou d'un tableau, à remarquer la bizarrerie d'un propos, l'excentricité d'une allure, cette voix qui le mettait au défi d'étayer ses opinions, qui lui avait appris à mieux réfléchir, à mieux travailler son métier. Dans sa jeunesse, l'avis de Constance lui avait été bien plus précieux que les commentaires de ses professeurs, entraîneurs de basket ou copains. Il crut encore entendre son rire la dernière fois qu'il lui avait rendu visite, sentir sa main sur son bras tandis qu'ils se promenaient tous deux dans les jardins autour de la villa, son souffle sur sa joue quand elle l'avait embrassé pour lui dire au revoir.

« Je suis fière de toi et je t'aime », lui avait-elle murmuré.

C'était la dernière fois qu'il l'avait vue, presque la dernière fois qu'ils s'étaient parlé. Une semaine plus tard à peine, elle était morte.

Luke sentit deux larmes rouler sur ses joues. « Pas une des bonnes âmes de Broadway ne le croirait... Non, personne ne croirait Lucas Cameron, l'homme qui ne laisse jamais percer ses émotions, comme ils disent, capable de pleurer. » Les oliviers et les cyprès qui ombrageaient les parterres de fleurs de sa grand-mère se brouillèrent devant ses yeux, avant de s'estomper peu à peu – comme elle l'avait fait elle-même ; alors il se secoua, se redressa et ravala ses larmes. « J'ai trop à faire. Et pas le temps de m'apitoyer sur mon sort. »

Il retourna dans le grand salon mais, là encore, les souvenirs l'étouffèrent : cette fois, il revoyait sa grand-mère huit ans auparavant, quand les médecins lui avaient annoncé que son cœur ne lui permettait plus de jouer.

« Dans ce cas, je mourrai en scène, avait-elle déclaré à Luke. Après tout, je n'ai que soixante-dix-sept ans. Personne n'abandonne le théâtre si jeune ! J'ai toujours rêvé de mourir ainsi. La scène est mon chez-moi, ma maison. Quel meilleur endroit pour mourir ? Il faudrait être idiot pour vouloir trépasser ailleurs que chez soi.

— As-tu pensé aux autres comédiens ? lui avait demandé Luke. Si tu meurs au milieu de leur grande tirade, ils ne te le pardonneront jamais. »

Constance était restée un long moment silencieuse, puis elle avait éclaté de rire, d'un rire bref, amer. Et quelques mois plus tard, elle avait cédé. Mais elle avait refusé de rester à New York, préférant à la ville l'ultime acquisition de cette villa de marbre blanc juchée dans sa majesté solitaire au sommet d'une haute colline et l'Ombrie qui s'étendait, grandiose, à ses pieds. Elle l'avait meublée de bibelots originaux collectionnés au cours de toute une vie de voyages et s'était recréé un personnage. Tous les après-midi, elle discutait au téléphone avec ses amis américains et ne recevait les visiteurs que s'ils prenaient rendez-vous très longtemps à l'avance. Seul Luke était toujours le bienvenu. Elle avait chaque matin de minutieuses consultations avec sa gouvernante quant aux menus de la journée et à la façon d'accommoder les plats. Quel que soit le temps, elle se promenait dans son immense parc et dissertait avec les jardiniers dans un italien approximatif, qu'elle agrémentait de force gestes et rires. Elle s'arrêtait souvent pour prendre un peu de repos sur les margelles des nombreuses fontaines qu'elle avait fait venir de toute l'Italie et qui se composaient d'un bloc de granit ou de marbre dans lequel étaient sculptées des créatures mythologiques. Une fois reposée, Constance Bernhardt reprenait son chemin dans un labyrinthe de haies méticuleusement taillées... l'une des raisons, disait-elle, qui l'avaient poussée à choisir cette maison : afin de pouvoir égarer ses invités...

Incapable de dormir plus de deux ou trois heures d'affilée, elle lisait jusque tard dans la nuit, dévorant les livres qu'elle n'avait encore jamais eu le temps d'ouvrir. Souvent, dans le silence de sa bibliothèque, elle se faisait tout haut la lecture de pièces que lui envoyaient auteurs et metteurs en scène du monde entier. Le lendemain ou la semaine suivante, elle dictait ses remarques et critiques à sa secrétaire, qui les dactylographiait et les expédiait.

« Et puis elle écrivait à Jessica Fontaine, songea Luke. Pourtant, elle ne m'a jamais parlé de ces lettres. Je me demande pourquoi... »

Dans le vaste salon, il reprit l'inventaire des biens de Constance. Dans ses dernières volontés, elle avait demandé que certaines choses lui reviennent; d'autres devaient être envoyées au coffre, à New York, et beaucoup étaient à donner.

Les meubles du salon iront à ma gouvernante, ainsi que toute la cuisine, qu'elle a faite sienne pour en avoir usé avec excellence. Ma coiffeuse, mon miroir et tous mes vêtements reviendront à sa fille, qui les a si souvent dévorés des yeux, sans avoir jamais l'indélicatesse d'en rien demander. Mes tableaux et sculptures sont pour toi, Luke, comme tous mes bijoux, dans l'espoir que tu trouveras un jour une femme à qui tu souhaiteras les offrir… Quant à ma collection de pièces de théâtre, je la lègue à Jessica Fontaine…

Celles-ci étaient posées sur une table, près du piano. Luke avait vu cette précieuse collection de premières éditions croître au fil des années, à mesure que Constance faisait de nouvelles découvertes dans les librairies de théâtre et d'opéra du monde entier. Elle représentait plusieurs milliers de dollars, il le savait, mais ce qui faisait surtout son prix, c'étaient les annotations manuscrites qu'y avaient apportées leurs auteurs et premiers metteurs en scène : George Bernard Shaw, Henrik Ibsen, Corneille, Racine, Tchekhov, qui avaient souvent mis eux-mêmes en scène leurs pièces. « Inestimable, songea Luke. Constance avait dû les promettre à Jessica. » Pourtant, aucune adresse ne figurait dans le testament. « Comment s'imaginait-elle que j'allais pouvoir les lui faire parvenir ? »

Il mit tous les livrets dans un grand carton qu'il rangea à côté de ceux destinés à partir par bateau pour New York, chez lui, non sans les avoir au préalable enveloppés dans un papier de soie, dont il dut parfois doubler ou tripler l'épaisseur afin de protéger les exemplaires les plus fragiles, puis il ferma le carton et y inscrivit les initiales « J. F. », afin de pouvoir le reconnaître et l'expédier à Jessica lorsqu'il aurait son adresse.

À midi, il déjeuna d'une omelette et d'une salade que lui avait préparées la gouvernante de Constance.

Assis sur la large terrasse qui courait le long de la villa, il laissa son regard vagabonder au-delà des collines et des vignes, vers le sinueux ruban argenté d'une rivière bordée de lointaines villas presque entièrement dissimulées par les arbres. Sa grand-mère avait passé des heures et des heures à cette même place, lisant, écrivant, contemplant le paysage.

Quand je suis assise là, tout mon être s'émerveille de la sérénité qu'inspire ce panorama, avait-elle écrit à Luke la dernière semaine de sa vie, et j'ai le sentiment d'être la gardienne de ce paysage. Après tout, n'est-ce pas ce que nous sommes tous, nous à qui fut donné un monde si riche, si beau ? Nous sommes ses gardiens – et les gardiens de nos frères ; pour cela, la gratitude seule devrait trouver place dans nos cœurs. Et je l'éprouve, cette gratitude, parce que tu existes, mon Luke chéri.

Lorsqu'il avait reçu cette lettre, il avait tout de suite appelé Constance pour lui annoncer sa venue, un mois plus tard. Mais quatre jours après, un soir qu'elle était en train de lire dans le profond fauteuil de sa bibliothèque, le coffret renfermant les lettres de Jessica à côté d'elle, son souffle s'était éteint.

Luke erra un moment dans toutes les pièces de la villa, avant de revenir dans la bibliothèque. Là, il s'arrêta près du fauteuil où sa grand-mère était morte. Le soleil sur son déclin effleura de ses longs rayons la statue d'un éphèbe grec dans le jardin, juste sous la terrasse. Le jeune garçon avait une allure à la fois prudente et farouche. Constance avait coutume de dire qu'il lui rappelait Luke quand il avait sept ans, à la mort de ses parents.

« J'étais près de toi à l'enterrement. Nous nous connaissions à peine, et pourtant tu n'as pas arrêté de te pencher vers moi, jusqu'à ce que ton petit corps maigrichon se colle contre le mien. Alors, j'ai passé un bras sur tes épaules. Tu tremblais si fort, mon chéri. J'ai vu tes yeux horrifiés posés sur le cercueil de ta mère – ma petite fille, disparue si vite, si jeune. Et puis tu m'as regardée, moi, avec une expression désespérée : tu te disais qu'il n'y aurait plus personne pour s'occuper de toi. Tu t'es serré si fort contre moi que tu as bien failli nous faire tomber, et j'ai compris alors que j'allais te garder près de moi. Je t'aimais. Tu es mon enfant, mon petit. Je ne peux pas imaginer la vie sans toi. »

À compter de ce jour, Luke n'avait plus quitté Constance, grandissant dans les loges et les coulisses des différents théâtres où elle jouait. Il avait eu des précepteurs, mais avait appris autant, sinon plus, de tous les comédiens et techniciens qui gravitaient autour de sa grand-mère. Il était bientôt devenu leur mascotte, et ces gens-là lui avaient enseigné tout ce qu'ils savaient de la vie dans un théâtre, lui montrant chaque recoin de la scène et des coulisses. Luke avait été un adolescent au corps long et sec, au visage aquilin, avec un regard direct et franc qui le faisait paraître plus vieux que son âge. À quinze ans, il en savait déjà plus sur le théâtre qu'il n'en aurait appris dans n'importe quelle école. Pourtant, Constance avait beaucoup insisté pour qu'il poursuive ses études. Mais, dès qu'arrivaient les vacances, Luke se dépêchait de venir la retrouver… de venir retrouver le théâtre. À cette époque déjà, ils savaient tous deux quelle serait sa vocation.

Luke s'assit une fois encore dans la bergère de sa grand-mère et posa la nuque sur l'appui-tête. « Il faudrait que je me remette à ranger », se dit-il, mais il se sentait incapable de bouger, incapable de rien faire, sinon deviner, percevoir la présence absente de Constance. Le coffret contenant les lettres de Jessica Fontaine était à portée de sa main. Il l'avait remis exactement à l'endroit où Constance l'avait laissé. Il l'ouvrit et, à nouveau, laissa courir ses doigts sur l'ébène. «Je me demande ce qui a pu lui arriver. Elle ne joue plus, sans doute. Voilà des années que je n'ai pas entendu prononcer son nom. Elle a eu la carrière la plus brillante qu'ait connue le monde du théâtre, et elle a disparu comme ça... Comment a-t-elle pu ? Et pourquoi ? »

Vers le milieu de la liasse, la couleur du papier à lettres changeait : l'ivoire succédait au bleu pâle. Luke prit la première lettre couleur crème. Elle était composée d'un unique paragraphe, et l'écriture paraissait celle de quelqu'un d'autre.

Ma chère Constance,
Si je ne t'ai pas écrit plus tôt, c'est parce qu'il m'est arrivé un terrible accident. Bien que je te sache peu attachée aux nouvelles du monde, j'imagine que tu en as entendu parler, ou bien que tu l'as lu dans les journaux. Te souviens-tu d'une lettre où je te disais que je m'apprêtais à faire en train la traversée du Canada ? J'étais très excitée à l'idée de ce voyage. Mais... Constance, ce qui s'est passé est horrible, je ne sais pas si je vais arriver à trouver les mots. Le train est tombé dans un canyon. Celui de la rivière Fraser. J'en rêve encore toutes les nuits, et ces cauchemars hantent aussi mes journées. J'ai beaucoup dormi... en fait, quatre semaines. Je sais que tu as dû t'inquiéter, mais je ne sortais du bloc opératoire que pour y retourner. Je ne saurais te dire combien d'opérations j'ai subies et, aujourd'hui encore, je ne peux rien faire de mon corps. Je ne veux toujours pas parler au téléphone, alors je dicte cette lettre à une adorable jeune infirmière qui, pendant toutes ces longues semaines, a tenu ma main et caressé mon front en me disant que tout allait bien se passer. Elle s'est montrée si convaincante que je lui ai dit qu'elle était une actrice aussi douée que

Constance Bernhardt... Maintenant seulement je sens la vie revenir en moi, timidement. Peut-être y avait-il une part de vérité dans la fable que me contait ma petite infirmière. Je vais te laisser, je suis trop fatiguée. Pardonne-moi, Constance, ma chère Constance. Tu me manques tant... Ce n'est pas une plainte, ni non plus une requête. Je ne veux pas que tu viennes, ce serait trop pénible pour toi, il faut que tu penses d'abord à ta propre santé. Je veux juste que tu saches que je ne t'oublie pas et que je t'écrirai à nouveau, je te le promets.

Avec tout l'amour de

Jessica.

« Courageuse, remarqua Luke. Du fond de son enfer, elle pense à Constance et se préoccupe de sa santé. » La Jessica qu'il découvrait dans ces lettres semblait bien différente de celle qu'il croyait connaître.

Il remit la lettre à sa place et retourna dans le salon. Cette fois, il emporta le coffret avec lui. « Peut-être aurai-je encore le temps d'en lire quelques-unes. »

Tout au long de cette triste journée, le salon se vida, lentement, à mesure que Luke emballait bibelots et objets divers. Le marbre du sol brillait d'un éclat dur et froid dans la lumière rasante d'une interminable soirée du mois de juin. Dépouillés de leurs tableaux, les murs semblaient avoir reculé, la pièce devenait sinistre : un vulgaire lieu de passage. Luke était impatient d'en finir. Le vide répercutait l'écho de ses pas ; son ombre s'étirait, longue et maigre, sur les murs qu'éclairaient encore quelques chandeliers. « Il me reste à ranger la chambre de Constance et son bureau, dans la bibliothèque. Deux jours encore, tout au plus, et je pourrai partir. Pour ne jamais revenir. »

Il sortit, prit la voiture qu'il avait louée à l'aéroport et roula jusqu'au village. Il pénétra dans la *trattoria*, où il avait rendez-vous avec un agent immobilier, prit place à une table proche de la porte et commanda du vin. À ce moment précis parut l'homme qu'il attendait. Sans hésiter, celui-ci s'assit face à Luke et, d'un geste, signifia au serveur de s'éloigner.

— Nous nous débrouillerons tout seuls, dit-il en se servant un verre, avant d'ajouter immédiatement : Alors, avez-vous réfléchi, *signore*? vous êtes toujours décidé à vendre?

— Absolument, rétorqua Luke sans ciller. Un prix raisonnable suffira. Vous m'appellerez chaque fois que l'on vous fera une offre. Je ne reviendrai pas en Italie.

— Comme vous voudrez, *signore*, répondit l'agent immobilier avec un profond soupir, certain qu'aucun argument ne saurait faire revenir son client sur sa décision.

Il ne comprenait pas : ce metteur en scène sans famille, sans enfants, ne laissait rien paraître d'humain dans sa vie. Jusqu'à son physique qui l'impressionnait : grand, carré, pas vraiment beau, un visage trop dur, avec des sourcils épais et des yeux noirs perçants. Quelques mèches grises se dissimulaient dans ses cheveux noirs et drus, que lui enviaient ceux qui, comme l'agent immobilier, devaient déployer chaque matin un art consommé pour répartir sur leur front brillant de rares mèches rescapées. Le *signore* Cameron était un homme imposant, et aux idées rigides.

— Maintenant, parlez-moi de cette ville, fit Luke tandis qu'un garçon disposait devant eux deux assiettes d'osso-buco; oui, parlez-moi des gens.

Quel que fût l'endroit où il se trouvait, Luke posait inévitablement cette question qui jadis exaspérait Claudia. Elle le traitait de voyeur : selon elle, c'était à cause de cette fascination pour les autres qu'il la jugeait insatisfaisante. Elle se trompait : Luke était un collectionneur, un collectionneur d'âmes. De retour chez lui, il prenait des notes sur les manies, les lubies, les excentricités de chacun ; il consignait les problèmes des gens, leurs désirs, leurs passions, leur histoire privée et leur comportement public, leur façon de parler, de rire, l'expression de leur regard lorsqu'ils étaient émerveillés ou apeurés. Tous ces détails, toutes ces notations constituaient pour lui une mine qu'il exploitait afin d'aider ses comédiens à entrer dans leurs rôles, à mieux les interpréter. Il s'en servait aussi en privé, lorsqu'il s'essayait à écrire ses propres pièces et bataillait des heures durant avec la construction de l'histoire, les dialogues, les personnages, l'indispensable tension dramatique. Les deux manuscrits qu'il avait terminés étaient restés dans un tiroir de son bureau. Il ne les avait jamais montrés à personne.

Lorsqu'il rentra à la villa après le dîner, il s'assit dans la bibliothèque pour prendre des notes sur ce que l'agent immobilier lui avait raconté. Il commençait à voir le village avec les yeux de sa grand-mère. Ensuite, il alla chercher dans le salon le coffret contenant les lettres. Plus il pensait à Constance, plus l'image de Jessica Fontaine s'imposait à lui, presque comme s'il avait pu la toucher : c'était l'image d'une femme réelle dont la vie était intimement liée à celle de Constance, une femme – il s'en rendait compte à présent – dont il ne savait presque rien, mais dont l'histoire était là, dans ce coffret, comme une présence que sa grand-mère lui aurait léguée. Car, naturellement, celle-ci n'avait rien laissé au hasard. Au lieu de détruire ces lettres, ainsi qu'elle eût pu le faire, elle les avait conservées là, bien en évidence, afin qu'il les trouve. Elle doutait si peu de la curiosité de son petit-fils, de sa soif de connaître la « vie des autres », qu'elle le savait incapable de résister à la tentation de les déchiffrer. Bien sûr, Luke allait les lire, ces lettres, dans son désir d'en apprendre davantage sur elle, et peut-être aussi sur Jessica… Assis dans cette villa déserte, avec partout autour de lui le souvenir de Constance, il sentit, presque palpable, la présence de Jessica : leurs deux images étaient indissociables, il ne pouvait les séparer – ni l'une ni l'autre ne l'eussent d'ailleurs souhaité.

« Voilà qu'il me prend des idées mystiques, se dit-il en secouant la tête avec agacement. Miss Fontaine était plus pragmatique que ça, n'est-ce pas ? »

Ma chère Constance,

Je suis heureuse que tu aies apprécié les roses… Je ne savais même pas si tu les aimais, mais je les ai trouvées belles, et puis je ne pouvais pas laisser passer la date de ton anniversaire sans t'envoyer quelque chose, et bien sûr quelque chose de beau comme le jour. Car chaque jour qui passe est une belle journée, tu ne trouves pas ? Je me lève, j'aide ma mère dans la maison, je ne fais rien d'extraordinaire, et puis, tout d'un coup, je repense au théâtre, à la scène, je t'y vois, je vois tout ce que tu m'apprends, et alors je trouve que tout est beau. Oh, je suis si heureuse !

Merci, Constance, merci d'être toi. Et heureux anniversaire, avec tout l'amour de ta

Jessica.

Le lendemain matin, les premières pensées de Luke allèrent à cette lettre joyeuse et aux histoires que lui avait racontées l'agent immobilier. Elles l'aidèrent à combattre l'atmosphère funèbre de la villa. Il se rendit dans la chambre de sa grand-mère, dont il avait remis le rangement à plus tard, tant il savait que ce serait difficile : en effet, la chambre et la bibliothèque avaient été les deux pièces de prédilection de Constance au cours de cette dernière année. Luke se mit à circuler de l'une à l'autre, sans s'arrêter ni pour manger, ni pour prendre un peu de repos. Il s'efforça de chasser les images qui affluaient dans son souvenir à la vue des flacons de parfum, du miroir, du peigne sur la coiffeuse. Il ne voulut pas la revoir en train de lacer ses magnifiques chaussures italiennes qu'elle aimait tant, ou adossée le soir à ses oreillers couverts de dentelle, à demi assise pour mieux respirer, lisant jusqu'à en tomber de sommeil. La journée se passa ainsi. Il parvint à ranger sans une larme tous les objets qu'avait si souvent touchés ou effleurés sa grand-mère ; il les étiqueta méthodiquement, mettant tout en œuvre afin de pouvoir partir plus tôt encore qu'il ne l'avait envisagé.

Le dernier jour, au matin, il fit une dernière fois le tour de la maison avec l'employé du fret, pour lui indiquer la destination de chaque caisse.

— Et ça, *signore* ? demanda l'homme en désignant le coffret.

— Je le prends avec moi.

— Il est lourd. Je pourrais aussi bien vous le faire parvenir avec les tableaux et les cartons de…

— Non, je préfère le prendre avec moi.

Luke savait que ses réticences étaient ridicules, mais il craignait que le coffret ne s'égare et ne voulait courir aucun risque. Cet après-midi-là, il mit dans sa valise les quelques vêtements qu'il avait emportés pour le voyage, ainsi que le précieux coffret.

Lorsqu'il eut fermé la porte et fait quelques pas dans le jardin, prêt à quitter pour la toute dernière fois la villa italienne de sa grand-mère, il ne put s'empêcher de se retourner pour jeter un bref regard aux volets clos, aux allées désertées par les jardiniers, ces allées que Constance n'emprunterait plus jamais, et soudain il sentit une vague de mélancolie le submerger. Il songea alors aux lettres de Jessica, à ces centaines de lettres qui l'intriguaient et revêtaient déjà une telle importance pour lui, sans qu'il sût véritablement pourquoi. « Sans doute pour faire plaisir à Constance. Pour satisfaire ma propre curiosité. Pour comprendre une femme qui n'est plus qu'un mystère désormais. À moins qu'il ne me faille aller jusqu'au bout de ces lettres pour déterminer la raison qui me pousse à les lire, une raison à laquelle Constance pensait, même à la fin de sa vie, puisqu'elle les a laissées de façon à ce que je les trouve… et que je les lise. »

2

Quittant la lourde chaleur de la rue pour pénétrer dans ses bureaux, Luke enfila sa veste afin de se protéger de l'air glacé de la climatisation. Il était rentré depuis à peine un mois, mais le souvenir des collines de l'Ombrie et du marbre frais de la villa de Constance s'était dissous dans la canicule new-yorkaise et dans un programme surchargé. «Je n'ai même pas le temps de me le rappeler», se dit-il en regardant la photo de sa grand-mère posée sur son bureau. Et, comme si elle était à son côté, il l'entendit lui dire :

« Mais, mon petit Luke, jamais tu ne t'es penché sur le passé. Tu recommences toujours tout à zéro, comme s'il n'avait pas existé : nouvelle pièce, nouvelle femme, nouvelle vie. Suis-je vraiment la seule personne dont le souvenir te soit précieux ? »

— Oui, murmura Luke dans le silence de son bureau. La seule.

Il se leva de son fauteuil pour se diriger vers un divan sur lequel il laissait souvent les manuscrits qu'il était en train de lire et baissa les yeux sur celui de *La Magicienne*. Il y avait travaillé jusqu'à une heure tardive et les pages éparpillées étaient couvertes de traits, de marques, d'astérisques de différentes couleurs : chaque personnage, chaque scène avait la sienne, afin qu'apparaissent au premier coup d'œil les temps forts, les moments d'émotion. L'auteur lui avait envoyé cette pièce trois mois auparavant et, désormais, Luke en connaissait par cœur toutes les répliques, les personnages lui étaient aussi familiers que s'il les avait fréquentés depuis des années. Ils peuplaient ses pensées et même ses rêves. Il en allait de même chaque fois qu'il s'engageait dans une nouvelle aventure théâtrale. Il plongeait dans un univers qu'il allait mettre des semaines, voire des mois, à modeler selon sa propre vision, un univers qui questionnait sa vie et le captivait assez pour le convaincre que cette intimité-là lui suffisait, qu'il n'avait nul besoin d'en expérimenter une autre.

Il ramassa les pages dispersées sur le divan, en tapota les bords pour reformer le manuscrit, puis le glissa dans son porte-documents et sortit se heurter à nouveau à cette muraille de chaleur qu'est New York au milieu du mois de juillet. Au coin de la 59e et de Madison Avenue, il prêta l'oreille à des bribes de conversation : les gens qui se croisaient se plaignaient de la canicule, de l'humidité, du gouvernement – on les eût dits tous de la même famille. Et Luke imagina un instant une scène formidable dans laquelle on eût vu une multitude de figurants échanger le même genre de propos et interpréter cette humanité transpirante et grognante. « Non, impossible, se dit-il tandis qu'un taxi s'arrêtait à son niveau. Il faudrait trop de monde, beaucoup trop de monde. Ça coûterait trop cher, sauf pour une comédie musicale. »

— Fait chaud, dit le chauffeur de taxi en cherchant le regard de Luke dans le rétroviseur intérieur. Au Pakistan, c'est la même chaleur. Ma femme, elle dit : « Alors, qu'est-ce qu'on fait ici ? Pourquoi on n'irait pas dans un endroit qui ne ressemblerait pas au Pakistan ? » J'lui dis qu'ici c'est pas pareil. Ici, y a le travail ; ici, y a l'argent...

L'homme s'interrompit un instant, dans l'attente d'une réponse, avant de demander :

— Pas vrai ?

— Si, bien sûr, répondit Luke.

Et en lui-même il se répéta : « Ici, y a le travail ; ici, y a l'argent. C'est la raison pour laquelle je suis là plutôt que dans une fraîche villa en Italie. »

Chaque jour qui passe est une belle journée, tu ne trouves pas ?

Cette pensée lui parut sortie de nulle part. Il fronça les sourcils, essayant de se rappeler où il avait entendu cette phrase. Non, il ne l'avait pas entendue. Et alors, tandis que le taxi se frayait lentement un chemin dans les rues encombrées de la ville, il se souvint. *Je me lève, j'aide ma mère dans la maison, je ne fais rien d'extraordinaire, et puis, tout d'un coup, je repense au théâtre, à la scène, je t'y vois, je vois tout ce que tu m'apprends, et alors je trouve que tout est beau.*

Jessica… Luke avait eu l'intention de lire ses lettres pendant le vol du retour, ou une fois rentré chez lui, mais il n'avait pas ouvert le coffret : dès l'instant où il avait pris place dans l'avion, il n'avait plus pensé qu'à ce voyage entre l'Italie et New York, et avait oublié les lettres, Jessica, et jusqu'au bruit chagrin de ses pas dans la maison vide. Comme si, à peine sur le chemin du retour, il était déjà arrivé à destination : inviter Tricia Delacorte à dîner, régler les problèmes avec Claudia, s'occuper de la nouvelle pièce, organiser un rendez-vous avec Monte Gerhart, le producteur de *La Magicienne*, Tommy Webb, qui allait se charger de la distribution, et Pritz Palfrey, le régisseur, et puis voir tous les techniciens qui travailleraient dans la coulisse afin d'amener la pièce jusqu'au soir de la première, fin septembre, deux mois plus tard.

Au niveau de Madison Park, le taxi s'arrêta devant un immeuble de briques rouges datant du début du siècle. C'était l'un des tout premiers gratte-ciel de la ville, avec ses linteaux de grès et ses encadrements de portes ornés de feuillages et de personnages tirés des récits mythologiques. Luke remit sa veste en empruntant l'Escalator qui conduisait au bureau de Monte Gerhart. Il se dit que ce n'était pas la moindre des excentricités de Monte que d'avoir choisi précisément cet immeuble pour y installer son bureau. Il avait meublé celui-ci d'une immense table de verre et d'acier, d'un tapis aux motifs géométriques et de gigantesques tableaux modernes qui faisaient de cette pièce dépourvue de fenêtres un cocon étouffé, une caverne aux couleurs sombres que fouettaient seulement les rayons lumineux des spots fixés au plafond. Monte Gerhart trônait à son bureau dans un rond de lumière, comme sur une scène de théâtre, s'appliquant à dessiner dans un carnet des femmes aux formes avantageuses.

— Tiens! Luke! Assieds-toi! Tu prendras bien quelque chose, fit-il sans quitter son fauteuil, en désignant le bar d'un geste large. Le café et le thé glacé sont dans le coin là-bas, avec les muffins et les pâtisseries.

Luke se servit un café frappé.

— Je peux t'apporter quelque chose? demanda-t-il.

— Non, ma femme m'a mis au régime.

Luke leva un sourcil surpris.

— D'accord, je plaisante! Je vais prendre un gâteau pour t'accompagner. Maintenant, assieds-toi. J'ai relu la pièce hier soir. Elle est excellente, mais comme je crois te l'avoir déjà dit, j'ai un problème avec Lena. Elle est trop vieille. Une femme de quatre-vingts balais n'intéressera personne. Nul n'a envie de penser à la vieillesse... pas plus qu'à la mort.

« Il se fiche de moi, pensa Luke. Voilà un mois, sinon plus, qu'il a la pièce entre les mains. Il ne pouvait pas le dire plus tôt! » Mais il se contenta de demander :

— Tu lui donnerais quel âge ?

— Je ne sais pas… Cinquante ans, peut-être. Quarante, ce serait probablement trop jeune.

— Et que fais-tu des trois arrière-petits-enfants ?

— Pourquoi pas des petits-enfants ? Si elle a cinquante ans, elle a pu se marier à… vingt ans ?…. vingt et un ans ?…. quelque chose dans ce goût-là. Ce n'est pas dramatique, tu sais : Kent peut réécrire ça en une semaine. Il y a peu de modifications à apporter. Lena et son petit-fils… enfin, il serait préférable que ce soit son fils. L'important, c'est l'influence qu'elle a sur lui, non ? Que ce soit son fils ou son petit-fils ne change rien à l'affaire, n'est-ce pas ? Et l'histoire d'amour peut rester la même. Elle est très bien comme ça. Kent peut la garder. Il va arriver d'un instant à l'autre. Une fois qu'on l'aura mis là-dessus, on pourra commencer. Ça devrait marcher comme sur des roulettes, tu ne crois pas ? Ce n'est pas comme si on était des étrangers. On a déjà fait une pièce ensemble, une de tes premières, tu te souviens ?

— C'était *la* première, il y a bientôt quinze ans, et tu n'as pas changé, Monte, fit Luke en s'efforçant de conserver un ton décontracté et amusé. Tu veux toujours saper le travail de l'auteur.

— Je ne sape pas, j'apporte mon aide, répliqua Gerhart tout en traçant deux larges cercles pour figurer les seins de la plantureuse créature qu'il dessinait. Et tout le monde a besoin d'aide, tu sais, même les dramaturges. On a déjà parlé de ça, Luke ! Il y a un mois à peu près, tu te rappelles ?

Luke se cala dans son siège et étira ses jambes. Il paraissait détendu, mais n'importe qui le connaissant bien n'aurait eu aucun mal à discerner sa nervosité.

— Laisse tomber, Monte, dit-il enfin. Jamais nous n'avons parlé de l'âge de Lena. Tu l'as rêvé. Toute l'histoire tourne autour du fait qu'il s'agit d'une grand-mère, et on ne la rajeunira pas d'un jour, crois-moi.

Gerhart cessa de dessiner, ôta ses lunettes et observa Luke de ses yeux de myope, de petits yeux qui semblaient délavés sans la protection des verres.

— Luke, personne n'aime les vieilles.

— Qui est-ce qui t'a raconté ça?

— Je n'ai pas besoin qu'on me le raconte. Moi, je n'aime pas les vieilles.

— J'en suis navré pour toi. Beaucoup de gens dans le public aiment les vieilles. Sinon, comment expliquer le succès de Jessica Tandy, d'Ethel Barrymore ou de Constance Bernhardt?

— Constance... ta grand-mère. Voilà pourquoi tu prends fait et cause pour cette pièce!

— C'est vrai, Lena me rappelle Constance. Mais ce n'est pas l'unique raison qui me fait aimer la pièce. Cette histoire est magnifique, Monte, tu le sais aussi bien que moi. J'ai du mal à croire que ce soit Kent qui l'ait écrite, je trouve étonnant qu'à son âge il ait une telle expérience de la vie, mais, quoi qu'il en soit, il a visé juste: sa pièce est solide, ses personnages sonnent vrai et...

Il s'interrompit en entendant retentir le timbre électrique sur le bureau de Gerhart.

— Eh bien, ton grand dramaturge est arrivé, fit celui-ci. Voyons ce qu'il va en dire.

— Il ne va pas apprécier ton idée, répondit simplement Luke.

Une bourrasque d'air chaud s'engouffra dans la pièce avec la violence d'une tornade, et Kent Horne fit irruption dans le bureau de Gerhart. C'était un homme jeune, grand et mince, avec beaucoup d'allure, une insolente masse de cheveux noirs, des yeux bleus que mettaient en valeur des lunettes cerclées de métal et un long cou qui lui donnait l'air de regarder de très haut ses interlocuteurs. Il portait un jean blafard, une ceinture à boucle argentée et une chemise qui n'aurait admis aucune cravate. Il commença à parler avant même d'avoir vraiment pénétré dans la pièce.

— J'ai eu une idée géniale pour l'acte deux, histoire de donner plus de force au personnage de Daniel. On n'a pas besoin d'attendre si longtemps pour savoir ce qu'il a dans le ventre. J'y avais déjà pensé avant, mais...

— Bonjour, fit Monte en se levant derrière son bureau.

Kent regarda sans comprendre la main qui se tendait vers lui.

— Vous voilà bien formaliste, Monte. Je veux dire... on est presque en famille, non ? Quand on monte une pièce, on...

Il s'interrompit pour lancer un regard à Luke et dit :
— Salut !

— Monte croit beaucoup aux formes, lança Luke, amusé.

Kent haussa les épaules et contourna le bureau pour aller serrer la main de Monte.

— Bonjour, dit-il en insistant lourdement sur chaque syllabe. Je suis heureux de vous voir en pleine forme, heureux de vous voir tous les deux en pleine forme. Bon sang, ce que ça fait du bien de se retrouver au frais ! J'ai eu l'impression de fondre en sortant de chez moi, je fondais par les pieds, comme la méchante sorcière dans...

— Kent, on était en train de se demander si vous ne devriez pas réécrire le personnage de Lena, de façon à ce qu'elle ait cinquante ans, le coupa Monte en se rasseyant. Comme ça le public pourrait s'identi...

— Cinquante ans ! Cinquante ans au lieu de quatre-vingt-deux ? Vous ne parlez pas sérieusement !

— Si Luke et moi étions en train d'en discuter, c'est que c'est sérieux.

— Impossible. Vous perdez la tête. Luke ? fit Kent en se tournant vers lui. Vous aussi ?

— Moi, non. Je refuse.

— Alors pourquoi est-ce qu'on en parle ?

— Parce que je le veux, grogna Gerhart en reprenant son croquis pour dessiner de larges hanches et des cuisses avantageuses à sa femme idéale. Maintenant écoutez-moi, bande de rigolos, poursuivit-il, j'ai produit quinze pièces dans ma vie, dont douze ont fait un malheur. Douze ! Quatre d'entre elles ne quittent pas l'affiche. C'est un record dans le métier, vous le savez pertinemment, et je suis intervenu dans chacune des pièces que j'ai produites. Ce n'est pas parce que j'ai dû gagner ma vie très tôt, au lieu de faire des études, que je ne sais pas ce qu'est le théâtre. Vous autres, les intellos, vous restez trop dans votre petit ghetto. Vous oubliez le grand public. Et le grand public, c'est la jeunesse qu'il aime. *Pas les vieilles*.

— Faux, répondit Kent en se mettant à arpenter nerveusement la pièce. *La Magicienne* ne parle que de Lena. C'est elle la magicienne, parce qu'elle fait se produire des choses entre les gens, et aussi parce qu'elle est vieille. On n'a pas toute cette sagesse quand on est jeune.

— Vous l'êtes bien, vous, jeune.

— C'est différent. Moi, je suis un génie. Que voulez-vous que je vous dise ? Cette pièce parle de personnages qui sont vrais, qui ont une épaisseur et d'*une femme qui n'est pas jeune !*

— Cinquante ans, ce n'est pas jeune, mais c'est tout de même plus jeune que quatre-vingt-deux. Je refuse de produire une pièce où les gens vont prendre l'héroïne pour une vieille sorcière, pas pour une magicienne.

Il y eut un silence. « Salaud... », songea Luke, bouillonnant de fureur et bien décidé à ne laisser personne lui donner quelque directive que ce fût sur la mise en scène de *La Magicienne*. Vivant quotidiennement avec cette pièce depuis trois mois, il avait désormais le sentiment qu'elle lui appartenait plus qu'à quiconque. « Dès qu'il est question de mise en scène, ce sont tous des nains », se dit-il encore. Un rapide coup d'œil lancé à la haute stature de Gerhart le fit instantanément pouffer de rire. *Des nains*.

— Qu'y a-t-il de si drôle ? lui demanda Kent.

— Rien, répondit Luke en se levant de son siège. Je ne suis pas venu ici pour vous écouter vous chamailler. Soit nous nous mettons d'accord sur la meilleure manière de monter cette pièce, soit on laisse tout tomber, et je recommence avec une autre équipe.

— Lena gardera l'âge que je lui ai donné, fit sèchement Kent. On ne la rajeunira pas d'un an. Pas même d'une putain de journée !

Luke confirma d'un hochement de tête.

— C'est une aberration, répliqua Gerhart. Faites un brouillon, Kent ! Donnez-nous quelque chose dont nous pourrions discuter. Je vous laisse deux jours, pas plus. Bon, OK, je vous accorde une semaine. On ne peut pas discuter dans le vide.

— On ne discute pas dans le vide. Le texte existe et il restera tel qu'il est. Je n'y changerai pas une virgule.

Luke s'appuya des deux mains sur le bureau de Gerhart.

— Monte, je te demande de relire la pièce, et de bout en bout. C'est la dernière fois que nous avons cette discussion. Moi, je te donne trois pistes de réflexion : primo, ce sont les vieux qui remplissent les théâtres, parce que ce sont eux qui ont assez d'argent pour se payer les places. Tu crois qu'ils ne vont pas comprendre Lena, qu'ils ne vont pas s'identifier à elle ? Deuzio, s'il y a des jeunes dans le public, Lena va leur rappeler leur grand-mère… ou celle qu'ils auraient souhaité avoir. Tertio, il y a l'histoire d'amour : quand le petit-fils de Lena tombe amoureux, son aventure ressemble beaucoup à celle que Lena a connue quand elle était jeune.

Si elle protège cette liaison, c'est bien parce qu'elle a quatre-vingts ans. Une femme de cinquante ans pourrait attendre de tomber elle-même amoureuse, pas Lena. J'ai pris des notes sur tout cela, mais, avant de te les montrer, je voudrais que tu relises la pièce, du début à la fin, sans t'arrêter. Pour en avoir une vision synthétique... Mais je présume que tu n'as pas le temps.

Gerhart continuait de dessiner, apparemment tout à la difficulté de doter sa Vénus de chevilles décentes. Au bout d'un long moment, il leva les yeux et sourit.

— Tu es intraitable, Luke. J'aime bien ça. C'est aussi la raison pour laquelle tu es le meilleur metteur en scène que je connaisse. D'accord, tu as raison pour les vieux, et sans doute aussi pour le reste. Oui, j'avais déjà pensé à toutes ces objections. Finalement, cette pièce est très bien comme elle est. C'est d'ailleurs ce que je me disais pas plus tard qu'hier soir. Pas question de rajeunir Lena ! Je pensais juste qu'un peu de réécriture ne pouvait pas... mais peu importe, on ne touche pas à Lena.

Kent le dévisagea fixement.

— Vous vous payez notre tête, c'est ça ? Mais figurez-vous que, moi, j'ai mieux à faire que de jouer à vos petits jeux.

— Monsieur Horne, je paie pour votre pièce et, si j'ai envie de m'amuser de temps en temps, c'est mon droit. Contrairement à ce que vous semblez croire, il ne s'agissait pas d'un « petit jeu », c'était sérieux. Je voulais vraiment que Lena soit plus jeune. J'ai essayé de me battre, et j'ai perdu. C'est ça le jeu. Regardez-vous donc, planté là, comme si vous étiez prêt à me descendre pour votre grande œuvre. J'ai joué et j'ai perdu. Vous verrez, ça vous arrivera aussi. C'est comme ça que ça marche.

— Moi, je ne perds pas.

— Vous croyez ça ? Vous aurez sans doute bientôt l'occasion de réviser vos certitudes.

— Ça suffit, dit Luke. Si vous n'arrivez pas à vous entendre, nous allons passer deux mois d'enfer. Monte, demain dix heures, d'accord ? ajouta-t-il, la main sur la poignée de la porte. Tommy sera là aussi.

— Tommy ? fit Kent, l'air interrogateur.

— Tommy Webb, répondit Monte. Il va s'occuper de la distribution. D'accord pour dix heures, dit-il encore à l'intention de Luke.

— Je serai là aussi, s'empressa d'ajouter Kent, non sans agressivité.

— Bien sûr que vous serez là, dit Luke. Après tout, c'est votre pièce. Cela dit, il ne s'agit pas d'un *one-man show*, ni de votre part, ni de la mienne, ni de celle de Monte. Le théâtre – en tout cas *mon* théâtre – n'est pas le lieu de la tyrannie. C'est la première fois que l'une de vos pièces est montée et, même si c'était la dixième, vous devriez vous plier à nos exigences. Il y a toujours des répliques, parfois des scènes entières, à réécrire : dès que commencent les répétitions, on s'aperçoit que certaines phrases qui paraissaient formidables sur le papier sont tout bonnement imprononçables sur scène. Jamais je ne toucherai gratuitement à votre intégrité d'auteur, mais je préfère vous prévenir tout de suite que vous serez inévitablement amené à réécrire.

— Rien. Je ne réécrirai rien. La pièce est parfaite telle qu'elle est.

— Je n'ai encore jamais vu de pièce parfaite. Vous non plus, d'ailleurs. *La Magicienne* est une pièce merveilleuse, mais je ne peux pas vous promettre de n'y apporter aucune modification. Si cela ne vous convient pas, nous ferions mieux de mettre immédiatement un terme à notre collaboration.

Kent resta un long moment silencieux.

— Je ne peux pas me le permettre, vous le savez bien.

— Heureux de vous l'entendre dire. Alors, demain dix heures ?

Kent hocha affirmativement la tête. Monte ne leva pas les yeux : il dessinait des chaussures à sa femme nue. Luke sortit. Il allait devoir faire attention avec ces deux-là, sans quoi il vivrait un véritable cauchemar. Cela l'épuisait à l'avance. Soudain, une phrase lui revint à l'esprit :

Je me lève, j'aide ma mère dans la maison... mais, tout d'un coup, je repense au théâtre, à la scène... et alors je trouve que tout est beau.

Jessica. Si banals fussent-ils, ces mots lui trottaient toujours dans la tête, des mots qui, comme par enchantement, coïncidaient avec sa vie, avec ce qu'il éprouvait. « Nous appartenons tous deux profondément au théâtre, se dit-il. Enfin, elle lui appartenait autrefois. Mon Dieu, comme il doit lui manquer ! Tout comme la scène a manqué à Constance quand elle est partie s'installer en Italie. Jessica a dû lui en parler dans ses lettres. Il faudra que je cherche ça un de ces jours. »

Il mangea un sandwich dans son bureau et y travailla tout l'après-midi. Il aimait cet endroit, sa quiétude que rendaient plus perceptible encore les bruits assourdis qui montaient de la rue, onze étages en dessous de lui. Il aimait les couleurs froides, grises, noires et bleues choisies par son décorateur, le mur tapissé de livres, les deux autres constellés de photographies des stars avec lesquelles il avait travaillé, et aussi des présidents, sénateurs, Premiers ministres, rois et reines, tous debout autour de lui, souriant à l'objectif. Ils lui serraient la main, lui remettaient une médaille ou une récompense. Il savait ce qu'il pouvait y avoir d'enfantin dans cette manière d'exhiber sur chaque mur son importance, mais il le faisait délibérément, afin d'impressionner ses visiteurs. Et ainsi, chaque saison apportait son lot de nouvelles photos.

Il travailla d'arrache-pied tout l'après-midi, sans être dérangé, ayant demandé à sa secrétaire de filtrer les appels, mais, peu avant qu'il quitte son bureau, elle lui passa Claudia.

— On dîne demain soir ? demanda vivement celle-ci. Voilà des siècles que je ne t'ai vu.

— Tu vas me voir tout à l'heure au gala de bienfaisance.

— Oui, au milieu de cinq cents personnes dans une salle de bal. Luke, ne fais pas l'idiot. Tu sais bien que je voulais dire nous deux *seuls*.

Il jeta un rapide coup d'œil à son agenda.

— Demain soir, je suis invité au cocktail de Joe et Ilene, ensuite je dîne chez Monte Gerhart. On pourrait boire un verre avant si tu veux.

— Luke, il faut que je te parle. Il y a certaines choses que je ne peux pas... Pourquoi me traites-tu comme ça ?

— D'accord, d'accord pour demain soir, mais je te dis que pour le dîner, c'est impossible. On ira prendre un verre au Pompéi. À onze heures. Je t'y rejoindrai.

— Tu pourrais passer me prendre.

— Claudia, c'est à deux rues de chez toi. Attends-moi là-bas, et je te raccompagnerai à pied. Et fais une liste de ce que tu as à me demander, il y manque toujours quelque chose.

— *Tu veux que je fasse une liste ?* Je ne planifie pas mes rendez-vous avec mon ex-mari comme une réunion professionnelle. Pour la plupart des gens, la vie est une chose spontanée, Luke, c'est toi qui sembles l'ignorer. Quoi qu'il en soit, ne t'inquiète pas, je ne risque pas d'oublier : il est surtout question d'argent

« Et quand il est question d'argent, Claudia a une mémoire d'éléphant », se dit Luke en raccrochant.

Sa limousine l'attendait en bas de l'immeuble. Lorsqu'il eut pris place à l'arrière, son chauffeur se retourna et le dévisagea. Il avait conduit Constance trente ans durant et avait vu Luke grandir, puis il s'était mis à son service lorsqu'elle était partie pour l'Italie. Avec une application tout irlandaise, il avait repris auprès du petit-fils le rôle protecteur qu'avait joué auprès de lui sa grand-mère : il l'observait, s'inquiétait pour lui, le conseillait… Il examina un moment en silence le visage de Luke avant de faire démarrer la voiture et de se glisser dans la circulation.

— Vous avez eu une mauvaise journée, monsieur Cameron ? Ou est-ce juste la chaleur ? Une chaleur mortelle, il faut bien le dire. Dieu veut sûrement punir quelqu'un, mais je ne vois pas pourquoi on en profite tous.

— Je ne crois pas vraiment en la punition divine, lui répondit Luke en souriant. Et je n'ai pas eu une mauvaise journée. Non, au contraire, elle a été plutôt bonne, en tout cas cet après-midi.

Puis il se tut et repensa aux heures qu'il avait passées enfermé à se disputer avec Monte Gerhart, à sermonner Kent Horne – une première leçon qui ne serait sans doute pas la dernière –, à se défendre contre son ex-femme, à qui un verre dans un bar ne semblait pas suffire et qui voulait un *vrai rendez-vous*. En fait, les seuls échanges normaux de la journée, il les avait eus avec un taxi pakistanais et un chauffeur de limousine irlandais. Brusquement, il eut l'impression de suffoquer et se sentit pris d'une soudaine envie de fuir. Mais où ? N'importe où. Pour trouver quelque chose. Mais quoi ? Il n'avait aucune idée de ce qu'il recherchait, encore moins de l'endroit où le trouver.

« Quarante-cinq ans, songea-t-il. En bonne santé, une sécurité financière, une renommée internationale. Admiré, envié peut-être. Célibataire. Sans attaches. »

— Dois-je vous attendre, monsieur Cameron ? demanda Arlen en tournant dans la Cinquième Avenue.

— Oui. Je n'en ai que pour une demi-heure.

« Si, j'ai une attache : Arlen. Il est la seule personne qui m'ait jamais attendu, se dit-il, un peu désabusé. Voilà que je deviens mélo. La chaleur sans doute… Puisque tout le monde le dit. À moins que ce ne soit le démarrage de cette nouvelle pièce. C'est toujours le moment le plus difficile pour moi, quand rien n'a vraiment pris forme, quand j'ai un texte mais pas d'acteurs, que les personnages ne sont pas encore nés. Je suis toujours tendu au début d'un projet. Ça n'a pas de sens. »

Mais la vérité, c'était qu'il avait besoin et envie d'autre chose, d'une chose qu'il n'avait jamais réussi à avoir et qu'il eût même été en peine de définir. Il se sentait de plus en plus souvent saisi par un désir profond, une sorte de nostalgie douloureuse qui le submergeait, comme en cet instant. Elle l'attrapait par surprise, s'estompait chaque fois, mais revenait toujours.

Arlen arrêta la voiture face au Metropolitan Museum, devant un bâtiment où se bousculaient gargouilles et dragons de pierre, avec des balcons de fer forgé qui s'étiraient à chaque étage sur toute sa longueur. Un groom se précipita vers la portière de la limousine que Luke s'apprêtait à ouvrir.

— Bonjour, monsieur Cameron. Il fait chaud, n'est-ce pas ? La radio dit que ce sera encore pire demain.

Luke se demanda combien de fois dans la journée le garçon avait dû prononcer cette phrase, combien de fois il s'était précipité à l'intérieur de l'immeuble pour prendre une bouffée d'air frais et avaler une gorgée d'eau glacée, combien de fois il s'était épongé le visage et avait changé ses gants blancs. « On a tous des jours où on étouffe », se dit-il. Mais sa propre inquiétude, une sorte de sentiment d'urgence, l'étreignait toujours et, tandis que le second groom l'accompagnait dans l'ascenseur jusqu'à l'étage de son appartement, il se prit à regretter de ne pouvoir rester chez lui ce soir-là, pour essayer de comprendre dans le calme ce qui ne tournait pas rond.

Or il n'avait pratiquement jamais l'occasion de rester chez lui le soir. Il entra, salua son majordome qui lui parla, lui aussi, de la chaleur épouvantable qui régnait dehors et de la fraîcheur de l'appartement – «une vraie bénédiction» –, prit rapidement une douche, se rasa, passa un smoking et retourna dans la rue. Sans qu'il ait eu à prononcer un seul mot. Arlen le conduisit jusqu'à la tour de verre et d'acier sur Madison Avenue où l'attendait Tricia Delacorte. Elle traversa le hall, franchit le trottoir pour se porter à sa rencontre et l'embrassa pendant que le groom ouvrait la portière de la limousine.

— Luke, tu es superbe. Mais qu'est-ce que tu as fait à tes cheveux?

— J'ai juste pris une douche avant de venir, répondit-il en dévisageant la jeune femme avec un plaisir manifeste, rempli d'admiration pour sa beauté et l'onéreuse perfection de sa robe du soir, dont le décolleté découvrait généreusement la pâleur crème de sa peau.

Née Teresa Pshervorski dans la banlieue ouest de Chicago, Tricia Delacorte avait choisi ce nom lu dans un roman oublié depuis longtemps lorsque, à l'âge de dix-sept ans, elle était arrivée à Los Angeles comme jeune fille au pair. À l'époque, elle projetait d'épouser un comédien ou un metteur en scène célèbre qu'elle rencontrerait en servant des hors-d'œuvre dans les soirées mondaines, mais les années avaient passé, et un jour – par ennui ou par dépit – elle avait écrit un article dans lequel elle décrivait d'arrogantes personnalités hollywoodiennes, les grands de ce monde, se bâfrant sans vergogne dans les cocktails, sans prêter attention à la petite bonne qui les servait et les observait. Vif, bien enlevé, son papier avait retenu l'attention du directeur du *Los Angeles Times*, qui l'avait embauchée.

Depuis, elle avait subi deux liftings et était devenue la grande prêtresse des potins mondains. Elle avait fait ses armes dans une colonne du *Los Angeles Times*, qui lui fut vite arrachée par une rivale, et on lui avait proposé une pleine page dans *Les Sophistiqués*, un hebdomadaire sur papier glacé destiné au gratin, c'est-à-dire à tous ceux et celles dont l'objectif vital était de paraître sophistiqués. Elle fut bientôt invitée partout et son téléphone ne cessa de sonner : on lui donnait des tuyaux sur les mariages, les divorces, les naissances, les ruptures, un fils ou une fille droguée, une fortune faite ou défaite, des fiançailles rompues, une mise en examen. Les personnes les plus en vue voyaient leur nom figurer en gras dans sa rubrique, et elles en étaient comblées.

Lorsque Luke l'avait rencontrée, elle partageait son temps entre Los Angeles et New York, toujours en quête de détails croustillants sur une actrice, un producteur ou un metteur en scène. Cependant, bizarrement, lui avait toujours été épargné.

— Tu sais qu'ils ont remis ça, lui dit-elle en se glissant à son côté sur la banquette de cuir de la limousine. Quelle inconscience !

— Aurais-tu l'obligeance de me dire de quoi tu parles ? demanda Luke, amusé.

— Je te parle de Joe et Ilene Fassbrough. Ils n'ont pas arrêté de se disputer depuis leur retour d'Europe. Ç'a commencé à la douane. Et, hier soir, ils ont eu une engueulade monstrueuse au dîner de Freddy Parkington – pendant dix bonnes minutes, on a même hésité à servir les entrées. Joe m'a demandé de ne pas en parler, il m'a dit qu'il avait de la fièvre, que les mots avaient dépassé sa pensée. Ces gens-là ne semblent pas se rendre compte qu'ils ont une responsabilité vis-à-vis des autres : tout le monde a les yeux braqués sur eux, et même malades ils doivent se tenir. Si tant est que Joe ait été malade... J'en doute, il m'a paru plutôt en forme. Mais il est vrai que tous les hommes ont l'air merveilleusement en forme dans un smoking.

— Tu as dit qu'il était malade dans ton papier d'aujourd'hui?

— Bien sûr que non. J'ai dit qu'à cause de leur comportement, à Ilene et à lui, on n'avait pas pu servir les entrées. C'était une très jolie scène, Luke, elle aurait fait très bien dans une pièce. L'envie m'a démangée d'écrire quelques lignes sur tous ces gens qui oublient leur rang pour laver leur linge sale en public, mais c'est vraiment contraire à l'esprit de mon billet.

Luke s'enfonça dans la banquette et passa un bras sur les épaules de Tricia.

— De quel rang parles-tu?

— Du nôtre. Oh, Luke, ne fais pas celui qui ne comprend pas. Tu sais très bien ce que je veux dire.

— Tu veux dire que Joe et Ilene Fassbrough, qui sont les deux personnes les plus stupides et les plus bornées que j'aie jamais rencontrées, sont représentatifs de... disons la bonne société?

— Ils dépensent beaucoup d'argent, on les reconnaît, on aime être vu en leur compagnie, et ils sont invités partout. C'est plus que de la bonne société, Luke, c'est de la royauté. Les Américains n'ont jamais connu la royauté, mais ils auraient adoré ça. Pourquoi crois-tu que n'importe quel magazine avec Charles et Diana en couverture disparaît en moins de cinq minutes? Nous, au lieu des princes et princesses, nous avons Joe et Ilene Fassbrough, des vedettes de cinéma qui commettent toutes ces royales actions que sont les galas de bienfaisance, la photo dans le journal, l'achat d'œuvres d'art. Les lecteurs adorent lire des ragots les concernant. Et puis, si tu les trouves aussi stupides et bornés, qu'allons-nous faire chez eux ce soir ?

— Bonne question. Ils ont invité un auteur dramatique de l'ex-Yougoslavie. J'ai entendu parler de lui et j'aimerais le rencontrer.

— Tu n'avais qu'à l'inviter à dîner chez toi.

— Il était plus facile de le rencontrer chez les Fassbrough et de voir si nous avons quelque chose à nous raconter.

— Pourquoi dis-tu qu'ils sont stupides et bornés ?

— Parce qu'ils ne parlent que d'argent, qu'ils jugent les gens à l'épaisseur de leur compte en banque et qu'ils s'exhibent, chose que je trouve infantile.

— Mais ils sont célèbres…

— Et les célébrités sont ton gagne-pain, tu as donc raison de t'intéresser à elles. Seulement, de là à les considérer comme des princes et des princesses… Tu ne penses pas que tu y vas un peu fort ?

— Je pense qu'ils sont aussi importants que des princes et des princesses, et seul cela compte.

Luke haussa les épaules. Il savait que Tricia devait une part de son succès à cette naïveté pleine de sérieux, à cette pure croyance dans le fait que les personnalités dont elle parlait dans ses articles – pour la plupart des individus superficiels et inintéressants – méritaient la même attention qu'une famille royale, que leurs faits et gestes passionnaient tout autant ses lecteurs que les machinations de n'importe quel président, général ou homme d'affaires véreux.

Et après tout, lui-même, que demandait-il d'autre à son public, sinon d'oublier le temps d'une représentation son incrédulité pour se laisser transporter dans l'univers imaginaire qu'il avait fabriqué ? Tout son travail de metteur en scène ne tendait qu'à cela, à rendre vivante l'œuvre d'un dramaturge, si vivante que le public y croie. C'était pour cette raison qu'il comprenait si bien Tricia. Elle y croyait, comme les enfants croient aux contes de fées, comme les adultes croient en certaines chimères qui leur permettent de rester à la surface des choses, d'éviter les profondeurs, la complexité. Des chimères qui aident à vivre. Luke aimait aussi la beauté blonde de Tricia, son inépuisable stock d'anecdotes qui l'amusaient depuis bientôt quatre mois.

Il appréciait également sa notoriété. Il choisissait toujours la compagnie de femmes belles et célèbres, ce qui attirait l'attention des photographes – et la chose se vérifia encore ce soir-là. Pour Luke, le fait de récolter de l'argent pour une cause dont il n'avait jamais entendu parler, de dîner, de danser, de saisir au vol des bribes de conversation était compensé par l'attention dont Tricia et lui faisaient l'objet. C'était une façon de passer le temps sans ressentir ni ennui ni impatience.

Sans rien ressentir du tout. Les mots jaillirent subitement dans son esprit, puis disparurent, mais non sans lui laisser cette impression un peu amère qu'il avait déjà éprouvée plus tôt dans la journée, lorsqu'il était rentré chez lui : un sentiment d'étouffement, comme s'il attendait quelque chose, sans pourtant parvenir à savoir quoi.

Il dansa avec Tricia, bavarda, participa aux enchères et acheta un collier, ainsi qu'une sculpture qui lui plaisait tout particulièrement. La foule applaudit sa générosité. Lorsqu'ils furent dans la limousine, il offrit le collier à Tricia. La jeune femme se blottit contre lui.

— Est-ce que tu commencerais à t'intéresser sérieusement à moi, Luke ? lui demanda-t-elle.

— Autant que toi, tu t'intéresses à moi, répondit-il sans hésiter.

Elle fronça les sourcils puis, après un long silence, laissa tomber ces mots :

— Je crois qu'un jour j'aimerais me marier avec toi. Pourtant, je n'en suis pas encore tout à fait certaine, j'ai peur que tu ne sois difficile à vivre.

— Tu as sans doute raison.

La limousine stoppa en douceur devant l'immeuble où habitait Tricia. Luke donna congé à Arlen.

— Que veux-tu dire avec ton «Tu as sans doute raison»? lui demanda Tricia lorsqu'ils furent dans son salon.

— Qu'il y a effectivement de fortes chances pour que je sois invivable.

Il traversa la pièce avec une familiarité qui témoignait d'une certaine habitude. Elle était carrée, froide, meublée de tables basses en verre, de divans et de fauteuils modernes. Des tapis aux motifs géométriques ornaient le marbre du sol et les murs blancs s'émaillaient d'une multitude de peintures minimalistes. Luke détestait ce décor, ne le trouvant ni beau ni confortable, mais l'architecte d'intérieur qui l'avait conçu en avait demandé une telle somme que Tricia le défendait avec acharnement. Comme elle portait toujours des couleurs vives, elle ressemblait, chez elle, à une fleur exotique qui eût poussé par hasard sur une photo en noir et blanc. Luke se dirigea vers le bar et servit deux verres avant de venir s'asseoir à côté d'elle sur un divan. Lorsqu'il la prit dans ses bras, elle s'écarta légèrement.

— Luke, aurais-tu envie de te remarier?

— Je suppose que non.

— Arrête d'employer des expressions comme «je suppose», «probablement», «sans doute», «vraisemblablement». Tu n'es donc sûr de rien?

— Je suppose que non, répondit-il à nouveau avec un sourire en attirant la jeune femme contre lui.

Il la sentait plier sous ses caresses. Ses lèvres avaient le goût de Martini, sa peau souple et chaude frémissait sous ses doigts. Elle le prit par la main et le conduisit jusqu'à sa chambre, et, lorsqu'ils s'étendirent sur la soie de son lit, elle se glissa contre lui avec tant de séduction et de coquetterie qu'elle en devint, comme toujours, presque anonyme. Faire l'amour ne les rapprochait pas, jamais Luke ne murmurait son nom ; de fait, c'était à peine s'il pensait à elle. Pour lui, faire l'amour avec Tricia n'était ni bien ni mal, comme si chacun de leurs gestes avait été dicté par le script, comme s'ils avaient été de quelconques personnages se retrouvant dans un lit après une soirée mondaine. Et, finalement, qu'étaient-ils d'autre ? Luke avait pourtant conscience de l'art consommé avec lequel Tricia tentait de l'attirer à elle, il la sentait prête à se plier à toutes ses volontés car, dans ces instants-là, plus rien ne comptait pour elle, sinon le plaisir qu'elle lui donnait. Quant au mariage, personne n'y pensait plus. En tout cas, si Tricia y pensait, elle n'en dit pas un mot.

Lorsque Luke rentra au petit jour, la quiétude des quelques rues qui séparaient leurs deux appartements lui parut inquiétante. L'anxiété le reprit. Une fois chez lui, il se dirigea tout droit vers son bureau et s'assit à sa table de travail avec l'intention de lire une ou deux scènes de *La Magicienne* ou quelques pages d'un roman avant d'aller dormir. Au lieu de cela, il tendit la main vers le coffret contenant les lettres de Jessica et en sortit une au hasard.

Ma chère, si chère Constance,
Nous allons nous retrouver ensemble sur une scène, je n'arrive pas à y croire ! Sais-tu qu'il y a aujourd'hui deux ans que nous nous sommes rencontrées ? Et j'éprouve exactement le même sentiment qu'à cette époque : je me réveille, je trouve le monde beau, excitant, je retiens mon souffle dans l'attente du soir, du moment où je vais te revoir. J'ai beaucoup travaillé : c'est à peine si je sors, tant je m'efforce de suivre à la lettre tes conseils. Je prends des cours de danse classique et moderne, ainsi que des cours de diction. Je frémis en relisant tes recommandations : « Tu dois

*apprendre à connaître ton corps dans chacun de ses
mouvements, à connaître ta voix, l'effet qu'elle produit
sur les autres, tu dois apprendre à la contrôler, à la
faire varier, tu dois maîtriser la forme que prend ta
bouche quand tu exprimes la colère ou la joie... si tu
apprends tout cela, une fois sur scène, tu seras en
pleine possession de tes moyens...* » Alors je suis des
*cours de yoga, pour acquérir la maîtrise de l'esprit
aussi bien que celle du corps, comme tu m'avais dit de
le faire, je lis aussi beaucoup de biographies et d'auto-
biographies, chose que tu m'avais également recom-
mandée, afin de mieux comprendre les gens et les
situations dans lesquelles ils peuvent se trouver. Avec
tout cela, je me sens bien meilleure qu'il y a deux ans.
Je le sens, et cela me console de ma solitude. J'espère
que toi, surtout, tu me trouveras meilleure. Et si tel est
le cas, ce sera bien grâce à toi.*

« Elle avait dix-huit ans, songea Luke. Et Constance
devait en avoir... – il se livra à un rapide calcul –
soixante-trois. » Deux années s'étaient écoulées sans
une lettre – en tout cas, il n'y en avait pas dans le coffret. Mais pendant ce temps, Jessica avait fait tout ce
que Constance lui avait suggéré. Luke fut ému à l'idée
de cette toute jeune femme suivant scrupuleusement
deux années durant les conseils d'une aînée qu'elle
adorait, deux années pendant lesquelles elle ne l'avait
ni vue ni entendue. Et, en effet, elle avait dû progres-
ser, puisqu'elle reparaissait sur scène aux côtés de
Constance. Il se demanda si celle-ci l'avait aidée à
obtenir le rôle, remit la lettre à sa place dans le coffret et en prit une autre, toujours au hasard, beaucoup plus loin dans la pile.

*Je sais, je sais. Constance, bien sûr, tu as raison,
mais je suis dans une telle colère que j'en perds le sens
commun. Me dire que je suis vivante, que la vie a*

encore tant à m'offrir ne me suffit pas. Je voudrais
retrouver ce que j'avais avant... Cette idée me ronge.
Oh, mon Dieu, je le voudrais tellement... Pardonne-
moi, ma Constance, je ne devrais pas déverser ainsi
mon chagrin sur toi, mais je sais que tu me com-
prends, parce que tu vis sur ta montagne en Italie, et
qu'à toi non plus cela ne suffit pas, n'est-ce pas ?

« Celle-ci doit dater d'après l'accident, se dit Luke.
Je voudrais retrouver ce que j'avais avant... Cette idée
me ronge. Il s'agit du théâtre, naturellement. Mais
qu'est-ce qui l'a empêchée d'y revenir ? Que lui est-il
arrivé ? »

Sans lâcher la lettre, Luke laissa son regard se
perdre au-delà des hautes fenêtres à petits carreaux.
Le ciel commençait à s'éclaircir. Il se dit que Jessica
Fontaine devenait peu à peu beaucoup plus intéressante qu'il ne l'avait jamais imaginé, plus intéressante
en vérité que les gens qu'il fréquentait. Une femme
remarquable et mystérieuse. Quelque chose en elle
l'attirait : peut-être la tragédie qui avait ébranlé sa vie,
sa disparition brutale, à moins que ce ne fût son
talent, son succès avant l'accident, ou l'amitié qui la
liait à Constance... Il l'ignorait. Tout ce qu'il savait,
c'était que le coffret qui renfermait les lettres l'attirait
comme un aimant et l'obsédait. « J'ai besoin d'une soirée tranquille, se dit-il, pour commencer depuis le
début et lire les lettres dans l'ordre où elle les a
écrites. » Il jeta un œil à son agenda : cocktail, dîner
chez Monte, verre avec Claudia. Il tourna quelques
pages : pas une soirée de libre cette semaine-là, ni la
suivante. Il allait décommander Monte et Claudia.
Satisfait, il remit à sa place la lettre de Jessica. Il lui
restait quelques heures de sommeil avant son rendez-
vous de travail avec Monte. Il se coucha, heureux de
pouvoir penser que, le soir même, il saurait enfin ce
qui était arrivé à Jessica Fontaine et pourquoi elle

avait disparu de la scène. Il espérait aussi en son for intérieur découvrir où elle se trouvait désormais... ce qu'elle savait de Constance et... ce qu'elle savait de lui.

Il se rendit compte en pénétrant dans sa chambre qu'il avait envie de la voir. Sans raison précise, par pure curiosité. Ce fut du moins ce qu'il se dit juste avant de s'endormir.

3

Très chère Constance,

Ça me fait tout drôle de retourner au lycée et de me retrouver avec tous ces gens qui n'ont aucune idée de ce que j'ai vécu cet été, de tout ce que j'ai appris, de tout ce qui m'a changée aussi. Weslay Minturn – un garçon que j'ai rencontré l'année dernière, très grand, maigre, voûté, avec un air de cigogne toujours penchée vers nous, pauvres petits humains, pour voir à quoi on ressemble – m'a proposé d'aller au cinéma. Il m'a dit que son père lui avait prêté sa voiture, en insistant beaucoup sur le fait qu'il s'agit d'une Alfa Romeo six cylindres décapotable, rouge, avec sièges en cuir – je suppose que j'aurais dû trouver ça irrésistible. En fait, j'ai juste trouvé horriblement triste qu'il ait si peu confiance en lui et tellement besoin d'accessoires. Il m'a fait me sentir vieille... enfin, plus vieille que lui en tout cas, parce que moi – et pour la première fois de ma vie sans doute –, maintenant, j'ai confiance en moi. Je crois que je n'aurai plus de petit ami tant que je serai au lycée : je me sens trop différente, j'ai vécu (oui, désormais je sais ce que ça veut dire) et, bien que je sois actrice, je refuse de jouer les jeunes filles classiques. Je suis sûre que je vais me sentir seule, m'isoler, mais c'est le prix à payer pour être une artiste. Sans souffrance, l'artiste n'existe pas, n'est-ce pas ? J'espère que tu vas bien. S'il te plaît, écris-moi et crois en la profonde affection de

ta Jessica.

Luke sourit. *J'ai vécu*. Elle était jeune, charmante, pleine d'énergie, d'espoir, et théâtrale comme seule sait l'être une gamine de dix-sept ans, tout imprégnée de son rôle, même lorsqu'elle est en train d'écrire une simple lettre. En la lisant, Constance avait dû se retrouver elle-même à dix-sept ans, et c'était peut-être aussi ce qui l'avait attendrie chez Jessica.

Luke glissa la lettre dans la liasse et s'enfonça dans son fauteuil. Son regard parcourut distraitement les rayons de la bibliothèque. C'était une immense pièce rectangulaire, avec un plafond peint en vert foncé, des étagères d'acajou couvrant la hauteur de trois murs, une cheminée de marbre, un tapis de Bessarabie rouge, vert et brun, un divan dans les mêmes tons, des tentures de velours sombre et une table basse noyée sous des piles de livres.

« Un vrai décor de théâtre », lui avait dit sa grand-mère, enchantée, en s'asseyant au beau milieu de la pièce, les yeux levés vers l'énorme lustre de fer forgé.

« Elle me manque, se dit Luke. Comme me manquent nos coups de fil hebdomadaires, nos visites, le fait de savoir qu'elle existait quelque part, où que ce soit. »

La sonnerie du téléphone retentit. Il décrocha. C'était Claudia :

— Luke ! Comment se fait-il que tu sois chez toi ? On devait boire un verre ce soir, *j'espère que tu t'en souviens !*

« Bon Dieu, j'avais complètement oublié ! » La tranquille soirée qu'il s'était ménagée semblait devoir lui échapper.

— Tu ne veux pas me voir, c'est ça ? Jamais tu ne passes la soirée chez toi, tu cherches juste un prétexte pour...

— Ça n'a rien à voir avec toi. On va dîner ensemble. Je te retrouve chez l'Italien, à neuf heures.

Il demanda à Martin de réserver une table et saisit une autre lettre. Il avait une heure devant lui.

Quel cadeau magnifique ! Ma Constance, tu es la plus merveilleuse amie que j'ai jamais eue. Jamais on ne m'a offert un aussi beau collier. Le camée a l'air rare et précieux, et la chaîne en argent est une pure merveille. Je ne vais pas le quitter, jamais. Il va m'accompagner au bal de fin d'année. Je me souviens de t'avoir écrit que je ne sortirais plus jusqu'au terme de mes études. Et tu m'avais répondu que c'était de l'enfantillage : comme si je tombais malade au beau milieu des représentations et que, remplacée par une doublure, j'avais l'impression de ne manquer à personne. Tu avais entièrement raison. Alors, au bout d'un certain temps, je me suis remise à sortir. C'est agréable parfois, mais tu ne peux pas t'imaginer à quel point les garçons du lycée sont jeunes ! Ils n'ont que deux ou trois sujets de conversation, guère plus, et très vite l'envie de te les expliquer avec les mains. Ils te racontent les exploits de l'équipe de foot locale et, l'instant d'après, leurs mains sont partout. C'est dégoûtant. Ils n'ont aucune finesse. On dirait des chiots, toujours à renifler, haletants, à lécher tout ce qui leur passe à portée des babines. Le problème, c'est que depuis quelque temps, ça commençait à me titiller, moi aussi. En tout cas, autant que je puisse en juger, ça titillait mon corps – ce que je trouvais vraiment embarrassant, vu qu'il ne m'arrivait vraiment rien de romantique. *Et voilà que pour le bal de fin d'année, c'est un garçon vraiment beau – et très fin ! – qui m'a invitée à l'accompagner. Alors j'ai dit oui. Il m'a même demandé ce que j'allais porter ce soir-là afin de m'offrir une orchidée qui soit dans les tons. Tu te rends compte ! Je lui ai répondu que je serais en noir. Imagine comme il va être beau, ton camée, sur une robe noire ! Je te raconterai tout plus tard, avec plein de détails…*

« Des chiots », songea Luke. Il se revit, adolescent long et dégingandé, avec des bras et des jambes immenses qui refusaient de coordonner leurs mouvements dès lors qu'une fille approchait, une voix qui muait et à laquelle il ne pouvait se fier, une virilité qui, semblant n'obéir qu'à elle-même, ne cessait de se rappeler à son souvenir dans les moments les moins appropriés. « Cette fille est idiote, elle ne comprend rien », se dit-il, furieux, avant de pouffer de rire l'instant d'après. La lettre avait été écrite quelque vingt-trois ans plus tôt. « Depuis, elle a dû mieux comprendre les garçons. » Il ouvrit la lettre suivante, la survola d'un œil distrait, à l'avance peu passionné par la description du bal de fin d'année, mais soudain une phrase l'arrêta :

J'ai honte des lettres que je t'ai envoyées, elles sont si puériles.

« Il s'est passé quelque chose, pensa Luke. Elle a changé. Et on dirait qu'il s'est écoulé pas mal de temps entre cette lettre et la dernière. » Il revint au début.

Ma chère Constance,
Ta lettre m'a été réexpédiée ici, à Yale, où je termine ma première année. Pardonne-moi de ne pas t'avoir donné de nouvelles. J'ai pensé tout le temps à toi, mais j'étais incapable d'écrire. J'ai honte des lettres que je t'ai envoyées, elles sont si puériles. Je n'arrive pas à croire que j'ai été cette personne-là, si jeune, insouciante, sans jamais me demander si tu avais assez de temps dans ta vie pour t'occuper d'une adolescente qui se jetait sans cesse à ta tête, en te priant inlassablement de l'aimer. Je voulais que tu m'aimes pour une multitude de raisons, mais surtout parce que je pensais que mes parents ne m'aimaient pas. À présent qu'ils sont morts, tout ce dont je suis sûre, c'est que je ne les connaissais pas vraiment. Et

cela me plonge dans un désespoir tel que j'ai l'impression de ne pouvoir le supporter parce que je ne peux rien y faire. Je ne suis pas certaine de les avoir jamais vraiment regardés, tu sais. J'ai l'impression d'avoir toujours regardé ailleurs lorsque nous nous trouvions dans la même pièce. Je ne sais donc pas qui ils étaient vraiment. Ils me disaient qu'ils m'aimaient, qu'ils voulaient me protéger, mais cela signifiait me garder dans notre petite ville, bien mariée, avec un boulot d'architecte d'intérieur, de décoratrice ou quelque chose de ce genre. Alors que je n'arrêtais pas de leur répéter que le dessin et la peinture étaient juste des passe-temps. Jamais ils n'ont compris que, pour moi, New York, c'était le théâtre, c'était toi, c'était la vie et que je n'aspirais qu'à une chose : y vivre. Et nous nous disputions là-dessus, et maintenant, maintenant seulement, je pense à tout ce que j'aurais dû dire, ou dire différemment, ou ne pas dire du tout. Je sais qu'ils m'aimaient et que c'étaient de braves gens... Oh, l'idée de ne plus les revoir me paraît insensée et terrifiante. Ils ont pris la voiture pour aller au cinéma, se sont arrêtés à un feu rouge. Une voiture les a percutés par l'arrière et les a envoyés s'encastrer sous un camion. J'en ai fait des cauchemars pendant des mois, même après mon arrivée à Yale, si bien que j'ai fini par tomber malade. Le docteur Leppard, un psychiatre, s'est occupé de moi. C'est un homme merveilleux qui me rappelle mon père. Nous avons parlé pendant des mois, trois fois par semaine, et après, au bout d'un certain temps, j'ai retrouvé le sommeil. Mais plus rien ne m'intéressait. J'avais le sentiment d'être une espèce de poupée mécanique qui faisait ce qu'il fallait faire, disait ce qu'il fallait dire, réussissait à ses examens, profitait de la gentillesse de tout le monde, mais à l'intérieur je me sentais vide – morte. Et puis, un jour, le docteur Leppard m'a demandé pourquoi je ne suivais pas l'atelier de théâtre de la fac.

En effet, c'était bien pour ce cours-là que j'avais choisi Yale. Je n'y pensais même plus. Alors, j'y suis allée. Ils étaient en pleine distribution et ils m'ont confié un rôle, un petit rôle certes, mais qui m'a permis de remonter sur les planches. Et là, il m'est arrivé ce qui peut arriver de pire en pareilles circonstances : à la première répétition, quand j'ai vu tous ces sièges vides, les autres acteurs autour de moi et le metteur en scène assis dans un coin, le script à la main, j'ai fondu en larmes. Parce que, pour la première fois, je prenais vraiment conscience que mes parents étaient morts, que jamais plus je ne serais avec eux, et j'ai eu l'impression de leur avoir fait un pied de nez à l'instant même où je montais sur scène. Je veux dire que j'avais choisi cette vie qu'ils désapprouvaient et que ça m'est apparu comme une trahison. Bien sûr, ils ne l'ont pas su, mais tout de même… Je crois que ç'a été le pire moment de mon existence. Tout le monde est venu me consoler, j'ai fini par arrêter de pleurer, et après j'ai eu le sentiment d'être devenue quelqu'un d'autre : j'ai compris que je n'étais plus la fille de mes parents et que je ne le serais plus jamais. J'étais seule. Je n'avais personne derrière moi, personne pour m'attendre à la maison, personne pour laisser la porte d'entrée déverrouillée et une lumière allumée pour le moment où je rentrerais. Alors, je me suis souvenue que je devais t'écrire, que j'avais encore tes lettres à relire – t'ai-je jamais dit que je les ai lues et relues des centaines de fois ? Et j'ai compris que j'avais une famille et une maison : le théâtre. Oui, le théâtre est ma seule vraie maison. Je vais travailler aussi dur que possible, et je serai la meilleure des actrices – toi exceptée, naturellement, et pourtant… peut-être qu'un jour j'arriverai à être juste aussi bonne que tu l'es… C'est ce que je désire le plus au monde. Je ne veux pas d'une famille, d'un mari avec des enfants, de toutes ces choses si banales qui compliquent tant la vie et *causent de si profonds chagrins. Tout ce que je veux, c'est jouer. Avant, je pensais que le théâtre était tout ce que je désirais, maintenant je sais qu'il est tout ce à quoi je peux prétendre. Mes parents me manquent. Ne plus les savoir à la maison, en train de parler de ce que nous ferons lors de ma prochaine visite, me manque. Ne plus manquer à personne, ne plus leur manquer à eux me manque. Je ne t'ai parlé que de moi dans cette lettre, mais j'espère que tu vas bien et que tu recommenceras à m'écrire. Raconte-moi vite ton prochain rôle et reçois tout l'amour de*

Jessica.

— Mais enfin, Luke, qu'est-ce qui t'arrive ? s'exclama Claudia. *On n'attend que toi !*

Luke leva les yeux et croisa le regard patient du sommelier, aussi imperturbable et terne que les reproductions des fresques de Pompéi et d'Herculanum qui ornaient les murs du restaurant.

— Excusez-moi, dit-il.

Il parcourut enfin la carte des vins qu'il fixait jusqu'alors sans la voir.

— Un conterno poderi barolo 1990. Et soyez gentil de demander au garçon des calamars pour commencer.

— Mais à quoi pensais-tu donc ? Ou à *qui* ?

— À une fille de dix-huit ans dont les parents sont morts dans un accident de voiture.

Claudia le dévisagea.

— Qui est-ce ? Je ne te connaissais pas de relations dans ces âges. Oh ! je vois, c'est la nouvelle pièce sur laquelle tu travailles ? Tu ne m'en as pas encore parlé.

— Non.

Le sommelier apporta le vin et Luke se recula sur son siège pour mieux observer son ex-femme. Elle était vêtue d'un tailleur bleu marine taillé comme un costume de théâtre. Elle le portait avec un chic qui faisait converger sur elle tous les regards. Pourtant, ces regards ne duraient jamais longtemps, car elle avait ce genre de beauté qui laisse pantois, intimide et, en définitive, n'attire pas. L'ovale parfait de son visage s'encadrait de mèches brunes qui s'envolaient avec légèreté à chaque mouvement de sa tête. Elle avait les yeux noirs et des pommettes saillantes délicatement poudrées. La bouche… «Oui, se dit Luke, c'est la bouche le problème.» Elle eût été parfaite sans cette petite moue insatisfaite dont elle ne se départait pas, une moue pareille à une plainte continuelle, un reproche permanent adressé à un monde qui ne se pliait pas à tous ses désirs. Et, dans sa perfection même, la beauté de Claudia avait quelque chose d'embarrassant : elle semblait toujours comme vernie, laquée, inaccessible. Même lorsqu'elle souriait, ses yeux demeuraient vigilants et un peu soupçonneux.

Autrefois, Luke avait été fasciné par cette beauté. Il était jeune alors et au tout début de sa carrière. Il savait qu'une femme d'une telle beauté le ferait remarquer : le couple qu'ils formaient avait tant d'allure qu'on voyait plus souvent leur photo dans les magazines que celles de gens bien plus célèbres et influents. Claudia l'avait aidé encore de bien d'autres façons. Elle s'était montrée une maîtresse de maison hors pair, respectant à la lettre les instructions de Luke pour tout ce qui concernait les réceptions, traiteurs, fleuristes, domestiques… Elle savait accueillir les hôtes impromptus avec un large sourire et parler à tous de manière amusante et distrayante, sans jamais rien dire qui pût prêter à controverse.

— À quoi penses-tu ? lui demanda-t-elle.

Depuis quelques instants, elle était immobile et dévisageait Luke.

Il fit signe au sommelier de servir le vin.

— Je me disais que tu faisais une hôtesse admirable.

— C'est du passé. Il y a longtemps que je ne reçois plus. Et puis là n'est pas la question. Dis-moi, cette jeune fille de dix-huit ans, elle est réelle ? ou existe-t-elle seulement dans l'une de tes pièces ?

— Elle est réelle.

— Qui est-ce ?

— Une actrice.

— De dix-huit ans ?

— Elle fait des études théâtrales à Yale.

— Et elle est dévorée d'ambition ? C'est sans doute ce que tu trouves si séduisant chez elle.

— Moi ? Je la trouve séduisante ?

— Assez en tout cas pour te faire oublier ma présence.

— Je ne t'oublie pas. J'ai été distrait, c'est tout. De quoi voulais-tu me parler ?

Claudia appela le serveur pour passer la commande.

— Des *ravioli alla quatro funghi*, dit-elle, et une salade. Et toi, Luke, que veux-tu ? La même chose peut-être ? Tu as toujours aimé les champignons.

« Vieille rengaine », songea-t-il en se remémorant la façon qu'avait Claudia de lui rappeler qu'elle seule le connaissait si bien.

— Un risotto de homard et une salade, dit-il au garçon avant de se tourner à nouveau vers son ex-femme. Alors, c'est encore une question d'argent ?

— Oh, Luke, comme tu es brutal...

— Tu as raison. Pardonne-moi. Mais tu as beaucoup insisté pour me parler.

— Eh bien, c'est ce que je suis en train de faire, non ?

En voyant le geste d'impatience de Luke, elle se ravisa et s'empressa d'ajouter :

— C'est juste que j'ai besoin de parler. Tu le sais, Luke, après toutes ces années, je n'ai toujours pas trouvé une seule personne qui me comprenne comme toi tu me comprenais. Parce que, toi, tu sais que je vaux mieux que les gens ne le pensent généralement. Tu disais tout à l'heure que j'étais une bonne hôtesse... Tu te souviens, on se pressait pour être invité chez nous... J'en connais qui auraient tué père et mère pour ça. J'adorais m'occuper d'eux avec toi. Je me rappelle chacune des soirées que nous avons données. Je revois encore ce prince, comment s'appelait-il déjà ? Il était tout petit et...

Luke l'écoutait d'une oreille distraite. Manifestement, Claudia n'avait rien d'essentiel à lui dire. Ou alors, elle avait remis ses révélations à un autre soir, pour s'assurer qu'il y aurait bien un autre soir...

— ... C'était si amusant, tous ces gens qui n'arrêtaient pas de te complimenter, de t'encenser, et moi, j'étais là, j'étais ta femme. Maintenant, personne ne fait plus attention à moi. Sais-tu quel effet ça fait de n'avoir eu d'existence qu'à travers celle de quelqu'un d'autre ? Non, comment pourrais-tu en avoir la moindre idée ? C'est le pire qui puisse arriver à un individu. C'est comme si j'avais disparu...

— Arrête, Claudia. Tu as au moins cinq cents amis. Tu sors tous les soirs.

— Dieu merci ! C'est ce qui me sauve. Mais, tu sais, Luke, ce ne sont que des relations, pas de vrais amis. Ils me sollicitent parce que j'ai été ta femme et que nous nous voyons toujours – enfin, parce que tu m'accordes de temps en temps un rendez-vous –, mais le soir, quand je rentre, personne ne m'attend à la maison. J'arrive dans un appartement vide.

Je n'avais personne derrière moi, personne pour m'attendre à la maison, personne pour laisser la porte d'entrée déverrouillée et une lumière allumée pour le moment où je rentrerais.

Luke sentit poindre en lui quelque chose qui ressemblait à de la pitié. Il en resta un moment sans voix. La pitié était un sentiment qu'il éprouvait rarement. Pour lui, la plupart du temps, les gens étaient eux-mêmes la cause de leurs problèmes et il leur incombait de les résoudre. Claudia avait depuis le début miné leur mariage par son attitude d'enfant gâtée et son narcissisme exacerbé. Elle s'était reposée sur lui pour tout ce qui faisait sa vie, *leur* vie : la célébrité qu'il lui avait apportée, les voyages, les amis, la vie sociale, la façon d'organiser ses journées, exigeant de Luke qu'il lui dise ce qu'elle devait faire à chaque instant. Il lui avait suggéré : « Tu pourrais dessiner », et elle s'était inscrite aux Beaux-Arts, jusqu'au jour où cela l'avait ennuyée. Puis elle avait déclaré : « Je veux être comédienne. » Malgré l'incrédulité de Luke, elle avait suivi des cours d'art dramatique, avant de finir par reconnaître qu'elle n'avait aucun talent et que, de toute façon, le théâtre ne l'intéressait pas. Elle n'avait cessé de lui demander de diriger leur mariage comme il dirigeait ses acteurs, mais dès que quelque chose lui déplaisait, elle le traitait de tyran. Elle tirait sa fierté de l'attention que leur couple suscitait, puis s'abîmait dans une profonde bouderie car c'était Luke que l'on recherchait, et pas elle.

« Que veux-tu donc ? lui avait-il demandé au bout de cinq ans de mariage.

— Je veux que tu m'aides !

— Ça fait cinq ans que je t'aide.

— Oui, mais pas assez ! »

Elle demandait plus qu'il ne pouvait lui donner et il était épuisé par ses exigences incessantes. Un jour, il lui avait annoncé qu'il voulait divorcer. Elle avait accueilli la nouvelle avec colère, terrifiée à l'idée de se retrouver seule. Elle avait quitté New York et, pendant un an, il ne l'avait pas revue. Puis elle s'était remise à lui téléphoner, d'abord depuis l'Europe, pour lui dire qu'elle allait rentrer, ensuite depuis New York, le suppliant d'accepter de la revoir. Bien sûr, le plus souvent, Luke acceptait et prenait le temps d'un dîner.

Constance avait toujours été opposée à ce mariage. Elle savait que son petit-fils supportait difficilement les gens manquant d'autonomie. Et, dès leur première rencontre, elle avait vu chez cette jeune épouse une femme-enfant capricieuse qui compterait sur Luke pour tout et en toute occasion.

— Luke, tu es encore en train de rêver! s'exclama Claudia. J'aimerais qu'une fois, juste une fois dans ta vie, tu te concentres sur moi. Si tu l'avais compris, nous serions encore mariés.

Luke sourit.

— Je ne vois pas ce qu'il y a de drôle, fit-elle en le dévisageant d'un air de défi.

— Ce qu'il y a de drôle, c'est la façon dont on se contorsionne pour expliquer le passé. Pas seulement toi, mais tout le monde, moi y compris. Nous nous donnons tous beaucoup de mal pour trouver des interprétations qui flattent notre vanité.

— Tu veux dire que je suis une menteuse?

— Je veux dire que tu t'es raconté l'histoire à ta manière et que ta version te donne satisfaction. Elle n'a donc pas besoin de ressembler le moins du monde à la mienne.

Son sentiment de pitié avait disparu, cédant la place à une sensation d'urgence qui l'étreignait chaque fois qu'il revoyait son ex-femme : il était impatient d'en finir, de rentrer chez lui, de la quitter. Ils venaient de boire leur café et n'avaient aucune raison de s'attarder.

— Viens, je te raccompagne, dit-il.

— Déjà? s'étonna Claudia. Tu es nerveux? Tu l'es toujours quand on parle de notre mariage.

— C'est parce que je ne reconnais jamais notre mariage lorsque c'est toi qui en parles. Et je ne suis pas nerveux. J'aimerais rentrer, c'est tout. J'ai du travail qui m'attend. On distribue les rôles la semaine prochaine.

— Je pourrai assister aux répétitions ?

— C'est aux acteurs d'en décider, tu le sais bien.

Il fit signe au garçon d'apporter l'addition.

— J'ai passé quelques jours chez les Phelans la semaine dernière, fit soudain Claudia d'un air désinvolte.

Luke sut alors qu'elle avait délibérément différé le moment d'aborder le sujet. Il se cala sur sa chaise et ne jeta pas même un regard à l'addition que le serveur venait de déposer discrètement sur leur table.

— Combien as-tu perdu ?

— Tu pourrais me laisser le bénéfice du doute. J'aurais pu gagner, commença-t-elle, mais le regard glacial de Luke la fit rougir et elle avoua : Un peu plus de cinq mille...

— Tu m'avais pourtant promis de ne pas remettre les pieds chez eux.

— Je me sentais seule.

— Dis plutôt que tu t'ennuyais.

— S'ennuyer fait partie de la solitude. Alors, quand ils m'ont téléphoné pour me dire que je leur manquais, qu'ils avaient une nouvelle roulette, et aussi un nouveau croupier, ç'a été plus fort que moi... À moi aussi, ils me manquaient. Ils m'ont donné la chambre bleue, tu sais ? Et puis je me suis tellement amusée. Ils sont merveilleux, Luke. Avec eux, j'ai l'impression d'avoir ma place...

— C'est ton argent qui les intéresse.

— Non, c'est moi ! Des gens riches, il y en a des centaines, mais c'est moi qu'ils appellent. Pourquoi ne veux-tu jamais admettre que certaines personnes m'apprécient pour ce que je suis ?

— Je sais que les gens t'apprécient. Mais je sais aussi ce que ceux-là te veulent, répliqua Luke en glissant sa carte de crédit sous l'addition. Un peu plus de cinq mille, ça fait combien au juste ?

Il y eut un silence.

— En vérité, dit enfin Claudia, ce serait plus près de dix mille que...

— C'est-à-dire ?

— À peine plus de neuf mille. Vraiment à peine : neuf mille trois cents exactement. Mais je les ai, Luke, tu n'as pas besoin de t'inquiéter pour moi.

— Non, tu ne les as pas. Et les Phelans le savent bien, mais ils savent aussi que tu les trouveras facilement. Sinon, crois-tu qu'ils te laisseraient jouer tout un week-end sur la seule foi de ta signature ?

— Comment sais-tu que... ?

— Je les connais. Tu n'as pas déboursé un penny chez eux, n'est-ce pas ? Ils ne te l'ont jamais demandé. Et quel petit gage d'affection t'ont-ils offert quand tu es partie ? Des boucles d'oreilles ? Un carré de soie ? Un bracelet ?

Claudia demeura silencieuse avant d'avouer :

— Une broche en forme d'épingle.

— Neuf mille trois cents dollars pour une épingle, commenta Luke d'un air méprisant.

— C'est un cadeau ! Ils me l'ont offerte parce qu'ils m'aiment. Et si j'ai envie d'y croire, qui es-tu, toi, pour me détromper ?

— Ton banquier, répliqua-t-il sobrement.

Les épaules de Claudia s'affaissèrent. Elle resta un moment figée, le regard vide, à caresser du doigt le bord de son verre.

— J'ai jusqu'à après-demain, dit-elle dans un souffle.

Le garçon vint reprendre l'addition et disparut. Luke sortit son carnet de chèques. « Voilà un dîner qui me coûte cher, se dit-il. Et rien ne laisse présager que ça change un jour. Mais, bon sang, pourquoi ne peut-elle pas trouver un autre mari ? » La question était purement rhétorique : il savait que Claudia s'accrochait à l'idée qu'un jour ils revivraient ensemble. Comme les enfants, elle croyait qu'il suffisait de dire ou de penser quelque chose assez souvent et assez fort pour en faire une réalité. Et, d'une certaine façon, elle avait raison : Luke continuait de couvrir ses dettes de jeu.

Il remplit le chèque et le lui tendit. Après une fraction de seconde d'hésitation, elle le saisit en murmurant « merci » et le glissa dans sa pochette. Il signa ensuite le reçu de la carte de crédit qu'avait rapportée le garçon, repoussa sa chaise et se leva.

— Je te raccompagne, dit-il en se dirigeant vers la porte, laissant Claudia derrière lui.

— Merci, répéta-t-elle lorsqu'ils furent arrivés au pied de son immeuble. J'apprécie ton geste, Luke, j'apprécie ton aide, le fait que tu sois si proche... c'est... c'est tout pour moi. Je n'y retournerai pas, tu sais, si tu me le demandes.

— Je crois te l'avoir déjà demandé, et ça n'a pas eu beaucoup d'effet.

— Mais je n'y suis restée que deux jours... Et puis, les Phelans sont *vraiment* des amis pour moi.

— La prochaine fois que l'envie te prend de faire un détour par chez eux, passe-moi un coup de fil d'abord.

— Comme chez les Alcooliques anonymes, répondit Claudia en souriant. Tu fais vraiment un ami formidable, ajouta-t-elle en prenant Luke par le bras. Tu ne veux pas monter boire un verre ? J'ai acheté ton cognac favori.

Il a beaucoup insisté sur le fait qu'il s'agit d'une Alfa Romeo six cylindres décapotable, rouge, avec sièges en cuir - je suppose que j'aurais dû trouver ça irrésistible. En fait, j'ai juste trouvé horriblement triste qu'il ait si peu confiance en lui et tellement besoin d'accessoires.

— Non, répondit Luke. Bonne nuit.

Il s'éloigna, la laissant seule avec le groom qui lui tenait la porte sans perdre un mot de leur conversation.

Ma chère Constance,

Comment te remercier pour ta merveilleuse lettre ? J'ai été bouleversée que tu me parles de la mort de ta fille... Ça peut paraître idiot, je sais que c'est arrivé il y a trente-six ans, et pour tant j'ai pleuré en lisant ta lettre. Je ne supporte pas l'idée que tu aies pu souffrir autant, même si tu dis que la présence de ton petit-fils t'a beaucoup aidée. Et ça m'aide aussi, moi, de savoir que tu as traversé tout ça. Tu m'écris dans ta lettre : « Je ne lui ai pas assez dit combien je l'aimais, combien je trouvais que c'était une fille formidable et une bonne mère. Je considérais comme une évidence qu'elle devait le savoir. Mais en amour il ne faut jamais rien considérer comme une évidence. Sinon, tout nous glisse entre les doigts. » J'ai montré ce passage au docteur Leppard, et il m'a dit que tu étais une femme d'une grande sagesse, ce qui est vrai, et que ton petit-fils avait eu beaucoup de chance de grandir à tes côtés. Lucas Cameron, c'est un joli nom. Il doit être un homme à présent. Et il veut devenir metteur en scène ! Je regrette de ne pas encore le connaître, mais je suis sûre que, tôt ou tard, je le rencontrerai. Il va devenir célèbre, je le sens, car c'est toi qui l'as élevé, et peut-être un jour mettra-t-il en scène une pièce dans laquelle nous jouerons toutes les deux ? Ce serait merveilleux, n'est-ce pas ? Je t'en prie, dis-moi comment tu vas interpréter Miss Moffat. J'adore ce personnage et je me suis toujours demandé comment je le jouerais. Je suis certaine qu'au fond elle a très peu confiance en elle et qu'elle lutte pour découvrir qui elle est. La vois-tu ainsi ? Je te laisse et je te dis merci, oui, merci, Constance, pour ta lettre et pour ta si fidèle amitié.

Je t'aime.

Jessica.

Luke relut les dernières phrases et se souvint d'avoir parlé de Miss Moffat avec Constance. Elle était venue assister à la remise de son diplôme de fin d'études, et ils avaient évoqué le rôle. Elle lui avait dit qu'une de ses amies trouvait le personnage plus fragile qu'il n'y paraissait. Elle lui avait demandé ce qu'il en pensait.

« J'en pense que ton amie est intelligente », avait-il répondu.

« Et cette amie, c'était Jessica », songea-t-il en repliant la lettre.

« À dix-neuf ans, pour la première fois, elle donnait un avis à Constance, d'égal à égal, d'actrice à actrice. Pas si mal. »

Il remit la lettre à sa place dans le coffret. « À dix-neuf ans, elle était aussi sûre d'elle que je l'étais moi-même, se dit-il encore. Et elle pensait que je deviendrais célèbre. » Luke sourit : « Perspicace... »

Il termina son verre et regarda sa montre. Il était à peine minuit. Il avait encore le temps de lire quelques lettres. Il en sortit une poignée. Toutes venaient de Yale et décrivaient les cours, les petits travaux à temps partiel, les pièces dans lesquelles Jessica s'était vu confier un rôle. Dès la troisième année, elle apparaissait régulièrement dans la programmation du très réputé Yale Repertory Theater. À mesure que les lettres défilaient entre ses doigts, Luke trouvait la jeune femme plus mûre, plus assurée. Elle n'était plus une ingénue écarquillant de grands yeux sur le monde, mais une professionnelle qui abordait chaque pièce comme un problème à résoudre, un défi à relever, un moment heureux, prometteur, riche de découvertes.

Il leva les yeux et vit son majordome dans l'embrasure de la porte.

— Vous êtes encore debout, Martin ? Il est bientôt une heure du matin.

— Monsieur, je viens juste de trouver un message que le gardien a reçu cet après-midi pendant mon absence. Mr Kent Horne s'inquiète de savoir si « Monte veut vraiment rajeunir Lena » – ce sont les termes qu'il a employés –, et souhaite parler à Monsieur, quelle que soit l'heure de son retour.

— Merci, Martin.

— Le gardien a précisé que ce monsieur avait l'air très pressé.

— Ce monsieur a toujours l'air très pressé. S'il rappelle, dites-lui que nous en parlerons demain matin, ou mieux : débranchez le téléphone et allez vous coucher.

Le visage de Martin se fit sévère.

— Jamais je ne ferai une chose pareille, monsieur. Il peut toujours se passer quelque chose : une urgence, un accident, une tragédie! Nous n'avons pas le droit de nous abstraire du monde, même si, parfois, nous en avons la tentation.

Sur ces mots, Martin se retira. Amusé, Luke le suivit du regard. « Décidément, je suis cerné par des personnages de théâtre. C'est sans doute moi qui crée cette atmosphère particulière, et tout le monde entre dans le jeu. » Il jeta un œil au dernier paragraphe de la lettre qu'il tenait entre les doigts.

Je sais que tu n'espères que mon bonheur quand tu me demandes si j'ai un petit ami, mais, ma chère, ma si chère Constance, je t'ai dit cent fois déjà que je ne le souhaite pas. Peut-être un jour changerai-je d'avis, mais, crois-moi, les rendez-vous, les attentes, les galipettes des autres filles ne me tentent absolument pas. Ces choses-là sont trop éloignées de ce qui m'intéresse dans la vie. Maintenant, si je rencontrais quelqu'un de vraiment exceptionnel... Mais pour l'instant ce n'est pas le cas. Et je n'ai pas envie de me raconter d'histoires inutiles. Je préfère penser que tu vas peut-être venir à New Haven assister à la remise de mon diplôme dans deux semaines. Ce serait magnifique ! Je t'en prie, dès que tu seras décidée, dis-le-moi. J'ai déjà réservé une chambre pour toi, juste au cas où, et la meilleure table dans le plus beau restaurant de la ville, pour fêter ça. Et maintenant, laisse-moi t'annoncer la plus grande nouvelle de toutes les nouvelles. (Je l'ai gardée pour la fin, comme un précieux secret que je ne veux partager qu'avec toi.) Deux jours après la remise du diplôme, je vais à Chicago auditionner pour John Malkovitch ! C'est le directeur du théâtre qui m'a appelée ! Je ne connais pas la pièce, elle est de Sam Shepard – ils me l'envoient, je l'aurai d'ici un jour ou deux –, mais je m'en fiche. Toi, mieux que quiconque, tu sais que mon rêve est en train de devenir réalité ; travailler avec Malkovitch, Gary Sinise, Joan Allen, Glen Headley… Oh, Constance, je prie tous les dieux du théâtre de faire que ces gens-là me laissent travailler avec eux. Je t'en supplie, Constance, viens assister à la remise des diplômes. J'ai envie de te voir de mes yeux, et pas juste avec l'image que j'ai de toi dans ma tête quand je t'écris ou quand je lis tes lettres. Je ne peux plus attendre.

Avec toute l'affection de

Jessica.

Luke relut ce long paragraphe. Il partageait l'excitation de Jessica face à ce premier grand rôle. Il avait ressenti le même enthousiasme lorsqu'on lui avait proposé pour la première fois d'assister l'un des plus grands metteurs en scène de Broadway. Il avait su alors avec certitude qu'il était sur la bonne voie et que rien, jamais, ne l'arrêterait. « Jessica a connu cela aussi, se dit-il. Je me demande si Constance est allée à cette remise de diplômes. »

Il eut envie d'en lire davantage, de passer encore quelques heures en compagnie de cette toute jeune comédienne, de découvrir ce qu'il lui était arrivé après, mais la nuit était déjà bien avancée. À regret, il referma le coffret et éteignit la lampe de son bureau. «Demain soir, songea-t-il. Oui, demain soir, je la retrouverai. Mais maintenant je sais au moins qu'elle est sur le bon chemin.»

4

Kent appela de bonne heure le lendemain matin. Luke était en train de prendre son petit-déjeuner dans un coin ombragé de sa terrasse. L'air était calme, comme immobile. La ville semblait somnoler encore dans la chaleur. Les vitres des gratte-ciel reflétaient le soleil comme autant de feuilles métalliques, renvoyant une lumière crue, blafarde. Au loin, le pont George Washington paraissait flotter comme en apesanteur sous des nuages échevelés, presque invisibles dans la pâleur du ciel. Sans lever les yeux de ses journaux, Luke tendit la main vers le téléphone.

— Luke, je n'ai pas confiance en Monte, commença d'emblée Kent Horne sans même le saluer. Il faut absolument que je vous voie et qu'on en discute tous les deux avant que Monte se mette complètement en tête de rajeunir Lena ou de changer quoi que ce soit à ma pièce. Il ne peut pas faire ça chaque fois qu'il pense tenir l'idée du siècle, vous savez, il ne peut pas...

— Il peut faire tout ce qu'il veut quand il veut, l'interrompit Luke. Nous aurons tous notre idée sur votre pièce, nous en discuterons, et il faudra bien que vous vous y fassiez.

— Tous ? Qui ça « tous » ?

— Monte, moi, les comédiens. Et vous verrez que Fritz aura parfois...

— Fritz ?

— Le régisseur. Fritz aura des suggestions, de même que l'accessoiriste, le décorateur et tous ceux qui assisteront aux répétitions. Ces suggestions ne seront pas toutes retenues, mais si les comédiens ont des propositions sur leurs répliques ou sur l'évolution de leur personnage, nous en tiendrons compte.

— Mais, bon sang, Luke, une pièce de théâtre ne s'écrit pas en communauté! Elle n'est pas le produit d'une petite réunion joyeuse où tout le monde dit : « Écoute ça, j'en tiens une bien bonne… » Une pièce de théâtre est écrite par un dramaturge, et un dramaturge travaille *seul*. Bien sûr, vous ne pouvez pas comprendre, vous n'écrivez pas, mais…

— Détrompez-vous, ça m'arrive, répliqua froidement Luke. Qui plus est, je travaille avec des « dramaturges », comme vous dites, et je sais que c'est un métier difficile. Mais n'oubliez pas que vous l'avez choisi.

— Je ne l'oublie pas, seulement figurez-vous que ce métier, c'est toute ma vie, c'est *moi*, tout ce que je suis… Et si vous vous figurez que je vais accepter de modifier *une seule scène* – qu'est-ce que je dis ? *un seul mot* – sous prétexte qu'un quelconque comédien croit en savoir plus long que moi sur…

— Nous en reparlerons au déjeuner, voulez-vous ? le coupa à nouveau Luke. Pour l'instant, j'ai encore quelques coups de fil à passer. Je vous retrouve dans le bureau de Monte.

— Vous me raccrochez au nez !

— Je ne vous raccroche pas au nez. Si je raccroche, c'est qu'il me reste encore pas mal de travail avant qu'on commence la distribution de votre pièce. Je vous propose juste de reparler de tout cela au cours d'un déjeuner. Vous aurez largement le temps de m'exposer vos doléances. À tout à l'heure.

Il raccrocha brutalement et se mit à arpenter la terrasse d'un pas nerveux. « Ils me fatiguent, tous ces petits génies qui, sous prétexte qu'ils ont miraculeusement écrit une bonne pièce, sont persuadés d'avoir droit au tapis rouge et à tous les égards dus à leur rang… »

La sonnerie du téléphone retentit à nouveau, et Luke décida de ne pas répondre, convaincu que Kent le rappelait. Mais, l'instant d'après, Martin apparut et lui annonça que Monte Gerhart le demandait. Il décrocha.

— Luke, c'est Monte. Je voulais te dire que j'ai trouvé notre Lena. Je ne veux pas te l'imposer, mais c'est incontestablement la plus grande : Abigail Deming… Tu la connais… Je suis littéralement *fou* d'elle. Elle *est* Lena, attends de…

Toute l'irritation que Luke était parvenu à contenir jusque-là éclata alors.

— C'est de l'inconscience. Monte ! Ne me dis pas que tu lui as promis le rôle…

— Calme-toi, je ne t'ai pas…

— *Tu le lui as promis, oui ou non ?*

— Bon sang, Luke, mais tu as bouffé du lion ce matin ! Je ne lui ai pas vraiment promis. Je lui ai juste dit que je la trouvais parfaite pour le rôle et que j'étais sûr que tu serais d'accord. Je vois bien que je n'aurais pas dû…

— Tu sais pertinemment que tu n'aurais pas dû. On a déjà abordé ce sujet, tu t'en souviens ?

— Je sais, je sais, mais… Luke, je l'ai invitée à dîner hier soir, et elle ressemble à Lena… c'est incroyable ! Une femme de son âge…

— Tu avais bu.

— Non, je n'avais pas bu. Je sais que ce n'est pas une beauté, mais elle a une façon de poser la main sur ton bras et de te regarder droit dans les yeux qui la rend tout simplement superbe. Je sais que ça peut paraître dingue, mais elle tient le rôle, je le sens.

— À tout à l'heure, répondit sèchement Luke en raccrochant.

La haute silhouette de Martin s'encadra à nouveau dans l'embrasure de la porte-fenêtre.

— Il y a eu beaucoup de messages pour Monsieur pendant que Monsieur était au téléphone. Mais aucun n'avait l'air urgent. Je n'ai pas voulu interrompre la conversation de Monsieur.

— Vous avez bien fait, dit Luke en parcourant la liste que lui tendait le majordome. Appelez Miss Delacorte. Dites-lui que je passerai la prendre vers sept heures pour l'emmener au théâtre, puis nous irons souper. Répondez non aux Neals : j'ai horreur des bals masqués. Quant à Renaldi et à la vente de la villa... – Luke s'interrompit un instant –, dites-lui de rappeler vers minuit, heure de New York.

Le dernier message était de Fritz Palfrey, le régisseur de *La Magicienne : Demande à parler à Monsieur. La décoratrice a des idées irréalisables. Le rappeler.*

Luke eut soudain envie de retrouver le silence de sa bibliothèque et les lettres de Jessica, loin des querelles de coulisses, des crises d'ego des comédiens, des tempêtes adolescentes de Kent Horne, de toutes ces décisions qu'il allait falloir prendre sans heurter personne. Puis il se ressaisit. Après tout, n'avait-il pas dit à Kent qu'il avait choisi son métier ? Eh bien, lui aussi avait choisi le sien, et son métier était sa vie – il n'en aurait pas voulu d'autre. Jessica Fontaine, s'il trouvait encore un peu de temps à consacrer à son histoire, n'était au mieux qu'une diversion mineure.

Aussi l'oublia-t-il, comme il oublia tout ce qui, dans son existence, n'appartenait pas au théâtre, dès que le casting commença. C'était l'un des moments qu'il préférait : pour la première fois, les répliques quittaient les feuillets sur lesquels elles étaient inscrites pour s'envoler et prendre vie. Monte avait loué un théâtre pour la journée. Il était vide et silencieux, pareil à une ville fantôme, avec un spot unique illuminant le milieu de la scène. Tout le reste demeurait dans l'obscurité, invisible. Les comédiens se tenaient debout dans ce rond de lumière, soit seuls, soit par groupes de deux, et donnaient une lecture de leur rôle. Assis au sixième rang dans la salle, Luke se sentait bien. Tout en lui ne tendait qu'à cet instant-là, l'instant où la pièce commençait…

— Seigneur ! souffla Kent, écoutez-les, mais écoutez-les donc !

Ce fut à peine si Luke l'entendit. Monte Gerhart était assis à sa gauche et Tommy Webb, qui dirigeait le casting, à sa droite. Dans les coulisses, Fritz Palfrey, quelques techniciens et le directeur technique regardaient, assis sur des tabourets.

Luke jetait de temps en temps un œil au script posé sur ses genoux, puis il fixait à nouveau Abigail Deming qui, debout au centre de la scène, lisait les adieux de Lena à son petit-fils. Elle était petite, mais avait une belle allure, des gestes maîtrisés. Son visage pâle et ridé comme une vieille toile de lin n'était pas aussi expressif que le metteur en scène l'eût espéré, sa voix cependant portait bien. C'était une bonne actrice. Certes, elle n'aurait pu rivaliser avec Constance Bernhardt, néanmoins elle était meilleure que la plupart de ses consœurs. Et puis elle avait cinquante ans d'expérience… et la réputation de se transformer en véritable terreur dès lors que les choses ne tournaient pas comme elle le désirait. C'était bien pour cette raison que Luke n'avait pas prévu de faire appel à elle.

Mais en l'écoutant, il la trouva bonne. Manifestement, c'était aussi l'avis des autres comédiens et de Tommy Webb. Lorsqu'elle eut terminé sa tirade, lorsque Daniel eut lu la dernière réplique de la pièce, il entendit Kent pousser un profond soupir :

— J'ai l'impression d'être mort et de connaître enfin le paradis.

— Qu'en penses-tu ? demanda Luke à Tommy Webb.

— De la dynamite. Les deux, Abigail et l'autre, dont le nom m'échappe... ah oui ! Cort Hastings. *Cort*. Mais où les parents vont-ils chercher des noms pareils ? On m'avait dit qu'il lui fallait au moins un mois de répétitions avant de commencer à toucher ses billes, mais je le trouve plutôt bien.

Luke se tourna vers Monte en disant :

— Elle est excellente. Ils sont bons tous les deux.

— Merci, Luke. Tu étais tellement furieux, j'avais peur que tu ne l'écoutes même pas. Elle est formidable...

— Maintenant il nous faut la fille, l'interrompit Tommy. J'en ai deux ici qui me plaisent bien. Mais il y en a une qui risque d'être trop jolie : on ne verra qu'elle, et ce n'est pas le but. Quand veux-tu les auditionner, Luke ?

— Après le déjeuner. Monte, Kent, vous êtes d'accord ?

Les deux hommes hochèrent la tête en signe d'assentiment.

— Et les trois petits rôles ? demanda encore Luke.

— J'ai les vidéos de trois comédiens. Je te les ferai visionner dans mon bureau.

— Une fois qu'on aura vu la fille. Entre trois et quatre, cet après-midi. Fritz a dit qu'il voulait me parler des décors. Tu es au courant ?

— Il n'aime pas Marilyn Marks. Il la trouve trop avant-gardiste. Il aime les décors qui ressemblent au salon de sa grand-mère, le genre de pièce dans laquelle personne n'a jamais envie d'entrer. Que veux-tu que j'y fasse ? C'est un bon régisseur, mais c'est aussi une épine dans le pied.

— OK, je lui parlerai après avoir visionné les cassettes. Je vais dire un mot à Abigail et à Cort, et puis on ira déjeuner. On se retrouve ici à deux heures ?

— D'accord.

Les comédiens s'étaient groupés côté cour. Ils chuchotaient. Fritz se tenait près d'eux.

84

— Je t'offre un verre cet après-midi, lui dit Luke. Retrouve-moi chez Orso à cinq heures. (Puis, s'adressant aux deux acteurs principaux :) Abby, Cort, vous êtes parfaits. Je serai ravi de travailler avec vous.

Abigail Deming hocha la tête avec une expression d'intense satisfaction.

— Moi de même, répondit-elle, un brin cérémonieuse.

Luke sourit. Chaque intonation de sa voix trahissait l'excellente opinion qu'elle avait de sa personne. Du haut de sa grandeur, elle condescendait à travailler avec lui...

Quant à Cort, il était manifestement enchanté.

— J'aime beaucoup ce Daniel. Et puis j'ai eu une grand-mère comme Lena. Je l'adorais.

— Qui va jouer la fille ? demanda Abigail Deming.

— Nous le saurons après le déjeuner.

— J'aimerais avoir mon mot à dire, si vous n'y voyez pas d'inconvénient, répliqua la vieille dame. Je vais devoir jouer plusieurs scènes avec elle.

— Et moi alors ? s'indigna Cort. Qui est-ce qui tombe amoureux d'elle ? C'est bien Daniel, pas la grand-mère. C'est une histoire d'amour que vient voir le public, et moi, je vais avoir des scènes très tendres avec cette... Martha – Martha, c'est bien ça ? –, c'est donc à moi d'avoir mon mot à dire.

— Tommy et moi nous en chargerons, répondit Luke, imperturbable. Je voudrais une première lecture complète après-demain à dix heures. Venez avec toutes vos questions, idées, suggestions, tout ce qui vous passe par la tête. Nous respectons le texte de l'auteur, mais je tiens à votre participation active pendant tout le temps où nous travaillerons ensemble. Vous allez faire une magnifique Lena, ajouta-t-il à l'intention d'Abigail en l'embrassant sur les deux joues. Quant à vous, Cort, vous êtes un Daniel formidable.

— J'ai quelques idées au sujet de Daniel, vous savez, s'empressa de renchérir Cort. Je le sens vraiment, ce garçon.

— Mettez tout ça par écrit, lui répondit Luke. Nous étudierons toutes vos propositions.

— Oh! pourquoi ne pas commencer maintenant? s'exclama Abigail. Pourquoi attendre? Allons déjeuner. Nous aurons tout le temps de parler de nos personnages.

— Tommy et moi avons d'autres auditions cet après-midi, et je dois déjeuner avec l'auteur. Fritz vous donnera mon numéro de téléphone et de fax. N'hésitez pas à vous en servir chaque fois que vous aurez une question, une idée, un problème, n'importe quoi... Si je ne suis pas chez moi, ne craignez rien, je vous rappellerai. À partir d'aujourd'hui, nous formons une famille. Pas de cérémonies entre nous. Maintenant, il faut que j'y aille. On se revoit après-demain, conclut-il en se tournant vers la salle. Kent?

Kent sortit de son extase et suivit Luke à travers le dédale des coulisses jusqu'à une épaisse porte d'acier. Elle ouvrait sur une rue au coin de laquelle se trouvait un petit restaurant, avec une ancre marine au-dessus de l'entrée. Les deux hommes y pénétrèrent.

Ils s'assirent dans un recoin dont de hauts panneaux de bois protégeaient l'intimité. Après un rapide coup d'œil à la carte, Kent commanda trois plats. Lorsqu'il leva les yeux, il surprit le regard médusé de Luke.

— Je suis en pleine crise de croissance, fit-il avec un large sourire.

Puis, se reculant dans le fond de la banquette, il soupira :

— Pas de problèmes. Je n'ai rien à dire, rien à discuter. Je suis un homme heureux.

— Écrivez-moi ça, répondit Luke. Ça me permettra de vous le rappeler dans un mois.

— Pas du tout. Je sais déjà que tout va se passer comme sur des roulettes. Ils vont faire *vivre* ma pièce. Vous les avez entendus comme moi. Bien sûr, il manque quelques gestes, quelques intonations, mais c'était ça! Ils sont quasiment prêts pour le soir de la première. Ils sont tellement bons!

Luke le dévisagea un long moment avant de répondre :

— Qu'est-ce qui vous fait croire qu'ils seront aussi bons le soir de la première?

Kent regarda en silence le serveur poser les salades et une corbeille de pain sur la table, puis il reprit :

— Ils seront forcément bons le soir de la première. Une fois que je leur aurai donné quelques indications, ils seront parfaits.

— Je ne crois pas.

— Êtes-vous en train de me dire que je ne connais pas ma pièce? fit Kent en plissant les yeux d'un air mauvais.

— Exactement. Vous la connaissez de votre point de vue, pas de celui du public. Et pas non plus de *mon* point de vue, or c'est moi le metteur en scène, ajouta sèchement Luke en écartant son assiette pour croiser les bras sur la table. Kent, savez-vous en quoi consiste le travail d'un metteur en scène?

— Bon sang, Luke, tout le monde le sait...

— Eh bien, laissez-moi vous dire quelle est *ma* conception de la mise en scène. Pour commencer, vous écrivez cette histoire qui a surgi quelque part en vous, et vous passez un temps fou à peser chaque phrase, chaque mot, en vous demandant d'où ils ont bien pu sortir...

— Comment savez-vous ça?

— Vous me mésestimez, Kent. J'en sais peut-être plus que vous ne le soupçonnez sur le travail de l'auteur. Donc, vous voilà avec votre texte, qui vient du plus profond de vous. Mon boulot, c'est de trouver ce qu'il y a de plus riche dans ce texte, d'y déceler une dimension dont vous n'avez sans doute même pas conscience et de la communiquer au spectateur par le biais du travail de l'acteur. Tout ce que font les acteurs doit avoir un sens, et une partie de ma mission consiste à les aider à découvrir ces petits détails qui donneront de l'authenticité à leur personnage. Le morceau de dialogue le plus insignifiant, un geste de la main, la façon de lever un verre, tout a une signification qui doit venir éclairer celle, plus globale, de la pièce. C'est comme ça que l'on touche un public. Je connais un metteur en scène à Chicago qui appelle ça du «théâtre rock'n'roll», parce que chaque pièce, une fois montée, doit être aussi explosive pour le public qu'un concert de rock. Et je suis d'accord avec lui. Sinon, autant monter des pièces dans son salon pour se faire plaisir.

Kent regardait Luke fixement, sans un geste.

— Je n'ai encore jamais entendu un metteur en scène parler comme ça.

— Bien. Souvenez-vous juste que le but de tout cela, c'est de rendre votre histoire vivante et, dans la mesure du possible, d'en restituer votre vision. Nous allons discuter, débattre, nous passionner et plus nous nous passionnerons, meilleur sera le résultat. Vous serez au centre de tout ça, et c'est on ne peut plus légitime, tant que vous vous comporterez comme un collaborateur et pas comme un dieu tout-puissant nous dictant les tables de la Loi.

— Je ne me suis jamais pris pour un dieu.

— Et pourtant vous affirmez que votre pièce est *parfaite*.

Kent resta un instant interdit, puis éclata de rire.

— D'accord, d'accord, mais vous savez ce que c'est... J'ai écrit, réécrit, re-réécrit des centaines de fois. Et si je vous ai envoyé mon texte, c'est que, au bout du compte, je le trouvais plutôt réussi.

— Il est excellent. Mangez. Il faut qu'on y retourne.

Lorsqu'ils pénétrèrent à nouveau dans le théâtre, Tommy Webb les cherchait déjà. Une jeune femme se tenait sur la scène en compagnie de Cort Hastings et Abigail Deming.

— C'est bon, Tommy, on peut y aller, dit Luke.

Les trois comédiens commencèrent de lire quelques répliques, tandis que Luke et Kent rejoignaient la rangée où Monte et Webb avaient déjà pris place.

Ils auditionnèrent encore deux femmes, puis rappelèrent la première et lui demandèrent une lecture du long monologue de Martha dans l'acte deux. Elle se tenait bien raide au centre de la scène et lisait avec soin, détachant chaque mot comme pour en mesurer la portée. Puis, au fur et à mesure de sa lecture, son débit se fit plus doux et elle se mit à bouger avec aisance. « C'est mieux, songea Luke. Ce n'est pas encore vraiment ça, mais on devrait pouvoir la faire travailler. Et physiquement, elle est tout à fait telle que j'imagine Martha. »

Soudain, il revit Jessica Fontaine jouer Laura dans *La Ménagerie de verre*. Il avait vu la pièce quinze ans auparavant et se souvenait pourtant de chaque détail de l'interprétation de la jeune femme : elle parvenait à faire oublier sa grâce, sa beauté, pour se couler dans la peau d'une fille laide, boiteuse et horriblement gauche. « Elle deviendrait aussi bien une Martha, pensa Luke. Si elle était là, elle donnerait au personnage une profondeur que Kent ne soupçonne même pas. »

Mais Jessica n'était pas là, et Luke essaya de se concentrer à nouveau sur Rachel Ilsberg, la comédienne qu'il auditionnait. Il jeta un regard à Tommy, qui lui répondit par un signe de tête affirmatif, puis à Monte.

— Oui, sensationnelle, fit celui-ci.

— Elle est vraiment Martha, ajouta Kent.

— Pas encore, murmura Tommy, mais ça viendra. Elle n'est ni trop belle ni trop grande par rapport à Cort. Elle a un bon maintien. Et une belle voix.

Luke regarda sa montre.

— Tommy, on visionnera tes cassettes demain. Il est bientôt cinq heures et j'ai rendez-vous avec Fritz. Tu veux bien t'occuper de Rachel ? Tu lui dis combien on a été impressionnés, séduits, que…

— Qu'on a hâte de commencer, compléta Tommy, et qu'on fait une lecture complète après-demain. D'ici là, j'aurai des contrats pour tout le monde. On se voit à dix heures pour les cassettes ?

— Neuf heures, c'est possible ? demanda Luke.

— *Neuf heures !* D'accord, mais il ne faudrait pas que ça devienne une habitude. Ça vous va, Kent ?

— Naturellement. Je termine mon jogging à neuf heures…

Luke se tourna à nouveau vers la scène.

— Merci, Rachel. Nous avons beaucoup apprécié votre lecture. Tommy va vous en parler plus en détail, ajouta-t-il en se glissant hors de la rangée pour disparaître dans les coulisses.

Une fois passé la porte d'acier, il fut aveuglé par le jour et cligna des yeux. « Il m'arrive d'oublier ce qu'est la vraie lumière », se dit-il.

Il trouva Fritz Palfrey assis derrière la vitre du bar où il lui avait donné rendez-vous.

— J'ai demandé un verre de vin rouge. Que veux-tu, Luke ?

— La même chose.

Fritz fit signe à la serveuse, puis entra immédiatement dans le vif du sujet :

— Luke, je ne peux pas travailler avec elle.

— Tu veux parler de Marilyn Marks ?

— Bien sûr. Écoute, j'ai une grand-mère qui est exactement comme Lena, elle a dans les quatre-vingts ans, et je sais le genre de décor qu'elle aime. Celui que Marilyn a dessiné ne convient absolument pas. Ce n'est pas un appartement de grand-mère.

— Tu veux dire que ce n'est pas l'appartement de *ta* grand-mère, répondit doucement Luke.

— Les grands-mères de quatre-vingts ans aiment les choses normales, un peu ternes, un peu grises, pas les trucs à la mode. Crois-moi, je *connais* Lena. Elle ressemble terriblement à ma grand-mère.

« C'est sans doute l'une des plus belles réussites de cette pièce, songea Luke. Chacun voit en Lena sa propre grand-mère. Mais le théâtre n'est pas le simple reflet de la vie : il caricature le réel pour en faire un univers à part. Et Fritz le sait bien. »

La serveuse leur apporta les deux verres de vin qu'ils avaient commandés. Fritz leva le sien dans la lumière.

— Il a une belle couleur. Alors, Luke, que penses-tu de tout ça ?

— As-tu vu les derniers dessins de Marilyn ?

— Ça ne risque pas. Elle n'en est qu'aux esquisses. Mais je veux l'arrêter avant qu'elle aille plus loin.

— Ne fais pas ça. On ne peut pas juger avant d'avoir vu la maquette finale.

— Je ne peux pas travailler avec un décor pareil.

— Attendons de voir la maquette, répéta Luke en repoussant sa chaise. On organisera une réunion avec Marilyn, l'accessoiriste et la costumière la semaine prochaine, jeudi ou vendredi, vers quinze heures. Tu sais, j'apprécie tes idées, ajouta-t-il en posant une main sur l'épaule de Fritz. Tu es le meilleur régisseur que je connaisse, et je te promets qu'on va arriver à travailler ensemble sur cette pièce.

— On verra, répondit Fritz sans conviction. Tu n'as pas fini ton verre.

— J'assiste à un filage ce soir. Je tiens à rester éveillé.

Il était déjà minuit lorsqu'il put enfin s'abandonner sur le canapé de cuir et étirer ses jambes. Kent, Marilyn Marks et Monte l'avaient appelé, il avait emmené Tricia au filage de la pièce d'un ami, puis ils avaient soupé avec l'auteur et le metteur en scène. Après quoi, il avait laissé la journaliste en bas de chez elle, prétextant un surcroît de travail… et de fatigue. En vérité, il n'aspirait qu'à une chose : la solitude dans le silence.

Les images de la journée défilaient dans sa tête comme sur un écran de cinéma. Il les faisait accélérer, ralentir, il revenait en arrière, à sa guise : le casting de *La Magicienne* était presque terminé, du moins le serait-il lorsqu'ils auraient attribué les trois derniers petits rôles. Marilyn travaillait sur les décors; Fritz était dans les affres, comme à l'accoutumée. La salle était louée, la première lecture complète fixée à jeudi. Tout était en place.

Il se servit un cognac et, alors qu'il tendait le bras pour reposer la bouteille sur la petite table près du canapé, son regard tomba sur le coffret renfermant les lettres de Jessica. «Je n'ai pas le temps ce soir, trop fatigué, se dit-il sans toutefois parvenir à détacher les yeux du coffret; puis il se ravisa : D'accord, mais juste une seule.»

Ma chère Constance,
Pardonne-moi d'être restée si longtemps sans t'écrire. Tu ne peux pas savoir combien ta présence le jour de la remise des diplômes m'a fait plaisir. Le mieux, c'est tout de même de se voir… Mais nos lettres me manquent, même quand nous nous parlons au téléphone, car écrire, c'est une autre manière de dire les choses, et aujourd'hui je préfère une lettre à un coup de fil. Tu sais, j'ai été triste de quitter Steppenwolf – j'y ai passé les deux meilleures années de ma vie : j'y ai appris tellement et si vite! Mais tu avais raison : Anna Christie

à Broadway, c'est beaucoup plus important. Est-ce que je t'ai raconté ce que m'a dit Phil Ballan lorsqu'il m'a appelée ? Voici comment ça s'est passé :

J'entends une voix grave, très grave : « Miss Fontaine, j'étais à Steppenwolf la semaine dernière... » Puis, plus rien... Il m'a fallu une bonne minute pour comprendre qu'il attendait une réponse. Alors comme une idiote j'ai dit : « Vraiment ? » Sa voix s'est faite encore plus grave : « Miss Fontaine, je dois vous avouer que jamais le travail d'un comédien à Steppenwolf ne m'a impressionné comme m'a impressionné le vôtre. » Et il s'est interrompu à nouveau. Alors, toujours aussi niaise, j'ai répondu : « Merci. » Je m'en voulais d'être aussi nulle, de ne rien trouver d'intelligent à dire. Mais je n'en revenais pas, parce que, à part toi, personne à Broadway ne m'avait encore jamais dit que j'étais bonne. Et c'est là qu'il a articulé très, très lentement, comme un Père Noël sortant des jouets de sa hotte : « Nous aimerions que vous veniez à New York auditionner pour Anna Christie. Je crois que vous feriez une magnifique Anna. Et je ne me trompe jamais. » En toute autre occasion, cette phrase m'aurait fait éclater de rire, mais pas là : il aurait pu hennir comme un cheval, je l'aurais écouté, béate. Alors il a dit : « Miss Fontaine ? Vous êtes toujours là ? Vous viendrez à New York ? » Et j'ai crié : « Oui ! », si fort que je me suis tout de suite excusée parce que j'ai eu peur de lui avoir percé le tympan.

Donc, me voilà à New York, plongée dans une vie bien trépidante à côté de celle que je menais à Chicago ou avec ma «famille» de Steppenwolf. Mais, par certains côtés, j'aime bien la vie new-yorkaise et ces fêtes gigantesques où on ne connaît personne, mais où on a l'impression d'avoir déjà vu tout le monde. J'ai trouvé un petit appartement dans SoHo. Il est vraiment minuscule, mais j'ai une fenêtre et, pendant environ quarante minutes par jour, du soleil. Bien sûr, je ne suis presque jamais chez moi pendant ces quarante minutes, mais c'est bien de savoir qu'elles existent. Tu ne trouves pas étonnant que l'on voie si peu le soleil dans nos métiers ? J'ai l'impression d'oublier parfois ce qu'est la vraie lumière, la lumière du jour. J'ai eu deux longues discussions avec le metteur en scène sur la façon de jouer Anna. Il a des idées auxquelles je n'aurais jamais pensé et qui ont des chances d'aboutir. Mais il fait aussi grand cas de ce que je pense, moi. Et en vérité, depuis ce fameux coup de fil, je ne pense qu'à Anna. À ton avis, vaut-il mieux que je me contente de suivre les indications du metteur en scène ou que je joue comme je le sens ? Nous n'avons jamais abordé cette question à fond, et tu sais combien ton opinion m'est précieuse.

J'ai tout de même un problème avec cette Anna : l'un des producteurs semble s'être entiché de moi – quelle expression vieillotte ! –, et il ne cesse de hanter les coulisses pour essayer de me rencontrer par hasard. Quand c'est le cas, il me dit : « Maintenant que le hasard nous a réunis, pourquoi ne pas aller dîner ? » Il n'y a rien qui me déplaise vraiment en lui, en fait il est certainement très gentil, mais moi, je joue Anna Christie ! À New York ! Comment pourrais-je avoir autre chose en tête ? Je me sens tellement nerveuse que je n'aspire qu'à une chose : qu'on me laisse tranquille. Lui affirme que je ferais mieux de me trouver un compagnon pour me détendre. Je suppose qu'il a raison, mais il a l'air tellement sûr de son fait que ça me rend méfiante. Les gens sont comme ça ici : péremptoires. Je n'arrête pas d'entendre des phrases comme : « Il faut absolument que tu fasses ça... », « Jamais je ne dirai cette réplique... », « J'ai exactement la personne qu'il vous faut... », « Je ne tolérerai pas cet éclairage... » Mais tu connais tout ça mieux que moi. Quelqu'un qui dirait : « J'ai une idée, je ne sais pas ce qu'elle vaut, mais on ne risque rien à essayer... », passerait certainement pour un ahuri.

Luke éclata de rire. Il relut cette dernière phrase en souriant et eut alors le sentiment que Jessica ne l'avait pas quitté de la journée : il avait entendu sa voix juvénile se moquer des frimeurs et des histrions, il l'avait vue balayer d'un revers de main les ego mélodramatiques et, chaque fois qu'il s'était retrouvé seul, il lui avait fait partager ses observations. Il leva les yeux et son regard tomba sur une lithographie de Picasso représentant une danseuse. Il se rappela la voix de Jessica : une voix magique, musicale et riche, rythmée comme par un léger accent étranger. Le rire n'était jamais loin sous les mots, elle émaillait ses phrases d'expressions insolites et inattendues. Luke aimait sa compagnie.

Sa fatigue avait disparu. Il était tard, mais il se sentait bien. « Finalement, j'ai tout le temps d'en lire d'autres », se dit-il en attrapant une liasse de lettres dans le coffret.

5

Au Helen Hayes Theater, où se jouait la première *d'Anna Christie* hier soir, Jessica Fontaine a subjugué le public, comme personne ne l'avait fait depuis Constance Bernhardt.

La coupure de journal était tombée de la lettre lorsque Luke l'avait ouverte. Il poursuivit sa lecture.

Il est rare qu'un acteur habite si totalement *l'espace* d'un personnage ; son passé, ce qu'il suppose de son avenir, ses manies, ses excentricités, ses manières, sa façon de se mouvoir. Seuls les grands comédiens savent faire cela sans le biais d'une intellectualisation. Ils sortent d'eux-mêmes, tout simplement ; ils sortent de leur tête pour pénétrer dans le mystère de l'instinct qui leur fait vivre des expériences jusqu'alors inconnues. Jessica Fontaine est trop jeune pour avoir beaucoup vécu – elle a tout juste vingt-cinq ans –, mais elle a en elle cette magie. Je vous prédis qu'elle n'a pas fini de nous émerveiller.

Ma chère Constance,
Comme tu as été gentille d'appeler hier soir pour la première ! Je t'ai sentie à mes côtés avant d'entrer en scène. J'avais un trac tel que mes jambes flageolaient, je me sentais lourde, nauséeuse. Alors, j'ai entrepris de me répéter ce que tu m'avais dit au téléphone, à savoir que, même toi, tu es si nerveuse que tu te sens

mal avant chaque entrée en scène. Et je me le suis répété en boucle, sans m'arrêter : « Constance est nerveuse, elle aussi, Constance est nerveuse, elle aussi. » Jusqu'à ce que je me sois quasiment hypnotisée moi-même. Après, ça allait mieux. Je t'entendais vraiment me parler, je sentais vraiment ta main sur mon bras, et tu ne m'as pas quittée durant toute la pièce, même pendant les rappels... il y en a eu quatorze, tu te rends compte ? J'ai tellement de choses à te raconter, mais je ne peux pas t'écrire une longue lettre aujourd'hui parce qu'il faut encore qu'on retravaille l'acte deux. Je te promets de t'écrire plus longuement quand les choses se seront un peu tassées. Je voulais juste te dire que je te garde toute ma reconnaissance et que je t'aime.

Jessica.

« Comment se fait-il que je ne l'aie pas vue dans cette pièce ? se demanda Luke en s'efforçant de rassembler ses souvenirs. Elle avait vingt-cinq ans, j'en avais donc trente – c'est l'année que nous avons passée à San Francisco, Claudia et moi. Nous avions retrouvé Constance à Los Angeles où elle était en tournée. Nous nous étions un peu promenés tous les trois pendant quelques week-ends. Et puis Claudia en avait eu assez... et Constance et moi étions partis nous balader seuls. Ensuite, j'ai mis en scène une autre pièce à Los Angeles, j'ai revu Constance à Londres, dans la première d'*Œdipe*, et ensuite à Paris. Ainsi, elle n'était pas là pour assister au triomphe de Jessica, mais, en amie attentive, elle l'a appelée. »

Ma chère Constance,
Mille mercis pour ton coup de fil d'hier soir. Je te dois des excuses : comment ai-je pu laisser passer quatre longs mois sans t'écrire ? C'est peut-être parce

que tu ne me quittes pas, que je pense à toi tout le temps, que je te parle dans ma tête... alors je m'imagine que je t'ai écrit, et c'est faux. Mais bientôt je serai à Londres et nous nous retrouverons ! Tu ne peux pas savoir comme j'ai rêvé de ce moment : jouer à nouveau dans une pièce avec toi, travailler avec toi, apprendre en t'observant... Je suis dans un état d'excitation indescriptible, mais assez proche de l'idée que je me fais du paradis. Et bien que les sentiments filiaux ne soient pas ce qu'il y a de plus remarquable dans cette pièce, mon paradis, c'est jouer Vivie Warren, ta fille, puisque tu seras ma Kitty Warren de mère. Je suis sûre que nous allons beaucoup nous amuser. Oh ! j'allais oublier : à Londres, tu vas faire la connaissance de Terence. Je t'ai déjà parlé de lui, c'est ce producteur qui n'arrêtait pas de patrouiller dans les coulisses pour me rencontrer « par hasard ». Nous sortons ensemble depuis que j'ai fini de jouer Anna Christie, et il est vraiment très gentil. Son nom entier, c'est Terence Alban – et surtout que personne ne s'avise de l'appeler Terry, il déteste ça ! Il a vécu à Dublin, à Londres, au Cap, a mené une vie plutôt sophistiquée et, malgré tout, il reste d'une timidité incroyable sur de nombreux plans, y compris en ce qui me concerne... Il faut que je le bouscule de temps en temps, même (et surtout !) dans l'intimité. Non qu'il ne sache pas quoi faire, ni comment le faire : c'est juste qu'il n'arrive pas à croire que quelqu'un puisse être sincèrement attiré par lui, et il préfère ne rien tenter plutôt que de s'exposer à un refus. Au bout d'un bon moment, c'est moi qui ai pris l'initiative de l'embrasser et de dénouer sa cravate. Ensuite, j'ai émis quelques suggestions plus précises et, peu à peu, nous avons progressé vers sa chambre. Jusque-là, nous n'avions pas quitté son salon, qui donne sur Central Park : la vue y est magnifique, surtout un soir de pleine lune, mais je n'ai pas voulu m'extasier, sinon il aurait cru que je pensais à autre *chose et aurait été encore plus inhibé... Bref, pardonne ces digressions, ma Constance, nous voici donc à la porte de sa chambre...*

Mal à l'aise, Luke leva les yeux pour s'empêcher d'en lire davantage. Il se faisait l'impression d'être un voyeur en train de déchiffrer de croustillantes confessions qui ne lui étaient pas destinées. En même temps, il était furieux. Comment avait-elle pu s'attacher à Terence Alban ? Luke l'avait longtemps fréquenté. C'était Monte Gerhart qui les avait présentés, et Alban avait mis de l'argent dans trois pièces que montait Luke. Il avait passé deux ans à traîner dans les théâtres : trop d'argent, trop de temps, rien à faire de la journée, sinon tenter de se lier à des célébrités. Tout ce qui faisait son charme, c'était cette timidité écœurante, cette gaucherie qui donnait aux femmes l'envie de le cajoler pour le rassurer. « Oui, il réveillait chez elles des sentiments maternels et il en jouait, il en abusait même, songea Luke avec mépris. Je n'aurais pas cru qu'une femme comme Jessica s'y serait laissé prendre. Elle est trop intelligente pour ça. Maintenant, assez perdu de temps, je vais me coucher », conclut-il en replaçant d'un geste brusque les lettres dans le coffret. Mais quand il voulut le refermer et qu'il les vit mal rangées, froissées, il se sentit coupable en songeant à Constance et au soin qu'elle avait mis toute sa vie à les conserver. Il les ressortit donc, les lissa du plat de la main, les plia correctement et ce fut alors que quelques lettres s'échappèrent du paquet. Il les ramassa pour les poser sur la table basse. L'une d'entre elles arrêta son regard.

La seule chose qui m'ait déplu dans l'année qui vient de s'écouler, c'est que nous ne nous soyons pas écrit. Mais, pour le reste, elle fut la plus parfaite de ma vie. D'abord, nous avons joué ensemble, j'ai assisté à ta miraculeuse transformation en Mrs Warren, et je me suis sentie forte parce que, toi, tu l'étais. Je pense que, dans la vraie vie, les filles doivent éprouver cela quand leurs mères sont des femmes auxquelles elles ont envie de ressembler. Je me demande si cela arrive souvent. J'adorais ma mère, mais je n'ai jamais voulu lui ressembler, alors que dès notre première rencontre j'ai souhaité être toi. Quand nous travaillons ensemble, toi et moi, j'ai le sentiment d'être forte, d'avoir du pouvoir... Il est vrai que je ressens toujours ça sur scène, mais plus encore quand tu y es avec moi. Nous avons déjà parlé de ce sentiment de pouvoir, presque de toute-puissance, qui nous saisit lorsque nous nous glissons dans la peau d'un personnage, puis d'un autre – jeune fille, femme mûre, prostituée, lycéenne, reine... Et puis viennent les rappels, on entend tous ces applaudissements, on voit tous ces visages radieux, souriants, on sait qu'on a réussi, qu'on est arrivé à leur faire croire en nous. Je n'imagine pas de plus grand pouvoir que celui-ci, et rien au monde ne me donne un tel sentiment de joie, de liberté... C'est comme si je volais, comme si je planais au-dessus de l'univers, comme s'il n'y avait nulle part où je ne puisse aller, rien que je ne puisse faire.

Et tout ça, c'est à toi que je le dois. Tu sais, le moment le plus parfait de cette année parfaite a été le dernier rappel de la dernière représentation, quand tu m'as pris la main et que nous nous sommes retrouvées toutes les deux seules sur la scène. Le public nous applaudissait debout. Quand le rideau est définitivement tombé, tu m'as dit : « Toi et moi, ma Jessica, nous représentons davantage ensemble que lorsque nous jouons chacune de notre côté. Nous nous mettons mutuellement en valeur. Et je t'en suis très reconnaissante. » Constance, c'est à moi d'éprouver de la gratitude, et je te remercie de tout mon cœur de m'avoir dit cela. Jamais je ne l'oublierai.

Bien sûr, une partie de mon bonheur londonien était due à Larry – aussi longtemps qu'a duré notre histoire. Ça m'a fait un drôle d'effet de jouer face à quelqu'un avec qui j'avais une liaison, et tu ne peux pas savoir combien j'ai été triste quand ça s'est arrêté : je l'aimais beaucoup, nous nous amusions bien ensemble. Je n'ai pas compris pourquoi il tenait tant à ce qu'on se marie, pourquoi il ne pouvait se contenter de ce que nous avions.

Quand Terence est arrivé de New York, je l'ai tenu éloigné aussi longtemps que j'ai pu, mais au bout d'un mois je me suis trouvée à court de prétextes. Nous avons repris notre relation, à cela près que je ne pouvais plus me voir dans un lit avec lui. Larry me manquait toujours terriblement. Terence s'est remis à penser qu'il ne valait rien, qu'il était un incapable, et j'en ai eu assez de devoir sans cesse le consoler, le cajoler, lui remonter le moral, le materner. Alors je l'ai quitté, lui aussi.

Tout ça s'est passé il y a une semaine, après ton départ pour Sydney. J'aurais tellement aimé que tu puisses m'emmener dans tes bagages. Au lieu de ça, me voici en route pour Hollywood ! La prochaine fois que tu auras de mes nouvelles, je serai dans une maison que la production m'a louée à Malibu, tu me manqueras et le théâtre me manquera. J'ai du mal à m'imaginer pouvoir travailler sans l'énergie que procurent une salle, un public. Tu m'as dit que l'on s'habituait à jouer non pas pour le public, mais pour la caméra et pour les autres acteurs. Je me demande si c'est la vérité, ou si tu m'as dit ça juste pour me rassurer et m'encourager… Je le saurai bientôt et, en attendant, t'envoie toute l'affection de

ta Jessica.

Luke parcourut encore quelques lettres.

Ma chère Constance,
Je sais que tu as raison et que je devrais m'estimer heureuse : les articles écrits sur moi étaient tous bons, mais tu sais bien qu'il n'y a rien de pire que d'avoir participé à un film que tout le monde déteste. Et tu n'ignores pas non plus à quel point je l'ai détesté moi-même. Je ne décolère pas. Jamais encore je n'avais été liée à un échec. Peu importe que les critiques m'aient trouvée bonne, je me suis sentie salie par ce film.
Une heure s'est écoulée et je reprends la plume pour t'annoncer que, finalement, grâce à un coup de fil, la vie est très, très belle. En effet, Edward Courrier vient de m'appeler pour me demander si je serais intéressée par un rôle dans Qui a peur de Virginia Woolf ? *avec Constance Bernhardt pour partenaire. Quelle question ! Tu te rends compte ? Si je réussis l'audition, dans six mois nous nous retrouverons à New York. D'ici là, je vais travailler avec une troupe de Los Angeles. Voilà une expérience qui s'annonce formidable. Je vais donc pouvoir rester dans ma maison de Malibu, qui est magnifique… et puis j'adore vivre au bord de l'océan.*
Larry s'est manifesté à nouveau, et nous avons passé ensemble un moment très romantique. J'ai été étonnée moi-même d'être à ce point heureuse de le revoir. Il m'a promis de ne plus parler mariage ; dans ces conditions, peut-être allons-nous pouvoir recommencer ici ce que nous avons vécu à Londres. Peut-être a-t-il enfin compris que je suis maintenant – et que je serai dans dix, vingt ou trente ans – toujours indissociable du théâtre. Certes, je veux être la meilleure, mais je veux plus encore : je veux faire le bien grâce au théâtre. Si j'ai véritablement ce don – ce pouvoir que toi et moi ressentons sur scène –, alors je pourrai, en tant qu'actrice, aider les gens à comprendre des choses qu'ils ne concevaient pas auparavant. L'autre jour, j'ai lu quelque part

que le théâtre nous permettait d'être confrontés à nos sentiments, de les regarder en face, au lieu de les subir comme des choses vagues et floues à l'intérieur de nous. Si je peux aider les gens à comprendre ce qu'ils éprouvent, c'est toujours mieux que rien, tu ne trouves pas ? Aider les autres tout en faisant ce qu'on aime le plus au monde...

C'est ce que j'ai tenté d'expliquer à Larry. Je crois qu'il a fini par comprendre, bien qu'il lui arrive encore de faire comme si nous n'avions jamais abordé le sujet. Il habite avec moi à Malibu, et ça me fait un drôle d'effet : j'ai tellement l'habitude de vivre seule. Mais il a voulu essayer et j'ai accepté. Jusqu'ici, tout va bien, c'est même une expérience plutôt agréable...

« Larry... songea Luke. Mais de quel Larry peut-il s'agir ? » Il se leva pour aller chercher à l'autre bout du bureau, sur une étagère, un épais volume qu'il ouvrit à la page de l'index. « S'ils jouaient ensemble dans *La Profession de Mrs Warren*, réfléchit-il, c'est qu'il devait interpréter le rôle de Frank Gardner, le prétendant de Vivie Warren. » Et en effet, il découvrit que, lorsque la pièce avait été montée à New York quinze ans auparavant, le personnage de Kitty Warren était joué par Constance Bernhardt, Vivie Warren par Jessica Fontaine et Frank Gardner par Lawrence Swain.

« Mon Dieu, Larry Swain ! Mais il ne lui arrive pas à la cheville ! s'exclama Luke intérieurement. Musclé, beau gosse, avec un petit air propre sur lui qui le faisait ressembler à une statue antique. Un acteur honnête, sans plus. Assez bon pour les téléfilms. D'ailleurs, voilà au moins dix ans qu'il n'a pas tourné autre chose. On lui reconnaît un peu d'intelligence et d'esprit, mais guère plus. En fait, ce gars n'avait vraiment rien d'exceptionnel. Et Jessica Fontaine mérite quelqu'un d'exceptionnel. Pourquoi s'obstine-t-elle à choisir des hommes qui ne la valent pas ? »

Il jeta un œil à la lettre suivante : «Trop longue pour ce soir», pensa-t-il. Il s'apprêtait à la remettre dans le coffret lorsque son regard s'arrêta sur la deuxième page : oui, c'était bien son nom qui y figurait…

… Les gens qui sont venus nous féliciter le soir de la première m'ont beaucoup amusée. J'ai adoré l'air pénétré qu'ils ont pris pour parler de la pièce et leur façon de n'employer que des mots d'au moins huit syllabes, histoire d'avoir l'air intelligent. Si seulement ils savaient se détendre un peu, profiter de la vie et en tirer ce qui compte pour eux, sans se croire obligés de tout analyser… J'ai été heureuse de faire enfin la connaissance de ton petit-fils. J'ai lu beaucoup d'articles sur lui. J'aime bien son allure : il n'est pas spécialement beau, il me fait plutôt penser à un aigle planant haut au-dessus de nous autres, petits humains, et peu tenté par l'idée de venir voir à quoi on ressemble… Il a l'air fort, intelligent, et, s'il était un peu plus chaleureux, son regard serait très séduisant. Tiraillée entre les uns et les autres, je n'ai pas pu parler longtemps avec lui… Toujours est-il qu'il m'a fait l'impression d'être assez… hérisson. Qu'en penses-tu, toi qui le connais bien ? J'ai bien compris que je ne l'intéressais pas du tout. Pour tout t'avouer, je me suis même dit que c'était sans doute le pire metteur en scène que j'aie jamais rencontré : distant, critique, observateur – toujours l'aigle ! Mais, ensuite, j'ai réfléchi : il devait y avoir autre chose… En effet, il avait l'air furieux, déçu, ou peut-être juste sur la défensive. Il ne paraissait ni ouvert ni bienveillant, comme tu l'es, toi, et je crois que je m'attendais à ce qu'il te ressemble davantage. Je suis sûre qu'il est venu à cette soirée juste pour te voir. Ta présence seule semblait justifier la sienne.

Sans doute est-il contrarié par son divorce. Je ne devrais pas être au courant, mais les journaux n'ont parlé que de ça, et je ne peux pas m'empêcher de me demander pourquoi les gens acceptent d'étaler ainsi leurs échecs. Personnellement, je préfère ne rendre publiques que mes réussites. Cela dit, si je divorçais, il est probable que, moi aussi, j'aurais l'air de mauvais poil dans les soirées. Je sais que c'est Claudia qui a raconté toute leur histoire à la presse, mais ils auraient tout de même dû parvenir à trouver un accord là-dessus. Pourtant, j'imagine que, s'ils avaient pu se mettre d'accord sur quoi que ce soit, ils seraient restés mariés. Mes parents ont réussi à faire durer leur mariage en évitant tous les sujets qu'ils savaient explosifs. Ils ne voulaient rien se dire d'irréparable. Sans doute Claudia et Luke ont-ils été moins prudents, ils n'ont pas l'air du genre à tourner autour du pot...

Tu l'auras compris et j'espère que tu me pardonneras, ma Constance, mais Luke ne m'a pas plu, bien qu'il soit ton petit-fils et que je t'aime, toi. Il est clair que je ne lui ai pas plu non plus. En vérité, plus encore qu'à un aigle, il m'a fait penser à un phare, seul sur son rocher, haut et tout raide, tourné vers la mer, loin des villes, de la foule et de la société, montrant à tous le bon chemin sans jamais bouger d'un pouce. J'aimerais néanmoins avoir un jour l'occasion de travailler avec lui. Mais, comme il ne paraît pas du tout tenté par cette idée, je doute qu'elle se réalise jamais.

Le regard de Luke fixa sans la voir la cavité noircie de la cheminée. Il se remémora ce soir de première. Il était rentré chez lui et était resté assis à la même place, à contempler la même cheminée. Il s'en était voulu de s'être montré si froid, presque grossier, dans une réception où l'on fêtait triomphalement sa grand-mère. Martin avait fait du feu ce soir-là. Quand était-ce ? Luke réfléchit. Onze ans auparavant. En octobre. Oui, c'était une soirée humide et froide, quelques mois à peine après son divorce. Il était rentré de bonne heure, dégoûté de lui-même, nerveux, désœuvré. « À l'époque, je ne maîtrisais plus rien dans ma vie, songea-t-il. J'avais l'impression de n'être lié à rien, ni au théâtre ni à personne. »

Il avait l'air furieux, déçu, ou peut-être juste sur la défensive.

Sur la défensive. Jessica avait vu juste. Non seulement il n'avait à ce moment-là aucune pièce en préparation, mais Claudia avait fait de leur divorce une affaire publique. En outre, elle lui avait demandé dix millions de dollars – qu'il n'avait naturellement pas – « pour réparation ». Car il devait réparer : ne lui avait-il pas promis – les parasites qui l'entouraient alors allaient se charger d'en témoigner – richesse, célébrité et amour ? Bref, il était censé déposer le monde à ses pieds et manquait à ses engagements.

La même année, il avait mis en scène une pièce intitulée *Vigilance*. Elle racontait l'histoire d'une petite ville détruite par la cupidité de ses habitants (on venait d'y découvrir un nouveau gisement pétrolier). Et à mesure que cette ville se désintégrait, le mariage du couple héros de la pièce devenait plus fort, plus solide… *Vigilance* avait été le grand succès de la saison. Luke avait réalisé une mise en scène brillante, allant crescendo depuis la découverte du puits de pétrole, en passant par la violence qui déchirait les familles, jusqu'à la scène finale où, du chaos, renaissait l'espoir.

Cette pièce l'avait aidé à admettre que son propre mariage n'avait ni la force ni la foi qui animaient le merveilleux couple de *Vigilance*.

« Mon pauvre chéri, lui avait alors dit sa grand-mère, tu es en train de tomber dans le piège qui nous guette tous, nous autres, gens de théâtre : confondre la vie réelle et la vie sur scène.

— Tu te trompes, avait vigoureusement rétorqué Luke, je me contente de comparer des idées sur le mariage. Rien de plus !

— Ne t'énerve pas, mon garçon. Tu me parais bien raide en ce moment. Si tu dois te lancer dans une étude comparative sur les mariages, autant en choisir un qui ressemble au tien. Est-ce que tu connais *un* couple, un seul, dont le mariage ait quoi que ce soit de commun avec celui de *Vigilance* ? Bien sûr que non. Un tel mariage n'existe pas. S'il faut raser une ville pour qu'un couple trouve enfin la raison d'être de son union, tu as peu de chances de rencontrer beaucoup de mariages heureux. Luke, tu as créé une certaine image de la réalité, pas la réalité elle-même. Je ne devrais pas avoir à te rappeler de telles évidences, car elles sont la définition même du théâtre. Tu sais bien que, même si tu y passais ta vie, jamais tu ne trouverais à te remarier comme le héros de cette pièce.

— Je ne cherche pas à me remarier.

— Pas pour l'instant, c'est encore trop tôt. Mais un jour…, avait doucement commencé Constance.

— Non, pas après ce que m'a fait subir la vie conjugale justement, l'avait vivement interrompue Luke en secouant la tête. Je n'arrête pas de penser à Claudia et à moi, et je ne vois toujours pas quel sens a pu avoir cette union. Comment ai-je pu être aussi aveugle ? Et stupide. Je suis beaucoup plus avisé quand j'achète une voiture. Bon sang, comment ai-je pu faire une bêtise pareille ?

— Tu tenais absolument à te marier. Tu trouvais mon existence plutôt vide… Tu as voulu faire mieux que moi.

— Je n'ai jamais pensé ça. Cette alliance n'avait rien à voir avec toi.

— Oh que si !…. Tu voulais une vie différente de la mienne. Il n'y a pas de mal à ça. Tu ne m'en aimes pas moins. Je crois que, dans le fond, tu m'en veux de ne pas m'être remariée, de ne pas t'avoir donné de père. J'y ai pensé, tu sais. J'ai très scrupuleusement examiné les prétendants, et pas un ne m'a paru digne d'être mon mari, et encore moins ton père. Mais tu n'en savais rien, et tu m'en as voulu. Alors, une fois adulte, tu as décidé de me montrer qu'il était possible de réussir sa carrière, son mariage, et d'avoir une vie bien remplie. C'était une bonne idée, mon chéri, et c'est toujours une bonne idée. Un échec ne doit pas te la faire abandonner. Tu n'as que trente-quatre ans, et tu es devenu le metteur en scène le plus en vue de ce pays. Donne-toi le temps de comprendre ce que tu attends de toi-même et... des autres. Vis un peu seul, ça te fera le plus grand bien. Et puis sors, sois un peu bon vivant, ça te changera : tu as toujours été trop sérieux. Alors, dans quelque temps peut-être, je te présenterai quelqu'un, une jeune femme avec laquelle j'entretiens une correspondance délicieuse. Tu l'as déjà rencontrée, mais tu ne la connais pas, et je crois que vous vous entendriez bien tous les deux...

— J'ai l'habitude de trouver seul mes maîtresses », avait répondu Luke d'un ton brusque, cinglant, tant il était embarrassé par la perspicacité de sa grand-mère.

Car elle avait raison : il lui en avait voulu de ne pas lui donner un père. Seulement il ignorait qu'elle l'avait compris. Ce jour-là, il s'était senti mal à l'aise, comme un petit garçon pris en faute, et il avait lancé avec davantage de fureur encore :

« Je me débrouille très bien tout seul. Je n'ai pas besoin que tu me souffles ni que tu m'encourages depuis la coulisse.

— Ah ! C'est donc ça... tu te crois plus malin que les autres, mais, toi aussi, tu as besoin d'aide et de conseil, comme tout le monde. Il te reste encore deux ou trois petites choses à apprendre avant de trouver la femme qu'il te faut et...

— Et c'est une experte en mariages qui parle, avait-il méchamment répliqué.

— Pas en mariages, en relations humaines, avait rétorqué Constance du tac au tac. Oui, j'ai la prétention d'en savoir plus que toi dans ce domaine, permets-moi de te le dire. Et je ne comprends pas pourquoi tu passes tes humeurs sur moi, Luke. Ça ne change rien à la réalité.

— Tu ne sais rien de la "réalité" de ma vie, comme tu dis. Maintenant fiche-moi la paix, avait-il riposté d'un ton cassant, avant d'ajouter, honteux : Ne te fais pas de souci pour moi, Constance. Je sais que tu es inquiète, mais je t'en prie, crois-moi, tout va bien.

— Eh bien, dans ce cas, j'espère simplement que tu vas apprendre à être plus proche des autres. J'ai bien peur de n'avoir pas su te transmettre ce genre de chose. »

Assis dans son bureau, la lettre à la main, Luke se remémora chaque mot de cette conversation et comprit que sa grand-mère avait tenté de lui parler de Jessica. « Mais je n'étais pas prêt, ce n'était pas le bon moment, et après elle n'a plus jamais essayé. »

Il avait pourtant suivi l'un de ses conseils : il s'était mis à sortir davantage et avait bientôt fait partie de ces célibataires très recherchés par les maîtresses de maison pour équilibrer leur plan de table... Il avait aussi été plus occupé que jamais : les mises en scène s'étaient succédé à un rythme effréné, et les femmes aussi... Il travaillait six jours par semaine et passait ses dimanches avec des amis producteurs qui possédaient un ranch dans le New Jersey où ils montaient à cheval du petit-déjeuner au dîner, avant de rentrer le soir sur New York.

« Je t'ai dit d'apprendre à être proche des autres, l'avait grondé Constance lors d'un petit repas d'adieu avant son départ pour l'Italie. Regarde-toi, Luke : tu travailles tout le temps, même quand tu montes à cheval. Toi et tes amis, vous êtes toujours en compétition. Quand vas-tu te décider à apprendre à te détendre ? Tu as encore devant toi des années de tra-

110

vail et de vie, et tu ne te donnes même pas le temps d'alimenter la chaudière.

— Si je suis capable d'en faire autant que tu le dis, c'est que ma chaudière fonctionne déjà très bien, avait répondu Luke en riant.

— Non, avait répliqué sa grand-mère d'un air grave. Tu vis sur tes réserves. Je porte un toast à tes nombreuses, très nombreuses visites en Italie. J'aimerais que tu viennes me voir dès que tu en auras la possibilité, même si ce n'est que pour quelques jours. Je bois aussi à tes succès... et à une vie où il y aurait de la place pour l'amour et le rire. »

Luke avait acquiescé et ils avaient trinqué.

« Je t'aime », lui avait-il dit, et ils savaient tous deux qu'elle était la seule personne à laquelle il eût jamais adressé ces mots.

Il ouvrit les yeux et comprit que, endormi dans son fauteuil, il avait rêvé de Constance. Il se souvenait presque de chaque parole qu'elle avait prononcée. Il repensait à toutes ses recommandations, à tous ses conseils, et c'était là qu'elle lui manquait le plus. Il avait souvent repoussé les unes comme les autres, mais jamais il ne les avait oubliés. Il s'apprêtait à se lever de son siège pour aller se coucher lorsqu'il se rendit compte que ses doigts n'avaient pas lâché la lettre de Jessica. Il en lut la dernière page.

Je crois ne pas t'avoir suffisamment remerciée pour tes conseils concernant Harold. Tu t'es montrée très sage, ma Constance. Tu as vu beaucoup plus clair que moi. (J'ai, semble-t-il, une extraordinaire faculté d'aveuglement avec les hommes. Je mets toujours un temps fou avant de comprendre qui ils sont vraiment.) Harold est sans doute le plus charmant que j'aie connu, mais tu avais raison : il a une manière très destructrice d'attirer les gens dans son orbite. J'avais bien l'impression d'être prise dans ses filets, mais il était délicieux et je ne m'apercevais pas que je devenais peu à peu non pas moi, mais une autre femme, celle qu'il était en train de façonner. Grâce à toi, je l'ai compris, et je t'en suis très reconnaissante.

Nous nous reverrons bientôt, quand je t'accueillerai dans mon nouvel appartement. Il est magnifique, tu verras. Dès que j'aurai emménagé, je donnerai moult dîners et fêtes, et tu seras mon invitée permanente : ma porte t'est toujours ouverte – et grande ouverte. Reçois tout l'amour de

ta Jessica.

Le jour allait se lever lorsque Luke referma le coffret. « J'aurais aimé la connaître comme Constance la connaissait », se dit-il avant de sombrer dans le sommeil.

Les journées de Luke étaient rythmées par les bruits. Il entrait et sortait des immeubles où se tenaient les réunions nécessaires à l'élaboration de son projet et rencontrait des bruits, toujours des bruits, ceux de la circulation, du murmure des conversations, de la musique dans les ascenseurs, du cliquetis des clefs... Cette journée-là fut pareille aux autres et, lorsque à la fin de l'après-midi, au terme de sa sixième réunion, il regagna son bureau en compagnie de Kent Horne, le tout jeune dramaturge s'effondra dans un fauteuil en soupirant :

— Quel programme ! Comment faites-vous pour monter une pièce si vous passez votre temps en réunions ?

— Une mise en scène commence toujours par là, répondit Luke en leur servant deux verres d'eau glacée. D'ailleurs, il nous en reste encore une, avec Marilyn Marks. Elle va apporter une maquette de son décor. Fritz n'apprécie pas ses idées, mais il n'a pas vu la maquette. Je lui ai donc demandé de venir à dix-sept heures trente.

— Qu'est-ce que Fritz n'apprécie pas au juste ?

— Nous le saurons quand il sera arrivé.

— Vous ne vous mouillez pas.

— Non, je laisse des chances égales à chacun, répondit Luke à l'instant précis où Marilyn Marks pénétrait dans son bureau.

C'était une petite femme d'apparence fragile, avec un fin visage qu'encadraient des cheveux bruns coupés court. Sa bouche aux lèvres minces paraissait encore plus fine et contractée lorsqu'elle se concentrait sur son travail.

— Bonjour. Voici l'objet, fit-elle d'entrée de jeu en posant sa maquette sur le bureau de Luke.

Celui-ci lui présenta Kent et tous trois restèrent debout, penchés au-dessus de la table.

Un stylo à la main, Marilyn soulignait ses commentaires en désignant différentes parties de la maquette.

— Voici le salon de Lena. Tout y est un peu décentré. Je la vois comme une femme à la fin de sa vie, n'arrivant pas à comprendre pourquoi ce petit-fils, dont elle est littéralement folle, semble ne pas l'aimer. Bien sûr, à la fin il l'aime, mais jusque-là elle en doute beaucoup. C'est comme un rêve dans lequel elle serait enfermée. Je sais que Fritz déteste cette idée, or Fritz déteste tout ce qui est un peu excentrique ou inhabituel.

— Génial ! s'écria Kent avec exubérance.

Luke se montra plus circonspect. Pour lui, ce décor s'éloignait trop d'un certain réalisme, mais il voulait encore examiner la maquette et y réfléchir – par conséquent, il ne se prononça pas.

La sonnerie du téléphone vint les déranger. Luke décrocha et entendit la voix de Tricia :

— Luke, je nous ai préparé un bon petit dîner. Je t'attends à sept heures et demie. Tu m'as manqué.

« Je préférerais rester chez moi et lire encore quelques lettres de Jessica, pensa-t-il. Mais, comme dirait Constance, ce n'est pas une façon pour un grand garçon de passer ses soirées. »

— Formidable! s'entendit-il répondre. J'apporte du vin rouge, d'accord?

— D'accord. Et viens comme tu es, nous ne serons que tous les deux.

Kent et Marilyn quittèrent ensemble son bureau, parlant toujours du décor. Il partit peu après et se dirigea à pied vers la rue où habitait Tricia, presque incapable de songer à autre chose qu'à la chaleur oppressante qui écrasait la ville. À dix-neuf heures trente précises, il sonnait à la porte de la journaliste.

— J'adore ta ponctualité, dit-elle en lui ouvrant, et je suis très heureuse de te voir. Dis-moi qu'il en est de même pour toi.

— Je suis heureux de te voir, répondit-il, docile, en l'enlaçant.

Et ce n'était pas un mensonge poli. Il était vraiment heureux d'être là. Elle était fraîche, belle, et n'avait absolument rien à voir ni avec *La Magicienne*, ni avec le théâtre en général. Elle portait une longue robe de soie bleue et des ballerines dorées. Sa chevelure était impeccable, à l'exception de quelques mèches folles qui s'éparpillaient gracieusement sur son front.

— Tu es ravissante, la complimenta Luke, mais tu n'as pas exactement l'air d'une cuisinière qui vient de quitter ses fourneaux.

— C'est que j'ai déjà tout préparé. Quand on invite un homme à dîner, on ne le laisse pas tout seul dans le salon pour aller s'agiter et touiller des sauces en cuisine.

— J'aurais pu t'aider à t'agiter et à touiller.

— As-tu déjà fait ça une seule fois dans ta vie?

— Non. Personne ne me l'a jamais demandé.

— C'est sans doute parce que tu caches bien tes talents domestiques. Allez, viens lire mon dernier papier. Il paraît demain, ajouta-t-elle en se dirigeant vers le bar. Tu veux un scotch ?

— Oui, volontiers, répondit Luke en prenant sur la table basse l'article qu'y avait laissé Tricia.

Il s'assit pour le lire. La photo de la jeune femme figurait en haut de la colonne, tramée, sombre, mais néanmoins identifiable. Sur le cliché, elle avait l'air grave, comme si les informations qu'elle livrait étaient trop sérieuses pour autoriser le sourire. Elle avait intitulé sa rubrique « Derrière les portes closes ». Les noms des célébrités qu'elle évoquait apparaissaient en caractères gras. Luke sauta d'un nom à l'autre, jusqu'au moment où quelques mots l'arrêtèrent :

L'ex-femme de Luke Cameron, le célèbre metteur en scène new-yorkais, part demain en croisière avec Edwin Peruggia, grand avocat de Hollywood. Peut-être pour se faire pardonner, celui-ci a essayé de mettre de l'argent dans la prochaine pièce de Cameron. Mais l'ex-mari de sa dulcinée a refusé. Quelle drôle d'idée !

— Qu'est-ce que c'est que cette histoire ? demanda Luke à Tricia qui revenait du bar, un verre dans chaque main.

— C'est pour ça que je voulais que tu le lises. Tu ne m'as jamais dit que tu décourageais les investisseurs.

— Ce n'est pas le cas. Monte m'en aurait parlé. D'où sors-tu cette information ?

— Luke, tu sais bien que je ne livre jamais mes sources.

— Ce doit être quelqu'un du bureau de Peruggia. Ça ne peut pas venir de chez Monte. Qui était-ce ?

— Je resterai muette comme une tombe.

— Mais cette information est fausse, Tricia. Tu ne peux pas la passer. Allons, dis-moi qui t'a raconté ça.

— Ce que tu peux être têtu... D'accord... C'est l'un des petits jeunes que Peruggia vient d'engager. Il le tient du secrétaire particulier de Peruggia en personne.

— Et tu n'as pas vérifié.

— Si tu crois que j'ai le temps de tout vérifier. Ça te dérangerait beaucoup si ça paraissait ? Ça te fait de la publicité, tu sais...

— Non, enlève ces deux phrases. Elles n'ont aucune raison d'être.

— Si, exciter la curiosité.

— Mais inutilement. C'est un peu comme touiller une casserole dans laquelle on n'aurait rien mis à cuire. Ça ne produit rien.

— Détrompe-toi, ça produit de l'*intérêt* d'abord, et ensuite de l'amusement, de l'envie, du mépris... bref, de l'émotion. C'est lorsqu'ils éprouvent des émotions que les gens se sentent vivants. Et toi, que fais-tu d'autre au théâtre, sinon leur donner de l'émotion ? Tu te crois très au-dessus de ces basses contingences, mais en vérité, tu fais la même chose que moi. À cette différence que moi, je touche plus de gens chaque jour que tu n'en touches en cinq ans de travail.

— Tu oublies le *sens*.

— Oh, Luke, pour l'amour du ciel, personne ne lit les potins mondains en se demandant s'ils ont du *sens*. On les lit pour approcher ceux qui sont plus riches, plus célèbres, plus beaux... Mon ambition n'est pas de livrer une vérité profonde, tu sais, mais juste de donner aux lecteurs ce qu'ils attendent. Tu es bien certain de ne pas avoir refusé l'argent d'Ed Peruggia ? Tu aurais pu le faire pour des raisons éthiques. C'est un personnage amoral, et tu ne l'aimes pas. Et puis tu sais qu'il est devenu le chevalier servant de ton ex-femme... Non, je vois bien à ta tête que ce n'est pas la question... Dis-moi juste s'il a jamais cherché à investir dans l'une de tes pièces.

— Non.

— D'accord. Je préfère te croire toi plutôt qu'un des sous-fifres de Perrugia, fit Tricia en déposant un léger baiser sur la joue de Luke. Maintenant, je te propose de changer de conversation : les débats philosophiques sont mauvais pour la digestion. Parle-moi de ta pièce. J'ai entendu dire qu'Abby Deming allait tenir le rôle principal. C'est tout bénéfice pour toi, non ? En général, elle fait recette... C'est d'ailleurs incroyable, à son âge ! En outre, à ma connaissance, elle n'a jamais subi aucun lifting. Et ce jeune auteur que tu as découvert... Comment s'appelle-t-il déjà ? Parle-moi un peu de lui.

Luke s'apprêtait à répondre à ce bombardement de questions lorsque la bonne de Tricia surgit dans l'encadrement de la porte.

— Le dîner est servi, Miss Delacorte.

Celle-ci lui demanda d'allumer les chandeliers et d'apporter le vin, puis elle glissa son bras sous celui de Luke pour traverser la pièce.

— Nous allons pouvoir discuter devant un excellent repas, lui dit-elle en prenant place à une petite table ronde. Maintenant, poursuivit-elle lorsqu'il se fut assis à son tour, dis-moi le nom de ton petit génie...

Mais il semblait ne pas écouter et regardait dans le vague, par-delà les baies vitrées, apercevant les mêmes lumières que depuis sa propre salle à manger, quoique sous un angle légèrement différent. Il se dit qu'en définitive son décor ne changeait pas, que son univers était tout petit, étriqué, qu'il ne s'y passait rien, presque rien...

— Luke ! s'impatienta Tricia.

— Ah oui... pardonne-moi. Il s'appelle Kent Horne. Il est très jeune, brillant, parfois charmant, mais, hélas, horriblement immature et hyperactif. Je t'en prie, ajouta-t-il en posant sa main sur celle de la jeune femme, essaie de ne pas écrire dans ta rubrique que la nouvelle pièce montée par Lucas Cameron a été écrite par un jeune homme immature...

— Qu'est-ce qui te fait croire que je vais écr...?

— Je suis sûr que tu y penses. S'il te plaît, n'écris pas un mot de tout ça, sinon je ne te raconterai plus rien, tu le sais.

— Au cas où tu l'ignorerais encore, il s'agit de mon gagne-pain.

— Ton gagne-pain n'a rien à voir avec Kent Horne. D'ailleurs, il est encore inconnu, il ne peut pas t'intéresser.

— Crois-tu qu'il va devenir célèbre?

— Oui.

— Dans ce cas, je lui consacrerai quelques lignes quand il le sera.

La bonne ôta les assiettes du hors-d'œuvre et servit des coquilles Saint-Jacques accompagnées d'une salade de riz. Luke s'occupa du vin. Et tandis que les bougies se consumaient lentement, ils continuèrent d'évoquer l'univers de stars et de célébrités qui était le leur et qui les avait réunis.

Cependant, plus tard dans la soirée, lorsque Tricia tomba paresseusement sur son lit et s'étira dans ses draps de soie en demandant à Luke s'il restait pour la nuit, il déclina son offre :

— Non, j'ai encore quelques heures de travail devant moi, mais je te remercie pour ce merveilleux dîner.

Il se pencha, l'embrassa, puis quitta rapidement son appartement.

Martin avait laissé un mot sur son bureau : Tommy Webb avait appelé, ainsi que Monte Gerhart, Kent Horne, Fritz Palfrey et Cort Hastings. Celui-ci disait qu'il venait de relire *La Magicienne* et que le personnage de Daniel lui plaisait moins qu'à la première lecture. Par conséquent, il souhaitait rencontrer le metteur en scène dès le lendemain, et aussi l'auteur de la pièce, dont le nom lui échappait...

« Ces gens-là ne dorment donc jamais ! Ils ne pensent jamais à autre chose ! » s'exclama Luke intérieurement en posant la feuille à côté du téléphone. Puis il jeta un œil à sa montre. « Il n'est pas si tard. J'ai encore le temps de lire une lettre ou deux. » Et, en prononçant ces mots, il comprit que, toute la journée, il n'avait attendu que cet instant, comme un enfant, impatient d'entendre la suite de l'histoire qu'on lui lit le soir pour l'endormir. Il en fut troublé. « Après tout, songea-t-il, Jessica était l'amie de Constance. C'est sans doute pour cette raison que j'ai une telle soif de la connaître. » Il se dirigea vers son fauteuil et constata que Martin lui avait encore préparé un plateau avec des biscuits au chocolat, un Thermos de café et une bouteille de cognac. Il s'installa, grignota un biscuit, se servit un cognac, puis ouvrit le coffret d'où il sortit une poignée de lettres.

... n'arrive pas à croire que le théâtre pourrait exister sans...

Les pages étaient mélangées. Luke les remit dans l'ordre. La première lettre était brève, et l'écriture incertaine, hésitante, fébrile.

Très chère Constance,
Je viens tout juste de recevoir ta lettre. Je suis furieuse de rester bloquée ici, à Londres, alors que je devrais être auprès de toi. Quand as-tu appris que ton cœur était si faible ? Il y a longtemps sans doute. Si tu es obligée de quitter la scène, je suppose que voilà des mois, sinon des années, que tu y penses et que tu t'inquiètes... Et jamais tu ne m'en as parlé. Chaque fois que je t'ai dit que tu me semblais pâle ou fatiguée – je m'aperçois maintenant que je te l'ai dit souvent, surtout lors de notre dernière tournée à Los Angeles –, tu as toujours éludé la question : tu n'avais pas assez dormi, tu avais pris froid... Tu me dis que tu ne vou-

lais pas m'alarmer, mais notre amitié ne pouvait-elle supporter cette inquiétude ? Je regrette que tu ne m'en aies pas parlé, vraiment, mais je n'y peux rien. Et maintenant, qu'est-ce qu'on fait ? Je peux être à New York après-demain soir pour te voir avant ton départ, à moins que tu ne préfères t'arrêter à Londres sur ta route pour l'Italie. On m'a donné une suite avec deux chambres. Je peux t'héberger, nous passerions quelques jours ensemble à Londres. Tu viendrais me voir dans Maison de poupée, j'aimerais tant savoir ce que tu en penses et... te présenter mon nouvel ami. Mais, rassure-toi, je te promets que nous aurions beaucoup de temps seules toutes les deux. On pourrait faire tout ce qui te plairait, se reposer autant que tu le désirerais et, au moins, nous serions réunies avant que tu partes pour cet étrange exil. Je t'en prie, dis-moi ce que tu veux. Écris-moi ou appelle-moi vite. En attendant, reçois tout l'amour de

Jessica.

Ma chère Constance,

Depuis nos quatre merveilleuses journées à Londres (tu as remarqué que, chaque fois que tu avais envie de te reposer, nous découvrions un nouveau pub !), deux mois se sont écoulés. Nous revoilà, moi à New York, et toi en Italie : j'ai l'impression que nous habitons deux planètes différentes. Jamais je ne m'étais rendu compte que j'avais besoin de te savoir sur scène, où que ce soit. Alors je me sentais moins seule. Jusqu'à ce jour, je ne m'étais même jamais sentie seule. Tu éprouves, m'as-tu dit hier au téléphone, une solitude identique. J'ai passé la nuit debout à penser à toi. Je crois que tu as pris la décision la plus difficile de ta vie et je comprends toutes tes raisons : tu as voulu t'éloigner de New York et, comme tu as l'impression d'être quelqu'un d'autre quand tu ne joues pas, tu as eu envie d'une autre vie pour cette autre personne. Je comprends parfaitement *tout cela, mais je suis sidérée que tu aies eu le courage de le faire.*

Je me sens beaucoup moins seule que toi, et j'ai honte désormais d'oser t'en parler, bien que tu me l'aies demandé au téléphone. De fait, je n'ai jamais eu d'amie plus proche que toi, je n'ai pas de mari, pas de famille non plus, tu le sais. Tu étais, tu es encore tout cela pour moi. Et, ici, il ne me reste plus que le théâtre. Fort heureusement, il me donne de nouvelles joies, puisque désormais, et sans que je sache pourquoi, certains auteurs se mettent à m'envoyer leur pièce, soit directement, soit en passant par mon agent. Ainsi, je commence à me sentir, moi aussi, à l'origine des choses. Pas tout à fait dans leur création, mais pas si loin non plus...

J'aimerais tant que tu sois auprès de moi, Constance. L'autre jour, le New York Times *a écrit : « Depuis que Constance Bernhardt a quitté la scène, la meilleure actrice du théâtre américain n'est autre que Jessica Fontaine. » Voilà une bien lourde responsabilité, tu ne trouves pas ? Je préférerais partager cet honneur avec toi, je veux bien être la meilleure, mais* avec toi. *Tu me manques tellement.*

Je te remercie de m'avoir envoyé ces photos. J'aime pouvoir t'imaginer dans ta villa quand je t'écris. Oui, bien sûr, je viendrai te rendre visite dès que ce sera possible. Tu es gentille de citer l'une de mes dernières lettres : « Ma porte t'est toujours ouverte – et grande ouverte. » Cela signifie tout pour moi. Porte-toi bien, je t'aime.

Jessica.

Luke laissa aller sa tête contre le dossier du fauteuil et ferma les yeux. *Je n'ai jamais eu d'amie plus proche que toi, je n'ai pas de mari, pas de famille non plus, tu le sais. Tu étais, tu es encore tout cela pour moi.* « Nous sommes logés à la même enseigne, elle et moi, songea-t-il. Constance a assumé tous ces rôles pour nous deux. Et maintenant elle n'est plus. Je me demande si Jessica a trouvé quelqu'un pour la remplacer. »

Puis il se mit à feuilleter les autres lettres qu'il avait sorties du coffret mais n'avait pas encore parcourues. Elles parlaient des pièces dans lesquelles elle avait joué et d'un autre film que la presse avait salué avec enthousiasme. Ensuite, Jessica disait qu'elle avait déménagé, qu'elle habitait dans une maison sur la Dixième Avenue, près de Grace Church.

J'ai vu cette maison lundi matin et je l'ai achetée lundi après-midi. Dans deux semaines à peine, les travaux seront terminés. J'ai hâte d'emménager. Je passe mes journées à faire des plans, à dessiner ce que je veux pour ma maison. J'espère y connaître une vie entièrement nouvelle. Il y a encore tant de rôles que j'ai envie de jouer – mon agenda est plein pour les trois ans à venir –, et maintenant, avec cette maison, je vais avoir une autre vue depuis ma fenêtre, d'autres amis, d'autres promenades... Un jour, tu viendras me voir ici, j'en suis certaine – ta chambre t'attend...

Luke parcourut rapidement les lettres suivantes – toutes décrivaient la décoration de la maison –, jusqu'à la dernière, à l'intérieur de laquelle il découvrit, plié en quatre, un article découpé dans *La Tribune de Vancouver* et annonçant la nouvelle saison théâtrale, ainsi que la présence tant attendue au Canada de Jessica Fontaine. Elle allait jouer *L'Héritière* au cours d'une tournée de six semaines qui débuterait le 1er février et serait incontestablement un succès : toutes les places étaient déjà louées. Luke déplia la lettre.

Ma chère Constance,
Je suis heureuse que tu te sentes mieux et que tu aies à nouveau reçu la visite de Luke. Il est gentil de venir te

voir aussi souvent. Sera-t-il là au mois de mars ? Parce que moi oui ! Je passe février à Vancouver pour L'Héritière, ensuite, vers la mi-mars, je traverse le Canada en train jusqu'à Toronto et, de là, je saute dans le premier avion pour l'Italie où j'ai prévu de rester deux semaines avec toi, si toutefois tu es d'accord. J'ai envie de paresser sur ta terrasse, de respirer cet air que tu dis si pur et de me promener dans les collines autour de ta maison que j'aime tellement. Et surtout, j'ai envie d'être avec toi. Qu'en dis-tu ? J'ai hâte de te revoir. Je t'appellerai de Toronto et t'écrirai de longues lettres dans le train, bourrées de superlatifs et de points d'exclamation. Il paraît que c'est un voyage fabuleux, que les environs de la rivière Fraser sont magnifiques. Je voudrais déjà y être !

À très bientôt, ma Constance, je t'aime.

Jessica.

6

Les répétitions de *La Magicienne* commencèrent un jour que la météo proclama le plus chaud de la décennie. New York gisait dans une étrange torpeur. Les gens promenant leur chien rasaient l'ombre des murs, les vendeurs de bretzels désertaient la chaleur de leur stand pour s'abriter sous les arbres, quelques mètres plus loin, même les enfants qui ouvraient les bouches d'incendie pour s'arroser semblaient se mouvoir au ralenti. À peine rassemblés dans la salle louée par Monte, les acteurs de *La Magicienne* s'empressèrent de commenter avec force détails la chaleur qui s'était abattue sur la ville. Assis à une table légèrement à l'écart, Luke croyait discerner dans leurs intonations une nuance de fierté : New York devait rester incomparable, dans ses canicules comme dans ses froids glaciaux...

— Tu parles d'une ville..., fit Monte Gerhart en venant s'asseoir près de lui. Elle trouve toujours un truc pour t'empoisonner la vie. C'est un défi permanent. Les autres villes bénéficient d'un climat normal, les gens y mènent des vies normales, stupides mais normales. Ils ne passeraient pas une heure ici, elle leur paraîtrait un siècle ! J'y pense ! J'ai reçu le budget de Tracy. Tu te rends compte ? Deux cent cinquante mille rien qu'en publicité !

— Ce n'est pas exorbitant de nos jours, mais on étudiera ça ensemble, si tu veux bien. Quoi d'autre ?

— Les costumes et les accessoires sont chers. On ne monte pas *Le Fantôme de l'Opéra* pourtant !

— Tu as raison. Nous en parlerons à Tracy quand elle arrivera. D'autres soucis ?

— Non, c'est tout. À part ça, l'argent s'est mis à rentrer dès que j'ai commencé à écrire à certaines personnes qu'Abby Deming figurait dans la distribution. Elle a ajouté elle-même un post-scriptum disant qu'elle était ravie de jouer avec Rachel et Cort. Ces deux jeunots n'ont fait que quelques téléfilms et je ne parierais pas un centime sur leurs noms, mais il suffit qu'Abby lève le petit doigt pour que les gens sortent leur chéquier. Ça ne doit pas nous empêcher de surveiller le budget, on ne sait jamais…

Luke hocha la tête en signe d'acquiescement. Il se rappela que, la première fois qu'il avait travaillé avec Monte, il lui avait fallu plusieurs semaines avant de s'accoutumer à son apparente rudesse, une rudesse derrière laquelle se cachait l'un des producteurs les plus avisés de la profession. « Ce n'est pas bête d'avoir fait rajouter quelques mots à Abby dans la lettre. C'est sans doute suffisant pour encourager les quelques timorés affolés par sa réputation. »

La pièce, située au premier étage d'un ancien entrepôt, avait été transformée en salle de danse. On avait entièrement recouvert un de ses murs d'un immense miroir sur toute la longueur duquel on avait fixé une barre. D'un bout à l'autre, ce miroir faisait face à de hautes fenêtres. Luke avait allumé les rampes de spots encastrées dans le plafond pour éclairer l'espace délimité comme étant celui de la scène. On avait éparpillé un peu partout des pliants et des caisses censés représenter les meubles, il n'y aurait ni décor, ni mobilier, ni accessoires avant les répétitions en costume qui se dérouleraient six semaines plus tard à Philadelphie. Cette décision, Luke et Monte l'avaient prise ensemble, afin d'économiser provisoirement à la production l'embauche de techniciens. Trois climatiseurs luttaient péniblement contre la chaleur, ahanant comme des asthmatiques.

— Bonjour, fit Luke en se levant pour saluer les comédiens. Je suis heureux de vous voir et tiens à vous dire que je me réjouis d'avoir une telle distribution pour cette pièce. Je n'ai encore jamais travaillé avec la plupart d'entre vous. Je ne vais pas vous livrer une liste détaillée de mes manies, je vous dirai seulement que je n'ai pas pour habitude de donner des ordres. Je conçois les répétitions comme une conversation, d'où doivent sortir l'émotion et le sens qui se cachent dans chaque réplique. Avez-vous des questions ou des commentaires ?.... Bien, reprit-il comme seul le silence lui répondait, j'aimerais que l'on commence tout de suite à l'acte un. Kent va vous faire quelques suggestions de mise en scène que vous pourrez suivre, mais, dans la mesure du possible, n'hésitez pas à bouger selon votre inspiration. Si vous avez envie de vous asseoir, attrapez une chaise et posez-la où vous voulez. Le bon geste surgit naturellement des mots et des émotions. Ne comptez pas sur moi pour vous dire ce que vous avez à faire : vous le découvrirez par vous-mêmes. Et puis tout changera, et changera encore, à mesure que se transformera votre compréhension des répliques, que votre interprétation progressera. Si vous avez des questions qui ne peuvent absolument pas attendre, nous nous arrêterons, mais je préférerais que vous les gardiez pour vous jusqu'à ce que nous soyons arrivés au bout du premier acte. Tout le monde est d'accord ? Bien, maintenant on y va.

Il se rassit.

— Bon sang, où est donc passé Kent ? demanda Monte dans un murmure exaspéré.

— Je ne sais pas. Je m'étonne qu'il ne soit pas là. J'aurais plutôt cru qu'il arriverait le premier, répondit Luke tout en écartant les gobelets à demi remplis de café, Thermos de thé glacé, biscuits, canettes de soda, photocopies du texte, pots à crayons et blocs-notes qui encombraient la table.

Puis il attrapa l'un des blocs, trois crayons, et les posa devant lui.

— Tiens, regarde qui arrive, lui dit Monte en voyant entrer Kent avant de s'adresser directement à celui-ci : Monsieur l'auteur, je vous rappelle que nous commençons toujours à l'heure.

— Je suis désolé, fit rapidement le jeune homme en se précipitant pour déposer sur la table un énorme sac fermé par une ficelle dont il entreprit illico de défaire le nœud. Écoutez, il faut absolument que je vous montre quelque chose...

— Plus tard, l'interrompit Luke sur un ton qui n'admettait pas de réplique, les yeux rivés sur les acteurs.

Kent s'assit sans oser insister et, dès cet instant, demeura immobile, figé, tendu vers la scène comme si un fil invisible le reliait aux comédiens. Luke l'observait du coin de l'œil : Kent Horne écoutait ses répliques, oui, pour la première fois il les *entendait*. Luke savait qu'elles devaient lui paraître encore plus neuves et inattendues qu'aux acteurs eux-mêmes. Kent se tourna vers lui, les yeux brillants.

— C'est bien, dit-il simplement. Oui, c'est *très, très bien*.

Luke éprouva alors son tout premier accès de sympathie pour son auteur. Il sourit, toujours sans quitter les comédiens du regard. Immobile, vigilant, mais aussi transporté d'enthousiasme, il vivait l'un de ses moments préférés : tout commençait, il était comme un sculpteur gourmand devant la qualité de la terre ou du marbre, devant cette masse informe qui n'attendait que d'être modelée. La semaine précédente, toute la distribution s'était réunie autour d'une table ovale dans les bureaux de Monte et, à deux reprises, les comédiens avaient fait une lecture de la pièce, une simple lecture, sans y mettre le ton. C'était le moyen pour eux d'entendre leurs répliques se mêler les unes aux autres, d'envisager la pièce comme un tout, dans sa globalité. Là, ils se retrouvaient dans une salle nue, sur une scène de fortune, aveuglés par des spots mal réglés, et leurs voix arrivaient à peine à couvrir le ronron poussif des climatiseurs. Ils faisaient leurs premiers pas dans la construction de leurs personnages, et l'émotion et les rires surgirent tandis qu'ils lisaient leurs répliques. Ils se regardaient comme des étrangers en train de lier connaissance, marchaient en tournant en rond, s'asseyaient, se relevaient, trouvaient un rythme propre, un espace propre qui faisaient de chacun d'eux un individu et, en même temps, une partie d'un tout.

Tous éprouvaient la même exaltation, et celle-ci grandit à mesure que leurs voix s'affermissaient, prenaient de l'assurance, la dynamique de la pièce leur devenant plus claire. Un bref silence suivit la fin du premier acte, comme chez des gourmets savourant dans le recueillement un mets délicat. Puis, lentement, ils commencèrent à quitter la scène pour se détendre et se préparer à l'acte deux. Cort s'assit à la table, et Monte ouvrit un sachet rempli de croissants.

— Qu'est-ce qu'il y a là-dedans ? demanda-t-il en désignant l'énorme paquet apporté par Kent.

— Je voulais vous montrer quelque chose, répondit celui-ci en dénouant la ficelle. Marilyn a construit une nouvelle maquette. Je lui ai dit de tout changer, d'accentuer le côté théâtral du décor. Et voilà ce que ça donne, conclut-il fièrement en ôtant le papier d'emballage.

Cette révélation, dont il semblait tant espérer, fut accueillie par un silence affligé.

— Toutes ces petites pièces sombres, dit enfin Abigail. On dirait un bordel.

Le visage de Kent s'empourpra.

— C'est Marilyn qui a fait ça ? s'étonna Monte. C'est vraiment ce décor-là qu'elle a dans la tête ?

— En fait, elle a dit que ça ne dépendait que de vous, répondit Kent, mal à l'aise.

— Quand l'a-t-elle fabriqué ? demanda Luke.

— Eh bien, je suis allé dans son atelier, et elle me l'a montré... Elle l'avait fait pour une autre pièce, à titre expérimental, et ne l'avait jamais utilisé...

— On comprend pourquoi, lança Abigail.

— Et je me suis dit, poursuivit Kent sans relever, oui, je me suis dit que toutes ces pièces pourraient figurer les différentes facettes de la psychologie de Lena, que ce serait comme de voir à l'intérieur de sa tête. Le thème de la pièce, c'est la confiance en soi, celle dont on a besoin pour croire que les autres sont capables de nous aimer pour ce que nous sommes, et non pour l'image que nous donnons. J'ai donc pensé, continua-t-il de plus en plus faiblement, que ces pièces seraient une sorte de métaphore de toutes les façons de penser et d'agir de Lena...

— Une métaphore ! s'exclama Monte. Fritz va avoir une attaque.

— Fritz ne verra pas ça, dit Luke. Kent, nous n'allons pas réaliser ce décor. Il a peut-être une signification particulière pour vous, mais pas pour le public, et c'est le public qui nous importe. J'ai déjà demandé à Marilyn de simplifier la maquette précédente et...

— De la simplifier ? s'écria Kent. Mais elle ne me l'a pas dit ! J'ai passé le week-end avec elle...

— Ce que tu n'étais censé raconter à personne, compléta Marilyn en arrivant derrière lui. Décidément, tu es un vrai gentleman !

Kent fit volte-face.

— Je ne savais pas que tu venais ce matin.

— J'ai apporté quelques dessins pour Luke, répondit-elle en lui tournant le dos pour dérouler une longue feuille de papier sous les yeux de celui-ci. Qu'en pensez-vous ?

Luke et Monte se penchèrent avec attention sur ses esquisses.

— Ça me plaît, dit Luke. Et toi, Monte, qu'en dis-tu ?

— Salon, chambre à coucher, véranda. Les portes et les fenêtres sont un peu décentrées, mais moins qu'avant. Ça me plaît aussi.

— Vous avez fait une maquette, Marilyn ?

— Je l'ai commencée. Elle sera terminée d'ici deux jours.

— Apportez-la-nous dès qu'elle sera prête. On ne prendra de décision définitive qu'après l'avoir vue. Merci, Marilyn, c'est du bon boulot.

— C'est aussi une bonne pièce, répondit-elle sur le ton de l'évidence. (Puis, jetant un regard circulaire dans la salle :) Je vous croyais en pleine répétition ?

— C'est vrai, répondit Luke. Nous nous apprêtions à poursuivre. Vous voulez rester ?

— Si personne n'y voit d'objection. J'adore assister aux répétitions.

— Asseyez-vous là, lui dit Monte en poussant une chaise près de la sienne.

Luke se dirigea vers la scène.

— J'aimerais qu'on recommence tout depuis le début en enchaînant les trois actes sans interruption. Nous nous arrêterons pour déjeuner à une heure. Si vous avez des questions ou des commentaires, je vous remercie de ne m'en faire part que cet après-midi. D'accord ? On reprend depuis le début.

Kent s'approcha de la chaise de Marilyn.

— Je pourrais t'inviter à déjeuner ou à boire un café tout à l'heure, Marilyn ? S'il te plaît...

La jeune femme répondit sans se retourner :

— Je vais y réfléchir.

Et, comme Luke lui demandait de bien vouloir s'asseoir, il effleura la joue de Marilyn et gagna sans un mot son siège près de la scène.

À la fin du premier acte, crayon en main, Luke fit signe d'enchaîner immédiatement avec le deux. Il avait déjà une liste longue de plusieurs pages et savait qu'il allait passer des heures et des heures au bureau ou chez lui afin de revoir chaque point, pour trouver des façons de communiquer ses idées aux acteurs et, dans la mesure du possible, intégrer leurs suggestions. Le but étant que chaque scène prît une forme qui parût incontestablement la meilleure au spectateur.

— Luke, dit Abigail, je préférerais être sur scène dès le début de l'acte...

Kent leva brusquement la tête.

— Mais..., commença-t-il.

— Allez-y, essayez, fit Luke, et enchaînez tout de suite comme vous le sentez, Abby.

La répétition se poursuivit toute la journée, interrompue seulement par une brève pause déjeuner au cours de laquelle Marilyn et Kent s'éclipsèrent un quart d'heure. Kent revint seul, en annonçant énigmatiquement à Luke :

— Ça marchera... ou pas.

À la fin de la journée, le metteur en scène renvoya chez eux les comédiens en leur promettant que, le lendemain, il les laisserait poser des questions sur leurs rôles.

— Nous aborderons tout ce qui vous tracasse, toutes les interrogations, tous les problèmes que vous rencontrez avec vos répliques. Ce sera sans doute la seule journée que nous pourrons consacrer à cela, et il est probable que nous n'aurons pas le temps de faire quoi que ce soit d'autre, alors profitez-en. Nous reprendrons les répétitions après-demain.

Le chef éclairagiste arriva quelques instants plus tard.

— Je sais que ce n'est pas le moment, mais je viens de voir les dessins de Marilyn, et j'aimerais assister à quelques répétitions pour me faire une idée.

Il étudia à nouveau avec Luke les esquisses du décor, jusqu'à ce que Kent finisse par manifester son ennui et son irritation.

— Je me tire, dit-il à Luke et à Monte.

Les deux hommes hochèrent la tête sans répondre, toujours absorbés dans des questions techniques.

Lorsque l'éclairagiste fut parti, Monte repoussa sa chaise et s'étira.

— Je meurs de faim. Je n'ai mangé qu'une fois aujourd'hui, tu te rends compte ? Si on allait boire un verre ?

Luke acquiesça d'un hochement de tête et dut se faire violence pour quitter la salle. Dès que les répétitions commençaient, il avait toujours du mal à abandonner l'endroit où elles se déroulaient. Ils étaient tous pareils au début d'une pièce ; il ne leur faudrait que quelques jours pour tout oublier : la ville, la chaleur, leurs familles... plus rien n'existerait que la pièce, le théâtre.

Monte attendait Luke, une main sur la poignée de la porte.

— Je ne voudrais pas te presser, mon grand, mais j'ai invité une charmante personne à nous rejoindre au café et elle est toujours à l'heure.

Luke lui lança un regard étonné. La journée avait été longue.

— Pourquoi ? demanda-t-il simplement.

— Tu veux dire : pourquoi je l'ai invitée ? répéta Monte. Parce que tu n'arrêtes pas de chercher de nouvelles idées, et qu'elle en a de formidables. Elle te plaira. En tout cas, elle me plaît à moi.

— Je ne cherche pas de nouvelles idées quand je commence à monter une pièce, tu le sais.

— Je viens de faire sa connaissance, Luke. Elle m'a emballé. Fais-moi plaisir.

Luke sortit de la salle sans ajouter un mot et accéléra immédiatement le pas, laissant Monte s'essouffler derrière lui tandis qu'ils se dirigeaient vers la 44e Rue. Il ne consentit enfin à ralentir que lorsqu'ils approchèrent de L'Algonquin.

— Je bois un verre avec vous, et je m'en vais, prévint-il.

— Ce ne sera pas une punition, Luke. Je te promets qu'elle va te plaire.

Une femme séduisante les attendait, assise dans l'un des fauteuils de velours bordés de franges du pub. Monte fit les présentations :

— Luke Cameron, Sondra Murphy. Vous avez déjà commandé, Sondra ?

— Non, je vous attendais.

Monte héla un garçon, passa la commande et tous trois restèrent assis un moment en silence. Calme, sereine, Sondra paraissait décidée à attendre ainsi indéfiniment, mais Monte commença à s'agiter.

— Voilà, dit-il à Luke, j'ai pensé que les livres de Sondra pourraient peut-être être adaptés pour la scène. Ce sont des livres pour enfants. C'est l'histoire d'une oursonne qui s'appelle Abbey. Bien sûr, il faudrait qu'on change son nom...

Sondra regardait le visage impassible de Luke.

— Je ne crois pas que ça marcherait, lui dit-elle tout de suite. J'ai rencontré Monte dans une soirée, et il m'a paru difficile de calmer pareil enthousiasme. Mais je ne pense pas que mes livres puissent intéresser les adultes, et encore moins le théâtre.

Surpris, Luke la dévisagea avec intérêt. Elle était blonde, attirante, sûre d'elle, et ne semblait pas éblouie par la présence de Monte à son côté.

— Pourquoi Monte pense-t-il que vos livres seraient susceptibles d'intéresser un public adulte ?

— Je n'ai pas à parler en son nom…, commença la jeune femme.

— Je vous en prie, l'interrompit Monte.

— Dans ce cas, d'accord. Abbey a beaucoup de choses à raconter sur le monde à travers ses aventures. Elle fait le tour du Japon, elle rencontre le président des États-Unis au bal d'investiture de la Maison-Blanche, à Paris elle se rend à une réception donnée par l'ambassade américaine et ne cesse de faire ses commentaires sur les gens et la politique. Monte a pensé que ça pouvait servir de trame à une pièce ou à une comédie musicale.

— Vous avez raison, répondit Luke, ça ne marchera jamais. Maintenant, laissez-moi vous poser une question, ajouta-t-il avec un chaleureux sourire. Les histoires d'Abbey sont-elles autobiographiques ? Avez-vous vécu vous-même tout ce qu'a traversé votre oursonne ?

— Absolument tout. J'ai longtemps côtoyé les hommes politiques, mais je n'écris pas d'ouvrages sérieux. J'ai juste envie d'écrire des histoires pour faire rire ma fille.

Luke et Sondra continuèrent de discuter ensemble sans que Monte prît part à la conversation. Au moment de la quitter, Luke dit à la jeune femme qu'il espérait la revoir, tout en sachant que, sans doute, cela ne se produirait jamais : ils étaient tous deux trop occupés, avaient des vies trop différentes. Pourtant, elle l'attirait, par sa séduction naturelle, à cause du regard lucide qu'elle portait à la fois sur elle-même et sur les milieux qu'elle fréquentait, et surtout parce qu'elle lui rappelait Jessica. Comme elle, elle s'était créé son monde, sa réalité, sans demander à personne de le faire à sa place. « Tout à fait le genre de femme qu'il me faut, se dit Luke, et aussi le genre de femme qu'aurait apprécié Constance… »

— Tu avais raison, marmonna Monte d'un air sombre tandis qu'ils remontaient ensemble la Septième Avenue. C'était du temps perdu.

— On dirait que j'ai passé un meilleur moment que toi, mon vieux. Tu sais bien que, lorsque je travaille sur une pièce, je suis incapable de m'engager dans d'autres projets. Tu n'as qu'à tenir ton journal, je le lirai dans quelques mois et peut-être pourra-t-on en faire une pièce !

Luke éclata de rire et, sur cette boutade, abandonna Monte, rentrant chez lui d'un pas léger. Cette conversation avec Sondra Murphy lui avait donné du tonus : sa vie était ancrée dans un réalisme décapant, et elle n'avait rien à voir avec l'univers de faux-semblants et de commérages dans lequel il avait l'impression d'être immergé. « Peut-être est-ce pour ça que Jessica a quitté la scène, se dit-il, avant de se raviser aussitôt : Mais non, je me trompe… depuis quelque temps, quel que soit le point de départ de mes pensées, elles aboutissent inévitablement à Jessica Fontaine. Ces derniers jours, je n'ai guère eu de temps à consacrer à ses lettres, et elles me manquent… »

La Magicienne entra dans sa quatrième semaine de répétitions, et Luke n'avait toujours pas rouvert le coffret d'ébène. Chaque soir, en arrivant chez lui après un dîner ou une réception, il s'asseyait à sa table, dans son bureau, et travaillait à ses notes. Souvent, Claudia l'appelait vers minuit :

— Luke, tu me manques. Dis-moi comment tu vas. Parle-moi de la pièce.

— Qu'as-tu fait aujourd'hui ? lui demandait-il.

— Rien.

— L'autre jour, Monte m'a dit que tu devrais appeler Gladys, elle pourrait te trouver de quoi t'occuper.

— Luke, elle a beau avoir épousé Monte, elle est mortellement ennuyeuse. D'ailleurs, j'ai bien l'impression que Monte lui-même est de cet avis. Tu sais comment il l'appelle ? Notre-Dame-des-Causes-Perdues, parce qu'elle se lance toujours tête baissée dans toutes ces bonnes actions ridicules. Moi, je ne supporterais pas qu'on puisse me donner un surnom pareil !

« Il y a peu de risques », se dit ironiquement Luke, avant de lui répondre, insistant :

— Tu devrais tout de même lui téléphoner. Tu ne sais pas quoi faire de tes journées, et elle a du travail à revendre.

— Comme laver les pieds des miséreux...

— Claudia, à mon avis, la seule personne en ce bas monde qui se donne encore parfois cette peine, c'est le pape lui-même. On ne t'en demande pas tant. Gladys et ses amies font des tas de choses bien, des choses qui n'existeraient pas sans elles... et qui leur font du bien à elles aussi. Peut-être que tu te sentirais mieux si tu t'occupais un peu des autres. Appelle-la, je t'en conjure. Essaie.

— D'accord, j'y réfléchirai un de ces jours, mais l'idée ne m'emballe pas du tout, tu le sais. Je ne suis pas du genre dame patronnesse et bonnes œuvres.

Claudia avait répondu sur un ton qui n'appelait aucune réplique. Luke se garda donc d'en formuler. Son regard tomba tout naturellement sur les esquisses réalisées par Marilyn. Une des robes de Lena le tracassait, et il se demanda ce qui le dérangeait dans ce vêtement.

— Luke ? Tu es toujours là ? Parle-moi de la pièce. Tu sais que j'adore les histoires d'acteurs. Est-ce que Cort continue de se plaindre ?

Contre tous ses principes et à seule fin de satisfaire la curiosité de son ex-femme en espérant qu'elle ne voudrait pas assister aux répétitions, Luke lui en racontait davantage sur le déroulement et les coulisses de la pièce qu'il ne le faisait jamais avec quiconque.

— Cort vocifère moins, répondit-il. Il a enfin compris l'importance de son rôle.

— Kent devait le lui réécrire. Tu lui as demandé de le faire finalement ?

— Je lui ai demandé d'essayer, en lui disant qu'on pourrait toujours revenir à la version antérieure, que rien n'était jamais gravé dans le marbre. Il en est convenu, mais, dans le fond, je suis sûr que, pour lui, même le marbre ne serait pas digne de servir de support à son texte. Il voudrait voir ses mots gravés dans l'or pur, ciselés à la perfection pour la postérité.

Claudia éclata de rire, d'un long rire très gai qui enveloppa Luke de sa chaleur, et soudain il eut envie de la sentir près de lui, de la prendre dans ses bras. Cette voix au téléphone était réconfortante, familière, intime. Il avait besoin de partager ses rires, ses doutes, les drames, grands et petits, qui secouaient son existence avec quelqu'un, et de préférence quelqu'un d'extérieur au monde du théâtre. Mais il se reprit. Non, pas Claudia, pas elle. Plus jamais.

« J'ai trop travaillé, se dit-il, je n'ai vu Tricia que trois fois le mois dernier et je me suis montré distrait, songeur, en sa présence. Et... et je me sens seul. Non, ce n'est pas une question de solitude, je suis juste un peu fatigué, c'est tout. Le moral en prend un coup. » Le regard fixé sur les esquisses de Marilyn, la tête lourde, posée dans sa main, il s'imagina Claudia assise près de son téléphone, en train, comme à son habitude, de tracer du bout du pied de petits cercles sur la moquette ou d'enrouler une mèche de cheveux autour de son index, les yeux perdus dans le vague.

— Et alors, que s'est-il passé ? lui demanda-t-elle, manifestement désireuse de prolonger la conversation.

— Alors, Kent a réécrit certaines parties du premier et du deuxième acte. Mais, quand a il fallu les jouer, Abby a chargé ! Elle lui a foncé dessus, le menton en avant, en braillant : « Ça ne marche pas ! Je ne le tolérerai pas... ça sonne *faux, faux, faux* ! »

À nouveau, Claudia éclata de rire.

— Je croirais l'entendre. Et quand elle charge, comme tu dis, tout le monde s'écrase.

— Exactement. Même Cort. Toujours est-il que si le premier acte est un peu faiblard, c'est à cause de lui. Il n'entre pas dans son rôle, il ne l'aime pas et...

— Luke, l'interrompit soudain Claudia, que dirais-tu si je passais boire un verre ? Ce serait plus agréable que de se parler au téléphone. S'il te plaît...

Il faillit flancher. Il avait besoin de compagnie, Claudia connaissait les protagonistes de son petit milieu, le vocabulaire du théâtre aussi ; elle pouvait comprendre ce qu'il lui racontait, ce qui n'était pas le cas de Tricia. C'était d'ailleurs la seule chose qu'elle eût tirée de leur union, cette connaissance des milieux du théâtre. « Non, pas Claudia, se répéta-t-il pourtant. Pas elle. Ça n'a jamais marché. » Il lui faudrait moins d'une heure pour glisser subrepticement, et même à son insu, de la simple compagnie à la dépendance, pour demander à Luke de lui trouver de quoi occuper le vide de ses journées, de ses pensées, comme elle le faisait déjà du temps de leur mariage. Non, décidément, s'il avait besoin de compagnie, ce n'était pas vers Claudia qu'il devait se tourner.

« Alors, vers qui ? se demanda-t-il. Qui pourrait combler ce creux en moi, ce vide qui me paraît presque démesuré ces derniers temps ? »

— Luke, tu m'écoutes ? Tu ne réponds rien ? « Probablement personne. Si, à mon âge, je n'ai toujours pas rencontré quelqu'un qui... »

— Luke !

Claudia avait presque crié, arrachant Luke à ses pensées.

— Non, répondit-il enfin. Non, je préfère que tu ne passes pas. Je suis épuisé, j'ai encore quelques notes à terminer, et puis je vais me coucher. Je te rappellerai.

— Quand ?

— Quand j'aurai le temps.

— Sois un peu plus précis, je t'en prie. Pourquoi me fais-tu chaque fois ce coup-là ? J'ai besoin de toi, Luke. Tu es la seule personne à qui je puisse parler, la seule qui me comprenne. J'ai besoin de savoir quand je te reverrai. Si je sais que nous dînons ensemble lundi ou mardi, je me sens mieux.

— Claudia, tu as des centaines d'amis. Je ne t'ai jamais vue sans une véritable cour toute prête à t'emmener où tu veux, quand tu le veux...

— Ce sont des relations, de simples connaissances. Cette ville est truffée d'individus qui ne parlent que d'eux-mêmes, juste flattés d'être écoutés par une jolie femme et, qui plus est, par l'ex-femme du grand metteur en scène Lucas Cameron. Les Phelans sont mes seuls vrais amis, eux m'écoutent au moins, mais tu m'interdis de les voir.

— Ils sont tes amis tant que tu peux dépenser une petite fortune à leurs tables de jeu. Quand vas-tu te décider à le comprendre ?

— Non, ce sont mes amis parce qu'ils m'aiment ! s'insurgea Claudia.

— J'en ai assez de revenir sans cesse sur les mêmes choses. Pourquoi ne peux-tu donc pas voir les gens comme ils sont ?

— Si tu ne me dis pas quand nous nous reverrons, je peux te jurer que je vais beaucoup voir les Phelans.

— Fais ce que tu voudras. Tu sais ce que j'en pense.

Exaspéré, furieux, Luke raccrocha. Comment pouvait-elle imaginer le séduire par tant d'enfantillages ? Comment pouvait-elle croire qu'il allait encore s'y laisser prendre ? Parce qu'il était resté marié cinq ans avec elle, qu'il continuait de la voir, de régler ses dettes de jeu, de l'appeler de temps à autre pour prendre de ses nouvelles ? Pourtant, si furieux fût-il, il savait qu'il lui téléphonerait dans les jours suivants pour l'inviter à dîner et écouter ses doléances, et qu'il le ferait aussi souvent qu'elle le lui demanderait. Pourquoi ? Il répugnait à se l'avouer, mais, s'il maintenait ainsi un lien avec Claudia, c'était à cause de Constance. Cela, personne ne le savait – et surtout pas Claudia. Les rares fois où il s'était ouvert auprès de sa grand-mère d'un possible divorce, elle avait hoché la tête d'un air réprobateur :

« Tu veux lui claquer la porte au nez et partir, c'est ça ? Tu crois que c'est si facile ? »

Dans ces moments-là, Luke restait assis, silencieux, comme un petit garçon fautif, un petit garçon en train de grandir et qui ne peut plus se croire irresponsable.

« Non, hasardait-il enfin, je ne crois pas que ce soit facile. Tu as raison, je ferai tout mon possible pour l'aider. »

C'était cette promesse qu'il respectait encore. « Pense à autre chose, se dit-il, laisse tomber. » Et il essaya de se concentrer à nouveau sur les dessins de Marilyn, mais il était trop fatigué pour avoir encore le courage de s'interroger sur ce qui n'allait pas dans la robe de Lena. Il quitta sa table de travail pour aller s'asseoir dans son fauteuil, décida de regarder les informations à la télévision et actionna la télécommande. Il se servit un verre de vin et grignota deux canapés tandis que ses pensées vagabondaient, s'attachant alternativement aux nouvelles qu'il entendait et aux notes qu'il lui fallait encore prendre pour Kent. Puis elles dérivèrent vers Claudia et ensuite vers Constance, pour aboutir tout naturellement à Jessica.

Un mois s'était écoulé sans qu'il eût pu lire une seule lettre. Il n'avait guère eu le temps d'y penser.

« Un long mois, songea-t-il. Peut-être n'est-ce pas tant la compagnie d'une femme qui me manque, mais la lecture de ses lettres. »

Il avait laissé un signet dans le coffret, pour marquer l'endroit où il était resté dans sa lecture. Il sortit quelques lettres et découvrit, pliée dans la première, une coupure de presse au bord déchiqueté. Il l'ouvrit et vit apparaître sous ses yeux la photo de Tricia surmontant le titre de sa rubrique : « Derrière les portes closes ». Dans le deuxième paragraphe, le nom de Jessica Fontaine apparaissait en gras.

Nous venons d'avoir des nouvelles de **Jessica Fontaine**, aussi célèbre à Broadway qu'à Hollywood. Gravement blessée lors du déraillement d'un train au Canada, elle est actuellement hospitalisée. On la dit définitivement handicapée et aphasique. Son agent a refusé de nous donner la moindre précision sur son état.

Luke parvint à déchiffrer quelques mots au crayon écrits d'une main tremblante en marge de l'article : *Ce n'est pas vrai.*

« Je n'ai aucun souvenir de cet article, se dit Luke, mais il est vrai qu'avant de rencontrer Tricia je ne lisais jamais la rubrique des potins mondains. » La lettre contenant cette coupure était rédigée sur le même papier bleu et de la même main que celle relatant l'accident. Elle avait été dictée à une infirmière.

Très chère Constance,
Je ne pense pas que tu tomberas sur ce journal en Italie, mais je préfère te rassurer au cas où un quelconque magazine reprendrait cette information en Europe. Voilà pourquoi je t'envoie cette coupure avec mon commentaire. Ce n'est pas vrai. Je ne suis ni aphasique ni handicapée. Bien sûr, j'ai quelques fractures… Sans doute est-ce suffisant pour alimenter

l'imagination d'une journaliste idiote. Je ne comprends pas comment on peut oser gagner sa vie en prêtant l'oreille à des rumeurs mensongères et en les propageant. Ces gens-là font de la calomnie leur gagne-pain.

Luke songea à Tricia, aux nombreuses fois où elle l'avait distrait, amusé de ses potins, sans qu'il se donnât jamais la peine de lui demander d'où elle tirait ses informations, ni si elles étaient exactes. En repliant la lettre pour la remettre à sa place dans le coffret, il se sentit honteux et eut presque l'impression d'entendre les accents accusateurs de Jessica. La lettre suivante était toujours de la main de l'infirmière.

Ma chère, si chère Constance,
Tu me manques déjà, alors qu'il y a quelques jours à peine tu étais auprès de moi. Te voir m'a fait un effet magique. Je ne m'y attendais pas. Je t'avais demandé de ne pas te déranger, de ne pas t'imposer un si long voyage. Mais si tu m'avais obéi, tu n'aurais plus été toi-même, et depuis quand Constance Bernhardt obéirait-elle à quelqu'un ?

Luke imagina la scène : le crépuscule dans une chambre d'hôpital, deux femmes silencieuses penchées sur une autre, gisant immobile sur un lit, les yeux fermés ou peut-être à peine entrouverts. Cette image chassa tout ce qui avait constitué l'essentiel des préoccupations de sa journée : les conflits, les questions, Tricia, Claudia, oui, tout s'évanouit comme par enchantement, et il se retrouva lui aussi dans cette chambre d'hôpital aux côtés de sa grand-mère et de Jessica. Quand il reprit sa lecture, il eut le sentiment que Jessica s'adressait aussi bien à lui-même qu'à Constance.

Nous avons parlé longuement, n'est-ce pas ? J'ai oublié la plupart des choses que nous avons dites. J'ai du mal à me souvenir des petits détails de tous les jours... ils flottent dans mon esprit comme des confettis, s'y arrêtent un instant, puis disparaissent pour resurgir un jour ou deux plus tard, accompagnés d'autres images qui se chevauchent, s'entremêlent... Mais j'ai l'impression de radoter, pardonne-moi. C'est mon infirmière qui écrit ces mots – tu le sais, ce n'est pas mon écriture –, et elle est si gentille qu'elle écrit tout ce que je dis, même les plus affreuses bêtises, même les mots qui vont et viennent dans le désordre et se bousculent en moi comme des gens qui chercheraient leur chemin dans un quartier inconnu.

Tu me manques, mais je suis heureuse que tu sois rentrée en Italie. Tu étais si pâle le dernier après-midi où nous étions ensemble. À un moment, tu m'as crue endormie, mais je t'observais et j'ai compris que toute ton animation, toute ta vigueur, était feinte. Tu jouais la comédie, ce qui est bien la moindre des choses pour toi qui joues si bien ! J'ai compris qu'en vérité tu étais à bout de forces et que tu avais besoin de rentrer chez toi.

Il y a encore beaucoup de choses dont nous n'avons pas parlé, et parmi elles l'accident lui-même. Chaque fois que j'essaie d'aborder le sujet, je suis saisie d'un affreux tremblement... Je ne sais pas pourquoi, mais hier j'ai demandé à mon infirmière de m'apporter toute la presse dont elle disposait sur l'accident, avec les photos et les reportages. Je n'arrive pas à croire que j'ai pu survivre à cela. Tant d'autres sont morts, plus de cinquante personnes disent les journaux. Le fait d'avoir survécu, d'être toujours vivante alors que les autres sont morts, restera à tout jamais un mystère pour moi.

Et il est d'autres mystères : la rapidité avec laquelle la police et les secours sont arrivés, la gentillesse et l'opiniâtreté des médecins et des infirmières qui, d'opé-

ration en opération, se sont entêtés à recoller – ou à tenter de recoller – toutes les pièces du puzzle que j'étais devenue. Tout le monde dit que je vais m'en tirer – on n'arrête pas de me le répéter. Avec un peu de chance, il paraît que je n'aurai même pas de séquelles. J'essaie d'y croire. Si jamais je remonte un jour sur une scène, je les remercierai tous publiquement : chaque médecin, chaque infirmière, chaque fille de salle. En attendant, tous les matins quand je me réveille, quand je vois le soleil, je les remercie dans le silence de mon cœur. Maintenant je suis fatiguée, ma Constance, je te souhaite une bonne nuit. Merci, merci mille fois d'être venue. Rien, comme je te l'ai répété cent fois, rien au monde n'aurait pu me faire plus plaisir. Je t'aime.

Ta Jessica.

Luke détacha son regard de la lettre et s'en récita quelques phrases. Il pouvait presque entendre la voix de Jessica, une voix d'actrice. *Si jamais je remonte un jour sur une scène, je les remercierai tous publiquement…* Or Jessica n'était jamais remontée sur une scène. On ne l'avait pas oubliée : ses films passaient dans les salles de cinéma, la télévision rediffusait régulièrement certaines émissions auxquelles elle avait participé, son aura était restée intacte, on la citait toujours en exemple dans les cours d'art dramatique, mais dans le monde du théâtre l'eau semblait s'être refermée sur son absence. Au bout de quelques semaines qui avaient fait durement sentir le vide qu'elle laissait, tous, à l'instar de Luke, avaient continué de vivre, de travailler. Et Jessica Fontaine avait disparu.

Pourquoi ? Que lui était-il arrivé ? Six ans plus tôt, à l'époque de l'accident, tout le monde s'était interrogé. Luke lui-même s'était demandé la raison d'un si long silence. Et, plus que jamais, il voulait trouver la réponse à cette question.

Il ouvrit la lettre suivante. Elle était écrite sur un papier portant l'en-tête d'une résidence située à Scottsdale, Arizona. L'écriture, cette fois, était bien celle de Jessica. Elle était un peu penchée et raide, comme si chaque lettre avait été calligraphiée avec un soin attentif.

Ma chère Constance,

Je suis désolée, vraiment désolée, et te demande de bien vouloir m'excuser... Tu as écrit, tu as téléphoné si souvent, et je ne t'ai pas répondu... Je pleurais en lisant tes lettres, tu sais, et, lorsqu'on venait me dire que quelqu'un me demandait au téléphone, je refusais de parler car je ne voyais pas une seule chose de ma vie qui méritât d'être racontée. Tout me semblait une perte de temps. J'ai fait tout ce qu'on m'a dit de faire à l'hôpital : j'ai mangé, dormi, suivi ma rééducation deux fois par jour, sept jours par semaine, et je ne parlais que lorsque j'y étais vraiment obligée. Toute ma vie, j'ai vécu par les mots, les paroles des répliques que je devais prononcer, j'ai adoré les mots... mais là, à l'hôpital, tout à coup ils m'ont paru vains, inutiles, stupides...

Au début, j'ai essayé de plaisanter sur l'accident, histoire de l'apprivoiser, de le comprendre, de le rendre plus clair, mais plus je m'y suis efforcée, plus il m'est apparu sombre, froid, désespéré. Alors, je me suis rendu compte que je n'ai aucun moyen d'échapper à ce que je suis devenue. Je ne veux pas t'assommer sous une avalanche de termes médicaux, mais tu m'as si souvent demandé des détails que je vais te les donner. Une fracture de la hanche m'a valu trois opérations successives. Les médecins m'ont prévenue : j'aurai sans doute besoin d'une prothèse, mes os ont du mal à se ressouder. Voilà une perspective encourageante. Je me suis aussi cassé le fémur, le bras, le poignet, et, malgré deux opérations, tout cela ne semble pas vouloir s'arranger. J'ai eu beaucoup de coupures au visage et sur le corps, à cause des bris de verre, et j'ai perdu beaucoup de sang. Je suis si maigre que je ressemble à une réfugiée d'un pays du tiers-monde, et je suppose que mon visage porte toutes les traces de mes souffrances. Je dis « je suppose » parce que je n'ose toujours pas me regarder dans une glace.

J'essaie plusieurs sortes de thérapies différentes, et notamment une dite « passive ». On m'allonge sur une table, et une masseuse plie, déplie, replie mon bras et ma jambe inertes. Ces mouvements sont censés faire circuler le sang en attendant que les tendons déchirés guérissent. Si je faisais moi-même ces exercices, je risquerais d'arracher les points de suture. Ainsi, jour après jour, je m'allonge sur cette table et je regarde ce bras et cette jambe squelettiques se faire manipuler par une belle et vigoureuse jeune femme qui a toute la vie devant elle, alors que j'ai la mienne derrière moi. Je ne peux m'empêcher de me demander pourquoi elle se donne autant de peine, pourquoi tout le monde se donne autant de peine pour cette coquille vide que je suis devenue.

Oh, Constance, je ne sais plus qui je suis. Avant, j'étais heureuse de mon corps, j'en étais même fière dans ma vanité – je le sentais fort, fiable –, j'avais de l'énergie, je pouvais contrôler ma vie, tout m'était possible, du moins je le croyais. Et maintenant je vois ce corps si plat, qui forme à peine une petite bosse sous les draps, et je ne le reconnais pas, ce n'est pas le mien. Je ne sais pas à qui appartient ce corps. Et je ne sais pas où est ma place. Le monde me semble morne, incolore, sans formes ni angles, ratatiné… dépourvu de toute signification, une perte de temps, une fois encore. J'aimerais m'enfuir en courant, mais je ne peux pas courir. J'aimerais m'endormir pour toujours, mais on dirait que c'est impossible. Chaque soir, quand je me couche pour deux ou trois heures de sommeil d'où me tirent d'horribles cauchemars, ou de nouvelles douleurs, je prie le ciel de ne pas me réveiller. Mais je me réveille toujours. Comment un corps à ce point naufragé peut-il encore fonctionner ?

Je poursuis ma rééducation à la clinique Landor, paraît-il la meilleure au monde, ce dont je me fiche complètement. J'y suis arrivée en fauteuil roulant. Je me suis acheté une maison en ville, puisque la rééducation doit durer deux ans… Elle n'a pas de vue, ce qui m'est égal. Peu importe l'endroit où je vis désormais. L'important, c'est que la pièce principale se trouve au rez-de-chaussée, ce qui m'évite les escaliers. Donc, d'ici à deux ans, je serai restaurée, rénovée, reconstruite, réhabilitée, regonflée, disent les médecins… un peu comme un pneu usé auquel on promettrait quelques kilomètres supplémentaires. Ils mentent, naturellement, pour que je ne perde pas ma « motivation » – oui, la « motivation », voilà leur grand mot : je dois être motivée pour manger, dormir, marcher… toutes ces choses si intéressantes, si capitales. Ils semblent l'ignorer, mais moi, je sais qu'en ce qui me concerne plus rien n'est capital.

Pardonne-moi de t'accabler de mes misères. Si j'ai longtemps gardé le silence, c'était pour t'éviter ça. Mais je n'ai personne d'autre que toi, et je supporte mal ma solitude quand je m'interdis de te parler sur le papier. Je regarde le stylo rouler entre mes doigts, tracer des lettres sur la feuille, et j'ai l'impression que c'est toi qu'il touche. J'ai besoin de ce contact, oh oui, j'en ai tellement besoin. La prochaine fois, je te le promets, j'essaierai d'être plus gaie.

Reçois tout l'amour de

Jessica.

Luke leva les yeux : ils étaient brouillés de larmes. Au fil des lettres, il s'était presque habitué à l'enthousiasme et à l'optimisme de Jessica. Il n'arrivait pas à croire que ces lignes eussent bien été écrites par la même femme. « Une femme brisée, rompue, dévastée, se dit-il. Sans amis ni famille pour l'empêcher de toucher le fond. Pas étonnant qu'elle ait quitté New York. Mais... que s'est-il passé après ces deux ans de rééducation ? Le plus souvent, même après les pires accidents, les gens se rétablissent, avec plus ou moins de bonheur, et reprennent la vie qu'ils menaient avant. Pourquoi pas elle ? »

Ma chère Constance,
Je ne me sens pas encore la force de parler au téléphone, bientôt peut-être, mais pas maintenant. Je t'en supplie, n'insiste pas, n'appelle plus. Je te propose que nous continuions de nous écrire comme nous l'avons fait si longtemps. Je répondrai à toutes tes questions, encore que je n'aie rien de bien intéressant à raconter, sinon ma très stricte routine, organisée heure après heure.
Mon infirmière s'appelle Prudence Etheridge. C'est une Australienne, elle vient de Sydney, fait de la plongée sous-marine et parcourt le monde, une année dans chaque ville. Deux fois par jour, elle pousse ma chaise roulante jusqu'à la voiture et me conduit au centre de rééducation, puis elle me ramène à la maison et, en chemin, s'arrête au supermarché, à la pharmacie ou à la librairie. Elle veut m'emmener au cinéma, mais la seule idée de regarder un film me rend malade. Deux fois par jour encore, alors qu'elle me soutient dans mes interminables tours du salon, salle à manger, cuisine, elle me lâche, et, dès qu'elle desserre son étreinte, je panique, je m'accroche à elle, et elle me dit de sa grosse voix teintée d'un fort accent australien : « Miss Fontaine, vous êtes capable de bien plus de choses que vous ne le pensez. » Elle ne va pas me dire le contraire, cela va de soi.
Ces derniers temps, elle m'a talonnée pour que je m'inscrive à un cours de dessin. Hier, en fin d'après-

midi, j'ai fini par accepter qu'elle m'y conduise. J'ai fait quelques croquis et commencé une aquarelle – tu te souviens que la peinture était mon passe-temps favori, avant, dans une autre vie –, et pour la première fois depuis longtemps les heures ne m'ont pas paru passer avec une infinie lenteur. Ce matin, à la maison, j'ai peint une autre aquarelle : elle représente un enfant dans un jardin et, à nouveau, le temps m'a semblé s'envoler. Je crois que je retournerai à ce cours tant qu'il m'aidera à ne pas compter les heures.

Sur un point au moins j'ai de la chance : je n'ai pas de soucis financiers. J'avais mis pas mal d'argent de côté avant l'accident, que j'avais placé avec l'aide de mon banquier. Et puis la compagnie de chemin de fer canadienne m'a donné une forte indemnité. Je n'avais de toute façon aucunement l'intention de les poursuivre, pourtant ils m'ont fait spontanément leur offre et je l'ai acceptée, contre l'avis de mon avocat qui pensait que je pouvais en tirer beaucoup plus avec un procès.

Mais, hormis l'argent, il ne me reste rien. Le théâtre, New York, les longues promenades que j'aimais, les gens que je connaissais, cette maison que je venais d'acheter et que j'avais si magnifiquement arrangée, l'avenir, tout a disparu. Ma vie a disparu. En écrivant ces mots, je commence à trembler, et j'ai envie de crier. Mais qu'est-ce que je fais là ? Ce n'est pas moi, ce n'est pas chez, moi, ce n'est pas comme ça que je remplissais mes nuits et mes jours autrefois. Où est passée ma vie ?

Prudence m'a donné une petite tapisserie au point de croix, déjà encadrée et prête à accrocher. C'est une maxime : Il n'existe qu'une seule réponse à la question « Pourquoi moi ? », c'est « Pourquoi pas moi ? ».

Mais cette maxime ne me convainc pas. Je n'accepte pas ce monde dément, incompréhensible, amer, cruel, indifférent, un monde où le pire comme le meilleur peuvent nous arriver sans raison.

Peut-être y a-t-il malgré tout une raison à ce qui m'est arrivé... Depuis quelque temps, j'occupe mes longues insomnies à me demander si je n'avais pas une vie trop facile avant, si l'accident n'a pas été une punition, une juste contrepartie. Jamais je n'ai eu un mauvais article dans la presse (même lorsqu'il s'agissait de cet horrible film que tout le monde détestait), jamais je ne suis restée sans travail. Peut-être faut-il payer un jour quand tout va si bien... Les dieux m'ont fait payer mon bonheur passé, ils me l'ont fait payer cher, peut-être vont-ils me laisser tranquille à présent... À présent que ça n'a plus d'importance.

Un de ces jours, je t'en fais la promesse solennelle, je décrocherai le téléphone et je t'appellerai. D'ici là, je t'en supplie, ne me téléphone plus. Il règne dans ma tête un tel chaos de violence, de peur, de colère, de rage, que j'ai peur de crier dès que j'ouvre la bouche. Je vais m'efforcer de t'écrire plus souvent. J'espère que tu vas bien. Quand j'étais à l'hôpital, j'avais envie d'aller me cacher dans le labyrinthe de ton jardin, où personne n'aurait pu me trouver, et d'y rester pour toujours. Je pense à toi sans cesse et je t'aime.

Jessica.

À peine l'eut-il terminée que Luke relut la lettre, une fois, deux fois. Le désespoir de Jessica l'envahit. *Il ne me reste plus rien.* Pourquoi ? Pourquoi disait-elle cela ? Parce qu'elle allait devoir attendre deux ans avant de pouvoir remonter sur scène ? Non, il devait y avoir autre chose. Il prit la lettre suivante. Elle était différente des autres, écrite sur un superbe papier ivoire, avec une fontaine imprimée en relief dans le coin supérieur gauche et, dessous, trois lignes : « La Fontaine, Lopez Island, État de Washington ».

Lopez Island. Luke n'avait jamais entendu ce nom-là. Si cette île était située dans l'État de Washington, c'était sans doute à Puget Sound. Il attrapa un atlas sur une étagère près de lui et chercha cette île mystérieuse. Entre Vancouver et la Colombie-Britannique s'éparpillaient en effet une douzaine d'îlots minuscules qui, sur la carte, semblaient autant de confettis. Quelques-uns d'entre eux, au nord de Seattle, avaient été baptisés les San Juan. Lopez Island se trouvait là. Un point sur la carte, un rocher à cinq mille kilomètres de New York, comme si Jessica, dans son désir de fuir le plus loin possible vers l'ouest, était soudain tombée dans l'océan.

Ma chère Constance,

J'ai emporté avec moi toutes tes lettres pour les lire et relire à ma guise dans mes nuits d'insomnie. Merci de m'avoir écrit sans exiger de réponse, merci de ne plus me gronder, merci de ta patience pendant ces vingt mois. Ces vingt mois interminables, et qui néanmoins n'ont pas duré les deux années que l'on m'avait prédites – je devrais m'en réjouir. Et, bien sûr, je m'en réjouis. J'ai recouvré ma santé et même mon énergie, je ne souffre plus – ce qui me paraît miraculeux –, les cicatrices, les ecchymoses, les enflures de mon visage ont disparu, laissant place au merveilleux travail de la chirurgie esthétique. Je mène une nouvelle vie sur une île paisible et belle. Tu dis qu'elle est bien loin de New York... C'est vrai, et cela fait partie de son charme. Tu vois, j'ai complètement cessé de m'intéresser au théâtre... Alors, où pourrais-je être mieux que sur une île où le théâtre, tel que nous le connaissons, n'existe pas ?

Luke fronça les sourcils. Tout cela n'avait pas de sens. Elle était rétablie, libérée de ses souffrances, intacte... pourquoi ne criait-elle pas sa joie, sa foi en la vie, son espoir ? Elle parlait de la vie, certes, mais avec le même ton désemparé que lorsqu'elle se trouvait encore à l'hôpital. Et que signifiait cette brusque indifférence pour le théâtre ? Était-il possible que Jessica Fontaine ait pu, une seule minute dans toute son existence, se désintéresser du théâtre ? Le théâtre était sa vie.

J'ai rencontré une femme peu après mon arrivée dans l'Arizona. Elle éditait des livres pour enfants et m'a demandé d'illustrer un manuscrit qu'elle s'apprêtait à publier. C'était une jolie histoire, je pouvais dessiner et peindre des enfants – ma nouvelle spécialité. Alors j'ai répondu oui. Et j'ai tellement aimé ça que j'ai été désolée de travailler si vite, d'avoir déjà fini. Je vais t'envoyer un exemplaire de l'album, tu devrais le recevoir sous peu.

C'était mon premier livre. Et, à ma grande surprise, dès sa parution, j'ai reçu des propositions du monde entier : de France, d'Angleterre, d'Italie, de Hollande... À l'heure qu'il est j'ai illustré des livres dans tous les styles, depuis le XIXe siècle russe jusqu'à l'art populaire américain. C'est ce qui m'a aidée à tenir pendant ces vingt mois où j'essayais de récupérer. J'ai subi encore quatre opérations, une rééducation mortellement ennuyeuse, avec des machines terriblement inquiétantes qui résistaient avec un entêtement très mécanique chaque fois que je poussais, tirais, élevais, baissais, tendais, raidissais mes membres. Tu ne peux pas savoir le nombre de façons dont on peut faire souffrir un muscle. J'étais sûre que j'allais finir comme un poulpe affligé de démangeaisons, mais à ma grande surprise mes forces sont revenues et je me suis sentie à nouveau bien.

Ainsi donc, je vis désormais ici, sur Lopez Island. J'ai pris une chambre dans une charmante auberge en attendant que s'achèvent les travaux de la maison que je fais construire. L'endroit est ravissant, quinze hectares et une plage privée dans une minuscule crique bordée d'un côté par la forêt et de l'autre par une falaise de rochers mordorés. J'ai travaillé sur les plans avec l'architecte. J'ai mis une fontaine dans le patio pour qu'elle me rappelle les fontaines d'Italie, elle sera le symbole de ma maison, comme tu l'auras compris en voyant mon papier à lettres.

Mais le meilleur de tout, c'est que je recommence à me montrer aimable avec les gens. Je crois que seul un profond malheur peut nous faire devenir méchants ou indifférents, à notre insu, malgré nous. J'ai assez de livres à illustrer pour m'occuper au moins un an, j'ai trouvé une dame qui se chargera du ménage et de la cuisine lorsque j'emménagerai (et, bénédiction suprême, elle sait aussi repasser !). Je me suis mise à l'équitation. C'est encore plus agréable que de se promener à pied, surtout sur cette île pleine de forêts, de falaises, de plages et de criques avec, dans les terres, des fermes et des champs. Le matin, j'entends meugler les vaches et chanter les coqs (en vérité, ils chantent toute la journée, est-ce normal ?). Aucun autre bruit : pas âme qui vive, quasiment pas de voitures, pas de bruits de moteur, sinon celui de l'hydravion qui assure la navette avec Seattle.

Je suis heureuse que tu te sentes mieux que le mois dernier. Je pense à toi tout le temps, quoi que je fasse, et je me réjouis que nous ayons trouvé toutes deux de si beaux pays où nous retirer.

Oh ! encore une chose, ma Constance, j'allais presque oublier : j'ai rencontré quelqu'un.

Prends bien soin de toi. Je t'aime.

Jessica.

La fin de la lettre laissa Luke atterré. *J'ai rencontré quelqu'un.* Jessica était-elle amoureuse ? S'était-elle juste fait un ami ? Peut-être se demandait-elle si elle allait l'aimer ? À moins qu'ils ne fussent déjà fiancés ?

D'un geste rageur, il attira à lui la cassette d'ébène pour attraper la lettre suivante, mais sa main s'arrêta

154

soudain, figée au-dessus du coffret. «Mais qu'est-ce qui me prend? Je me comporte comme si j'étais jaloux.»

Il ne s'agissait pas d'autre chose, il dut se l'avouer au bout de quelques instants : il était tombé amoureux.

7

— Tout ça m'a l'air peu réaliste, fit Tracy Banks en pointant du bout de son stylo le chiffre qui figurait au bas du budget prévu pour *La Magicienne*. Cachets, location du théâtre, avance pour Kent, pour toi, assurance, téléphone, secrétariat de production... tu es sûr de n'avoir rien oublié ?

Luke secoua négativement la tête. Il avait du mal à se concentrer. Sans cesse, à chaque silence, ses pensées revenaient aux lettres de Jessica. Il fronça les sourcils pour simuler une intense attention alors que Tracy reprenait point par point chacun des postes du budget. Lorsqu'elle eut terminé, il recula sur sa chaise :

— Bien, dit-il. On va essayer de toiletter un peu ce budget, tu as raison. Merci, Tracy. Préviens-moi quand les chiffres crèveront le plafond.

— Je te préviendrai bien avant, sois tranquille. Tu sais que Monte m'appelle tous les jours pour faire le point. Dommage qu'il ne soit pas mon amant, autant d'attention me comblerait, ajouta-t-elle avec un signe d'adieu à l'intention de Luke.

Celui-ci sourit. Il ramassa les pages éparpillées sur son bureau et les glissa dans son porte-documents. Un million de dollars dépensés d'ici le soir de la première. Un chiffre qui risquait d'augmenter encore. Il faudrait que les recettes viennent très vite combler le gouffre des dépenses. « Mais c'est une bonne pièce, se dit-il en glissant le porte-documents dans le tiroir de son bureau. Une pièce excellente même, avec des acteurs talentueux et, dans la coulisse, des techniciens hors pair. Pourtant, sans argent, ils ne sont rien, ils ne servent à rien. On ne pense pas à ça quand on met en scène sa première pièce au lycée. L'impitoyable bataille du fric commence plus tard, quand on fait son apprentissage dans une misérable petite compagnie de Chicago ou de New York. À l'époque je me disais : "Un jour, je serai à Broadway, et alors on verra ce qu'on verra, tout sera différent." Et en fait, qu'est-ce qui a changé ? »

Il resta debout devant la haute fenêtre de son bureau, à rêvasser en observant le spectacle de la rue. Brusquement, il regarda sa montre : il lui restait une heure avant la répétition. Juste le temps nécessaire. Il quitta son bureau et se mêla à la foule indolente de la 54ᵉ Rue, se frayant précipitamment un chemin vers la Cinquième Avenue et la bibliothèque. L'air froid de la climatisation le saisit à la gorge lorsqu'il pénétra dans le vaste hall de marbre et se dirigea vers la salle des périodiques. Il prit place à l'extrémité d'une longue table, ouvrit l'énorme index et le feuilleta jusqu'à trouver l'année où sa grand-mère était partie pour l'Italie. Puis il chercha « Fontaine, Jessica » et découvrit la liste des publications qui avaient parlé d'elle cette année-là. Elle était longue, mais il aurait tout de même le temps de lire quelques articles. Il demanda au bibliothécaire les numéros du *New Yorker*, de *Town and Country*, *Vogue* et *Redbook*, et arpenta la salle avec impatience en attendant qu'on lui apporte ces revues.

Lorsqu'il les eut enfin obtenues, il constata que *Town and Country* avait consacré cinq pages à l'histoire de Jessica. À peine eut-il tourné la première qu'il se trouva face au portrait de la jeune femme : debout, seule sur la scène vide du théâtre Martin Beck, elle fixait l'objectif d'un air songeur. Elle portait une robe du soir en satin bleu sombre qui dénudait ses épaules, couvertes seulement par une cascade de cheveux blonds. Elle paraissait détendue, confiante, parfaitement à l'aise. Luke lut la légende qui figurait sous la photo.

Jessica Fontaine a été élue meilleure actrice de l'année pour son interprétation dans *Une fille de la province*, de Clifford Odets. « Depuis Constance Bernhardt, je n'ai vu aucune comédienne aussi talentueuse », dit le producteur Ed Courrier. Peut-être n'est-ce que justice puisque, amie intime de Constance Bernhardt, Jessica Fontaine avoue lui devoir une grande part de son succès.

Luke lut l'intégralité du reportage et s'attarda sur les photographies prises dans l'appartement new-yorkais de Jessica, ainsi que dans sa maison de campagne du Connecticut, où elle avait aménagé un atelier de peinture. Cette maison était située au bord d'une rivière que longeaient des sentiers boisés où elle disait aimer se promener le matin. Il y avait également des clichés pris au théâtre Martin Beck, dans sa loge, sur scène et devant l'entrée des artistes, où l'attendaient chaque soir des admirateurs friands d'autographes. Luke se rendit compte qu'il avait oublié combien elle était belle, d'une beauté obsédante qui, n'ayant rien de conventionnel, semblait insaisissable. Elle avait une peau lumineuse, des cheveux blond cendré, des cils lourds sur des yeux bleu-vert magnifiques. Cependant, ils étaient un peu trop rapprochés pour prétendre à la perfection, son sourire était radieux, mais sa bouche un peu trop pleine, son menton un peu trop pointu, son front un peu trop haut, ses sourcils un peu trop fournis... Autant de minuscules imperfections qui accentuaient encore sa beauté et la rendaient plus touchante, plus vraie.

Il y avait dans le regard, dans le sourire, dans les expressions de Jessica, une chaleur, une émotion qui faisaient d'elle quelqu'un d'inoubliable. Et puis il y avait son métier, sa façon de jouer : il suffisait de l'avoir vue une fois sur scène pour ne plus jamais l'oublier. Sa voix, qu'elle avait plutôt basse, musicale, atteignait sans effort les tout derniers rangs des plus hauts balcons. Ses gestes captivaient le public ; il ne la quittait pas des yeux et, tendu, le souffle court, la regardait avancer d'un pas résolu, claudiquer ou tituber sur la scène, pour ne rien perdre de ce qu'elle allait faire *après*. « Ma grand-mère aussi leur faisait cet effet-là, se dit Luke. Ainsi que quelques autres, mais elles sont rares, très, très rares. »

Il feuilleta les magazines, revint en arrière, s'arrêta, observa les photos et, chaque fois qu'étaient cités les propos de Jessica, il lui sembla entendre sa voix. Une phrase en particulier retint son attention.

Je sais qu'il existe d'autres façons de vivre, et j'ai des passe-temps qui, bien sûr, me procurent de grandes joies, surtout la peinture, mais rien n'est comparable au théâtre : il me donne l'impression d'être vivante, en totale harmonie avec moi-même. Sans le théâtre, je ne pourrais pas me sentir complète, entière, il me manquerait une immense partie de moi.

Alors, pourquoi avait-elle écrit à Constance que le théâtre ne l'intéressait plus ? Autant prétendre que le fait de respirer ne présentait plus d'intérêt. « Moi non plus, je ne pourrais pas me passer du théâtre, songea Luke. Tout comme Constance. Elle ne s'est jamais remise d'avoir quitté la scène. Parce que la scène ne nous quitte pas... »

— Monsieur Cameron, vous m'aviez demandé de vous prévenir quand il serait dix heures.

Il entendit la voix du bibliothécaire dans son dos, près de son épaule, et jeta un œil à sa montre.

— Merci, j'avais oublié.

À regret, il ferma le magazine et quitta la bibliothèque. Alors qu'il se dirigeait d'un pas vif vers le studio où avaient lieu les répétitions, il s'arrêta, malgré son retard, dans une librairie, et y chercha le rayon jeunesse. Voyant son air perplexe, une vendeuse vint lui proposer ses services.

— Les livres sont classés par noms d'auteurs ? lui demanda-t-il.

— Naturellement. Voyez-vous un autre classement possible ? répondit la femme, un peu amusée.

— C'est que... je cherche un illustrateur.

— Je vois. Nous avons un index des illustrateurs. Je vais regarder. Comment s'appelle-t-il ?

— C'est une femme. Elle s'appelle Jessica Fontaine.

— Je connais ses livres, fit la vendeuse tout en se penchant pour attraper une série d'ouvrages rangés sur une étagère basse. Ils sont excellents, très originaux. Les enfants les adorent, sans doute parce que leurs illustrations recèlent plein de secrets.

— Des secrets ?

— Oui, au moins un par image, répondit la libraire en allant chercher d'autres livres en différents endroits du rayon. Et elle réalise de vrais tableaux, pas des illustrations quelconques. Vous savez qu'elle a déjà été primée deux fois ?

— Non.

— Elle n'est jamais allée recevoir elle-même ses prix. Je crois qu'elle est assez solitaire et aussi secrète que ses images.

— Comment peut-il y avoir des secrets dans ses illustrations ? demanda Luke, de plus en plus intrigué.

— Dans chacune d'elles, elle dissimule quelque chose : un visage, une silhouette, un animal, un mot, parfois une phrase entière. Comme pour dire que la vie nous réserve une infinité de surprises, et qu'on ne sait jamais sur quoi on va tomber. Et les enfants sentent ces choses-là encore mieux que nous. Je ne sais pas lesquels vous voulez, ajouta encore la vendeuse en tendant à Luke une douzaine de petits albums. À ma connaissance, elle n'a fait que ceux-là.

— Je les prends tous.

Le sac en plastique balançait dans ses doigts tandis qu'il se dirigeait vers la salle de répétition. «Je les regarderai ce soir, se dit-il, et je lirai encore quelques lettres.» Pourtant, il sentait déjà que ce n'était plus suffisant, qu'il ne pourrait se contenter indéfiniment de ces succédanés de présence. Il fallait qu'il voie Jessica. Et il résolut de faire le voyage jusqu'aux îles San Juan dès qu'il aurait la possibilité de s'échapper.

— Tu veux *partir*? s'exclama Monte. J'imagine que tu plaisantes! Oui, bien sûr que tu plaisantes... Pourquoi est-ce que je m'énerve? Tu ne partirais pas à la quatrième semaine de répétitions.

— J'ai dit *dès que possible*, murmura Luke. Que se passe-t-il avec Rachel et Cort? On dirait qu'ils se détestent tout à coup.

— C'est le cas. Pour l'instant... Juste avant ton arrivée, Cort a critiqué la façon dont elle a dit une réplique hier; elle lui a répondu qu'il n'avait aucune idée de l'évolution du personnage dans la pièce, à quoi il lui a répondu qu'elle n'avait aucune idée des personnages en général, sans quoi elle ne tournerait pas sans cesse autour de Kent Horne...

— Quoi?

— Oui, Kent a invité Rachel à dîner hier soir.

Luke jeta un regard circulaire dans la salle.

— Où est-il, le play-boy?

— Elle voulait un Coca light, il est allé lui en chercher un.

Luke observa un moment les acteurs en train de siroter des boissons glacées et dit:

— Abby sera peut-être la prochaine sur sa liste.

— Elle a trois fois son âge, grogna Monte.

— Certes, mais c'est aussi la femme la plus chic de la distribution. Je lui parlerai quand il reviendra. Il devrait se montrer plus prudent...

Kent fit irruption à cet instant, les bras chargés d'un énorme sac en papier brun déchiré, taché d'humidité, d'où perçaient de multiples canettes de boisson.

— J'ai bien failli tout lâcher, fit-il en laissant tomber le sac sur la table avec un bruit sourd. Pourtant, je ne suis pas allé loin, mais ces boîtes glacées, avec la condensation... (Il s'interrompit soudain et leva les yeux vers Luke.) Il y a quelque chose qui ne va pas ? Je suis sorti parce que vous étiez en retard, ajouta-t-il immédiatement, un rien agressif, comme pour anticiper un éventuel reproche.

— Asseyez-vous, répondit simplement Luke.

— Bien sûr, mais permettez-moi d'abord de m'acquitter totalement de ma mission, répliqua le jeune homme en sortant du sac une canette de Coca light qu'il porta à Rachel.

Ils échangèrent quelques mots, puis Kent revint prendre place à la table.

— Allez-y, tirez, dit-il à Luke.

— Nous parlerons au déjeuner, répondit celui-ci avant de s'adresser aux acteurs : On reprend là où on en était restés, c'est-à-dire au début de l'acte deux.

Kent sortit de ses affaires un petit carnet de notes.

— Moi aussi, j'ai pris des notes hier soir, souffla-t-il. Cort joue trop mou. Je ne sais pas comment il fait son compte mais, dans sa bouche, mes répliques se ramollissent, on dirait de la bouillie. Vous devriez lui parler, Luke. Quant à Rachel, je pense qu'elle devrait être différente au début. N'oublions pas qu'elle ne sait pas vraiment qui est Daniel. Elle tombe amoureuse de lui, mais c'est plus de l'excitation que de l'amour, parce que, vraiment, ce n'est pas un type bien. Enfin pas encore…

Luke hocha affirmativement la tête.

— Je sais. On va y travailler.

Ils écoutèrent les acteurs qui, depuis la deuxième semaine de répétition, connaissaient par cœur leurs répliques et travaillaient désormais sur leurs personnages : qui ils étaient, comment évoluaient leurs rapports. « Il y a trop de mouvement, se dit Luke. Ils bougent trop. Les répliques se perdent dans une agitation superficielle. » Cependant, il ne s'inquiéta pas outre mesure. Cette étape-là, dans l'élaboration d'une pièce, était aussi nécessaire que les autres. Il en était à ce point de ses réflexions lorsque, soudain, les trois comédiens présents sur scène semblèrent miraculeusement à l'unisson : l'espace de quelques instants, tout sonna juste, merveilleusement juste, comme quand le soleil parvient à percer les nuages lourds qui obscurcissent le ciel. Tout le monde éprouva la même impression. Monte se raidit sur sa chaise, Kent arbora un large sourire et Luke se leva d'un bond.

Ce fut alors qu'au beau milieu d'une réplique Abby fit brusquement volte-face pour se diriger à grands pas vers lui. Elle gesticulait en désignant Rachel.

— Luke, c'est intolérable ! Cette fille ressemble à un jouet manipulé par un gosse turbulent. Personne ne lui a jamais appris à rester tranquille, immobile ?

— Moi ? s'écria Rachel. Mais qu'est-ce que j'ai fait ?

— Tu *bouges* ! hurla Abby sans quitter Luke du regard. Constamment, tout le temps, *interminablement*. J'ai l'impression de me trouver dans une fête foraine, au stand des autos tamponneuses. Je ne le tolérerai pas plus longtemps.

— Je ne voulais pas rester au milieu du chemin, pour ne pas vous voler la vedette.

Les yeux d'Abigail Deming s'illuminèrent d'un éclat furibond, son cou s'allongea et elle articula lentement :

— Ma petite, jamais, jamais de toute ta vie, tu n'auras l'ombre d'une chance de me voler la vedette, comme tu dis.

— Rachel, intervint précipitamment Luke, écoute-moi : quand on marche, c'est bien pour aller quelque part. Si tu dois te placer quelque part, n'hésite pas à bouger. Sinon, tiens-toi tranquille et n'agis qu'en fonction de ce que font les autres. Certes, tu dois bouger d'une façon qui semble naturelle au public, mais tu dois aussi toujours avoir une raison de le faire. Est-ce que ça te pose un problème ?

— Non. Je vais essayer. Mais... vous n'avez pas trouvé ça bien, même *très bien*, pendant quelques minutes ? C'était parfait, non ?

Kent hocha la tête d'un air songeur et dit :

— Oh oui...

— C'est vrai, et ça se reproduira. C'est ça le miracle du théâtre, répondit Luke. Bien, maintenant j'aimerais que nous examinions mes notes.

Tous s'assirent autour de la table et se servirent des boissons fraîches. Un petit groupe se forma autour de Monte, un autre autour de Luke. Celui-ci commença, un œil sur son carnet :

— Je voudrais que, aux deux tiers du premier acte, tout se passe beaucoup plus vite, que les répliques fusent, que vos personnages réagissent au quart de tour. C'est à ce moment de la pièce qu'ils commencent à comprendre que tout ce qu'ils croyaient acquis risque d'être remis en cause. J'aimerais qu'à partir de là la tension aille crescendo, comme dans une symphonie. Paradoxalement, le meilleur moyen d'y parvenir, c'est de prononcer les répliques au ralenti. Abby, voudriez-vous commencer ? Au moment où vous arrivez de la véranda. Mais n'oubliez pas le sens des répliques. Le truc, c'est de garder en tête le sens du texte, quel que soit le débit de la voix.

Luke se recula sur sa chaise et écouta les comédiens batailler avec cette nouvelle directive. C'était l'un de ses exercices favoris : il exigeait un intense effort de concentration et rendait chaque réplique différente, non seulement pour celui qui la prononçait, mais aussi pour les autres. Parler au ralenti, bouger au ralenti, donnait à chaque phrase, à chaque geste, une autre ampleur et aussi une clarté nouvelle. Obligés de s'absorber dans chaque syllabe, les comédiens découvraient souvent dans leur texte une signification, une richesse qu'ils ne soupçonnaient pas. Il ne leur fallait généralement guère plus de trois minutes pour se rendre compte de l'effet produit. Et là, ils changeaient de visage... Cette répétition-là ne dérogea pas à la règle : Luke vit l'expression des acteurs se modifier, comme sous le coup d'une brusque métamorphose intérieure, et il sut qu'ils avaient atteint l'instant magique où leurs personnages allaient pouvoir grandir, s'épanouir. Cort et Rachel se sourirent, oubliant leur différend, Abby passa un bras sur les épaules de Rachel, et les deux autres comédiens, qui n'avaient que peu de répliques dans le premier acte, les observèrent avec envie.

— C'est bon, dit enfin Luke. On reprendra cet après-midi avant de revenir à l'acte un. Je suis sûr que vous commencez à sentir monter la tension, et j'espère que vous allez la laisser percer dans votre interprétation. La matinée a été longue, je crois que nous devrions aller déjeuner. Je vous retrouve dans une heure. Merci à tous.

Il fit un signe à Kent, qui le suivit jusqu'à la sortie. Puis ils se dirigèrent sans un mot vers le restaurant où ils avaient déjeuné ensemble la première fois. Ils s'installèrent à une table serrée contre un long mur de briques rouges. Le garçon se précipita :

— Bonjour, monsieur Cameron. Je suppose que vous n'avez qu'une heure pour déjeuner ?

— Oui, comme toujours.

— Et vous prendrez ?

— La même chose que d'habitude.

Sans même demander à Kent ce qu'il souhaitait commander, Luke entra dans le vif du sujet.

— Vous avez la tête d'un gosse qui s'attend à recevoir une fessée, lui dit-il en souriant.

— C'est bien pour ça que nous sommes là, non ?

— Non, Kent, vous êtes un peu trop vieux pour les fessées et, en outre, je ne crois guère en leurs vertus. À votre avis, quelle a été votre erreur ?

— Aucune idée. Tout ce que je sais, c'est que vous avez l'air furibard.

— Non, je me demande juste combien de temps il va vous falloir pour courtiser toutes les actrices qui jouent dans votre pièce.

Kent dévisagea Luke.

— C'est ça qui vous chagrine ? Qu'est-ce que ça peut vous faire ?

— Je vais vous le dire. Je pensais que vous l'auriez compris de vous-même, mais, comme ça n'a pas l'air d'être le cas, allons-y. Depuis que nous sommes ensemble pour monter votre pièce, nous sommes devenus presque une famille. Je dis bien presque. Mais une famille tout de même. Vous me suivez ?

Il s'interrompit quand le garçon arriva avec les plats et reprit lorsqu'il se fut éloigné :

— Tout ceci n'a rien de bien compliqué : tout le monde sait – vous y compris – qu'à partir du moment où on demande à des hommes et à des femmes de passer ensemble plusieurs semaines, voire plusieurs mois, dans un monde de faux-semblants, de passions exacerbées comme elles le sont au théâtre, il est préférable que leurs propres passions n'entrent pas en jeu. De ces hommes et de ces femmes dépend le succès de votre pièce. Si vous laissez leur vie personnelle interférer dans le travail, si vous les y incitez, votre pièce est vouée à l'échec.

— Je n'ai rien fait d'autre que donner rendez-vous à deux de ces personnes.

— Vous avez couché avec au moins l'une d'entre elles, mais je préfère ne pas entrer dans ce genre de considération, répondit Luke, cinglant. Je ne voudrais pas vous paraître prétentieux, mais, pour monter une pièce, il ne suffit pas de coller un manuscrit entre les mains d'une poignée de comédiens. Il y a de fortes chances pour que ce groupe de personnes, tel qu'il est, ne se reforme jamais dans l'avenir. C'est ce qui le rend différent de tous les autres groupes – amis, relations, collègues de travail –, et c'est précisément pour cette raison qu'il est fragile, toujours au bord du déséquilibre et... qu'il ne saurait être traité avec désinvolture. Quiconque travaille avec moi n'a pas droit à la désinvolture.

— Ce qui signifie?

— Vous savez parfaitement ce que cela signifie. Je vous demande de mettre autant de bonne volonté à la création de cette pièce que vous en avez mis à l'écrire. Après tout, et une fois encore, c'est la vôtre. C'est pour vous que l'enjeu de cette affaire est le plus important. Nous connaissons déjà suffisamment de tensions sans nous encombrer en plus de rivalités sexuelles. Et nous n'avons surtout pas besoin d'un gamin qui fête son entrée dans le monde du théâtre en sautant toutes les femmes travaillant sur sa pièce.

Le visage de Kent s'assombrit.

— Vous n'aviez pas besoin de formuler ça comme ça.

— Vous avez raison, répondit Luke. Je vous demande pardon.

— *Vous! Vous me demandez pardon!* s'exclama le jeune homme, ahuri.

— Oui, cette remarque était déplacée.

— C'est le moins qu'on puisse dire. Maintenant, écoutez-moi bien, monsieur le metteur en scène. Je n'ai contraint personne. J'ai dit à ces filles qu'elles étaient formidables, mais ce sont elles qui ont fait le premier pas. Chose que j'admire. J'ai été partout dans le monde, en Europe, en Afrique, au Japon, j'ai roulé ma bosse, comme on dit. Dieu sait si j'en ai vu, des choses et des gens, mais ceux de votre espèce me tapent sur les nerfs. Vous, vous êtes dans votre élément, vous savez ce que vous faites, vous avez gagné le droit d'être là où vous êtes. Moi, je me fais l'impression d'être un môme tombé par hasard dans la cour des grands. Alors, j'essaie de me raccrocher comme je peux et à qui je peux. Et Marilyn a été...

— Je préférerais que vous ne nommiez personne.

— D'accord, mais, pour moi, ces femmes ont des noms, ce ne sont pas de vulgaires histoires de vestiaire. J'ai juste eu besoin de m'entendre dire que ma pièce était bonne et...

— Mais, Kent, je vous ai dit que votre pièce était bonne, l'interrompit Luke. Et Monte vous l'a dit aussi.

— J'ai besoin qu'on me le répète, et tout le temps ! Si on ne me le dit pas pendant un jour ou deux, je me mets à penser qu'elle ne vaut rien et qu'à un moment ou à un autre vous allez vous en rendre compte et tout laisser tomber. Que les critiques vont l'assassiner. J'en ai commencé une autre – je ne vous l'avais pas dit, je ne l'ai dit à personne. Et maintenant, je me réveille toutes les nuits vers deux ou trois heures du matin, mort de trouille, parce que je suis convaincu que la nouvelle pièce est mauvaise, que *La Magicienne* est mauvaise, que, moi, je suis mauvais. Alors je me raccroche à des gens qui me disent que je suis bon, et pendant un moment je me sens mieux. Vous savez, avant je fumais et je croyais que, le jour où j'arrêterais, j'allais me tordre de douleur et mourir. Eh bien, là, c'est pire...

— Très bien. Je vais vous faire un enregistrement en boucle sur une cassette et vous pourrez vous la passer quand vous voudrez.

— C'est une idée géniale. Qu'allez-vous dire sur la cassette ?

— Allons, Kent, ça suffit.

— Dites-moi ce que vous raconterez sur cette cassette, j'y tiens.

— Que vous avez écrit une pièce élégante, émouvante et riche. Que les acteurs l'adorent, que nous l'adorons tous, et que ça va être un énorme succès. Ça va comme ça ?

— Oui. Quand enregistrerez-vous la cassette ?

Médusé, Luke dévisagea Kent un long moment, en silence, puis il dit enfin :

— Kent, je plaisantais bien sûr.

— Eh bien, moi, je ne plaisante pas. Je sais que c'est idiot, mais cette cassette sera ma drogue. Ne faites pas cette tête-là, Luke, je vais bien me tenir, que vous enregistriez ou non cette cassette. Mais j'aimerais que vous le fassiez. Elle serait un peu comme un mantra pour moi.

Luke haussa les épaules. Le narcissisme des auteurs, leur égocentrisme, ce besoin constant d'être caressé, flatté, l'étonnaient toujours. Mais les comédiens, les peintres, les sculpteurs n'étaient pas différents. L'égotisme est le lot commun des artistes, des êtres vraiment créatifs, et leurs exigences s'adressent à eux-mêmes autant qu'aux autres. S'ils se relèvent, terrifiés, au beau milieu de la nuit, c'est parce qu'ils risquent de ne rien créer, ou de ne pas véritablement aboutir, ou pas comme ils le souhaiteraient.

— J'enregistrerai la cassette ce week-end, poursuivit Luke d'un ton las. Maintenant, parlez-moi de cette nouvelle pièce…

Kent se pencha au-dessus de la table avec un air de conspirateur et chuchota :

— Ça restera entre nous, n'est-ce pas ?

Luke le tranquillisa et écouta avec attention l'exposé de l'intrigue. Celle-ci le séduisit d'emblée : elle promettait deux rôles très intéressants pour un acteur et une actrice dans la quarantaine.

— Ce serait idéal pour Jessica, murmura-t-il.

— Qui ? Quelle Jessica ? demanda tout de suite Kent.

— Jessica Fontaine.

— Oh ! je n'avais pas pensé à elle, mais vous avez raison. Elle serait géniale dans le rôle. Je l'ai vue autrefois à Londres, dans *Médée*. Ç'a été une révélation. Mais elle a disparu depuis un bon bout de temps, non ?

— Pas tant que ça.

— Que lui est-il arrivé ?

— Je l'ignore encore… mais je l'apprendrai bientôt.

— Vous croyez qu'elle accepterait ? Oh, Luke, s'il y avait la moindre chance pour que… Mais je n'ai pas grand-chose à lui montrer. Une grosse partie du premier acte, c'est tout.

— Faites-m'en une copie. J'aimerais le lire. Et si je retrouve Jessica Fontaine, je le lui montrerai. Mais je ne vous promets rien, ajouta-t-il en tendant la main pour attraper l'addition.

— Laissez-moi vous inviter, marmonna indistinctement Kent en glissant très lentement une main sous sa veste afin d'y chercher son portefeuille.

— Non, répondit Luke. Si ce déjeuner vous a appris quelque chose, c'est un bon investissement.

— Oui, il m'a appris quelque chose, et notamment que vous êtes un type formidable, avec moi, avec les acteurs, avec toute l'équipe, et aussi un excellent metteur en scène. Personnellement, je ne m'en sors pas si bien dans les rapports humains, pas tout le temps en tout cas, alors j'admire les gens comme vous…

— Vous vous en sortirez de mieux en mieux, l'interrompit Luke sur un ton rassurant. Contentez-vous de faire attention à ce que vous faites. Maintenant allons-y. Nous avons encore du pain sur la planche pour cet après-midi.

La répétition redémarra par un nouvel exercice au ralenti, puis Luke demanda que l'on reprît tout depuis le début. Kent s'assit à côté de lui et se mit à prendre fébrilement des notes. Il gigotait sur sa chaise et ne cessait de marmonner. Luke lui lança un regard.

— Vous aussi, vous trouvez que ça ne va pas ?

— Oui, il y a quelque chose qui cloche, mais je n'arrive pas à savoir quoi.

— Je crois que, moi, je sais, fit Luke en se levant brusquement pour se diriger vers la scène et s'adresser à Abby. Abby, pourquoi êtes-vous à ce point en colère contre Daniel ? Que vous a-t-il fait ?

— Mais, Luke, il ne fait pas attention à moi ! Il pense à cette fille au lieu de penser à moi, de me traiter avec respect et amour.

— D'accord, il est absent, distrait. Mais qu'est-ce que cette distraction provoque chez vous, à part un sentiment de colère et de frustration ?

Abigail Deming se frotta la nuque en levant vers le plafond un regard hésitant.

— De la perplexité, peut-être, répondit-elle, elle-même perplexe.

Luke hocha la tête en signe d'acquiescement et renchérit :

— Oui, parce qu'il se conduit d'une façon inattendue. Vous vous imaginiez connaître le monde, savoir comment il tourne, et voilà que votre univers est bouleversé, mis sens dessus dessous.

Au bout de quelques instants de réflexion, Abby reprit :

— Alors, à votre avis, je devrais être abasourdie.

— Oui, c'est exactement ça.

— Eh bien, d'accord, va pour abasourdie. Je le sens bien. C'est une femme d'un certain âge ; pour elle, le monde doit être prévisible. N'est-ce pas ce que nous souhaitons tous ? À son âge, il est difficile d'accepter de ne pas comprendre. Laissez-moi réfléchir un instant. Ça change tout, même ma façon de bouger. Je me dirigerais vers lui, pour essayer de comprendre, au lieu de m'éloigner sous le coup de la colère – un lent sourire illumina le visage de la comédienne. On va essayer. Cort, si nous pouvions reprendre au moment où vous faites votre entrée...

Luke retourna s'asseoir tandis que les acteurs recommençaient la scène. Il entendit soudain une voix lui murmurer à l'oreille :

— Je vous aime.

C'était Kent.

— Vous êtes un véritable génie. Vous m'en voudriez beaucoup si je vous embrassais ?

Et sans attendre la réponse, il se pencha vers Luke et déposa un baiser sonore sur sa joue avant de conclure :

— Je me demande comment j'ai fait pour avoir une chance pareille...

— Chuuut..., fit Luke, embarrassé par ces démonstrations d'affection et désireux de se concentrer sur le travail d'Abby.

Au début, elle parut hésitante, et il regretta que Constance ne fût pas là, à ses côtés, pour l'aider. Puis, peu à peu, elle prit ses marques : elle se montra tout d'abord incertaine, dubitative, puis étonnée et, enfin, franchement abasourdie par ce qui lui arrivait. Il distingua même dans son jeu un soupçon de frayeur qui le ravit.

— C'est bon, elle tient le truc, murmura-t-il.

Il vit l'interprétation des autres se modifier pour s'adapter à la sienne et jeta un regard à Kent, qui rayonnait de bonheur. Monte dit :

— Bon sang, c'est tout à fait ça! Mais qu'est-ce que tu lui as fait, Luke? D'habitude, c'est une terreur, une vraie lionne!

— Elle aime la pièce, c'est tout.

— Et tu sais aussi comment t'y prendre avec elle. C'est du bon boulot, Luke.

— Au moment de la pause, dis-lui que tu as apprécié, ça lui fera plaisir, répondit celui-ci en se calant dans son siège avec ce sentiment d'intense satisfaction qui, chez lui, accompagnait toujours des progrès décisifs dans l'interprétation des comédiens.

Ce sentiment ne le quitta pas de l'après-midi et perdura même le soir, lorsqu'il prit la route avec Tricia pour se rendre à Amagansett, où Monte et Gladys les avaient invités à passer le week-end.

Les Gerhart possédaient en bordure de la plage une belle demeure à la modernité austère. Luke et Tricia se virent attribuer toute une aile de la maison, avec salon, chambre à coucher et deux salles de bains.

— On peut dire que Gladys sait recevoir! s'exclama la journaliste, qui inspectait les pièces mises à leur disposition tout en se déshabillant afin de se préparer pour le dîner. Et jamais on n'a entendu parler du plus petit scandale la concernant. Ni lui non plus, d'ailleurs. Je n'arrive pas à y croire : un producteur qui reste marié trente-quatre ans avec la même femme, c'est du jamais vu. Ça va à l'encontre de toutes les lois de l'univers. Luke? Tu m'écoutes? Tu es d'accord?

— Sur quoi?

— Sur les lois de l'univers. Tu es sûr que tu vas bien? Je te trouve très silencieux ces derniers temps.

— Pardonne-moi, répondit-il en ôtant sa chemise. Tu sais que je ne suis jamais dans mon état normal quand je monte une pièce.

— Il m'arrive de penser que les pièces pourraient constituer une puissante et brillante excuse pour masquer d'autres choses. Il y a une nouvelle femme dans ta vie ?

Luke lui jeta un regard oblique et dit :

— Si c'était le cas, tu en serais la première informée et son nom figurerait déjà dans ta rubrique.

— C'est vrai, et pourtant je n'arrive pas à m'ôter de l'idée qu'il se passe autre chose, je veux dire autre chose que la pièce...

Il y eut un silence.

— Alors tu ne veux rien me dire ? insista Tricia.

— Je n'ai rien à dire.

— Je suis sûre que si.

Nouveau silence.

— Tu sais que Claudia continue de sortir avec Peruggia ?

— Non, je ne le sais pas, tu n'en as pas parlé dans ta chronique.

— Luke, tu lis *vraiment* mes articles ? Ou juste une fois de temps à autre ?

— Je les lis tout le temps.

Tricia s'approcha de lui et l'embrassa. Elle était nue, sa peau brune et chaude brillait dans les rayons du soleil couchant.

— Et tu les approuves ? demanda-t-elle tout contre son oreille.

Je ne comprends pas comment on peut oser gagner sa vie en prêtant l'oreille à des rumeurs mensongères et en les propageant. Ces gens-là font de la calomnie leur gagne-pain.

— Non, je ne les approuve pas, et je te ferai cette réponse chaque fois que tu me poseras la question. Mais qu'est-ce que ça change ? Tu as autour de toi une horde de fans et personne, dans Hollywood, n'ose bouger un cil sans s'interroger sur ce que tu vas en dire. Ça devrait te suffire.

Tricia s'écarta de lui, ramassa un déshabillé de soie qu'elle avait laissé tomber sur la moquette et s'en enveloppa.

— Je voudrais pouvoir penser que tu m'admires.

— C'est le cas. Je t'admire parce que tu as réussi toute seule, sans l'aide de personne, et que tu fais très bien le métier que tu as choisi.

— Et c'est un métier honorable.

Luke gloussa.

— Tu es d'une ténacité remarquable.

— Ne te moque pas de moi. Je ne fais pas autre chose que les journalistes de la télévision dans leurs talk-shows, et des millions de personnes les regardent. Nous donnons aux gens les informations qu'ils réclament.

— Exact. Mais les gens regardent ce genre d'émission avec le même œil qu'ils lisent tes chroniques : un œil mauvais, malicieux, perfide, heureux du malheur de l'autre, un œil de *voyeur*. Je ne vois qu'une raison à cela : lorsqu'ils voient une célébrité les tripes à l'air sur le bord de la route, lorsqu'ils se délectent de spectacles macabres, de toute cette souffrance qui flotte, en suspens autour d'eux, ils se disent que, si tant d'autres sont touchés, eux seront épargnés. « Elle l'a bien cherché, ses petits regards en coin ne l'ont pas menée bien loin », voilà ce que se disent les gens. Ça les rassure.

Tricia fit volte-face et s'approcha de la baie vitrée, comme perdue dans la contemplation du paysage, du calme spectacle des vagues clapotant mollement sur le sable. Quelqu'un alluma une radio dans une autre partie de la maison. C'était un air de jazz, lointain mais entraînant.

— Je pourrais te détruire avec ma rubrique, dit-elle sans se retourner.

— J'en doute, riposta froidement Luke. Et puis pourquoi ferais-tu ça ? C'est ton but ?

— Non, pas mon but, mon pouvoir. (Alors seulement elle se retourna vers lui pour ajouter :) Et tu le sais…

Il hocha la tête. Oui, il le savait. C'était cela qui l'attirait chez elle : sa franchise. Elle était la femme la plus directe qu'il eût jamais rencontrée. Ses exercices de vivisection de la bonne société n'épargnaient rien ni personne, surtout pas elle-même. Souvent, elle paraissait naïve, mais en réalité elle était aussi dure et résolue qu'un général méditant l'assaut d'un fortin.

— Quoi qu'il en soit, ce que je fais m'amuse, reprit-elle sur un ton faussement badin. Cessons cette conversation, veux-tu ? Elle devient bien trop sérieuse pour moi. Ça t'ennuie qu'elle le voie toujours ?

— Qui elle ? Claudia ? Si ça *m'ennuie* que Claudia voie quelqu'un ! Seigneur, mais je piafferais de joie si Claudia trouvait à se remarier. J'offrirais le mariage, la lune de miel, le trousseau, tout ! Si je pouvais, moi, lui trouver quelqu'un, ce serait déjà fait ! Seulement tu t'empresserais de le dire dans ta rubrique : « Un metteur en scène de Broadway joue les marieurs pour son ex-femme. »

Tricia éclata de rire.

— Ça me plaît bien. Je crois en effet que je mettrais ce titre-là. Mais tu sais pertinemment que je ne parle jamais de toi dans mes papiers.

— Pour l'instant.

La journaliste le dévisagea longuement, puis reprit après un long silence :

— Peut-être que je ne parlerai *jamais* de toi, Luke, ni maintenant ni plus tard. En tout cas, pas tant que nous serons amis. Cela dit, je vais peut-être refaire un article sur Claudia. Peruggia et elle jouent beaucoup. Elle l'emmène chez les Phelans, et je me suis laissé dire qu'il jouait gros, surtout à la roulette. Aux cartes, il est plus prudent. S'il continue de perdre, il faudra bien que je lui consacre quelques lignes. Comment pourrais-je ignorer pareille tragédie?

— Pourquoi ne l'as-tu pas déjà fait?

— Parce que tu as arrêté cet article que je m'apprêtais à publier. Et puis parce que, autrefois, lui et moi avons eu une aventure, et je l'aimais bien... Ou plutôt non : il me fascinait. Jusqu'à ce que je me réveille. Ce n'est pas un type bien, Luke. Certains disent même qu'il est dangereux. Claudia devrait faire attention.

— Je le lui dirai.

— Je ne savais pas que tu la voyais toujours.

— De temps à autre, répondit-il, évasif, avant d'ajouter : Je vais rentrer de bonne heure dimanche matin. Si tu veux passer la journée ici, n'hésite pas, je ne t'en voudrai pas.

— Je m'en doute. Pourquoi veux-tu rentrer?

— J'ai encore du travail pour la répétition de lundi.

— Que peux-tu bien encore avoir à faire?

— Tu sais, les dernières semaines sont souvent les plus chargées. Je suis désolé. Je sais que Monte et Gladys ont dû prévoir un brunch, ou quelque chose de ce genre...

— Oui, et il y aura des gens dont tu devrais faire la connaissance, insista Tricia en dénouant la ceinture de son déshabillé pour le laisser glisser le long de son corps.

Elle passa les bras autour de la taille de Luke et écrasa ses seins nus contre sa poitrine.

— Ce sera pour une autre fois, fit-il doucement.

— J'espère te convaincre de rester, murmura la jeune femme en lui tendant ses lèvres.

Mais le dimanche matin, alors qu'elle et ses hôtes orchestraient une gigantesque garden-party où devaient confluer pas moins de deux cents invités, Luke s'éclipsa en répétant :

— Ce sera pour une autre fois, je suis désolé.

178

L'œil froid et vif, Tricia le regarda monter dans sa voiture et s'éloigner. Elle rentrerait seule avec Monte et Gladys en fin de journée.

Il atteignit New York sur le coup de midi et se rendit tout de suite à la salle de répétition. L'écho de ses pas résonnait, inquiétant, dans le vaste espace nu. Il relut une fois encore les notes qu'il avait prises sur les actes deux et trois, puis entreprit de déménager les caisses et les chaises qui faisaient office de meubles. Affinant sa mise en scène, il inscrivit sur son carnet de nouveaux déplacements que devraient effectuer les acteurs. « C'est mieux comme ça, se dit-il enfin en contemplant son œuvre. Bien sûr, il va falloir les convaincre, qu'ils se sentent à l'aise, mais cette nouvelle disposition ajoute à la tension dramatique. » Il passa encore deux heures à revoir ses croquis, à noter au crayon de couleur – une couleur par acteur – les mouvements de chacun. Et soudain il se rendit compte qu'il était affamé.

« Il est temps de rentrer, j'ai encore du travail à la maison. Lire le *Sunday Times*, une douzaine de livres pour enfants… et les lettres de Jessica… »

Ma chère Constance,
Cette île n'est pas l'endroit idéal pour qui aime errer à l'aventure. Ici, aller quelque part nécessite une solide organisation. Si on est pressé, mieux vaut posséder son avion ou son bateau – et encore faut-il que la météo se montre coopérative. Naturellement, comme les gens n'ont, pour la plupart, ni avion ni bateau, ils doivent faire coïncider leurs activités avec les horaires du ferry. Ce qui signifie une bonne heure de queue avant de pouvoir rentrer la voiture dans le ferry, plus une heure de traversée, puis cent trente kilomètres jusqu'à Seattle, ou soixante-cinq kilomètres jusqu'à Bellingham. Dans ces conditions, on hésite un peu avant d'aller faire les courses ! C'est une véritable expédition. Bien sûr, il y a

un très joli marché au village, mais on est loin d'y trou-
ver de tout, et le continent constitue pour les insulaires
une véritable attraction. Pas pour moi. Je n'ai plus le
désir d'aller nulle part. Je suis heureuse de vivre en soli-
taire au milieu des eaux. Elles prennent tout au long
de la journée des dizaines de couleurs différentes : bleu
sombre, gris, argent, turquoise, bleu-gris, vert jade...
Tout dépend du ciel et des nuages.

C'est son isolement qui fait le charme de cette île : les
forêts de pins sont plus sauvages, les plages plus reti-
rées, moins fréquentées, les falaises plus inquiétantes.
Beaucoup de maisons par ici sont dissimulées dans les
pinèdes, pratiquement invisibles tant qu'on n'est pas
tombé le nez sur la porte.

Ma maison à moi est enfin terminée. Elle n'est pas
immense, mais très lumineuse, ouverte. On a l'impres-
sion qu'elle flotte entre le ciel et l'eau, sereine, secrète. J'ai
aussi un atelier qui ressemble beaucoup à celui que je
m'étais aménagé dans le Connecticut. Et je me suis mise
au jardinage. J'ai laissé une grande par-tie de mes terres
à l'état sauvage, et j'ai simplement demandé à un pay-
sagiste de créer des petits chemins bordés de pierres
autour de la maison. Il m'a aussi aidée pour les planta-
tions. Maintenant, quand je regarde par la fenêtre, je
vois des parterres de rhododendrons, d'azalées, d'iris
de toutes sortes, de digitales, de roses... sans parler de
toutes les plantes dont je ne connais pas le nom. (D'ici
l'hiver prochain, je les saurai par cœur.) L'allée qui mène
à ma maison et la route en contrebas sont bordées
de genêts d'un jaune si vif que le reste du monde paraît
pâle en comparaison. Ici, je peux presque voir les fleurs
pousser millimètre après millimètre. Le climat est doux,
avec beaucoup de pluie et de soleil. Jamais encore je
n'avais eu de jardin et j'aime l'idée d'être plus proche de
la terre. J'ai également planté des légumes, rien de très
ambitieux, mais j'envisage de me lancer bientôt dans les
variétés exotiques. La première fois que j'ai mangé un

grain de raisin de ma vigne, j'ai éprouvé une sensation extraordinaire, comme si je découvrais ce que sont les fruits, au lieu de les acheter de troisième main dans leur plastique au supermarché.

J'espère que tu as reçu les livres que je t'ai envoyés : deux romans que j'ai aimés et mon dernier livre pour enfants, La Chambre secrète. *Il est question d'en faire un film, ou même une comédie musicale, mais désormais tout cela m'est étranger. De toute façon, c'est un projet si lointain que je ne vais pas perdre mon temps à y réfléchir.*

Stupéfait, Luke secoua la tête avec incrédulité. Jessica racontait des histoires de fleurs et de potager, comme si Constance n'était plus qu'une relation indifférente, comme si elles ne s'étaient pas connues pendant vingt-quatre ans, comme si elles n'avaient jamais été intimes. Et toujours pas un mot expliquant son exil sur Lopez Island. Et cet homme qu'elle avait rencontré, qu'était-il devenu ?

Ma chère Constance,

Je n'ai pas pu trouver le sommeil hier soir, après avoir lu ta lettre. Je suis désolée que tu aies trouvé la mienne lointaine et indifférente. Tu devrais savoir que jamais je ne pourrai me montrer distante envers toi. La vérité, c'est que j'ai eu plus de mal que je ne l'aurais cru à m'adapter à ma nouvelle vie. Il m'arrive de m'asseoir dans le jardin, face à la plage, à cette mer bleu-vert qui clapote dans sa petite crique, et de me sentir si loin de tout et de tout le monde que j'ai l'impression de ne plus exister, de ne plus avoir aucune réalité. (Je sais que je t'ai dit aimer cet isolement, mais mes humeurs sont changeantes, elles vont et viennent, différentes selon le vent, l'heure ou la lumière du soleil.) Tout ce qui me liait aux gens, aux endroits, aux choses qui faisaient ma vie a disparu. J'ai connu tant de joies autrefois qu'il m'est difficile à présent de regarder autour de moi sans rien trouver qui me rappelle l'autre Jessica, celle que j'étais avant.

Alors je me sens déconnectée, tronquée, comme si ce train avait foncé au milieu de ma vie pour la couper en deux, sans qu'il me soit possible de jeter un pont entre l'avant et l'après, de les réconcilier. Je ne peux pas revenir à ce que j'étais avant. Je me sens perdue. Il ne me reste rien.

Pourtant, j'aime ma vie ici, je l'aime vraiment. Simplement, je dois m'habituer à considérer toutes ces choses inconnues comme en faisant désormais partie. Je sais que tu as ressenti ton départ pour l'Italie comme un exil. Ce n'est pas mon cas. Ce n'est pas un exil, mais un nouveau départ pour une nouvelle vie.

C'est aussi pour cette raison que je ne peux pas encore venir te voir en Italie. Tu sais combien cela me ferait plaisir, mais je ne veux pas quitter cette île avant d'y avoir construit ma vie et de l'avoir acceptée. Je suis encore trop en colère, contre des fantômes, d'insaisissables «peut-être», des «et si»… Comme un boxeur qui n'aurait que des ombres contre lesquelles lutter.

Je m'habituerai à tout cela, j'y arriverai, je le sens. Mais tu sais, Constance, ce que j'ai perdu me manque. Il ne faut pas que je me laisse le temps de réfléchir car, dès que je cesse d'être occupée, je suis envahie par une sensation de vide que tu n'imagines pas. Je regarde dans le vague et j'ai une immense nostalgie de… tout. Tu es la seule personne qui puisse vraiment me comprendre et comprendre ma colère, parce que tu l'as éprouvée, toi aussi (et sans doute l'éprouveras-tu toute ta vie, comme moi), même si tu essaies toujours de la déguiser.

Je dois refaire connaissance avec moi-même, avec cet endroit que j'ai décidé d'appeler «ma maison», je dois apprendre à redevenir positive. Après, seulement, je pourrai te rendre visite en Italie.

Je me suis déjà fait des amis ici – l'île est si petite qu'il serait difficile de ne pas y connaître tout le monde –, et puis j'ai mon travail. Le théâtre pour enfants de Seattle a besoin de pièces. Après tous les livres que j'ai illustrés, je crois que j'ai envie d'écrire une pièce pour enfants. Je ne sais pas si j'en serai capable, je n'ai encore jamais essayé, mais je vais faire une tentative. Ce serait une façon de reprendre contact avec le théâtre.

Tu sais à peu près tout de ma vie désormais, hormis le déroulement quotidien de mes journées, presque toutes identiques, ce qui n'est pas le moindre des charmes de cette île.

Luke survola le reste de la lettre, ainsi que la suivante. Il cherchait quelque chose.

... Je fais du cheval tôt le matin, avant le petit-déjeuner, puis je jardine...

... l'après-midi, je peins quand la lumière devient claire, froide comme un diamant...

... Ai découvert le vin de l'île, délicieux...

... Pris le ferry pour San Juan, la plus grande île de l'archipel, et me suis retrouvée désignée par leur comité pour aider à la mise en scène de...

... au cours d'un déjeuner avec Rita Elliott, qui dessine des bijoux et possède son propre...

Soudain, Luke revint à la phrase précédente, arrêté par les mots « mise en scène ».

... désignée par leur comité pour aider à la mise en scène de Pygmalion. *J'ai commencé par refuser, mais ils se sont montrés très persuasifs : c'est une petite troupe, et aucun des comédiens n'a jamais vu une représentation de* Pygmalion, *bien qu'ils aient tous vu* My Fair Lady. *Ils étaient si excités par ma présence que j'ai fini par accepter de les aider, mais juste une fois.*

*Tu te souviens de cette conversation que nous avons
eue un jour à Chicago ? Nous nous disions qu'au fond
de chaque acteur sommeillait un metteur en scène. Je
pensais même arriver à combiner les deux : actrice-
metteur en scène. Mais c'est fini, maintenant. Je ne fais
plus partie du monde du théâtre. Ce que je vais faire
pour le petit théâtre de San Juan ne sera qu'une légère
diversion, une petite distraction dans mon programme
quotidien. La pièce se jouera trois soirs – et ce sera bien
suffisant.*

Luke secoua à nouveau la tête, sceptique. Il y avait
quelque chose d'étrange dans la façon dont Jessica
présentait les choses. Elle était prudente. Trop prudente. Comme si elle craignait de laisser échapper un
secret, une confidence particulière. Il ne retrouvait
sa vivacité coutumière que lorsqu'elle évoquait ses
promenades à cheval ou les progrès de son jardin. Il
feuilleta encore quelques pages, jusqu'à ce qu'il
trouve enfin l'information recherchée.

*Il s'appelle Richard, il est sculpteur et vit toute l'an-
née sur l'île. J'avais déjà acheté deux de ses œuvres
avant de le rencontrer : une tête de cheval en bronze que
j'ai mise dans le jardin, et une mère avec ses deux
enfants, sculptés dans le marbre, dont les lignes douces
et tendres m'ont fait penser à mes parents et à toi. Je l'ai
rencontré un jour où il ramassait des palourdes dans
une petite crique, à l'autre bout de l'île. Imagine un peu
le romantisme de cette rencontre : elle et lui, seuls au
bord de l'eau, avec d'énormes seaux. Ils creusent le sable
à la truelle et en envoient dans tous les sens, ils en ont
partout, dans les cils, sur le front, sur les joues. Il est
extrêmement beau, tu sais, grand, blond, les yeux bruns,
avec une barbe blonde et une allure très séduisante.
Nous avons ri ensemble et j'ai pris conscience que je
n'avais pas ri depuis longtemps et que cela me manquait.*

Luke posa violemment la lettre sur la table. « Pourquoi est-ce que je perds mon temps avec ça ? Je devrais être en train de bosser, ou de lire le journal, ce serait plus utile », se dit-il, furieux. Il se leva pour porter son plateau dans la cuisine. Il régnait dans l'appartement un silence accablant, comme s'il était inhabité. Martin n'était pas là, le téléphone restait muet... Luke n'avait guère passé de temps chez lui ces dernières semaines et, lorsqu'il était là, il ne quittait quasiment pas la bibliothèque.

Il voulut faire un peu de ménage dans la cuisine, mit son assiette dans le lave-vaisselle et passa un coup d'éponge sur le plan de travail, mais c'était inutile : Martin et la femme de ménage s'acquittaient de leur tâche à la perfection. Il eut alors le sentiment que sa présence en cet endroit était déplacée, comme elle l'était d'ailleurs dans tout l'appartement. Il se sentait invisible, presque « de trop ». « Pourtant, je suis chez moi ici... Je devrais peut-être faire en sorte que ça se voie, que ça ressemble à un chez-moi », se dit-il en jetant un œil dans la salle à manger. Il n'y avait pas dîné trois fois au cours de l'année. « Il faut que cet appartement ait l'air vivant, que j'invite des gens, des gens avec des enfants. Je pourrais installer une table de ping-pong et brancher le flipper que Monte m'a offert pour Noël il y a deux ans... Des enfants... »

Pourtant, j'aime ma vie ici, je l'aime vraiment. Simplement, je dois m'habituer à considérer toutes ces choses inconnues comme en faisant désormais partie.

« Mais moi, je n'ai pas besoin de m'habituer, poursuivit intérieurement Luke. Rien ne m'est inconnu. Ce décor fait partie de ma vie depuis longtemps. Sauf qu'avant Jessica n'existait pas. »

Il retourna dans la bibliothèque. Il était en train de déplier une autre lettre lorsque la sonnerie du téléphone retentit. C'était Claudia.

— Luke, peux-tu dîner avec moi demain soir?

Il y avait dans la voix de son ex-femme quelque chose d'impératif, d'urgent. Luke comprit qu'il ne pourrait pas éluder.

— D'accord, mais la répétition risque de se terminer assez tard. Neuf heures, ça te va?

— L'heure que tu veux. Pourrais-tu venir chez moi? S'il te plaît

— Non, c'est impossible. Je te retrouverai chez Bernardin. Si je suis un peu en retard, demande à Maguy de te préparer un de ses merveilleux amuse-gueules accompagné d'une bouteille de chardonnay.

— Mais tu ne seras pas en retard.

— Je ferai mon possible.

En raccrochant, il se dit que jamais il ne parviendrait à se délivrer de Claudia, ou plutôt à la délivrer de lui. Elle ne s'éloignerait jamais, jamais il ne trouverait un moyen de la mettre à la porte de sa vie. Désabusé, il reprit la lettre de Jessica. Elle y décrivait son travail sur *Pygmalion* avec un étrange détachement, comme si ce n'étaient pas l'enthousiasme ni même simplement le plaisir qui guidaient sa plume, mais le devoir, juste le devoir. Il ne s'attarda pas sur cette partie de la lettre. Il cherchait un nom, un prénom plutôt. Et il le trouva.

Richard a son propre hors-bord, un luxe dont je profite maintenant que je dois suivre les répétitions de Pygmalion. *Il me dépose à San Juan et rentre directement pour travailler dans son atelier, plutôt que de regarder tous ces jeunots trébucher maladroitement sur une scène. Je peux te sembler cruelle, mais il est vrai qu'ils ont bien peu d'expérience – sinon pas du tout. Par conséquent, tout prend énormément de temps. Fort heureusement, nous avons encore dix semaines devant nous. (Dix semaines! tu te rends compte? Quand nous en avions cinq ou six, nous nous estimions heureuses.)*

« C'est tout ce qu'elle trouve à raconter sur son beau sculpteur? Qu'il possède un hors-bord? » se dit Luke, caustique, tout en feuilletant fébrilement les pages suivantes, à la recherche d'autres indices.

Tu avais raison, ma Constance, à certains moments, la pièce semble bien avancer et, soudain, la voilà qui cale ou recule. Nous travaillons dur, mais je crois que le résultat auquel nous sommes parvenus est le meilleur possible, vu les conditions. J'aime beaucoup les gens de la compagnie...

J'ai pris l'hydravion et je suis allée passer la journée à Seattle pour une signature à la librairie Elliot Bay. J'y ai rencontré des écoliers...

Nous sommes à deux jours de la première, et ils sont tous si excités et nerveux que je me fais l'impression d'être une nounou...

... avons joué à guichets fermés les trois soirs. Donc, nous avons prolongé pour un quatrième. La première fut un succès, et j'ai été la seule à trouver la représentation lamentable. Mais leur bonheur, leur joie les rendaient vivants, tellement vivants... N'est-ce pas précisément ce à quoi sert le théâtre? À nous rendre vivants?

On m'a demandé si j'allais retourner vivre à New York, et j'ai répondu que non, bien sûr. Je suis parfaitement heureuse ici. J'ai tout ce que je désire.

Luke se leva et, lisant toujours, se dirigea à nouveau vers la cuisine. Il fit bouillir de l'eau, sortit un pot de café soluble d'un placard et s'adossa au plan de travail afin de poursuivre sa lecture. Toujours aucune mention de Richard.

Que lui était-il arrivé ?

La bouilloire se mit à siffler. Luke versa l'eau sur le café, puis retourna avec sa tasse dans la bibliothèque. Il prit une nouvelle lettre dans le coffret.

Ma chère, si chère Constance,

Tu semblais tellement inquiète au téléphone. Je me demande si tu me crois quand je te dis que je vais bien. Tu as prétendu un jour devant moi, il y a longtemps, que deux bonnes actrices pouvaient duper tout le monde, et même se duper l'une l'autre. Eh bien, ma Constance, je n'essaie pas de te duper, de te raconter des histoires : je vais vraiment bien. Je ne sais pas pourquoi tu m'as posé cette question, mais la réponse est non, je ne me marierai pas. Peut-être que je ne me sens pas prête – si je ne suis pas prête à trente-sept ans, à quel âge le serai-je ? –, je crois que je ne suis pas faite pour le mariage.

Mais tu ne dois pas te faire de souci pour moi. J'aime ma maison, mon jardin, je suis ravie d'illustrer des livres, de faire du cheval, et je me suis fait des amis merveilleux ici, des écrivains, des restaurateurs, des fermiers, et... Richard. Et, voilà la grande nouvelle du jour : je vais avoir un chien ! Mon voisin a une portée de labradors, il m'a demandé d'en choisir un, et j'ai pris une femelle, la plus belle, et de loin la plus maligne. Il me la donne samedi, je t'enverrai des photos dès que j'en aurai. Je l'ai baptisée Chance.

Luke fit glisser son pouce le long de la pile de lettres qui lui restaient à lire. Il y en avait encore plusieurs douzaines, échelonnées sur les trois années qui s'étaient écoulées entre *Pygmalion* et la mort de Constance. Il se rappela s'être demandé, lorsqu'il était allé fermer la maison en Italie, si Jessica savait que Constance avait disparu. Elle avait dû l'apprendre. Les lettres avaient cessé.

Il siffla son café et regarda fixement le bric-à-brac étalé sur la table. « Pourquoi l'a-t-elle appelée Chance ? Qu'est-ce qu'elle fait maintenant ? A-t-elle changé d'avis ? L'a-t-elle épousé ? Lui ou un autre ? Vit-elle avec quelqu'un ? »

Luke comprit qu'il ne pouvait plus attendre, qu'il ne pouvait plus se contenter de ses lettres. Il fallait qu'il voie Jessica. Absolument.

Il tendit la main vers le téléphone, sans parvenir à décrocher le combiné. La première de *La Magicienne* devait avoir lieu onze jours plus tard. Mais il était tout à fait libre de prendre un week-end. Les répétitions se déroulaient miraculeusement bien. Cort était devenu un excellent Daniel, Kent avait admis que certaines modifications donnaient plus de force à sa pièce. De toute façon, un week-end sans répétitions ferait beaucoup de bien à tout le monde.

« Qui plus est, songea Luke, j'ai une obligation envers Jessica : je suis censé lui donner les éditions originales des pièces que Constance a collectionnées toute sa vie. J'aurais dû le faire depuis longtemps. »

Le cœur battant, tout plein d'une excitation juvénile, il décrocha le téléphone et réserva une place dans un avion pour le vendredi soir. Destination : Seattle, puis Lopez Island.

8

Claudia portait un chemisier de dentelle sous un tailleur de soie noire qui la grandissait et donnait à sa beauté un aspect plus rigide encore qu'à l'ordinaire. Les gens se retournèrent sur son passage lorsque Maguy la conduisit jusqu'à la table de Luke.

— Reste assis, je t'en prie, lui dit-elle en se penchant pour déposer un baiser au coin de ses lèvres. Il y a longtemps que tu m'attends ?

— Quelques minutes, répondit-il, tandis qu'elle prenait place face à lui.

— Excuse-moi, mais tu sais bien que j'ai horreur d'attendre seule à une table.

— Alors, pour que je sois le premier, tu t'es cachée quelque part, c'est ça ?

— Si on veut, fit Claudia en souriant gaiement. J'étais au bar, je t'ai vu arriver. As-tu commandé le vin ?

— Oui.

En effet, à l'instant même, le sommelier s'approchait de leur table. Il s'acquitta en silence de son rituel et, lorsqu'il se fut éloigné, Luke reprit :

— Je te trouve très en beauté. Ce tailleur te va à merveille.

— Tu es gentil de le remarquer, je l'ai acheté exprès pour cette soirée. Buvons à nous, ajouta-t-elle en levant son verre.

— Tu ne veux tout de même pas que nous portions un toast à notre couple, rétorqua Luke, qu'aiguillonnait déjà l'exaspération qui le saisissait toujours lorsque son ex-femme s'obstinait à répéter comme une enfant certaines formules magiques pour elle. Je préfère boire à toi, reprit-il en effleurant son verre. Maintenant, dis-moi ce qui ne va pas.

— Rien, tout va bien.

— Hier soir, au téléphone, j'ai eu l'impression que tu avais besoin d'aide.

— Parle-moi plutôt de la pièce. Es-tu prêt pour l'avant-première à Philadelphie ?

— Claudia...

— J'ai entendu dire que la location marchait très bien, tu dois être ravi... Je suis sûre que les gens viennent à cause de ta réputation et de celle d'Abby Deming, naturellement... mais surtout à cause de la tienne...

— C'est Ed Peruggia ?

— Luke, on ne pourrait pas dîner tranquillement tous les deux sans que tu me poses toutes ces questions ?

Il ne répondit rien, resta un long moment à la dévisager en silence, puis se résolut à poursuivre la conversation :

— As-tu appelé Gladys pour ces actions bénévoles dont je t'ai parlé l'autre jour ?

— C'est elle qui m'a appelée, répondit Claudia avec un profond soupir.

— Alors ?

— Alors, j'ai dit que j'essaierai un de ces jours, quand elle aura quelque chose d'intéressant.

— Quelque chose d'intéressant ?

— Mais enfin, Luke, elle me propose les corvées les plus fastidieuses ! Mettre des invitations dans des enveloppes, taper des noms et des adresses sur un ordinateur, tu te rends compte ? À croire que ces gens-là ne savent même pas qu'il existe des secrétaires !

192

— Le but de ce genre d'organisations est de récolter des fonds. Elles doivent limiter au maximum leurs frais de fonctionnement. C'est ça le bénévolat.

— Je le sais. Tu me parles comme si j'avais quatre ans. Mais ils pourraient au moins s'offrir une secrétaire s'ils étaient un peu mieux organisés. En tout cas, moi je ne me vois pas assise là-bas toute la journée à remplir des enveloppes. J'ai dit que je les aiderais à arranger les bouquets, à décorer les tables, des choses comme ça, des choses qui m'amusent...

— Tu sais, Claudia, c'est comme dans tous les boulots : on fait son apprentissage à la photocopieuse avant de pouvoir passer à des choses plus intéressantes.

— Ce n'est pas un boulot. Ce n'est pas payé.

— C'est un boulot parce qu'il y a du travail à faire, et les gens qui ont de l'argent et du temps libre le font pour soutenir des causes qui leur tiennent à cœur. Pourquoi refuses-tu d'essayer ? Tu gaspilles plus d'énergie à te complaire dans ton ennui que tu n'en dépenserais à tenter de donner un sens à ta vie. Tu n'aurais pas besoin de faire un plein-temps pour commencer. Tu n'as qu'à proposer à Gladys de lui consacrer deux ou trois jours par semaine. Ça te ferait du bien de penser à autre chose qu'à ta petite personne...

— Et si nous commandions, l'interrompit Claudia en faisant signe au garçon. Je prendrais... un saumon, s'il vous plaît. Oh, attendez un instant ! ajouta-t-elle soudain, se ravisant. Oui, un saumon... enfin, je crois. Et une bisque de homard. À moins que je ne prenne une salade... Luke, tu crois que je devrais plutôt prendre une salade ?

— Tu choisis ce qui te fait envie.

Sa voix s'était durcie, comme toujours lorsque Claudia essayait de l'amener à prendre une décision – si minime fût-elle – à sa place. Elle soupira :

— Dans ce cas, ce sera une bisque de homard.

Elle attendit qu'il eût commandé à son tour, puis reprit :

— Maintenant, parle-moi de la pièce.

— Parle-moi d'Ed Peruggia, répliqua Luke sur le même ton.

— Tu sais bien que je préfère réserver les sujets sérieux pour la fin du repas.

— Oui, je le sais. Ça te permet, si la discussion se prolonge, de m'emmener la poursuivre chez toi. Claudia, je connais tout ça par cœur. Alors, si tu as quelque chose à me dire, fais-le maintenant.

Elle resta un moment muette, hésitante, puis avoua dans un souffle :

— Il dit qu'il veut m'épouser.

— Et toi, veux-tu l'épouser ?

— Moi, ce que je voudrais, c'est être encore mariée avec toi. Je n'aurais jamais dû accepter ce divorce. J'aurais dû...

— Je croyais qu'il était question de Peruggia, l'interrompit Luke. Es-tu en train de me demander l'autorisation de l'épouser ?

— Je n'ai pas besoin de ton autorisation.

— De ma bénédiction, peut-être ?

— Non plus. Pourquoi t'obstines-tu à vouloir me *diriger*, comme tu diriges tes acteurs ? Pourquoi veux-tu me donner des autorisations, des bénédictions, me dire où aller, quoi faire, ce qui serait une bonne expérience pour moi, ce qui « donnerait un sens à ma vie »... Tu essaies toujours de me manipuler, comme si j'étais l'une de tes comédiennes, incapable de faire un pas sur scène sans avoir reçu tes directives.

— Baisse le ton, veux-tu ?

— Tu vois ! Encore un ordre !

Luke prit une ample respiration et parvint à articuler avec un calme de façade :

— Dis-moi ce que tu attends de moi.

— Que tu me reprennes avec toi.

— Tu sais bien que c'est hors de question. Quoi d'autre ?

— Dis-moi ce que je dois faire avec Ed. Je ne pense pas qu'il ait vraiment l'intention de m'épouser. Il joue avec les gens et peut se montrer assez retors : il lui arrive de dire certaines choses uniquement pour voir la réaction de l'autre.

— Et quelle a été la tienne quand il t'a proposé de t'épouser ?

— Voudrais-tu me servir un autre verre de vin ?

— Tu bois trop.

— Ne me dis pas ce que je dois faire ou ne… !

— D'accord, d'accord, l'arrêta Luke en remplissant son verre.

— Il nous faut une autre bouteille.

— Non.

— Je t'en prie. Nous n'avons même pas encore commencé ce dîner. Il va bien nous falloir un peu de vin pour manger, tout de même.

Il la fixa à nouveau en silence puis, avec un haussement d'épaules, fit signe au sommelier d'apporter une autre bouteille.

— Alors, tu ne m'as toujours pas dit comment tu avais réagi.

— Je lui ai répondu que j'allais y réfléchir. Et je lui ai dit que je ne le croyais pas amoureux de moi.

— Et qu'a-t-il répondu ?

— Qu'il m'adore et qu'il veut passer le reste de ses jours avec moi… enfin, tu vois ce que je veux dire… les banalités d'usage.

— Celles que je t'ai dites autrefois, moi aussi.

— Mais toi, tu les pensais. Tandis que je ne crois pas qu'Ed pense un traître mot de ce qu'il me raconte. Ce n'est pas vraiment quelqu'un de bien, tu sais… Tu le connais ?

— Non, mais j'ai entendu dire qu'il était peu recommandable.

— Je suppose que c'est Tricia qui t'a dit ça. Elle a eu une liaison avec lui, et maintenant elle le déteste. Enfin, lui m'a dit qu'elle le détestait, et il le lui rend bien. Sans doute que, moi aussi, je pourrais finir par le haïr. C'est déjà ce qui se produit parfois.

— Dans ce cas, pourquoi envisager de l'épouser ?

— Que puis-je faire d'autre ? Je ne supporte pas de vivre seule, Luke. J'ai besoin de quelqu'un qui remplisse l'espace autour de moi, j'ai besoin d'appartenir à quelqu'un qui me dise ce que je dois faire. Et ne me dis pas d'appeler Gladys ou je hurle !

— Je ne vais pas te le dire, mais ce que tu cherches, personne ne pourra jamais te l'apporter, répondit calmement Luke. Ça doit venir de toi, de l'intérieur de toi.

— Ces choses-là ne sont pas données à tout le monde, sais-tu ? Certaines personnes ont besoin d'aide parce qu'elles sentent trop le vide autour d'elles, un vide illimité. Et moi, j'ai besoin de savoir où sont les limites, et quoi faire de ma vie. Sinon, je flotte. Je n'ai pas d'endroit où aller, pas de chez-moi, ajouta-t-elle en posant sa main sur celle de Luke. Je regarde les autres, je les vois s'activer et organiser leur vie comme s'il s'agissait d'un dîner ou d'une réunion professionnelle. Ils ont des *buts,* tu comprends ? Ils ont des plans, des listes, ils prennent des décisions, gagnent de l'argent, remportent des prix, achètent une société, se font élire à je ne sais quoi... ils sont tellement occupés ! Et ils sont contents d'eux, ils n'ont pas d'état d'âme. *Moi, je ne sais pas faire ça.* Je ne suis jamais contente de moi. Je ne sais jamais ce qu'il faudrait que je fasse pour me sentir heureuse ou satisfaite, ou juste pour ne pas me sentir perdue... Voilà ce que je te demande, Luke, de m'aider à être heureuse, installée dans la vie. Je n'en peux plus de flotter sans but. Je croyais que tu aurais assez d'affection pour moi pour m'apporter de l'aide quand j'en aurais besoin.

— Il n'y a rien que je puisse…, commença Luke en secouant négativement la tête.

— Si, tu peux faire quelque chose. Donne-moi ton nom. Épouse-moi. Alors, je serai vraiment Claudia Cameron. C'est ridicule de porter ton nom sans être ta femme. Je sais comment devenir une parfaite épouse, je sais ce que tu attends de moi. Je sais ce que tout le monde attend de moi. J'aurai des objectifs, des plans, je m'occuperai.

— Parce que ce seront *mes* objectifs, *mes* plans, *mes* occupations.

— Bien sûr, qu'est-ce que tu crois ? Tu as de quoi occuper dix personnes. Tu as deux assistants et une secrétaire à plein temps. Et tu sais pertinemment que je pourrai t'apporter quelque chose qu'eux ne peuvent pas t'apporter. Tu m'as dit que j'étais une bonne hôtesse. Combien de dîners as-tu donnés ces dernières années ? Je pourrais recevoir, te parler de tes pièces, voyager avec toi, te faire l'amour… tout ce que tu voudras. Est-ce que je ne faisais pas tout ce que tu voulais quand nous étions mariés ? Tout ce que tu avais à faire, c'était me dire ce que tu souhaitais, et comment tu le souhaitais. Bon sang, tu fais bien ça pour tes acteurs, alors pourquoi pas pour moi ? Si tu acceptais, je ne serais plus seule, ni toi non plus.

Elle dut interrompre son monologue car le garçon leur apportait les hors-d'œuvre. Lorsqu'il se fut éloigné, Luke repoussa son assiette et tendit les mains pour saisir celles de son ex-femme.

— Écoute-moi bien, Claudia. Nous sommes *tous* seuls. Il nous faut découvrir par nous-mêmes le sens que nous voulons donner à notre vie, le nom que nous voulons porter, la réputation que nous voulons avoir, ce que les gens attendent de nous, bref comment nous voulons vivre et pourquoi. Nous occupons nos journées, nous leur donnons une consistance et, le soir, en rentrant à la maison, nous regardons ce que nous avons fait, nous pouvons le mesurer, tout comme nous pouvons mesurer ce que nous ferons demain. Ça, je ne peux le faire que pour moi, et pour personne d'autre. Je peux le faire pour des comédiens, parce que j'ai un manuscrit entre les mains qui me sert de guide, et que *je connais la fin de l'histoire.* Mais, dans ma vie, je n'ai pas ce luxe. Je vis au jour le jour, avec à peine quelques espérances pour demain.

— Tu pourrais m'aider à en avoir aussi.

— Non. Tu n'en serais pas heureuse, ni moi non plus.

— Dans ce cas, je vais l'épouser, répliqua Claudia d'un air de défi.

— Pour ce que j'en sais, je ne crois pas que lui non plus te rende heureuse. Mais si c'est ce que tu souhaites, je ne peux pas t'en empêcher.

— Alors, ça ne te fait rien de m'imaginer dans son lit ?

— Tu n'as sûrement pas attendu de me poser la question pour t'y trouver. Et, en effet, ça ne me fait rien, si je sais que tu l'as choisi en toute liberté.

— Oh, la liberté, fit Claudia avec un geste désinvolte. J'en ai à revendre, de la liberté.

— Tu ne manges pas ta bisque de homard ?

— Non.

— Vous pouvez remporter les deux assiettes, dit-il soudain au garçon qui s'était approché, l'air intrigué.

Suivit un long silence au cours duquel Claudia renifla à plusieurs reprises, comme pour refouler ses larmes, avant d'adresser à Luke un sourire tremblotant. Le garçon apporta le saumon.

— Il a l'air magnifique ! s'exclama-t-elle soudain avec entrain. Est-ce que je t'ai déjà parlé du saumon chez Ralph Lauren ? Il est vraiment incroyablement raffiné, ce Ralphie…

Luke comprit : elle avait jugé qu'elle en avait assez fait pour la soirée, elle reviendrait à la charge un autre jour. Il décida lui aussi de ne pas insister : il était inutile d'essayer de lui démontrer qu'elle vivait dans un rêve, un univers peuplé de fantasmes stériles, et il n'était pas disposé à laisser s'éterniser la soirée. De fait, le dîner fut plus agréable qu'il n'eût pu le présager après pareil début. Il résolut de répondre aux questions que Claudia lui posa sur la pièce et sourit aux anecdotes qu'elle lui rapporta sur des gens que tous deux connaissaient.

Mais lorsqu'il se retrouva enfin chez lui, ce fut à Jessica qu'il pensa, et il en fut de même le lendemain matin lorsqu'il reçut ses billets d'avion. Et là, en lisant la destination inscrite noir sur blanc sur le papier, il songea tout à coup : « Mais qu'est-ce qui me dit qu'elle vit encore à Lopez Island ? Elle a pu déménager cent fois depuis… ¯ En effet, ces histoires de nouvelle maison, d'équitation, de jardinage, de *Pygmalion*, étaient vieilles de trois ans.

Au petit-déjeuner, il emporta le coffret avec lui sur la terrasse et en sortit les lettres les plus récentes, à la recherche d'éventuels indices. Elles étaient moins touffues que les précédentes, certes toujours chaleureuses, affectueuses, mais presque totalement dépourvues de notations personnelles. Quoi qu'ait pu faire Jessica Fontaine à cette époque de sa vie, elle ne souhaitait pas le révéler à Constance, même si elle lui décrivait par le menu les livres qu'elle illustrait, ceux qu'elle lisait, son jardin, sa serre, les gens qu'elle rencontrait.

Un jardin. Une serre. « Peut-être Lopez Island », se dit Luke, Pourtant, si elle utilisait toujours le papier à lettres avec la fontaine imprimée en relief dans le coin supérieur gauche, la mention « Lopez Island, État de Washington » avait disparu. Il se répéta :

« Oui, peut-être Lopez Island. » Une destination bien lointaine, toutefois, pour s'y rendre au hasard. Plus tard dans la journée, lors d'une pause dans les répétitions, il appela l'éditeur de Jessica afin d'obtenir son adresse.

Personne n'accepta de la lui donner : le service publicité le renvoya sur le service artistique, lequel lui conseilla d'appeler le département éditorial, qui lui passa le service des ventes... Sans succès. Chaque fois, on lui répondait qu'on ignorait l'adresse de Jessica Fontaine et que, de toute façon, la maison se faisait une règle de ne pas communiquer les coordonnées de ses auteurs.

— Ce n'est pas un auteur, c'est une illustratrice ! explosa Luke lorsqu'il eut au bout du fil la secrétaire de direction.

— Le règlement est le même pour les auteurs et pour les illustrateurs, lui répondit la femme. En outre, miss Fontaine a beaucoup insisté sur ce point : elle refuse absolument que l'on communique son adresse à qui que ce soit et sous quelque prétexte que ce soit. Les différents services que vous avez eus en ligne ne vous ont pas menti. Ils ne savent pas où elle habite. Toute sa correspondance transite par ce bureau.

— Dans ce cas, passez-moi Warren, répliqua sèchement Luke.

Il répugnait toujours à user de ses relations pour obtenir un renseignement ou quoi que ce fût d'ordre privé, mais là il bouillonnait d'impatience et de colère. C'est pourquoi il n'avait pas tout de suite demandé à parler à Warren Bradley, le directeur de la maison d'édition, qu'il connaissait pour l'avoir rencontré dans quelques soirées et l'avoir même reçu chez lui à deux ou trois reprises.

— Luke, c'est toujours un plaisir de vous avoir au bout du fil, fit Bradley, mais je ne peux pas vous aider. Miss Fontaine a demandé – je devrais même dire exigé – que son adresse ne sorte pas de ce bureau. Je ne peux la donner à personne.

— Dites-moi seulement si elle vit toujours à Lopez Island, dit Luke.

— Comment ?

— Oui, à Lopez Island. Dans une maison qu'elle a fait construire et qui donne sur une petite crique.

— Bon sang, Luke, je ne vois vraiment pas pourquoi vous avez mis la maison à feu et à sang pour obtenir son adresse puisque vous la connaissez.

— Merci, Warren. Je savais qu'elle habitait cette île par le passé, mais j'ignorais si elle y vivait toujours.

— Luke, fit Bradley, un peu embarrassé, vous la connaissez bien ?

— Je l'ai rencontrée il y a longtemps. Pourquoi ?

— Parce que je crois qu'elle refuse toutes les visites. Nous lui parlons au téléphone, nous communiquons par fax ou par courrier pour les contrats ou manuscrits... et c'est tout. Lopez est une toute petite île, je suis certain que vous la trouverez si vous souhaitez la voir, mais à votre place j'y réfléchirais à deux fois. Elle doit avoir d'excellentes raisons de vouloir rester seule.

— Je n'ai pas l'intention d'enfoncer sa porte.

— Mais vous allez chercher à la rencontrer ?

— Si c'est possible. Je dois lui donner quelque chose que Constance lui a légué.

— Vous pourriez lui faire parvenir par bateau.

— Je ne préfère pas.

— Eh bien, dans ce cas, appelez-moi à votre retour et dites-moi comment elle est maintenant. Je me souviens très bien d'elle... Naturellement, c'était il y a longtemps. Jessica Fontaine est devenue une illustratrice célèbre, mais je n'arrive pas à croire qu'elle ait abandonné une carrière pareille pour dessiner des petits lapins. Alors, si vous en apprenez davantage, n'hésitez pas à éclairer ma lanterne.

— Je n'y manquerai pas. Merci, Warren. Je ne parlerai à personne de notre conversation, surtout pas à Jessica.

Pendant tout le restant de la semaine, il n'eut pas un seul instant à consacrer aux lettres de Jessica, ni à ses livres. Une foule de petits détails écartés lors des premières semaines de répétitions parce que jugés insignifiants surgissaient à présent qu'on était à dix jours de la première. Luke, Monte et Fritz passèrent ensemble toutes leurs soirées, et ce ne fut qu'une fois dans l'avion pour Seattle qu'il put enfin se plonger dans les douze petits livres qu'il avait emportés.

Destinées à des enfants de deux à six ans, les histoires étaient vivantes, amusantes – certaines méritaient même beaucoup d'attention. Mais Luke se concentra surtout sur les dessins. Lorsqu'il les découvrit, il comprit qu'ils l'auraient attiré et captivé de toute façon, même s'il ne s'était pas intéressé à leur auteur.

Les styles variaient, du conte de fées slave à l'art populaire français, de l'art tribal africain au réalisme moderne américain. C'étaient des pastels, des huiles, des fusains, même des dessins au crayon. Mais, malgré leurs différences, toutes les illustrations donnaient la même impression d'une saisissante irréalité.

Luke tenta de comprendre d'où lui venait ce sentiment : il trouva ces dessins ingénieusement dissimulés au cœur même de l'illustration et qui, une fois découverts, devenaient clairement visibles. Il perçut ce qu'il pouvait y avoir d'excitant pour les enfants dans cette recherche, combien ils devaient être heureux de montrer leurs trouvailles à leurs parents ou à leurs copains. Et pourtant, ce n'était pas seulement cela qui donnait cette impression pénétrante d'un univers irréel. Non, il y avait encore autre chose, une chose si ténue qu'elle en était presque insaisissable. Luke ne la découvrit qu'après avoir dîné et s'être laissé aller, les yeux fermés, contre l'appui-tête de son siège, exténué par les trop longues journées des semaines qui venaient de s'écouler.

— Elle dessine des rêves, se murmura-t-il à lui-même.

Il rouvrit les yeux, se redressa et se pencha à nouveau sur les albums de Jessica.

— Puis-je vous offrir quelque chose à boire ? vint lui demander le steward. Un verre de vin peut-être ?

— Je préférerais un café, merci, répondit-il sans même lever le regard, trop occupé à redisposer tous les livres sur la tablette.

Le steward glissa un gobelet rempli de café dans l'étroit logement prévu à cet effet, et ce fut à peine si Luke s'en aperçut. Il feuilletait les albums au hasard, l'un après l'autre, et s'absorbait dans leurs illustrations. Toutes, jusqu'aux plus anodines d'apparence – une petite fille ratissant des feuilles mortes, un garçonnet sortant la poubelle après le dîner, un chien se cachant dans une véranda –, oui, toutes reflétaient cette légère distorsion du réel que l'on voit dans les rêves : certaines images débordaient de leur cadre pour se télescoper et se brouiller, d'autres, démultipliées, se chevauchaient ou s'estompaient. On reconnaissait tout, et pourtant rien n'était vraiment dans la réalité : les choses allaient un peu de guingois, comme dans une perspective oblique... « Un peu décentré... on dirait un rêve dans lequel elle serait enfermée. » C'étaient les mots qu'avait employés Marilyn Marks la première fois qu'elle avait décrit le décor de *La Magicienne* à Kent et à Luke.

Celui-ci referma les livres, éteignit la petite lampe au-dessus de sa tête et rabattit son siège pour pouvoir s'étendre. La copie tremblotante d'un film défilait sur l'écran à l'avant de la cabine. Elle le gênait : il ferma les yeux et vit Jessica, ses photos qu'il avait regardées à la bibliothèque, des images qu'il avait gardées d'elle sur scène, et d'autres, qu'il s'était fabriquées d'après ses lettres. Était-elle vraiment enfermée, piégée dans un rêve ? Rien de ce qu'il avait lu ne le laissait supposer. Peut-être quelque chose lui avait-il échappé, peut-être avait-il parcouru trop vite ces lettres, tout à son désir d'en apprendre toujours davantage. « Peu importe, se dit-il enfin, somnolent. Je n'ai plus besoin des lettres à présent. Je vais pouvoir lui parler et elle me dira tout ce que j'ignore et que je veux savoir. »

Il arriva à Seattle à dix heures du matin – soit une heure du matin, heure de New York – et se fit conduire en taxi à Union Lake où l'attendait l'hydravion qu'il avait réservé. Il survola à basse altitude des dizaines d'îlots minuscules, d'archipels miniatures, de rochers dénudés qui semblaient surgir de l'eau comme par enchantement. Ils volaient déjà depuis un bon moment lorsque le pilote désigna du doigt une poignée de petites lumières dans l'obscurité : c'était Lopez Island. « L'île de Jessica, enfin... songea Luke, et soudain il prit conscience de sa nervosité, de son appréhension. Elle rejette tout contact avec New York, elle refuse de voir qui que ce soit. J'aurais dû appeler. J'aurais dû insister auprès de Warren pour obtenir son numéro de téléphone. Oui... mais... si elle m'avait demandé de ne pas venir... »

L'hydravion s'inclina et Luke vit l'île sous un autre angle, comme un fragment d'obscurité posé sur une eau plus noire encore. Il fut frappé par son aspect désolé, et le fait que Jessica eût choisi cet endroit-là, parmi tant d'autres tellement plus accueillants, lui parut un acte désespéré : elle avait abandonné l'une des carrières les plus brillantes qu'eût connues le théâtre et l'une des plus grandes villes du monde pour s'établir sur ce minuscule et invisible fragment de terre inconnu du reste du pays. Ils survolèrent la petite grappe de lumières.

— Voici le village, dit le pilote. C'est là que vont les gens de l'île quand ils se rendent à la ville... si on peut appeler ça comme ça...

Luke eut la vision rapide d'autres lumières scintillantes, éparpillées sur l'île, isolées sans doute entre champs et forêts. L'une d'entre elles était la maison de Jessica. À cette idée, sa gorge se noua. Il serait bientôt arrivé.

L'hydravion le laissa à quelques kilomètres à peine du village. À l'est se dessinait un quartier de lune dont le pâle ruban se reflétait, tremblotant, sur les eaux noires de Puget Sound. Un taxi attendait Luke, avec une femme au volant. Elle lui dit s'appeler Angie et ils n'eurent guère d'autres échanges pendant le temps que dura le trajet par des routes désertes qui serpentaient au milieu des pins, jusqu'à l'hôtel où Luke avait retenu une chambre : Inn at Swifts Bay. C'était l'auberge dont Jessica parlait dans ses lettres à Constance, celle où elle disait avoir séjourné à son arrivée dans l'île. En y pénétrant, il demeura un instant immobile dans le hall, essayant d'y imaginer la jeune femme. L'aubergiste vint rapidement l'arracher à ses pensées.

— Heureux de faire votre connaissance, monsieur Cameron, dit l'homme en approchant, jovial, la main tendue. Je m'appelle Robert. Vous devez être épuisé après un si long voyage. Le jour va bientôt se lever chez vous, n'est-ce pas ? Je vous ferai visiter les lieux plus tard – jacuzzi, vidéothèque, tout ça... –, mais je suppose que vous préférez d'abord voir votre chambre, poursuivit-il en guidant Luke dans un étroit couloir. Vous trouverez ici tout ce qui pourra agrémenter votre séjour. Mais... j'y pense, peut-être voudriez-vous boire quelque chose... Un thé ? Un porto ?

— Rien, merci. On nous a littéralement gavés dans l'avion.

Une fois dans sa chambre, Luke ne put réprimer un sourire en voyant le nombre impressionnant de lapins en peluche qui occupaient son lit. Les lapins en peluche n'étaient pas précisément son genre, mais il avait toujours admiré les gens qui ne redoutaient pas l'excès dans la décoration.

— Voudrez-vous faire de la bicyclette demain ? lui demanda encore Robert. Carl Jones loue des vélos qu'il livre à notre porte.

— Non, merci. Je suis venu voir quelqu'un... une amie. Si toutefois j'arrive à trouver son adresse. Peut-être pourrez-vous m'aider, d'ailleurs...

Robert fronça les sourcils.

— Vous êtes venu voir une amie et vous ignorez où elle habite ? Vous savez, nous respectons l'intimité des gens ici, et je crains de ne pouvoir vous aider.

Luke hocha la tête, songeur, et, bien que conscient des risques qu'impliquait un mensonge dans une si petite communauté, il s'y résolut. De toute façon, il était fatigué, le temps lui était compté et, surtout, aucune autre idée ne lui venait à l'esprit.

— J'avais son adresse, mais je l'ai égarée. Je sais qu'elle s'est fait construire une maison dans une petite crique, il y a trois ans environ. Une maison très isolée, m'a-t-elle dit, avec une falaise d'un côté et une forêt de l'autre. Je suis un de ses amis de New York. Il y a des années que je ne l'ai pas vue, et ma grand-mère lui a légué un souvenir que j'aimerais lui remettre. Je vous serais reconnaissant de bien vouloir m'aider. Elle s'appelle Jessica Fontaine.

Sans une seconde d'hésitation, Robert secoua négativement la tête :

— Jessica ne reçoit personne, surtout pas les gens qui débarquent à l'improviste.

— Puisque je vous répète que je la connais. Qui plus est, ma grand-mère était sans doute sa meilleure amie. Elle est morte il y a quelques mois et j'aimerais parler d'elle avec Jessica. Il n'y a rien de malveillant là-dedans. Si elle refuse de me voir, je partirai, voilà tout.

Robert le dévisagea longuement.

— Je vais y réfléchir, dit-il enfin. Je vous souhaite une bonne nuit. Le petit-déjeuner est servi à huit heures.

Furieux, Luke médita une réplique cinglante, mais l'épuisement du voyage l'emporta sur la colère. Il pivota sur ses talons, puis claqua la porte dans le dos de l'aubergiste. Pendant quelques instants, il arpenta sa chambre, faisant des allers-retours nerveux entre la cheminée et les portes vitrées ouvrant sur son balcon, puis il s'abattit sur le lit, s'endormit comme une masse et se réveilla en sursaut au chant du coq, sans comprendre où il se trouvait. *Le matin, j'entends chanter les coqs (en vérité, ils chantent toute la journée, est-ce normal?)* Alors il se souvint : il était sur l'île de Jessica et bientôt il serait avec elle.

Il passa un pantalon kaki et une chemise à manches courtes. Il eût aimé refuser l'énorme petit-déjeuner préparé par Robert et se mettre immédiatement en route, mais il eut peur de vexer l'aubergiste. Lorsqu'il y eut fait honneur de son mieux, il alla pousser la porte battante de la cuisine. Robert était en train de s'y activer, tandis que Chris, son associé, faisait le service en salle.

— Défense d'entrer, dit l'homme. Nos hôtes ne doivent pas voir les coulisses.

Luke hocha la tête en signe d'approbation.

— Je voulais juste vous remercier pour ce délicieux petit-déjeuner et vous avertir que je ne peux pas attendre : il faut me dire où se trouve la maison de Jessica. Je n'ai que la journée d'aujourd'hui et la matinée de demain. Je dois être de retour à New York dimanche soir.

L'aubergiste parut se concentrer intensément sur la pâte des pancakes qu'il était en train de préparer, puis il dit enfin :

— Je l'ai appelée, mais elle n'était pas chez elle. Alors, comme ça, vous l'avez connue à New York ?

— Oui.

— Et votre grand-mère était sa meilleure amie ? Pourtant, ça fait une sacrée différence d'âge entre elles deux…

— Elles avaient beaucoup de points communs, répondit Luke, un peu agacé.

— C'est une très gentille fille, reprit nonchalamment Robert. Très tranquille, et bonne voisine avec ça, ajouta-t-il en lançant un regard à Chris qui venait d'apparaître et confirma d'un hochement de tête. Elle vit seule, poursuivit l'aubergiste, et elle n'a aucune vie sociale. Nous, on pense qu'elle a tort. On a essayé de la convaincre, mais elle nous a envoyés balader. Très gentiment, bien sûr, mais fermement. Alors, on s'inquiète pour elle. Bon…, conclut-il, hésitant, elle habite à Watmough Bay, sur la côte sud de l'île. Vous risquez de louper l'entrée de chez elle, parce qu'on dirait un chemin qui ne mène nulle part. Fiez-vous à l'écriteau au début de l'allée : il représente une fontaine.

— Merci. Je vais appeler un taxi.

— Vous pouvez vous servir de la camionnette, si vous voulez. Personne ne l'utilise. Arrêtez-vous tout de même au village pour prendre de l'essence. Je crois que le réservoir sera bientôt à sec.

— Je vous remercie, c'est très gentil de votre part, répondit Luke.

Sa colère s'était dissipée. Il avait pris un excellent petit-déjeuner, le soleil brillait à travers les nuages du matin, il se sentait presque exalté : il savait où habitait Jessica.

Tout en roulant à travers champs et forêts, il dévorait le paysage des yeux. La mer surgissait par intermittence entre les troncs des pins, les vagues clapotaient doucement dans d'étroites criques où des morceaux de bois rejetés sur le sable blanchissaient au soleil. La végétation échevelée qui parsemait les dunes s'agitait au gré d'une légère brise. Quelques minutes plus tard, il se retrouva dans une forêt de pins et de sapins qui semblaient pousser tout droit d'un tapis de fougères, puis finit par arriver dans une vaste plaine couverte d'herbe grasse où se dressaient des maisons à un étage, toutes construites dans un bois gris-bleu. Une fois encore, Luke songea à un décor de cinéma : un minuscule village perdu dans une plaine presque totalement dépourvue d'arbres, sous un ciel immense.

Il était pressé de poursuivre sa route, mais l'aubergiste lui avait demandé de s'arrêter à la station-service. Il bondit hors de la camionnette et, tandis qu'il remplissait le réservoir, de nombreux villageois vinrent le saluer, comprenant qu'il devait être en pension à l'auberge puisque Robert lui avait prêté sa camionnette. Tous lui souhaitèrent fort aimablement un agréable séjour. Amusé, il alla régler l'essence, puis reprit son chemin. « Décidément, c'est une bien petite communauté, se dit-il en dépliant la carte qu'il avait trouvée dans la boîte à gants. Pas facile de préserver son intimité dans un bled où tout le monde connaît tout le monde. » Il posa la carte sur le siège du passager et garda un œil dessus pour suivre l'itinéraire conduisant au sud de l'île et à Watmough Bay.

Après avoir roulé quelque temps, il ralentit, les mains crispées sur le volant, cherchant du regard cette pancarte sur laquelle devait figurer une fontaine. Il la trouva là où la forêt devenait plus touffue encore. Les arbres gardaient bien le secret : impossible de savoir s'ils dissimulaient une plage ou une maison. Sur l'écriteau, un rectangle de bois abîmé par la pluie autant que par le soleil, on avait gravé une fontaine semblable à celle ornant le papier à lettres de Jessica. Mais aucun numéro ni aucun nom n'y était inscrit.

Luke gara la camionnette sur le bord de la route et s'engagea à pied dans ce sentier forestier à peine assez large pour une voiture. Arrivé à un tournant, il aperçut le miroitement de l'eau dans la baie, puis une maison de pierre et de bois. Il y avait une femme dans le jardin de cette maison. Elle était en train de cueillir des roses, apparaissant et disparaissant au gré de la lumière et des ombres que projetaient les arbres. Elle tenait au bras un panier dans lequel elle déposait délicatement chaque fleur.

Le cœur de Luke battait de plus en plus douloureusement à mesure qu'il approchait du jardin. Soudain il s'arrêta, dissimulé par d'épais buissons et par un gros épicéa, et resta là, dans la pénombre, perplexe et déçu : ce n'était pas Jessica. Il avait dû se tromper de maison. « À moins que ce ne soit sa gouvernante, ou une amie peut-être… », se dit-il. Pourtant, il avait cru comprendre qu'elle vivait seule, ne recevait jamais aucune visite.

Il demeura immobile, à quelques mètres de la femme, plissant les yeux pour mieux s'accoutumer aux mouvements d'ombres et de lumières dans lesquels elle évoluait lentement. Elle n'était pas grande ; du moins, elle n'en avait pas l'air : il était difficile d'en juger car elle avait le dos voûté et boitait, s'appuyant lourdement sur une canne. Ses traits étaient fins, tendus, profondément ridés et si pâles qu'ils semblaient presque incolores. On apercevait sous son chapeau de paille de courtes mèches gris argent qui laissaient son cou frêle dénudé. Elle portait une robe de coton blanc toute simple qui lui descendait presque jusqu'aux chevilles. Lorsqu'elle tendit la main, s'apprêtant à couper une nouvelle rose, Luke entrevit le galbe de son bras, solide et souple au-dessus du gant de jardinier ; l'espace de quelques secondes, il contempla encore son visage et comprit que si, c'était bien Jessica...

Ou plutôt l'ombre de Jessica. Une image estompée. Une photographie ternie et fragilisée par le temps. Pourtant, elle n'était pas vieille. Elle n'avait que quarante ans.

Il resta un long moment ainsi, l'observant, en proie à la plus extrême confusion. Toute son attente, toutes ses certitudes sur la femme qu'il allait trouver avaient été si vives qu'il se sentait comme trahi. Dans l'avion, il avait refermé ses livres, s'était étendu sur son siège et, somnolant à demi, s'était passé le film de cette rencontre : il s'était vu sonner à la porte, une femme venait lui ouvrir, celle dont il avait admiré les photos à la bibliothèque, celle dont la voix, entendue des années auparavant, vibrait encore à ses oreilles. Il lui remettait la boîte contenant les éditions originales des pièces. Il l'avait apportée, elle se trouvait à l'arrière de la camionnette. Jessica le faisait entrer, lui offrait à boire, ils parlaient de Constance... et d'elle, de ce qui l'avait amenée à Lopez, du moment où, peut-être, elle reviendrait à New York. Oui, Luke s'était imaginé des heures et des heures d'une conversation passionnée et intelligente, emplie de l'esprit et de l'humour que lui avaient laissé espérer ces lettres qu'il avait si souvent lues et relues.

Au lieu de cela, il découvrait une femme si ordinaire qu'elle en perdait presque sa beauté, si fragile qu'on eût dit un mirage, une femme paraissant beaucoup plus que son âge, se déplaçant maladroitement, sans grâce ni vitalité. Il la regarda boitiller jusqu'au coin de la maison, puis elle disparut de sa vue. Il resta les yeux perdus dans le vague, fixant sans les voir le jardin, la plage en contre-bas, la mer. Les rosiers étaient splendides et leurs fleurs d'une couleur extraordinaire, une couleur qui avait fait paraître plus pâle encore le visage de Jessica. Il essaya de se rappeler ses yeux, mais le large bord du chapeau de paille les lui avait cachés. Pourtant, il en avait vu assez pour savoir que ses traits n'exprimaient aucune passion. Elle était certes absorbée dans sa cueillette, mais sans joie, pareille à une recluse qui ne devait pas parler très souvent et sourire encore moins. Une femme qu'il aurait à peine remarquée s'il l'avait croisée dans la rue. Elle ressemblait si peu à celle qu'il avait imaginée qu'il ne comprenait plus pourquoi il s'était laissé captiver par ses lettres. En fait, il se demandait même quel intérêt il avait pu leur trouver et en quoi elles avaient motivé un si long voyage.

Il fit volte-face et courut presque jusqu'à la camionnette. En manœuvrant au bout de l'allée qui conduisait à la maison de Jessica, il jeta un œil à la carte sur le siège à côté de lui pour trouver la route qui, coupant par l'intérieur de l'île, le ramènerait le plus vite possible à l'hôtel. Une fois arrivé, il se gara à la hâte, prit la boîte en carton posée à l'arrière, s'engouffra dans le hall de l'auberge, se précipita dans sa chambre, récupéra sa valise et, s'il aperçut Robert et Chris dans le jardin, il se garda bien d'aller leur parler. Il leur écrivit un petit mot, régla sa note et sortit. Une fois sur la route, sa valise à la main et son carton sous le bras, il se rendit compte qu'il ne lui restait plus qu'à gagner le village à pied. Sa colère et son trouble l'empêchèrent de rebrousser chemin pour appeler Angie et son taxi depuis l'hôtel. Il continua de marcher jusqu'à une rangée de petites maisons sagement alignées face à une plage presque entièrement recouverte d'algues. Il s'arrêta à la première maison et demanda à téléphoner.

Angie arriva peu après et, vingt minutes plus tard, il était au village, d'où il appela l'hydravion. Il avait plus d'une heure devant lui et décida de parcourir à pied les trois kilomètres qui le séparaient de l'embarcadère. Sur le chemin, l'un des villageois qui l'avaient salué quelques heures auparavant à la station-service s'arrêta près de lui en voiture et se proposa de l'accompagner.

Il déclina son offre :

— Merci beaucoup, mais je préfère marcher. De toute façon, je suis arrivé : je vais prendre l'hydravion.

— Alors, comme ça, vous repartez déjà. Vous avez l'air drôlement en colère. La camionnette de Robert vous a laissé en rade ?

— Non, elle marchait très bien, répondit Luke, continuant d'avancer sans même jeter un regard à son interlocuteur, puis, prenant conscience de son incorrection, il se tourna vers lui et ajouta : Pardonnez-moi, j'ai des soucis, mais je vous remercie de votre amabilité.

« Je suis tellement furieux que je n'arrive même pas à faire preuve de la plus élémentaire politesse », songea-t-il en s'arrêtant un moment au bord de l'eau lorsque l'homme se fut éloigné.

Mais qu'est-ce qui pouvait bien justifier cette colère ?

Il était venu dans cette île à seule fin de rencontrer une femme qu'il ne pouvait chasser de son esprit depuis la lecture de ses lettres, et dont il avait décidé contre toute raison de tomber amoureux, sans l'avoir jamais rencontrée, ou presque... Et, au lieu de celle qu'il s'était plu à imaginer, il avait découvert une Jessica Fontaine presque méconnaissable, en tout cas pas celle qu'il avait désirée. Non, décidément cette femme n'avait rien qui pût lui inspirer le désir de la connaître...

« Pourtant, c'est faux, je la *connaissais*, se dit-il, rageur. Je connaissais sa voix, ses pensées, ce qu'elle faisait de ses journées, les gens qu'elle voyait, ceux avec qui elle travaillait. J'avais vu des photos. Je savais de quoi elle avait l'air... Sauf que je me trom-pais. »

Soudain, il se vit lui-même, debout au bord de l'eau, bien droit, rigide dans son sentiment d'avoir été trahi, l'œil fixé sur l'horizon, guettant l'hydravion avec impatience, irrité et furibond comme un enfant auquel on refuse le jouet tant souhaité. Mais c'était plus fort que lui. Le dépit le submergeait, l'étouffait presque. Il devait quitter cet endroit au plus vite, chasser de son esprit toutes les images qu'il avait por-tées en lui pendant de longs mois, tous ces rêves ridi-cules, ces chimères. « C'est comme si j'avais monté une pièce sans me soucier du premier rôle... Je viens de le voir entrer en scène et ce n'est pas la comé-dienne que j'attendais, mais une autre qui surgit... »

Il contempla un moment un voilier glissant sur l'eau du port, aperçut derrière lui le ferry qui reliait l'île au continent et, loin dans le ciel, une minuscule tache que venaient frapper les rayons du soleil : c'était l'hydravion. Luke le suivit des yeux et, tandis qu'il le regardait grossir peu à peu à sa vue, une autre image vint se superposer à celle de l'avion : Jessica coupant des roses et les déposant doucement dans un panier.

9

La générale de *La Magicienne* se joua devant une salle comble, à Philadelphie, par une pluvieuse soirée du mois de septembre, neuf jours après que Luke fut rentré de Lopez Island. Les répétitions en costume avaient duré quarante-huit heures. Il avait dû tenter de rassurer Rachel, pétrifiée de trac, apaiser une dispute entre Cort et Kent et inviter Abby à dîner parce que, disait-elle, c'était toujours ce que faisaient ses metteurs en scène. Puis ce fut le grand soir, le public investit le théâtre, les lumières s'éteignirent et le rideau se leva.

Luke se tenait debout dans le fond de la salle, à côté de Monte et de Kent. Depuis son retour, il avait consacré chaque minute de sa vie et chacune de ses pensées à cette soirée, excepté le bref moment où, à peine rentré, il avait enfermé le coffret contenant les lettres de Jessica dans un tiroir de son bureau. Puis il s'était plongé corps et âme dans la pièce, afin de pallier tous les ultimes petits imprévus, de calmer les nerfs à vif des comédiens, de peaufiner avec eux leurs répliques et leur jeu. Pourtant, et souvent aux moments où il s'y attendait le moins, certaines images l'assaillaient : les noirs contours de Lopez Island se détachant sur une mer plus noire encore, les forêts et les fermes aperçues depuis la camionnette de Robert, un écriteau de bois sur lequel était gravée une fontaine, un sentier envahi par des herbes folles et, au bout, une maison, une plage, un jardin plein de roses... Mais, chaque fois, Luke s'arrachait à ces images comme il s'était arraché à la vision de Jessica pour bondir dans la camionnette de Robert et s'enfuir. Il ne voulait penser à rien d'autre qu'à la pièce.

Ce soir-là, à Philadelphie, Jessica et Lopez Island lui parurent aussi loin que Claudia, Tricia et la trépidante vie mondaine new-yorkaise. Tendu dans l'obscurité de la salle, il observait la façon dont les comédiens surmontaient les premiers instants d'appréhension, d'hésitation et de raideur pour se jeter dans la pièce. Vers le milieu du premier acte, le regard de Luke croisa celui de Monte, et les deux hommes échangèrent un sourire.

À l'entracte, accompagnés de Kent, ils se mêlèrent à la foule qui déambulait dans le hall afin d'écouter les commentaires.

— Ils sont enchantés, lui souffla Monte tandis que retentissait la sonnerie annonçant l'acte deux et que les spectateurs regagnaient leurs places. L'ambiance est excellente. Personne n'a l'air de s'ennuyer et encore moins de partir avant la fin.

Kent rentra en même temps que le public, un sourire béat sur le visage.

— Ils l'aiment! *Ils aiment ma pièce!* Vous vous rendez compte? Ils parlent de Lena, de Daniel et de Martha comme s'ils les connaissaient vraiment, en essayant de deviner ce qu'ils vont faire. Bon sang, je n'ai jamais rien vécu de pareil!

Luke regarda la salle se remplir à nouveau. Lui aussi sentait les spectateurs impatients de connaître la suite, il lisait l'attente sur leurs visages : une fois encore, la magie du théâtre fonctionnait pleinement. L'acte deux commença et, tout comme pendant le un, il se mit à noter mentalement certaines corrections, quelques légères modifications dont il devrait discuter dès le lendemain avec acteurs et techniciens. Puis, emporté par la passion qui animait le public, il abandonna tout esprit critique et devint simple spectateur, électrisé par cet enthousiasme, cette joie sans mélange que l'on connaît seulement dans les rares instants de réussite totale, d'accomplissement parfait. Du coin de l'œil, il vit Kent, tout à la fois riant et pleurant, qui s'essuyait les joues du revers de la main en lui chuchotant :

— Je n'arrive pas à y croire. C'est génial !

— C'est parce que la pièce est excellente, lui répondit Luke, en le gratifiant d'une bourrade complice.

Puis ils n'échangèrent plus un mot jusqu'à la fin du dernier acte.

— Bingo ! souffla enfin Monte lorsque quelques reniflements discrets se firent entendre dans la salle.

En effet, des femmes fouillaient dans leur sac à la recherche d'un mouchoir et, tout aussi bouleversés, des hommes plongeaient la main dans leur poche pour la même raison. Monte disait vrai : ils avaient gagné. Ils avaient conquis le public, étaient parvenus à le faire pénétrer dans un autre univers, un univers auquel il croyait au point de partager totalement les émotions des personnages sur la scène.

Je n'arrive pas à imaginer de plus grand pouvoir que celui-ci, et rien au monde ne me donne un tel sentiment de joie, de liberté… Comme s'il n'y avait nulle part où je ne puisse aller, rien que je ne puisse faire.

À peine les lumières éteintes, les applaudissements éclatèrent dans la salle. Les critiques s'esquivèrent pour aller écrire leur papier, mais le reste du public resta là, battant des mains à tout rompre, de rappel en rappel. Une heure plus tard, toute la troupe se retrouva chez Roland. L'air était chargé d'une combinaison volatile de satisfaction, de gaieté, de tension qui, pour un néophyte, eût pu sembler confiner à la folie. Le niveau sonore des conversations augmentait à mesure que tous commentaient avec enthousiasme éclairages, décors, costumes et accessoires, comme s'ils venaient de les découvrir. Mais Luke savait que, dès le lendemain, lors de la répétition, tout serait oublié : Cort ne se souviendrait plus que, ravi soudain par le travail du metteur en scène, il lui avait demandé de l'aider à débuter dans ce métier; et Kent qui, contre toute attente, paraissait réservé, presque modeste, après ce succès, oublierait qu'il n'avait cessé de parler de sa prochaine pièce, celle qu'il était en train d'écrire, tout en jurant ses grands dieux que la superstition lui interdisait d'en dire davantage.

Luke fut surpris lorsque Abby leva son verre en proposant de lui porter un toast :

— À notre metteur en scène qui, non content d'être à la hauteur de sa merveilleuse réputation, est aussi un ange avec lequel c'est un plaisir, un *réel* plaisir, de travailler. Il a su expédier aux oubliettes tous mes doutes et toutes mes réserves !

En revanche, il ne fut pas surpris le lendemain en lisant les journaux, mais n'en laissa rien paraître et, comme les autres, garda le silence tandis qu'Abby donnait lecture des articles, insistant avec emphase sur les louanges et baissant la voix dans un murmure sépulcral pour lire les quelques piques acerbes par lesquelles les critiques justifient inévitablement leur fonction.

Le reste de la semaine à Philadelphie se déroula sans grande différence avec les jours précédents : chaque après-midi, ils répétèrent pour corriger les faiblesses révélées par la représentation de la veille, reprenant certaines répliques qui, parfois, n'avaient pas été accueillies comme ils l'avaient escompté. Plus tard, dans les moments de calme précédant le lever de rideau, Abby lisait des romans, Rachel livrait ses impressions à son journal intime, Cort sommeillait, Monte, Fritz et le chef éclairagiste jouaient au poker, Kent les regardait et... Luke partait se promener.

Il arpentait la ville, qu'il connaissait déjà pour y avoir souvent travaillé. Il marchait dans les rues, sans jeter un regard aux immeubles, errant entre les murs de briques rouges qui avaient vu naître la Déclaration d'indépendance. Il avait l'esprit libre et, pourtant, inlassablement, une phrase inexplicable se répétait dans sa tête : *Quand les représentations auront commencé à New York... Quand les représentations auront commencé à New York...* Chaque fois qu'il attendait au feu rouge pour traverser, chaque fois qu'il jetait un œil dans une vitrine, la même phrase revenait, lancinante : *Quand les représentations auront commencé à New York...*

« Et alors ? se dit-il enfin, exaspéré. Que se passera-t-il donc quand les représentations auront commencé à New York ? » Bien qu'énigmatique, la réponse vint toute seule : « Autre chose... oui, il se passera autre chose. »

De fait, cette idée ne l'avait pas quitté depuis la mort de Constance, alimentant sans cesse en lui une sorte d'inquiétude, d'impatience inavouée. Il voulait... autre chose. Et, quand les représentations auraient commencé à New York, il découvrirait cet « autre chose » qu'il appelait de ses vœux. En tout cas, il le chercherait.

Désormais, il y était résolu : il trouverait ce qui manquait à sa vie et mettrait tout en œuvre pour l'obtenir, quels que fussent les obstacles dressés sur sa route.

Luke eut alors soudain le sentiment de voir s'estomper autour de lui les rues de Philadelphie et de se retrouver dans la forêt de Lopez Island, dans ce bosquet près de Watmough Bay où la surprise l'avait assommé, où il s'était senti floué, trahi, en observant Jessica dans son jardin.

« À moins que je ne me sois aussi trompé ce jour-là, se dit-il en reprenant le chemin de son hôtel. À moins qu'en définitive elle ne soit vraiment la femme que j'ai découverte dans ses lettres. »

Le lendemain, la troupe faisait ses bagages pour rentrer à New York. Les acteurs répéteraient au Vivian Beaumont jusqu'à la première qui devait avoir lieu la troisième semaine de septembre. Pour Luke, tout cela était si familier qu'il pouvait presque prédire heure par heure le déroulement des derniers jours précédant le grand soir.

Pourtant, lorsqu'il fut à nouveau debout près de Monte, dans le fond de la salle, que le rideau se leva et que les spectateurs se mirent à applaudir en découvrant Abby assise dans son fauteuil, il se sentit la gorge sèche, les mains moites. « Le trac, se dit-il, les metteurs en scène n'en sont pas exempts. »

Il ne commença à se détendre que pendant l'acte deux, tout en restant attentif au moindre souffle, à la plus imperceptible réaction de la salle, au plus léger mouvement sur la scène. Ainsi vit-il Abby faire trois pas en direction de Cort, là où elle eût dû se pencher vers lui sans bouger de son fauteuil. Maintenant, Cort était debout près de la fenêtre et elle se tenait près de lui, la main posée sur son bras. Il se tournait vers elle et l'enlaçait au lieu de se diriger vers le fauteuil, comme l'indiquait la mise en scène.

« Tu as changé, lui disait Abby en tendant vers lui son visage. Un instant, j'ai failli ne pas te reconnaître. Tu es si différent. Peut-être d'ailleurs ne te reconnais-tu pas toi-même. Mais tu l'ignores encore : on ne se réveille pas un beau matin en décidant qu'aujourd'hui on va changer de vie. C'est une chose qui arrive tout simplement, c'est une fissure qui se crée entre tout à l'heure et maintenant. Tu as été surpris. Je l'ai lu dans tes yeux quand tu as dit que tu ne voulais pas passer les fêtes avec moi. Non, tu veux les passer avec

Martha, et sans doute dans son lit. Pourquoi pas ? Mais j'ai été surprise, moi aussi – je me suis presque sentie trahie –, j'ai cherché le Daniel que je connaissais. Et, naturellement, je l'ai trouvé : mon tendre petit-fils – autre et pourtant le même, changé mais pas transformé. Et maintenant il faut que tu assumes pleinement celui que tu es devenu. Je te promets de t'y aider, si tu m'y autorises... »

Le regard de Luke se perdit dans le vague. *Une fissure. Un instant, j'ai failli ne pas te reconnaître. Maintenant il faut que tu assumes pleinement celui que tu es devenu.* Il eut l'impression d'entendre ces répliques pour la première fois. « Mon Dieu ! s'exclama-t-il intérieurement. Elle l'avait dit pourtant. Lettre après lettre, tout y était ! J'avais tous les indices ! »

Monte lui donna un léger coup de coude.

— J'aime bien la façon dont Abby se tient près de lui. C'est nouveau. C'est une idée à toi ?

Luke secoua négativement la tête.

— Non, je lui avais demandé de rester assise. Je pensais qu'il devait y avoir un peu d'espace entre eux pour cette réplique. Mais, tu as raison, c'est mieux comme ça.

Il se crispa à nouveau lorsque le troisième acte commença, tout entier tendu vers les acteurs et les réactions du public. Lorsqu'il entendit les gens renifler et fouiller dans leurs poches et leurs sacs pour y trouver un mouchoir, il regarda Monte, puis Kent, et tous trois surent qu'à New York aussi la partie était gagnée.

Kent s'essuyait les yeux avec la manche de son smoking.

— Vous avez une belle carrière devant vous, lui dit Monte dès que les applaudissements commencèrent de crépiter dans la salle.

Luke ne quittait pas la scène du regard. Les lumières se rallumèrent, les comédiens s'avancèrent sur l'avant-scène, main dans la main, souriant aux visages radieux des spectateurs qui leur faisaient face. Rachel se détacha du groupe pour venir saluer seule, puis ce fut le tour de Cort, et enfin celui d'Abby qui s'inclina profondément, accueillant avec grâce les applaudissements qui s'amplifiaient pour elle.

Puis elle leva la main pour réclamer le silence. Luke fronça les sourcils et entendit Monte murmurer :

— Mais qu'est-ce qu'elle mijote ?

Le public se tut. Ceux qui étaient déjà debout dans les travées, prêts à sortir, se retournèrent.

— C'est à Kent Horne, déclara triomphalement Abby, jeune et brillant dramaturge, que nous devons cette merveilleuse pièce qui est aussi sa première. Je pense qu'il devrait être ici avec nous, ajouta-t-elle en ouvrant les bras.

Une nouvelle salve d'applaudissements s'éleva dans la salle. Kent lança à Luke un regard affolé.

— Qu'est-ce que je dois faire ?

— Monter sur scène, lui répondit calmement son metteur en scène. C'est vrai : vous devriez déjà y être. Vous le méritez.

— Mais vous aussi. Je veux dire... qu'est-ce que j'aurais fait sans...

— Je suis ici à ma place. Allez-y maintenant. Ils vous attendent.

Tandis qu'ils regardaient Kent se diriger vers la scène, Monte souffla à Luke :

— Je t'avais dit qu'Abby était une chic fille. C'est peut-être une terreur, mais elle a ses moments de générosité.

Kent alla se placer entre elle et Rachel et leur prit la main en s'inclinant devant le public. Abby lui murmura quelque chose à l'oreille et il s'inclina à nouveau, plus profondément. Trois rappels plus tard, la scène resta vide, les lumières se rallumèrent dans la salle et les spectateurs commencèrent d'affluer vers les portes. La première était terminée.

Plus tard, il décrivit la soirée dans son journal, comme il le faisait pour chaque pièce qu'il montait. Puis il referma son cahier et le glissa dans le premier tiroir de son bureau, où il conservait tout ce qui concernait sa production, comme Constance lui avait conseillé de le faire dès ses premières mises en scène de lycéen. « Ça t'obligera à te rappeler ce qui t'avait poussé à choisir telle ou telle option, lui avait-elle dit. Ça t'aidera à prendre conscience de l'évolution de ton travail. »

« J'aurais dû aussi tenir un journal de mon voyage à Lopez Island, songea soudain Luke. Les raisons pour lesquelles j'y suis allé… Celles pour lesquelles j'en suis si vite reparti… »

Il s'étendit sur le divan de son bureau, posa la tête sur l'accoudoir et ferma les yeux. Il savait que, dans les jours à venir, il allait se sentir déphasé : il n'y aurait plus de répétitions à préparer, plus de programme à suivre, plus de pièce en cours. Pour le moment il voulait seulement jouir de sa réussite – plus qu'une réussite, un véritable triomphe.

Pourtant, étrangement, ce n'était pas tant *La Magicienne* qui occupait son esprit mais, une fois encore, les lettres de Jessica. Elles lui revenaient en mémoire, obsédantes. La jeune femme les avait écrites comme on tient un carnet de bord ou un journal intime lorsque l'on veut tenter de donner un sens à ses choix, un ordre aux événements qui bousculent une vie…

Luke rouvrit les yeux. Oui, c'était pour ça qu'il était incapable d'oublier Jessica, parce que ses lettres répondaient comme en écho à sa propre vie, à ses pensées. Et cet écho était si puissant que, chaque fois qu'il lisait l'une de ces lettres, surtout tard le soir lorsqu'il était fatigué, accessible à toutes les émotions, il ouvrait une porte à Jessica et elle entrait en lui. Il l'avait délibérément et même farouchement attirée en lui, il avait fait d'elle sa compagne, une voix claire qui commentait et partageait ses journées. Mais cette voix n'était pas celle de la femme qu'il avait vue à Lopez Island...

Il alla s'asseoir dans un fauteuil de rotin et, tandis qu'un petit jour radieux balayait les ombres et les sombres profondeurs de la nuit, il pensa à Jessica, pas à la Jessica des scènes new-yorkaises ou londoniennes, mais à la Jessica de Lopez Island. Une autre personne, elle était devenue une autre personne, elle l'avait écrit si souvent pourtant...

J'ai compris que je ne pourrai plus revenir sur mes pas, enjamber ce gouffre qui me sépare de ce qu'était ma vie avant. Je ne reviendrai pas – non, je ne pourrai jamais revenir à ce que j'étais avant. Trop de choses se sont passées. Il faudra que je m'y habitue.

Tout ce qui me liait aux gens, aux endroits et aux choses qui autrefois étaient ma vie a disparu, et rien ne me rappelle cette autre Jessica, sinon mes souvenirs.

Oh, Constance, tout ce que j'ai perdu me manque, et tu es la seule personne qui puisse vraiment comprendre à quel point, et comprendre ma colère aussi...

Ce qui a disparu, c'est... toute ma vie.

« Deux femmes, songea Luke, qui ont préféré l'exil, loin à l'écart du monde. Constance n'avait pas le choix : elle était obligée d'abandonner la scène. Jessica a dû penser qu'elle non plus, elle n'avait pas le choix... »

Il s'endormit, rêvant de sa grand-mère et de la Lena de *La Magicienne*. Ce fut l'odeur du café qui le réveilla. Lorsqu'il ouvrit les yeux, il vit Martin en train de poser le plateau du petit-déjeuner sur le coffre de cuivre près de son fauteuil. La première chose qui lui vint à l'esprit fut cette réplique que Lena adresse à Cort à la fin de la pièce.

« J'ai cherché le Daniel que je connaissais. Et, naturellement, je l'ai trouvé : autre et pourtant le même, changé mais pas transformé. »

Luke, lui, n'avait pas trouvé Jessica. Il était resté caché dans la forêt, rongé par la colère et la déception, puis il était revenu sur ses pas et avait pris la fuite. Pourquoi ? Pourquoi une telle colère ?

« Mon petit Luke – il crut entendre les intonations un peu voilées de sa grand-mère –, mon petit Luke, tu as l'habitude que les choses se déroulent toujours selon ton bon vouloir, sans subir de gros échecs, sans avoir besoin de livrer bataille. Pour ce qui est de Jessica, tu étais si sûr de toi et de celle que tu allais trouver que, lorsqu'elle t'est apparue différente, tu as eu l'impression de recevoir un coup de pied au derrière. Et tu n'as pas apprécié… »

— Que Monsieur me permette de lui adresser toutes mes félicitations, dit Martin, l'interrompant dans ses pensées tandis qu'il servait le café. La presse est unanime. C'est un véritable triomphe.

— Oui, ça y ressemble, répondit Luke en se redressant dans son fauteuil. Je vous remercie, Martin.

— C'est moi qui remercie Monsieur de m'avoir permis d'assister à cette représentation. Monsieur sait combien j'apprécie les soirs de première.

— Je suis heureux que vous ayez pu y assister, Martin.

Tandis que le majordome s'inclinait cérémonieusement, Luke tendit la main pour attraper une tranche de melon et quelques fraises. « Changée, mais pas transformée », se dit-il à nouveau. La femme qu'il connaissait d'après ses lettres, la femme dont il pensait être amoureux existait peut-être encore. Ou peut-être pas… Après l'accident, sa correspondance avait d'abord reflété sa fragilité, puis son désespoir et, enfin, un certain éloignement perceptible à travers un bavardage un peu distant, indifférent – en tout cas, elle avait perdu la verve et l'optimisme qui avaient marqué sa brillante carrière d'actrice. Alors, pourquoi s'obstiner à nier l'évidence ? Oui, Jessica n'était plus la même, elle était *transformée*.

Mais, ayant pris la fuite, il n'aurait jamais aucun moyen de le savoir avec certitude...

Il allait retourner à Lopez Island afin d'en avoir le cœur net, de découvrir si la femme qui hantait ses pensées existait encore. Il l'avait à peine entrevue : peut-être s'était-il trompé, peut-être s'était-il laissé abuser par une ombre mensongère, par quelques sournois reflets dans l'eau, par les lueurs incertaines que projetait le soleil à travers les feuillages. Après tout, elle avait bien dit dans l'une de ses lettres qu'elle avait rencontré quelqu'un, qu'elle avait aidé à une mise en scène de *Pygmalion*, qu'elle s'était fait des amis sur l'île.

Il l'avait jugée trop vite, sur sa seule apparence. Il allait retourner la voir et rester assez longtemps pour comprendre ce qu'elle était vraiment devenue, pour la connaître réellement. Mais, cette fois, il allait d'abord lui écrire – ainsi, elle et lui seraient à l'abri de toute surprise. La lettre commença de prendre tournure dans sa tête tandis qu'il buvait son café :

Chère Jessica Fontaine,
Vous avez certainement appris que ma grand-mère est décédée au printemps dernier en Italie. J'aimerais vous raconter les quelques jours que j'ai passés là-bas après sa mort pour fermer sa villa...

Il lui parlerait du coffret contenant ses lettres, de la collection d'éditions anciennes que Constance lui avait léguée. Il lui dirait qu'il souhaitait la lui apporter, la lui remettre en main propre. Il lui dirait aussi qu'il avait lu la première partie d'une pièce écrite par un jeune et talentueux auteur et qu'il aimerait la lui soumettre.

« J'aimerais qu'elle dise oui tout de suite, songea Luke. Je n'ai plus de répétitions, plus de programme, plus de pièce à monter dans l'immédiat. Oui, je voudrais partir tout de suite... » Il lui fallait juste une réponse, cette réponse, et, une heure après, il serait dans l'avion.

Lopez Island

10

À peine eut-il sauté hors de l'avion que Luke se sentit trempé jusqu'à l'os.

Sans se retourner, il se dirigea d'un pas vif vers le taxi, ouvrit la portière et glissa ses bagages sur la banquette arrière, avant de prendre place à l'avant, à côté d'Angie.

— On ne vend donc ni imperméables ni parapluies à New York ? fit celle-ci en jetant un regard réprobateur sur le costume dégoulinant de pluie de son passager.

— Il faisait vingt-cinq degrés et un beau soleil quand je suis parti. Je me sécherai à l'auberge. Vous n'aurez pas besoin de m'attendre.

— Je vous attendrai quand même si on ne m'appelle pas pour une autre course. À moins que Robert ne vous prête à nouveau sa camionnette.

— Je ne sais pas, on verra, répondit Luke en essuyant avec la manche de sa veste un coin de carreau embué, tandis qu'Angie démarrait pour emprunter la route de la baie.

Un éclair éblouissant balafra le ciel au-dessus de l'eau, presque immédiatement suivi d'un violent coup de tonnerre. Les essuie-glaces balayaient vainement le pare-brise. Luke avait le sentiment de se trouver dans un frêle esquif sur une mer démontée. Il se pencha pour essayer de discerner le paysage, revit mentalement l'auberge, la maison de Jessica : à nouveau il se trouvait sur Lopez Island, et à nouveau sans y être invité...

En effet, sa lettre était demeurée sans réponse. Il avait attendu deux semaines, guettant le courrier comme un adolescent, chaque fois déçu, sentant monter en lui un sentiment proche de la colère qui venait alimenter son opiniâtreté. En désespoir de cause, il s'était résolu à faire ce qu'il avait déjà fait la première fois : il avait pris un billet pour Seattle, réservé l'hydravion, puis appelé Robert pour retenir la même chambre que lors de sa première visite.

— Voudriez-vous me rendre un service ? lui avait-il demandé. J'ai écrit à Jessica, mais je voudrais lui confirmer que j'arrive demain. Si vous pouviez lui dire que je passerai la voir vers midi ou en début d'après-midi, je vous en serais reconnaissant.

— D'accord, je lui transmettrai, avait répondu Robert sans faire aucune allusion au départ précipité et pour le moins mystérieux de son hôte lors de son premier et bref séjour.

Luke s'abstint également de tout commentaire. Mais, à présent que le taxi empruntait l'allée montant à l'auberge, il se sentait comme paralysé, songeant tout à coup que, si Robert était parvenu à transmettre son message à Jessica, celle-ci avait aussi bien pu lui dire qu'elle refusait de le voir. Si tel était le cas, il n'avait plus qu'à faire demi-tour et rentrer illico à New York.

— J'ai changé d'avis, dit-il soudain à Angie. Je préfère continuer tout de suite jusqu'à Watmough Bay. J'irai à l'auberge plus tard.

— Mais vous êtes trempé ! Vous ne voulez pas vous sécher ?

— Inutile, de toute façon je vais encore me mouiller.

La femme hocha la tête d'un air dubitatif. Un nouvel éclair déchira le ciel tandis qu'elle manœuvrait devant l'auberge pour rebrousser chemin.

Elle prit la route qui longeait le rivage, puis s'enfonçait dans les terres, serpentant entre de petits lacs sur lesquels giclait la pluie et des champs bordés d'épaisses haies de cyprès. Enfin, en arrivant vers la pointe sud de l'île, la côte réapparut. Luke se rappela cette portion de l'itinéraire qu'il avait si attentivement examinée lors de sa première visite avec la camionnette de Robert. Il reconnut l'embranchement conduisant à la maison de Jessica et s'écria :

— Tournez là ! Il y a un sentier un peu plus haut, presque caché par...

— Je sais, l'interrompit Angie. Jessica m'a donné des framboises de son jardin deux ou trois fois. Elle a la main verte, cette dame-là.

Luke la dévisagea, interloqué. Si Angie savait où il se rendait, elle n'était certainement pas la seule. Jessica avait sans doute dû lutter pour imposer la discrétion sur cette île où nulle intimité, nul secret ne semblait devoir trouver place.

La pluie avait presque rendu indéchiffrable l'écriteau avec la fontaine gravée dans le bois, et l'allée menant à la maison ressemblait à ces sentiers de contes de fées qui s'enfoncent dans d'épaisses et inquiétantes forêts. La femme stoppa son taxi à une dizaine de mètres de la maison et dit :

— Je suppose que je devrai revenir vous chercher.

— Oui, merci. Je vous appellerai.

— Bien sûr, Jessica a une voiture. Elle pourrait peut-être vous ramener.

— Je vous tiendrai au courant.

— Je ferais peut-être mieux d'attendre un peu, des fois qu'elle ne serait pas chez elle.

Luke jeta un œil vers la porte du garage. Elle était fermée. La voiture était sûrement à l'intérieur. De toute façon, Jessica n'aurait pas eu l'idée de sortir par un temps pareil. Mais comment en être certain ?

— Bien, dit-il. Attendez-moi quelques instants, au cas où… Ensuite, je vous demanderai de bien vouloir apporter ma valise à l'auberge, ajouta-t-il, soucieux de ne pas donner à son hôtesse l'impression qu'il voulait s'installer.

Il récupéra sur la banquette arrière la boîte en carton contenant la précieuse collection de pièces, sortit du taxi et franchit en courant sous la pluie les quelques mètres qui le séparaient du porche de la maison. Il ne trouva aucune sonnette à la porte et se résolut donc à utiliser le heurtoir de cuivre représentant, lui aussi, une fontaine. Il entendit un chien aboyer, puis… plus rien. Il frappa à nouveau. Toujours rien. Il s'apprêtait à faire une troisième tentative lorsque la porte s'ouvrit.

La surprise figea le visage de Jessica lorsqu'elle leva les yeux vers cet inconnu. Leurs regards se croisèrent un instant qui parut une éternité. Elle était telle que Luke l'avait aperçue dans le jardin, mais, à présent qu'il la voyait de près, il retrouvait dans ses traits l'empreinte de sa beauté passée. Ses yeux bleu-vert paraissaient plus sombres, ourlés de cils épais, mais cernés des petites rides que laisse derrière elle la souffrance. Sa bouche magnifique avait dû révéler les plus éblouissants sourires ; désormais, elle aussi était cernée de ces marques profondes, souvenirs de la douleur. Son teint, autrefois lumineux, était terne, presque incolore – la masse de cheveux fauves dont Luke avait gardé le souvenir avait pris des tons gris argent. Jessica portait un pantalon noir et une chemise de soie rose. Si elle restait svelte, cette silhouette jadis fière et élancée était désormais courbée sur une canne, voûtée, presque bancale. Sa chienne à ses pieds, elle dévisageait Luke et, peu à peu, manifestement, la surprise le cédait à la colère.

— Vous n'aviez pas le droit de venir ! s'exclama-t-elle.

Sa voix, elle, n'avait pas changé. Quiconque l'avait entendue une fois ne pouvait l'oublier. Elle était restée intacte dans le souvenir de Luke, et il la retrouvait, identique, un peu assourdie peut-être – sans doute était-ce voulu –, mais reconnaissable. Et le contraste entre cette voix inoubliable et ce visage terne, ce corps affaissé, lui causa un tel choc que, l'espace d'un instant, il ne sut que répondre. Les gouttes de pluie martelant son dos et ses épaules le tirèrent de sa stupeur. Il entendit le taxi qui commençait à reculer dans l'allée et vit Jessica lever la main pour le retenir.

— Je suis désolé, dit-il très vite. Je croyais que Robert vous avait prévenue de mon arrivée. Je lui avais demandé de le faire.

— Ce n'est pas la question. Vous n'aviez pas le droit de venir.

— Je suis venu en ami vous apporter une chose qui vous revient. Maintenant que je suis là, ne pourriez-vous pas me laisser entrer quelques instants ?

Jessica hésita. Un nouvel éclair lézarda le ciel, précédant un violent coup de tonnerre.

— D'accord, dit-elle alors en s'effaçant devant lui.

Il pénétra dans le vestibule. Une chienne labrador au poil noir brillant se précipita vers lui et entreprit de renifler méticuleusement ses mains, ses jambes, le carton sous son bras.

— Chance, couchée ! fit posément Jessica.

La chienne s'arrêta, hésitante, puis vint s'asseoir à ses pieds. Sans bouger, sa maîtresse lui caressa la tête.

« Un tableau rustique dans un décor très sophistiqué », songea Luke.

En effet, s'il avait cru pouvoir se représenter assez nettement cette maison d'après les descriptions lues dans les lettres de Jessica, il constatait désormais qu'il s'était trompé : rien n'aurait pu lui laisser imaginer un salon d'une harmonie aussi spectaculaire et théâtrale. Des murs d'une blancheur immaculée, des meubles modernes, un parquet de noyer blanc irisé de reflets d'or, les fugaces taches de couleur des coussins disséminés çà et là, des tableaux, de somptueux bouquets de fleurs arrangés dans des vases immenses, des objets d'art sur les tables basses : presse-papiers en baccarat, ceintures de plumes péruviennes, figurines de bois indonésiennes...

C'était l'un des plus beaux décors qu'il eût jamais vus. La pièce était fermée par une longue baie vitrée, dont on devinait à travers la pluie qu'elle donnait sur les massifs de fleurs du jardin et, au-delà, sur la mer. Aucun des bruits de la tempête ne pénétrait dans la maison. À l'intérieur, tout était tranquille, la vie paraissait comme assourdie, en attente.

— Un sanctuaire, murmura Luke en posant son carton.

— Que voulez-vous dire ? demanda sèchement Jessica.

— Que votre maison me fait penser à celle de ma grand-mère, en Italie : très belle, très paisible, sereine. Une sorte de retraite. Un endroit fait pour oublier ce qu'on a laissé derrière soi.

— Vous ne savez pas de quoi vous parlez, riposta avec brusquerie son hôtesse, puis, prenant soudain conscience qu'elle s'adressait au petit-fils de Constance, elle ajouta plus doucement : Je veux dire qu'en ce qui me concerne vous ne savez rien. Pour Constance, c'est autre chose, bien sûr.

Il y eut un silence pendant lequel Luke crut percevoir la lutte farouche que se livraient en elle le savoir-vivre le plus élémentaire et la rage de devoir accueillir un intrus. Pour finir, l'éducation eut gain de cause.

— Vous êtes trempé, dit-elle. Vous devriez ôter votre veste, mais je n'ai aucun vêtement de rechange à vous proposer.

Il accrocha sa veste à un portemanteau, puis s'assit sur le banc de bois qui se trouvait dans le vestibule pour enlever ses chaussures.

— Si vous me donniez une serviette sur laquelle m'asseoir, ça m'éviterait de mouiller vos fauteuils.

— Attendez. J'ai ce qu'il vous faut, dit Jessica.

Elle traversa le salon, puis la salle à manger, et disparut derrière une porte. Un instant plus tard, elle était de retour, un pantalon couleur kaki à la main.

— Je le mets parfois pour jardiner. Il est beaucoup trop grand pour moi. Il devrait vous aller. Derrière cette porte, à gauche, vous trouverez où vous changer, ajouta-t-elle en désignant l'endroit du doigt.

— Merci, répondit Luke, suivant ses indications.

Elles le menèrent dans une chambre, une vaste pièce carrée dans laquelle trônaient une commode de style et un lit à baldaquin orienté de façon à offrir une vue imprenable sur la baie. Sur le parquet, un tapis ancien dans les tons rose et bleu et, sur le lit, un édredon en patchwork mauve et ivoire. Luke eût aimé s'attarder dans cette chambre, y examiner chaque tableau, chaque photographie ornant les murs, mais il se ravisa et tourna à gauche, comme Jessica le lui avait précisé, pour pénétrer dans la salle de bains. Il admira un petit moment le bois de pin clair dans lequel on avait fabriqué les placards, la baignoire ancienne perchée sur ses pieds griffus, puis il se décida à ôter ses chaussettes et son pantalon mouillé pour enfiler celui que l'on venait de lui prêter.

La coupe était large, une cordelette permettait de le resserrer à la taille et, quand il eut défait les revers, Luke constata avec étonnement qu'il lui allait parfaitement. Il attrapa une serviette et entreprit de se sécher les cheveux. D'instinct, son regard chercha un miroir. Il n'en trouva aucun dans la salle de bains et retourna dans la chambre. Peine perdue. Il s'efforça alors de se remémorer le salon et n'en vit pas davantage. Autant qu'il pouvait en juger, il n'y avait pas de miroir dans la maison de Jessica.

Il posa son pantalon mouillé sur le bord de la baignoire et, pieds nus, se dirigea vers le salon, heureux de se sentir au chaud. La faim lui tiraillait l'estomac, mais, vu les circonstances, il ne se sentait pas le cœur de réclamer quelque chose à manger. Lorsqu'il ouvrit la porte du salon, il vit Jessica debout près de la baie vitrée. Elle contemplait l'orage, la chienne à ses pieds, attentive, la truffe posée entre les pattes.

— Il vous va ? demanda-t-elle sans se retourner.

— Oui. Ça fait du bien d'être au sec. Merci.

N'obtenant pas d'autre commentaire, il poursuivit :

— La boîte en carton est pour vous, de la part de Constance.

Sur ces mots, il retourna dans le vestibule chercher la boîte qu'il y avait laissée et la porta jusqu'à une table basse en verre, tout près de Jessica. Il s'apprêtait à l'y déposer quand il remarqua, au centre de la table, un coffret d'ébène en tout point semblable à celui dans lequel Constance rangeait ses lettres.

— C'est extraordinaire, dit-il. Savez-vous que Constance avait exactement le même ?

— Nous les avions achetés ensemble, répondit Jessica en s'approchant lentement.

Elle regarda Luke arracher la bande collante qui scellait la boîte en carton. Il se tenait de profil et, comme malgré elle, elle ne put s'empêcher d'examiner ses traits assurés, ses sourcils fournis. Même en bras de chemise, pantalon kaki et nu-pieds, il émanait de lui cette assurance, cette force dont elle avait gardé le souvenir. Il appartenait à ce qui jadis avait été son monde, sa vie, et elle comprit qu'elle n'aurait jamais dû le laisser pénétrer dans sa maison.

Il ôta le dernier petit morceau de bande collante et ouvrit le carton en disant :

— Constance vous léguait ceci dans son testament.

Puis il enleva la couche de journaux et de papiers de soie qui protégeait les livres. Étonné par l'absence de réaction de Jessica, il leva les yeux vers elle.

— Vous ne me semblez pas très intéressée.

« Oh si, je le suis ! s'exclama-t-elle intérieurement. Mais je ne veux pas de vous ici. J'ignore ce que Constance m'a laissé, mais je veux le découvrir seule, rester seule avec mes souvenirs. »

— Pourquoi ne pas m'avoir envoyé ce carton par la poste ? demanda-t-elle froidement.

— Parce que j'avais envie de faire votre connaissance.

— Nous nous sommes déjà rencontrés à New York.

— Oui, mais si peu. Et tant de choses se sont passées depuis.

Elle le dévisagea un moment sans rien dire, puis son regard se porta brusquement sur le coffret d'ébène.

— Celui de Constance est vide, dit-elle.

Luke secoua négativement la tête.

— Détrompez-vous, il est aussi plein que l'est sans doute celui-ci, fit-il en soulevant le couvercle du coffret.

Il était effectivement rempli d'une centaine d'enveloppes.

— Vous n'avez pas détruit ses lettres, reprit-il. Pourquoi aurait-elle détruit les vôtres ?

— *Vous les avez lues ! Vous avez lu mes lettres !* s'écria Jessica, les yeux brillants de fureur.

Il fut surpris de voir soudain son visage s'animer, revenir à la vie, fût-ce sous le coup de la colère, et rabattit le couvercle.

— Je vous dirai pourquoi je les ai lues, si toutefois vous acceptez de l'entendre. Mais j'aimerais d'abord vous montrer ce que Constance vous a laissé.

Elle demeura un moment immobile, puis consentit enfin à approcher, courbée sur sa canne. Sa jambe gauche chancelait à chaque pas. Luke s'écarta afin de la laisser regarder dans le carton.

Avec un soupir, elle saisit précautionneusement l'un des minces livrets. La couverture en était déchirée et le titre un peu effacé. Luke reconnut la première édition d'*Étrange intermède*, d'Eugene O'Neill. Il savait qu'O'Neill lui-même en avait fait cadeau à Constance et lui avait dédicacé l'ouvrage. Jessica promena un instant ses doigts sur le livre, puis l'ouvrit. Sa tête était inclinée de telle sorte que son visage restait invisible. À mi-voix, elle lut la dédicace :

— « À l'incomparable Constance, avec un amour incomparable. »

Puis elle leva le regard vers Luke et dit :

— Il amusait Constance. Il était tellement extravagant. Nous devions jouer cette pièce ensemble. On aurait commencé à Provincetown pour ensuite…

Elle s'interrompit brusquement, baissa la tête et demeura silencieuse. Une larme tomba sur la couverture, qu'elle essuya à la hâte d'un vif revers de manche, avant de continuer à explorer le contenu de la boîte, soulevant les livres un par un, déchiffrant le titre des pièces.

— C'est toute sa collection, fit-elle après de longues minutes. Constance y tenait tellement. Elle avait passé sa vie à réunir ces pièces. J'étais persuadée qu'elle les laisserait à une bibliothèque. Merci, ajouta-t-elle en levant à nouveau les yeux, vous les avez emballées avec beaucoup de soin.

— Elles étaient importantes pour Constance. Et vous l'étiez aussi…

Jessica sursauta. Bien sûr, elle allait oublier : il avait lu ses lettres. Son visage se glaça.

— Je vous remercie de vous être dérangé pour m'apporter ces pièces. Je suis très heureuse de les avoir. Maintenant que vous avez accompli votre mission, je vais appeler Angie pour qu'elle revienne vous chercher.

— Attendez un instant ! s'écria Luke.

En toute autre circonstance, pareil manque de civilité, pareille obstination l'auraient amusé, mais la froideur dont Jessica faisait montre laissait percer un tel désespoir qu'il n'avait aucune envie d'en rire.

— Je ne suis pas venu ici uniquement pour vous apporter ce colis. Comme vous l'avez dit, j'aurais aussi bien pu vous l'envoyer. Mais je voulais vous parler. J'ai fait un long voyage depuis New York et je vous serais reconnaissant de m'accorder une heure ou deux avant de me renvoyer là-bas.

— Nous n'avons rien à nous dire.

— Constance ne vous semble pas un sujet suffisant ?

Jessica eut encore une seconde d'hésitation, puis elle hocha la tête et dit :

— Asseyez-vous.

Luke tergiversa quelques instants : devait-il prendre place sur l'une des deux chaises, de part et d'autre de la table basse, ou bien s'asseoir sur le canapé, face à la baie vitrée ? Il finit par opter pour une chaise. Jessica prit l'autre. La pluie fouettait les vitres. Le gris du ciel semblait gagner peu à peu la pièce. Pourtant, Jessica n'esquissa même pas le geste d'allumer la lumière.

— Vous étiez avec elle lorsqu'elle est morte ? demanda-t-elle brusquement.

— Non. C'est sa gouvernante qui m'a téléphoné à New York.

— Est-ce qu'on sait si elle a souffert... si elle a eu peur ? A-t-elle demandé quelqu'un ?

— Non. il semble qu'elle soit morte dans son sommeil. Elle était assise dans le grand fauteuil de sa bibliothèque...

— Le bleu.

— Oui, le bleu. À côté du fauteuil, il y avait une table ronde recouverte d'un napperon de soie blanche...

Luke entreprit de décrire la pièce comme s'il s'agissait d'un décor de théâtre. Jessica ferma les yeux afin de mieux se remémorer l'endroit.

— La lampe était encore allumée quand on l'a trouvée, poursuivit Luke. Il y avait un volume des sonnets de Shakespeare posé sur la table, et le coffret contenant vos lettres. Ça s'est probablement passé vers trois ou quatre heures du matin. Elle avait dû finir par s'endormir – elle était sujette aux insomnies ces derniers mois et ne dormait plus guère que quelques heures par nuit. Je ne crois pas qu'elle ait eu aucune prémonition, ni le temps de souhaiter notre présence auprès d'elle. Je suis arrivé le lendemain, elle avait l'air paisible et… – la voix de Luke s'étrangla – et elle était très belle.

Bouleversée, Jessica oublia un instant sa colère.

— Elle vous aimait beaucoup, dit-elle.

— Elle *nous* aimait beaucoup.

Pour la deuxième fois en quelques minutes, il insistait pour associer l'amour qu'ils portaient tous deux à Constance. Jessica en éprouva à nouveau du ressentiment. Pourquoi voulait-il à toute force pénétrer dans sa vie ? Elle détourna le regard et contempla un moment la pluie qui s'abattait sur son jardin et les nuages si bas dans le ciel. Mais les images de la tempête ne faisaient que rendre plus perceptibles encore le confinement de la maison, la présence de Luke chez elle.

— Vous vouliez savoir pourquoi j'ai lu vos lettres, reprit celui-ci.

D'instinct, elle se raidit.

Il se leva de son siège et commença à arpenter la pièce, comme il le faisait chez lui, à New York, lorsqu'il avait besoin de mettre de l'ordre dans ses pensées. Il sentait la chaleur du parquet sous ses pieds nus. L'espace d'un instant, il se demanda pour quelle raison il ne se sentait pas ridicule, à se promener nu-pieds dans cette maison étrangère, avec ce pantalon d'emprunt retenu par une cordelette. Pourtant, bizarrement, il se sentait à l'aise. Peut-être était-ce à cause de Constance, parce que tant de choses la lui rappelaient dans ce lieu... Peut-être était-ce parce qu'il se trouvait à l'abri de l'orage, de la pluie martelant le toit, des bourrasques de vent qui balayaient l'île...

— Je suis allé fermer la maison de ma grand-mère, reprit-il enfin. Je devais trier ce qui partait pour New York et ce que j'étais censé donner aux personnes mentionnées dans son testament. Lorsque j'ai ouvert le coffret, j'ignorais ce qu'il contenait. J'ai été intrigué par ces lettres si nombreuses, et toutes de la même écriture. J'ai commencé à en lire une par curiosité. J'ai aimé son ton, la voix que j'entendais derrière les mots. Vous l'aviez écrite pour remercier Constance d'un compliment qu'elle vous avait fait après une représentation. Alors, j'en ai encore lu quelques autres. Et dans l'une d'elles j'ai trouvé un article découpé dans un journal : il y était question d'une catastrophe ferroviaire au Canada...

Luke s'interrompit, comme dans l'attente d'un commentaire. Mais Jessica garda le silence. Ses yeux n'avaient pas quitté la baie vitrée. Elle paraissait tout entière absorbée dans le spectacle de l'orage. Il se résolut à poursuivre :

— J'aurais pu m'arrêter là, mais je voulais savoir ce qui vous était arrivé. Je vous ai toujours admirée et j'ai toujours regretté que nous n'ayons pas travaillé ensemble. Comme tout le monde, j'ai été surpris par votre disparition brutale. Je me souviens d'avoir un jour posé la question à ma grand-mère. Je lui avais demandé si elle savait où vous habitiez. Elle m'avait répondu non. Je suppose que vous lui aviez donné cette consigne...

Toujours immobile, Jessica confirma d'un bref hochement de tête.

— Pourtant, je n'ai rien lu de tel dans vos lettres.

— Je le lui avais demandé par téléphone.

À nouveau, Luke attendit quelques mots d'explication, mais Jessica avait manifestement tout dit. Après une minute qui lui parut interminable, il cessa d'arpenter le salon et vint se rasseoir sur sa chaise.

— Quand avez-vous acheté les deux coffrets ?

— Il y a sept ans.

— Ils ont l'air italiens.

— Ils le sont.

À cet instant précis, l'estomac de Luke se manifesta bruyamment. Embarrassé, il se raidit, essayant sans trop y croire de maîtriser ces bruits incongrus. Jessica fit mine de n'avoir rien entendu.

— Où en Italie ? insista-t-il sur un ton où commençait à poindre l'agacement.

Elle se tourna enfin vers lui, les épaules voûtées, comme accablée. Chaque mot qu'il prononçait, le seul son de sa voix, tout la ramenait à ce qu'elle avait aimé jadis, faisait pénétrer les souvenirs au cœur de sa maison. Elle détestait Luke de lui imposer cette épreuve, le retour d'un passé qu'elle avait eu tant de mal à effacer. Elle ne pouvait pourtant pas le mettre à la porte, du moins pas tant que l'orage n'aurait pas cessé. Et puis elle avait envie de parler de Constance. Elle avait entendu le grognement vindicatif émis par son estomac et compris que, tôt ou tard, elle devrait lui proposer de manger quelque chose – toujours au nom du savoir-vivre –, mais elle ne s'en sentait pas la force, pas encore. Elle avait l'impression de se trouver plongée dans une profonde léthargie, elle était abattue, défaite, et savait qu'elle ne retrouverait un peu de bien-être qu'après le départ de Luke.

— Vous les avez dénichés dans le petit village près de sa villa ? poursuivit celui-ci.

— Non, répondit enfin Jessica.

Elle réfléchit quelques instants, essayant de rassembler ses souvenirs.

— Non, répéta-t-elle, c'était la première fois que je venais lui rendre visite en Italie. Nous sommes parties en voiture pour Florence et avons passé la journée à visiter le musée des Offices et le palais Pitti. À l'époque, Constance avait encore la force d'entreprendre d'aussi longues promenades. Nous avons marché toute la journée et beaucoup bavardé – nous avions toujours tellement de choses à nous raconter. Chaque fois que nous nous retrouvions, il nous semblait que nous n'aurions jamais assez de temps pour tout dire. En rentrant à l'hôtel, nous sommes passées devant le magasin d'un certain *signor* Forlezzi. La vitrine était poussiéreuse – en vérité, elle était très sale –, mais nous avons tout de même aperçu des piles et des piles de coffrets entassés dans les coins et, assis sur un tabouret, le *signor* Forlezzi, en train de réparer quelque chose… une lampe, je crois. Lorsque nous sommes entrées dans sa boutique, il a levé les yeux en s'exclamant : « Le soleil est enfin sorti de sa cachette et… »

Jessica ne put continuer. Les mots ne passaient pas ses lèvres.

— Alors, vous avez acheté les deux coffrets, souffla Luke.

Elle hocha la tête.

— Il y en avait deux rigoureusement identiques, dit-elle dans un souffle. C'étaient les plus beaux. Et Constance et moi avons dit en même temps : « J'y rangerai tes lettres. » Quand l'avez-vous revue pour la dernière fois ? demanda-t-elle encore après un silence.

— Une semaine avant sa mort.

— Était-elle très malade ?

— Faible, mais pas malade. Nous nous sommes promenés dans le jardin, nous avons parlé des metteurs en scène et des producteurs avec lesquels elle avait travaillé... (Luke s'interrompit un instant.) Maintenant que je vous en parle, je me rends compte que nous avons beaucoup bavardé ce jour-là, et de tout. Comme si, avant de mourir, elle avait voulu embrasser toute son existence dans une seule et même vision.

Alors qu'il prononçait cette dernière phrase, sa voix s'était faite de plus en plus faible, jusqu'à devenir pratiquement inaudible.

— Que se passe-t-il ? lui demanda Jessica.

— J'étais juste en train de me rappeler sa main posée sur mon bras. Elle m'avait entraîné dans ce fichu labyrinthe qu'elle aimait tant. Je me suis toujours senti mal à l'aise là-dedans, presque claustrophobe ; j'ai donc accéléré le pas, alors elle a posé la main sur mon bras en me demandant de ralentir et elle m'a confié que ce qu'elle aimait dans ce labyrinthe, c'était son mystère, qu'il fallait se plier à sa loi, et non essayer de le combattre. Elle m'a dit : « Tu ne peux pas le contrôler comme tu... » Bref, peu importe ce qu'elle m'a dit au juste, c'était l'idée...

— Continuez... racontez-moi ce qu'elle vous a dit.

— Je vous jure que c'est sans importance.

— S'il vous plaît...

Luke obtempéra à contrecœur :

— « Tu ne peux pas le contrôler comme tu essaies de contrôler tout ce qui entre dans ta vie. Tu dois te plier à sa loi, comme tu le fais avec la poésie ou le bon vin », cita-t-il avec un léger haussement d'épaules.

Pour la première fois depuis qu'il avait franchi le seuil de sa maison, il lut sur le visage de Jessica l'ébauche d'un sourire.

— J'ai l'impression de l'entendre, fit-elle. Mais a-t-elle dit vraiment « contrôler » ou plutôt « maîtriser » ?

Luke réfléchit.

— « Maîtriser ». Vous avez raison. J'ai l'impression que vous la connaissiez mieux que moi.

— Non, je la connaissais juste autrement. Que vous a-t-elle dit d'autre ?

— Nous avons parlé de mes parents, d'une nounou qu'elle avait engagée lorsque je suis venu vivre avec elle, de la façon de travailler avec les producteurs et les metteurs en scène, moi compris. Elle avait une remarque à me faire sur ma mise en scène de *Long voyage dans la nuit*. Je n'arrivais pas à le croire. Pendant dix ans, jamais elle n'en avait parlé. Cette critique était restée là, en elle, attendant le moment propice pour être évoquée.

— Et elle avait raison ?

Il dévisagea Jessica un long moment avant de répondre :

— Je ne crois pas.

— Que vous reprochait-elle ?

— Je lui avais demandé d'envisager tous les membres de cette famille comme également destructeurs, parce que les uns et les autres ne cessent de se dire des choses impardonnables. Et elle avait interprété le personnage de Mary Tyrone dans cette optique, en jouant une femme responsable du naufrage de sa famille. Or, la dernière fois que je l'ai vue, Constance m'a dit que j'avais eu tort, que Mary était une victime.

Jessica secoua négativement la tête.

— Non, c'est vous qui aviez raison. La dépendance est une malédiction et Mary s'en sert comme d'une arme contre sa famille, une arme qu'elle retourne contre James, contre leurs fils. Je ne suis pas sûre qu'elle en ait tout le temps conscience, mais...

Soudain elle s'interrompit, stupéfaite de sentir une joie oubliée l'envahir : elle parlait à nouveau en actrice, redevenait une comédienne en train d'analyser une pièce, un personnage avec un metteur en scène. Et Jessica eut peur : cette vie qu'elle croyait profondément enfouie en elle était encore bien proche, et prompte à se réveiller. Elle préféra détourner la conversation et revenir à Constance :

— Avez-vous évoqué d'autres sujets avec elle ?

Luke avait remarqué la flamme brillant dans ses yeux lorsqu'elle s'était mise à parler de la pièce ; mais il l'avait vue s'éteindre aussi vite, cédant la place à la tristesse. Une tristesse qu'il partageait. Il eut envie de la consoler, sans savoir comment, doutant surtout que sa tentative fût bien accueillie. Il préféra alors la laisser continuer à sa guise et répondre à sa question :

— Oui, nous avons ressuscité de vieux souvenirs. C'était plutôt elle qui parlait, comme si elle avait voulu me dire, en peu de temps, toutes les choses qu'elle jugeait importantes.

Il se tut, son regard se promena un moment dans la pièce et il revit la bibliothèque de Constance, sa terrasse dominant les vertes collines de l'Ombrie, puis il poursuivit d'une voix étouffée :

— Vous savez, Constance m'a écrit une lettre extraordinaire cette semaine-là ; je ne l'ai reçue qu'après sa mort. Lorsque le temps le permettait, elle faisait son courrier sur la terrasse. Elle m'a écrit ces mots, que je vous cite de mémoire, mais sûrement avec exactitude parce que je les ai relus très souvent : « Quand je suis assise là, tout mon être s'émerveille de la sérénité qu'inspire ce panorama et j'ai le sentiment d'être la gardienne de ce paysage. Après tout, n'est-ce pas ce que nous sommes tous, nous à qui fut donné un monde si riche, si beau ? Nous sommes… »

— … « ses gardiens, compléta spontanément Jessica, et les gardiens de nos frères ; pour cela, la gratitude seule devrait trouver place dans nos cœurs ».

Luke ne put réprimer un sourire.

— J'aurais dû m'en douter. Constance ne laissait jamais perdre une bonne réplique ou un paragraphe bien tourné. En vous lisant, lorsque vous la citiez, je retrouvais parfois des choses qu'elle m'avait dites à moi aussi. Je parie qu'elle a terminé la lettre qu'elle vous adressait par : « Et je l'éprouve, cette gratitude, parce que tu existes, ma Jessica chérie. »

— Et la vôtre par : « Et je l'éprouve, cette gratitude, parce que tu existes, mon Luke chéri. »

Ils partirent d'un même éclat de rire.

— Vous devez avoir faim, dit soudain Jessica.

— Non, merci…, commença Luke, puis il se ravisa devant la mine incrédule de son interlocutrice. D'accord, fit-il en souriant, j'avoue. J'ai pris un petit-déjeuner dans l'avion, mais j'ai l'impression que c'était il y a trois jours.

— Nous allons goûter, dit-elle, attrapant sa canne pour se lever.

— Puis-je utiliser votre téléphone ? demanda-t-il en se levant à son tour. Robert doit m'attendre depuis un bon moment. J'espère qu'Angie lui aura confirmé mon arrivée, mais je préfère appeler par correction.

— Le téléphone est sur la console entre la cuisine et la salle à manger. Si vous voulez plus d'intimité, vous pouvez…

— Non, ça ira. À propos, Robert vous avait-il averti de ma venue ?

— Il a dû vouloir le faire. C'est quelqu'un de fiable. Mais je n'ai pas répondu au téléphone ces derniers jours.

Luke dévisagea Jessica avec stupeur.

— Et que se passe-t-il quand votre éditeur appelle ?

— Il sait qu'il m'arrive de ne pas répondre…

Sur ces mots, elle tendit la main pour allumer une lampe sur une petite table. La pièce parut soudain s'ouvrir à la vie. Surpris par cette brusque clarté, ils restèrent debout l'un face à l'autre, de chaque côté du cercle lumineux que la lampe projetait sur le parquet de bois blond.

— Je ne m'étais pas rendu compte qu'il faisait si sombre, murmura Jessica.

Puis elle pivota lentement sur elle-même et claudiqua jusqu'à la cuisine. Là, au moment d'ouvrir le réfrigérateur, elle se tourna vers Luke. Il l'observait par la porte grande ouverte. Elle le foudroya du regard.

— Je croyais que vous deviez appeler Robert.

— Oui, répondit-il, gêné, en se dirigeant vers la console sur laquelle était posé le téléphone.

Il trouva le numéro de l'auberge dans l'annuaire local, près du combiné. Ce fut Robert qui décrocha.

— Bonjour. Lucas Cameron. Je suis chez Jessica Fontaine. Je ne sais pas quand j'arriverai à l'auberge. Je voulais m'assurer que vous gardiez ma chambre.

— Naturellement, mais prévenez-moi si vous comptez rentrer tard.

— Non, rassurez-vous, ce ne sera pas le cas. Merci, Robert.

Il raccrocha et vint rejoindre Jessica dans la cuisine.

— Que puis-je faire pour vous aider ? demanda-t-il.

— Rien, répondit-elle, lui tournant le dos tandis qu'elle allumait le gaz sous une cocotte.

Puis, toujours sans se retourner, elle entreprit d'émincer des filets de canard sur une planchette de bois encastrée dans le plan de travail. La cuisine avait été conçue de sorte que tout fût accessible sans qu'elle eût ni trop de gestes ni trop de pas à faire.

— J'aimerais vous aider, insista Luke.

Le couteau que tenait Jessica resta un instant suspendu en l'air.

— Savez-vous préparer une salade ?

— Je crois qu'il me reste quelques souvenirs d'avant Martin.

— Martin ?

— Majordome, chef cuisinier, ange tutélaire et garant de la moralité. C'est lui qui dicte la loi sur ce qui est juste et bon et ce qui ne l'est pas, répondit-il en ouvrant à son tour le réfrigérateur où il trouva une salade et des endives qu'il posa sur le plan de travail.

Jessica lui tendit une petite planche à découper ainsi qu'un couteau.

— Les tomates sont dans le panier à côté de vous, dit-elle. À vous entendre, on croirait que votre Martin vous amuse beaucoup.

— Je l'admire aussi. Martin croit au devoir, à la responsabilité que nous avons envers les autres, et jamais je ne l'ai vu plier ses principes à son confort ou à ses désirs. C'est une qualité rare.

— Vous voulez dire, surtout dans le milieu du théâtre ?

— Non, c'est une qualité rare dans n'importe quel milieu.

Jessica demeura silencieuse. Elle avait failli lui demander jusqu'où lui-même croyait en ces vertus, mais elle jugea cette question trop personnelle et y renonça au profit d'une interrogation plus neutre :

— Il vit près de vous ?

— Il vit avec moi, en quelque sorte. J'ai fait construire une suite séparée dans mon appartement, avec une entrée indépendante. Il a fait sienne ma cuisine, et il prétend avoir tout ce dont il a besoin.

— Mais pas de chez-lui et pas de famille.

— Beaucoup de gens n'ont pas de famille, répliqua Luke, lançant à Jessica un regard en coin.

Elle était en train d'essayer d'attraper un plat sur une étagère assez haute.

— Laissez-moi vous aider, dit-il.

— Ne vous dérangez pas, j'ai l'habitude, rétorqua-t-elle un peu sèchement en saisissant le plat.

Il la regarda y déposer les fines tranches de canard qu'elle décora de minuscules olives.

— Avez-vous toujours des filets de canard tout prêts pour vos invités-surprises ?

— Il m'arrive d'en mettre au congélateur. Ceux-là sont des restes du dîner d'hier.

Luke l'imagina prenant un repas seule. Elle n'était manifestement pas du genre à avaler n'importe quoi sur un coin de table, mais se préparait au contraire des mets de qualité qu'elle dressait avec élégance dans une belle vaisselle. Seulement, elle mangeait seule, sans le plaisir de partager une conversation, un plat raffiné, un bon vin... Il ne pensa même pas que, souvent, lui aussi dînait seul, et fut saisi d'un nouvel accès de tristesse en songeant à l'existence que menait Jessica.

Celle-ci leva les yeux vers lui et leurs regards se croisèrent.

— La salade, dit-elle froidement.

— Elle arrive, répondit-il sur un ton faussement désinvolte.

Il éminça l'endive en fins copeaux et plongea le tout dans un récipient rempli d'eau. Puis il jeta un regard autour de lui, à la recherche d'une essoreuse. Jessica comprit sans qu'il eût besoin de lui poser la question :

— Dans le placard à votre droite.

Il en sortit l'appareil, mit la salade dans le panier et, tout en tournant la manivelle, demanda en désignant les tomates du menton :

— Tranches ou quartiers ?

— Tranches, répondit Jessica qui préparait le café.

Elle avait des gestes vifs, précis, presque automatiques. Elle se sentait mal à l'aise avec cet homme à ses côtés, qui ouvrait et fermait ses tiroirs, fouillait dans ses placards, utilisait ses ustensiles et faisait couler de l'eau dans l'évier, comme si tout cela était parfaitement naturel. Certes, il était calme et plutôt silencieux, ce dont elle lui savait gré, mais il était grand, doté d'une forte présence, bref... encombrant. Il y avait bien longtemps que personne n'avait partagé ainsi son espace. « Nous allons manger, et puis il s'en ira, se dit-elle. La pluie devrait bientôt s'arrêter, et je ne le reverrai jamais. »

Elle souleva un torchon couvrant une corbeille et sortit de celle-ci une miche de pain à la croûte épaisse et croustillante.

— Je vais le couper, proposa Luke, à moins que vous ne préfériez me confier une autre mission.

Jessica prit une ample respiration : décidément, il voulait participer à tout.

— Il ne reste plus qu'à mettre la table, dit-elle.

— Dans ce cas, laissez-moi faire. C'était la seule tâche dont Constance me laissait m'acquitter en toute confiance.

Elle demeura un instant muette, puis opina en silence. « À contrecœur », se dit Luke en se dirigeant vers la salle à manger, où il commença d'ouvrir d'autres placards.

— Nappe ou sets de table ? lança-t-il.

— Ça m'est égal, répondit négligemment Jessica.

Exaspéré de ne pas parvenir à éveiller davantage d'intérêt, il haussa les épaules et choisit deux sets de table dans des tons feuille morte, bleu et doré. Il trouva également les serviettes assorties et des ronds en argent. Il posa les sets sur la table ronde au plateau de marbre noir, devant deux chaises qui faisaient face à la baie vitrée. Il ouvrit un autre placard et y découvrit un service en porcelaine de Chine et deux tiroirs remplis d'argenterie – une vaisselle qu'il se serait plus attendu à rencontrer dans un dîner new-yorkais que sur cette île désolée. Sans doute Jessica n'avait-elle pu se résoudre à se séparer de ces quelques précieux vestiges de sa vie passée. Mais combien de fois par an servaient-ils désormais ?

Il songea tout à coup que cette maison lui faisait la même impression que son propre appartement : c'était un lieu vide, sans âme, sans vie. Le téléphone n'avait pas sonné une seule fois depuis son arrivée. Cette petite bâtisse face à la mer, tournant le dos à Lopez Island et à ses habitants, paraissait aussi isolée et solitaire qu'un naufragé perdu au milieu d'un océan indifférent.

Luke saisit précautionneusement deux assiettes en porcelaine blanche, bordées de motifs floraux, deux coupes à salade, ainsi que des tasses et des soucoupes pour le café. Il prit également dans les tiroirs les couverts en argent nécessaires, puis demanda :

— Quels verres ?

— Vin rouge et eau.

Il sortit alors les verres adéquats, ainsi que deux chandeliers en argent. Au terme de quelques recherches complémentaires, il mit la main sur les bougies et sur les allumettes.

— Voulez-vous que je vous aide pour le vin ? cria-t-il alors à Jessica.

Elle ne répondit rien. Il interpréta son silence comme le signe qu'elle n'avait nullement besoin d'aide. Un instant plus tard, néanmoins, elle apparut, portant une bouteille et un tire-bouchon. Elle les lui tendit sans un mot, puis son regard se posa sur la table.

— Constance avait raison. Vous mettez très bien la table, dit-elle.

Luke déboucha la bouteille, servit le vin, puis lança sur un ton qui n'admettait pas de réplique :

— Je vais chercher le reste.

Il revint au bout de quelques minutes avec le plat de canard et le saladier, puis repartit chercher le pain. Lorsqu'il le rapporta, Jessica était toujours debout, penchée sur sa canne. Il posa la corbeille de pain sur la table, puis tira galamment une chaise pour inviter son hôtesse à s'asseoir.

En un instant, elle eut le sentiment qu'il venait d'ouvrir une nouvelle porte sur le passé. À son insu même, elle se redressa, retrouvant son maintien d'autrefois. Elle appuya sa canne contre le bord de la table et s'assit avec élégance. Mais cet instant de grâce fut fugitif, cédant bientôt la place à une douloureuse grimace.

— Je suis désolé, dit Luke. Que puis-je faire ?

— Rien, asseyez-vous.

La pluie avait diminué de violence, mais le ciel était presque noir et le vent soufflait toujours. On n'en percevait dans la maison qu'un lointain murmure, semblable à l'harmonieux froufrou d'une jupe. Luke alluma les bougies dont les flammes se reflétèrent bientôt dans la baie vitrée. Alors qu'elle observait leurs reflets, Jessica discerna aussi celui de leurs deux visages. Une vague de bonheur enfla en elle, qui vint effacer la contrariété de cette présence indésirable et la douleur qui avait traversé sa hanche lorsqu'elle s'était assise. Elle avait oublié combien il pouvait être agréable d'avoir un compagnon avec qui partager un repas et un verre de bon vin.

Mais, si aimable et prévenant fût-il, Luke n'appartenait pas au monde qui désormais était le sien. Et elle savait que le bonheur était une chose fugace, l'affaire d'un instant. Elle se répéta qu'elle serait tout aussi heureuse de le voir partir.

Le canard était délicieux, chaud et moelleux, exactement ce qu'il fallait à Luke pour conforter cette impression d'avoir pénétré dans une retraite. « Si j'avais besoin de me cacher quelque part, se dit-il, c'est ici que je viendrais, loin de tout. » Et, en effet, il se sentait à mille lieues de chez lui, du bureau, du théâtre Vivian Beaumont, de New York, de tout… et de tous ceux qui d'ordinaire peuplaient sa vie.

— Il y a longtemps que je ne me suis pas senti aussi bien, dit-il à Jessica. Merci.

Elle hocha la tête sans un mot. Ils continuèrent de manger sans échanger une parole. Puis, exaspéré par ce silence qui, comme une chape, était retombé sur eux, il demanda sur un ton anodin :

— Faites-vous vos courses dans l'île ?

— Oui, la plupart du temps. Mais, si j'ai besoin de quelque chose d'un peu particulier, je le demande à Robert. Il le prend au marché de gros.

— Vous avez dû avoir l'occasion de faire des provisions lorsque vous travailliez sur *Pygmalion*, plaisanta-t-il.

Jessica lui lança un regard surpris, et il se demanda soudain comment, en vivant dans un isolement pareil, elle avait pu aider à la mise en scène d'une pièce. Or il ne risquait pas de lui poser la question, n'étant guère désireux d'insister davantage sur le fait qu'il avait lu ses lettres. Alors, le plus discrètement et le plus naturellement possible, il changea de sujet :

— Et cette maison, c'est un architecte de Lopez qui l'a conçue ?

— Non, l'architecte et l'entrepreneur étaient de Seattle. Mais pour l'essentiel, c'est moi qui l'ai conçue. J'ai participé à sa construction centimètre par centimètre. Constance m'a conseillée sur ce qu'il fallait demander... et surveiller. Elle m'a raconté à l'époque qu'autrefois elle s'était fait construire une maison, bien qu'elle ne m'ait jamais dit où.

— Comment ? s'exclama Luke. Constance n'a jamais fait construire aucune maison ! Nous en avions parlé, c'est vrai, à un moment de ma vie où j'envisageais de faire bâtir une maison de campagne sur un terrain que je possède près de Millbrook. Mais je n'ai jamais eu le temps de réaliser ce projet, ni elle non plus d'ailleurs. Quel genre de conseils vous a-t-elle donnés ?

— Le sol en noyer blanc, par exemple, c'est une idée à elle. Et les angles arrondis. Et la cheminée dans la chambre à coucher. J'ai dessiné moi-même la cuisine, parce qu'elle ne savait pas que j'avais besoin de… Enfin, Constance n'était pas une spécialiste en cuisines, ce qui ne l'empêchait pas d'avoir une foule d'autres idées, toutes plus géniales les unes que les autres. Vous croyez qu'elle ne les a jamais concrétisées pour elle-même ?

— Non, mais elle les avait tellement rêvées qu'elles en devenaient presque vraies, répondit Luke.

Son regard croisa celui de Jessica, et ils se sourirent.

— Sans doute a-t-elle pensé à votre maison comme à la sienne, poursuivit-il. Je regrette qu'elle ne l'ait jamais vue. Elle l'aurait beaucoup aimée.

— Je la lui décrivais dans mes lettres. Et un soir, au téléphone, elle m'a dit qu'essayant de m'imaginer dans mon salon, bizarrement, elle n'y avait vu aucun objet d'art, et qu'il fallait combler cette lacune de toute urgence.

Ils échangèrent à nouveau un sourire. Il était doux et apaisant de parler de Constance. Elle offrait aussi un sujet de conversation ne présentant aucun danger. Tous deux l'aimaient, elle leur manquait presque de la même manière, et ils continuèrent à parler d'elle tandis que la pluie et le vent fouettaient les vitres et que, lentement, les bougies se consumaient. Chance vint quémander quelques faveurs à table et, gentiment, ils satisfirent à ses exigences. Lorsqu'il n'y eut plus rien d'intéressant à manger, elle se coucha en boule à leurs pieds et s'endormit. Ils finirent la bouteille de vin et, sans rien demander, Luke alla chercher le café dans la cuisine.

— Nous parlions toujours des pièces que je montais, dit-il en se rasseyant, reculant un peu sa chaise pour étirer ses jambes. Chaque fois, Constance m'aidait de ses réflexions, quand je ne savais pas encore quelle direction emprunter. Elle m'a énormément manqué dans ma dernière mise en scène, celle de

La Magicienne. J'avais envie qu'elle vienne s'asseoir à côté de moi, qu'elle lise tout haut la scène, en mettant ses lunettes comme elle le faisait toujours, à l'extrême bout de son nez. J'avais envie de l'entendre tapoter la table d'un index impérieux, comme quand elle voulait s'assurer que j'avais bien compris. J'avais envie de l'entendre rire à nos vieilles plaisanteries. Tout cela m'a terriblement manqué... (Une fois encore, la voix de Luke s'étrangla.) Pardonnez-moi, je ne m'attendais pas à être aussi ému.

Pour se donner une contenance, il but une gorgée de café. Jessica respira profondément. Il faisait entrer Constance dans sa maison ou, plus exactement, l'absence de Constance. Au bout d'un long moment, elle dit :

— Racontez-moi *La Magicienne*. Je n'ai jamais entendu parler de cette pièce.

— Elle est toute nouvelle. C'est la première d'un jeune auteur appelé Kent Horne. Brillant dramaturge, chose étonnante vu son inexpérience et son caractère... Toujours est-il qu'il a écrit une pièce magnifique. Tellement magnifique qu'Abby Deming elle-même nous fait l'honneur d'interpréter le premier rôle.

— Abby a joué dans cette pièce ?

— Elle y joue toujours. La première a eu lieu il y a trois semaines, mais j'ai l'impression que ça fait une éternité.

— Quels sont les autres acteurs ?

— Cort Hastings et Rachel Ilsberg. Ils ont surtout travaillé pour la télé, mais ils sont très bons, surtout Rachel.

— Dans quel théâtre ?

— Nous avons joué une semaine au Forrest Theater de Philadelphie, puis au Vivian Beaumont, à New York.

— La presse est bonne ?

— Dithyrambique. Même Marilyn Marks a obtenu les louanges du *Times* et du *Wall Street Journal*.

— Elle a fait les décors ou les costumes ?

— Les deux. Vous avez travaillé avec elle, n'est-ce pas ?

— Oui, elle avait réalisé les décors de *Qui a peur de Virginia Woolf ?* Je l'aimais bien. Elle nous avait demandé, à Constance et à moi, où placer les portes pour nous faciliter entrées et sorties.

— Nous avons dû bouger une porte dans son décor pour *La Magicienne*.

— Elle a dû être échaudée par son expérience sur *Virginia Woolf*. Tout le monde l'avait accusée de faire du favoritisme à notre égard. On avait même dit qu'elle créait ses décors uniquement en fonction de nos désirs.

— C'était le cas.

— Certes, et ce choix me semblait très raisonnable, répliqua Jessica en souriant.

Luke éclata de rire, et elle entendit dans sa tête une petite voix qui lui disait : « Attention, trop de proximité, trop agréable tout ça, trop de portes ouvertes sur le passé, change de sujet, change de sujet, change de… » Mais le rire de Luke lui semblait emplir toutes les pièces, de la cave au grenier. Le rire était un son que sa maison n'avait jamais connu. Elle oublia alors toutes ses alarmes : « Ça ne fait rien. Dans un moment, il sera parti. »

— Qui est le régisseur sur *La Magicienne* ? demanda-t-elle encore.

— Fritz Palfrey. Et Monte Gerhart est le producteur.

— Monte et ses masques.

Luke gloussa :

— Il les a ôtés pour *La Magicienne*. Je crois que je commence à bien le connaître. Nous travaillons ensemble depuis assez longtemps. À quelle occasion avez-vous eu affaire à lui ?

— Sur *La Rumeur*. Je le trouvais désespérément idiot.

— Mais, comme vous venez si justement de le dire, c'était un masque, rétorqua Luke en remplissant à nouveau leurs tasses. C'est Monte qui a insisté pour Abby Deming. Moi, j'avais entendu trop d'histoires sur son sale caractère et ses colères pour avoir jamais envie de travailler avec elle.

— Tout ce qu'on vous avait raconté est vrai. Et même pire, en réalité. Je l'ai vue mettre toute une distribution en ordre de bataille et transformer une répétition en guerre civile. Monte devait pourtant le savoir.

Il perçut un changement dans la voix de Jessica : elle devenait vibrante, reprenait peu à peu sa pleine puissance, abandonnant pour un temps le ton monocorde auquel elle semblait désormais se contraindre. Penchée vers lui, les avant-bras posés sur la table, les mains en coupe autour de sa tasse de café, elle parlait. La lueur des bougies faisait paraître si profondes les rides marquant son visage qu'on les aurait dites sculptées dans le bois. Elles lui donnaient une expression vieillie, tellement qu'on n'y voyait presque plus trace de sa beauté. Mais ce n'étaient pas ses traits mêmes qui captivaient Luke. C'était l'expression avide qu'il y lisait : Jessica ouvrait une porte. La tête légèrement inclinée sur l'épaule, elle semblait comme à l'écoute de son passé. Il comprit qu'il n'aurait bientôt plus besoin de s'abriter derrière Constance pour pouvoir lui parler.

— Monte avait probablement entendu les mêmes histoires que moi, reprit-il. Mais, en tout cas, ça ne l'a pas empêché d'inviter Abby à dîner. Elle l'a regardé droit dans les yeux et, apparemment, ç'a été suffisant.

— Je l'ai déjà vue faire ça, dit Jessica. Il y a quelque chose de biblique dans sa façon d'être avec les hommes : elle a l'air de leur promettre soit le paradis, soit une métamorphose imminente en statue de sel.

Luke partit d'un nouvel éclat de rire.

— Elle a fait le même numéro à Cort. Et à Kent également.

— Lui a-t-elle demandé de réécrire certaines scènes ?

— Seulement quand nous en étions tous d'accord. Elle ne s'est pas montrée aussi exigeante que je le craignais. Constance a dû l'être davantage en son temps...

— Constance comprenait son personnage mieux que l'auteur lui-même. Vous vous rendez compte qu'elle a fait refaire tout l'acte deux de *Madame Forestier* à Hulbert Lovage.

— Cette pièce était magnifiquement écrite.

— Il écrit très bien, c'est vrai. Mais il a traversé une mauvaise passe : il a produit d'authentiques navets en prétendant qu'il s'agissait de chefs-d'œuvre et que personne ne le comprenait. Son agent et sa femme ont bien essayé de le convaincre de prendre une année sabbatique, voire deux ou trois, mais il a refusé. Il a continué d'écrire, en disant que ses pièces étaient parfaites, qu'il n'y avait rien à retoucher, qu'il était inenvisageable d'en changer un seul mot. C'était horrible. Et puis il s'en est sorti, je ne sais trop comment. Encore l'un de ces mystères qui nous font prendre conscience de la profondeur de l'esprit humain, conclut ironiquement Jessica.

Luke sourit, retrouvant dans la justesse amusée de ses observations la finesse d'analyse qu'il avait tant appréciée dans ses lettres.

— Hulbert me fait penser à Kent Horne, dit-il avant de raconter à Jessica les difficultés qu'il avait rencontrées en voulant le convaincre de se soumettre à ses indications. J'aurais pu m'y prendre plus doucement, mais j'étais impatient...

— Vous aviez un objectif à atteindre, et pas de temps à perdre en délicatesses. La plupart des gens de théâtre...

Elle s'interrompit

— ... sont comme ça, je sais, compléta Luke.

Leurs regards se croisèrent une fois encore, l'instant d'une parfaite compréhension. Jessica brisa le silence qui suivit par une nouvelle question, puis par une autre, écoutant avec attention chacune des réponses que lui apportait Luke. Elle devait s'avouer son étonnement : le Lucas Cameron qu'elle avait connu, celui dont elle avait tant entendu parler à New York, par Constance et par d'autres, paraissait peu enclin à admettre aucune de ses faiblesses. Excepté pour ceux qui avaient travaillé avec lui, il avait la réputation d'être froid et distant. Et là, il semblait confesser ses erreurs avec une candeur presque adolescente qui, loin de le diminuer, le faisait au contraire paraître plus fort : il était simplement si bien imprégné de son milieu et de ses exigences qu'il en oubliait parfois certaines réalités humaines. « Si je trouve cette attitude séduisante, c'est parce que je suis moi-même dans ce milieu. Non, c'est parce que j'y *étais* », corrigea-t-elle intérieurement avec exaspération.

— À l'époque, j'avais contacté votre agent, lui dit Luke. Mais vous étiez en Angleterre.

— Oui, je jouais dans *Le Roi Lear* à Stratford, avec Hugh Welfrith, répondit Jessica, les yeux perdus dans le vague. C'est l'année où Constance est partie vivre en Italie. Elle s'est arrêtée à Londres pour rester quelques jours avec moi. Elle logeait dans ma suite à l'hôtel et nous avons passé ensemble quatre merveilleuses journées. Elle a assisté à trois représentations de *Lear* et, un soir de relâche, nous sommes allées voir *Cats*. J'aimais la savoir dans la salle. Je jouais pour elle, avec des gestes, des inflexions de voix dont nous avions cent fois parlé ensemble.

262

C'était comme un code entre nous. Nous nous amusions toujours beaucoup toutes les deux. Nous nous entendions bien, très bien…, ajouta-t-elle en serrant ses mains l'une contre l'autre, refoulant les larmes qui lui montaient aux yeux.

Elle n'avait pourtant aucune raison de cacher son chagrin à Luke : il aimait Constance autant qu'elle et était certainement le mieux à même de comprendre ce qu'elle éprouvait. Mais elle avait tellement pris l'habitude d'intérioriser ses sentiments qu'elle n'aurait pu tolérer de pleurer devant lui, qu'elle n'aurait pu lui avouer que, depuis la mort de sa grand-mère, le monde était soudain devenu sinistre et glacial.

— Savez-vous ce qu'est devenu Hugh ? lui demanda-t-elle brusquement. Il était malade lorsque nous jouions *Lear*. Personne n'était au courant, hormis son compagnon et moi, et…

— Il est mort il y a trois ans. Nous avons perdu beaucoup de nos meilleurs artistes ces dix dernières années.

— Nous étions amis. C'était un grand comédien, dit Jessica en baissant la tête.

Suivit un silence qui à tous deux parut interminable, tant il était chargé de douleur et de compassion. Jessica fut presque soulagée quand Luke le rompit enfin :

— Vous n'avez sans doute jamais entendu parler d'Arcadia. C'est une nouvelle école de théâtre pour enfants – je participe à sa direction. Elle fait un travail vraiment impressionnant…

Et il lui raconta tout, les metteurs en scène de l'école, les jeunes talents qui en sortaient ; sautant d'une anecdote à l'autre, répondant aux questions de Jessica, il parcourut ce monde qu'ils connaissaient si bien, égrenant la chronique des gens et des lieux, lui faisant le portrait des nouvelles têtes d'affiche qui venaient de la télévision ou des théâtres du monde entier ; il lui parla des nouveaux restaurants, des anciennes boîtes qu'ils avaient tous deux fréquentées et lui décrivit même la vague de chaleur qui s'était abattue sur New York et la vue imprenable qu'offrait la terrasse de son appartement sur une ville moite et accablée.

— J'espère que votre salle de répétition était fraîche au moins ? lui demanda-t-elle, immédiatement soucieuse de la seule chose importante pour un acteur en pareil cas.

— Fraîche, mais crépitante, répondit Luke, sachant que Jessica connaissait comme lui le cliquetis poussif des climatiseurs dans les salles.

Elle éclata de rire. Et, l'espace d'un instant, il retrouva la femme qu'il avait devinée dans ses lettres. Jamais plus elle ne lui ressemblerait totalement, mais il se dit que, si elle riait plus souvent, peut-être pourrait-elle lui ressembler davantage, *se* ressembler davantage.

Pourtant, au moment même où il se formulait cette pensée, le visage de Jessica adopta à nouveau ce masque gris et terne qu'elle semblait avoir définitivement fait sien. Comme un rayon de soleil qu'auraient englouti de lourds nuages pour le punir d'avoir voulu les percer. Luke eut l'envie de la voir rire encore. Il essaya de se remémorer une anecdote croustillante, une repartie habile, mais rien ne lui vint à l'esprit. Pour se donner une contenance, il voulut resservir du café, mais la cafetière était vide. À cet instant seulement il se rendit compte que la pluie avait cessé.

Dans un même mouvement, Jessica et lui se tournèrent vers l'immense fenêtre. Ils aperçurent sur la vitre leur reflet brouillé, ainsi que celui des bougies depuis longtemps consumées. Aucun bruit ne leur parvenait. Il ne pleuvait plus et le vent était tombé. Luke comprit soudain : il allait devoir partir... et ne souhaitait que rester.

Aucune de ses questions concernant Jessica n'avait trouvé de réponse. Il la connaissait à peine plus qu'au moment où il avait franchi le seuil de sa maison. Ils n'avaient parlé que superficiellement, et aucune des rares paroles prononcées par Jessica ne permettait d'approcher la réalité de ce qu'elle était devenue, comme si elle s'appliquait à n'en rien dévoiler. Mais ce n'était pas ce seul mystère qui aiguisait la curiosité de Luke. Non, s'il avait envie de rester, c'était tout bonnement parce qu'il se sentait bien.

Pourtant, il ne pouvait décemment s'inviter plus longtemps chez elle. Alors, très lentement, afin de lui laisser le temps d'arrêter son geste, il plia sa serviette, la posa sur la table, repoussa sa chaise, se leva et dit :

— Mes affaires doivent être sèches maintenant.

Lorsqu'elle tourna les yeux vers lui, il fut surpris d'y lire une profonde tristesse. Mais elle ne dit rien et, sans un mot pour le retenir, le laissa se diriger vers la chambre à coucher.

Elle ne fit pas un geste jusqu'à ce qu'il eût refermé la porte derrière lui. Puis elle se leva à son tour et, sans y penser, mécaniquement, entreprit de débarrasser la table. Elle se dit qu'elle devrait appeler Angie pour qu'elle vienne le chercher avec son taxi, mais elle n'en fit rien et continua d'empiler les assiettes pour les porter dans la cuisine – lentement. « J'aurais dû le renvoyer à l'auberge depuis longtemps, songea-t-elle. Je vais passer une soirée très tranquille et… » Avant qu'elle eût pu le chasser, un mot lui envahit l'esprit : « Seule ». Cette soirée n'allait pas être tranquille, mais vide. Jessica tenta en vain de refouler cette pensée. Seule dans la salle à manger, face à la table débarrassée, aux bougies consumées, elle avait sous les yeux la perfection de cette maison qu'elle avait créée. Elle imagina le profond silence des heures qui l'attendaient. Même si elle remplissait le vide de sa maison avec de la musique, le silence continuerait d'y régner en maître. Elle connaissait tous les bruits qui formaient son quotidien : le sifflement du gaz qu'approchait l'allumette, le son mat de la porte du réfrigérateur quand elle se refermait, le tintement des casseroles et des couverts – et toujours le silence.

« Pourtant, je l'ai voulu, ce silence, se dit-elle. Et Constance aussi. Elle et moi, nous nous étions fabriqué la même vie. »

Non, c'était faux. Constance laissait le monde extérieur pénétrer la sienne : elle recevait parfois, correspondait beaucoup, ne débranchait jamais le téléphone.

Ma très chère Jessica,

Je ne comprends pas l'existence que tu mènes désormais, et aucune des raisons que tu invoques ne me semble... raisonnable. Quel est ce gouffre entre le passé et le présent dont tu parles ? Si tu envisages de contribuer à la mise en scène de Pygmalion, *alors qu'est-ce qui t'empêche de retourner à Broadway ou à Londres ? Qu'est-ce qui t'empêche de te lancer dans la direction d'acteurs, ou bien de remonter sur scène ? J'ai lu et relu tes lettres, et je crois que tu ne t'es tout simplement pas remise du choc que t'a causé ce terrible accident. Ma chérie, fais-toi aider, je t'en conjure. Ne te coupe pas du monde que tu aimes : il est ce qui te nourrit, il est ta vie, il est toi...*

Constance lui avait écrit ces lignes l'année précédente, et jamais Jessica n'y avait répondu directement. Elle s'était bornée à répéter dans ses lettres que la vie qu'elle s'était choisie la comblait et qu'elle ne rentrerait pas à New York. Après quoi, leurs échanges avaient repris leur tour habituel : elles s'écrivaient pour se donner des nouvelles, comme le font les vieilles amies, sans plus jamais connaître l'intimité qui jadis avait été leur lien. Puis, au printemps, Jessica avait reçu une lettre d'un ton nouveau où perçaient l'urgence et le désespoir :

Je t'en prie, viens me voir. Tu me manques et je crois que je te manque aussi. Nous avons besoin de nous voir, de passer un peu de temps ensemble. Je t'en prie, ma Jessica chérie, viens me voir.

La porte de la chambre à coucher s'ouvrit et Luke apparut dans un rectangle de lumière, toujours vêtu du pantalon kaki qu'elle lui avait prêté et toujours nu-pieds.

— Fichu temps, fit-il d'un ton rogue. Il y a une telle humidité que rien n'a séché. Si ça ne vous fait rien, je vais garder votre pantalon. Une fois à l'auberge, je le donnerai à Angie pour qu'elle vous le rapporte.

Le regard de Jessica se porta sur ses pieds nus.

— J'enfilerai mes chaussures quand le taxi sera là, fit-il en réponse à sa question muette. S'il vous plaît, ajouta-t-il, hésitant, je voudrais vous demander de m'excuser. J'avais tellement envie de vous voir que je me suis imposé sans tenir compte de ce que vous souhaitiez. Pourtant, j'aurais dû comprendre par votre silence que ma présence était indésirable. J'ai préféré l'ignorer. Je n'aurais pas dû venir, je le sais. Je n'aurais pas dû vous envahir ainsi, vous prendre votre après-midi, vous forcer à me nourrir…

— Vous ne m'avez pas forcée. J'ai eu pitié des cris que poussait votre estomac.

Cette phrase coupa court à la longue litanie des excuses que Luke venait de répéter dans la salle de bains. Il fut désarçonné.

Elle le dévisagea, comme paralysée. Elle avait envie de lui demander de rester, envie de lui avouer qu'il était le seul lien qu'il lui restait avec Constance et avec le monde du théâtre et, plus encore, qu'elle

267

était heureuse de sa présence, de sa compagnie. Elle savait que jamais il n'oserait de lui-même demander à rester. Il fallait que la proposition vînt d'elle. Et la formuler lui semblait impossible. Elle se sentait chancelante, balbutiante, une mécanique rouillée. Les mots refusaient de passer ses lèvres.

Il se dirigea lentement vers le téléphone.

— Mon estomac et moi vous remercions, dit-il, mais il est grand temps que je m'en aille...

Il décrocha le combiné, laissant son autre main en suspens au-dessus du cadran, comme dans l'attente de quelque chose.

— J'ai passé un merveilleux après-midi, poursuivit-il. Je regrette que nous n'ayons pu faire mieux connaissance, mais peut-être qu'un jour...

— Restez.

Il s'immobilisa, silencieux, et son regard plongea dans celui de Jessica. Elle avait posé la main sur la tête de sa chienne, comme pour chercher un soutien ou un encouragement.

— Nous avons encore beaucoup de choses à nous dire... Nous pourrions souper, et ensuite je vous reconduirais à l'auberge. Si vous le voulez bien...

Il posa le combiné.

— Volontiers.

Chance abandonna sa maîtresse pour venir appliquer une truffe humide sur la main de Luke. Il s'accroupit, lui gratta affectueusement la tête, derrière les oreilles, puis leva à nouveau les yeux vers Jessica.

— J'espérais tellement que vous diriez cela...

11

Le jardin de l'auberge étincelait sous le soleil du matin, lavé et régénéré par le déluge qui s'était abattu sur l'île. Les lapins empaillés peuplant le salon lorgnèrent Luke de leurs yeux brillants et fixes, tandis qu'il se dirigeait vers la cuisine où Robert était en train de préparer les pancakes et les muffins de son copieux petit-déjeuner.

— Déjà! Quelle idée de se lever si tôt quand on s'est couché si tard! s'écria-t-il en voyant apparaître son pensionnaire.

Celui-ci leva un sourcil étonné.

— Tard? Il était à peine onze heures!

— Plus tard, en tout cas, que ce à quoi je m'attendais, rétorqua Robert. C'est Jessica qui vous a raccompagné. Je le sais parce que j'ai vu sa voiture en regardant par la fenêtre... oh, tout à fait par hasard...

— Naturellement, répondit Luke, amusé. Justement, je ne voudrais pas abuser de ses talents de chauffeur et j'ai l'impression qu'il n'y a guère de loueurs de voitures sur cette île. Verriez-vous un inconvénient à me prêter à nouveau votre camionnette? Je vous paierai, bien sûr...

— Combien de temps la voulez-vous?

— Je ne sais pas encore.

— Voyons, fit Robert, réfléchissant tout haut, vous avez réservé pour trois nuits, et... et après votre chambre est déjà retenue.

— Vous m'en donnerez une autre si je reste.

— Impossible. On sera complet. Nous attendons un groupe de cyclistes de Vancouver.

— Peu importe. Je ne vais pas me préoccuper de ça maintenant, répliqua Luke avec, dans la voix, un soupçon d'impatience.

Il s'était réveillé avec un profond sentiment de bien-être et se réjouissait de la journée qui s'annonçait. Il n'allait pas laisser gâcher cette belle humeur par d'insignifiants détails matériels.

— J'aurai besoin de la camionnette pendant trois jours, reprit-il. Après on verra.

— D'accord, répondit Robert avec un hochement de tête. Je m'en sers surtout l'hiver, donc ça ne pose pas de problème. Mais il est hors de question que vous me payiez quoi que ce soit. Contentez-vous de faire le plein. Vous voulez votre petit-déjeuner tout de suite ?

— Non, je ne le prendrai pas ici. Nous allons d'abord faire une promenade à cheval.

Robert parut consterné à l'idée qu'on pût quitter son auberge l'estomac vide.

— Ne vous inquiétez pas, le rassura Luke en voyant sa mine alarmée. De toute façon, il est encore beaucoup trop tôt pour le petit-déjeuner. Personne n'est réveillé. Je n'ai besoin que des clefs de la camionnette.

— Vous ne voulez même pas un toast ou un fruit ?

— Non, les clefs de la camionnette suffiront, insista gaiement Luke.

L'aubergiste ouvrit un tiroir devant lui, en sortit les clefs et les lui tendit, non sans jeter un regard réprobateur sur son blue-jean et son col roulé.

— Je pourrais au moins vous prêter un pantalon de cheval et une bombe.

Luke repoussa son offre en souriant :

— Non, exceptionnellement, aujourd'hui j'ai envie de porter un pantalon qui m'appartienne.

Robert le dévisagea sans comprendre.

— Merci tout de même, poursuivit son pensionnaire. Je ne sais pas à quelle heure je rentrerai ce soir. Est-ce un problème ?

— Non, je laisserai la porte de devant ouverte. Amusez-vous bien.

— Je n'y manquerai pas.

Lorsqu'il prononça ces mots, Luke avait déjà fait volte-face, courant presque pour traverser le salon où il attrapa au passage sa veste en cuir et le pantalon de Jessica qu'il avait abandonnés sur une chaise. Une fois dehors, il fut saisi par la fraîcheur de l'air et s'arrêta près de la camionnette pour enfiler sa veste. Quelques minutes plus tard, il longeait déjà le rivage, tournait vers l'intérieur des terres, prenait la route de Watmough Bay et, bientôt, cherchait des yeux l'écriteau sur lequel était gravée la fameuse fontaine. Cette fois, il ne roulait pas vers l'inconnu, il savait...

En un éclair, il revit l'homme – le séducteur, disaient certains – qu'il avait été ces dernières années. Il se préparait pour sortir, sonnait à une porte, un numéro d'appartement, une femme lui ouvrait, mais aucun visage ne lui apparaissait... sinon celui de Jessica. Jessica penchée vers lui, buvant ses paroles comme pour mieux s'imprégner de tout ce qui jadis avait été sa vie, Jessica parlant du théâtre, parlant de Constance. Celle-ci ne les avait pas quittés, pareille à un ange gardien veillant sur eux.

De fait, à aucun moment la conversation n'avait dévié de ces deux sujets : le théâtre et Constance, Constance et le théâtre... La soirée s'était écoulée comme l'après-midi : ils avaient échangé anecdotes et souvenirs et évoqué des pièces que tous deux connaissaient. Jessica avait refait du café, ils s'étaient installés chacun à une extrémité du profond canapé, face à la baie vitrée, et ils avaient bavardé, bavardé, comme s'ils se connaissaient depuis toujours. Vers neuf heures, ils avaient décidé de dîner. Luke avait préparé une salade de tomates, qu'il avait agrémentée de mozzarella et de basilic. Cette fois, Jessica s'était chargée de mettre le couvert. Elle avait sorti une bouteille de bourgogne, et ils avaient dîné, bavardant toujours, à mesure que, dans cette maison vide et silencieuse, pénétraient la vie et l'animation des scènes londoniennes et new-yorkaises.

« Est-ce que vous montez à cheval ? avait-elle demandé à la fin du repas.

— Aussi souvent que possible.

— Nous pourrions monter un peu demain matin. J'ai un cheval que vous aimerez. Si cela vous tente, naturellement...

— Oui, beaucoup. »

Luke se remémorait ces dernières phrases lorsqu'il engagea la camionnette dans l'allée menant à la maison. Il se souvint aussi que, lorsqu'elle l'avait ramené à l'auberge, il lui avait dit en descendant de voiture avoir passé la plus belle journée de sa vie. Elle avait eu alors un brusque hochement de tête et lui avait lancé un regard noir.

En l'apercevant qui l'attendait dans le jardin, il eut du mal à réprimer un mouvement de surprise : c'était une autre Jessica qui se tenait devant lui. Elle portait un habit de belle facture qui soulignait la finesse de sa silhouette. Une bombe et des lunettes noires dissimulaient son regard. Plus tard, lorsqu'elle l'eut conduit à l'écurie et qu'ils eurent choisi leurs chevaux, il constata avec un étonnement croissant cette métamorphose. En selle, Jessica oubliait sa claudication, retrouvait son assurance, sa fierté, sa grâce aussi. Il songea à nouveau qu'il la connaissait bien peu.

— Quelle promenade voulez-vous faire ? lui demanda-t-elle.

272

— Votre promenade préférée, répondit-il spontanément.

Sans ajouter un mot, elle partit au trot et prit un chemin encore détrempé par la pluie qui s'enfonçait dans une épaisse forêt. Le soleil n'avait pas encore réchauffé l'air, mais le parfum des pins et celui des feuilles tapissant le sentier étaient si purs qu'ils donnaient à Jessica le sentiment de ne faire qu'un avec la terre. C'était toujours à cet endroit qu'elle commençait ses promenades. Mais, cette fois, sa solitude familière était rompue et elle se sentait tendue, mal à l'aise. Pourtant, force lui fut de constater que Luke était un cavalier doué, maîtrisant parfaitement sa monture, et qu'il ne se laissait pas distancer. Peu à peu, elle finit par trouver agréable de le savoir à son côté.

Ils trottèrent un moment en silence. Bientôt la forêt se fit moins épaisse, et ils arrivèrent au bord d'une falaise abrupte dont l'à-pic tombait dans une petite crique couverte de galets léchés par les vagues. Le ciel déployait son bleu éclatant et sans nuages sur les forêts et les fermes, les pâturages, les troupeaux, les champs où, parfois, les paysans les saluaient d'un geste de la main.

Luke eut le souffle coupé devant tant de beauté.

— C'est merveilleux, dit-il. Je n'imaginais pas pareils paysages. Un parfait refuge pour échapper à...

— New York, compléta Jessica sans lui laisser le loisir de terminer sa phrase. Mais nous avons peu de visiteurs de la côte est.

— Combien l'île compte-t-elle d'habitants?

— Deux mille peut-être... je n'en suis pas sûre. Il faudrait poser la question à Robert.

— Ce sont surtout des paysans?

— Je ne sais pas.

— Je pensais que l'isolement et la splendeur des paysages devaient attirer des écrivains, des artistes, des sculpteurs...

— Il n'y a pas de colonie d'artistes dans le coin, si c'est ce que vous voulez savoir, répliqua-t-elle en lançant à Luke un regard oblique. J'ai entendu parler d'un écrivain, un auteur de polars, je crois…

— Y a-t-il une école sur l'île ?

— Oui, une petite.

— Donc, la plupart de ces habitations sont des maisons de vacances.

— Ou de week-end. Elles appartiennent à des gens qui habitent Seattle. Je ne sais pas si je réponds correctement à vos questions. Vous devriez les poser à Robert, vraiment. Il connaît tout sur cette île.

— Pourtant, il y a plusieurs années que vous vivez ici et que vous travaillez avec…

— J'ai très peu de contacts avec les gens de l'île, l'interrompit Jessica. Je vous conseille de vous adresser à Robert.

— Vous semblez vraiment le considérer comme un ami.

— Il s'est montré très généreux avec moi.

— Et il protège votre tranquillité.

— Il protège tout le monde. Beaucoup de gens viennent ici pour préserver leur tranquillité.

En prononçant ces mots, elle lut sur le visage de Luke une expression dubitative : certes, elle était passée de la tranquillité à l'isolement total. Mais, craignant de se laisser entraîner dans une discussion qu'elle ne souhaitait pas, elle s'empressa d'ajouter :

— Robert pourra vous fournir des informations sérieuses si vous le désirez, et non des ragots.

— Comment avez-vous découvert son auberge ?

— J'ai rencontré quelqu'un en Arizona qui m'a recommandé son auberge, répondit-elle avant d'ajouter : Vous savez sans doute déjà que j'ai passé deux ans en Arizona ?

— Oui, je le sais.

— Vous avez lu absolument *toutes* mes lettres ?

274

demanda-t-elle encore en insistant sur le mot *toutes*.

— Non, je n'ai pas lu les dernières. J'ai arrêté de le faire quand j'ai compris que je devais à tout prix vous rencontrer.

Elle fronça les sourcils sous sa bombe, mais choisit de ne pas relever.

— Et vous avez lu toutes les autres ?

— Oui, avoua Luke. Nous en avons déjà parlé hier. Comprenez-moi, ajouta-t-il après un silence, je ne cherche pas à éviter le sujet, je veux bien qu'on en reparle, mais pas ici, pas comme ça, à cheval. Je préférerais le faire devant un verre au petit-déjeuner, au déjeuner, au dîner, quand vous voulez.

Jessica ne put réprimer une moue réprobatrice. Ainsi donc, il avait déjà planifié leur journée : petit déjeuner, déjeuner, dîner… Mais, après tout, songea-t-elle encore, pourquoi pas ? N'avait-il pas fait le voyage jusqu'à cette île du bout du monde pour la connaître ?

— Le petit-déjeuner fera l'affaire, répondit-elle, et, sans attendre aucune réponse, elle poussa son cheval au galop.

Luke la rattrapa sans peine, et ils galopèrent le long de la falaise. Le vent du large leur fouettait le visage tandis que le soleil faisait disparaître comme par magie les dernières traces du déluge de la veille. Des chiens aboyèrent sur leur passage. Des chevaux s'approchèrent de la barrière de leur enclos pour les regarder passer. Dans un jardin, un petit garçon en train d'étendre le linge avec sa mère cria :

— Salut, Jessica !

Elle obliqua soudain vers l'intérieur des terres et ralentit l'allure, trottant sur un chemin bordé par les potagers et les parterres fleuris des fermes. Les champs, que bornaient des meules de foin parfaitement alignées, semblaient s'étendre à l'infini. Un jeune homme en train de réparer un tracteur leva la tête de son moteur pour leur lancer :

— Belle journée, n'est-ce pas? Après toute cette pluie...

Une femme occupée à désherber son jardin se redressa en entendant le bruit des sabots et les interpella :

— Si vous voulez des œufs frais, je peux passer vous en porter cet après-midi.

— Volontiers, merci, répondit Jessica en tournant bride pour revenir vers la forêt d'où était partie leur promenade.

Ils n'avaient pas échangé une parole depuis sa réponse un peu brusque concernant le petit-déjeuner. Luke trottait derrière elle. N'y tenant plus, il cria dans son dos :

— On dirait que vous connaissez tout le monde dans le coin !

— Je passe ici à cheval presque chaque jour. Nous nous saluons, c'est tout, répondit-elle sans se retourner.

— Et vous ignorez tout de ces gens? Quand je vous ai posé la question tout à l'heure...

— Je ne les vois que depuis mon cheval, l'interrompit Jessica, cinglante.

« Cessez de me poser des questions, de me pousser dans mes retranchements. Fichez-moi la paix ! » criait-elle intérieurement. Elle savait qu'il avait gardé ses lettres en mémoire. Et elle aussi se les rappelait... mot pour mot.

Je me suis déjà fait des amis ici – l'île est si petite qu'il serait difficile de ne pas y connaître tout le monde –, et puis j'ai mon travail.

Elle sentit son visage s'empourprer et une irrépressible colère monter en elle. Il s'était arrogé le droit de lire des lettres qui ne lui étaient pas destinées. Il s'arrogeait maintenant celui de venir sur cette île lui demander des comptes sur ce qu'elle avait écrit.

Lorsqu'ils eurent laissé les chevaux à l'écurie, ils se dirigèrent, toujours sans un mot, vers la maison.

— Pardonnez-moi, dit enfin Luke, décidant de briser le silence. J'aurais dû me douter que nous ne pourrions parler de rien, sinon de Constance et du théâtre, tant que nous n'aurions pas abordé l'épineuse question des lettres. Pourtant, ajouta-t-il d'une voix où perçait l'impatience, hier je vous ai dit pourquoi je les avais lues. Ça ne nous a pas empêchés de passer plusieurs heures très agréables à bavarder ensemble. Ça ne semblait pas rédhibitoire…

Jessica s'arrêta devant la maison et baissa les yeux, fixant d'un air absent le sable du chemin dans lequel le bout de sa canne traçait mécaniquement des cercles. Pour finir, elle hocha lentement la tête et dit :

— Vous avez raison. Hier, je ne voulais pas penser aux lettres, nous avions tant de choses à nous raconter… (Puis elle ajouta sur un ton qu'elle espérait désinvolte :) Alors, on le prend, ce petit-déjeuner ?

— Bien sûr.

Chance leur réserva un accueil enthousiaste qui détendit un peu l'atmosphère. Luke resta un moment dehors à jouer avec elle, tandis que Jessica allait s'occuper du café dans la cuisine. Elle appuya sur l'interrupteur de la cafetière, prit un saladier dans le réfrigérateur, puis retourna à la porte d'entrée.

— J'ai préparé du café, mais il va falloir patienter quelques minutes. Désirez-vous une salade de fruits en attendant ?

— Oui. Je peux la préparer ?

— C'est déjà fait, répondit-elle en posant le saladier sur la table de jardin.

Puis elle alla chercher deux sets de table jaunes parsemés de petites fleurs blanches et deux bols en faïence provençale dont les tons s'harmonisaient à la perfection avec ceux des sets. Luke la rejoignit, la chienne sur les talons. Il attrapa un bol et le considéra avec intérêt.

— Je les ai achetés à Roussillon, dit Jessica.

— La petite boutique blanche sur la grand-place. Vous y avez aussi acheté les sets, je suppose.

— En effet.

— J'avais trouvé une nappe pour Constance dans cette boutique, poursuivit Luke, et de la dentelle de Chantilly. Elle était assez originale parce que blanche, alors que, le plus souvent, le chantilly est noir. Je ne sais pas ce que ma grand-mère en a fait, d'ailleurs. Je ne l'ai pas vue chez elle lorsque j'ai fermé la villa.

— Elle me l'a donnée.

Il fixa Jessica avec étonnement.

— Oui, elle me l'a offerte en me disant de m'en faire une mantille ou quelque chose de moins sophistiqué : une nappe, des rideaux, par exemple. Et j'ai fait des rideaux.

— Où sont-ils ?

— Dans ma chambre.

— J'étais sûrement trop dégoulinant pour m'en rendre compte hier. Vous me les montrez ?

— Bien sûr.

Il la suivit dans le salon, puis dans la chambre. La fine dentelle de soie ornait avec raffinement chaque côté de la fenêtre. Ses ajours, que le soleil ourlait de reflets dorés, laissaient délicatement passer la lumière inondant la baie.

— Elle est très belle ainsi. Constance aurait été heureuse de la voir ici, dit Luke tandis qu'il regagnait le jardin avec Jessica.

— Je lui avais raconté ce que j'en avais fait au téléphone. Je lui avais même envoyé une photo.

— Maintenant que vous en parlez, fit-il, songeur, je réalise que je n'ai trouvé aucune photo chez elle. Je me demande ce qu'elle a pu en faire.

— Elle les a probablement détruites, comme elle aurait dû le faire pour mes lettres.

Préférant ne pas relever, il reprit :

— Voudriez-vous me montrer le reste de la maison ? Nous avons encore un peu de temps avant le café, n'est-ce pas ?

— De toute façon, ce ne sera pas long, répondit Jessica avec un pâle sourire. Vous avez déjà vu l'essentiel.

Appuyée sur sa canne, la chienne à son côté, elle le précéda dans le salon. À quelques pas derrière elle, il contemplait sa nuque gracieuse où flottaient de petites mèches argentées. L'espace d'un instant, il se surprit à croire qu'il s'agissait bien de la Jessica Fontaine d'autrefois. Mais alors ses yeux se posèrent sur les épaules voûtées, le dos frêle et courbé, la démarche claudicante, la canne...

Jessica se retourna brusquement, surprit le regard plein de compassion de Luke, et tout son corps se raidit. Il eut l'impression de la voir se recroqueviller en elle-même.

— Pardonnez-moi, dit-il.

Ces mots lui avaient échappé : il lui était soudain apparu avec évidence (et il se maudit de n'y avoir pas songé plus tôt) qu'une femme qui ne tolère aucun miroir dans sa maison n'a pas envie d'être observée avec autant d'attention.

Sans prononcer une parole, Jessica ouvrit la porte et s'effaça pour laisser Luke la précéder. Et là, il ne put réprimer une exclamation de surprise : il se trouvait dans une serre qui baignait littéralement dans une explosion de couleurs. Une profusion d'orchidées, d'amaryllis, de bégonias, de géraniums, de cyclamens, de roses thé, de chrysanthèmes dissimulait presque totalement une table en teck qui en jouxtait une autre, manifestement dévolue aux fines herbes, parmi lesquelles Luke reconnut des pots de thym, de romarin, de basilic, ainsi que quelques plants de ciboulette. Il se pencha sur une plante qu'il n'était pas sûr de reconnaître.

— On dirait des feuilles de laurier? dit-il sur un ton interrogatif.

— Vous avez raison, répondit Jessica.

— Et ça? demanda-t-il encore.

— C'est de l'estragon.

— Et cet arbre-là?

— Un citronnier. Je vais devoir attendre encore un bon moment avant d'avoir droit à un citron...

« Mais ça m'est égal, j'ai tout mon temps », ajouta-t-elle intérieurement.

Au regard que lui lança Luke, elle se sentit percée à jour, comme s'il avait lu dans ses pensées. Et en effet, eût-elle parlé tout haut, il n'eût pas mieux entendu. Craignant de l'effaroucher à nouveau, il préféra ne pas commenter, en tout cas « pas maintenant, pas encore... », se dit-il. Puis il se dirigea vers une table sur laquelle trônaient de multiples variétés d'orchidées et découvrit la *Phalœnopsis* blanche, le *Cymbidium* couleur lavande, la *Brassavola* rouge et or, l'*Oncidium papilio* aux longues tiges chargées d'une myriade de minuscules fleurs jaune et orange, et d'autres encore qu'il voyait pour la première fois de sa vie. Il s'émerveilla devant les gigantesques amaryllis qui semblaient illustrer à elles seules tout le spectre des couleurs, du blanc le plus immaculé au rose saumon de la Lady Jane.

— Cette serre doit vous demander beaucoup de travail, fit-il tout en poursuivant ses observations du côté des cyclamens et des roses.

Jessica ne répondit rien. Il continua de se promener entre les plantes, heureux de respirer ce parfum de terre humide, de feuilles et de fleurs. Contre le mur, près de la porte, il découvrit une table à rempoter sur laquelle étaient posés des sacs de terreau et une quantité impressionnante d'outils de jardin, soigneusement alignés. « Alors, c'est ça sa passion..., songea-t-il. Tout ce qui est censé remplacer le théâtre se trouve dans cette serre. Et les illustrations ? Elle ne m'en a pas encore parlé... »

— Et voici mon atelier, dit soudain Jessica.

Elle l'arrachait à ses pensées et, du même coup, répondait à sa question en ouvrant une double porte vitrée que dissimulait un épais rideau.

— Le rideau me sert à contrôler la lumière, mais la plupart du temps je le laisse ouvert. J'aime bien regarder la serre pendant que je travaille, surtout en hiver.

L'atelier était une vaste pièce dont les hautes fenêtres faisaient face à une immense bibliothèque couvrant tout le mur du fond, de chaque côté d'une cheminée au manteau de bois sculpté. Jessica avait déjà rangé sur les étagères la collection de pièces que lui avait léguée Constance. Elle trônait entre deux serre-livres représentant les deux masques essentiels du théâtre antique : tragédie et comédie. Les meubles se bousculaient dans la pièce et l'encombraient d'un sympathique fouillis : un canapé, un grand fauteuil, un tapis dans les tons bruns, probablement zuni ou navajo, deux longues tables de travail, plusieurs chevalets, et des boîtes de couleurs, des dizaines et des dizaines de boîtes de couleurs.

— Votre atelier est si différent du reste de la maison, dit Luke. On a l'impression d'avoir changé de pays.

— Oui, c'était d'ailleurs exactement le but recherché. Il y a des gens qui vont au bureau, et le bureau doit être un endroit...

— Différent, compléta-t-il avec un large sourire.

Il déambulait d'un chevalet à l'autre, admirant les dessins en cours.

— J'ai tous vos livres, reprit-il sur un ton anodin, tout en guettant du coin de l'œil la réaction de Jessica – et, en effet, elle eut un sursaut de surprise. En réalité, j'en ai douze. La libraire m'a dit que c'était la collection complète. Je les trouve extraordinaires. Ils me trottent dans la tête d'une manière vraiment satisfaisante.

— *Satisfaisante ?*

— Oui, c'est toujours une satisfaction quand une œuvre nous trotte dans la tête. Nous sommes entourés de tant de choses que nous ne voyons pas : elles s'estompent dans une sorte de brouillard et nous nous empressons de les oublier. Avec vos illustrations, c'est l'inverse qui se produit : elles me reviennent sans cesse à l'esprit. Elles surgissent dans ma tête aux moments les plus inattendus. En fait, elles sont très belles...

— Je vous remercie, dit Jessica. C'est le plus beau compliment qu'on m'ait jamais fait. J'ai la même impression avec Constance, l'impression qu'elle est tout le temps en moi, qu'elle refuse de disparaître.

— Elle ne disparaîtra jamais ni en vous ni en moi, parce que nous tenons à elle. J'ai toujours pensé qu'une de nos plus grandes frayeurs, c'est de voir la beauté nous glisser entre les doigts, de ne pas savoir la retenir, de nous dire ensuite que nous n'avons pas suffisamment essayé...

Jessica lui lança un regard en coin tout en se demandant où il voulait en venir, pourquoi il lui parlait ainsi de la beauté... Il l'avait observée à de nombreuses reprises, assez souvent en tout cas pour la mettre mal à l'aise ou l'exaspérer, et pourtant pas une fois il n'avait fait allusion à son apparence physique, à ce qu'elle était devenue... Lorsqu'elle lui avait ouvert la porte la veille et l'avait trouvé ruisselant de pluie devant elle, il n'avait même pas cillé, il n'avait pas eu l'ombre d'un mouvement de surprise, comme s'il s'était attendu à la trouver telle qu'elle était désormais. Pourtant... il ne pouvait pas savoir, c'était impossible. Robert lui avait bien parlé du premier et bref séjour de Luke sur Lopez, mais, de toute évidence, il était arrivé après minuit et reparti très tôt le lendemain matin, sans même prendre congé. Inexplicablement.

Mais Lucas Cameron était sans doute fidèle à sa réputation : celle d'un homme capable de dissimuler ses sentiments, de ne rien laisser transparaître de ses émotions ou de ses pensées.

À moins qu'il n'ait tout simplement été trop mal à l'aise et trempé de pluie pour remarquer quoi que ce fût, obnubilé seulement par l'idée de rentrer se sécher.

Et là, il était en train d'examiner ses toiles avec une attention que rien ne semblait devoir distraire. Elle était heureuse qu'il ne se contentât pas d'y jeter un rapide coup d'œil. Cet homme refusait manifestement de traverser le monde comme un zombie, avec des yeux indifférents.

« Dans ce cas, continua de se demander Jessica, pourquoi n'a-t-il fait aucune remarque sur mon physique ? Il aurait dû être révulsé par ce que je suis devenue... ou au moins très étonné. » Elle était persuadée que, désormais, sa vue ne pouvait inspirer que répugnance, révulsion ou stupéfaction. Or ils avaient passé la journée de la veille à bavarder, et à aucun moment le visage de Luke n'avait trahi autre chose que le simple plaisir de sa compagnie.

En eût-il été autrement, jamais elle ne l'aurait invité à cette promenade à cheval.

— Vos toiles me font penser à des rêves, dit-il, arrachant Jessica à sa perplexité. C'est aussi ce que j'ai pensé la première fois que j'ai vu vos illustrations : les choses ne sont pas ce qu'elles paraissent, les gens non plus d'ailleurs, ajouta-t-il en la dévisageant. Et à mon avis... le café doit être en train de bouillir.

— Mon Dieu, je l'ai complètement oublié !

Elle sortit précipitamment de l'atelier et se dirigea vers la cuisine, aussi vite que le lui permettait sa jambe raide. Elle était furieuse de sa distraction, de sa démarche claudicante, si pitoyable, ridicule, et du regard de Luke qu'elle sentait fixé dans son dos.

Le café fut sauvé. Ils allèrent le boire dans le jardin, sur une table ombragée par un buisson de mimosas qui devait embaumer la saison venue. Ils restèrent un moment silencieux, à goûter la quiétude de l'instant, puis Luke se décida, lançant une discussion qu'il savait pleine d'embûches :

— J'ai lu dans l'une de vos lettres à Constance que vous aviez fait une séance de signatures dans une librairie. Il vous arrive donc de quitter l'île...

— À ce propos, l'interrompit froidement Jessica, je vous rappelle que vous m'avez promis une explication.

— Vous avez raison, répondit-il. Je vous ai déjà raconté comment j'ai trouvé vos lettres, alors que je fermais la maison de Constance... Vous savez, ajouta-t-il après un instant d'hésitation, Constance était partout dans cette maison. Je m'attendais à tout moment à la voir surgir d'une pièce en me demandant ce qui me ferait plaisir pour le déjeuner...

Tout à coup, il se sentit incapable de poursuivre. Il voulait sincèrement tenter d'expliquer à Jessica les raisons de son indiscrétion, mais, chaque fois, l'évocation de cette grande bâtisse et les images qu'elle faisait naître en lui le bouleversaient. Il but une gorgée de café pour se donner du courage et, en l'observant, Jessica songea confusément qu'il était comme elle, que, comme elle, il s'employait à chasser des fantômes. « Non, pas des fantômes, pensa-t-elle. Juste le chagrin de savoir qu'un fantôme est tout ce qu'il nous reste de l'amour. » Elle se sentait peu à peu moins rétive, plus proche de lui, plus détendue, disposée à l'écouter sans méfiance.

— Parlez-moi encore de cette journée, dit-elle sur un ton encourageant.

— Eh bien, poursuivit Luke, hésitant, pour en revenir au point qui vous heurte tant, je crois que Constance souhaitait que je trouve vos lettres et que je les lise. Comme je vous l'ai dit hier, j'ai commencé par en lire quelques-unes... et je n'ai pu m'empêcher de penser à Claudia. Elle venait de téléphoner et...

Il s'arrêta net et plongea les yeux dans le regard étonné de Jessica. Il comprit alors qu'il lui fallait expliquer cela aussi. En quelques phrases hâtives, il lui raconta le naufrage de son mariage, le poids dont celui-ci grevait toujours sa vie, puis il reprit le fil de son récit :

— En lisant vos lettres, j'ai compris combien Claudia aurait pu être différente, et je n'ai pu m'empêcher de vous comparer toutes deux. Hélas, cette comparaison ne fut pas à l'avantage de mon ex-femme. Claudia est une enfant gâtée, incapable de donner un sens à son existence. Et vous, vous vous êtes construit une nouvelle existence à partir de presque rien. J'ai continué de lire vos lettres parce que j'étais intrigué. Je voulais savoir ce qui vous avait poussée à rompre si fermement avec le théâtre, avec vos amis, avec tout ce qui faisait autrefois votre vie. J'ai lu dans un magazine une interview dans laquelle vous disiez que vous vous intéressiez beaucoup à la peinture, mais que votre vie, votre vraie vie, c'était le théâtre. «Rien n'est comparable au théâtre : il me donne l'impression d'être vivante, en totale harmonie avec moi-même. Sans le théâtre, je ne pourrais pas me sentir complète, entière, il me manquerait une immense partie de moi.» Je me rappelle cette phrase mot pour mot parce que j'aurais pu la prononcer moi-même. Et quand je vous vois là, assise en face de moi, je comprends que vous avez dû traverser un enfer et...

— J'en ai assez entendu, l'interrompit sèchement Jessica en posant les mains sur le bord de la table, s'apprêtant à reculer son siège pour se lever. Je n'ai pas besoin de votre compréhension, et pas non plus envie de servir de point de comparaison avec votre femme.

— Ex-femme, rectifia Luke.

— Peu importe, je ne veux pas lui être comparée, ni à elle ni à qui que ce soit. Et je refuse qu'on me rappelle ce que j'ai été... ou ce que j'ai dit autrefois.

— Pardonnez-moi, Jessica, j'ai été maladroit, je le...

— Je veux qu'on me fiche la paix. Suis-je assez claire ? Je ne veux pas qu'on m'oblige à replonger dans un univers que j'ai quitté, définitivement quitté. Je n'ai besoin ni de compassion ni de conseils, et surtout pas de pitié.

Luke resta un moment sans répondre. Le regard perdu dans le vague, il semblait fixer sans le voir un petit voilier cerné de brume qui flottait au loin dans la baie.

— Ce n'est pas de la pitié que j'éprouve pour vous, reprit-il enfin. Et je ne vous oblige pas à replonger dans le passé, j'essaie juste de vous dire ce que vos lettres signifient pour moi. En les lisant, je me suis surpris à avoir envie de vous rencontrer. Parce que j'ai aimé la voix que j'entendais en lisant, parce que j'ai aimé votre façon de voir les gens, de les décrire, vos commentaires sur le monde du théâtre. Dans vos lettres, je retrouvais Constance. Mais surtout... je vous trouvais, vous.

Jessica l'écoutait, immobile et muette, et une remarque moqueuse s'insinuait dans son esprit : « Belle tirade, joli monologue. Facile à dire tout ça, quand on est loin. Mais maintenant qu'il m'a vue, qu'il a vu à quoi je ressemblais, ce que je suis devenue... » Elle se raidit et répliqua :

— Vous n'avez rien trouvé du tout, c'est un fantasme. Vous pouvez lire toutes les lettres que vous voulez, vous ne me connaissez pas.

— J'en suis conscient. C'est bien pourquoi je suis ici. Je n'aime pas les mystères sans fin. J'ai besoin de réponses, de conclusions.

— Parce que, pour vous, la vie se résume à trois actes et rideau.

— Parce que je refuse de porter des œillères, riposta Luke. Parce que j'ai le désir de comprendre. Le théâtre n'est pas qu'illusion. Vous, mieux que personne, devriez savoir qu'il ne ment pas... J'ai une amie metteur en scène, ajouta-t-il après un instant de réflexion, Zelda Fichandler. Elle a prononcé il y a déjà longtemps une phrase que vous connaissez, puisque vous la citez dans l'une de vos lettres : « Le théâtre nous permet d'être confrontés à nos sentiments, de les regarder en face, au lieu de les subir comme des choses vagues et floues à l'intérieur de nous. » Vous avez cru en cette phrase, et je parierais que vous y croyez encore.

— Constance m'avait dit que vous aviez tendance à confondre le théâtre et la vie, répliqua Jessica avec colère. Vous vouliez que votre mariage se déroule comme une pièce que vous auriez mise en scène et... Pardonnez-moi, fit-elle, se reprenant, je n'aurais pas dû dire ça...

— J'ai l'impression, répondit Luke, que ma grand-mère vous en a dit davantage sur moi qu'elle ne m'en a dit sur vous. Je regrette qu'elle vous ait raconté cela : c'est une chose trop personnelle, conclut-il, visiblement blessé.

— Mes lettres aussi l'étaient.

— Oui, et je vous demande à nouveau de m'excuser de les avoir lues. Mais à présent que le mal est fait, ne pouvons-nous cesser de nous disputer à ce sujet ?

— Pas tant que vous vous obstinerez à me les citer. Vous n'avez pas le droit de me lancer à la figure les phrases que j'ai écrites comme si je devais m'en justifier devant vous, comme si je devais m'expliquer, me rétracter, ou que sais-je encore…

— Vous avez raison, admit Luke. Je suppose que j'ai beaucoup à me faire pardonner. Mais je ne vous comprends pas.

— Qui vous demande de me comprendre ?

— Moi. C'est suffisant.

— Je ne trouve pas, rétorqua Jessica en saisissant sa canne pour se lever et se diriger vers le salon. Je crois que vous feriez mieux de partir, ajouta-t-elle sans se retourner. Nous n'avons plus rien à nous dire.

— Si. Il nous reste à parler de Jessica Fontaine.

— Eh bien, parlez-en tout seul. Je n'ai pas l'intention de me prêter à votre curiosité.

— Je vous en prie, fit Luke en se levant à son tour. Je ne veux vous forcer à rien. De toute façon, je doute que quiconque puisse vous forcer à quoi que ce soit. J'ai juste envie de mieux vous connaître. Et j'aimerais que vous fassiez, vous aussi, un bout du chemin. Vous voyez, je suis honnête avec vous, Jessica…

Celle-ci fit volte-face avec une rapidité et une aisance inattendues.

— *Honnête !* s'exclama-t-elle. Vous avez été dans le mensonge depuis l'instant précis où vous avez passé cette porte !

— Je ne comprends pas.

— Vous, l'apôtre de la vérité, vous ne comprenez pas ! Mais regardez-moi ! Regardez ce que je suis maintenant ! Vous, vous faites semblant de ne pas le voir ! Vous me prenez soit pour une enfant, soit pour une parfaite imbécile. Vous restez assis là, des heures, à me parler de Constance et du théâtre, comme si de rien n'était, comme si vous étiez simplement passé discuter le coup avec une vieille copine, comme si rien en moi ne vous étonnait. C'est ça la vérité pour vous ? C'est ça l'honnêteté ?

Elle avait crié. Lorsqu'elle se tut, le jardin tout entier parut se figer dans le silence. On n'entendait plus un oiseau chanter, pas un souffle de vent, à peine le bruissement des vagues dans la crique. Luke était comme paralysé. Il eut besoin de quelques instants pour rompre cet instant pétrifié et oser enfin faire un aveu qui lui coûtait :

— Je ne sais comment vous expliquer, mais... si je ne vous ai pas semblé surpris lorsque vous m'avez ouvert, c'est parce que... parce que j'étais déjà venu... Je vous avais vue.

— Vous m'aviez vue ? Mais vous n'avez jamais mis les pieds dans cette maison.

— Dans la maison non, mais dans le jardin. C'est là que je vous ai vue. Vous étiez en train de cueillir des roses. Je vous ai observée pendant quelques minutes et puis je suis reparti. Je suppose que Robert a dû vous dire que j'étais venu avec l'intention de vous rendre visite.

— Oui, répondit Jessica avant de répéter lentement : Vous m'avez observée pendant quelques minutes et puis vous êtes reparti. Oui, bien sûr, ajouta-t-elle sur le ton de l'évidence. Vous avez été horrifié et vous avez pris vos jambes à votre cou. Avec Robert, nous nous sommes demandé ce qui avait bien pu vous arriver. Mes lettres vous avaient donné l'envie de me retrouver, Dieu sait pourquoi, et, une fois que vous m'avez vue, vous avez été tellement révulsé que...

— Pas révulsé, surpris, l'interrompit Luke. Pas un seul instant votre vue ne m'a révulsé, comme vous dites. Et elle ne révulserait personne. Est-ce dans cette idée stupide que vous vivez depuis des années ? Ça n'a pas de sens.

— Que savez-vous, vous, de ce qui a un sens ou pas ? Comment pouvez-vous avoir la moindre idée de ce qui a un sens pour moi ?

— En tout cas, l'exil n'en a pas.

— Pour moi, si.

— Parce que vous avez peur du regard des autres, de l'expression que vous allez lire sur leur visage quand ils vous regarderont.

Jessica eut une grimace muette.

— C'est bien ça, n'est-ce pas ? insista Luke.

— Oui, en partie.

— Laissez-moi deviner le reste : vous vous dites que tous les metteurs en scène crieront « Non ! surtout pas ! » au seul énoncé de votre nom, que les producteurs tomberont en syncope, que les auteurs enverront leurs pièces à tous les agents sauf au vôtre et que les autres acteurs préféreront renoncer à leurs cachets plutôt que de jouer avec vous. Et vous n'avez même pas été capable d'avoir assez confiance en Constance pour lui avouer vos craintes.

— Ce n'était pas une question de confiance ! s'exclama Jessica, piquée au vif. Constance avait le cœur fragile et elle se faisait déjà beaucoup de souci pour moi. De quel droit allais-je l'accabler de mes malheurs et de mes angoisses ? À deux ou trois reprises, je lui ai décrit dans mes lettres l'horreur dans laquelle je vivais et… Mais vous le savez déjà, car celles-là aussi, vous les avez lues, n'est-ce pas ?

— C'est vrai, et je ne peux toujours pas les chasser de mon esprit. Votre désespoir…

— Constance non plus n'a pas pu les chasser de son esprit. Elle restait éveillée la nuit à y penser, elle s'inquiétait, me téléphonait, m'écrivait sans cesse, persuadée que j'allais me suicider…

— Elle avait quelques raisons de le penser.

— Je sais, je sais. Et j'aurais eu quelques raisons de le faire. Seulement, jamais je n'aurais dû me laisser aller à lui dépeindre mon enfer… Mais Constance était tout ce que j'avais, je l'aimais tellement et…

— Et vous étiez malade, seule, vous aviez besoin d'elle et de son réconfort. Vous ne devez pas avoir honte de lui avoir dit la vérité. S'il fallait une définition à l'amour, ce serait celle-là : ne pas avoir honte de dire la vérité.

— Sauf que Constance était malade, elle aussi, et faible. Et l'idée qu'elle puisse s'affoler pour moi m'était insupportable. Même quand j'ai cessé de lui parler de mes blessures et de ma rééducation, elle a continué de s'inquiéter. Parce que j'étais seule, malheureuse, parce que je quittais la scène, parce que j'avais choisi de vivre ici. Je voulais la rassurer.

— Et pour la rassurer vous vous êtes inventé une vie.

— Non, je lui ai décrit ma vraie vie : une maison, un jardin, un travail, des amis, un chien.

— Et la signature de livres à Seattle, vous ne l'avez pas inventée peut-être ?

Jessica ne répondit pas tout de suite. Elle décocha à Luke un regard assassin avant de riposter :

— Ces lettres étaient destinées à Constance et à personne d'autre. C'était à elle que je parlais, rien qu'à elle. C'était une affaire entre elle et moi !

— Une affaire entre elle et vous alors que vous lui cachiez la vérité ! Non, Jessica, c'est pour vous que vous avez inventé ces histoires, pas pour elle !

— C'est faux !

— Dans ce cas, dites-moi ce qui est vrai : vous n'êtes jamais allée dans cette librairie à Seattle, n'est-ce pas ?

Elle le regarda droit dans les yeux et, sans ciller, répondit :

— Non.

— Vous ne vous êtes pas fait d'amis sur l'île.

— Non.

— Et la mise en scène de *Pygmalion*, vous y avez participé ?

— Un peu. J'ai annoté le manuscrit du metteur en scène et nous nous sommes parlé presque chaque jour au téléphone.

— Mais vous n'avez jamais assisté à une représentation ?

— Si, le soir de la première.

— Et comment saviez-vous ce qui se passait dans les coulisses ?

— Le metteur en scène m'a tout raconté.

— Et le sculpteur ? Cet homme que vous avez rencontré alors qu'il ramassait des coquillages...

— Mon Dieu, vous n'oubliez donc jamais rien ?

— Pas grand-chose quand c'est important.

Jessica eut un léger haussement d'épaules.

— Richard est un ami, dit-elle. Il m'a fait visiter son atelier, et je lui ai fait visiter le mien.

— Vous le voyez souvent ?

— Pas souvent, pourtant nous sommes amis. Ça vous suffit ou vous faut-il d'autres détails ?

— Pas pour l'instant ; peut-être pourrions-nous nous rasseoir, proposa Luke en se dirigeant vers elle.

Il posa doucement la main sur son bras. Elle se dégagea avec brusquerie, mais consentit tout de même à retourner s'asseoir à la table. Chance vint se coucher à ses pieds. Luke se rassit, lui aussi.

— J'essaie de comprendre, reprit-il, pas de vous attaquer ou de vous blesser... Mon Dieu, c'est bien la dernière chose que je souhaite. J'ai besoin d'y voir clair, c'est tout.

— Mais, bon sang, pourquoi ? Qu'est-ce que tout ça peut vous faire ? En quoi est-ce que ça vous regarde ?

Luke fut sur le point de tout lui avouer des pensées qui l'avaient obsédé au cours des derniers mois, de cet inexplicable amour, mais il se ravisa.

— Je répondrai plus tard à votre question. Je vous promets que je le ferai, mais pas maintenant. Maintenant... j'aimerais savoir. Savoir pourquoi vous avez fait ça, pourquoi vous vous êtes donné tant de mal. Vous auriez pu convaincre Constance sans élaborer tous ces scénarios. Mais... au bout du compte, était-elle vraiment convaincue ?

— Pas complètement. Elle était trop intelligente, répondit Jessica.

Son regard rencontra celui de Luke et ils sentirent tous deux renaître cette compréhension qui les unissait dès lors qu'il était question de Constance. Embarrassée, Jessica se resservit du café. Il était à peine tiède. Elle songea un instant à se lever pour aller le réchauffer, mais elle ne bougea pas. L'air paraissait chargé de toute l'électricité contenue dans ces alternances de tension et d'harmonie, et elle se sentait comme clouée sur place par la confusion intérieure dont elle était la proie.

D'un côté, la présence de cet homme, presque un étranger – et qui pourtant semblait ne rien ignorer d'elle –, la dérangeait : elle avait envie de le flanquer à la porte, de les réexpédier à New York, lui, ses questions, sa compassion... De l'autre, et paradoxalement, elle commençait de se sentir à l'aise en sa compagnie. Sans qu'elle comprît vraiment pourquoi, quelque chose changeait à l'intérieur d'elle-même depuis vingt-quatre heures : un nœud se défaisait peu à peu, la crispation accumulée dans ces années de souffrance se relâchait. Et elle se retrouvait en train d'évoquer des aspects de sa vie que personne d'autre ne connaissait, des souvenirs qu'elle avait crus pour toujours scellés en elle, dans le secret de ses mystères, autant de choses qu'elle n'eût jamais imaginé partager...

— Il fallait que j'écrive à Constance, reprit-elle enfin. Elle attendait mes lettres, et puis... j'en avais besoin. J'attendais moi aussi les siennes avec une impatience que vous ne soupçonnez pas. C'étaient des trésors pour moi, j'y puisais ma force, je les lisais et relisais sans cesse. Et je lui écrivais. Dans ces moments-là, j'avais le sentiment de remplir le silence de ma maison de nos conversations. Il y avait aussi le téléphone, bien sûr. Constance faisait partie de ma vie, vous comprenez? Le seul problème, c'est qu'en gardant le contact avec elle je le gardais aussi avec mon passé. Parce que Constance *était* mon passé. Nous étions tellement liées que, dans la confusion de mes pensées, j'avais parfois du mal à nous considérer comme deux personnes distinctes. Mais alors que je m'acharnais à enterrer mon passé, chaque fois que je lui écrivais une lettre ou que je lisais l'une des siennes, il resurgissait, toujours plus vivace. Pour cette raison, j'ai essayé de remplir ma correspondance d'événements et de gens différents de tout ce que nous avions pu partager ensemble. Je pensais que ça l'aiderait aussi, elle. Et, au bout de quelque temps, je me suis mise à...

— ... remplir les vides, compléta Luke.

— Oui, c'est exactement ça, répondit Jessica avec un pâle sourire. Et des vides, comme vous vous en doutez, il y en avait beaucoup. J'avais si peu à raconter. J'ai bientôt eu l'impression d'écrire une pièce sur la vie de Jessica Fontaine, une pièce dont le but était de persuader Constance que je faisais tout ce qu'elle me pressait de faire.

— Ça vous a aidée à oublier le passé?

— Oui, parfois...

— Mais vous n'êtes pas sûre d'avoir convaincu Constance?

— Je crois qu'elle avait des doutes. Il y a un an environ, elle m'a écrit que je ne devais pas me couper de mon monde, de notre monde. Elle disait que c'était lui qui me nourrissait, qu'il était ma vie, qu'il était... moi. Vous avez raison, ajouta-t-elle avec un sourire amer, j'ai écrit ces histoires autant pour moi que pour elle, mais aucune de nous deux n'y croyait

vraiment. Ça me plaisait bien de les écrire. C'est amusant, finalement, de s'imaginer une autre vie. Je me suis prise pour Walter Mitty, j'ai endossé une douzaine de personnalités pour effacer qui j'étais vraiment. C'était une sorte de jeu.

— Tout de même, j'ai remarqué dans la façon dont vous décriviez cette vie une sorte de froideur, de distance...

— Vraiment? s'étonna Jessica, et une ride de contrariété barra son front. Je faisais attention pourtant. Peut-être est-ce pour ça qu'elle n'y a jamais cru vraiment. Peut-être a-t-elle senti que je jouais...

— Si c'est le cas, elle a sûrement compris que vous aimiez jouer...

— C'est une manie chez vous de souligner les faiblesses des gens, n'est-ce pas? demanda-t-elle en durcissant le ton. Ne pouvez-vous pas leur laisser certaines illusions si elles leur sont douces, si elles leur font plaisir?

Luke blêmit et baissa les yeux. Suivit un long silence.

— Vous avez raison, dit-il enfin, c'est exactement ce que je fais. C'est exactement ce que j'ai *toujours* fait. Mais jusqu'à ce jour personne ne me l'avait montré avec autant de justesse et d'acuité. Je suis désolé, Jessica, je ne voulais pas vous faire de peine.

— Pourquoi vous acharnez-vous tant à comprendre?

— Je ne sais pas. Je crois que je déteste les faux-semblants, les masques qu'on se fabrique... Et puis... Si on veut devenir un grand comédien, il faut commencer par bien se connaître soi-même. J'ai dû pousser mes acteurs dans leurs retranchements pendant tant d'années que, maintenant, je procède ainsi avec tout le monde. Ou peut-être est-ce juste la volonté de contrôler les autres, de les soumettre à ma loi.

— Cette autocritique tourne à l'autoflagellation, commenta sèchement Jessica.

Luke éclata de rire.

— Je me contentais de paraphraser ma grand-mère, dit-il. Elle me trouvait un besoin exacerbé de contrôler les gens. Je suppose qu'elle a dû vous le dire.

— Oui, mais sans méchanceté. Elle s'inquiétait pour vous, c'est tout.

— À l'évidence, elle s'inquiétait beaucoup pour nous deux.

— Ce n'était pas une obsession, mais suffisamment pour en parler. Elle a toujours voulu…

Jessica ne termina pas sa phrase.

— Quoi ? demanda Luke.

— Je vous le dirai une autre fois. Nous avons chacun nos raisons de ne pas tout dire tout de suite.

Il se cala dans son siège et la dévisagea longuement. Elle ne se détourna pas. Les mains crispées sur les genoux, elle endura sans broncher cette observation scrupuleuse qui la plongeait dans le malaise. Le regard perdu dans le lointain, elle guettait les nuages qui s'effilochaient dans le ciel, observait un autre petit voilier dans la baie, et pourtant pas une seconde elle n'oublia les yeux de Luke, posés sur elle.

— J'aimerais vous inviter à dîner ce soir, dit-il au bout d'un long moment. Connaissez-vous un bon restaurant sur l'île ?

Elle osa enfin le regarder à nouveau et lut sur son visage une sorte de sérénité, d'évidence, qui la surprit. Ils oscillaient encore entre tension et harmonie, s'éloignaient et se rapprochaient comme des manèges emballés dans une fête foraine, mais elle savait aussi qu'elle n'avait pas envie de le voir partir, pas encore. Elle était restée longtemps seule, et voilà que tout à coup l'air se chargeait de la rumeur des choses à se raconter, à discuter, à partager, des questions irrésolues à aborder, de la promesse d'une compagnie pour le dîner. Elle ne voulait pas laisser tout cela lui glisser entre les doigts.

— Le Café de la Baie, répondit-elle. Je dois travailler cet après-midi. Donnons-nous rendez-vous pour huit heures, voulez-vous ?

— D'accord, je passerai vous prendre.

— Non, je vous retrouverai là-bas. Le café se trouve dans le village. Il est minuscule, mais vous n'aurez aucun mal à le reconnaître.

Après un moment de réflexion, Luke hocha la tête en disant :

— Va pour huit heures. Si vous avez besoin de moi d'ici là, je serai à l'auberge. Mais, avant, je vais faire la vaisselle, conclut-il en se levant de son siège.

Elle fut sur le point de refuser : elle avait envie de rester seule, de repenser à ce qui venait de se passer, de s'installer à sa table à dessin, de mettre un peu de musique, de savoir que personne ne viendrait la déranger. Mais déjà Luke rassemblait la vaisselle du petit-déjeuner, et elle n'eut pas le cœur de l'arrêter. Elle le regarda débarrasser la table, poser les bols sur un plateau et le porter dans la cuisine. Elle l'y suivit. Il était déjà en train de retrousser ses manches. Elle ouvrit un placard, attrapa un torchon propre et dit :

— Je vais vous aider.

12

Contrairement à ce qu'eût laissé supposer son nom, le seul panorama qu'offrait le Café de la Baie était une vue sur la grande rue déserte qui traversait le village. C'était un minuscule restaurant au plancher très rudimentaire, avec des tables et des chaises en bois brut, des rideaux blancs aux fenêtres et un drap fleuri à la place de la porte de la cuisine. Ce n'était pas vraiment le genre d'endroit que Luke aurait choisi pour un dîner en tête à tête, mais il ne fit aucun commentaire, alla s'installer à une table dans le fond de la salle et attendit Jessica. Elle arriva au bout de quelques minutes, vêtue d'une longue robe bleue qui lui descendait presque jusqu'aux chevilles. Elle portait aussi une étroite ceinture de cuir et, pour la première fois – Luke le remarqua –, des bijoux : un collier et des boucles d'oreilles en argent.

— Pardonnez-moi, je suis en retard, dit-elle. Je n'ai pas vu le temps passer.

— C'est souvent ce qui arrive lorsqu'on se passionne pour son travail, fit-il en se levant pour l'aider à s'asseoir.

— En effet, répondit-elle avec un sourire qui disait assez son désir de ne pas offrir l'image d'une femme désœuvrée et désemparée.

Ils s'étaient quittés quelques heures plus tôt avec la sérénité de vieux amis conscients de se retrouver bientôt. Jessica était allée s'enfermer dans son atelier et Luke était rentré à l'auberge. Il avait repensé à la véhémence avec laquelle elle refusait toute compassion, toute tentative de compréhension. Non, elle voulait la vérité. Luke s'était rappelé ce qu'elle lui avait dit la veille, alors qu'ils évoquaient le personnage de Mary Tyrone dans *Long voyage dans la nuit*, d'Eugene O'Neill.

« La dépendance est une malédiction et Mary s'en sert comme d'une arme. »

Était-ce cette idée qui l'avait guidée pendant toutes ces années ? Était-ce la peur de tomber dans la dépendance et de découvrir alors quelle arme redoutable elle peut être ? En usant des multiples et mesquins petits stratagèmes qui sont le lot des gens dépendants, elle se serait rendue insupportable à elle-même. C'était, pour elle, une raison supplémentaire d'éviter la compassion.

Une fois à l'auberge, Luke avait sorti de sa valise le manuscrit de la nouvelle pièce de Kent, qu'il avait emporté avec lui. Les deux premiers actes étaient complets et le troisième bien amorcé. Pendant le petit-déjeuner, ce matin-là, l'idée lui était venue, fugitive, que Jessica aurait pu tenir le rôle féminin et l'aurait interprété mieux que quiconque, même à présent. Il avait failli le lui dire, mais s'était ravisé juste à temps, certain qu'elle n'était pas prête à entendre pareille proposition. En outre, il lui fallait se convaincre lui-même que cette idée n'était pas de celles qui naissent dans l'ivresse d'un moment agréable : un bon café, une belle matinée d'octobre ensoleillée, des voiliers dans la baie...

— Vous avez dit à Constance que le théâtre vous manquait, lui lança-t-il à brûle-pourpoint lorsqu'ils eurent commandé leur dîner.

— C'était il y a longtemps, répondit-elle, avant d'enchaîner immédiatement : Ce vin est délicieux, je n'en avais jamais entendu parler. Ajoutez-vous à vos nombreux talents celui de connaisseur en vins, monsieur Cameron ?

— Assez pour commander ceux que je connais… et laisser le choix des autres au sommelier. Je suppose que, même si je m'obstine à vous parler de votre vie de femme de théâtre, vous trouverez toujours un autre sujet fascinant sur lequel engager la conversation…

— Sans doute, fit Jessica en laissant échapper un éclat de rire.

— Eh bien, à votre guise. De quoi souhaitez-vous que nous parlions ?

— De La *Magicienne*. Racontez-moi votre mise en scène.

Luke trouvait là, en effet, un sujet à sa mesure : jusqu'au dessert, il parla de la pièce et des choix qu'il avait faits, les bons comme les moins bons.

— Je crois que je me suis trompé en confiant le rôle de Daniel à Cort. Il s'est révélé un excellent comédien, mais nous sommes passés avec lui par une multitude de drames que nous aurions pu éviter avec un autre.

— C'est-à-dire ?

— C'est-à-dire qu'il n'a jamais aimé son personnage. Il n'en a rien laissé paraître jusqu'aux répétitions, ou peut-être ne l'a-t-il compris qu'à ce moment-là. Toujours est-il que nous étions déjà bien engagés dans la mise en scène quand il a insisté pour que l'auteur modifie son personnage. Ça tournait presque à l'obsession. Kent a obtempéré, il a introduit quelques corrections, et je dois dire qu'elles ont été bénéfiques. Mais Cort ne les trouvait jamais suffisantes. Il a donc dû se contraindre à entrer dans la peau de quelqu'un qu'il n'aimait pas, ne comprenait pas. Il y est parvenu, et fort bien, ce qui en dit long sur son talent d'acteur. Certaines scènes sont réussies parce que Abby l'a aidé, mais avec un autre elles auraient pu être excellentes. Un metteur en scène ne devrait jamais engager un comédien sans être absolument sûr qu'il s'identifie totalement à son personnage, qu'il est en empathie avec lui et, si le personnage est méchant, au moins qu'il le comprend.

— C'est l'évidence, dit Jessica.

— Ça *devrait* être l'évidence, rectifia Luke, mais beaucoup de metteurs en scène n'en sont pas conscients.

— Et Cort, comment s'en sort-il maintenant ? demanda-t-elle encore en s'écartant légèrement de la table pour laisser le garçon débarrasser son assiette.

— Je ne l'ai pas revu depuis le soir de la première, mais, comme je n'ai pas encore reçu de SOS, je suppose que tout va bien. Vous comprenez, il n'est pas mauvais, loin de là, c'est juste qu'il n'est pas Daniel, mais...

— Mais juste un comédien doué qui fait semblant d'être Daniel.

Luke éclata de rire.

— Excellente formule, j'essaierai de la replacer à l'occasion, si toutefois vous n'y voyez pas d'inconvénient.

— Bien sûr que non ! D'une part, ce n'est pas vraiment une pensée impérissable et, d'autre part, je ne vois pas comment je pourrais savoir que vous me l'empruntez !

— Vous le sauriez si vous étiez là.

Jessica repoussa très lentement son verre et croisa les mains devant elle, sur la table. Après quelques instants de réflexion, elle dit avec un sérieux presque cérémonieux :

— Luke, je pourrais encore changer de sujet pour faire diversion, mais je préfère vous dire ceci clairement et une fois pour toutes : je ne reviendrai jamais ni au théâtre ni à New York. Je l'ai écrit noir sur blanc à Constance, et je n'ai pas changé d'avis. Ma vie est ici désormais, elle est fort agréable, et je n'ai aucune raison de vouloir renouer avec le passé.

— Si, vous en avez une. Le théâtre était votre vraie vie, il était *vous*. Et maintenant vous n'êtes qu'une comédienne douée faisant semblant d'être Jessica Fontaine heureuse à Lopez Island.

Elle recula brusquement sa chaise. Les pieds raclèrent le plancher et, au passage, heurtèrent la canne qui tomba sur le sol avec un claquement sonore. Luke bondit pour la ramasser. En la tendant à Jessica, il se pencha vers elle, rougissante, gênée, et lui parla presque à l'oreille :

— Pardonnez-moi. Je suis décidément une brute. Constance dirait que j'essaie encore de tout diriger et de tout mettre en ordre de bataille : les événements, les gens, les conversations...

Il s'interrompit, comme dans l'attente d'une réponse, mais elle demeurait silencieuse, les yeux baissés. Alors il reprit :

— Mais ce n'est pas une bataille. Ni vous ni moi ne voulons nous battre. Ce que nous voulons, c'est une amitié. Une fois encore, je vous demande de me pardonner : je vous ai abordée comme un tank à l'assaut d'une colline. C'était stupide de ma part, et je vous promets de ne pas recommencer. Je voulais vous parler de certaines choses, et il faut bien commencer quelque part. Mais, si c'est impossible, nous n'en parlerons pas du tout. Il me suffira d'être avec vous, tout simplement.

Jessica le regarda enfin et dit :

— Pourquoi ?

— Parce que j'aime les moments que nous passons ensemble. Parce que vous me rapprochez de Constance.

Un pâle sourire trembla sur ses lèvres. « Il sait dire exactement ce qu'il ne faut pas, songea-t-elle, et aussi exactement ce qu'il faut. » De fait, elle ne pouvait le nier, elle aussi appréciait les moments qu'ils passaient ensemble...

— À cause de ma maladresse, nous nous sommes donnés en spectacle, dit-elle, confuse.

— Ce n'est rien, répondit Luke en retournant s'asseoir. Pensons plutôt à ce délicieux repas. J'espère que le dessert sera à la hauteur.

— En général je n'en prends pas, mais vous me ferez votre rapport.

— Dans ce cas, je dois en prendre plusieurs. Savez-vous qu'il y a à New York un restaurant qui propose un dessert alliant cinq caramels différents...

— Bernardin ?

— Oui, c'est l'une de mes cantines préférées, mais j'en connais d'autres qui sont formidables. Nobu, par exemple...

Et Luke se lança dans un long inventaire des restaurants, concerts, opéras et défilés de mode qui occupaient la saison à New York.

— Vous avez vu tout ça ? demanda enfin Jessica, abasourdie.

— Non, je n'ai pas le don d'ubiquité, mais j'ai une amie qui me tient très scrupuleusement au courant de tout ce qu'il faut savoir pour être un New-Yorkais branché.

À peine eut-il prononcé ces mots que Luke les regretta. Devant la mine interrogatrice de son interlocutrice, il avoua :

— Vous la connaissez et je sais que vous ne l'appréciez pas... C'est Tricia Delacorte.

— Madame radio moquette.

Après cette épithète assassine, Jessica se tut. Elle voyait soudain Luke avec d'autres yeux : bien sûr, cet homme avait une vie, une histoire, des relations... Jusqu'alors, elle n'avait vu en lui que le metteur en scène talentueux dont elle admirait le travail, le petit-fils de Constance, qui avait eu l'indiscrétion de lire ses lettres, un messager importun tentant de faire à nouveau pénétrer dans son existence la rumeur de la grande ville et de ses théâtres. Et là, tout à coup, elle avait devant elle un homme marié, divorcé... remarié peut-être ? Elle l'ignorait. Il ne portait pas d'alliance, mais cela ne voulait rien dire. Il avait avec elle une attitude qui n'était pas celle d'un homme marié, mais cela non plus ne voulait rien dire. Quoi qu'il en fût, en tant que jeune et séduisant metteur en scène, il était évidemment introduit dans les milieux mondains et, s'il était célibataire, il ne devait certainement pas manquer de femmes impatientes de partager ses soirées et ses nuits. Jessica se sentit brusquement traversée par une douleur fulgurante, la jalousie, un sentiment qu'elle croyait avoir oublié et qui la laissa désemparée. Qu'il eût ou non des maîtresses, quelle importance, après tout ? Elle le connaissait à peine et n'avait nullement l'intention de s'engager dans une relation, ni avec lui ni avec un autre. « Peut-être est-ce parce qu'il me parle de New York, se dit-elle. Peut-être suis-je jalouse de la vie qu'il mène là-bas. Serait-ce encore possible après tout ce temps ? »

— Je ne la connais que depuis quelques mois, poursuivait Luke, comme pour se justifier de ses relations avec Tricia. Je sais qu'elle est capable d'écrire des horreurs, mais elle s'est fabriqué une vie qui lui va bien. Et, en cela, je l'admire.

— Vous pourriez dire la même chose d'un truand qui a réussi.

Il leva un sourcil étonné et, pour atténuer l'acidité de sa repartie, Jessica s'empressa d'ajouter :

— Je suppose qu'elle a dû souffrir dans sa vie, sans quoi elle ne saurait pas si bien toucher les gens là où ils sont vulnérables.

« Ce n'est guère mieux, songea-t-elle. Mieux vaut changer de sujet. » Mais Luke la prit de vitesse, comme pour lui éviter d'en dire davantage, et enchaîna :

— Elle fréquente des lieux où le spectacle est vraiment dans la salle. Le public s'y montre plus spontané qu'en Europe, par exemple !

— Vous voulez dire que les spectateurs n'affichent pas ces mines d'enterrement typiques du public européen.

Luke éclata de rire.

— S'ils vous entendaient, ils n'oseraient plus jamais entrer dans un théâtre !

Ils parlaient tout bas, murmurant presque, penchés l'un vers l'autre de chaque côté de la table. Luke commanda trois desserts. Jessica goûta chacun d'eux. Ensuite, ils prirent un café, puis un autre encore, afin de pouvoir continuer à bavarder et faire durer ce moment rare, cet accord parfait qu'ils éprouvaient tous deux à l'évocation du monde du spectacle, leur commune passion : ils passèrent en revue les plus grandes salles européennes, parlèrent du cirque de Moscou, des célèbres acrobates finlandais... Puis Jessica dit enfin :

— Il se fait tard. Nous devrions rentrer.

Luke l'aida à quitter la table. Une fois dehors, devant la porte du restaurant, elle lui tendit la main en disant :

— Merci pour ce merveilleux dîner.

Il n'avait pas lâché sa main lorsqu'il lui répondit :

— J'aimerais vous revoir demain.

Alors elle osa poser la question qui avait plané comme une menace sans cesse différée sur leur tête-à-tête :

— Allez-vous donc rester ici pour toujours ?

— Non, pas si longtemps, répliqua Luke avec un sourire. Il va falloir que je rentre à New York. Mais pour l'instant je n'ai pas envie de partir.

Elle hocha la tête comme pour dire qu'elle comprenait, bien qu'elle n'eût aucune idée de ce qui le poussait à rester, de ce qu'il attendait.

— Aimeriez-vous refaire une promenade à cheval demain matin ? lui demanda-t-elle en dégageant doucement sa main.

— Oui, beaucoup.

— Bien. Dans ce cas, retrouvons-nous à la même heure.

Quelques heures plus tard, ils trottaient ensemble dans des forêts humides de rosée, longeaient des falaises plongeant à pic dans l'océan, s'attardaient dans des clairières désertes. Comme la veille, ils revinrent prendre leur petit-déjeuner dans le jardin et, cette fois, eurent une conversation paisible et douce. Ils étaient plus détendus, comme si s'était brisée entre eux la barrière de l'inconnu, et déjà ils parlaient avec la complicité des vieux amis.

— Où aimeriez-vous aller dîner ce soir ? demanda Luke en posant sa serviette après le petit-déjeuner.

— Nous n'avons guère le choix. Le Café de la Baie est de loin le meilleur restaurant de l'île.

— Eh bien, va pour le Café de la Baie. Comme ça, je pourrai essayer les autres desserts. Avons-nous besoin de réserver ?

— Je m'en occupe. Rendez-vous à huit heures ?

— Oui, mais j'aimerais passer vous prendre.

Sans hésiter, Jessica répondit :

— D'accord.

Elle fut aussi surprise que Luke de sa spontanéité. Au moment où celui-ci s'apprêtait à remonter dans la camionnette, il dit :

— À propos, je dois trouver un autre hôtel. Robert attend un groupe de cyclistes pour demain. Pouvez-vous m'en conseiller un ?

— Il y en a plusieurs sur l'île, mais je ne les connais absolument pas. Je vais y réfléchir. Nous en reparlerons ce soir, d'accord ?

— Parfait. Je suis sûr que Robert aura, lui aussi, des suggestions à me faire.

— Bien sûr, répondit-elle distraitement, convaincue que Robert serait mieux informé qu'elle-même.

Tout en regagnant son atelier, elle essaya pourtant de se souvenir des auberges dont on avait pu lui parler depuis son arrivée sur l'île, désirant surtout en trouver une qui fût assez proche de chez elle. Elle s'assit devant sa table à dessin, prit un crayon, se pencha sur son croquis et fut tout à coup frappée de l'extraordinaire transparence de la lumière inondant la pièce. Elle posa son crayon et pivota sur son siège, cherchant du regard un objet qu'elle n'eût pas déjà dessiné. Avec cette lumière, tous lui paraissaient soudain à la fois uniques et nouveaux, polis jusque dans leurs moindres détails.

Elle était éblouie. Elle avait l'impression de découvrir son atelier, de le voir pour la première fois. « Jamais encore je n'ai ressenti cela », se dit-elle. Et elle comprit : la présence de Luke métamorphosait son univers.

Ils avaient passé ensemble la majeure partie des trois jours écoulés, seuls, sans témoins, hormis au Café de la Baie. Personne n'était venu interrompre leur conversation, la sonnerie du téléphone n'avait pas retenti, le heurtoir de la porte d'entrée était resté muet. Rien n'était venu les distraire l'un de l'autre depuis l'instant où il lui était apparu, ruisselant de pluie sous le porche.

Elle ne voulait pas le voir repartir.

Elle se tourna à nouveau vers sa table à dessin pour se concentrer sur un croquis. Une demi-heure plus tard, elle le fixa à l'aide d'une pince sur un chevalet, prit une palette, un pinceau, et arrêta son geste afin de contempler un moment la grande feuille blanche. Comme retenue au seuil d'une nouvelle aventure, elle éprouvait toujours un étrange sentiment d'hésitation avant de poser la première trace de couleur sur cette surface immaculée et vide. D'ordinaire, elle s'appliquait à imaginer, avant de les exécuter, le premier coup de pinceau, puis le deuxième, le troisième... et alors seulement elle se sentait prête à commencer. Mais ce jour-là, rien ne lui venait. Elle était ailleurs, songeant sans cesse à Luke, aux auberges de l'île. Elle attrapa une Thermos sur une table à proximité et se servit une grande tasse de café. « Non, décidément je ne connais aucun hôtel, se dit-elle tout en sirotant son café. Il vaut mieux qu'il demande à Robert. »

Elle resta ainsi de longues minutes, la tasse à la main, puis la posa brusquement et décrocha le téléphone.

— Robert vous a-t-il donné quelques pistes ? dit-elle sans autre préambule.

— Je ne lui ai pas posé la question. Je m'en remets à votre jugement.

— « Pourtant, je lui ai dit tout à l'heure que je ne connaissais aucun hôtel, songea-t-elle. Il espérait sans doute que j'appellerais. »

— J'ai eu une idée, poursuivit-elle précipitamment, craignant de changer d'avis. Je me suis dit que vous pourriez loger ici. Le divan de l'atelier est convertible, c'est même un lit assez confortable, et il y a une salle d'eau à côté...

Elle s'interrompit. Il y avait longtemps qu'aucun chemin n'avait croisé le sien. fût-ce pour quelques jours. Elle se rendit compte du ton sur lequel elle formulait son invitation et ajouta avec plus de chaleur :

— Je serais très heureuse que vous acceptiez.

— Bien sûr que j'accepte, répondit immédiatement Luke. Je vous remercie de tout cœur. Je peux venir dans deux heures si vous voulez, pour ne pas vous empêcher de travailler.

— Dans ce cas, plutôt dans trois heures, je n'ai guère avancé, répondit-elle en jetant un œil à sa montre.

— D'accord. Je serai là vers six heures. Merci, merci mille fois, Jessica.

« Comme nous sommes bien élevés et polis, se dit-elle après avoir raccroché. C'est très réconfortant. Bien plus que cette intimité instantanée cultivée dans certains milieux new-yorkais. »

Mais la seule idée d'une intimité, le mot même, lui fit regretter sa proposition. C'était une erreur. Pourquoi allait-elle se fourrer dans une situation qui ne manquerait pas de la tourmenter puisqu'elle n'avait pas du tout l'intention de changer de vie ? Pourquoi prendre le risque de tomber amoureuse ?

Elle tendit à nouveau la main vers le téléphone. Il fallait rappeler Luke, lui raconter un mensonge, trouver quelque chose pour l'empêcher de venir. Sa main resta un moment au-dessus du combiné, puis elle retomba sur son genou. Non, elle ne le rappellerait pas. Elle le laisserait venir. Elle voulait connaître cet homme. Et, bien qu'elle ne l'eût pas dit à Luke – et peut-être ne le lui dirait-elle jamais –, elle savait que Constance l'avait voulu ainsi.

Lorsque Luke arriva, elle était retournée à son travail et enfin absorbée dans son dessin. Elle ne se serait pas rendu compte de sa présence si Chance n'avait pas bondi dans la serre pour l'accueillir par d'enthousiastes démonstrations d'amitié. Il s'accroupit près d'elle, puis leva les yeux... et son regard rencontra celui de Jessica. Elle y lut un éclat qu'elle soupçonnait porter elle-même sur son visage. Alors elle essaya de figer ses traits, de se contraindre à davantage de froideur.

— J'ai presque terminé pour aujourd'hui. Je vais vous montrer où se trouve le cabinet de toilette et comment déplier le canapé.

— Montrez-moi plutôt ce que vous étiez en train de peindre.

D'instinct, elle eut un mouvement de recul. Jamais personne n'avait vu ses illustrations avant qu'elle les envoie à New York.

— Veuillez m'excuser, dit Luke. Je vais vous attendre dans le salon.

Elle répondit non d'un mouvement de tête. Tout était différent, alors pourquoi ne pas autoriser aussi cette différence-là ?

— Restez, dit-elle. J'aimerais vous les montrer.

Elle le guida dans l'atelier et s'arrêta près du chevalet sur lequel elle était en train de travailler. Il contempla son dessin, et elle eut le sentiment étrange de le voir soudain avec ses yeux à lui. La figure centrale était presque achevée : c'était une femme assise sur un banc de marbre, regardant dans le lointain, un chien noir à ses pieds. Le reste était à peine esquissé, mais, sur le croquis, on pouvait discerner une forêt, un homme en train de construire une cabane de rondins dans une clairière et l'océan voilé de nuages sombres. Jessica avait dissimulé ces mots dans les plis de la longue jupe de la femme : *La porte ouverte*.

La femme était Constance, le chien celui de Jessica, et l'homme était Luke.

— Pourquoi suis-je en train de construire cette cabane ? demanda-t-il.

— Parce que c'est ce que vous faites. Vous créez. Vous construisez.

— Ça me plaît bien, commenta-t-il avec un hochement de tête approbateur, avant d'ajouter : Et Constance ? Et la « porte ouverte » ?

— Constance ne cessait de m'ouvrir des portes, elle m'aidait à faire de nouvelles découvertes sur moi-même, sur les gens, sur le monde. Elle le faisait aussi pour vous, n'est-ce pas ?

— Oui, répondit Luke en reculant pour embrasser d'un même regard Jessica et son tableau. Je ne me rappelle pas avoir reconnu Constance dans vos autres albums, ajouta-t-il.

— Parce que c'est la première fois qu'un personnage me fait penser à elle. Mais j'ai déjà peint son portrait, je vous le montrerai plus tard, dit Jessica tout en nettoyant ses pinceaux. Je vais vous aider à préparer votre lit. Il y a un petit placard dans le coin. Le cabinet de toilette se trouve derrière cette porte. Et j'ai réservé une table au Café de la Baie pour huit heures.

— Dans ce cas, il ne me reste plus qu'à aller chercher ma valise dans la camionnette, répondit Luke.

Elle le suivit des yeux tandis qu'il s'éloignait. Elle devinait qu'il s'efforçait de s'accommoder à ses humeurs et lui en était reconnaissante. Pour rien au monde elle n'eût voulu lui laisser percevoir son plaisir à le savoir là, chez elle.

Très vite, au fil des heures passées ensemble, des habitudes se forgèrent, comme d'elles-mêmes. Ils dînèrent au Café de la Baie, puis restèrent un moment à bavarder dans le salon avant de se souhaiter bonne nuit. Jessica alla se coucher dans sa chambre et Luke dans l'atelier. Le lendemain matin, ils sortirent les chevaux à sept heures et lorsqu'ils revinrent trois heures plus tard, ils préparèrent ensemble le petit-déjeuner et le prirent sur la table du jardin. Vers midi et demi, ils avaient déjà rangé la cuisine, Jessica partit travailler dans son atelier et Luke s'installa dehors, au soleil, avec ses manuscrits. À dix-neuf heures, ils se préparèrent et retournèrent au Café de la Baie, puis terminèrent la soirée dans le salon avec un excellent cognac. Une douce musique s'échappait des haut-parleurs de la chaîne hi-fi, les bûches crépitaient dans la cheminée. Confortablement installé dans le canapé, Luke dit :

— On méconnaît souvent la magie de l'habitude, de la routine, du confort des heures qui se ressemblent. Elles me font penser à une couverture que j'avais lorsque j'étais enfant et que j'avais emportée chez Constance après la mort de mes parents. C'était une couverture dont les motifs représentaient des voiliers, des yachts, des paquebots. Je crois que j'en connaissais chaque détail à l'époque. J'aurais pu fermer les yeux et décrire cette couverture centimètre par centimètre, jusqu'aux petits rideaux sur les hublots des yachts. J'avais le sentiment que, tant que je pouvais m'enrouler dans cette couverture, je retrouvais mes racines, j'étais le fils de mes parents.

Il sentit le regard de Jessica se poser sur lui.

— *Mes parents me manquent. Ne plus les savoir à la maison, en train de parler de ce que nous ferons à la prochaine visite, me manque*, murmura-t-elle soudain, se remémorant une lettre qu'elle avait écrite à Constance.

Luke se tourna vers elle :

— *Ne plus manquer à personne, ne plus leur manquer à eux me manque*, poursuivit-il, citant la même lettre.

Son regard plongea dans celui de Jessica. Elle dit :

— C'était il y a longtemps, et pourtant tout a l'air si proche, si réel. Je me demande si nous oublions jamais le chagrin.

— J'espère que non. J'espère que nous en guérissons, mais que nous ne l'oublions jamais, répondit Luke en se levant pour aller tisonner le feu.

Attisées, les flammes s'élevèrent avec vigueur. Il recula un peu, s'assit sur ses talons et resta là, à les regarder.

— Avez-vous toujours la couverture ? demanda la voix de Jessica dans son dos.

— Oui.

— Vous y jetez encore un coup d'œil de temps en temps ?

— Je l'ai posée sur un fauteuil dans ma chambre lorsque Constance est morte.

— Et elle y est toujours ?

— Oui, mais le plus souvent je n'y pense pas vraiment. Elle fait partie du décor de ma vie. Comme les chagrins, eux aussi, font partie de notre décor... poursuivit-il en venant se rasseoir sur le canapé. Merci de cette merveilleuse journée, ajouta-t-il après un silence, de ces trois merveilleuses journées. Je n'en ai jamais connu de pareilles à New York.

Jessica ne répondit rien. Elle humait son cognac tout en contemplant la flambée qui répandait peu à peu une douce chaleur dans la pièce. Elle se pelotonna sur le divan, envahie par une vague de bien-être. Pourtant, il y avait cette question qui ne la quittait pas. Elle la lui avait déjà posée sur un ton badin et maladroit à la fois, comme par jeu : « Allez-vous rester ici pour toujours ? » Et il ne lui avait pas vraiment répondu. Or, après ces trois journées – il venait lui-même de le souligner –, la même interrogation subsistait. Combien de temps allait-il rester ? Combien de jours voulait-il ? Et elle, combien en voulait-elle ?

— Parlez-moi de vos parents, dit soudain Luke.

Ainsi, la question était à nouveau éludée. Jessica en fut presque soulagée et, pour la première fois, elle consentit spontanément à parler d'elle :

— Je crois que j'ai eu une enfance vraiment magique, le genre d'enfance qu'on n'apprécie vraiment qu'une fois adulte. J'ai la nostalgie de cette protection que nous détestions, contre laquelle nous nous rebellions quand nous étions petits... Mais... pardonnez-moi, ajouta-t-elle, vous n'avez malheureusement pas connu ce sentiment de protection. Seule une couverture vous l'apportait.

— Une couverture et Constance. Constance me protégeait de tout son amour. Mais il est vrai que je n'ai pas connu la même enfance que vous...

Ils continuèrent de bavarder, de se raconter. Jessica n'eut plus besoin d'être poussée dans ses retranchements pour se livrer. Elle retrouva des histoires qu'elle croyait oubliées. Anecdotes et souvenirs se succédaient, comme impatients d'être évoqués pour avoir été long-temps contenus. Il était déjà tard lorsqu'elle dit :

— La journée a été longue. Nous pourrions pour-suivre cette conversation demain.

Ensemble, ils couvrirent le feu et leurs mains s'ef-fleurèrent. Ils se séparèrent sur un « bonne nuit » à peine murmuré.

Le lendemain, alors qu'ils parcouraient à cheval la campagne environnante, ils reprirent le récit de leurs enfances respectives, éveillant des réminiscences de leurs années d'école : leurs professeurs préférés, leurs amis d'alors, les moments de solitude, les rêves de gosse. Le soir, la question du départ de Luke ne fut pas abordée. Il avait si peu l'air d'y songer qu'il fit même à Jessica la proposition suivante :

— Robert m'a parlé d'un excellent restaurant sur l'île d'Orcas, Chez Christine. Si j'arrivais à trouver un petit avion, nous pourrions y passer la journée de demain et ne rentrer que le soir...

— Oh non, je...

— Jessica, réfléchissez-y au moins un instant.

Mais elle n'avait pas besoin de réfléchir. Elle lui avait dit que jamais elle ne quittait l'île. Cette sug-gestion pouvait fort bien entrer dans un nouveau plan visant à l'éloigner de chez elle : d'abord Orcas, ensuite le continent, et pourquoi pas New York !

— Je ne vous parle que d'un dîner. Je ne vous demande pas de faire vos bagages et de retourner à New York.

Elle sentit le rouge lui monter aux joues. Elle était furieuse, furieuse contre elle-même d'être aussi transparente, furieuse contre lui qui lisait en elle comme dans un livre ouvert.

— Il va falloir réserver, répondit-elle froidement.

— Je m'en occupe.

Il se dirigea d'autorité vers le téléphone. Immobile, comme paralysée, elle entendit sa voix, lointaine, sans comprendre ce qu'il disait. Il appela, rappela et, quelques minutes plus tard, revint auprès d'elle.

— Il y a un petit problème. Nous avons un avion pour partir, mais pas pour rentrer. Le pilote nous recommande un hôtel appelé Au Dos de la Tortue. Il pense que nous avons une chance d'y trouver des chambres à cette époque de l'année. Si vous êtes d'accord, nous pourrions passer la nuit là-bas et ne rentrer qu'après-demain matin.

Il la dévisageait fixement, d'un air de défi : saurait-elle passer vingt-quatre heures hors de son cocon, de cette retraite qu'elle s'était fabriquée ? Saurait-elle exceptionnellement rompre le cours immuable de ses journées ?

Elle demeura silencieuse.

— Bien. Je vais commencer par appeler cet hôtel, dit enfin Luke. Après tout, il est inutile d'y réfléchir s'il est complet.

Elle le regarda feuilleter l'annuaire de la région et composer un numéro.

— Il leur reste deux chambres, fit-il en éloignant le combiné de son oreille. Je les réserve ?

Dans un geste machinal, Jessica remit de l'ordre dans ses cheveux. Et là, elle vit l'expression de Luke changer : il lui renvoyait l'image d'une femme et... ils formaient un couple.

— Jessica ?

Elle répondit :

— Oui, d'accord.

Il réserva les deux chambres, raccrocha et, presque tout de suite après, ils se souhaitèrent bonne nuit sans autre commentaire. La journée du lendemain fut empreinte d'une sorte de nervosité : la promenade à cheval fut rapide, le petit-déjeuner vite expédié et suivi d'un long après-midi studieux. De fait, lorsqu'ils prirent place dans l'avion, ils avaient à peine échangé quelques mots depuis le matin. Par bonheur, le pilote ne cessa de commenter le paysage qui défilait sous leurs yeux : ils virent Lopez diminuer rapidement dans le lointain, aperçurent les contours déchiquetés de Shaw Island, le U renversé que formait Orcas et, sur leur gauche, le fameux Dos de la Tortue, une montagne qui paraissait plantée au milieu des champs.

— L'auberge se trouve là-bas, fit le pilote en désignant du menton un point dans l'espace. Elle donne sur le Dos de la Tortue. C'est un très joli coin.

Jessica ne desserrait pas les dents. Elle se sentait à la dérive, comme un bateau dont on aurait coupé l'amarre et que des courants auraient emporté au large. Et en même temps, ce sentiment faisait naître en elle une excitation inattendue. Elle glissait dans un ciel sombre où scintillait une myriade d'étoiles, planait au-dessus des plages en forme de croissant qui bordaient l'archipel, elle volait vers l'inconnu, s'apprêtait à poser le pied sur une terre encore inexplorée...

Lorsque la piste d'atterrissage fut enfin en vue, elle secoua la tête pour chasser ces idées fantaisistes et jeta un regard en direction de Luke. Il l'observait. Elle fut bouleversée par la tendresse qu'elle lut sur son visage et détourna les yeux : c'était impossible, un homme comme lui ne pouvait ressentir de la tendresse pour une femme comme elle.

Ils sortirent de l'avion et trouvèrent sans difficulté la voiture que Luke avait réservée. Ils roulèrent en silence sur des routes sinueuses jusqu'à l'auberge du Dos de la Tortue. Elle était ceinte d'une petite cour où fanaient doucement les dernières fleurs de l'été. La patronne vint les accueillir sur le pas de la porte. Elle se présenta, leur dit qu'elle s'appelait Susan Fletcher et se proposa de leur montrer leurs chambres :

celle de Jessica jouxtait le petit salon, celle de Luke se trouvait à l'étage, en haut d'un bel escalier au bois ciré.

— Nous n'avions pas deux chambres à côté, dit-elle avec un sourire aimable.

Elle indiqua à Jessica où trouver des oreillers et des couvertures supplémentaires, en cas de besoin, et conduisit Luke jusqu'à sa chambre. Pas une fois elle ne laissa transparaître le moindre soupçon de curiosité.

« Et pourtant, elle doit trouver que nous formons un couple étrange, se dit Jessica. Un bel homme à l'allure imposante, sûr de lui, avec une horrible estropiée aux cheveux gris. Peut-être me prend-elle pour sa mère... »

À cette idée, elle ne put réprimer un éclat de rire, mais c'était un rire amer et, pour l'oublier, elle se livra à un examen scrupuleux de sa chambre : elle était meublée avec tant de sobriété qu'elle en paraissait presque nue. Le lit avait l'air confortable, on avait posé des magazines et des fleurs séchées sur la minuscule coiffeuse, ainsi que sur la table de nuit. Quant à la salle de bains, boiseries, baignoire sur pieds, lavabo moderne et rideau de douche semblable à un châle usé s'y mêlaient en une étrange combinaison.

— Votre chambre vous plaît ? demanda Luke lorsqu'il la retrouva à la réception.

— Oui, beaucoup, répondit-elle, tout en remarquant une fois encore à quel point la politesse, la civilité leur étaient un refuge aisé.

— Avez-vous faim ? demanda-t-il encore en lui ouvrant la porte.

— Une faim de loup.

— Il faut dire que vous n'avez pas pris grand-chose au petit-déjeuner. Vous paraissiez nerveuse. Vous l'êtes encore ?

Debout près de la voiture, elle leva les yeux vers lui et dit :

— Non. Et vous ?

— Pas du tout. Je suis ravi d'être ici avec vous. Elle eut un hochement de tête énigmatique et prit place dans la voiture.

Le restaurant n'était pas très loin de l'auberge. Luke se gara et vint ouvrir la portière du passager pour aider Jessica à descendre. Mais, une fois sous l'enseigne indiquant qu'ils se trouvaient bien Chez Christine, ils constatèrent que la salle était située à l'étage, au bout d'un escalier en colimaçon particulièrement raide. Luke étouffa un juron.

— Pardonnez-moi, dit-il. Je ne savais pas…

— Ne vous inquiétez pas, tout ira bien.

Sur ces mots, Jessica n'attendit pas un instant et commença de gravir lentement l'escalier, marche après marche. Il voulut lui prendre le bras, mais elle se dégagea avec un geste brusque. Lorsqu'elle atteignit enfin le restaurant, elle était légèrement essoufflée.

— Je suis vraiment désolé, dit Luke. J'aurais dû poser la question.

— Non, c'était à moi de le faire. Oublions cela, voulez-vous…

Le décor de la petite salle était presque aussi dépouillé que celui de leurs chambres à l'auberge. Le sol était en bois et les tables suffisamment espacées pour garantir une certaine intimité. Des moules de cuivre garnissaient un pan de mur. Une fenêtre laissait apparaître un petit carré de vue sur la mer. Jessica feignit de se plonger dans la contemplation de ce petit carré, essayant d'oublier l'inélégance, la gaucherie de ce corps qui l'encombrait, prête à rabrouer Luke dès la moindre parole de réconfort qu'il tenterait de lui prodiguer. Prudemment, il n'en fit rien, et dit :

— Je crois que je vais demander à cette fameuse Christine l'autorisation de copier son restaurant. Il fait un parfait décor et, comme il est vide, très économique.

Jessica sourit.

— Vous oubliez ces moules en cuivre qui sont vraisemblablement des antiquités, et donc fort chers.

— Dans ce cas, je les élimine sans hésiter. De toute façon, ils sont trop encombrants, vous ne trouvez pas ?

Ils partirent du même rire. Jessica commença à se détendre. Elle avait posé sa canne contre le mur, à proximité, mais peu à peu elle parvint à l'oublier. Elle s'efforça de se redresser, de se tenir bien droite sur sa chaise, les mains posées de chaque côté de son assiette, et elle eut le sentiment de jouer une scène, celle où l'homme et la femme dînent tranquillement dans un restaurant de pêcheurs sur une île. Mais ce n'était ni du théâtre ni du cinéma : c'était la vie, la réalité, et ils étaient tout simplement deux individus assis parmi d'autres individus. Lorsque Luke eut demandé une bouteille de cabernet et qu'ils eurent levé leurs verres pour un toast silencieux, elle sentit qu'ils venaient de franchir une imperceptible ligne et qu'en effet ils formaient un couple.

— Je ne vous ai encore jamais raconté toutes les histoires qui me sont arrivées avec mon auteur, Kent Horne, fit Luke lorsqu'ils eurent commandé.

Son ton détaché et anecdotique dissipa la silencieuse intimité du toast. Il lui parla de Kent et des répétitions de *La Magicienne*.

— Le plus surprenant, dit-il, c'est la façon dont il sent la présence du public avant même que celui-ci soit dans la salle. « Il faut qu'ils respirent avec nous – c'est sa phrase favorite –, et si nous les entendons respirer avec nous, c'est que nous les tenons. »

— Comment a-t-il pu saisir cela dès sa première pièce ?

— Je lui ai posé la question, naturellement, et il m'a répondu que l'esprit collectif animant le metteur en scène, le producteur, les comédiens, le régisseur, leur permet de sentir celui de la salle. Comme s'ils respiraient à l'unisson.

— Il en sait des choses, ce jeune homme. Est-il vraiment aussi jeune que vous le croyez ?

— Plus jeune même. Vous le penseriez également si vous l'aviez vu à l'œuvre. C'est pourquoi sa pièce tient du miracle. Et celle qu'il vient de me confier aussi, d'ailleurs.

— Il en a écrit une autre ?

— Oui, mais elle n'est pas tout à fait terminée.

La serveuse leur apporta les poissons, mais ce fut Christina Orchid, la patronne du restaurant, qui s'approcha de leur table avec les desserts et leur demanda s'ils étaient satisfaits de leur dîner.

— Tout à fait, lui répondit Luke. Les poissons étaient excellents.

Il ne fut pas long à s'apercevoir que la femme ne l'écoutait pas : elle fixait Jessica.

— Vous êtes Jessica Fontaine, dit-elle tout à coup. Vous n'imaginez pas comme je suis heureuse de vous rencontrer. Je vous ai vue dans *Anna Christie* il y a bien longtemps. Vous y étiez merveilleuse. J'ai entendu dire que vous aviez une maison sur Lopez ; vous y êtes en vacances ?

— Non.

— C'est encore mieux. Si vous habitez toute l'année dans la région, j'espère bien que vous reviendrez nous voir malgré cet horrible escalier.

— Je l'espère aussi, répondit platement Jessica.

— Bien, je crois que je vais vous laisser déguster tranquillement vos desserts, conclut Christina Orchid, trop rompue aux singularités de la clientèle pour s'entêter dans une conversation qui, à l'évidence, n'était pas bienvenue.

Elle prit congé avec un sourire et se dirigea vers une autre table.

Le regard de Luke croisa celui de Jessica.

— Ça vous arrive souvent? demanda-t-il.

— D'être désagréable ou qu'on me reconnaisse? repartit-elle du tac au tac, un soupçon d'agressivité dans la voix.

— Que l'on vous reconnaisse.

— Bien sûr que non. Comment voudriez-vous que ça m'arrive?

— Vous voulez dire que, d'après vous, personne ne peut plus vous reconnaître?

Le visage de la jeune femme s'empourpra.

— Je veux dire que les gens du coin ont rarement mis les pieds sur la côte Est, plus rarement encore à New York; quant aux théâtres de Broadway, n'en parlons pas! Et même si c'est le cas, depuis le temps, ils ont pu oublier les acteurs qu'ils ont vus jouer.

La serveuse vint providentiellement leur apporter les cafés, permettant ainsi à Luke d'éviter un sujet périlleux et de détourner la conversation. Il y parvint si bien qu'ils furent les derniers à quitter le restaurant. Lorsque, enfin, ils se levèrent de table, il prit soin de rester en haut de l'escalier et de laisser Jessica descendre seule. Une fois dans la voiture, elle lui dit:

— Merci, c'était une merveilleuse soirée.

— Elles le sont toutes depuis quelques jours, murmura-t-il.

Et ils n'échangèrent plus une parole jusqu'à l'auberge.

Le petit salon contigu à la chambre de Jessica était plongé dans le noir. Seules quelques braises rougeoyaient encore dans l'âtre.

— Voulez-vous que nous terminions la soirée ici devant la cheminée? demanda Luke.

Sans attendre la réponse, il posa deux bûches sur les braises et regarda le feu prendre peu à peu. Puis il se dirigea vers un petit guéridon sur lequel étaient posés une carafe de sherry et quelques verres. Il en servit deux.

— J'aimerais vous dire quelque chose, commença-t-il en s'approchant de Jessica. J'aimerais vous donner ce soir la réponse à une question que vous m'avez posée il y a quelques jours. Je ne sais pas si vous vous en souvenez.

— Je m'en souviens, répondit-elle en s'asseyant sur une méridienne face à la cheminée.

Elle prit doucement le verre que lui tendait Luke, le posa sur une table basse où s'entassaient déjà des magazines et des livres de photos sur l'archipel des San Juan, puis resta le regard perdu, à observer le reflet des flammes sur les couvertures en papier glacé. Luke prit place auprès d'elle. Ils étaient plus proches l'un de l'autre qu'ils ne l'avaient jamais été au cours de la semaine écoulée. Mais au lieu de s'écarter, de s'éloigner de cette présence inhabituelle, Jessica ne fit pas un geste. Apaisée, sereine, elle resta là, à contempler le feu, rassurée par la réalité de ce corps près du sien. Elle se sentait comme un athlète après la course : fatiguée, mais incapable d'aller se coucher. Or, si elle ne courait plus, elle savait aussi qu'elle n'avait pas encore franchi la ligne d'arrivée, ignorant même ce qu'elle trouverait au-delà de cette ligne, si toutefois elle l'atteignait jamais... Pourtant elle attendait cet instant avec une étrange impatience.

Luke se tourna vers elle, posa son verre et dit :

— L'autre jour, vous m'avez demandé pourquoi je tenais tant à vous comprendre...

— Et vous m'avez dit que vous répondriez plus tard à cette question.

— Oui, je voulais me laisser le temps d'être sûr.

Le feu projetait dans toute la pièce ses ombres dansantes. Aussi, lorsqu'elle vit la main de Luke s'approcher de la sienne, Jessica crut être le jouet d'une illusion. Mais elle sentit alors la paume de cette main presser la sienne...

— Je vous ai dit que l'envie de vous rencontrer m'était venue en lisant vos lettres. Peu à peu, grâce à vos lettres, vous êtes devenue une partie de ma vie, et l'une des plus importantes. J'ai compris que j'étais tombé amoureux de vous.

— Non.

Elle avait prononcé ce « non » dans un murmure, à peine un souffle, tout en tentant de dégager sa main. Mais Luke refusait de la lâcher.

— Je vous ai déjà dit que c'était un fantasme. C'est...

— Une réalité.

— Stupide. Et je...

— Je suis sûr de mes sentiments, Jessica. Je suis sûr de trouver en vous ce que j'ai aimé dans vos lettres. C'est pour ça que je suis venu, et je vous ai découverte telle que vous êtes dans vos lettres, et même mieux encore, encore plus belle...

— Non ! répéta Jessica, plus fort cette fois, arrachant d'un coup sec sa main à celle de Luke. Non, pas ça ! Pourquoi dites-vous de telles absurdités ? Belle, je l'ai été autrefois, mais c'est une époque révolue. Définitivement. Tout ce qu'il reste de cette beauté, c'est une épave, un laideron boiteux ou, si vous préférez, une femme on ne peut plus ordinaire, qui dessine et s'occupe de son jardin. Pourquoi voulez-vous donner à toute cette banalité des allures de romance ? Vous vous êtes raconté des histoires, Luke. Ce qui vous plaît en moi, c'est mon exotisme à vos yeux : je suis différente de ce que vous connaissez et mon destin a quelque chose de théâtral. Voilà ce qui vous intéresse. Mais s'il s'agit d'une pièce, dites-vous bien que c'est une comédie : un homme parle d'amour à une estrop...

— Taisez-vous ! s'exclama Luke sur un ton qui n'admettait pas de réplique.

Il se leva et se mit à arpenter nerveusement le salon. Toujours assise sur la méridienne, Jessica entendait ses pas dans son dos et voyait son ombre qui s'allongeait sur le mur, s'incurvant jusqu'au plafond.

— Il vous est arrivé une chose terrible, reprit-il, personne ne dit le contraire. Mais vous vous êtes retranchée derrière cet accident, vous vous en êtes enveloppée, comme dans un linceul. Et vous voyez tout à travers ce linceul, vous le couvez, vous l'aimez, il est votre rempart, ajouta-t-il d'une voix dure en s'arrêtant face à elle, le dos au feu. « Un laideron boiteux, une femme on ne peut plus ordinaire », dites-vous ? Oui, si, pour fuir ce qui vous rappelle vos succès passés, vous vous enfermez dans votre maison, cette maison où il n'y a pas une seule affiche, pas un seul miroir ! Mais, ma chère Jessica, fit-il en se penchant pour saisir ses mains entre les siennes, vous vivez dans un univers rempli de miroirs qui ne reflètent qu'eux-mêmes, vos mirages et vos illusions, la voilà votre réalité. Les autres, les malheureux humains qui tentent de vous approcher, vous ne les voyez pas. Ils sont sans consistance pour vous. Vous les balayez d'un revers de main, comme des fantômes.

— C'est faux ! Pendant toute cette semaine, nous avons abordé ensemble une multitude de sujets, je me suis montrée ouverte, franche et honnête avec vous. Je ne vous ai pas *balayé*, comme vous dites.

— Peut-être, mais certains sujets sont restés hors d'atteinte, et vous me balayez de votre vie quand je vous dis que je vous aime. Pourquoi ne pouvez-vous accepter cette idée ?

— Vous connaissez déjà la réponse à cette question. Vous savez tout de moi désormais et vous n'avez toujours pas compris que c'est moi le fantôme ! s'insurgea Jessica sur un ton farouche, mais sans hausser la voix, de peur de réveiller l'auberge endormie. Aucun de ceux qui me connaissaient avant ne me reconnaîtrait, ne verrait en moi un être intact, entier. Ils verraient plutôt une épave et feraient demi-tour. Pourquoi a-t-il fallu que vous mettiez cela sur le tapis ? Nous avons passé ensemble une charmante semaine. Étiez-vous obligé de la conclure ainsi ? Vous seriez rentré à New York et nous nous serions quittés avec des souvenirs agréables. Au lieu de ça, vous vous obstinez à me prendre pour ce que je ne suis pas, ce que je ne suis plus, à me parler de New York, à me parler d'amour... Je vous ai dit cent fois que je mène la vie que je me suis choisie – vous l'avez lu et relu dans mes lettres à Constance –, alors pourquoi ne pouvez-vous l'accepter ?

— Parce que je ne veux pas.

— Est-ce si important ce que vous voulez ou pas ?

— Ça l'est pour moi. Vous aussi, vous faites ce que vous voulez, vous...

— Je fais ce que je peux, plutôt !

— Je ne vous crois pas.

— Parce qu'il ne vous est jamais rien arrivé qui ravage votre vie, qui vous fasse la considérer brusquement comme un pays étranger, un pays où vous ne reconnaissez plus rien ! Pendant deux ans j'y ai pensé : j'ai essayé de m'imaginer reprenant la vie qui était la mienne *avant*. Mais c'était impossible.

— Vous avez eu peur.

— Oui, j'ai eu peur, bien sûr. Est-ce tellement honteux ? Ce n'était même pas de la peur, c'était de la terreur. Je n'étais plus chez moi nulle part. Avant, toutes les portes s'ouvraient devant Jessica Fontaine, on l'accueillait, on la fêtait, on la flattait aussi, avant j'étais partout chez moi. Et j'ai compris après l'accident que les portes ne s'ouvriraient plus, qu'on me tournerait le dos, qu'il n'y aurait plus jamais de place pour moi... Pouvez-vous au moins essayer de comprendre ça ?

— Je ne fais que ça. Depuis que j'ai commencé à lire vos lettres, j'essaie de comprendre. Vous êtes courageuse, pourquoi n'avez-vous même pas essayé de revenir ? Si vous aviez échoué, il était encore temps de faire machine arrière, de fuir. Mais vous avez préféré fuir avant même de savoir...

— Décidément vous ne comprenez rien, fit Jessica en secouant énergiquement la tête.

— C'est possible. Mais je sais qu'une femme qui aimait la scène comme vous l'aimiez, une femme qui parlait à Constance de la toute-puissance que donne le théâtre...

— Je ne veux plus vous entendre citer mes lettres !

— Pardonnez-moi. J'essayais juste de vous montrer les enjeux de votre décision.

— Parce que vous croyez que je les ignore ? Mais l'enjeu, c'est ma vie. J'ai mis des années et des années à en construire une qui me protège de...

— Des souvenirs et du chagrin, compléta Luke posément. Ça, je peux le comprendre. Mais sont-ils à ce point dévastateurs pour que vous n'ayez même pas tenté de retrouver ce qui a fait de vous une star ? Parce que cette chose-là, ce talent, est encore en vous...

— Voilà un autre fantasme. Vous n'arrêtez pas de débiter des chimères, comme si vous vous imaginiez qu'il suffit de me parler assez longtemps pour me changer. Mais le talent a disparu avec mon corps. Avant, je pouvais en faire ce que je voulais, il m'obéissait. Je savais comment lui faire traverser une scène, s'asseoir, ouvrir une porte, servir un verre... Oui, avant mon corps était un instrument dont je jouais presque autant que de ma voix et de mon visage. Mais ce corps-là est mort. Tout comme l'est mon visage. Que reste-t-il du talent dans ces conditions ? Maintenant que vous m'avez forcée à mettre des mots sur ces douleurs, êtes-vous satisfait ?

La souffrance de Jessica était si criante que Luke resta un moment silencieux, saisi.

— Pardonnez-moi, répondit-il enfin. Vous avez raison. Je n'ai pas le droit de vous dire ce que vous devez faire, de jouer le sauveur venu vous ramener à la civilisation. Mais sachez que je vous aime et que je viens de passer en votre compagnie une merveilleuse semaine. Je ne crois pas vous avoir menti. Je n'ai jamais prétendu que vous aviez conservé le corps et le visage d'autrefois. Mais plus je vous regarde, plus je vous écoute, moins ça me semble important. Non, l'important, ce sont nos discussions, votre façon de voir le monde, votre esprit, votre expression quand vous souriez, quand vous riez. Pour moi, vous êtes belle, *vraiment* belle, et je regrette que vous n'ayez pas assez confiance en moi pour y croire.

Après ces mots, Luke resta encore un long moment debout, noire silhouette se détachant contre les lueurs d'un feu mourant. Puis il se pencha vers Jessica et déposa au coin de ses lèvres un léger baiser.

— Bonne nuit, ma chérie.

Il quitta le petit salon sans se retourner et grimpa quatre à quatre l'escalier qui menait à sa chambre.

Elle resta seule, tremblante, bouleversée, et regarda le feu mourir lentement jusqu'à ce qu'il n'en reste plus qu'un lit de braises rougeoyantes. Le froid gagna la pièce, mais elle ne bougea pas et demeura pétrifiée, les mains serrées l'une contre l'autre. Il régnait dans l'auberge assoupie un silence parfait qui contrastait avec les cris battant dans sa tête.

Il s'était écoulé combien de temps depuis la dernière fois où on lui avait dit « Je t'aime » ? Des années... Plusieurs années... Mais son trouble ne venait pas de là. Non, ce qui la bouleversait, c'était de devoir s'avouer qu'elle était amoureuse, profondément, follement, passionnément amoureuse...

« Non, non, se dit-elle très vite. Je ne peux pas me le permettre. Je n'ai pas passé toutes ces années à me protéger pour baisser la garde maintenant. Je n'ai pas les moyens de prendre un risque pareil pour un type qui me prétend "enveloppée comme dans un linceul". L'horrible mot. Comme si j'étais morte. Après tout, c'est vrai, la Jessica Fontaine d'avant est morte – tout le monde le sait –, mais *moi* je ne suis pas morte. Je vis, je peins, je suis heureuse. »

Elle sentit une vague de colère monter en elle en repensant à cette autre phrase de Luke : « Vous vivez dans un univers rempli de miroirs qui ne reflètent qu'eux-mêmes, vos mirages et vos illusions, la voilà votre réalité. »

Seulement cette réalité, elle l'avait choisie, elle l'avait faite sienne. Pour qui se prenait-il, à venir ainsi lui dire ce qui était bon pour elle ? Lui aussi, il avait sa réalité, sa vie à New York. Il allait y retourner, et dès le lendemain certainement, et ils n'auraient plus aucune raison de se revoir, jamais.

Elle saisit sa canne qu'elle avait posée contre la méridienne, traversa le petit salon pour se rendre dans sa chambre, et se coucha, s'enjoignant de cesser de penser, de chasser cette soirée de son esprit, de l'oublier, définitivement.

— Avez-vous bien dormi ? lui demanda Luke le lendemain matin lorsqu'ils se retrouvèrent dans la salle à manger de l'auberge.

— Non.

— Moi non plus.

Susan Fletcher passa la porte de la cuisine.

— Il fait doux dehors. Voudriez-vous prendre votre petit-déjeuner dans la véranda ?

Luke interrogea Jessica du regard.

— Volontiers, répondit celle-ci tout en se disant que, quel que soit l'endroit, ce petit-déjeuner promettait d'être un calvaire. Je vais chercher un pull.

— Non, ne bougez pas, dit Luke.

— Je vous remercie, vous le trouverez sur le lit.

— Sans doute aurons-nous le temps de faire un tour en voiture avant de partir, proposa Luke en revenant quelques minutes plus tard. (Il posa délicatement le pull sur les épaules de Jessica.) J'ai envie de mieux connaître cette île, pas vous, Jessica ?

— Si, j'adorerais ça.

Elle était encore un peu anxieuse, redoutant qu'il n'évoquât leur conversation de la nuit. Mais il n'en fit rien et poursuivit sur un ton détaché :

— J'ai lu quelques pages sur l'histoire de ces îles hier soir. Saviez-vous qu'il existe un endroit nommé la « Guerre des cochons » dans l'archipel ?

— Oui, je crois qu'on l'a appelé ainsi à cause d'une querelle de fermiers.

— Exactement. Un fermier américain tua le cochon d'un fermier anglais, et le gouvernement britannique du Canada, qui à l'époque revendiquait les îles San Juan, envoya les autorités judiciaires pour l'arrêter. Les troupes américaines débarquèrent pour l'en empêcher. Elles établirent leur campement à un bout de l'île et les Britanniques à l'autre bout. Et pas une balle ne fut tirée.

— Sauf sur le cochon, fit observer Jessica.

— Toute cette affaire a quand même duré treize ans, continua Luke en riant.

— Treize ans ?

— Les gens mettent parfois longtemps avant de changer d'avis.

Elle lui lança un regard en coin, mais il paraissait entièrement absorbé dans son petit-déjeuner et semblait n'avoir rien mis d'intentionnel dans cette phrase. Rassurée, elle lui demanda :

— Qui a gagné cette guerre ?

— Personne. Les deux camps ont négocié un traité donnant l'archipel aux Américains, mais je crois qu'entre-temps les Anglais s'en sont complètement désintéressés.

— Ils auraient pu négocier leur traité sans mobiliser deux armées...

— Sans doute. Si nous pouvions rembobiner le film et refaire l'histoire, nous le saurions.

— Ça pourrait faire un bon sujet de pièce.

— C'est une idée. J'essaierai peut-être de m'y atteler un de ces jours...

— Vous voulez dire que vous l'écririez ?

— Oui.

— Je ne vous savais pas dramaturge.

— C'est plutôt un passe-temps qu'autre chose. En six ans, je n'ai écrit que deux pièces. Il faut dire que je n'ai guère le temps...

— Vous n'avez pas essayé de les porter à la scène ?

— Je ne veux pas les monter moi-même et je ne les ai jamais montrées à personne. Pourtant... j'aimerais que, vous, vous me donniez votre avis.

— Je ne suis pas sûre d'être compétente.

— Oh si ! Personne ne sait mieux que vous ce qui donne vie à un personnage.

À nouveau, Jessica se sentit comme irrésistiblement aspirée dans la vie de cet homme. « Pourtant, il devrait savoir que ça ne marchera pas, se dit-elle. Après ce qui s'est passé hier soir, il n'a aucune raison de rester un jour de plus. »

— Je les avais emportées avec moi, poursuivit Luke, au cas où. Je les ai relues chez vous. Finalement, je ne les trouve pas si mauvaises. Mais je ne suis pas bon juge.

Elle lui répondit par un sourire distrait. À la vérité, elle brûlait d'envie de lire ces deux pièces, ne doutant pas qu'elles lui livreraient d'autres clefs sur la personnalité de Luke.

— Vous pourriez me les laisser quand vous repartirez pour New York, dit-elle. Je vous les renverrai très vite.

— D'accord, mais à mon avis vous aurez le temps de les lire dans l'après-midi ou dans la soirée. Je serai encore là. Je n'ai pas trouvé de place d'avion avant demain matin. Rassurez-vous, je vais retourner chez Robert pour la nuit. Des chambres se seront peut-être libérées. J'ai déjà trop abusé de votre hospitalité.

— Ne soyez pas ridicule, vous n'allez pas redéménager pour une nuit.

— Merci, Jessica, j'accepte votre offre. Ce sera plus simple ainsi.

Ils quittèrent l'auberge et firent le tour de l'île en silence, perdus dans la contemplation de ravissants paysages. Lorsqu'ils arrivèrent en vue du petit aérodrome, l'avion les attendait déjà. Pendant tout le vol de retour, Luke bavarda avec le pilote et Jessica demeura silencieuse. Une fois à Lopez, ils retrouvèrent sa voiture, qu'elle avait garée près de la piste d'atterrissage, et reprirent la route de Watmough Bay. «Voilà que nous rentrons ensemble à la maison après un petit voyage, pensa-t-elle. Et ça m'a l'air familier, presque naturel.»

— J'aimerais faire une dernière promenade à cheval, dit soudain Luke lorsqu'ils furent arrivés devant la maison. Si toutefois ça ne vous ennuie pas...

— Non, bien sûr. Allons-y.

Ils sellèrent les chevaux et partirent pour une longue randonnée qui leur parut triste et morne, une vraie promenade d'adieu. Comme pour se mettre à l'unisson de leur humeur, le ciel se fit gris, brumeux, puis s'assombrit dans un épais brouillard venu de la mer qui enveloppa chaque arbre, chaque falaise, chaque ferme. Jessica ralentit prudemment l'allure et entendit la voix de Luke dans son dos :

— J'ai eu de la pluie pour mon arrivée, j'ai du brouillard pour mon départ, mais, entre les deux, il y eut une radieuse semaine de plein soleil !

Elle tourna bride et reprit sans répondre le chemin de l'écurie. Lorsqu'ils regagnèrent la maison, elle n'avait toujours pas prononcé un mot. Luke alluma immédiatement toutes les lampes du salon, la chienne sur ses talons. Puis, toujours accompagné de Chance, il alla chercher dans le vestibule la valise de Jessica et la porta dans la chambre.

— Je crois que nous devrions nous sécher, dit-il lorsqu'il fut revenu, en frictionnant ses cheveux humides.

Jessica se tenait debout devant la baie vitrée. Muette.

— Que regardez-vous ? lui demanda-t-il.

— Le brouillard.

— Est-ce si intéressant ?

Le silence fut sa seule réponse. Il se dirigea alors vers elle et posa les deux mains sur ses épaules. Les muscles se raidirent sous ses doigts, il le sentit, mais elle ne bougea pas, ne fit pas un geste, ni pour s'écarter ni pour s'approcher de lui. Il ébouriffa ses cheveux, comme il l'avait fait quelques instants auparavant avec les siens.

— Vous ne voulez pas que je vous regarde, c'est ça ? fit-il.

Ils connaissaient l'un et l'autre la réponse à cette question. Il avait allumé les lampes au moment où Jessica ôtait sa bombe, révélant de pauvres mèches grises humides, plaquées sur sa tête. Elle avait fait volte-face pour se tourner vers la baie vitrée. Elle savait qu'elle avait les traits tirés, le teint blême, le visage maigre, qu'avec ces mèches grises elle ressemblait à une souris mouillée. Elle sentit les doigts de Luke descendre doucement vers son cou, puis la pression devint plus ferme et il la fit se retourner dans ses bras.

— Vous ne comprenez pas que je m'en moque ? dit-il. Je vous aime. Je me fiche de la tête que vous avez.

Elle leva les yeux vers lui, osant enfin affronter ce regard qu'elle redoutait tant, mais, loin d'y lire de la révulsion ou même seulement un peu d'incertitude, elle n'y vit que de la tendresse. Et de l'amour. Quelque chose céda en elle, la digue qui contenait depuis si longtemps toutes ces émotions interdites se brisa, elle se sentit engloutie dans une délicieuse vague de chaleur et s'abandonna entre les bras de Luke. Elle ne reconnaissait plus son corps : il n'était plus rétif, mais tout à la fois docile et libéré, avide d'une passion et d'un désir qu'elle pensait ne plus jamais éprouver.

Mais, en réalité, les avait-elle jamais éprouvés ? Luke faisait naître en elle un sentiment nouveau, qui embrassait tout, toute sa vie. Le théâtre ne pouvait plus lui servir de rempart contre l'amour. Et si elle se livrait désormais, ce serait totalement, sans retenue. Le « moi » enfoui en elle revenait avec toute la force qu'elle avait mise à le bannir. Cette force, cette violence lui firent peur. D'instinct, elle s'écarta.

— Tout va bien, lui dit Luke en souriant. Je vais tenir le coup, et vous ?

Elle éclata de rire.

— J'essaierai.

— Il va falloir de l'entraînement. Des années et des années...

Elle le fit taire d'un rapide baiser. Il ne devait pas parler d'avenir.

— Jessica, si tu ne veux pas...

— Si. Si, je le veux.

Il laissa échapper un soupir et elle comprit que, jusqu'à cet instant, il avait douté. Enlacés, ils se dirigèrent vers la chambre. Jessica n'avait pas sa canne, il la soutenait. Une fois à la porte, elle eut un bref mouvement de recul : depuis l'accident, le seul homme auquel elle s'était montrée était son médecin. Elle pensait avoir tout oublié de la séduction et du désir, mais Luke la tenait serrée contre son corps, il l'aidait, l'aimait, et elle avait envie de lui. « Tellement envie, se dit-elle. Peu importe ce qui arrivera après. Je le veux maintenant. Mon Dieu, si seulement il pouvait parvenir à m'aimer sans arrière-pensées, sans faux-semblants, ne fût-ce qu'aujourd'hui. »

Le brouillard semblait vouloir se presser contre les hautes fenêtres de la chambre comme pour les étouffer, et ils eurent l'impression singulière de se trouver dans une grotte. Lentement, ils se dévêtirent, laissant tomber sur le sol leurs vêtements humides. Jessica frissonna, de froid ou de crainte, et se glissa dans le lit. Elle ramenait l'édredon sur elle au moment où Luke vint la rejoindre. Ils restèrent ainsi un long moment, serrés dans les bras l'un de l'autre, attendant de se réchauffer. Puis, peu à peu, comme à leur insu, ils sentirent leur peau s'éveiller et leurs corps s'épouser avec l'affinité parfaite des pièces d'un puzzle. Jessica sentit ses sens revenir à la vie et ce corps, dont elle avait été à la fois geôlière et prisonnière pendant tant d'années, renaître dans une explosion de joie. Les caresses de Luke, sa bouche sur sa peau, lui firent oublier ses peurs, ses doutes, ses colères, son existence recluse. Cet homme l'emportait dans son désir et elle s'y trouvait belle.

Au début, il avait à peine osé la serrer dans ses bras tant elle paraissait fragile. Mais, à présent, il découvrait sa force, une vigueur insoupçonnée, l'intensité de sa passion.

— Tu es magnifique, lui murmura-t-il.

Et il se fit à lui-même cette promesse : elle ne serait plus jamais seule, plus jamais elle ne connaîtrait ces longs mois de retraite glacée, dans la honte et le secret.

Ils passèrent le restant de cet après-midi de grisaille couchés l'un près de l'autre. Seul le lit paraissait ceint d'un halo ensoleillé. Ils firent l'amour au gré de leur passion, dans de brusques explosions de désir qui les laissaient étourdis et à bout de souffle, perdant toute notion du temps, uniquement occupés de leur amour, de l'union de leurs deux corps, de ce souffle commun qu'ils semblaient découvrir.

— C'est incroyable, dit Luke alors que, appuyé sur un coude, il caressait doucement le visage de Jessica. Je t'ai cherchée toute ma vie et tu étais là depuis toujours, si proche de Constance, si proche de moi, et je ne le savais pas. Pourquoi Constance ne me parlait-elle pas de toi ? De tes lettres ?

— C'est la première fois que tu me poses cette question, répondit Jessica, l'air embarrassé.

— Réponds-moi, insista-t-il.

— Constance voulait nous voir ensemble, avoua-t-elle après un moment d'hésitation. Et... mariés.

— Quoi ? C'est insensé ! Quand on a ce genre de projets pour les gens, on fait ce qu'il faut pour les voir aboutir.

— Pas quand on a déjà essayé de dissuader son petit-fils d'épouser une femme. Pas quand il vous a déjà répondu que vous étiez mal placée pour donner des leçons en matière de mariage.

Luke se renfrogna, mi-sincère, mi-amusé :

— Tu en sais trop sur moi.

— Tu peux parler, toi qui as appris mes lettres par cœur !

— J'avoue, confessa-t-il avec un sourire, avant d'ajouter : Mais il y a quelque chose que je ne comprends pas... Constance et moi avons eu cette conversation il y a très longtemps.

— Celle-là, oui. Mais il y en eut d'autres, semble-t-il, au cours desquelles tu lui as souvent conseillé plus ou moins délicatement de se mêler de ses affaires et de te laisser seul choisir les femmes qui te convenaient. Tu lui en voulais, disait-elle, de ne pas s'être mariée, de ne pas t'avoir donné un père. Elle était convaincue que me présenter à toi comme une possible candidate au mariage était le meilleur moyen de t'inciter à chercher ailleurs...

— Elle était sans doute dans le vrai, répondit Luke, songeur. Pourtant je l'épargnais : je la rabrouais moins que les autres. Mais un jour je lui ai demandé un peu fermement de me ficher la paix, je l'avoue. Tu sais, elle m'a reproché plus d'une fois d'être rigide. Toi aussi, tu m'avais trouvé froid et distant un soir de première où nous nous étions rencontrés. Et tu avais raison.

— Tu as changé ?

— Je le crois. Enfin, je l'espère...

— Comment ?

— En partie grâce à tes lettres. Je me suis vu comme tu m'avais vu. Et en partie à cause de la maladie de Constance, de son départ pour l'Italie. À ce moment-là, j'ai commencé à comprendre qu'elle allait mourir un jour. Nous savons tous si bien occulter cette réalité tant qu'elle ne nous saute pas à la figure. Constance était la seule personne que j'aimais, conclut Luke d'une voix où perçait l'émotion. (Puis il s'interrompit quelques instants avant d'ajouter :) Elle aurait dû me parler de toi si elle souhaitait nous voir ensemble. Es-tu si sûre qu'elle l'ait vraiment voulu ?

— Ça t'ennuierait d'aller me chercher le coffret ? répondit simplement Jessica.

Sans poser d'autres questions, Luke se leva et partit dans le salon. Lorsqu'il revint, il trouva Jessica assise dans le lit, adossée aux oreillers, un déshabillé de soie sur les épaules. Elle ouvrit sans hésiter le coffret qu'il lui tendait et en sortit une épaisse liasse de lettres sur laquelle elle laissa courir son pouce. Luke prit place à côté d'elle sur le lit et, comme hypnotisé, ne quitta pas le coffret des yeux : il était absolument identique à celui qui se trouvait chez lui, à New York, dans sa bibliothèque. Il eut le sentiment étrange de s'être dédoublé, comme si une partie de lui-même était ici, sur Lopez Island, et l'autre là-bas, dans cet immense appartement où montaient confusément les bruits de la ville. L'espace d'une fraction de seconde il vit, plus encore qu'il ne comprit, avec une évidence brutale, à quel point Jessica était loin de son monde, à quel point il allait être difficile de la convaincre de le suivre... Mais, déjà, elle l'arrachait à ses pensées :

— La voilà ! l'interrompit-elle en brandissant une lettre sortie du paquet. Vas-y, lis, ajouta-t-elle en la lui tendant.

Luke obtempéra.

Jessica chérie,
Cette lettre sera brève, car je suis à bout de forces. Je crois que je vais bientôt être obligée de dicter mon courrier. Mais je préfère repousser encore cette échéance qui, comme tant d'autres, me rapproche trop de la dernière. Luke vient de partir. Nous avons passé ensemble quelques merveilleuses journées, mais il est seul et, je dois le dire, assez souvent d'humeur maussade. Seulement, ce n'est pas moi qui peux le guider sur la route du bonheur... je n'ai même pas la prétention de savoir où elle se cache, cette route. Je crois tout simplement que mon petit-fils serait heureux avec toi, et que toi, tu le serais avec lui. Mais je refuse de vous pousser dans les bras l'un de l'autre, je ne suis pas comme ces mères entremetteuses des romans victoriens. Vous êtes libres, mais écoute-moi, ma Jessica, essaie de trouver un chemin vers lui, essaie de donner une chance au scénario que j'ai élaboré pour vous. Si jamais cela marchait, je vous demande à tous deux de porter un toast à ma mémoire et à ma prescience. Dans le cas contraire, vous n'auriez l'un et l'autre perdu que

*le temps de quelques dîners. Jessica, tu as été mon
enfant et ma plus chère amie. En ce moment même,
assise dans ma bibliothèque, je vous imagine ensemble,
Luke et toi, main dans la main, et cette image me pro-
cure une grande joie. Je sais que cette lettre a des allures
de testament, et pourtant je n'ai pas l'intention de mourir tout de suite, crois-le bien. J'aimerais vivre assez
longtemps pour vous voir ensemble ! Cependant, j'y
crois si peu que je n'ai pas détruit tes lettres, comme tu
me l'avais demandé : connaissant Luke comme je le
connais, je suis bien sûre qu'il les lira après ma mort
et que lui saura trouver un chemin vers toi. Ma Jessica, je t'en conjure, prends bien soin de toi et de mon
petit-fils. Il a besoin de toi. Et je crois que toi aussi, tu
as besoin de lui. Je vous bénis, mes enfants. Je vous
aime.*

Constance.

Luke avait les larmes aux yeux.

— C'est la dernière lettre qu'elle m'ait envoyée, dit
Jessica. Et… (Elle éclata en sanglots :) Oh, Luke, je l'ai
laissée tomber, je l'ai abandonnée, tu sais, et ça, je ne
peux pas me le pardonner. Elle m'avait écrit quelque
temps auparavant en me disant que je lui manquais,
qu'elle pensait me manquer aussi – et mon Dieu,
c'était vrai, on ne peut plus vrai ! Elle me suppliait de
venir la voir une dernière fois, et… et je ne l'ai pas fait.
Je n'ai pas osé lui montrer ce que j'étais devenue, surtout après lui avoir écrit toutes ces sornettes…

— Elle ne t'en aurait pas voulu.

— Peut-être, mais elle se serait inquiétée pour moi.
Tourmentée, elle aurait voulu appeler des gens, leur
écrire, faire jouer ses relations pour qu'on se montre
gentil, chaleureux, accueillant envers la pauvre
infirme. Et ça, je ne le voulais pas.

— Mais elle avait besoin de toi auprès d'elle avant
de mourir.

— Je le sais, répondit Jessica d'une voix presque inaudible. J'aurais dû y aller. Je me disais encore que je le ferais un jour. Et puis j'ai appris qu'elle était morte et je n'ai plus pensé qu'à une chose : j'aurais dû être avec elle, l'accompagner jusqu'à cette minute-là. Luke, cette pensée m'obsède...

— Et tu n'as pas voulu non plus, comme elle te le demandait, trouver un chemin jusqu'à moi.

— Non, j'avais trop honte, répondit Jessica et puis... je pensais que c'était trop tard, ajouta-t-elle avec un pâle sourire.

Luke l'attira contre lui, la serra dans ses bras, l'embrassa et lui murmura au creux de l'oreille :

— Ne te tourmente plus, ma chérie, j'espère qu'elle nous voit, je suis sûr qu'elle nous voit là où elle est. Et qu'elle est heureuse. Ses prédictions se sont réalisées...

— Oui, tu as lu mes lettres...

— Et j'ai drôlement bien fait puisqu'elles m'ont amené à toi.

Il fit lentement glisser le déshabillé sur les épaules de Jessica, dégagea son cou et y déposa quelques baisers qui furent un doux prélude au désir. Celui-ci les saisit bientôt et ils y cédèrent avec une ferveur nouvelle, l'impression que leur amour était prédestiné, écrit, comme dans les lettres de Constance, que toutes les années perdues devaient être rattrapées. Ils firent l'amour avec une fougue et une confiance que ni l'un ni l'autre n'avaient connues auparavant.

— Je t'aime, lui dit Luke lorsqu'ils furent à nouveau étendus l'un près de l'autre. Tu es tout ce que j'aime désormais, et bien plus encore.

— Tu es tombé amoureux d'une créature que tu as imaginée, ne l'oublie pas, lui répondit Jessica en riant.

— Je suis tombé amoureux d'une voix, d'une intelligence. Il ne me manquait que le reste...

— Et maintenant...

— Maintenant, nous avons des années, toute la vie, pour rattraper le temps perdu.

— Tu veux parler de New York, c'est ça ? lui lança-t-elle d'une voix anxieuse.

— Non, pas encore, pas ce soir. Tu sais comme moi qu'il faudra en parler, mais pas ce soir. Cette soirée doit rester hors du temps, inaccessible, rien qu'à nous.

« Un conte de fées qui, demain, va se briser sur l'écueil de la réalité », songea Jessica. Mais désireuse, elle aussi, de profiter pleinement de cette soirée, elle ne dit rien, enfila à nouveau son déshabillé et se leva pour chercher dans sa penderie un peignoir qui puisse aller à Luke. Elle ne trouva qu'un immense kimono qu'elle lui tendit.

La nuit était tombée. Ils se préparèrent un petit dîner composé de poissons achetés à Orcas et de quelques pommes de terre. Vers la fin du repas, alors qu'ils évoquaient leur excursion sur l'île, Luke dit :

— J'aimerais y retourner pour faire l'ascension du Dos de la Tortue.

Jessica changea de visage, mais ne répondit rien. Elle savait que jamais elle ne pourrait l'accompagner ni dans cette ascension ni dans aucune autre, et que cela compterait parmi les nombreuses choses qu'ils ne pourraient faire ensemble. Conscient de sa maladresse, Luke détourna la conversation en lui posant des questions sur Robert, Chris et quelques autres habitants de Lopez avec lesquels elle avait pu lier connaissance. Elle accepta de lui raconter ce qu'elle savait, tout en songeant qu'une semaine d'expériences partagées et une poignée de connaissances communes ne suffiraient pas à fabriquer autre chose que des souvenirs.

— Je ne veux pas partir demain, dit Luke au moment où ils regagnaient la chambre. J'aimerais passer encore une journée ici. Nous avons beaucoup de choses à discuter.

— Oui, répondit-elle simplement.

« Il me faut encore d'autres souvenirs, se dit-elle. Oui, j'en veux le plus possible. »

Au moment de pénétrer dans la chambre, ils virent Chance qui attendait Luke dans le couloir, prête à l'accompagner jusqu'à l'atelier. L'air inquiet, elle le regarda changer de direction, puis partit fureter dans tous les coins, comme pour voir si aucune autre innovation ne venait troubler son quotidien.

— Voilà une chienne qui n'aime pas qu'on dérange ses habitudes, dit Luke en la voyant s'agiter.

— C'est normal, répondit Jessica, elle a connu plus de bouleversements en une semaine qu'au cours des deux dernières années.

— Elle apprendra, elle aussi, que certains bouleversements peuvent être très positifs, conclut Luke avec un clin d'œil avant d'éteindre la lampe de chevet.

Jessica vint se blottir dans ses bras et ils s'endormirent, repus d'amour, pour une nuit sans rêves.

Le lendemain matin, le brouillard enveloppait toujours l'île, rendant impossibles la promenade à cheval comme le petit-déjeuner sur la table du jardin. Ils le prirent à l'intérieur, dans la salle à manger, fascinés par ce rideau de coton blanc qui se pressait contre la baie vitrée.

— On est un peu comme des naufragés, dit Jessica. Plus d'horizon, plus de signalisation, plus rien pour nous relier au reste du monde. On pourrait aussi bien être en train de flotter dans l'espace ou de dériver sur l'océan. Rien ne nous dit où nous sommes. Nous sommes coupés de tout...

— J'aime l'idée d'être coupé de tout sauf de toi, répliqua Luke en servant le café, et d'avoir une longue journée devant moi pour m'occuper de toi, rien que de toi.

— Et moi, j'aimerais bien lire tes pièces.

— Si tu veux, je peux aussi te les laisser.

— Non, je lis vite. Donne-les-moi.

Il alla chercher dans sa valise les deux dossiers contenant ses manuscrits et les tendit à Jessica.

— Tu préfères les lire ici ou dans ton atelier ? lui demanda-t-il.

— Dans mon atelier.

Ainsi, ils passèrent à nouveau une grande partie de la journée chacun à un bout de la maison : Jessica s'étendit sur le divan de son atelier pour lire, tandis que Luke s'installait à la table en verre du salon pour écrire quelques lettres. Il dut y renoncer bientôt, tant il était incapable de se concentrer : toutes les deux minutes, il levait la tête et son regard se perdait dans la contemplation du brouillard opaque qui obstruait la baie. Il ne cessait de se demander quelle allait être la réaction de Jessica à la lecture de ses pièces. Il eût aimé lui dire que certains personnages méritaient d'être retravaillés, que certaines scènes étaient inabouties, mais il avait lui-même entendu tant de fois ces excuses, vaniteux prétextes d'auteurs, qu'il répugnait à les employer face à elle. « De toute façon, elle ne déguisera pas la vérité, songea-t-il. Elle me dira franchement ce qu'elle en pense, et sans mâcher ses mots. »

Mais, après tout, qu'en savait-il ? Elle voudrait peut-être le ménager, ne pas lui faire de peine. Finalement, il la connaissait si peu... Il comprit qu'il lui restait encore beaucoup de chemin à parcourir avant de savoir vraiment qui était Jessica Fontaine.

Il n'était sûr que d'une chose : depuis son arrivée sur Lopez Island, le téléphone n'avait pas sonné une seule fois, et ce silence était le symptôme d'une solitude si absolue, si cruelle, qu'il ne pouvait pas ne pas en être bouleversé. Il se renouvela à lui-même la promesse qu'il s'était faite la veille dans les bras de

Jessica : il ferait tout ce qui était en son pouvoir pour la libérer de son isolement, fût-ce malgré elle, car elle ne paraissait pas plus désireuse de voir se briser sa solitude que de quitter son île...

Luke se dit qu'il lui restait une arme, une cartouche à tirer, et, si l'amour ne suffisait pas à la convaincre, la pièce de Kent y parviendrait peut-être. Il espérait qu'elle y trouverait un rôle auquel elle ne pourrait résister.

Vers cinq heures, il alluma toutes les lampes du salon, fit un feu et posa un disque sur la platine laser. Puis, avec une familiarité dont il ne s'étonnait plus, il se rendit dans la cuisine, y trouva des gâteaux secs, une bouteille de cabernet et deux verres qu'il porta sur la table basse. Constatant qu'il avait oublié les serviettes, il faisait demi-tour pour aller les chercher quand il se retrouva face à Jessica. Elle était entrée sans bruit et se tenait debout devant lui, les manuscrits des pièces sous le bras, à la fois attendrie et stupéfaite.

— Luke, tu as pensé à tout ! s'exclama-t-elle. Je te remercie d'avoir préparé ce goûter. Je me sens comme attendue.

— Mais tu l'es, répondit-il en remplissant les verres.

— Ton Martin n'a qu'à bien se tenir, sinon tu vas lui prendre son job, plaisanta-t-elle encore en allant s'asseoir sur le canapé.

— Je ne t'ai parlé de Martin qu'une seule fois, le soir de mon arrivée, et tu t'en souviens ?

— Je n'oublie jamais rien, et je crois de plus en plus que c'est une malédiction... Luke, reprit-elle après un silence, il faut que je te dise... Tes pièces...

— Elles sont exécrables ?

— Absolument pas. Tu es un très bon dramaturge.

— J'attends le « mais »...

— Mais certains personnages méritent d'être fouillés davantage.

Luke éclata de rire.

— Qu'y a-t-il de si drôle ? demanda-t-elle.

— C'est exactement ce que je pense, mais je n'osais pas te le dire, de peur que tu ne prennes ça pour une excuse. Je ne voulais pas avoir l'air de réclamer ton indulgence. Maintenant, dis-moi à quels personnages tu penses.

— Salk et Justine. Tu les fais disparaître au moment même où ils devraient être au centre de la pièce. Comme si tu avais peur de les voir se disputer.

— C'est vrai, je ne savais pas comment écrire cette scène. Je craignais qu'ils ne paraissent trop cruels.

— Comme tu l'es, toi, quand tu te disputes ?

— Qu'est-ce qui te fait dire ça ? demanda Luke en se renfrognant.

— Je me souviens que tu avais une certaine réputation à New York, et j'imagine qu'elle n'a pas changé. D'une part, tu étais connu pour être un vrai séducteur et, d'autre part, un adversaire redoutable, voire cruel.

Piqué au vif, Luke demeura un moment silencieux, puis il demanda d'un ton froid :

— Dis-moi exactement ce que je dois retravailler dans mes pièces.

Jessica se mit à feuilleter l'un des manuscrits. Il la dévisageait, troublé, mal à l'aise. Les rôles étaient inversés : il n'était plus le célèbre metteur en scène de Broadway, l'homme sûr de lui qui prenait les initiatives, posait les questions, décidait. Cette fois, c'était Jessica qui détenait l'autorité, et elle discutait de son travail, de ses personnages, de la valeur de ses pièces, avec une impénétrable distance, en professionnelle. Il était déconcerté par son sang-froid et, en même temps, séduit d'une manière inédite : la compassion, l'envie de la protéger s'estompaient pour céder la place à l'admiration.

— Voilà, dit-elle. Tu as écrit les dialogues en pensant à faciliter le travail des acteurs, et pas assez à ce que, toi, tu veux dire. Or, c'est ta pièce, c'est toi l'auteur, oublie ton rôle de metteur en scène.

Il s'assit à côté d'elle pour lire par-dessus son épaule les endroits qu'elle lui désignait dans le manuscrit. Elle lui donna lecture de plusieurs passages, se glissant sans calcul, sans même y réfléchir, comme d'instinct, dans la peau des personnages. Il lui suffisait de déchiffrer quelques répliques pour se transformer en un individu autre : homme ou femme, vieillard ou jeune fille. «Rien à faire. Quels que soient les aléas de sa vie, une grande actrice reste une grande actrice», songea Luke, émerveillé d'entendre ainsi les phrases qu'il avait écrites prononcées par les lèvres de Jessica Fontaine.

— Merci, lui dit-il lorsqu'elle eut tourné la dernière page. J'avais montré une version antérieure de ces pièces à Constance, mais elle avait été trop gentille. Sans doute avait-elle eu peur de moi...

— Pas de toi, mais de ta rudesse parfois.

— Et toi, elle t'effraie, cette rudesse ?

— Je ne l'ai pas encore éprouvée, répondit Jessica en riant. Mais non, rassure-toi, Luke, ajouta-t-elle avec tendresse, je n'ai rien vu en toi qui puisse m'effrayer.

— Mon amour, tu ne pouvais pas me faire de plus beau compliment, fit-il en la prenant dans ses bras. Tu sais, j'ai eu envie de toi toute la journée. Cent fois j'ai failli te rejoindre dans l'atelier...

— Moi aussi, j'ai eu envie de toi. Je t'imaginais si près de moi, en train de froncer les sourcils, de mordiller ton stylo... J'avais envie de venir te rejoindre, mais je ne voulais pas que tu croies que tes pièces m'ennuyaient. Or, elles ne m'ont pas ennuyée, pas une seconde, j'ai adoré les lire, poursuivit Jessica, avant d'ajouter avec un air mutin : Cependant, je crois que j'adorerais plus encore être dans un lit avec toi...

Elle accompagna cette déclaration d'un fougueux baiser, auquel succédèrent bientôt des caresses enfiévrées. Pressés de s'abandonner à leur désir, ils se dévêtirent. Les flammes qui dansaient dans l'âtre donnaient à leur peau des reflets dorés tandis qu'ils cédaient à la violence de leur passion, désireux de s'appartenir totalement.

Puis, comme la veille, ils dînèrent, sur le canapé cette fois, d'un plateau-repas improvisé. Ils bavardèrent, riant parfois, parfois murmurant, enivrés l'un de l'autre. Et quand Luke lui demanda si elle accepterait de lire les deux premiers actes de la nouvelle pièce de Kent Horne, au lieu de répondre par la négative, comme elle était tentée de le faire, Jessica accepta. Après tout, il lui avait tant parlé de *La Magicienne* qu'elle était curieuse d'en découvrir l'auteur. Elle allait lire ces deux actes, lui donner son avis, et puis... et puis Luke partirait. Parce que, bien sûr, il allait partir : elle l'avait entendu réserver par téléphone une place sur le vol du lendemain.

— Voici l'objet, fit-il, l'arrachant à ses pensées.

Il lui tendait le dossier contenant le manuscrit. Elle le prit sans un mot, l'ouvrit et se mit à lire. Pendant ce temps, il débarrassa leur plateau-repas, tisonna le feu, fit la vaisselle. Lorsqu'il se trouva à court de missions domestiques, il revint s'asseoir près d'elle, laissa son regard errer un moment dans la pièce, puis se perdit dans la contemplation des flammes.

Quelques minutes plus tard, il l'entendit refermer le dossier et se tourna vers elle. Elle avait les yeux clos et deux larmes roulaient sur ses joues, qu'elle tenta vivement de dissimuler en les essuyant d'un revers de main.

— Que se passe-t-il ? demanda-t-il.

Il savait pourtant la douleur qu'elle devait éprouver à la lecture d'un rôle si beau, un rôle fait pour elle, mais il décida de n'en laisser rien paraître et, au même instant, résolut de la ramener à New York, coûte que coûte.

— Que se passe-t-il ? répéta-t-il.

Jessica ouvrit enfin les yeux.

— Ton Kent Horne écrit très bien. Ce sera une merveilleuse pièce, répondit-elle en lui tendant le dossier.

Délibérément, Luke ne le prit pas. Il demanda :

— Et que penses-tu du personnage ? Je veux dire de Felicia ?

— C'est un rôle magnifique, et tu le sais fort bien, répliqua-t-elle d'un ton las en posant le dossier sur la table de verre.

Soudain, il se sentit honteux : il avait joué avec elle, il avait voulu la piéger et l'avait blessée. Comment avait-il pu s'imaginer pouvoir aussi aisément la contraindre, la mettre au pied du mur ?

— Tu ne m'aurais pas demandé de lire cette pièce si ce rôle n'avait pas été le rêve de toutes les actrices, reprit tristement Jessica, les yeux fixés sur les flammes. Mais je ne suis plus une actrice, Luke, et tu le sais aussi bien que moi. Je n'ai plus aucune confiance en l'actrice que j'étais – mon Dieu, je n'arriverais même pas à me traîner d'un bout à l'autre de la scène ! Je n'ai plus confiance ni en mon corps ni en mon visage, je ne peux plus les faire travailler, les plier à ma volonté. Le public serait révolté en me voyant sur scène, il ne penserait qu'à mon apparence physique et pas au rôle que je serais en train d'interpréter. Est-ce que ça te suffit comme explication ou dois-je en dire davantage ? C'est la deuxième fois que tu me pousses dans mes retranchements, que tu m'obliges à tout exprimer, à tout avouer. Tu crois peut-être que je t'ai attendu pour réfléchir à la question ? Pendant des mois je n'ai pensé qu'à ça : remonter sur scène. Mais c'est impossible. Quoi que tu croies ou veuilles croire, Luke, je ne suis plus la même personne.

— Tu aimes toujours le théâtre, tu aimes toujours New York. Si tu arrivais à surmonter ta peur, nous trouverions un moyen de faire un sort au reste.

— C'est vrai, j'ai peur, répondit-elle en lui jetant un regard noir. Et je ne retournerai pas à New York. Ma maison est ici, et j'y resterai.

— Malgré tout ce que nous avons découvert ensemble !

— Mais que crois-tu donc avoir découvert ? Notre histoire n'a rien de réel. Regarde-nous ! Nous sommes ici, absolument seuls, hors de la ville, de la société, des horaires, du bruit, des gens, des contraintes du calendrier. Tu l'as dit toi-même : « Cette soirée doit rester hors du temps, inaccessible, rien qu'à nous. » Et moi, j'ai l'impression de vivre un conte de fées, le plus beau qui soit, mais trop étranger au monde que tu vas retrouver demain, un monde de pouvoir, d'argent. Tu ne peux pas installer ton conte de fées dans ce monde-là : il tomberait en poussière.

— C'est toi qui tomberas en poussière, Jessica. Le monde continuera de tourner, la vie passera devant toi, tout près, et toi tu sécheras sur place, ton éclat s'estompera et...

— Mon éclat ! Mon Dieu, je n'arrive pas à croire qu'il suffise de quelques ébats pour t'aveugler à ce point !

— Quelques ébats ! s'écria Luke, hors de lui.

— Pardonne-moi, je sais que c'était plus que ça, que c'était...

— De l'amour, rien de moins que de l'amour. Tu ne veux pas le dire, mais tu ne peux pas faire semblant de l'ignorer.

— Je ne fais pas semblant, j'essaie juste de ne pas prononcer le mot, répondit Jessica en ouvrant le poing fermé de Luke pour poser la joue dans la paume de sa main. Je t'aime, Luke. Je t'aime de tout mon cœur, de tout ce que je suis encore. Cette semaine m'a apporté tout ce que j'ai toujours attendu d'un homme. Mais elle est terminée, mon amour. Tu ne peux pas vivre ici, et je ne peux pas vivre à New York. Nous le savons tous les deux depuis le début. Ce que nous ne savions pas, c'est à quel point... (elle hésita, levant vers lui des yeux pleins de larmes) à quel point il serait difficile de nous dire au revoir.

— Dans ce cas, mieux vaut ne pas le dire. Rien ne nous oblige à nous séparer. Nous sommes adultes, nos vies ont changé, nous avons le droit de nous donner une chance. Je t'en conjure, Jessica, donne-nous cette chance ! Cet éclat que je vois en toi existe, et si, moi, je le vois, d'autres le verront aussi. Je sais que tu ne le crois pas pour l'instant, mais j'espère que tu le croiras un jour. En attendant, viens avec moi. Ça ne t'oblige pas à décider quoi que ce soit pour le théâtre tant que tu ne t'y sens pas prête. Viens avec moi, épouse-moi. Cette semaine n'était qu'un début. Je ne te laisserai pas t'en débarrasser comme ça.

— Il n'est pas question pour moi de m'en débarrasser. Elle contient mes souvenirs les plus chers. Il ne suffit pas que tu veuilles les choses pour qu'elles se réalisent. Tu as *décidé* que je t'accompagnerais à New York, c'est ça ? C'est bien ça ? répéta-t-elle en voyant le visage de Luke tressaillir. Mais, cette fois, tu n'es pas le metteur en scène, pas celui de ma vie en tout cas. Malgré tous tes efforts, tu ne peux pas décider seul de ce qu'il va advenir de nous. Que crois-tu donc qu'il se passera si je t'accompagne à New York ? Qu'attends-tu de moi ? Que je remonte sur scène ? Jamais. Que je vive avec toi et que je te regarde diriger d'autres actrices dans des rôles que j'aurais adorés ? Jamais, jamais, jamais !

Elle garda le silence quelques instants, puis reprit d'une voix sourde :

— Tu veux que je te dise ce qui va se passer ? Un jour, je recevrai un coup de fil d'un metteur en scène ou d'un producteur quelconque qui me proposera un rôle avec une voix enjôleuse. Il ne m'avouera pas, bien sûr, que tu lui as demandé de m'appeler, mais je le saurai de toute façon. Ou peut-être n'auras-tu rien demandé : tu as assez de pouvoir pour qu'ils y pensent d'eux-mêmes. Et quand j'aurai refusé le rôle, je retournerai à mes associations caritatives, pour me sentir utile et occupée, et je souffrirai de ne pas être au théâtre, là où tu es, dans ce lieu où je...

— Dans le lieu que tu aimes le plus au monde.

Jessica baissa la tête.

— Rentre à New York, Luke. Il n'y a pas d'issue heureuse au conte de fées. Je le savais, et pourtant je l'ai accepté parce que je t'aime comme je n'ai jamais aimé auparavant. Je n'aurais pas dû sans doute... Je t'en prie, je ne veux pas que tout ceci se termine par une horrible dispute. Je veux juste t'embrasser et te dire que tout a été merveilleux.

— Belle tirade de martyre...

— Je t'ai dit que tu étais un adversaire redoutable et cruel.

— Tu ne t'en tireras pas aussi facilement, Jessica. La vérité peut paraître cruelle, mais elle n'en demeure pas moins la vérité. Tu te complais dans ta souffrance, tu n'as pas le droit de nous faire ça !

— Je me complais dans ma souffrance ! Te rends-tu compte de ce que tu dis ? Chaque jour, chaque nuit, chaque minute, j'essaie de sauver ma vie de son naufrage, rien de plus ! Et je décide seule de la façon dont je m'y prends pour y parvenir. *Seule*, tu entends ? Et si cela doit affecter notre relation, tant pis. Je ne t'ai demandé ni de venir ici, ni de rester, ni de m'aimer ! Oh, Luke, ne me fais pas dire des choses dont nous nous souviendrions avec regret ! Je t'en prie, ne pourrions-nous passer encore une merveilleuse nuit et nous dire au revoir comme des amis ? S'il te plaît...

Luke se leva d'un bond et se mit à arpenter nerveusement le salon et la salle à manger, puis il étendit son périmètre à l'atelier, à la serre, comme s'il voulait s'imprégner une dernière fois de la maison. Lorsqu'il revint vers Jessica, il lui dit :

— On boit encore un cognac et on va se coucher.

Le lendemain matin, lorsque Jessica se réveilla, il était déjà parti. Il s'était levé sans bruit et avait appelé Angie pour qu'elle vienne le chercher avec son taxi. Le brouillard avait disparu et un soleil falot s'insinuait dans la chambre par les ajours du rideau de dentelle. « L'avion va pouvoir décoller. Il n'aura pas besoin de passer une autre nuit ici. »

Elle reprit machinalement tous les gestes de l'habitude : elle fit sa toilette, s'habilla, se rendit à l'écurie, sella un cheval, puis se dit soudain : « Non, pas lui, c'est celui de Luke. » Elle s'apprêtait à ouvrir la porte d'une autre stalle, quand elle arrêta son geste : « C'est idiot. Peu importe que ce soit le cheval de Luke puisqu'il n'y a plus de Luke. »

Elle entendit tout à coup le vrombissement d'un avion et bondit hors de l'écurie. Elle sortit juste à temps pour voir l'appareil s'élancer dans le ciel, laissant derrière lui une pâle traînée blanche. Un vertige la saisit qui l'obligea à s'adosser contre le mur de bois. Tout était tellement silencieux soudain : pas une voix, pas un chant d'oiseau. « Nous nous sommes rencontrés trop tard, songea-t-elle. J'aurais dû connaître Luke il y a des années, quand j'étais encore entière, intacte. Constance aurait été avec nous, elle aurait été notre famille... »

Des larmes roulèrent sur ses joues, elle plissa les yeux, tentant de discerner encore l'avion, mais il n'était déjà plus qu'un minuscule point gris dans le ciel, et il disparut rapidement, absorbé par les nuages au-dessus de Puget Sound.

Jessica passa cette journée et celle du lendemain à répéter sans réfléchir tous ces gestes mécaniques qui constituaient le cours normal de ses heures : s'occuper des chevaux, préparer le petit-déjeuner, dessiner, dîner, lire au coin du feu... Luke avait parlé de « la magie de l'habitude, de la routine, du confort des heures qui se ressemblent », mais Jessica ne trouvait plus rien de magique ni de confortable à sa routine.

Le quatrième jour, la sonnerie du téléphone retentit. Elle se précipita avec une telle hâte sur le combiné qu'elle manqua tomber. Mais ce n'était que Warren Bradley, son éditeur. Il voulait savoir si elle pouvait ajouter encore quelques illustrations à la série qu'elle avait commencée. Bien sûr qu'elle pouvait. C'était son travail après tout.

— À propos, ajouta Bradley, je ne savais pas que Luke Cameron comptait parmi vos fans.

Jessica sentit son cœur s'affoler.

— Qu'est-ce qui vous fait dire ça ? demanda-t-elle sur un ton qui se voulait dégagé.

— Il a lu tous vos livres. Je l'ai rencontré dans un dîner l'autre soir. Quelqu'un a parlé de *La Serre*, votre premier album, et Luke s'est lancé dans une tirade dithyrambique sur vos dessins. Il a dit que vous dessiniez des rêves, les images qui forment nos songes. Je n'ai pu que lui donner raison, naturellement. Il a également dit – et ça devrait vous intéresser – qu'il envisage d'adapter deux de vos livres pour le théâtre. Les pièces seraient destinées aux adultes, cela va de soi. Il a, paraît-il, déjà eu un projet de ce genre avec un autre auteur pour la jeunesse, mais ils ont vite compris qu'il était irréalisable. Néanmoins, il a l'air de penser que vos albums sont parfaitement adaptables à la scène. Qui sait ? Vous imaginez que je ne l'ai pas découragé, loin de là. Je suppose qu'il a déjà dû vous dire tout ça : il y a quelque temps, il a mis nos bureaux à feu et à sang pour obtenir votre adresse. Il a fini par m'appeler pour me demander si vous étiez toujours à Lopez. J'ai été tellement surpris que je lui ai répondu oui.

— La prochaine fois, essayez de mieux vous contrôler, Warren, repartit Jessica, cinglante.

— Mais, Jessica, qu'est-ce qui vous prend ? Il savait déjà que vous habitiez là-bas !

— Pardonnez-moi, Warren, je ne voulais pas vous agresser. Maintenant il faut que je vous laisse, je dois sortir. Envoyez-moi le nouveau contrat et dites-moi quel est le délai.

— Est-ce qu'un mois vous semble raisonnable ?

— Tout à fait. Dans ce cas, je n'attends plus que le contrat. Au revoir, Warren.

— Hé… Jessica, tout va bien ?

— Oui, ne vous inquiétez pas. Tout va très bien, au revoir.

Et elle raccrocha.

Le lendemain, le téléphone demeura silencieux. Le surlendemain également. Au matin du troisième jour, avide d'entendre une voix humaine, Jessica détourna le cours habituel de sa promenade pour se rendre à l'auberge et parler à Robert. Elle le trouva dans la cuisine.

— Alors, elle était agréable, cette visite ? lui demanda-t-il sur un ton faussement désinvolte.

— Oui, répondit-elle simplement, avant d'ajouter aussitôt : Parle-moi un peu de tes nouveaux pensionnaires.

— Oh, en ce moment, je n'ai qu'un couple. C'est la basse saison, tu sais…

Il sentit néanmoins qu'elle avait envie de parler, ou plutôt de l'écouter, et entreprit de lui raconter une foule d'anecdotes amusantes sur les manies de ses clients, tout en lui préparant une assiette de fruits et de gâteaux qu'il posa devant elle, sur la table de la cuisine.

— Mange, lui dit-il. Tu es trop maigre.

— Je suis toujours maigre.

— Tu l'es plus que jamais.

Jessica le gratifia d'un sourire presque timide, le remerciant de sa sollicitude, grignota quelques gâteaux, puis reprit son cheval et rentra lentement chez elle. En chemin, elle remarqua que les champs prenaient peu à peu les tons bruns de l'hiver et que les arbres étaient déjà en train de perdre leurs feuilles. Les nuages filaient dans le ciel, comme fuyant à son approche. « Le monde continuera de tourner, la vie passera devant toi, tout près, et toi tu sécheras sur place... Tu tomberas en poussière. »

L'écho des paroles de Luke dans sa tête lui fut insupportable. « Non ! se dit-elle. Non ! Je ne veux plus vivre hors du monde. Je veux faire partie de la vie maintenant et quoi qu'il m'en coûte ! »

Elle fut elle-même étonnée de ce revirement soudain. De fait, il n'était pas si soudain. Tout ce qui fondait sa vie depuis son accident semblait se dérober sous elle. Pendant une semaine, Luke s'était appliqué à faire pénétrer le monde extérieur dans sa maison :

ils avaient évoqué tout ce qu'elle avait connu et tant aimé jadis, comme si elle appartenait toujours à cet univers, au monde du théâtre. Et, en voyant l'avion disparaître dans le ciel, elle avait compris que ce n'était pas seulement Luke qui allait lui manquer, mais le monde des vivants dont elle s'était coupée.

Elle devait s'en rapprocher. Mais comment ?

Après tout, ce n'était pas si compliqué : elle était illustratrice et pouvait vouloir habiter près de son éditeur, voire travailler dans ses bureaux new-yorkais. « Dans ce cas, va à New York, se dit-elle, va rejoindre Luke. Il t'attend. » Mais elle se ravisa aussitôt : non, non, décidément, retourner à New York était impossible. Plus jamais elle ne pourrait y mener la vie qu'elle y avait connue.

Et le théâtre ? Mais que signifiait le théâtre loin de Broadway, loin de Luke ? Et que signifiait le théâtre si elle ne jouait plus ? « Je pourrais peut-être aider des agents et des producteurs à choisir des pièces, réfléchit-elle, ou assister un metteur en scène, un peu comme je l'ai fait pour *Pygmalion*. Tout le monde a dit que j'avais beaucoup contribué à la réussite de la pièce. Oui, je pourrais faire ça : assistante à la mise en scène dans une petite ville, n'importe où, dans un petit théâtre. Certes, ce ne serait ni Broadway ni Londres, mais ce serait tout de même le théâtre, mon univers. Seulement… combien de temps vais-je tenir dans un petit théâtre, dans une petite ville ? Ce sera pire que tout : j'aurai l'impression de faire tapisserie dans une fête où je ne pourrai plus jamais danser… »

Non, il lui fallait un grand théâtre dans une grande ville et… un vrai métier : pourquoi se cantonner dans un rôle d'assistante qui la laisserait toujours insatisfaite ? « Je peux parfaitement réaliser moi-même des mises en scène, poursuivit-elle intérieurement. Après tout, j'en sais aussi long que la plupart des metteurs en scène – Luke excepté. De toute façon, j'y avais pensé autrefois. Constance et moi en avions souvent parlé… Ce pourrait être à New York, San Francisco ou Los Angeles. Ou… pourquoi pas ? Londres… Non, ni Londres ni New York. Londres et New York sont pratiquement des villes jumelles dans ce milieu. Tout le monde y sait tout sur tout le monde, qu'il s'agisse des coulisses ou des histoires de cœur. Impossible. Je ne le supporterais pas. »

Elle avait lâché la bride à son cheval et, de lui-même, il avait repris le chemin de l'écurie. Elle le dessella et commença à le bouchonner avec des mouvements amples et réguliers qui apaisèrent le trouble de ses pensées. « Finalement, je suis très bien ici, songea-t-elle. Je vis simplement, sans surprises. Pourquoi laisser tout ça ? Non, inutile de me tourmenter, ma place est ici, sur cette île, dans cette maison, avec mes chevaux. »

Mais la nuit qui suivit, ne parvenant pas à trouver le sommeil, à force de tourner et retourner dans son lit, elle finit par se lever et vint s'asseoir dans le salon, devant l'âtre froid et noirci où ne brûlait aucune flambée. Les paroles de Luke lui revenaient sans cesse en mémoire : « Tu te complais dans ta souffrance. C'est toi qui tomberas en poussière, Jessica. Le monde continuera de tourner, la vie passera devant toi... »

Au petit matin, elle n'était toujours pas retournée se coucher et elle se rendit dans la cuisine pour se préparer un petit-déjeuner. « Tout allait bien pourtant, j'étais pleinement satisfaite de ma vie, et il a suffi que cet homme vienne passer quelques jours ici pour tout remettre en question. Cependant, il a raison, la vie est en train de me filer sous le nez. » Elle entendait la voix de Constance aussi, se répétait les mots qu'elle lui avait écrits un jour : « Ne te coupe pas du monde que tu aimes : il est ce qui te nourrit, il est ta vie, il est toi... » Restaient New York et Londres : deux noms qui se dressaient devant elle comme une insurmontable impossibilité.

Exaspérée, Jessica repoussa sa chaise, se leva brusquement et, sans qu'elle sût comment, un mot lui vint à l'esprit : l'Australie. Elle se mit à débarrasser machinalement la vaisselle du petit-déjeuner, à toute allure, comme si ses gestes devaient suivre le cours frénétique de ses pensées : « Bien sûr, oui, c'est ça. Nous avions joué à Sydney, Constance et moi. Le public nous avait fait un triomphe. Et puis qu'y a-t-il de plus loin que l'Australie ? Mais justement... n'est-ce pas trop loin ? Là-bas, je ne connaîtrai personne, je n'aurai personne vers qui me tourner en cas de besoin...

Pourtant, c'est bien ce que je veux : tout recommencer, repartir de zéro, m'éloigner de tout ce qui m'est familier, fuir la sclérose de la routine. » Elle se rappela cette infirmière qui s'était si bien occupée d'elle à l'hôpital et à qui elle dictait ses lettres. Une jeune fille charmante, chaleureuse, simple, réconfortante. Elle se souvint de Sydney aussi : une ville à laquelle sa culture donnait des vibrations presque perceptibles ; le fameux Opéra, les théâtres, un public moins sophistiqué que celui de Londres ou de New York, plus enthousiaste, plus spontané.

« Si j'allais là-bas – si j'y allais *vraiment* –, se dit Jessica, je pourrais travailler pour le Sydney Theater Company. Et s'ils ne voulaient pas de moi, je pourrais m'associer à un producteur, nous programmerions deux ou trois pièces par saison. Je serais de nouveau dans le théâtre, pas sur la scène, mais dans le théâtre... chez moi. »

Elle se rendit dans son atelier : Luke avait pris soin de ne rien déranger, de laisser chaque chose exactement où il l'avait trouvée, comme pour effacer toute trace de son passage ou, plutôt, comme s'il n'était jamais venu. Jessica s'assit face à un chevalet et fixa sans la voir une aquarelle inachevée. Alors qu'elle attrapait machinalement un pinceau et un tube de couleur, elle éprouva tout à coup cette impression de sécurité, d'apaisement, qui la saisissait toujours lorsqu'elle se mettait au travail dans la quiétude de son atelier. En partant, elle pouvait perdre tout ça. Pourquoi ? Pourquoi prendre un tel risque ?

Elle comprit alors que, déjà, l'impression de sécurité, d'apaisement, n'était plus aussi agréable et réconfortante qu'elle l'avait été jusqu'alors : elle était amoindrie par le souvenir du monde que Luke avait fait pénétrer dans la maison, par les phrases qu'il avait prononcées...

Elle se mit à peindre en pensant à Sydney : « Oui, je pourrais le faire, je pourrais y arriver. J'ai suffisamment d'argent pour tout recommencer et même pour financer seule les pièces pendant un certain temps. Seule ? Oui, après tout je le suis bien depuis des années, mais... » La nostalgie de Luke la saisit, pareille à une douleur à la fois lancinante et vivace : « Je ne veux pas être seule, je veux être avec lui. »

Elle se ravisa aussitôt : c'était impossible. Un jour, peut-être, plus tard, quand elle aurait fait son chemin et serait redevenue une personnalité influente dans le monde du théâtre, quand ils seraient de nouveau à égalité, alors, oui, elle reviendrait vers lui...

« Il ne faut pas que je me mette des idées pareilles en tête, se dit-elle avec amertume. Il n'attendra pas aussi longtemps ! Et pourquoi le ferait-il ? Il a sa vie, et moi c'est à la mienne que je dois songer : je ne resterai pas sur le bord de la route, je retournerai au théâtre, mais sans m'appuyer sur le passé... et sans m'appuyer sur Luke. Si ça ne marche pas, je n'aurai qu'à revenir vivre ici. Mais ça marchera. Après tout, il n'y a pas si longtemps que j'ai quitté la scène, à peine une parenthèse... Je me souviens de tout. Luke a raison : je peux y arriver. Je sais que je le peux. »

À la fin de l'après-midi, elle abandonna son atelier pour retourner dans le salon. Elle avait oublié d'y allumer le chauffage et la pièce lui parut aussi froide, triste et abandonnée que si elle était déjà partie. Elle jeta un regard autour d'elle et, en contemplant ces meubles, le décor de cette maison qui l'avait si longtemps protégée du monde extérieur, elle fut littéralement terrorisée à l'idée de les quitter. L'estomac noué, elle attendit que la terreur disparaisse, qu'elle s'éteigne peu à peu, mais non, elle semblait installée, ancrée en elle. « Constance était sûre que je pouvais y arriver, se dit-elle pour se donner du courage. Luke aussi. S'ils l'ont cru tous les deux, c'est que j'en suis capable... »

Mais le noyau de terreur ne cédait pas, il était toujours là, lourd et froid comme une pierre qu'on aurait déposée en elle. « Eh bien, tant pis ! Je vivrai avec cette peur en moi... en tout cas pour l'instant. »

Elle retourna dans la serre et, d'un geste machinal, commença à ôter quelques feuilles jaunies à un géranium. « Je vais demander à Robert de trouver un locataire pour la maison ou, en tout cas, quelqu'un qui s'en occupera. Et qui prendra soin des chevaux. »

Elle n'avait aucune raison de ne pas partir. Rien ne la retenait plus. Elle dîna, alluma un feu et resta assise devant la cheminée, comme pour se réchauffer avant d'affronter le froid du monde extérieur. Le vent s'était levé. Une branche effleura la baie vitrée avec un bruissement sec qui fit aboyer Chance. Jessica l'appela. La chienne accourut, se coucha contre elle et glissa un museau humide sous sa main. « Je peux bien tout laisser derrière moi, se dit-elle, mais pas la chance. Alors toi, je t'emmène. »

Sydney

13

Jessica contempla à nouveau le port mais, cette fois, en essayant de se représenter cette maison blanche au toit de tuiles orange comme si elle la voyait d'avion, petite tache flottant dans le ciel bleu pâle, perdue dans Sydney. « On se croirait dans un décor de film », se dit-elle alors que, assise dans son salon, elle observait les voiliers, ferries, catamarans, hors-bord, yachts, paquebots et navires marchands sillonnant en tous sens les eaux du port, dans une confusion telle qu'elle s'étonnait qu'il n'y eût pas davantage de collisions.

Elle était arrivée à la fin du mois de novembre. Il lui avait fallu six semaines avant de terminer les illustrations promises à Warren Bradley et de trouver une solution pour faire garder sa maison et ses chevaux. Quelques jours avant son départ, elle avait écrit à trois producteurs rencontrés autrefois à Sydney en sollicitant un rendez-vous. Ils avaient tous trois répondu par retour du courrier, insistant très chaleureusement pour qu'elle les contacte dès qu'elle serait à Sydney. Mais à peine avait-elle posé le pied à l'aéroport qu'elle s'était sentie happée par la capitale.

Elle n'avait pas vu de ville depuis six ans et avait tout oublié des odeurs et des bruits citadins. Avec ses trois millions d'habitants, Sydney lui parut énorme, tentaculaire, assourdissante, aussi étrangère que si elle se fût trouvée sur une autre planète.

Il lui arrivait souvent de se faire bousculer au coin d'une rue parce qu'elle n'avançait pas au même rythme que la foule. Chaque fois, on lui prodiguait un flot d'excuses, mais elle finit par penser que c'était sans doute à elle de s'excuser : elle boitillait, elle était lente, se perdait, ne se glissait pas aisément dans la vie citadine, alors que jadis elle vivait à New York sans même prendre vraiment conscience du tumulte de la ville.

Elle avait jusqu'alors refoulé tous ses souvenirs new-yorkais, et voici que les rues, le trafic, le bruit les lui ramenaient en mémoire, plus vifs que jamais. Elle se demandait ce qu'elle faisait dans cette ville ; jamais elle n'arriverait à appeler les producteurs qu'elle avait contactés : « Mais qu'est-ce que j'ai donc cru ? Qu'est-ce que je me suis imaginé ? Ce n'est pas chez moi ici. Je n'aurais jamais dû quitter mon île. Là-bas, au moins, je savais très exactement ce dont j'étais capable. »

Et pourtant, elle ne reprit pas illico l'avion pour Seattle. Non, elle resta à Sydney, s'appliquant à écouter, à regarder autour d'elle, et elle ne fut pas longue, ainsi, à trouver certains plaisirs à cette redécouverte. Le plaisir de la langue tout d'abord – les mots n'avaient-ils pas toujours été au cœur de son travail et de sa vie ? Elle adorait l'accent australien, assez proche finalement des inflexions cockney, celles des quartiers populaires de Londres ; il était chantant, aussi enjoué et gai que les Australiens eux-mêmes. Elle aimait aussi les noms de lieux et les prononçait avec la même délectation que s'il se fût agi des vers d'un poète : Kirribilli, Woolahra, Wooloomooloo, Taronga, Parramatta... Autant de mots qui la faisaient sourire même lorsqu'elle n'en avait pas envie.

Elle se mit ensuite à explorer Sydney, tant à pied qu'en taxi, au début hésitante puis de plus en plus résolue, se disant que tout, absolument tout, devait l'intéresser. Mais elle était seule, et cette solitude de l'étrangère, si différente de celle qu'elle avait connue à Lopez, lui pesait et l'empêchait de se concentrer vraiment sur quoi que ce soit.

Certes, les gens semblaient la considérer avec sympathie, et il se trouvait toujours quelqu'un pour l'aider lorsqu'elle s'engageait en clopinant sur la passerelle d'un ferry ou sur un passage clouté, mais, à l'exception des serveurs venant prendre sa commande au restaurant, elle ne parlait à personne. Elle savait qu'elle rencontrerait des gens dès qu'elle aurait pris contact avec les milieux du théâtre. En attendant, elle avait la nostalgie de sa maison, du jardin où lui parvenait le murmure des vagues, de ses chevaux, des signes amicaux que lui adressaient les paysans lors de ses promenades matinales, de ses conversations occasionnelles avec Robert, du dessin de la lune qui venait s'encadrer la nuit dans un coin de la fenêtre de sa chambre... Et de Luke. Oui, Luke lui manquait, terriblement.

Par éclairs lui revenaient une expression, une phrase, un sourire qui disparaissaient tout aussi rapidement, ne laissant derrière eux qu'une douleur vibrante comme une plaie. Ses pas dans la maison lui manquaient, son calme apaisant lorsqu'il l'aidait à préparer le dîner, la chaleur de son corps dans le lit. Dès que sa vigilance se relâchait, dès qu'elle baissait la garde, les souvenirs affluaient en elle : elle sentait ses bras, ses lèvres, son corps, lisait le désir dans son regard...

Il lui avait écrit des lettres brèves et enjouées qui lui étaient parvenues à intervalles réguliers tandis qu'elle était encore à Lopez.

Martin s'est entiché d'un nouveau manuel culinaire et a décidé d'essayer toutes les recettes, de la première à la dernière, méthodiquement. Mes chances de remettre

*jamais les pieds dans une cuisine ont considérable-
ment diminué. De toute façon, je ne suis pas sûr d'en
avoir vraiment envie : j'ai un peu rôdé autour de la
mienne à mon retour de Lopez, mais elle m'a paru
désolée, inachevée : à l'évidence il y manquait quelque
chose, ou quelqu'un...*

*J'ai rencontré ton éditeur dans un dîner l'autre soir.
J'ai dû chanter tes louanges avec beaucoup de conviction, car l'un des convives a fini par me demander si je
n'étais pas devenu ton agent.*

*Hier soir, en voyant dans ma chambre la couverture
dont je t'ai parlé, je me suis rendu compte que je
n'avais emporté aucun souvenir de Lopez. Alors, j'ai
décidé de découper dans tes livres mes illustrations préférées et de les faire encadrer.*

*New York me fait l'effet d'un cirque depuis que j'ai vu
les fermes et les forêts de ton île. Ce soir, je reste à la maison pour reprendre mon souffle. Tout à l'heure, j'ai res-
sorti mes pièces de leur tiroir et remercié ton merveilleux
sens critique. Je vais réécrire ces scènes. J'ai l'impression
d'entendre encore ta voix me lire des fragments de dialogue sur fond de craquements de brindilles dans le feu.
Je te suis reconnaissant du temps que tu as passé à lire
et à commenter mes expériences de dramaturge...*

« *Reconnaissant...* – Jessica s'était répété le mot,
songeuse. Je l'ai fait parce que je t'aime, c'est tout. »

Elle lui avait répondu, deux fois – des lettres plus
froides que ne l'étaient celles de Luke. Puis elle avait
quitté Lopez Island sans rien lui dire. « C'est fini. De
toute façon, ça n'aurait pas pu durer. Luke appartient
au passé, et moi, c'est maintenant que je dois repartir de zéro. »

Ainsi, trois soirs d'affilée, elle se rendit au théâtre,
et si elle applaudit avec le public, elle se livra intérieurement à une exacte et sévère critique de ce
qu'elle voyait. À ce moment-là seulement, elle sentit

poindre en elle un étrange sentiment d'impatience et d'excitation, le premier qu'elle eût éprouvé depuis son arrivée. « Maintenant je me sens prête, se dit-elle. Je n'ai que trop attendu jusqu'ici. Après tout, peu importe la ville s'il y a le théâtre. Dans un théâtre, je peux me sentir chez moi n'importe où. »

Elle loua une voiture et découvrit, à sa grande surprise, que l'on s'habituait rapidement à la conduite à gauche. Elle vécut cet apprentissage comme une sorte de triomphe, et à nouveau elle songea : « Peut-être vais-je y arriver en fin de compte. Peut-être vais-je vraiment pouvoir me sentir chez moi ici. »

Deux jours plus tard, elle louait une maison, une villa blanche au toit de tuiles orange qui lui rappelait la Provence, et dont les meubles lui plaisaient tant qu'elle aurait pu les avoir choisis elle-même. Seuls les couleurs et les motifs ornant les tissus la déconcertaient : rayures, fleurs, dessins géométriques rivalisaient énergiquement, créant contre toute attente une étrange harmonie. La terrasse de la maison dominait les collines plus petites qui s'étageaient en dessous d'elle. De là, elle pouvait voir les maisons qui escaladaient les hauteurs depuis le port, et le port lui-même, avec ses anses et ses criques serpentant le long de la côte. Elle avait aussi une vue imprenable sur le célèbre Opéra et sur son non moins célèbre toit, dont les blanches volutes semblaient battre majestueusement, pareilles à des ailes, pour s'élever des flots. Un théâtre, la mer, une maison à elle… Elle se sentait presque comme sur Lopez Island : à la fois seule et protégée. En sécurité.

Et puis elle avait Chance. Après s'être livrée à une minutieuse inspection de toutes les pièces, celle-ci semblait s'être, elle aussi, accoutumée à son nouvel environnement.

Jessica avait posé le coffret contenant les lettres de Constance sur la table basse couverte de mosaïque multicolore du salon et rangé sa collection de pièces sur une étagère dans la chambre à coucher. Elle aussi s'était prise à regretter de n'avoir aucun souvenir de Luke. Elle eût aimé garder une petite chose, une babiole qu'elle aurait pu poser quelque part et regarder de temps en temps pour se donner du courage. Mais ils s'étaient séparés les mains vides.

Alors, en songeant à sa couverture, elle avait jeté un plaid en cachemire acheté à Lopez sur le dossier du canapé. L'hôtel lui avait fait porter ses bagages, l'épicerie l'avait livrée, son propriétaire était venu s'assurer que tout fonctionnait dans la maison, surtout l'air conditionné, indispensable en ce mois de novembre, presque l'été à Sydney... Une femme l'avait appelée en disant qu'elle avait été gouvernante dans cette maison pendant cinq ans et lui avait offert ses services. Jessica avait accepté. En raccrochant, elle avait poussé un soupir de soulagement : déjà, tout était presque comme à la maison.

Un matin, elle se décida enfin à passer les coups de fil promis et obtint immédiatement un rendez-vous avec Alfonse Murre, un producteur qu'elle avait rencontré plusieurs années auparavant. Elle portait ce jour-là une longue robe de soie aux manches presque transparentes. À peine la secrétaire l'eut-elle annoncée que Murre surgit de son bureau et se porta à sa rencontre, la main tendue, un large sourire sur le visage. Il était plus gros et plus chauve que dans son souvenir ; une fine moustache lui barrait le visage, tremblotant chaque fois qu'il s'apprêtait à parler. Arrivé à un mètre de Jessica, il s'arrêta net, la contempla un instant et ne put réprimer une exclamation de surprise. Puis ses traits se lissèrent à nouveau, son expression se figea, et ils échangèrent une poignée de main. Celle de Jessica fût glacée.

— Entrez donc, asseyez-vous, fit-il en ouvrant la porte de son bureau et en lui désignant un fauteuil.

Elle obtempéra sans un mot et posa sa canne contre l'accoudoir. Murre alla s'asseoir de l'autre côté du bureau.

— Qu'est-ce qui vous amène à Sydney, Jessica ? J'ai été très étonné de recevoir de vos nouvelles.

Dans sa réponse à sa lettre, il n'avait pas évoqué sa surprise, mais plutôt son impatience de la revoir.

— Je connais Sydney, vous le savez, répondit-elle.

— Bien sûr. Je vous avais vue au théâtre à l'époque. Vous étiez merveilleuse. Je venais d'arriver dans cette ville et vous m'en aviez donné une image civilisée.

Jessica eut un pâle sourire.

— J'aime les pièces que vous produisez et j'ai décidé de me lancer dans la mise en scène...

— Vous lancer dans la mise en scène ? Vous voulez vous lancer dans la mise en scène ?

— Oui, la mise en scène m'intéresse depuis toujours. Ça n'a rien d'extraordinaire. Vous n'ignorez pas que beaucoup de musiciens rêvent de devenir chefs d'orchestre – eh bien, il en va de même des acteurs : ils pensent souvent mieux comprendre leur personnage que...

« Tu parles trop, se dit-elle soudain. Tu as l'air de le supplier. »

— Bref, reprit-elle, je veux me lancer dans la mise en scène. La dernière fois que je suis venue en Australie, j'ai vu *American Buffalo*. Vous en étiez le producteur. J'ai beaucoup aimé cette pièce et j'espère que nous allons pouvoir travailler ensemble.

— Eh bien, commença Murre, manifestement embarrassé. Ce que vous me dites est très intéressant. Toutefois je n'aurais jamais cru que...

Il s'interrompit. Ses doigts tapotaient nerveusement le bois de son bureau et, les sourcils froncés, il fixait le tapis à ses pieds comme pour y chercher l'inspiration.

— Oui, bien sûr, reprit-il, vous avez arrêté de jouer à cause de... (Il s'interrompit à nouveau.) C'est bien naturel, personne ne pourrait... Enfin, je veux dire qu'il vous était impossible de... Enfin, ma chère Jessica, comprenez-moi : ça me semble très difficile. Je ne vous vois pas en train de mettre en scène une de mes pièces : vous devriez donner des interviews, on écrirait des articles sur vous dans les journaux, on vous prendrait en photo... La mise en scène est un métier très *public*, vous savez ? Vous pensez sans doute, et à juste titre, qu'une bonne partie de ce métier se passe en coulisse, mais, même là, il faut donner confiance aux comédiens, aux techniciens, à toute la troupe : il leur faut quelqu'un vers qui ils puissent lever les yeux et... Non, attendez, Jessica !

D'un geste brusque, elle avait attrapé sa canne et venait de se lever. Murre bondit pour la rattraper alors que, déjà, elle se dirigeait vers la porte :

— Attendez, Jessica, je vous en prie ! répéta-t-il, criant presque. J'ai une totale confiance en vous, en vos compétences, ce n'est pas la question, la question, c'est...

— La question, ce sont vos préjugés étriqués, votre trouille, votre stupidité, compléta Jessica, glaciale. Vous croyez que, parce que j'ai changé physiquement, j'ai perdu toute mon intelligence, toutes mes capacités, que je suis devenue incapable de faire quoi que ce soit, y compris de la mise en scène !

Debout dans l'embrasure de la porte, elle avait élevé la voix, sachant que la secrétaire écoutait certainement.

— Non, attendez, vous ne pouvez pas parler comme..., commença Murre.

— Vous ne réfléchissez pas, l'interrompit Jessica avec une voix théâtrale qui parut s'enfler peu à peu jusqu'à emplir tous les bureaux, vous réagissez, tout simplement, comme le ferait un animal. Vous vous défilez dès lors que quelque chose vous effraie ou vous étonne. Mais regardez-moi donc ! Que voyez-vous? Une femme qui a perdu sa beauté. Et alors? Cette beauté perdue, qu'a-t-elle à voir avec le travail de metteur en scène?

— Je n'ai pas dit que...

— Si, c'est exactement ce que vous avez dit. Selon vous, personne n'oserait me regarder, personne n'aurait confiance en moi, personne ne m'admirerait. Et qu'en savez-vous? C'est ce que votre misérable petite tête imagine, or ce ne sont que des prétextes destinés à dissimuler le fait que, *vous*, vous n'aimez pas me regarder!

— Bon sang! s'exclama le producteur. Je refuse d'en écouter davantage. Mais qu'est-ce qui vous prend? Vous n'étiez pas comme ça avant! Vous êtes devenue mauvaise et amère et, si vous croyez que je vais oublier ça, vous vous trompez. Vous n'avez pas le droit de...

— Pauvre imbécile! l'interrompit à nouveau Jessica, mais cette fois avec un soupir navré.

Puis elle fit volte-face et essaya de gagner rapidement la sortie, clopinant du plus vite qu'elle pouvait, bien qu'elle sût que cette allure était désormais, chez elle, la plus pitoyable. Elle était consciente que tous les regards la suivaient, dans un silence absolu. Elle sentait celui de Murre dans son dos, son air méprisant, sa lippe pendante, ses yeux exorbités par la fureur. Elle tremblait, les sanglots lui nouaient la gorge.

«Je le savais, je le savais, se répétait-elle. C'est pour ça que je voulais rester à Lopez. J'avais raison. Je savais que ça se passerait comme ça.»

Elle trouva un café à quelques rues des bureaux d'Alfonse Murre et prit place à une table dissimulée dans un sombre renfoncement.

— Un café frappé, commanda-t-elle au garçon.

Elle gardait ses mains serrées l'une contre l'autre pour tenter de faire cesser leurs tremblements. «Ce n'est qu'un homme, se dit-elle, essayant de se raisonner, et certainement pas le plus intelligent de tous. Rien ne m'autorise à penser que les autres auront la même réaction, la même expression horrible sur le visage... À moins qu'il ne soit déjà trop tard, poursuivit-elle intérieurement. Dans toutes les villes, le théâtre est un redoutable microcosme : Murre va certainement s'empresser de raconter notre entrevue à tout le monde. »

Et, en effet, il ne s'en priva pas. Lorsque Jessica appela les deux autres producteurs auxquels elle avait écrit, leurs secrétaires lui répondirent qu'ils étaient sortis, ou bien en rendez-vous, ou encore au téléphone, mais que de toute façon ils seraient injoignables : trop occupés, débordés par une saison théâtrale épouvantablement lourde. Peut-être pourraient-ils la recevoir plus tard, dans quelques semaines, quelques mois... Ils savaient que Miss Fontaine comprendrait...

Depuis son salon, Jessica contemplait le port. Elle se trouvait à des milliers de kilomètres de New York, et pourtant les cauchemars qui avaient hanté ses nuits et nombre de ses journées pendant six ans l'avaient poursuivie jusqu'en Australie. Elle se sentait blessée, meurtrie, inerte. C'était à peine si elle avait encore assez d'énergie pour s'occuper de Chance qui, ne cessant de réclamer son lot de caresses, la suivait pas à pas dans ses déambulations indifférentes à travers la maison. Car Jessica ne cessait d'arpenter chaque pièce, se repassant sans relâche le film de sa rencontre avec Alfonse Murre, son mouvement de recul instinctif, le ton réprobateur de sa voix quand il avait souligné le fait que le métier de metteur en scène était un métier *public*. Tout dans son attitude exprimait la conviction qu'elle aurait dû lui épargner cet entretien, ne pas lui faire perdre son précieux temps de producteur.

— Qu'il aille au diable ! s'exclama-t-elle tout haut, mais sa rencontre avec Murre l'obsédait.

À nouveau, sa maison lui devint un refuge. Elle ne sortait plus. Chance à ses pieds, le regard mélancolique, elle restait assise près de la baie vitrée à dessiner le port et des scènes entrevues dans les rues de Sydney. Elle remplit ainsi plusieurs carnets de croquis. Elle écoutait de la musique, lisait des livres et le journal du matin qu'elle trouvait chaque jour devant sa porte. Elle se faisait livrer ses courses par téléphone. Le soir, elle restait étendue sur son lit, à ressasser inlassablement une interminable succession d'idées noires qu'elle ne parvenait pas à chasser de son esprit.

« Je n'ai jamais prétendu que vous aviez conservé le corps et le visage d'autrefois. Mais plus je vous regarde, plus je vous écoute, moins ça me semble important. Pour moi, vous êtes belle, *vraiment* belle. »

Luke lui avait dit ces mots. Sans doute les pensait-il, mais de toute évidence le reste du monde était loin de lui manifester la même bienveillance.

« Je vous aime. Je me fiche de la tête que vous avez. » Là aussi il avait pesé chaque mot, elle le savait. Mais, pour les autres, la tête qu'elle avait importait, et même beaucoup.

« Viens avec moi, épouse-moi. » Jessica se félicitait de ne pas l'avoir fait. Eût-elle été victime de la même rebuffade à New York, Luke se fût senti responsable. Il serait parti en guerre contre tous les Alfonse Murre de Broadway pour la défendre... et avec quel résultat ? « Je n'aurais pu vivre au théâtre dans une atmosphère pareille. Notre beau conte de fées en aurait été empoisonné, on nous en aurait dépossédés. Cela dit, réfléchit-elle encore, il semble que je ne sois pas mieux accueillie ici. »

Les jours passaient avec une infinie lenteur. Jessica les vivait dans une sorte de transe anxieuse, l'attente de quelque chose. Mais de quoi ? D'une issue, d'une sortie de secours, du moment où elle se déciderait à plier bagage pour reprendre l'avion. Et pourtant, elle ne pouvait s'y résoudre. Elle continuait de dessiner, de lire, d'écouter de la musique, de manger, de dormir... Elle eut l'impression que cet état durait depuis plusieurs longues journées, mais un matin, son regard s'arrêta sur la date que portait le journal déposé devant sa porte, et elle constata qu'il ne s'était écoulé que quatre jours depuis sa rencontre avec Alfonse Murre. Quelques instants plus tard, la sonnerie du téléphone retentit.

Elle tressaillit : ce son inhabituel lui parut insolite, presque tonitruant. Sa première pensée fut pour Luke, mais c'était impossible, ce ne pouvait pas être lui : il ignorait où elle se trouvait. Il ne s'agissait probablement pas non plus de l'un des producteurs qu'elle avait essayé de joindre. Restait le propriétaire de la maison : il avait sans doute une bricole à préciser. Elle décrocha à la troisième sonnerie.

— Jessica Fontaine ? fit une voix féminine à la fois forte et haut perchée, à mi-chemin entre le trombone et la clarinette.

« Cette femme aurait pu faire s'écrouler les murailles de Jéricho », se dit Jessica, et cette idée lui arracha un sourire, le premier depuis plusieurs jours.

— Je suis Jessica Fontaine, dit-elle. Que puis-je pour... ?

— Mon nom est Hermione Montaldi. Naturellement, vous savez qui je suis.

— Vous êtes la productrice du *Jardin secret*, répondit immédiatement Jessica. J'ai vu la pièce la semaine dernière. Elle est excellente. De fait, c'est la meilleure que j'aie vue depuis mon arrivée.

— Et vous en avez vu beaucoup ?

— Trois.

Hermione Montaldi éclata d'un rire si puissant que Jessica dut éloigner le combiné de son oreille.

— Votre échantillonnage est réduit, dit-elle, riant toujours, mais si vous les aviez toutes vues, vous auriez constaté qu'elle est bien la meilleure. Alfonse Murre m'a raconté que vous étiez venue lui demander de travailler avec lui et que vous l'aviez couvert d'insultes parce qu'il n'avait rien à vous proposer.

— Non.

— Non quoi ?

— Je l'ai effectivement couvert d'insultes, mais pour d'autres raisons.

— Voudriez-vous me dire lesquelles ?

— Ce serait plutôt à vous de me dire ce qui motive votre appel.

— Vous avez raison. J'ai gardé de vous un merveilleux souvenir. Je vous ai vue jouer ici, à Sydney, autrefois, et à New York aussi. C'est pourquoi je voulais vous parler. J'ai une pièce qui risque de vous intéresser, et j'aimerais savoir si nous pourrions travailler ensemble. Ces raisons vous semblent-elles suffisantes ?

— Je m'étonne simplement qu'elles existent encore après une conversation avec Alfonse Murre.

— Jessica, je crois que vous accordez trop de crédit à sa réaction. Vous seriez la première à prendre Alfonse Murre au sérieux. Aucune personne sensée ne prête attention à ce qu'il raconte. Que diriez-vous de dîner avec moi ce soir ? Nous sommes voisines : vous habitez à cinq minutes de chez moi, nous pourrons discuter beaucoup plus tranquillement qu'au restaurant et, en outre, je fais le meilleur osso-buco de Sydney.

— Comment savez-vous où j'habite ? demanda Jessica, méfiante.

— Par les renseignements, c'est une mine d'informations, répondit ironiquement Hermione Montaldi.

Ne venez pas trop tard. Dix-huit heures, par exemple ?
Ça ne vous paraît pas trop provincial ? (demanda-
t-elle encore, avant d'ajouter tout de suite après :) De
toute façon, peu importe. J'ai hâte de vous rencontrer. J'habite la troisième rue à gauche en venant de
chez vous, n° 45, la maison rose, un portail en fer
forgé et un mur très haut. Je me protège de la curiosité des touristes. Viendrez-vous ?

— Oui.

— J'en suis ravie, mais surtout ni soie ni satin.
Venez comme vous êtes. À ce soir.

Lorsque Jessica raccrocha, un radieux sourire illuminait son visage. Elle se sentait légère, son cœur
battait avec allégresse, les quatre jours passés à rumi-
ner l'affront que lui avait fait Murre étaient oubliés.
Dans un effort de pessimisme, elle essaya de se dire
qu'il ne sortirait peut-être rien de ce dîner, mais cette
hypothèse même ne parvint pas à lui ôter sa bonne
humeur. Hermione Montaldi n'eût pas risqué un
coup de fil inutile, ce n'était manifestement pas son
genre. De toute évidence, c'était une forte femme,
pour qui l'efficacité primait et qui ne devait pas s'em-
barrasser de considérations annexes.

Jessica attrapa son sac et se précipita dehors,
comme pour échapper au plus vite à la nouvelle
prison qu'elle était en train de se créer dans cette
maison. Elle courut se mêler à la foule qui encombrait les boutiques de la ville, sans plus songer que,
quelques jours auparavant, elle s'était sentie étouffée
par cette cohue. Résolue à renouveler sa garde-robe,
elle acheta jupes, robes, chemisiers, chaussures, puis
elle déjeuna dans la somptueuse cafétéria d'une
immense librairie et, en sortant, s'offrit une dizaine
de livres, des essais portant sur l'histoire du pays
et des romans d'auteurs australiens. Après tout,
peut-être allait-elle rester quelque temps encore à
Sydney...

Sur le chemin du retour, elle s'arrêta chez un fleuriste auquel elle demanda de lui préparer un panier d'orchidées qu'elle destinait à son hôtesse.

— Magnifique! s'écria celle-ci en lui ouvrant la porte. Mes quatre orchidées préférées! Connaissez-vous leurs noms? continua-t-elle, précédant Jessica dans la maison sans lui laisser le temps de répondre. Barbe rouge, Canard volant, Large Langue et Homme pendu : on dirait des personnages d'une tribu indienne, vous ne trouvez pas?

Elle posa le panier sur une table devant une immense baie vitrée, puis se retourna et tendit chaleureusement la main à Jessica :

— Merci, je suis ravie de faire votre connaissance.

Le soleil sur son déclin inondait la pièce, n'épargnant aucun détail, ne laissant aucune zone d'ombre, et Jessica dévisagea un long moment son hôtesse, traquant la moindre expression de surprise ou de désarroi. En vain : Hermione Montaldi la fixait avec un large et franc sourire. Les pommettes hautes, le menton en galoche, des sourcils fournis, des yeux très sombres, des cheveux noirs frisottés, et pas l'ombre d'une trace de maquillage sur le visage, elle dominait Jessica d'au moins une tête. Pieds nus, elle était vêtue d'un long pantalon de couleur sombre, très large, et d'une liquette de coton noir à manches courtes. Des anneaux d'or balançaient doucement à ses oreilles.

— Vous avez connu une période difficile, dit-elle à Jessica sans lâcher sa main. Quand tout va bien, on n'imagine pas que nos pauvres corps sont si vulnérables. Qu'êtes-vous devenue depuis cet accident de train? Vous avez renoncé au métier d'actrice, tout le monde le sait, mais vous n'avez pas non plus fait de mises en scène, ajouta-t-elle en traversant la pièce pour se diriger vers le bar. J'ai un vin rouge délicieux et qui accompagnerait parfaitement l'osso-buco.

Figée de stupeur, muette, Jessica ne bougeait pas. Jamais personne n'avait encore osé aborder avec autant de naturel et d'apparente désinvolture le sujet de son accident.

— Alors, d'accord pour le vin rouge ? insista Hermione.

— Oui, bien sûr.

Elle avait répondu distraitement, sans même comprendre vraiment la question. Incapable de prononcer encore un mot, elle entreprit d'examiner la pièce pour se donner une contenance. La vue était la même que chez elle, mais ce salon était plus sobre, moins meublé que le sien. Le canapé et les fauteuils, d'une profondeur accueillante, étaient recouverts de tissus dans les tons bleu sombre qui devaient provenir du Népal. Seules notes de fantaisie, des abat-jour à franges et, sur un mur, une succession de portraits représentant des vieillards, têtes ridées, tristes, anguleuses, épuisées, mais respirant la sagesse et la sérénité...

Hermione remarqua le regard de Jessica et lança dans un éclat de rire :

— Ils me font me sentir jeune et me rappellent qu'en dépit des apparences ce monde n'est pas totalement dépourvu de sagesse. Je me dis que, si je fais montre de suffisamment d'attention et d'intelligence, je pourrai peut-être acquérir un peu de cette sagesse avant de mourir.

— C'est une... excellente philosophie, bafouilla Jessica en prenant le verre que lui tendait Hermione.

— Dans ce cas, buvons aux excellentes philosophies et aux nouvelles amies, répliqua celle-ci.

Leurs deux verres s'effleurèrent avec un tintement léger qui rappela à Jessica le son de la cloche commandant aux acteurs de se préparer pour leur entrée en scène.

La productrice s'assit à un bout du long canapé, face à la baie vitrée, et, du regard, engagea son invitée à faire de même. Elle avait posé sur une table basse au bois sommairement sculpté de petites assiettes contenant des amuse-gueules.

— Vous permettez que je vous appelle Jessie ? dit-elle.

— À part mes parents, personne ne m'a jamais appelée comme ça. Mais ça ne me dérange pas, bien au contraire.

— Parfait. N'hésitez pas à vous servir, nous dîne-rons tard : j'ai oublié de faire chauffer le four. Main-tenant, racontez-moi tout.

— Il vous suffit de me regarder et de vous rappeler ce que vous a dit Alfonse Murre pour en savoir déjà beaucoup...

— Non, je préfère entendre l'histoire de votre bouche. Je vous jure que, si je m'ennuie, je ne man-querai pas de vous le faire savoir.

Jessica ne put réprimer un éclat de rire. Encoura-gée, elle prit une assiette sur la table basse, y déposa quelques toasts et, soudain détendue et heureuse, se cala confortablement dans les coussins du canapé, en se tournant vers Hermione.

— Votre maison me plaît beaucoup, commença-t-elle, et vous aussi, vous me plaisez beaucoup.

— Je peux vous retourner le compliment, répondit son hôtesse en soulignant ses paroles d'un vigoureux hochement de tête. Je crois que nous allons faire du bon travail ensemble, mais d'abord il faut qu'on parle.

— Promettez-moi que vous parlerez aussi, implora Jessica.

— Si vous avez la patience de m'écouter, je le ferai, c'est promis. Mais j'aimerais que vous commenciez. Prenez votre temps, nous avons toute la nuit devant nous.

Et, en effet, elles passèrent une grande partie de la soirée à discuter. Leur proximité, la pièce plongée dans la pénombre, les chandelles qu'alluma Hermione, les petits bougeoirs de céramique sur la table basse, tout cela rappela à Jessica ses veillées avec Luke dans la confortable quiétude de sa maison de Lopez Island. Mais, cette fois, une femme lui donnait cette impression de confiance, et elle ne put que penser à Constance, aux premiers temps d'une amitié qui l'avait aidée à devenir elle-même.

Alors elle eut envie de parler d'elle à Hermione et elle lui raconta tout depuis le commencement, depuis ses débuts sur les planches à seize ans jusqu'à la catastrophe ferroviaire qui avait failli lui coûter la vie. Puis elle évoqua Lopez Island :

— Tout allait bien. J'étais installée, j'avais une nouvelle maison, un nouveau métier, une nouvelle vie, mais ça ne m'a pas suffi. J'avais beau aimer ce que je faisais et savoir que je pouvais continuer comme ça jusqu'à la fin de mes jours, je n'étais pas vraiment heureuse. Il me manquait le théâtre...

— Si je vous comprends bien, vous voulez dire que vous n'avez plus ressenti aucune passion depuis votre accident, fit Hermione en la dévisageant attentivement. Il vous manquait le théâtre et... un homme aussi, peut-être, ajouta-t-elle après un instant d'hésitation. Mon Dieu, Jessica, ne me dites pas que vous avez passé six années sans homme ! Auriez-vous décidé qu'un boitillement et des cheveux gris rendent toute vie sentimentale et sexuelle impossible ?

Jessica garda le silence. Intriguée, Hermione poursuivit :

— Oh... Attendez, je crois que j'ai deviné : il y a eu un homme et c'est lui qui vous a donné l'envie d'abandonner votre existence d'ermite pour revenir au théâtre. Je brûle, n'est-ce pas ? Où est-il passé, celui-là ?

— À New York, avoua Jessica.

— Il a voulu vous y emmener avec lui et vous avez refusé. Vous auriez aussi bien pu vous lancer dans la mise en scène là-bas. Pourquoi avoir choisi Sydney ? C'est le bout du monde pour vous !

Troublée par le mutisme de son interlocutrice, la productrice ajouta doucement :

— Jessie, je vous en prie, vous m'aviez promis de tout me dire.

— Il est metteur en scène, consentit enfin à répondre Jessica. Mais je préférerais ne pas en parler, en tout cas pas pour l'instant. Peut-être plus tard, quand je... Ou pas du tout... Je n'en sais rien.

— Ma pauvre chérie, vous étiez amoureuse de lui et vous n'avez pas hésité à le renvoyer dans cette jungle de femmes célibataires qu'est Broadway ! Tout ça pour venir vous refaire un nom ici. Lui écrivez-vous ? Ce sera ma dernière question.

— Non.

— Sait-il seulement que vous êtes ici ?

— Une autre question ? fit Jessica sur un ton où perçait une légère réprobation.

— Certes, mais elle fait partie de la première : lui écrivez-vous et, dans le cas contraire, sait-il seulement que vous êtes ici ?

Elles partirent toutes deux d'un même éclat de rire.

— Non, il ignore que je suis ici, répondit Jessica. Maintenant, à vous de tout me raconter !

— D'accord, mais avant je ferais bien d'aller jeter un œil à mon osso-buco. Reprenez un peu de vin.

Joignant le geste à la parole, Hermione versa le fond de la bouteille dans leurs deux verres avant de se précipiter vers la cuisine. En l'attendant, Jessica se perdit dans la contemplation du ciel étoilé qui s'étendait de part et d'autre de la baie vitrée. Les lumières de la ville, celles des ferries et des bateaux-taxis laissaient sur l'eau du port des sillons lumineux. « Un paysage enchanté, et je vois le même depuis ma maison », songea-t-elle. Elle se rendit compte que, pour la première fois, elle pensait à la villa en ces termes : « Ma maison ». « Ma maison, se répéta-t-elle. Ma ville, mon amie et, bientôt peut-être, mon travail... »

— Nous avons encore une demi-heure devant nous avant de passer à table, fit Hermione en revenant s'asseoir auprès d'elle dans le salon. Vous pourrez patienter si longtemps ?

— Oui, bien sûr, j'ai surtout faim de vous entendre...

— Dans ce cas, allons-y : soixante-deux ans, divorcée d'un premier mari, veuve du second, deux fils, un aux États-Unis, à Harvard, l'autre en Angleterre, à Cambridge. Intelligents, drôles, ils me manquent, mais par bonheur ils sont partis en lançant à peine un regard derrière eux ; d'ailleurs, je me serais inquiétée s'ils avaient agi autrement... Je suis née dans une bourgade poussiéreuse du sud de l'Illinois ; mon père possédait une petite épicerie dont l'arrière-boutique faisait quincaillerie : je passais des heures à jouer avec les clous, les vis, les charnières... Il gagnait à peu près de quoi assurer notre subsistance jusqu'au jour où un supermarché s'est ouvert à côté, avec les mêmes clous et les mêmes vis, mais emballés dans de minuscules sachets de plastique. Ç'a été la fin de son magasin. De toute façon, je détestais cette ville bien avant que mes parents deviennent pauvres. J'ai passé mon enfance à faire semblant d'être une autre personne vivant dans un autre lieu... J'étais plus grande que les autres enfants, je lisais beaucoup, j'étais capable d'employer des mots de plus de trois syllabes, et nous étions la seule famille juive du coin : mes camarades avaient donc toutes les raisons de me trouver bizarre et de me traiter en étrangère indigne de leur confiance. Ils se liguaient contre moi, se montraient très froids, distants. C'est sans doute à cause de leur attitude que je suis devenue un vrai trublion, à l'école comme à la maison : pour les impressionner, j'ai commis quelques vols et, pour les effrayer, fait preuve d'une imagination sans bornes. Un jour, j'ai mis une grenouille vivante dans chaque pupitre de la classe, le mien compris. J'aurais voulu que vous voyiez ça, quand les trente gamins ont ouvert leur pupitre pour sortir leurs livres et leurs crayons ! C'est un souvenir fantastique. J'ai toujours eu envie de le reconstituer sur scène, mais les grenouilles sauteraient dans la salle et je doute que les spectateurs s'en amuseraient autant que moi. Bref, comme vous le constatez, dès cette époque, je produisais déjà des shows à ma manière. Le but était de rendre mes parents fous et de les pousser à m'envoyer en pension, à l'armée, où ils voulaient, mais plus là ! Ils ont refusé. Du coup, je me suis mariée, à quinze ans, avec un garçon qui ne me convenait pas du tout, mais qui m'a sortie de Illinois. Nous nous sommes séparés à New York peu avant mon seizième anniversaire et j'ai trouvé un job : je nettoyais les salles de bains dans les hôtels. Et là, j'ai rencontré une femme extraordinaire, la costumière d'une compagnie théâtrale britannique en tournée à New York pour un mois. Elle m'a proposé de devenir son assistante. Je suis partie pour Londres avec elle, j'y ai passé mes examens et je me suis remariée. J'ai eu mes deux fils, et mon mari est mort, me laissant à la tête d'une fortune modeste, mais confortable. C'est à ce moment-là que j'ai décidé de devenir productrice. J'ai commencé à Londres, mais Sydney m'a paru une ville plus prospère pour ce métier. C'est pourquoi je m'y suis installée. Y a-t-il autre chose que vous voudriez savoir ?

— Oui, connaître vos goûts, ce que vous aimez...

— La bonne chère, le vin rouge, Mozart et Beethoven dans leur dernière période, les messes de Bach, tout Schubert, l'essentiel de Poulenc, les biographies, les romans, l'histoire, les films d'action sans trop d'hémoglobine, l'opéra, les ballets et le théâtre, *tout* le théâtre.

— Et le sport?

— J'aime la voile, la course et le cheval. J'ai des chevaux chez des amis, à une heure au nord de la ville.

— Et les hommes?

— Rien de particulier en ce moment. Plus on vieillit, plus les réserves en hommes s'amenuisent, en nombre comme en qualité. Autre chose?

— Oui. Maintenant, parlez-moi de ce que vous n'aimez pas, demanda encore Jessica.

— Alfonse Murre, les gens qui ne pensent qu'à l'argent, ceux qui brassent de l'air pour se rendre intéressants, les irresponsables et quiconque érige en vertu le fait de ne pas réfléchir. Pour simplifier, je déteste la bêtise, l'arrogance, la prétention, les faux-semblants. Maintenant, je crois que nous pouvons passer à table, conclut Hermione en se levant.

Elles bavardèrent ainsi pendant tout le dîner, puis retournèrent au salon boire un porto et discutèrent encore. Il était minuit passé lorsque Jessica regarda sa montre.

— Mon Dieu, s'écria-t-elle, je ne m'étais pas rendu compte de l'heure!

Sur ces mots, elle fit le geste d'attraper sa canne.

— Il n'est pas tard pour moi, repartit son interlocutrice, et je passe une très agréable soirée. Êtes-vous trop fatiguée pour rester?

— Non, mais vous devez penser que...

— Je vais vous dire ce que je pense, l'interrompit Hermione. Je pense que vous avez soif d'amitié, et surtout de l'amitié d'une femme. Je pense que vous avez erré comme une âme en peine dans Sydney depuis votre arrivée, sans personne à qui parler. Je pense que votre metteur en scène new-yorkais vous manque et que, jusqu'à ce soir, personne dans cette ville ne vous avait donné une raison de vous sentir bien dans votre peau. Et, pour finir, je pense que vous devriez rester encore un petit moment à bavarder avec moi, prendre un autre porto et me dire pourquoi vous voulez vous lancer dans la mise en scène.

— Merci... Merci de comprendre tout ça, dit simplement Jessica en se penchant pour attraper son verre.

— Alors, pour quelle raison voulez-vous devenir metteur en scène ? lui demanda à nouveau la productrice.

— Parce que je ne peux plus jouer, parce que les gens éprouvent une impression de malaise en me regardant. Quand on est sur une scène, on fabrique une relation intime avec le public, on lui parle, on l'emporte dans une histoire. L'acteur est à la fois personnage et narrateur. Et, désormais, aucun spectateur ne pourra plus s'identifier à mon personnage, ou se laisser emporter dans mon histoire, car l'impression de malaise dominera tout, écrasera tout. Pardonnez-moi, ajouta encore Jessica avec un petit rire amer, on croirait presque entendre un cours théorique sur le théâtre. Ce que je veux dire, c'est que...

— Je sais ce que vous voulez dire, la coupa Hermione. Mais, moi, vous ai-je paru mal à l'aise ce soir ? Et votre metteur en scène, avait-il l'air mal à l'aise quand vous étiez ensemble ?

— C'est différent. Ni vous ni lui n'avez payé votre place pour être distraits, arrachés à la morosité de votre quotidien, entraînés dans un univers magique...

— Certes. Je parierais pourtant que votre metteur en scène avait bel et bien l'impression de se trouver dans un univers magique avec vous.

Jessica eut le souffle coupé par cette repartie. Un immense sentiment de perte, de nostalgie, s'empara d'elle à cet instant. Oui, Luke et elle avaient vécu des moments magiques. Il avait d'ailleurs employé les mêmes mots.

— Pardonnez-moi, reprit Hermione. Je crois que je vous ai blessée, je n'aurais pas dû dire ça. Nous avons tous nos vieux démons et je n'ai pas le droit de soumettre les vôtres à la question. Revenons à notre point de départ : vous m'avez expliqué pourquoi vous ne vouliez plus jouer, mais vous ne m'avez toujours pas dit pourquoi vous vouliez vous lancer dans la mise en scène.

— Parce que je connais bien le théâtre, parce que je sais comment faire vivre un personnage, comment travailler avec les comédiens, comment créer à la fois assez de mystère et de réalité pour que le public ait envie de suivre l'histoire et d'y croire. Parce que j'aime les coulisses aussi...

— Et surtout parce que vous avez une telle envie de revenir au théâtre que ça vous rend dingo.

Jessica eut un petit rire.

— On peut dire ça comme ça, en effet. En vérité, le théâtre seul me fait me sentir vivante.

— Vous êtes sûre de savoir réaliser une mise en scène, bien que vous n'ayez encore jamais tenté l'expérience, c'est bien ça ?

— Exactement.

— J'en suis sûre, moi aussi. J'ai quelques manuscrits sur lesquels je réfléchis en ce moment. Que diriez-vous de les emporter pour les lire et de me rappeler ?

— Oh oui ! avec plaisir ! s'exclama Jessica, incapable de dissimuler sa joie. Je ne sais comment vous remercier.

— Vous auriez dû commencer par me contacter, moi, au lieu de foncer chez cet abruti d'Alfonse Murre, dit Hermione en se levant pour quitter le salon. Voilà six pièces, poursuivit-elle à peine quelques instants plus tard, revenant avec une pile de manuscrits dans les bras. Prenez votre temps. Je crois que toutes méritent d'être retravaillées – certaines plus que d'autres, naturellement. Maintenant, je vous renvoie chez vous, vous avez l'air épuisé.

— Je le suis, c'est vrai, avoua Jessica en attrapant sa canne pour se hisser hors des profondeurs douillettes du canapé. Merci, merci pour tout, vraiment. Vous ne pouvez pas savoir à quel point j'avais besoin de quelqu'un comme vous.

Une fois debout l'une face à l'autre, transportées par un même mouvement, elles s'embrassèrent chaleureusement.

— Je suis heureuse de vous avoir rencontrée, Jessie, dit Hermione. Et je prédis à notre tandem de fabuleux triomphes. Maintenant, passez une bonne nuit.

Comme pour lui témoigner physiquement sa gratitude, Jessica retint un instant sa joue contre celle de sa nouvelle amie, songeant qu'elle avait enfin trouvé quelqu'un en qui avoir confiance.

— Je vous appelle très vite, fit-elle en s'écartant doucement.

Elle était déjà sur le perron lorsque Hermione lui lança sur un ton désinvolte :

— J'y pense ! Vous devriez lui écrire, garder le contact. Ça ne peut pas faire de mal...

Jessica s'immobilisa, appuyée sur sa canne, le dos tourné, comme pétrifiée en haut des marches.

— Bonne nuit, répondit-elle simplement, sans se retourner.

Et elle rentra chez elle. Mais ces quelques mots ne la quittèrent pas et, le lendemain matin, très tôt, elle prit une feuille de papier blanc et écrivit :

Mon cher Luke,
Voilà un peu plus de deux semaines que je suis arrivée à Sydney. Je ne te raconterai pas tout ce qui m'est

passé par la tête avant de prendre cette décision et d'aboutir dans cette ville. Le plus simple est encore de te dire que je voulais savoir si je pouvais toujours faire partie de mon monde, retrouver le théâtre. Tu as fait pénétrer cette question dans ma vie avec tant de force que je ne pouvais plus faire semblant de ne pas me la poser. Alors je me suis mise en quête d'un endroit où je pourrais repartir de zéro, tout recommencer, mais pas comme comédienne, non... comme metteur en scène. Et voilà, j'ai choisi l'Australie et Sydney.

J'ai loué une maison, fait un peu de tourisme, et je commence tout juste à me dire que je vais peut-être pouvoir vivre ici. Je suis étonnée de constater à quel point un lieu étranger, voire hostile, peut tout à coup devenir accueillant par la grâce d'une seule personne. J'ai rencontré cette personne hier soir. C'est une femme merveilleuse, une productrice dont tu as peut-être déjà entendu parler. Elle s'appelle Hermione Montaldi et, au cours d'une longue soirée passée chez elle, nous sommes devenues amies et – sans doute aussi – partenaires. En effet, elle m'a confié quelques manuscrits, à charge pour moi de trouver parmi eux une pièce à mettre en scène. Si ça marche, tout ce que j'espérais en venant ici va se réaliser.

Reste la ville : elle est magnifique, bien qu'assez particulière. Les gratte-ciel de verre et d'acier que l'on voit sur le port sont flambant neufs, ils ont à peine vingt ans, et tout juste derrière eux se profilent des immeubles du siècle dernier, ornés de ces décorations clinquantes que les tailleurs de pierre avaient coutume de réaliser autrefois, lorsqu'ils disposaient de suffisamment de temps et d'argent.

Les rues sont toujours noires de monde. J'ai fini par remarquer que les gens se faisaient sans cesse des signes de la main, comportement que j'ai jugé très amical. Mais j'ai fini par comprendre qu'en réalité ces gestes fraternels sont destinés à chasser les mouches.

Cette perpétuelle agitation des mains devant les visages est assez fascinante. Ajoute à cela le fait que les trois quarts de la population sont équipés d'un minuscule téléphone cellulaire. Ce qui donne l'incroyable spectacle d'une légion de piétons battant des mains pour chasser les mouches tout en monologuant. Même le plus créatif des metteurs en scène n'aurait pas pensé à ça.

Ma maison se situe dans un quartier de la ville appelé Point Piper et qui m'offre une vue imprenable sur le port et sur la ville. Chance est avec moi et nous nous sommes plutôt bien habituées à notre nouvelle vie. J'espère que La Magicienne *poursuit sa triomphale saison à Broadway ; j'espère aussi que tu vas bien.*

Jessica.

Elle songea, en la signant, que cette lettre était bien neutre. Mais qu'écrire d'autre ? Elle ne pouvait pas lui dire qu'il lui manquait, qu'elle se réveillait toutes les nuits en espérant le trouver à son côté, qu'il occupait chacune de ses pensées lorsque, dans ses errances à travers la ville, elle lui décrivait mentalement ses multiples découvertes. Lui dire tout cela eût été faire un aveu qu'elle ne s'autorisait pas. Non, elle ne pouvait que se montrer amicale, rien de plus, et, par ses lettres, prolonger un contact auquel elle était incapable de renoncer.

Elle avait désespérément besoin de se sentir proche de Luke, fût-ce seulement par un échange épistolaire, tout comme jadis elle s'était sentie proche de Constance grâce à leurs nombreuses lettres. Lorsque Hermione lui avait conseillé de « garder le contact », Jessica avait eu le sentiment d'obtenir enfin une permission attendue depuis longtemps. *Elle avait le droit* d'écrire à Luke, elle pouvait se permettre ces lettres qui, pour elle, s'apparentaient fort à une faiblesse, même si elle avait sincèrement cru être capable de l'oublier. Plus tard, peut-être, quand elle aurait vraiment du travail, quand elle se serait fait d'autres amis... Oui, plus tard, peut-être arriverait-elle à renoncer à lui, mais pas tout de suite, pas si vite, pas encore...

Elle avait laissé la lettre sur la table de la salle à manger, qui désormais faisait aussi office de bureau, et, de temps à autre, lui lançait un regard tout en lisant les manuscrits qu'elle devait étudier. Elle lut toute la journée, toute la soirée et une bonne partie du lendemain. Hermione appela dans l'après-midi :

— Je me demandais si vous aviez sympathisé avec l'une ou l'autre de mes pièces, fit-elle en guise de préambule.

— Oui. Il y en a une en particulier qui me plaît beaucoup.

— Mais vous n'avez pas l'intention de me dire laquelle.

— Pas tant que je ne les aurai pas toutes lues.

— Fort bien. À votre place, je répondrais la même chose. Maintenant, dites-moi si vous êtes bien installée, si vous avez besoin de quelque chose...

— Non, j'ai tout ce qu'il me faut, merci. J'adore ce quartier. Il est intime comme un village et, en même temps, très ouvert sur l'extérieur.

— Ce n'est pas la plus chic des banlieues, mais en tout cas c'est ma préférée, répliqua la productrice, avant d'ajouter : Appelez-moi dès que vous aurez terminé votre lecture. J'ai hâte d'avoir à nouveau une pièce en chantier.

Lorsqu'elle eut raccroché, Jessica se dit : « Voilà, c'est fait : j'ai un avenir ici, une "pièce en chantier" et quelqu'un sur qui compter. Je ne dépends pas de Luke. Nous pouvons être amis. » Et elle posta la lettre.

Il lui répondit par retour du courrier :

Ma chère, si chère Jessica,
Dire que tu as cru bon d'aller si loin pour trouver ce que tu cherchais ! Je sais, tu vas me rétorquer qu'il le

fallait, que c'était absolument nécessaire, et je ne discuterai pas là-dessus. Mais maintenant, quand je pense à toi (c'est-à-dire pendant une part non négligeable de mes journées), me vient à l'esprit une image déconcertante : celle d'une femme qui se promène en équilibre à l'extrême bord du bout du monde, avec pour seuls appuis Point Piper (j'adore ce nom) et Hermione Montaldi (j'adore ce nom-là aussi).

Je n'ai jamais entendu parler d'elle. Tu sais combien nous, New-Yorkais, nous tenons peu au courant de ce qui se passe à Sydney. L'inverse est également vrai, m'a-t-on dit. Et c'est bien la raison pour laquelle tu as choisi cette ville, n'est-ce pas ? Pour éviter l'axe Londres-New York et son cortège de commérages...

Nous vivons ici un hiver plutôt frisquet, et je suis ravi de passer la plupart de mes soirées chez moi : je travaille sur certaines pièces, je regarde de vieux films et je pense à toi. Martin est enfin un homme heureux : je dîne à la maison tous les soirs, ce qui lui donne l'occasion de se livrer à ses expérimentations culinaires. Il serait beaucoup plus heureux, dit-il, de cuisiner pour deux. Je lui réponds qu'il va devoir se contenter de moi... pour l'instant.

Tu sais tout le bonheur et la chance que je te souhaite. J'espère que tu vas m'écrire souvent pour me raconter ce que tu fais. Quand tu m'écris, je peux faire comme si tu étais là, tout près de moi...

Luke.

« Presque aussi neutre que la mienne, se dit Jessica en terminant sa lecture. À l'exception de la dernière phrase : *Quand tu m'écris, je peux faire comme si tu étais là, tout près de moi...* Voilà notre grande affaire à tous deux : faire comme si. »

Il y avait autre chose encore : la lettre de Jessica avait mis quatre jours pour atteindre New York, tandis que Luke avait envoyé la sienne en express, de façon qu'elle lui parvienne en moins de quarante-huit heures. «Je pourrais aussi faire ça un jour, se dit-elle, en cas d'urgence...»

Le lendemain, elle invita Hermione à dîner. Celle-ci se figea dans l'encadrement de la porte lorsque Jessica lui ouvrit.

— On dirait un peu le bureau des objets perdus, fit-elle, mais l'atmosphère est globalement sympathique.

— J'aime beaucoup cette ambiance, répliqua Jessica, cette impression d'être protégée de tous les côtés et d'avoir en même temps une large vue sur le ciel et la mer. Oui, comme vous l'aurez peut-être déjà compris, je tiens toujours à me protéger, ajouta-t-elle, un peu gênée, en remarquant le regard intrigué qui se posait sur elle.

— En effet, je m'en doutais, repartit simplement la productrice.

Comme elles l'avaient fait chez elle, elles s'assirent chacune à une extrémité du canapé, étalant papiers et manuscrits sur les coussins. Ensemble, elles parcoururent les notes que Jessica avait prises sur les textes et s'attardèrent sur ceux qui semblaient les plus prometteurs. Après le dîner, elles revinrent prendre le café dans le salon et se remirent au travail pour arriver, enfin, à la pièce que Jessica souhaitait monter.

— C'est formidable, nous sommes d'accord sur tout, conclut Hermione, sans cacher sa satisfaction. Je vous suis de bout en bout. Maintenant, expliquez-moi pourquoi vous avez choisi *La Fin du voyage*.

— L'histoire et les personnages me plaisent. En outre, ils ne sont que quatre, ce qui simplifie considérablement les choses. Et, surtout, il y a de la magie dans la façon dont ils évoluent : ils se rendent compte qu'ils avaient là, tout près d'eux, ce qu'ils ont cherché toute leur vie. Le mystère est là : comment les gens s'y prennent-ils pour se rencontrer et se découvrir dans un monde si vaste et si compliqué ? Voilà ce qui me plaît : je veux que le théâtre soit rempli de ce mystère, de cette succession de miracles nécessaires pour que l'amour, l'amitié, la famille, l'appartenance à un lieu, à un clan, à un être, puissent se produire... Pardonnez-moi, ajouta-t-elle après un instant d'hésitation, on dirait un sermon...

Hermione la dévisagea un moment sans répondre avant de lancer :

— Lui as-tu écrit ?

— Pardon ? fit Jessica, aussi surprise par ce brusque tutoiement, dont elle se réjouissait, que par la question elle-même ; puis elle répondit : Oui, oui, je lui ai écrit.

— Et il a répondu ?

— Oui.

— Bien. Revenons à nos moutons : ce que tu m'as dit n'avait rien d'un sermon. Tu as raison, ce qui fonde l'amour, l'amitié, la famille reste un mystère. Le fait que certaines personnes puissent rester mariées cinquante ans et que d'autres ne supportent plus le mariage au bout de six mois *est* un mystère. Ces amitiés qui durent en dépit des années, de la distance, ces familles qui tiennent alors qu'on les croirait sans cesse sur le point d'éclater *sont* un mystère. Personne ne le comprend, personne n'a la recette. Dieu merci ! Où serions-nous sans ce mystère ? La vie deviendrait aussi prévisible qu'un manuel de cuisine. À propos, comment s'appelle-t-il ?

— Lucas Cameron, répondit Jessica après quelques secondes d'hésitation pendant lesquelles elle se donna une contenance en ramassant les papiers étalés sur le canapé.

— Eh bien, si Lucas Cameron vient un jour te rendre visite, j'aimerais le rencontrer, poursuivit Hermione. Maintenant, parlons calendrier : nous sommes dans la deuxième semaine de décembre. Le théâtre de l'Opéra est disponible aux mois de mars et avril. Je peux l'obtenir à condition de le réserver tout de suite.

— C'est plus de temps qu'il n'en faut pour être prêts.

— Ce serait vrai si tu avais les relations nécessaires à Sydney, or tu vas devoir te reposer sur moi pour pas mal de choses : les agents à contacter pour le casting, le régisseur, l'administrateur de production... Tu pourras disposer des décors du théâtre, de son chef éclairagiste, des costumières et des accessoiristes, mais il te faudra un peu de temps pour apprendre à les connaître, te sentir à l'aise avec eux et faire en sorte qu'ils se sentent à l'aise avec toi.

Jessica recula, effarée, dans l'angle du canapé. « Faire en sorte qu'ils se sentent à l'aise avec toi », se répéta-t-elle intérieurement. Bien sûr... Comment avait-elle pu omettre cela ? Avec cette femme, tout paraissait si facile, si naturel, qu'elle avait presque oublié l'effet que sa vue produisait sur les autres. Bien sûr... ils ne seraient pas à l'aise avec elle, pas plus que ne l'avait été Alfonse Murre.

— Je te parle simplement de faire connaissance, reprit Hermione, comme si elle lisait dans ses pensées. Ça prend toujours un peu de temps, pas seulement pour toi, mais pour tout le monde. Et toi, tu es en train de te dire qu'ils refuseront de travailler avec toi sous prétexte que tu marches avec une canne. C'est ça, n'est-ce pas ?

— Non, c'est juste que... que..., bredouilla Jessica.

— Ah oui, j'allais oublier : tu te dis aussi qu'ils ne voudront jamais travailler avec une femme aux cheveux gris. À propos, pourquoi ne pas te faire une couleur ?

— Parce que ça ne changerait rien au reste. Ce serait pathétique.

— Je ne suis pas de ton avis, mais laissons cela pour l'instant. Voyons… Où en étais-je ? Ah oui ! À tous ces techniciens et comédiens qui vont s'écrier : « Seigneur ! Elle boite, elle a les cheveux gris, et nous nous sommes juré de ne jamais travailler avec un metteur en scène grisonnant qui marche avec une canne ! »

Il y eut un long silence. Puis un sourire se dessina enfin sur les lèvres de Jessica. Elle avait affirmé à Alfonse Murre que son apparence physique ne changeait rien à ses compétences, mais elle n'en était manifestement pas convaincue elle-même. La façon dont son amie tournait en dérision ses frayeurs les lui faisait paraître absurdes. Et peut-être l'étaient-elles, après tout…

— J'aime mieux ça, poursuivit Hermione, qui attendait ce sourire. Bien, parlons de choses sérieuses : je vais produire *La Fin du voyage* et tu en assureras la mise en scène. Nous suivrons ensemble chaque étape de cette création. Je suis prête à parier que tu apprendras vite et que tu ne seras pas longue à t'habituer à nos petites manies. Reste un autre problème : l'auteur est mort un mois après avoir achevé sa pièce. On va donc devoir se débrouiller sans lui : il ne sera pas là pour nous expliquer quoi que ce soit, ni pour réécrire certaines répliques – c'est parfois une bonne chose, d'autres fois non, ça dépend des cas. Maintenant, dis-moi quel genre d'acteurs tu verrais pour ces rôles et quand tu penses être prête pour les auditions…

Mon cher Luke,
Ça y est, nous avons commencé. Hermione et moi sommes allées visiter le théâtre ; il est aussi beau que dans mon souvenir. Il ne compte que cinq cent quarante-quatre sièges (dont le superbe bois blanc semble faire la fierté de tous), mais l'acoustique y est excellente. Il y a deux théâtres au rez-de-chaussée de l'Opéra

de Sydney, et nous allons jouer dans l'un d'eux. Les orchestres symphoniques et les chanteurs lyriques répètent à l'étage et, certains jours, tout cet ensemble extraordinaire ressemble à une gigantesque fourmilière, pleine de bruits, de cris, de chants. Nous répéterons dans une petite salle dotée d'un minuscule balcon où une poignée d'étudiants vient de temps en temps assister aux répétitions. Hermione m'a demandé si ça me dérangeait et j'ai répondu que non… enfin… je ne crois pas. Comment pourrais-je savoir ce qui me dérange ou pas puisque c'est la première fois ?

La pièce s'appelle La Fin du voyage. Elle a été écrite par un jeune Australien mort accidentellement peu après l'avoir terminée. C'est l'histoire d'une femme très riche, l'une des plus grandes bienfaitrices de Sydney, qui a bâti sa fortune en spoliant un couple qu'elle connaissait depuis toujours. Elle est influente, célèbre, mais dépourvue de tout sentiment humain. Elle dit elle-même qu'elle se sent comme morte, sans bien savoir pourquoi. Le fils du couple qu'elle a dépouillé achète un appartement à côté du sien (j'espère pouvoir utiliser des plateaux tournants, si toutefois nous avons les moyens). L'histoire raconte comment ils se découvrent (ils ne se sont pas revus depuis l'enfance) et comment elle devient enfin vivante, grâce au jeune homme et aux parents de celui-ci, venus rendre visite à leur fils. C'est une femme inhumaine, qui conquiert peu à peu sa part d'humanité. Encore un genre de conte de fées. Mais si l'on part du principe qu'il existe en chacun de nous un noyau de vérité, pourquoi les gens inhumains ne seraient-ils pas capables de s'améliorer ? Il y a aussi une forte dose de réalisme dans cette histoire, parce que, à la fin de la pièce, les parents du garçon la comprennent, sans toutefois lui pardonner. Elle ne peut donc pas faire table rase du passé, repartir de zéro. Elle va pouvoir aimer, avoir des sentiments, être heureuse, mais jamais elle ne pourra effacer sa faute.

Nous commençons à auditionner après les fêtes. Hermione a déjà convoqué plusieurs comédiens. Elle pense que nous allons très vite trouver la distribution idéale. Je le souhaite aussi, car j'ai hâte de me mettre au travail. J'espère que tes travaux de réécriture progressent.

Jessica.

Elle hésita avant de cacheter l'enveloppe : elle avait encore tant de choses à lui dire. Elle aurait tant voulu lui parler de ses peurs : peur d'échouer, de décevoir Hermione et, surtout, peur de travailler sur une pièce en sachant qu'elle ne monterait pas sur scène. Elle doutait encore de pouvoir le supporter.

Mais de tout cela elle ne pouvait parler à Luke. C'était trop personnel. Elle lui en avait déjà assez dit. Elle ferma l'enveloppe, la timbra et la posta sur le chemin du théâtre.

Ma Jessica, si chère,

Cette lettre va servir de papier cadeau au petit présent que je t'envoie pour Noël. J'espère que tu l'accepteras, non seulement de ma part, mais aussi de celle de Constance. Ce bracelet fait partie des bijoux qu'elle m'a légués : elle souhaitait que je rencontre un jour une femme à qui j'aimerais les offrir. Tu sais mieux que personne combien elle aurait été heureuse de savoir que tu es cette femme. Avec ce bracelet, reçois tous mes vœux pour un joyeux Noël et une merveilleuse nouvelle année.

J'allais conclure cette lettre, mais la tienne vient de me parvenir. Je connais l'excitation que tu éprouves. Elle continue de m'envahir chaque fois que je monte une pièce. C'est comme travailler sur un bloc d'argile et le voir prendre soudain la forme désirée : un buste, une tête de cheval, une feuille, une fleur... On les distingue encore à peine, mais ils n'attendent que nous pour se libérer de leur gangue. Et c'est exactement ce que tu vas faire : libérer les parties cachées de la pièce, mettre en lumière ce qui pousse les personnages à agir comme ils le font, montrer l'amour, la souffrance, la haine, la façon dont ils parviennent à comprendre (ou à ne jamais comprendre !) la vie qui coule en eux et autour d'eux.

Rien au monde ne nous donne un sentiment de puissance et de plénitude comparable à ce travail-là. Il nous permet aussi de prendre conscience que nous sommes toujours à même de faire de nos vies ce que nous désirons. Ou presque. La seule chose à laquelle on ne puisse rien changer, c'est l'absence de ceux qu'on aime.

Ton amie Hermione m'a l'air extraordinaire. Je crois que tu es partie pour vivre des moments inoubliables. En outre, le sujet de la pièce me semble passionnant, bien qu'il soit difficile de s'en faire une idée exacte à partir d'un simple résumé. Voudrais-tu m'envoyer une copie du manuscrit ?

Je pense à toi,

Luke.

Jessica contempla le bracelet, ses petits diamants taillés en carré, le rubis du fermoir. Elle le mit et tendit le bras pour voir l'effet qu'il produisait. Les diamants scintillèrent, frappés par un rayon de soleil. Elle avait désiré un souvenir de Luke. Elle l'avait, et... désormais, il lui écrivait tous les jours. Parfois juste quelques mots griffonnés dans un taxi, mais le plus souvent, c'était une lettre d'une page au moins, dans laquelle il lui donnait les nouvelles de New York, des gens qu'ils connaissaient tous deux, lui recommandait un film, un livre, lui parlait du théâtre, du temps, du dernier menu élaboré par Martin, de Constance... Jamais il n'était question d'une soirée où il se fût rendu, d'un dîner, ou de quelque sortie que ce fût.

À lire ses lettres, Jessica pouvait parfaitement croire que Luke menait une vie monacale.

« Luke Cameron, un moine ? se dit-elle. Certainement pas. Jamais. Il doit voir des femmes, jouer leur chevalier servant, partager leur lit. Il n'a simplement aucune raison de me tenir au courant de ses conquêtes. Je n'en entendrai parler que lorsqu'il m'annoncera son mariage avec l'une d'elles. » Car, un jour ou l'autre, cela devait arriver, elle en était certaine.

Jessica décida de ne plus y penser et les lettres de Luke continuèrent de remplir peu à peu un tiroir du vaisselier trônant dans son salon. Et puis, un soir, elle s'arrêta à Woolhara et aperçut dans une vitrine un coffret italien recouvert de cuir vert sombre et orné d'une bordure de cuivre dorée. Elle l'acheta, y rangea les lettres de Luke et le posa sur la table basse, devant le canapé, à côté de celui qui renfermait les lettres de Constance. Puis elle recula d'un pas, contempla les deux coffrets en clignant des yeux et se dit ironiquement : « Il y a décidément beaucoup de papier dans ma vie... »

— Jolie boîte, remarqua Hermione un peu plus tard dans la soirée, alors qu'elles dînaient toutes deux d'une salade sur le divan. Deux coffrets italiens. Tous deux bourrés de lettres, je parie ?

Jessica acquiesça tout en remplissant leurs verres.

— Je t'ai déjà parlé de celui qui contient les lettres de Constance..., commença-t-elle.

— Et le nouveau est réservé à celles de Lucas Cameron...

— C'est vrai. D'ailleurs, il aimerait avoir une copie de *La Fin du voyage*. Y vois-tu un inconvénient ?

— Absolument pas. De toute façon, la pièce sera en librairie d'ici un mois ou deux.

Contrairement à son habitude, Hermione n'ajouta rien de plus, et leur dîner se poursuivit pendant quelques minutes dans le plus profond silence.

— Que se passe-t-il ? dit enfin Jessica, inquiète. Quelque chose te tracasse. Est-ce parce que nous n'avons pas commencé les auditions ?

— Non. Ne va surtout pas te mettre cette idée-là en tête ! Ça prendra le temps qu'il faudra, je ne me fais aucun souci pour ça.

— Pour autre chose, alors. Allons, Hermione, pourquoi ne pas en parler ?

— D'accord, tu as raison. De toute manière, tu l'aurais appris tôt ou tard... Jessica, tout le monde refuse de mettre de l'argent dans cette pièce, à part Donny Torville, un garçon charmant qui ne comprend rien au théâtre, mais qui fait ça pour mes beaux yeux. J'espérais trouver deux ou trois autres investisseurs, mais ils ne semblent guère disposés à payer.

— Parce qu'ils me croient incapable de réaliser la mise en scène ?

— Oui. Ça m'ennuie de te l'apprendre aussi brutalement, mais c'est un problème auquel nous devons faire face ensemble. Ils se demandent pourquoi tu reviens après tant d'années et, surtout, en tant que metteur en scène. Ils se demandent aussi pourquoi tu n'as pas choisi New York pour ton retour.

— Que t'ont-ils dit sur moi ?

— Peu importe. Tu sais ce que c'est, Jessie : ils sont déconcertés de te revoir. Ils ont gardé de toi le souvenir d'une superbe créature, la plus brillante des actrices, et ils sont tout décontenancés parce qu'ils ne comprennent pas : ils refusent d'admettre que la beauté peut s'effacer, qu'elle n'est pas inaltérable, que le corps d'une belle femme n'est pas indestructible. Ils ne veulent pas savoir que le malheur existe, sans quoi ils sont obligés de se dire qu'il peut aussi les frapper. Ils préféreraient te voir rentrer aux États-Unis pour pouvoir continuer de se dire que la beauté et la perfection sont des choses éternelles...

— Que t'ont-ils dit sur moi ? l'interrompit Jessica.

— Je t'ai déjà répondu que ça n'avait pas d'importance.

— Ça en a pour moi.

— Jessie, ça n'a rien à voir avec...

— Que t'ont-ils dit sur moi ?

La voix était devenue dure, inflexible.

— Puisque tu tiens tant à le savoir, ils ont dit que tu étais une estropiée, une infirme finie pour le théâtre.

Jessica hocha lentement la tête et resta immobile, silencieuse, attendant que s'estompe la violente douleur qui venait de la transpercer. Elle la connaissait bien, cette douleur, elle l'avait ressentie si souvent. Cette fois, pourtant, il se produisit quelque chose de différent.

— Bien, dit-elle enfin d'une voix où ne perçait nulle exaspération, nous allons leur prouver qu'ils se trompent.

Hermione leva un sourcil étonné.

— Je ne te reconnais pas. Est-ce bien la même Jessica Fontaine que j'ai en face de moi ? Une vraie métamorphose. Un miracle à deux jours de Noël !

Jessica sourit :

— Un Noël avec trente degrés à l'ombre, des arbres en fleurs et des oiseaux qui gazouillent au soleil, ce n'est pas vraiment un Noël pour moi, tu sais...

— Alors, si Noël n'est pas la cause de cette métamorphose, à quoi ou à qui la doit-on ?

— À toi. À Luke. Tous les deux, vous avez cru en moi. Et puis je suis revenue dans mon élément naturel. Chaque fois que je pénètre dans la salle de répétition, je me sens vivante, entière. Et aucune jérémiade de tes généreux donateurs ne pourra m'enlever ça.

— Bravo ! Tu es formidable, je t'adore, et j'ai une totale confiance en toi. Cette pièce *va* marcher, elle *va* rapporter de l'argent, j'en suis persuadée. C'est pourquoi j'ai décidé de la financer moi-même.

— Non, Hermione, tu ne peux pas faire ça. Tu sais pertinemment qu'il faut répartir les risques. Tu ne peux pas les assumer seule.

— Tu sembles oublier Donny.

— Il te faut encore au moins deux autres personnes.

— Impossible. On les aura certainement pour ta deuxième pièce, mais pas pour celle-ci. Cela dit, je ne m'en fais pas pour ça, Jessie.

— Tu devrais, pourtant, avec un auteur inconnu et un metteur en scène débutant.

— Je te répète que je ne m'en fais pas.

Sans répondre, Jessica se dirigea vers la table de la salle à manger et, après quelques recherches, exhuma un chéquier des multiples couches de papier qui le recouvraient.

— Combien Donny a-t-il mis ? demanda-t-elle à Hermione.

— Laisse, Jessie. Ce n'est pas ton rôle. Tu es metteur en scène, pas financier.

— On ne va pas se battre pour des questions d'argent, c'est trop ennuyeux. Combien t'a-t-il donné ?

— Deux cent mille. Et je tiens à te rappeler que les questions d'argent n'ont jamais rien d'ennuyeux.

— Pouvons-nous produire cette pièce avec six cent mille dollars ?

— Oui.

— Et les plateaux tournants ?

— Je ne sais pas. Je n'en ai pas chiffré le coût. Es-tu sûre de vouloir faire ça ?

Jessica était en train de rédiger son chèque. Sans même lever les yeux, elle répondit :

— Toi et Luke, vous n'êtes plus les seuls à croire en moi. Voilà que je commence à m'y mettre !

Sur ces mots, elle tendit le chèque à Hermione et, dans le même mouvement, attrapa son verre :

— Je crois que nous devrions porter un toast à notre pièce… et à tous ceux qui regretteront de ne pas l'avoir financée.

Hermione lui répondit avec un large sourire :

— Il y a une éternité que je ne me suis pas sentie aussi excitée. On va leur montrer de quoi on est capables !

« Oui, on va leur montrer de quoi on est capables », songea Jessica quand, deux semaines plus tard, elle pénétra dans la salle de répétition pour faire passer sa première audition.

La période des fêtes était terminée. Les deux femmes s'étaient échangé leurs cadeaux le matin de Noël puis, ensemble, elles avaient préparé à dîner pour quelques amis d'Hermione. Le soir de la Saint-Sylvestre, elles s'étaient rendues chez un couple à Melbourne et étaient rentrées le lendemain après-midi. Ainsi, ces quelques jours tant redoutés s'étaient écoulés tout naturellement, sans même que Jessica s'en rendît vraiment compte et presque sans chagrin…

Mon cher Luke,
Je te remercie pour ce magnifique bracelet. Venant de Constance et de toi, il signifie beaucoup pour moi. Je l'ai porté le soir d'un très paisible dîner de Noël et d'un réveillon de nouvel an plus calme encore : nous étions quatre, Hermione, moi, et le couple auquel nous rendions visite. Lui possède une entreprise de bâtiment, et elle écrit des poèmes. Tu imagines si la conversation fut variée. J'espère que tu as passé de bonnes vacances et je te souhaite une excellente nouvelle année.
Merci encore pour le bracelet. Je l'aime.
Jessica.

Elle avait posté sa lettre sur le chemin du théâtre. Alors qu'elle prenait place dans la salle de répétition,

elle revit les mots courir sous ses doigts : *Je l'aime.*
Au dernier moment, elle avait relu les quelques lignes
qu'elle avait écrites et les avait trouvées froides. Elle
ne pouvait pas envoyer un mot de remerciement
aussi strictement poli pour un si merveilleux cadeau.
Alors, elle avait ajouté : *Merci encore pour le bracelet.
Je l'aime.* Elle s'en voulut. Luke allait certainement
lire : *Je t'aime.* Ou peut-être pas... Il se pouvait aussi
que cela ne l'effleure même pas...

Assise à côté d'Hermione, elle regarda deux comédiens s'avancer au centre de la scène. Elle était nerveuse. Il régnait dans la pièce une chaleur étouffante.
Les portes étaient ouvertes, mais la faible brise
venant du port semblait s'essouffler avant même
d'atteindre les premiers rangs. Restaient deux ventilateurs moribonds. Heureusement, il y avait des
Thermos de thé glacé posées sur la table. Jessica en
but un grand verre, toussota pour s'éclaircir la voix
et dit :

— On va commencer à l'acte un, au moment où
Helen découvre que Rex a emménagé à côté de chez
elle.

Elle feuilleta son manuscrit, tellement surchargé
de notes que c'était à peine si elle pouvait encore se
relire. Puis elle leva les yeux vers la scène et eut la
surprise d'y voir surgir en courant un petit homme
chauve dont le visage tanné par le soleil soulignait
encore le bleu des yeux.

— Dan Clanagh, fit-il en s'avançant vers elle, la
main tendue. Pardonnez-moi, je suis en retard. Ça ne
se reproduira plus. Je suis votre régisseur, et ravi de
travailler avec vous. Quelle pièce formidable !

Jessica lui sourit. Ils échangèrent une chaleureuse
poignée de main. Elle se souvint qu'Hermione lui
avait dit : « Tu verras. C'est un chic type et le meilleur
régisseur que je connaisse. Il te plaira. » Une fois
encore, elle avait eu raison.

— Bien, acte un, répéta Jessica.

Elle avait elle-même passé tant d'auditions qu'elle fut décontenancée lorsque les comédiens se mirent à lire leurs répliques. Elle ne se sentait pas à sa place derrière cette table, elle aurait dû se trouver de l'autre côté, sur la scène. La main d'Hermione se posa sur son bras.

— Fais attention, Jessie, lui chuchota celle-ci. C'est toi le metteur en scène.

Bien sûr. Oui, bien sûr... elle était le metteur en scène de la pièce, pas l'une de ses interprètes. Son rôle, elle devait le jouer dans la coulisse, invisible, anonyme.

« J'ai dit à Hermione que je me sentais bien à partir du moment où je me trouvais dans un théâtre. Et c'est vrai, il faut que je fasse un effort. »

Elle s'appliqua alors à écouter les acteurs avec une oreille critique. Ils allaient, venaient, lisaient, entraient, sortaient et, de temps en temps, presque par intermittence, elle éprouvait de l'intérêt pour ce qu'ils faisaient, mais un intérêt si éphémère, si fugace, qu'elle s'en alarma.

— Ce doit être moi, confia-t-elle à Hermione le soir même, au dîner. Ils sont tous bons et j'ai l'impression qu'aucun ne convient pour la pièce. C'est moi qui ne tourne pas rond. Peut-être..., commença-t-elle, hésitante, oui, peut-être suis-je jalouse...

— Possible, lui répondit son amie, mais je pense, moi aussi, qu'aucun d'entre eux ne faisait l'affaire. Et je n'ai aucune raison de me sentir jalouse. Ceux de demain seront sans doute meilleurs. Angela Crown va faire une lecture d'Helen et elle en impose, tu vas voir. Quant à Rex, je ne sais pas. Je ne connais pas le comédien que tu vas auditionner, mais il a au moins un nom amusant : Whitbread Castle.

— Quoi ? fît Jessica, éberluée.

— Tu as bien entendu. Sa mère a dû trouver son nom dans un roman à l'eau de rose.

— Pauvre garçon, personne ne doit jamais le prendre au sérieux avec un nom pareil !

Pourtant, lorsqu'elle le vit sur scène, le lendemain, Jessica se redressa sur son siège et, mue par un intérêt soudain, le prit au contraire très au sérieux. Whitbread Castle était particulièrement séduisant et doté d'une belle voix grave, profonde. Il émanait de lui une rare sensualité et, à peine Angela et lui eurent-ils échangé leurs premières répliques que la tension sur laquelle s'organisait la pièce parut se produire comme d'elle-même. Jessica les laissa poursuivre leur lecture sans les interrompre.

— Il est assez guindé, chuchota-t-elle à Hermione au bout de quelques minutes, mais on devrait pouvoir le décoincer un peu.

— En tout cas, ça vaut le coup d'essayer, répondit la productrice sur le même ton.

— Et Angela ? Qu'en penses-tu ?

— Elle est encore meilleure que lui. Ils me plaisent bien tous les deux.

— À moi aussi, confirma Jessica avec un hochement de tête approbateur, puis, tout haut, elle ajouta : Angela, je vais vous demander de bien vouloir relire les deux dernières répliques. Mais, avant, dites-nous si le fait que Rex soit devenu votre voisin vous ennuie, vous fait peur ou suscite simplement en vous de la curiosité.

Angela Crown était une grande femme un peu forte, aux larges épaules sur lesquelles descendait une cascade de cheveux blonds. Une certaine rudesse de traits empêchait de la trouver vraiment belle, elle ne manquait pourtant pas de charme, et le public n'avait aucun mal à se souvenir d'elle, en partie à cause de sa taille. Elle portait ce jour-là une robe bain de soleil rouge au décolleté plongeant. Jessica trouva très impressionnante toute cette peau exposée chez une femme d'une stature pareille.

— Ennui, peur ou simple curiosité ? Eh bien, peut-être les trois à la fois, reprit la comédienne après quelques instants de réflexion. Mais sans doute la curiosité l'emporte-t-elle. J'ignore encore s'il sait que j'habite ici, ou si c'est juste une coïncidence.

— Mais, si vous pensez qu'il le sait et qu'il a choisi cet appartement précisément pour habiter près de vous, vous risquez de vous sentir envahie, non ?

— Envahie ? Oh oui ! Bien sûr, répondit Angela, et son visage s'éclaira. Je peux me demander ce que ce type que je n'ai pas revu depuis l'enfance va venir faire dans ma vie d'adulte.

— C'est exactement ça. Maintenant, voudriez-vous relire ces deux répliques en gardant cette idée à l'esprit ? demanda encore Jessica.

— Tu as raison, c'est beaucoup plus intéressant comme ça, lui murmura Hermione à l'oreille, tandis que la comédienne reprenait le passage. Elle comprend vite et, avec le talent, c'est tout ce qui compte...

Et nous l'avons engagée, ainsi que Whitbread, écrivit Jessica à Luke. J'ai failli lui suggérer de changer de nom en prétextant qu'un patronyme plus court serait plus facile à mémoriser pour le public, mais je me suis dit qu'il refuserait certainement. Je préfère réclamer des choses que j'ai des chances de pouvoir obtenir. Si nous arrivons à le décontracter un peu, il fera un excellent Rex. Un de ses problèmes, c'est que le malheureux n'a jamais travaillé avec autant de femmes, et il m'a l'air partagé entre le désir de se rebeller et celui d'être sage et obéissant, comme avec une maman. Les auditions se terminent demain et, logiquement, nous devrions trouver l'autre rôle masculin de la distribution. Je voudrais pouvoir leur demander une première lecture complète dès lundi. Tout cela me semble à la fois familier et totalement étranger, un peu comme si je survolais ma maison en avion. C'est si troublant parfois que je me sens désorientée, sans repères, presque sans identité. Mais ça passera, si j'arrive à m'habituer à tout ça, et je dois avouer que, le plus souvent, ce que je vois depuis mon avion me ravit.

J'espère que tu as reçu l'exemplaire de la pièce que je t'ai envoyé. Est-ce qu'elle t'a plu ?

Jessica.

« Il semblerait que ma prose se réchauffe un peu, se dit-elle en se relisant. Qu'est donc devenue cette admirable distance, mon parti pris de ne livrer que des faits, aucun sentiment ? Je devrais peut-être réécrire cette lettre, changer quelques phrases, ce ne serait pas long. Mais non... c'est si bon de pouvoir lui confier tout cela. »

Elle posta la lettre telle quelle et, le lendemain matin, trouva ce mot dans sa boîte : *Ma Jessica, As-tu un fax ? Tendresses, Luke.*

— Oui, j'en ai un, répondit Hermione lorsque Jessica lui posa la question. Je vais demander à ma secrétaire de te le déposer dès ce soir.

— Merci, je ne sais décidément pas ce que je ferais sans toi, souffla Jessica, avant d'ajouter, à l'intention des comédiens qu'elle auditionnait ce matin-là : On reprend à l'acte deux ; vous venez rendre visite à votre fils et vous découvrez qu'Helen habite à côté.

Elle se sentait agitée, nerveuse, aucun des acteurs qu'elle avait écoutés jusque-là ne lui plaisait. Les auditions duraient depuis trois jours, et elle avait hâte d'entamer les répétitions. Là seulement, elle saurait avec certitude si elle était ou non à même d'assurer la mise en scène de cette pièce. Et puis, après tant d'années de solitude, de retraite, elle avait soif de réussite, de succès, de reconnaissance, d'applaudissements. Elle voulait s'entendre dire que, malgré tout ce qu'il lui était arrivé, malgré le naufrage de son corps, elle méritait l'admiration, les louanges, l'amour...

« Je vous aime. Je me fiche de la tête que vous avez », lui avait affirmé Luke. Elle croyait encore entendre sa voix, mais elle la chassa de son esprit. Ce n'était pas suffisant : elle devait se prouver à elle-même qu'elle était capable de redevenir Jessica Fontaine.

— Je vous remercie, dit-elle aux deux acteurs qu'elle venait d'auditionner. On vous appellera.

Elle savait que c'était faux, qu'elle n'aurait rien à leur dire...

— Allons déjeuner, suggéra Hermione.

Elles mangèrent rapidement à la cafétéria de l'Opéra, presque sans échanger une parole, toutes deux accablées de chaleur, frustrées, mécontentes de la lenteur avec laquelle progressaient les auditions.

— Pardonne-moi, dit enfin Hermione tandis qu'elles redescendaient vers la salle de répétition. Je crois que je me suis mal débrouillée pour choisir les comédiens.

— Tu as trouvé Angela et Whitbread, et ils sont excellents. Combien en voyons-nous encore cet après-midi ?

— Quatre. Une des femmes devrait faire l'affaire. Je ne connais pas les hommes. C'est une agence qui me les a envoyés.

Jessica reprit sa place derrière la table. Elle avait trop chaud, elle se sentait poisseuse, mal à l'aise, vaguement agacée. Sans penser à rien, elle balaya la salle du regard : le crâne chauve et transpirant de Dan Clanagh, la chemise trempée de sueur d'un technicien, un groupe d'étudiants massé au balcon défilèrent devant ses yeux comme sur un écran de cinéma. Spontanément et sans qu'elle sût pourquoi, elle s'attarda sur le groupe. Il n'était pas composé que d'étudiants. Il y avait parmi eux un homme d'un certain âge, cheveux gris, visage triste, longue silhouette. Jessica posa sa main sur le bras d'Hermione qui se retourna pour regarder dans la direction indiquée :

— Tu connais ce type ?

— Oui, il dirige le département théâtre de l'université. Il est arrivé il y a quelques mois. Il a toujours une mine d'enterrement.

— Il me fait penser à Stan, dit Jessica.

Cette fois, Hermione dévisagea ouvertement l'homme.

— Tu as raison, conclut-elle après examen. Je me demande s'il a des talents d'acteur.

— Il dirige tout de même un département d'art dramatique.

— Ça ne veut rien dire : on peut être un bon prof de théâtre et un piètre acteur. Mais voyons toujours... Dan, ajouta-t-elle à l'intention du régisseur, pourrais-tu demander au type à l'air tragique, là-haut, de descendre nous voir ?

Dan acquiesça et revint quelques minutes plus tard, accompagné de l'homme. La productrice lui tendit une main ferme, se présenta et lui demanda son nom.

— Edward Smith, répondit-il.

— Edward, permettez-moi de vous présenter Jessica Fontaine. Nous aimerions vous parler. Pouvez-vous abandonner quelques minutes vos étudiants ?

— Oui, de toute façon ils sont partis à la cafétéria. Que puis-je pour vous ?

— Nous montons une pièce, dit Jessica. J'en suis le metteur en scène et Hermione la productrice. Nous aimerions que vous nous fassiez une lecture de l'un des rôles.

— Vous avez déjà joué, naturellement ? s'empressa d'ajouter Hermione.

— Au Canada, répondit Edward Smith, mais jamais rien de très important. Pourquoi me demandez-vous de vous faire cette lecture ?

410

— Parce que vous ressemblez au personnage, répondit Hermione. Il s'appelle Stan, il a à peu près votre âge. Sa femme et lui ont traversé une période très difficile parce que, vingt ans auparavant, ils ont été dépouillés de tous leurs biens. Il ne s'en est jamais remis.

— C'est un perdant.

— Je dirais plutôt une victime. Toujours est-il qu'ils refont surface et qu'à la fin, d'une certaine manière, ce sont eux qui triomphent. En fait, l'histoire est plus compliquée et aussi plus intéressante que ce que je viens de vous en raconter, mais, si vous vouliez bien essayer de nous lire une scène en gardant à l'esprit ces éléments-là, nous vous en serions très reconnaissantes.

— Vous est-il déjà arrivé de choisir quelqu'un dans la foule et que cette personne soit exactement celle que vous recherchiez? demanda Edward en se tournant vers Jessica.

— Non, ce serait une première, répliqua-t-elle.

Il la regarda un long moment en silence, puis dit enfin :

— Accordez-moi dix minutes.

Sur ces mots, il alla s'installer dans un coin, au fond de la salle, pour lire le passage qu'elle venait de cocher dans le manuscrit.

— Qui va me donner la réplique? fit-il en revenant vers la scène.

— Nora Thomas, qui auditionne pour le rôle de Doris, répondit Hermione.

Elle l'appela, et une petite femme dodue aux cheveux gris acier, avec un nez retroussé et des joues rosés, ferma le livre qu'elle était en train de lire pour s'avancer vers la table. Elle prit le texte que lui tendait Jessica, y jeta un rapide coup d'œil et hocha la tête sans un mot.

Edward Smith et elle échangèrent une poignée de main, puis se dirigèrent vers le centre de la scène où ils s'assirent sur deux chaises, face à face. Ils commencèrent à lire un dialogue entre Stan et Doris. Jessica gardait les mains serrées sur ses genoux, tendue, à l'écoute, essayant d'imaginer ce que ces quelques répliques pourraient donner dans l'avenir, une fois travaillées. Lorsque le silence fut revenu dans la salle, elle dit :

— Je vous remercie. Maintenant je vous demanderais de bien vouloir nous attendre dehors.

Quand ils furent sortis, elle se tourna vers Hermione.

— Alors ?

— Je ne prendrais ni l'un ni l'autre. Lui a une belle voix et je dois reconnaître qu'à un moment donné j'ai presque cru qu'il tenait le rôle, mais il m'a laissée de glace. Il n'y a rien de passionné en lui. Il est plat, tellement plat... Quant à Nora, elle ne s'en tire pas trop mal, mais je n'aime pas son genre.

— C'est-à-dire ?

— C'est-à-dire qu'elle fait un peu province, un peu trop modeste. Il nous faut une femme qui sache ce que c'est qu'être riche, même si elle ne l'est plus.

Jessica hocha pensivement la tête.

— Moi, je voudrais prendre les deux.

— Tu plaisantes...

— Pas du tout. Ils me plaisent tous les deux. Accorde-leur deux semaines de répétition et tu verras, tu seras de mon avis.

— Impossible. Jessie, sais-tu combien d'acteurs j'ai auditionnés dans ma vie ? Plus que tu ne pourras jamais... (Elle s'interrompit.) D'accord, j'avais promis de ne jamais faire ce genre de chose. Je ne suis pas en train de te dire que j'ai plus d'expérience que toi, sous prétexte que tu n'as jamais fait de mise en scène. Je doute simplement de ton jugement dans ce cas précis.

— Dans ces deux cas précis, rectifia Jessica. Ils sont meilleurs que tu ne le penses, je te le promets. Ce n'est pas une supposition de ma part, c'est une certitude.

Suivit un long silence, au terme duquel Hermione souffla :

— Il semblerait que nous ayons un petit conflit. Que se passerait-il si je m'opposais formellement à ce que tu les engages ?

— Je ne réponds pas aux questions hypothétiques. Tu ne t'y opposeras pas parce que tu as confiance en moi. Nous ne serions pas ici toutes les deux si ce n'était pas le cas.

— C'est vrai, répondit la productrice en tapotant son stylo contre le bois de la table. Tu sais qu'il y a beaucoup d'argent en jeu…

— Un tiers de cet argent-là est à moi, crois-tu que j'aie vraiment envie de le perdre ? riposta Jessica du tac au tac.

Hermione posa son stylo.

— D'accord, engage-les. J'espère seulement que tu ne te trompes pas. Je vais les chercher.

Lorsqu'ils revinrent et que Jessica leur annonça qu'ils étaient retenus pour les rôles de Stan et de Doris, Edward Smith la dévisagea un long moment. Elle fut surprise de l'intensité de son regard et ne l'en trouva que plus intéressant.

— Pouvez-vous vous absenter quelque temps de votre travail ? lui demanda-t-elle.

— Quand ?

— Disons… à partir de maintenant jusqu'à la fin avril, et peut-être au-delà, si nous partons en tournée.

— Je vais tâcher de me débrouiller. Attendez-moi un instant.

Sur ces mots, Edward se dirigea vers un téléphone mural dans le fond de la salle. « Il n'hésite pas une seconde », songea Jessica.

— Je tiens à vous remercier, dit Nora lorsqu'il se fut éloigné. Cette pièce m'enchante, voilà une semaine que je prie pour...

— Avez-vous jamais été riche? l'interrompit brutalement Hermione.

— Comment ça? Riche, dites-vous? s'étonna la comédienne. Mes parents avaient beaucoup d'argent quand j'étais petite, pourquoi?

Jessica coula un regard satisfait en direction d'Hermione et les laissa discuter. Déjà Edward revenait vers la table, un large sourire illuminant son visage sombre. « Je ne l'aurais pas cru capable d'une expression aussi radieuse », pensa Jessica.

— Ça risque d'être un peu compliqué, car je viens tout juste de prendre ce poste à l'université, mais je crois que ça va pouvoir s'arranger grâce aux vacances scolaires. Je ne vous ai pas remerciée. Vous ne pouvez pas savoir à quel point je suis heureux que ce rôle me vienne de vous...

— De moi? Pourquoi ça?

— J'ai souvent fait le voyage de Toronto à New York pour vous voir jouer à Broadway. Jamais je n'aurais osé imaginer vous rencontrer un jour. J'aimerais vous inviter à dîner. Cette proposition vous semble-t-elle incongrue?

— Je ne crois pas, répondit Jessica en souriant.

— Ce soir?

— Oui, pourquoi pas? J'ai rendez-vous à dix-sept heures avec notre régisseur, mais nous pouvons nous retrouver à vingt heures.

— Je passe vous prendre, si vous me donnez votre adresse...

Jessica la lui écrivit sur un morceau de papier et le lui tendit en disant :

— Edward, nous avons besoin d'être sûres que vous pouvez vous absenter de votre travail, sans quoi nous serons obligées de chercher quelqu'un d'autre.

— Ne vous inquiétez pas, répondit-il posément. Je jouerai ce rôle.

Lorsque Nora et lui eurent quitté la salle, Hermione dit :

— Il se ragaillardit à vue d'œil. Après tout, peut-être as-tu raison… Quand sors-tu avec lui ?

— C'est incroyable cette faculté que tu as d'écouter une conversation tout en en poursuivant une autre ! s'exclama Jessica en riant.

— À mon grand regret, je n'ai pas tout entendu. Nora n'arrêtait pas de jacasser. Cette fille est un vrai moulin à paroles, pas de virgule, pas de point, pas de respiration… Nous allons devoir la freiner un peu. Alors ? quel soir ce dîner ?

— Ce soir.

— Rapide, tu ne trouves pas ? Es-tu certaine que ce soit une bonne idée ? Ce type a quelque chose qui me chiffonne, mais je ne sais pas quoi… En tout cas, si j'étais toi, j'éviterais de lui faire confiance.

— Hermione, tu ne sais rien de lui. Tu ne le connais pas plus que moi.

— Je te parle d'instinct, simplement. Et mon instinct me trompe rarement. En outre, dans la mesure où tu es le metteur en scène de la pièce, crois-tu que ce soit vraiment indispensable ?

— Je ne vois pas le problème.

— Moi si, Jessie. Je crois que tu commets une erreur en sortant avec lui.

— Ce n'est qu'un dîner.

Hermione haussa les épaules.

— Après tout, tu es une grande fille. Ce n'est pas à moi de te dire ce que tu as à faire ou pas. Le rendez-vous avec Dan tient toujours ?

— Hermione ! Je t'en prie ! s'écria Jessica sur un ton réprobateur.

— Pardonne-moi, je devrais savoir que la pièce passe avant tout pour toi. Que fais-tu jusqu'à cinq heures ?

— La même chose que toi : je reste ici et je travaille. Si tu es d'accord, j'aimerais qu'on fasse une première lecture complète lundi. On pourrait commencer à répéter mercredi. Je voudrais aussi prendre les mesures de la scène et photographier les coulisses. Pourrais-tu arranger ça ? Et puis tu devais me parler du décor et des éclairages.

— Nous avons rendez-vous avec Augie Mack, la décoratrice, lundi après-midi. Pour les éclairages, je suis en pourparlers, donne-moi jusqu'à la semaine prochaine. Quant aux photos, tu pourras sans doute les prendre un jour de ce week-end, tôt le matin, avant que les touristes envahissent l'Opéra... Jessie, ajouta encore Hermione après un silence, tu ne peux pas savoir à quel point tu as changé depuis notre première rencontre.

— Changé ? Comment ? fit Jessica, abandonnant un instant ses notes.

— Tu demandes comment ? Mais écoute-toi, regarde-toi ! Tout d'un coup, te voilà résolue, battante ! Tu sais ce que tu veux et comment t'y prendre pour l'obtenir. Je suis très impressionnée... surtout si je me dis que je ne suis peut-être pas pour rien dans cette métamorphose.

— Oh oui, tu y es pour quelque chose ! Mais... pardonne-moi si je te donne parfois l'impression d'être trop autoritaire.

— Ne t'excuse pas. J'aime les gens décidés. Tiens ! Pendant que j'y pense : seras-tu chez toi vers sept heures et demie pour réceptionner le fax ?

— Bien sûr.

Mon cher Luke,
Voici mon numéro de fax. Je m'apprête à sortir, je n'ai donc pas le temps de t'écrire maintenant. Mais ce week-end je te raconterai tout sur La Fin du voyage. *Ça y est, nous avons les acteurs. La machine est en marche.*

Jessica.

Ma Jessica,

Voici mon *numéro de fax. Nous jouons* La Magicienne *à guichets fermés jusqu'à fin mars, ce qui nous rend tous très heureux. Monte est rassuré sur ce qu'il appelait jusqu'ici son « dernier succès » et il cherche une nouvelle pièce à produire. Je viens de lui donner celle de Kent. Elle est terminée, mais le troisième acte mérite encore d'être retravaillé. Voudrais-tu le lire maintenant ou après révisions ?*

J'ai passé le week-end chez Monte et Gladys sur Kiawha Island où ils possèdent une maison aussi immense que leur château d'Amagansett ! La plage est au bout du jardin et sillonnée de joggers qui semblent s'entraîner nuit et jour. En fait, cette bâtisse est bien trop grande et silencieuse pour un seul invité, et j'ai pensé à toi tout le week-end. Je crois que tu aurais aimé les gens que j'ai rencontrés là-bas. Toutes les résidences secondaires des environs appartiennent à des couples, et plus que jamais j'ai senti que le monde préfère les couples : le célibataire renvoie l'image d'une solitude toujours possible. Et rares sont ceux qui apprécient qu'on leur rappelle ce genre de réalité.

Tu dois penser que je m'apitoie sur mon sort. Non, j'étais ravi de passer ces deux jours avec Monte et Gladys, mais tu m'as manqué, c'est tout.

Je te félicite d'avoir trouvé tes acteurs. As-tu des photos ? Parle-moi d'eux... de toi, et reçois tout l'amour de
           Luke.

P.-S. Je déduis de l'heure à laquelle tu as envoyé ton fax que tu sortais dîner. Aurais-tu désormais une vie sociale agitée ?

Mon cher Luke,

Je suis allée dîner avec l'un des comédiens que je viens d'engager. Il dirige le département d'art dramatique de la fac. Je l'ai découvert alors qu'il faisait visi-

417

ter le théâtre à un groupe d'étudiants. J'aurais pu me tromper du tout au tout, mais le hasard a voulu que mon flair triomphe. Une vraie chance, et pour lui et pour moi !

Nous avons fait ce matin une première lecture complète de la pièce. Je vais tout te raconter...

Jessica écrivit pendant une heure, ajoutant à ses descriptions les nombreuses idées de mise en scène qui lui étaient venues. En se confiant ainsi à Luke, elle avait l'impression de réfléchir à voix haute, un peu comme du temps où elle rédigeait ses lettres à Constance.

Merci d'avoir la patience de lire tout cela. Écrire m'aide à organiser cette multitude d'éléments épars qui sont la pièce. Je ne m'étais jamais rendu compte du nombre incalculable de détails que les metteurs en scène doivent garder en mémoire. J'apprends tellement que j'ai parfois l'impression d'imploser sous la pression des informations nouvelles. Mais je me dis que je vais t'écrire, et je sais qu'alors tout me semblera plus clair et réalisable.

Je suis enchantée de découvrir les joies du fax. Rien n'est plus proche de la conversation.

Jessica.

Si, le téléphone est plus proche de la conversation...
Tendresses,

Luke.

À l'instant même où elle lisait ces mots, Jessica entendit justement la sonnerie du téléphone.

Elle décrocha.

— Edward à l'appareil. Voulez-vous dîner avec moi ce soir ?

— Non... je crois que je préférerais rester à la maison. Pardonnez-moi.

— Demain soir, alors. Je vous en prie, accordez-moi encore un dîner avant le début des répétitions. Je crains que les choses ne soient très différentes après.

Jessica demeura un moment silencieuse, hésitante.

— D'accord pour demain soir, dit-elle enfin.

— Je viens vous chercher comme d'habitude, à huit heures ?

— Oui.

Elle raccrocha.

« Comme d'habitude ». Ils n'avaient dîné qu'une fois ensemble et, déjà, Edward parlait d'habitude, feignant de l'entraîner dans une histoire partagée. Elle l'aimait bien, il l'attirait, elle appréciait sa compagnie, mais tout à coup elle se sentait contrainte, forcée par ce mot « habitude ».

Elle posa la main sur le combiné, prête à lui dire de tout annuler, qu'elle n'irait pas non plus dîner avec lui le lendemain soir. Mais alors son regard tomba sur le dernier fax de Luke, sur cette unique phrase. « Décidément, ils veulent tous me bousculer, se dit-elle. Luke aussi revendique le contrôle de la situation. Bien, j'irai dîner avec Edward. Après tout, ce garçon n'est pas désagréable… »

Mon cher Luke,
Je préfère le fax.

Jessica.

14

Le jour déclinait. Tandis qu'Edward et Jessica dînaient, les lumières de Sydney s'allumèrent peu à peu et se reflétèrent dans l'eau du port, ainsi que sur le plafond couleur argent du restaurant, situé sur les quais.

— Je me fais un peu l'impression d'être une sirène dans ce décor, dit Jessica.

— Peut-être est-ce une idée à conserver pour votre prochaine pièce, répondit Edward en lui resservant un verre de vin.

— Peut-être…, répéta-t-elle avec un sourire.

Elle commençait à s'habituer aux manières détournées par lesquelles il tentait toujours de l'amener à parler d'elle. Lors de leur premier dîner, elle n'avait cessé de réorienter la conversation sur lui, lui posant chaque fois une nouvelle question, abordant un autre sujet. Ainsi, elle n'ignorait plus rien désormais ni de sa famille au Canada, ni de ses frères et sœurs, ni de son père pianiste concertiste, mort d'une crise cardiaque quand Edward avait seize ans.

— Ma mère s'est remariée moins d'un an après sa mort et nous nous sommes sentis trahis, Il était trop tôt pour introduire un étranger dans la maison. En vérité, mon beau-père était très gentil avec nous, nous vivions bien, mais ça ne nous a pas empêchés de quitter la maison tout de suite après nos études. D'ailleurs, nous ne nous voyons plus…

— Vos frères et sœurs doivent vous manquer.

— Absolument pas. Il m'arrive de temps à autre de regretter de n'avoir aucun être proche à qui penser, mais c'est une faiblesse que j'essaie de combattre. Elle me rappelle trop ma jeunesse, cette époque où j'avais toujours besoin d'une oreille attentive pour écouter mes plaintes et mes problèmes. Je suppose que c'est encore ce que cherchent la plupart des gens, quand moi j'y ai renoncé depuis longtemps.

— Sans doute parce que vous avez trouvé votre équilibre dans le théâtre. Il peut souvent faire office de famille. Vous n'avez pas été marié ?

— Si, et nous sommes restés amis. Mais elle vit au Canada, et nous ne sommes pas très doués pour la correspondance. Quant au théâtre, je n'en faisais pas vraiment partie, vous savez. Enfin… jusqu'à aujourd'hui.

— Pourtant, vous m'avez dit que vous aviez joué au Canada.

— Pas de grands rôles.

— Peu importe, le sentiment de partager, de créer quelque chose demeure le même, quelle que soit l'importance du rôle ou même de la pièce. Vous n'avez donc pris aucun plaisir à jouer ?

— Je ne sais pas. Il semblerait que je ne sois pas très doué non plus pour « partager », comme vous dites. Il y a tant à redouter quand on s'expose ainsi à la critique des gens…

— Ou à leur admiration.

— Ça peut arriver, mais c'est plus rare. Pour ma part, je fais plus souvent l'objet de critiques que de louanges. Je ne m'en plains pas, je comprends ce qu'on me reproche. Je ne suis ni diplomate, ni sophistiqué, ni spirituel. Je garde mes émotions pour moi et, en général, j'ai un vrai talent pour voir le mauvais côté des choses. Ma mère disait toujours que j'étais un enfant charmant, mais que je voyais la vie comme une succession de pièces vides à arpenter en solitaire.

— La voyez-vous toujours ainsi ? s'était exclamée Jessica avec étonnement

— Oui, le plus souvent. Je m'entends bien avec mes étudiants, je ne peux donc pas prétendre mener une existence monacale, même si je ne connais pas l'intimité dans les relations. Je ne m'en plains pas non plus. Nous organisons nos vies du mieux que nous pouvons et, d'ordinaire, cela suffit à nous rendre modérément heureux. Pourtant... je vous en dis plus ce soir que je n'en ai jamais raconté à personne, avait-il ajouté avec douceur. Vous savez écouter, Jessica, et vous ne donnez pas l'impression de pouvoir utiliser les confidences que l'on vous fait.

— Les *utiliser* ! Mais pourquoi ferais-je une chose pareille ?

— D'ordinaire, c'est ce que font les gens par goût du... pouvoir.

À ce point de la conversation, Jessica avait préféré changer de sujet, peu désireuse de s'attarder dans l'univers sinistre et blême de son interlocuteur.

Néanmoins, ce soir-là, alors qu'ils dînaient ensemble pour la deuxième fois, elle l'incita à nouveau à se livrer :

— Où habite votre mère ?

— Son mari et elle ont acheté un appartement à San Diego. Ils aiment la chaleur.

— Vous ne les voyez jamais ?

— Pas depuis des années, et nous ne nous écrivons pas non plus. Nos histoires seraient trop longues et complexes pour être couchées sur le papier. On se téléphone, de temps à autre, avec mes frères et sœurs, mais on a si peu à se dire que, le plus souvent, on ne se parle que de la pluie et du beau temps. Je ne pense même plus à eux comme faisant partie de ma vie. Ils appartiennent au passé, au même titre que certaines personnes que j'ai croisées dans mon existence, au même titre que les appartements dans lesquels j'ai vécu. Et c'est bien comme ça. De toute évidence, ils n'ont pas plus besoin de moi que je n'ai besoin d'eux. À la vérité, je suis content d'être resté seul toute ma vie. Je trouve difficile d'apporter aux gens ce qu'ils souhaitent et, en général, ça finit mal. Je préfère les relations de travail : elles sont plus distantes, elles sont moins source de confusion. Et elles me suffisent amplement.

Jessica le dévisagea, songeant qu'à côté de celle d'Edward la vie qu'elle avait menée à Lopez pouvait paraître un joyeux tourbillon mondain.

— D'une certaine manière, je vous trouve très courageux et je vous admire, dit-elle enfin, mais je crois que vous avez plus besoin des autres que vous ne voulez l'admettre. Sinon, pourquoi m'inviteriez-vous à dîner ?

— Je vous ai invitée parce que vous avez des yeux magnifiques et que j'avais envie de pouvoir les contempler à mon aise. Et vous, pourquoi êtes-vous là ?

— Pour écouter vos compliments extravagants.

— Pourquoi éludez-vous mes questions ?

— Parce que je préfère que nous parlions de vous. Comment pouvez-vous être comédien si vous vivez dans une solitude pareille ? C'est à travers leurs relations avec les autres que les acteurs apprennent leur métier. Or vous me dites que vous êtes seul depuis la fin de vos études.

— Sauf pendant le bref intermède du mariage qui a tout de même duré six mois, précisa Edward avec un pâle sourire. Cela dit, je suis seul, certes, mais ça ne m'empêche pas d'observer les gens, d'analyser leur comportement, d'y réfléchir. La seule chose que j'évite, c'est de m'en approcher.

— Je vous plains, murmura doucement Jessica.

— Je ne mérite pas votre pitié, rétorqua-t-il en posant sa main sur la sienne. Surtout maintenant que je vous ai, que vous êtes là à m'écouter. Je vous remercie de vous montrer aussi compréhensive. Voilà des années que je ne me suis pas senti aussi bien, aussi à l'aise avec quelqu'un. Vous êtes une femme extraordinaire, mystérieuse, fascinante, sensible... Mais vous allez sûrement prétendre que mes compliments sont extravagants ?

— Oui, répondit simplement Jessica.

Malgré tout ce qu'il venait de lui dire, elle avait pitié de lui, et pourtant elle admirait son honnêteté, sa franchise. Et puis... la chaleur de ces doigts sur les siens ravivait des sensations qu'elle croyait oubliées depuis le départ de Luke. Elle ne retira pas sa main.

— Je veux vous connaître, Jessica, reprit Edward sur un ton insistant. Je veux tout savoir de vous. Notre histoire commence merveilleusement... Et je m'inquiète un peu de la façon dont elle va tourner quand les répétitions auront commencé.

Jessica tressaillit, embarrassée. Elle dégagea sa main.

— Je préférerais que nous parlions d'abord de la pièce avant d'envisager autre chose. Si nous ne sommes pas d'accord sur la pièce, nous ne serons d'accord sur rien.

La mine d'Edward s'allongea, adoptant à nouveau le masque mélancolique qui l'avait frappée lors de leur première rencontre. Il ramena sa main près de son assiette.

— Vous êtes en train de me dire que le théâtre passe avant tout, c'est bien ça ?

— Exactement, et j'aimerais qu'il en soit de même pour vous.

— Comment serait-ce possible maintenant que je vous ai rencontrée ? Non, Jessica, je vous en prie, ne faites pas cette tête. Écoutez-moi. J'aime ma solitude, c'est vrai, mais avec vous j'ai l'impression d'avoir trouvé mon ancre, mon port d'attache. D'ordinaire, je redoute la proximité, l'intimité, pourtant avec vous je me sens bien, bien avec moi, bien dans le monde. Ça ne veut pas dire que je n'accorde pas d'importance à la pièce, mais je la laisserais tomber sans hésiter si je pensais qu'elle peut détruire ce que nous venons de découvrir ensemble.

— À part deux restaurants, nous n'avons découvert que bien peu de choses, rétorqua froidement Jessica, avant d'ajouter plus doucement : Edward, cette pièce est tout pour moi. Il faut qu'elle soit un succès, un succès sur lequel je pourrai m'appuyer pour bâtir autre chose. Rien ne pourra me distraire de cet objectif. Je suis heureuse que nous soyons devenus amis, mais nous ne serons rien de plus. En tout cas, pas pour le moment...

— Comme vous voudrez, répliqua sèchement Edward, avant d'appeler le serveur : L'addition, s'il vous plaît !

Jessica l'arrêta d'un geste.

— Je n'ai pas fini, dit-elle calmement. Je voudrais prendre un café.

Elle était partagée entre la pitié, l'attirance et l'ennui. Elle savait qu'il interprétait sa réaction comme un rejet – il devait en avoir connu beaucoup dans sa vie pour revendiquer sa solitude avec tant de véhémence. Elle avait envie de ramener sur son visage le sourire qui l'avait brièvement éclairé, envie de sentir à nouveau sa main sur la sienne, la chaleur, la force d'un homme et de son désir. Mais à peine imaginait-elle l'éventualité d'une intimité, c'était Luke qui lui apparaissait. « De toute façon, se dit-elle, je n'ai aucune envie d'avoir une liaison avec Edward, pas tant qu'il se conduira comme un môme boudeur dès lors qu'on ne satisfait pas ses caprices. Il sera bon dans la pièce – il sera même formidable s'il travaille un peu –, et c'est tout ce que je lui demande. En tout cas, pour l'instant. »

Ma Jessica, si chère,

Je te remercie de m'avoir envoyé La Fin du voyage. *Tu as de la chance de monter une pièce d'une telle puissance. Je serais curieux de voir comment tu vas développer les personnages de Rex et d'Helen et te débrouiller pour que leur union finale paraisse inéluctable. (À propos, est-il inéluctable que les amoureux finissent ensemble ?)*

Bien au chaud dans ma bibliothèque, j'ai envie de te décrire le décor new-yorkais : la ville est paralysée par la neige, les voitures forment de petits tertres blancs, on voit des skieurs sur la Cinquième, sur Madison, sur Park Avenue. Il règne sur Manhattan un silence étrange et plutôt agréable grâce auquel nous prenons enfin conscience du bruit assourdissant que nous subissons d'habitude. Martin passe le plus clair de ses journées à entretenir le feu dans les trois cheminées que compte l'appartement. Nous sommes mardi, il est bientôt une heure du matin ici, donc mercredi quinze heures chez toi – je me suis offert une montre indiquant les fuseaux horaires ; ainsi, chaque fois que je pense à toi, je n'ai plus à compter les heures pour imaginer ce que tu es en train de faire. Je sais aussi que c'est l'été en Australie, qu'il y fait chaud et humide, comme le disent tes lettres et la météo internationale. Je vais t'envoyer ce fax dans quelques minutes, comme ça tu le trouveras en rentrant de la répétition. Ta première répétition... J'espère qu'elle s'est bien passée, qu'elle t'aura montré ce que va devenir ta pièce : un succès, un vrai succès, c'est tout ce que je te souhaite, ma Jessica.

Tu ne m'as pas dit si tu voulais lire celle de Kent avant ou après révisions. À moins que tu ne veuilles pas la lire du tout. Réponds-moi, je t'en prie.

Tendresses,

Luke.

427

« Je n'arrive pas à croire qu'il passe toutes ses soirées chez lui, sans jamais sortir, pensa Jessica en lisant le fax, surtout pas à New York. Où est-il avant de m'écrire vers minuit ? Que fait-il ? Et avec qui ? »

Le lendemain soir, Edward l'emmena au Footbridge Theater, puis l'invita à souper au Regency. Ils restèrent un long moment attablés, à parler de la pièce qu'ils venaient de voir, de livres, de musique, de peinture… C'était la première fois qu'ils évoquaient spontanément d'autres sujets que la vie solitaire d'Edward et, lorsque la soirée prit fin, Jessica se mit à le regretter, tant elle avait passé un moment agréable.

— Aimez-vous les comédies musicales ? lui demanda-t-il dans la voiture en la raccompagnant chez elle. J'ai des places pour le Théâtre royal vendredi soir, et j'ai déjà réservé une table pour dîner. Ça vous tente ?

— Oui, répondit Jessica avec un sourire. Décidément, vous planifiez minutieusement les choses…

— D'ordinaire, ce n'est pas vraiment un compliment : ce type est assommant, il planifie tout, il est rigide. Mais il n'y a rien d'assommant ni de rigide dans le fait de planifier des soirées avec vous, poursuivit Edward en se garant devant chez Jessica. Parce que je vous aime. Avec vous je me sens vivant.

Il se pencha vers elle, passa un bras sur ses épaules et l'embrassa. Jessica s'abandonna à son désir. À la lueur diffuse que projetait le réverbère devant sa maison, elle plongea son regard dans les yeux gris d'Edward, puis s'offrit tout entière à cette bouche qui dévorait la sienne, à ces mains qui la caressaient, à cette chaleur dont elle se sentait peu à peu enveloppée.

— Je ne veux pas te quitter. Laisse-moi entrer chez toi, murmura-t-il.

« Oui, oui, songea-t-elle. Luke appartient au passé. Mais moi, je vis maintenant, et cet homme fait partie de ma vie à présent. »

Ce fut alors que, soudain, lui revint inexplicablement à l'esprit une lettre qu'elle avait écrite à Constance des années auparavant : elle y parlait d'un homme qui n'arrivait pas à croire que l'on fût réellement attiré par lui ; il vivait dans la terreur d'être rejeté, il fallait sans cesse l'encourager, le caresser, le materner... Dans les bras d'Edward, elle ne parvenait pas à se souvenir du prénom de cet amour de jeunesse, mais elle comprit : c'était le même homme. Si différent... oui, si différent de Luke.

Lentement, le corps de Jessica se figea, se glaça. Edward le sentit et s'écarta doucement.

— Qu'est-ce qui ne va pas ? demanda-t-il, anxieux.

— Pardonne-moi, mais... je ne peux pas, dit-elle. Pas pour l'instant. Ce n'est pas à cause de toi, c'est...

— Bien sûr que si, c'est à cause de moi, je le sais, l'interrompit-il en posant son front sur le volant. J'ai voulu aller trop vite, j'ai tout gâché encore une fois, je me suis comporté comme un gamin.

— Cesse de dire des bêtises. T'est-il jamais venu à l'esprit qu'il pouvait y avoir quelqu'un d'autre dans ma vie ?

Il releva la tête, médusé.

— Non, répondit-il.

— Pourquoi ?

— Eh bien... je pensais que c'était... impossible.

« Bien sûr, songea Jessica. Tu as cru être le seul à pouvoir t'intéresser à une estropiée ! »

— Tu viens d'arriver dans cette ville, continua Edward, tu vis seule, tu n'arrêtes pas de travailler... et tu sors avec moi. Comment aurais-je pu penser qu'il y avait quelqu'un d'autre ? Et... comment une femme pourrait-elle s'intéresser à moi si elle avait quelqu'un d'autre ?

Jessica n'en croyait pas ses oreilles. Elle resta un moment silencieuse, puis éclata de rire.

— Qu'y a-t-il de si drôle ? lui demanda-t-il, mécontent.

— Excuse-moi, dit-elle avec un sourire, je ne me moque pas de toi. Mais il y a quelque part un homme dont je me sens très proche. Je ne t'en dirai pas davantage, sinon que je ne suis pas avec lui. Quant à nous, Edward, nous sommes amis, et cette amitié doit nous suffire pour le moment. Qui plus est, nous travaillons ensemble. Pourquoi prendre le risque de tout compliquer ? Nous avons tout le temps de découvrir ce que nous souhaitons faire ensemble.

— Mais moi, je te parle d'amour, et pas d'autre chose. Quand tu as attendu ça toute ta vie...

— Tu peux attendre encore un peu, compléta Jessica en ouvrant la portière de la voiture. Merci pour cette merveilleuse soirée, ajouta-t-elle en attrapant sa canne sur la banquette arrière.

Elle se pencha vers lui pour embrasser sa joue, puis se ravisa : le moindre signe d'encouragement risquait de déclencher le plan des dix années à venir...

Elle sortit de la voiture, referma la portière et clopina jusqu'à sa porte, consciente du fait qu'Edward la suivait des yeux. «J'ai besoin de quelqu'un qui sourie. Cet homme-là ne sourira jamais», se dit-elle en tournant la clef dans la serrure. Et elle pénétra dans la maison sans se retourner.

Pourtant, le lendemain matin, sa première pensée fut pour lui : sa solitude, sa tristesse, elle les connaissait pour les avoir vécues. Et il avait manifestement encore moins d'assurance qu'elle n'en avait elle-même.

— Tu m'as l'air bien pensive, lui dit Hermione lorsqu'elle sonna chez elle à sept heures du matin. Bien trop pensive, en tout cas, pour un petit-déjeuner.

— Il t'attend dans la salle à manger, répondit Jessica. Sers-toi.

Quelques minutes plus tard, elles attaquaient déjà le budget de la pièce. Elles travaillèrent pendant une heure, alignant des colonnes et des colonnes de chiffres pour parvenir à limiter les coûts.

— Ça devrait boucler, tout juste, mais ça devrait boucler, dit enfin la productrice.

Jessica poussa un long soupir :

— Je crois que je vais devoir abandonner les plateaux tournants. J'aurais pourtant aimé que le public puisse voir les deux appartements en même temps. Je pourrais aussi diviser la scène en deux parties égales et...

— Trop prévisible, trop banal, l'interrompit Hermione. Attendons d'avoir chiffré le décor. On en reparlera à ce moment-là.

À huit heures, elles abandonnèrent leurs calculs et quittèrent à regret la fraîcheur de la maison pour se rendre à la salle de répétition où les attendait Dan Clanagh. Il avait déjà branché les ventilateurs. À peine arrivées, les deux amies se précipitèrent sur les Thermos de thé glacé. Bientôt, le chef éclairagiste, les costumières, les accessoiristes et le directeur du théâtre vinrent les rejoindre. Ils passèrent une heure à mettre au point une multitude de détails. À neuf heures et demie, tous quittèrent la salle, et Jessica resta seule : elle avait une demi-heure devant elle, avant qu'arrivent les comédiens et la secrétaire de production.

Elle avança jusqu'au large ruban bleu qui délimitait l'espace scénique et, courbée sur sa canne, en suivit le périmètre tout en réfléchissant au premier acte de *La Fin du voyage*. Elle passa en revue les différentes façons dont les quatre personnages pouvaient se regarder, prononcer leurs premières répliques, afin de faire naître immédiatement cette tension qui allait être le moteur de toute la pièce. Mais elle eut beau s'appliquer, se concentrer, ses pensées ne cessaient de lui échapper, pareilles à des gouttes d'eau sur une plaque de métal chauffée à blanc. Elle renonça, s'immobilisant au beau milieu de la scène. Son regard balaya la salle, puis elle ferma les yeux.

Et là, elle s'imagina face au public. Le décor s'illuminait, un projecteur se braquait sur elle. Elle entendit le bruissement des programmes qu'on refermait. Elle aperçut le régisseur en coulisses, et les autres comédiens s'apprêtant à faire leur entrée. Elle sentit monter en elle une excitation inquiète, cette forme de trac qui la saisissait toujours au moment de prononcer la première réplique de son texte. Elle vécut aussi cet instant de pur bonheur, d'ivresse, qui l'emportait immanquablement et ne la quittait plus de toute la pièce, de toute la nuit, de toutes les semaines et de tous les mois pendant lesquels elle jouait.

— Bon sang qu'il fait chaud ! s'exclama Hermione en faisant irruption dans la salle. Trop chaud pour faire des courses, trop chaud pour faire quoi que...

Elle s'arrêta net, avant de reprendre, plus calmement :

— Pardonne-moi, Jessie, je suis vraiment une imbécile. J'arrive ici en braillant mes sornettes et toi... C'est terrible, n'est-ce pas ? Trop difficile à supporter... Tiens, ajouta-t-elle en lui tendant un mouchoir.

Jessica s'essuya les yeux.

— Merci, je te promets que ça ne se reproduira plus. C'est une complaisance qui ne mène nulle part. On devrait pouvoir modifier ses souvenirs pour les faire coller à ce qu'on devient.

— Auquel cas ce ne seraient plus des souvenirs, mais des mensonges...

— Rassure-toi, seules la vérité et la réalité m'intéressent, répondit Jessica en regagnant sa table de travail.

Hermione lui emboîtait le pas quand les comédiens arrivèrent. Ils saluèrent les deux femmes, puis se mirent en place pour l'acte un. Et Jessica dut s'avouer que cette réalité, cette vérité dont elle parlait à l'instant, se résumait à ceci : elle brûlait d'envie d'être avec eux, dans ce rectangle poussiéreux bordé d'adhésif bleu, à l'endroit précis où se tenait Angela Crown. «Je suis jalouse, je dois bien le reconnaître. Je voudrais ne pas l'être, mais je n'y peux rien. Il faut absolument que je me débarrasse de ce sentiment, sans quoi je vais saboter la pièce et me ridiculiser. »

— Excusez-moi, Angela, dit-elle, se reprenant. J'aimerais que vous recommenciez depuis le début. Pendant ces premières minutes, il faut que vous soyez en colère mais, en même temps, que vous contrôliez cette colère. Le public doit le sentir tout de suite, c'est ce qui détermine la façon dont vous allez accueillir Rex.

La comédienne fit un signe d'assentiment, resta un moment tête basse, concentrée, puis reprit à la première réplique.

Jessica n'interrompit plus la répétition et laissa les acteurs enchaîner les trois actes, tout en remplissant des pages et des pages de notes. Hermione et Dan Clanagh firent de même.

— Bien, dit-elle après la dernière réplique. Comment vous sentez-vous dans vos rôles ?

— Personnellement, je me sens bien dans le mien, répondit Whitbread Castle. Je vois déjà les ressorts de la pièce.

— Moi, je pense qu'on a encore énormément à travailler, tempéra Edward.

Jessica sourit : si le moindre soupçon d'optimisme les menaçait un jour, il saurait y mettre bon ordre.

— C'est vrai, lui dit-elle, il y a encore beaucoup à faire, mais c'est un excellent début. J'ai pris pas mal de notes, et j'ai aussi besoin de vos idées. Cette pièce nous appartient à tous et nous devons débattre ensemble de vos suggestions, de vos questions, de vos problèmes, bref de tout ce qui pourrait contribuer à l'améliorer. Je regrette que l'auteur ne soit plus là. Il va nous falloir nous fier à nos propres interprétations. C'est pourquoi j'aimerais avoir votre avis à tous.

Whitbread se renfrogna.

— Je ne comprends pas pourquoi vous nous demandez ça. C'est vous le metteur en scène, après tout. De toute façon, au bout du compte, c'est vous qui aurez le dernier mot. Le théâtre n'est pas le lieu de la démocratie, vous savez... En tout cas, moi, je n'ai pas envie de ce genre de chaos... J'ai besoin d'une *vraie* direction d'acteurs.

— Si Jessica vous demande votre avis, je suggère néanmoins que vous le lui donniez, riposta sèchement Hermione. Maintenant, on va faire une pause...

Whitbread leva la main pour l'arrêter :

— Vous êtes inquiète, c'est ça ?

— *Inquiète !* s'exclama Jessica.

— Les gens parlent, vous savez... Et je dois avouer que, moi-même, je n'étais pas rassuré quand j'ai appris que mon metteur en scène n'avait aucune expérience...

— Je vais le virer, je le sens, marmonna Hermione entre ses dents.

— Non, lui souffla Jessica.

— ... aucune philosophie de la direction d'acteurs, poursuivait Whitbread. Quant à nous demander de mettre nos idées en commun, je dois dire que je trouve cette initiative tout bonnement désastreuse...

— Avez-vous déjà entendu parler de Lucas Cameron ? l'interrompit la productrice sur un ton impérieux.

— Non.

— Je regrette que vous ne vous intéressiez pas davantage à ce qui se passe à New York. Eh bien, pour votre gouverne, mon cher Whitbread, Lucas Cameron compte parmi les plus grands metteurs en scène contemporains. Et, chaque fois qu'il monte une pièce, il demande à ses comédiens de lui parler de leurs problèmes, de leurs idées, de lui poser toutes les questions qui leur traversent l'esprit. *Il fait attention à eux.* Il va même jusqu'à leur donner son numéro de téléphone personnel, pour qu'ils puissent le joindre chez lui à tout moment et parler de la pièce. Pour ma part, je ne vois rien là de désastreux. Il me donne plutôt l'impression d'avoir suffisamment confiance en lui pour pouvoir se permettre d'écouter les autres. Et Jessica est comme lui. Elle a ses idées – et elles sont brillantes –, mais elle a envie d'écouter les vôtres. Avez-vous d'autres questions ?

Hermione ne reçut aucune réponse.

— Où avez-vous entendu ces rumeurs ? demanda alors Jessica sur un ton qui se voulait désinvolte et léger, comme si cela n'avait pas réellement d'importance.

— Eh bien…, balbutia Whitbread, déconcerté par son calme. C'est ce qui se dit çà et là… vous savez, rien de bien précis…

— Vraiment ? Cependant, ce que vous avez rapporté tout à l'heure m'a paru très précis, au contraire.

— Non… c'est plutôt… des bouts de conversation… Je me suis peut-être trompé, d'ailleurs… Vous savez, il arrive que l'on comprenne de travers. Jessica, je veux travailler avec vous. Je vois les ressorts de cette pièce, je vous l'ai dit. J'admire ce que vous avez fait jusqu'ici, votre distribution est brillante. Je ne veux pas que…

— OK, l'interrompit Hermione. Je crois qu'il n'y a plus rien à ajouter. On prend une demi-heure pour déjeuner ? fit-elle en se tournant vers Jessica.

— Oui, mais pas davantage.

— Reprise dans trente minutes, lança la productrice aux acteurs.

Elle les regarda quitter la salle, puis éclata de rire.

— *Votre distribution est brillante*, répéta-t-elle, imitant Whitbread. Il me fait mourir de rire, et pourtant ce n'est pas si drôle. On va discuter de ça en mangeant un morceau. Je t'ai dit que j'avais apporté le déjeuner ?

Elle plongea dans son cabas et en sortit deux sandwichs, un récipient de plastique contenant une salade de pommes de terre, une Thermos, des assiettes, des verres, des couverts et deux tranches de gâteau au chocolat. Elle posa le tout sur la table et dit :

— Sers-toi.

— Tu viens de dire que tu voulais discuter de quelque chose. De quoi s'agit-il au juste ? lui demanda Jessica.

— J'aimerais qu'on répète à huis clos. Sans visiteurs, sans journalistes et sans étudiants. Avec seulement Dan, la secrétaire de production, et les comédiens. J'y pensais même avant que Whitbread nous fasse cette sortie. Il va te falloir un peu d'entraînement avant de devenir un vrai metteur en scène, tu devras déployer tes ailes, patauger un peu... non mais, écoute-moi ça, s'interrompit-elle, je suis une vraie marmite à clichés aujourd'hui. Bref, tu vas prendre le temps nécessaire pour devenir le metteur en scène de tes rêves. Et je ne laisserai personne te mettre des bâtons dans les roues. Tu as besoin à la fois d'espace et d'intimité, et tu les auras.

— Ça arrive souvent qu'on interdise l'accès aux répétitions ?

— De temps en temps.

— Et tu ne crois pas que les gens présument le pire quand on les empêche de voir quelque chose ?

— Parfois.

— Ça pourrait nuire à la location.

— Ne t'inquiète pas pour ça.

— C'est ton argent qui est en jeu, Hermione.

— C'est le tien aussi, ne l'oublie pas. Mais ce n'est pas la question pour l'instant. Fais-leur la meilleure mise en scène qu'ils aient jamais vue dans cette ville, c'est tout ce que je te demande. Laisse-moi m'occuper du reste et dépêche-toi d'oublier cette conversation ridicule avec Whitbread. D'accord ?

— Tu vois ça comme ça ?

— Je vois ça comme ça. Contente-toi de penser à la pièce et à tes petits dîners avec Edward. À propos, je l'ai trouvé bien silencieux tout à l'heure, pas toi ? On ne peut pas dire qu'il ait volé à ton secours pendant cette conversation.

— Celle que tu viens de me demander d'oublier ?

— Décidément, tu es impitoyable. D'accord, on ne parle plus ni de cette discussion ni d'Edward. Mais laisse-moi tout de même te dire que je l'ai jugé excellent à la répétition : on voit qu'il a étudié la pièce, qu'il y a réfléchi. Et ça, c'est tout à son honneur... et au tien.

— Merci, Hermione, pour tout ce que tu fais... et aussi pour ce délicieux pique-nique, répondit Jessica entre deux bouchées de sandwich. Maintenant, voudrais-tu jeter un œil à cette liste que j'ai préparée pour Dan et voir si tu as quelque chose à ajouter ? J'aimerais pouvoir la lui donner tout à l'heure. J'en ai aussi établi une pour les accessoires et j'ai noté quelques suggestions pour les costumes. J'ai préféré ne pas en parler à la réunion de ce matin, mais j'ai dessiné deux ou trois croquis pour les décors. Que dirais-tu d'un seul plateau tournant, avec un appartement de chaque côté ? Ça nous permettrait de montrer soit les deux appartements d'un coup, soit un seul. On pourrait en parler à Augie après la répétition. Tu pourras rester ?

— Bien sûr que oui. Tu as dû travailler nuit et jour pour faire tout ça. As-tu seulement pris le temps de dormir un peu ?

— Je n'ai pas besoin de beaucoup de sommeil.

— Dis-moi plutôt que tu as peur des cauchemars...

— Non... j'ai juste peur de... trop réfléchir.

— Tu sais, Jessie, si je peux t'aider en quoi que ce soit...

— Je le sais, et c'est pour ça que je t'aime. Mais ne te fais pas de souci, je vais bien. Occupe-toi de produire cette pièce et moi, je m'occupe de moi. D'accord?

— Tu vois ça comme ça?

— Je vois ça comme ça.

Les deux femmes partirent d'un même éclat de rire complice.

— Jessie, je trouve que tu as une force extraordinaire! s'exclama chaleureusement Hermione.

« Une force extraordinaire, se répéta Jessica en rentrant chez elle ce soir-là. Eh bien, moi, je ne me trouve pas si forte, loin s'en faut. » Elle se sentait accablée de fatigue, seule : elle avait besoin d'une compagnie, d'une présence auprès d'elle, de quelqu'un à qui parler. C'est alors qu'elle se souvint qu'une lettre de Luke devait l'attendre sur le fax, elle accéléra. Bien sûr qu'il y aurait une lettre. Il y en avait chaque jour. Il écrivait tous les soirs, vers minuit heure de New York, et sa lettre arrivait instantanément à Sydney, en plein après-midi, pendant que Jessica était au théâtre. Et quand elle rentrait vers dix-neuf ou vingt heures, elle découvrait sur la machine des pages et des pages remplies d'une écriture fine et serrée. Elle différait toujours le plaisir de les lire, commençant par sortir Chance qui attendait impatiemment sa promenade puis, en rentrant, elle se servait un verre de vin et s'installait dans un profond fauteuil près de la baie vitrée. Là, enfin, elle lisait la lettre du jour, imaginant Luke à ses côtés dans cette maison silencieuse, Chance couchée près d'eux, et le ciel qui prenait des teintes ocre et ambre au-dessus du port.

Ma Jessica,

Voilà déjà quelques jours que je suis sans nouvelles, mais je sais à quel point on est occupé au début des répétitions. Comme tu ne m'avais rien répondu concernant la pièce de Kent, j'ai pris la liberté de te l'envoyer avant révisions. Je me suis dit que tu aurais peut-être quelques suggestions à faire sur l'acte trois. Pas tout de suite, naturellement, juste quand tu trouveras le temps d'une petite récréation... Fidèle à lui-même, Kent voudrait qu'on monte sa pièce tout de suite, qu'on distribue les rôles, et ne travailler sur l'acte trois qu'après le début des répétitions. Cette méthode à la va-comme-je-te-pousse me donne des sueurs froides. Je regrette parfois de ne plus avoir vingt ans, de ne plus être rempli de l'absolue certitude que tout est possible – que ce soit par l'intelligence ou par la force. Mais, dans ces cas-là, je pense aussitôt que, finalement, je préfère être là où je suis et avoir bientôt quarante-six ans. Tel est le privilège de l'âge : on avance prudemment quand on ignore ce qui se cache derrière le prochain tournant ou quand on n'est pas certain d'avoir la bonne réponse à la question posée. C'est aussi ce que je fais avec toi, je m'en rends compte... Kent aurait sans doute pris depuis longtemps l'avion pour Sydney, histoire de prolonger la magie de la semaine passée sur ton île. Peut-être aurais-je dû le faire... En vérité, chaque fois que je passe devant une agence de voyages, je songe qu'il serait facile de sauter dans le premier vol pour Sydney et de venir sonner à ta porte pour t'emmener dîner. Il m'arrive de penser que ça te plairait. Mais, le plus souvent, je me dis que tu me flanquerais dehors, qu'il te reste trop de choses à te prouver à toi-même et que, si tu ne le fais pas toute seule, tu ne vivras jamais en paix.

Tu peux aussi ne plus jamais me vouloir dans ta vie, à cause de New York, de ton refus de venir y vivre. Ou avoir rencontré quelqu'un, quelqu'un qui n'ait aucun lien avec le passé. Ou encore n'avoir tout simplement aucune idée de ce que tu vas faire plus tard. À moins que tu n'attendes, toi aussi, de savoir ce qui se cache derrière le prochain tournant ou d'avoir la bonne réponse à la question posée.

Quoi qu'il en soit, je patienterai. Tant que tu m'écriras, tant que tu me garderas dans ta vie, je patienterai. Seulement, je crois que tu ne devrais pas attendre trop longtemps, parce que tu risques fort de me retrouver chauve et gâteux. Mais pas moins amoureux de toi. Toujours,

Luke.

— On reprend à l'entrée de Stan, fit Jessica.

C'était la dixième répétition de la journée, et l'après-midi était loin d'être terminé. Elle se leva, voulant donner aux comédiens un sentiment d'urgence, de tension même, puisque c'était bien la tension qu'elle recherchait dans cette scène. Mais il faisait une chaleur telle qu'ils étaient tous accablés, presque amorphes, incapables de se concentrer.

— J'ai une idée, reprit-elle. Edward, tu vas t'arrêter dans l'encadrement de la porte, au lieu de pénétrer immédiatement dans la pièce. Tu pensais arriver dans l'appartement de ton fils et tu reçois un tel choc quand tu reconnais Helen que tu ne peux plus faire un geste.

— Et moi, comment je fais pour entrer s'il bloque la porte? demanda Nora.

— Tu n'entres pas, enfin pas tout de suite, lui répondit Jessica. Tu commences à parler dans le dos de Stan, et Helen entend ta voix avant de te voir. Ensuite, Stan entre, tu le suis et, pour la première fois depuis vingt ans, vous vous retrouvez réunis tous les trois dans la même pièce. On essaie comme ça, conclut-elle en se rasseyant.

— Ça me plaît bien, lui souffla Hermione. Quand y as-tu pensé?

— Sur le coup de deux heures du matin.

— Toujours tes insomnies ?

— Oui, si on veut…

De fait, elle n'allait pas l'avouer, mais quelques-unes de ces heures d'insomnie avaient été passées à lire, relire et relire encore, la lettre de Luke.

Angela reprit sa place sur la scène. Quelques instants plus tard, Edward fit son entrée, s'immobilisant dans l'embrasure d'une porte imaginaire, ainsi que le lui avait suggéré Jessica. Il semblait suffoqué, comme s'il venait de recevoir un coup dans l'estomac, et parut se recroqueviller sur lui-même en reconnaissant Helen.

— Bien, très bien…, murmura Hermione.

« Rex ? Où est mon fils ? » demandait Doris-Nora dans son dos.

Il fit deux pas de côté en pénétrant plus avant dans la pièce, sa femme sur les talons, le bousculant presque. Helen recula d'un pas. Tous trois se dévisagèrent âprement.

— C'est beaucoup mieux ! s'écria Jessica. Qu'en pensez-vous ?

— Ça fait plus naturel, répondit Nora.

— Et toi, Angela ?

— Je ne vois pas vraiment une grande différence, mais ça me convient.

— La différence, c'est que, désormais, on sait que ton personnage, Helen, n'a jamais oublié la voix de Doris. C'est la voix du remords, et ça explique ce qui va se passer ensuite. Maintenant, j'aimerais que, tous – et toi aussi, Whitbread –, vous me jouiez ce que vous avez fait avant d'entrer en scène.

Médusés, les acteurs se figèrent sans un mot.

— Je ne comprends pas, dit enfin Whitbread.

— Je vous demande d'inventer des répliques, des jeux de scène, tout ce que vous voudrez, pour me montrer ce que vos personnages étaient en train de faire *avant* le lever de rideau. En ce qui te concerne, Angela, ça signifie ce que tu étais en train de faire *dans l'appartement* avant l'arrivée des autres.

— Pourquoi ça ? demanda la comédienne.

— Parce que la vie de ton personnage ne commence pas à l'instant où le rideau se lève. Tu es une personne autonome, avec une vie à elle, et l'action qui se déroule sur la scène s'insère au milieu d'autres moments de cette vie. Tu viens de quelque part et, quand tu sors de scène, c'est aussi pour aller quelque part. Le public doit le sentir, et si, toi, tu ne le sens pas, rien de ce que tu feras ne paraîtra authentique.

— D'accord, je comprends, répondit Angela, mais pourquoi devrions-nous *jouer* ça ?

— Parce que je vous le demande. Whitbread, voudrais-tu avoir la gentillesse de commencer ?

Lentement, l'air épouvantablement las, l'acteur s'efforça, de mauvaise grâce, d'inventer les mots, les gestes qui auraient pu être ceux de son personnage avant l'entrée en scène. Mais, très vite, il renonça, manifestement exaspéré.

— Décidément, je ne comprends pas, dit-il. Je ne vois pas ce que tu cherches.

Jessica poussa un soupir, attrapa sa canne et s'avança vers la scène.

— Je vais vous montrer ce que je cherche. Prenons le personnage d'Helen, par exemple…

Elle s'assit sur la caisse supposée représenter le canapé, attrapa une feuille de papier et un stylo imaginaires et dit, comme se parlant à elle-même :

— « La vente de charité au profit de la lutte contre le cancer vendredi prochain, le cocktail à la galerie d'art, le bal costumé des Machin-Chose, Seigneur ! ajouta-t-elle en haussant la voix avec une suffisance clairement perceptible. Il me faudra bientôt un secrétariat. » Voilà ce que je veux, conclut Jessica en saisissant sa canne pour se lever. Bien sûr, nous ignorons

442

encore ce que Stan et Doris faisaient avant de frapper à la porte, mais nous savons qu'Helen était très satisfaite d'elle-même. Le choc qu'elle ressent en voyant son passé surgir tout à coup devant ses yeux n'en est que plus dévastateur. À vous maintenant.

Angela la fixait, ébahie.

— C'est fantastique ! Si seulement je pouvais arriver à cette…

— Nous vous attendons, l'interrompit sèchement Jessica en retournant s'asseoir à la table.

Hermione se pencha vers elle pour lui chuchoter :

— Tu as vu la tête d'Angela ? À mon avis, elle est en train de se dire que tu devrais interpréter le rôle à sa place.

— Angela ? Me croire meilleure actrice qu'elle ? Tu rêves !

— Évidemment, vu sous cet angle… Qui plus est, elle est vraiment bonne.

— Oui, excellente, et je suis sûre qu'elle va y arriver.

Elles écoutèrent les comédiens qui se livrèrent tour à tour à de laborieuses tentatives, mimant les gestes, inventant les répliques qui leur permettraient de mieux se couler dans la peau de leur personnage.

— Bien, dit Jessica lorsqu'ils eurent terminé. Maintenant, voudriez-vous reprendre la scène, mais sans oublier ce que vous venez de faire ?

Ils obtempérèrent. Au bout d'une dizaine de minutes, Angela demanda :

— Est-ce que ça te paraît mieux ? Pour ma part, je n'ai vu aucune différence.

S'appliquant à garder son calme, Jessica prit une ample respiration avant de lui répondre :

— Si, il y avait une petite différence. Et ça va s'améliorer avec le temps. Sinon, à quoi serviraient les répétitions ? Laissez-moi vous expliquer encore une fois ce que j'essaie de faire. Je suis sûre qu'on vous a déjà dit tout ça, mais je crois que vous avez besoin de l'entendre de ma bouche. Ce que nous recherchons, c'est la vérité, l'authenticité. Ainsi, lorsqu'il se produit sur scène un événement surprenant, vous devez être *vraiment* surpris. Je sais, vous vous dites tous qu'il s'agit là d'une chose tellement élémentaire qu'elle ne mérite pas d'être précisée. Pourtant, les comédiens l'oublient tout le temps. Vous êtes tous tellement bons que vous pouvez *jouer* n'importe quoi, mais *jouer* la surprise, la frayeur, la colère n'est pas *ressentir* cette surprise, cette frayeur ou cette colère. Et ce qui emporte l'adhésion du public, c'est ce que vous *éprouvez*, pas ce que vous *jouez*. Quand vous aurez convaincu les spectateurs – vous le savez aussi bien que moi –, ils croiront en vous, ils vous suivront où vous voudrez les emmener. Et, grâce à vous, ils finiront par découvrir certains aspects des émotions qu'ils ne soupçonnaient pas – du moins, c'est ce que nous espérons, ce pour quoi nous travaillons… Pour moi, voilà la vraie magie du théâtre.

Edward secoua négativement la tête.

— Je n'y crois pas. Combien existe-t-il d'acteurs réellement capables de donner au public une nouvelle compréhension de l'être humain ? Peut-être une poignée dans le monde entier ? Tu es en train de nous parler d'un talent extraordinaire, rarissime.

— Peut-être, mais rien n'interdit d'essayer d'en approcher le plus possible, lui répliqua froidement Jessica, qui trouvait décidément de moins en moins d'attraits à la personnalité d'Edward. Maintenant, voudriez-vous reprendre à l'acte deux ?

Ma Jessica,
Je t'envoie deux livres que j'ai aimés. J'espère que tu trouveras un moment pour les lire. Je sais ce que tu ressens : tu te dis que tu n'auras le temps de rien faire – et encore moins de lire – avant la première.

*Mais permets-moi de te livrer mon astuce du jour :
quelques minutes de relaxation, comme un verre de
bon vin au cours du repas, rendent souvent les choses
beaucoup plus aisées, tout comme en amour une brève
séparation peut renforcer les sentiments. Donne-toi
du temps à toi-même et reçois tout l'amour de*

Luke.

*Mon cher Luke,
J'ai un problème avec le début de l'acte deux. Je n'arrive pas à obtenir la tension que je souhaite. Certes, il y
a un mieux : Stan se fige dans l'encadrement de la
porte, Doris est derrière lui, et Helen l'entend (et se sou-
vient) avant même de la voir. Pourtant, ça ne suffit
toujours pas. Que me conseilles-tu ?*

Jessica.

*Ma Jessica,
Vire-moi Helen de ce canapé. La scène est trop sta-
tique avant l'entrée de Stan. Helen pourrait se trouver
dans la chambre à coucher et arriver en se brossant les
cheveux, ou en enfilant une veste, quelque chose dans
ce goût-là. À ce moment-là, Stan ouvre la porte, ils se
retrouvent face à face et s'immobilisent, figés, pendant
peut-être trois secondes avant que Doris prononce sa
réplique dans le dos de Stan (à propos, je te félicite
pour cette trouvaille). J'espère que mes conseils t'aide-
ront.*
Tendresses,

Luke.

— Oui ! c'est tout à fait ça ! s'exclama Hermione en
voyant Angela et Edward s'immobiliser l'un face à
l'autre, chacun à une extrémité de la scène. Tu le
tiens, Jessica !

— Oui, je crois, répondit celle-ci. Et grâce aux judi-
cieuses suggestions d'un ami.

— Et aux miracles du fax, je suppose…

— Du fax et de l'amitié.

— À propos d'amitié, pourquoi ne viendrais-tu pas dîner ce soir ? Passe vers sept heures. Je louerai une cassette, comme ça on sera sûres de ne pas parler boulot.

— Ça me paraît une excellente idée, mais je préférerais demain soir.

— Si tu veux. Je suppose que tu as réservé ta soirée pour Edward ?

— Oui, il m'emmène dîner et visiter un endroit qui s'appelle, je crois, « Le Monde de l'océan ».

— Tout ça me semble très romantique…

— Ce n'est pas ce que tu crois. Nous nous amusons bien ensemble, c'est tout, conclut Jessica.

Ce fut aussi ce qu'elle dit à son compagnon le soir même, lorsqu'ils furent attablés au restaurant. Quelques heures auparavant, ils étaient montés à bord d'un bateau qui les avait conduits jusqu'à une sorte de sous-marin baptisé « Le Monde de l'océan ». Son fond vitré leur avait permis d'observer des requins, des pieuvres, des anguilles, ainsi que plusieurs dizaines d'autres créatures tout droit sorties des abysses.

— C'est extraordinaire ! s'était exclamée Jessica, enthousiaste. On a l'impression de voir les choses avec les yeux d'un requin ou d'un poulpe !

— L'autre jour, tu prétendais déjà être une sirène. Serais-tu fatiguée du bon vieux plancher des vaches ?

Edward lui avait posé cette question alors que, revenus au port, ils se dirigeaient d'un pas nonchalant vers le restaurant. Il lui avait pris le bras. Elle s'était sentie ennuyée par cette proximité, mais n'avait pas retiré son bras, de peur qu'il n'interprète son geste comme un mouvement de rejet.

— Non, je ne suis fatiguée de rien, lui avait-elle répondu, mais j'aime tout ce qui est nouveau.

Une fois au restaurant, il lui demanda si elle était satisfaite de la façon dont se déroulaient les répétitions.

— Je croyais que nous étions convenus de ne pas parler boutique...

— D'accord, dans ce cas, parlons du délicieux dîner qui nous attend. Que dirais-tu des punaises de Moreton Bay ? fit-il en examinant la carte.

— J'avoue que le nom ne me paraît pas très alléchant.

— C'est une écrevisse miniature, rien de plus. Mais tu peux aussi choisir la langouste victorienne – le homard local –, ou le *barramundi*, un excellent poisson qu'on ne trouve que par ici. À moins que tu ne préfères les pétoncles de Tasmanie. Et pour le vin, tu veux du rouge ou du blanc ?

— Du rouge, répondit Jessica, mais explique-moi cet engouement soudain pour la nourriture : jusqu'ici, tu m'as paru plutôt indifférent à ce qui se trouvait dans ton assiette, comme si tu mangeais juste pour ne pas mourir de faim, mais certainement pas par plaisir.

— C'est différent parce que je suis avec toi, et avec toi tout prend un autre sens.

— Nous ne devions plus aborder ce sujet.

— *Nous ?* Toi seule en as décidé.

— Et alors ? N'est-ce pas suffisant ?

Edward afficha instantanément une moue dépitée.

— Je t'ai déçue ? demanda-t-il.

— Un peu, sans plus. Tu sais... j'aimerais que notre relation reste légère, répondit Jessica.

Et, à partir de là, elle guida la conversation, s'appliquant à ne choisir que des sujets impersonnels. Au dessert, elle vit son compagnon prendre une ample respiration, comme pour se donner du courage :

— Je t'ai demandé tout à l'heure si tu étais satisfaite des répétitions.

— Et je t'ai répondu que...

— Je sais ce que tu m'as répondu, mais il faut tout de même qu'on en parle, l'interrompit-il en saisissant soudain sa main. J'ai vraiment confiance en toi, Jessica, plus qu'en quiconque. Mais là, j'ai besoin que tu me rassures : tout Sydney dit que la pièce va être un four, et je suis trop dedans pour savoir si c'est vrai ou faux. C'est pour ça que je te pose la question.

Jessica sentit peu à peu une irrépressible colère enfler en elle.

— Tu me demandes de te rassurer, de te dire que la pièce ne sera pas un four, c'est bien ça ? Et si je te disais que, oui, ce sera un four, que ferais-tu ?

Atterré, Edward répondit :

— Je ne sais pas... Tu n'es pas censée me faire cette réponse.

— Alors, pourquoi me poser la question ?

— Parce que j'ai besoin de t'entendre dire que tout va bien, que ce sera un triomphe. J'ai mis toute mon énergie, tous mes espoirs dans cette pièce, plus encore que tu ne peux l'imaginer, et j'ai besoin d'être rassuré. Est-ce trop demander ?

Exaspérée, Jessica dégagea sa main.

— J'aimerais rentrer, dit-elle sèchement.

— Non, il faut qu'on en parle. Pourquoi es-tu hostile tout à coup ? Je t'ai pourtant posé une question simple : es-tu satisfaite des répétitions ?

— Bien, je vais te faire une réponse simple : on est en bonne voie et on a encore deux semaines devant nous. Maintenant, raconte-moi ce que tu as entendu dire sur la pièce... ou sur moi...

— Oh... rien. C'était juste... nous quatre. On est un peu inquiets : Angela pense que la difficulté vient de ce que les répétitions ne sont pas ouvertes au public. Mais, comme on n'en est pas bien sûrs non plus, j'ai dit que je te poserais la question.

— Ah... tu es donc ici en tant que porte-parole. Dois-je comprendre qu'aucun d'entre vous ne se sent à l'aise dans cette pièce ?

— Non, tout allait bien, jusqu'à ce que la rumeur... Edward s'interrompit.

— Quelle rumeur ? Je veux savoir ! s'écria Jessica sur un ton impérieux.

— Comprends-nous. Ce n'est pas facile : on a tous besoin de croire qu'on est en bonne voie, comme tu dis. On ne peut pas continuer à se demander pendant deux semaines si ça risque d'être... d'être...

— Un four. C'est bien ça ? C'est *ça* qu'on dit partout ?

— Oui... entre autres choses. Mais rien de ce qu'on dit n'est vrai, je le sais bien.

— Si tu n'y croyais pas, tu n'y aurais même pas fait allusion. Maintenant, dis-moi ce qu'on raconte.

— Eh bien... nous savons tous que c'est faux, mais certaines personnes disent que... que tu patauges, que tu n'y connais rien, que tu ne sais pas faire naître la tension dramatique, ni travailler en équipe, ou diriger des comédiens...

— Et tu es d'accord, n'est-ce pas ? Avec tout ce qu'on dit ou seulement sur certains points ? Me trouves-tu incapable de diriger des comédiens ?

— Non, bien sûr que non. Je te le répète : nous savons que c'est faux. Nous pensons tous que tu es le meilleur metteur en scène avec lequel on ait jamais travaillé. Même Angela le dit, et elle est, de loin, la plus expérimentée d'entre nous.

— Dans ce cas, je ne vois pas l'intérêt de cette discussion.

— C'est juste que... nous supportons mal d'être l'objet de rumeurs.

— Je croyais que ces rumeurs portaient sur moi et non sur vous.

— Mais, Jessica, nous sommes tous impliqués dans ce projet, et ces rumeurs créent une atmosphère de suspicion, d'inquiétude, à un moment où on devrait être totalement concentrés sur la pièce plutôt qu'en train de se soucier du qu'en-dira-t-on.

— Voilà au moins un point sur lequel nous sommes d'accord.

— C'est-à-dire ?

— C'est-à-dire que vous devriez vous concentrer sur la pièce au lieu de vous occuper de ces ragots.

— Jessica, ne fais pas celle qui ne comprend pas. On ne choisit pas de se faire du souci, on ne peut pas s'en empêcher, c'est tout, ça ne se commande pas. Mais l'ambiance, tu sais ce que c'est…

— Oui, tu me l'as déjà dit : vous pensez tous que je suis le meilleur des metteurs en scène, mais, à la première médisance, vous changez d'avis.

— Ce n'est pas ça. C'est juste que cette ambiance nous plonge dans un sentiment d'insécurité. Je pensais que tu pourrais le comprendre, toi qui es si ouverte aux autres. Angela a demandé à inviter certains de ses amis aux répétitions, des amis influents, et Hermione a refusé. Pourquoi ? Quel mal y aurait-il à cela ? Ce pourrait être une bonne chose. D'aucuns se demandent si ce climat détestable ne va pas nuire à la location. Rien d'étonnant à ce que nous nous inquiétions de l'avenir…

Jessica ne répondit rien. « *Tout le monde* s'inquiète de l'avenir », pensa-t-elle, mais elle ne pouvait partager ses propres soucis avec Edward.

— Nous nous occupons de l'avenir, lui dit-elle enfin. C'est bien pour cette raison que nous avons prévu de lancer dès que possible les annonces dans la presse et la campagne d'affichage. Nous aurons aussi quelques avant-premières à Melbourne ; ainsi, nous bénéficierons du point de vue de critiques qui n'auront rien entendu de ces rumeurs. Quant à moi, je vais être très occupée d'ici là, et je n'aurai donc pas un moment de libre dans les jours à venir. Voilà qui devrait tous vous rassurer sur l'attention que je porte à cette pièce. Et ce sera un triomphe, je te le garantis.

Edward lui répondit par un lugubre hochement de tête.

— Tu veux dire que tu n'auras plus le temps de dîner avec moi?

— Oh, je t'en prie! s'exclama Jessica, exaspérée. As-tu entendu un seul mot de ce que je t'ai dit? Je te parle de la pièce, de l'avenir de la pièce. C'est bien cela qui t'inquiète, non? Alors écoute-moi bien : vous n'avez aucune raison de vous faire du souci, Hermione et moi nous occupons de tout. Est-ce que tu comprends ça? Vas-tu pouvoir t'en souvenir assez longtemps pour le répéter aux autres? Si tu n'y arrives pas, je vous écrirai à tous une lettre. D'ailleurs, je le ferai de toute façon, ajouta-t-elle après un instant de réflexion. Ce n'est pas une si mauvaise idée, après tout. Je vais m'y mettre dès ce soir. Il faut que je rentre, Edward. J'ai du pain sur la planche.

Ma Jessica,

C'est une excellente idée que tu as là. Je me serais épargné pas mal de désagréments, si je l'avais eue moi-même. Quand on voit les gens tous les jours, on est toujours trop négligent, on s'imagine qu'ils comprennent tout. Supposition gratuite et hasardeuse. Conclusion : je retiens ton idée pour m'en servir à l'occasion.

Les quelques lignes que tu m'as écrites étaient rapides et pourtant bien tristes. Je ne voudrais pas que ces racontars t'affectent outre mesure. Dis-moi ce qui te chagrine. Cette nouvelle vie sociale dont j'ignore tout, peut-être? Parle-moi. Les amis sont là pour ça.

Tendresses,

Luke.

En lisant ce fax, Jessica se demanda ce qu'elle avait écrit qui eût pu révéler sa tristesse. Elle avait rédigé sa lettre tard dans la nuit, après celle qu'elle destinait aux acteurs. Épuisée, soucieuse, elle avait eu l'envie de parler à quelqu'un qui fût loin de Sydney, de ses rumeurs, de ses menaces... Pourtant, elle n'avait pu se résoudre à se confier totalement à Luke : lui demander conseil sur sa mise en scène était une chose, l'encombrer de ses états d'âme en était une autre. De toute façon, qu'aurait-il pu y faire ? Et, s'il avait pu quelque chose, elle l'en eût empêché : elle était venue vivre en Australie pour mener seule ses batailles, pour refaire son chemin sans rien devoir à personne.

Ou presque... car il y avait Hermione. Elle avait une amie, et pas n'importe laquelle...

— Alors cet abruti t'a parlé, lui dit celle-ci le lendemain, lorsqu'elle eut entre les mains une copie du message que Jessica adressait aux comédiens.

Installée comme à son habitude à l'extrémité du canapé, dans son salon, elle venait de lire la lettre entre deux gorgées de bon vin.

— Il n'avait aucune raison de te raconter tout ça, poursuivit-elle, furieuse. Tu fais génialement ton boulot, et les acteurs te sont tous acquis.

— Tous ?

— Mais oui ! Je voudrais que tu les entendes. Whitbread a bien encore ses petites appréhensions, mais dès qu'il travaille avec toi, la terre ne le porte plus. Quant à ton Edward, permets-moi de te dire que c'est un minable. De quoi a-t-il donc peur ?

— Du monde entier et, en ce moment, le monde entier semble lui souffler que son metteur en scène l'entraîne droit dans le mur.

— Manifestement, ce garçon a plus besoin d'une maman que d'un metteur en scène.

— Ce n'est pas faux, avoua Jessica.

— Et toi, tu acceptes de sortir avec ce... cet individu ?

— Plus vraiment. Je lui ai dit que je serais trop occupée désormais.

— Et il s'est mis à bouder, n'est-ce pas ?

La mine honteuse et un peu déconfite de son amie incita Hermione à abandonner le sujet.

— Bien, reprit-elle. Passons aux choses sérieuses : les emplacements publicitaires sont déjà réservés dans les journaux d'ici et dans ceux de Melbourne et de Canberra, les affiches seront bientôt prêtes et les demandes d'interviews commencent à arriver. D'ailleurs, elles concernent surtout ton ami Edward, dans le style : « Un jeune prof d'art dramatique brûle les planches »... Angela et Whitbread vont donner un extrait de la pièce au cours d'une soirée au profit de la recherche contre le cancer. Ce sera assez mondain, et ta présence est souhaitée. Eh oui, je sais... il va falloir acheter la robe adéquate, ajouta-t-elle en voyant la moue écœurée de Jessica. Mais il serait temps que tu renouvelles un peu ta garde-robe, ma chérie. Un metteur en scène est appelé à subir quelques mondanités, tu le sais mieux que personne. D'autant que nous allons aussi devoir rencontrer ces gros bonnets qui louent les spectacles pour une soirée afin d'amuser leurs clients, leurs amis, ou de simples relations... J'en connais qui achètent chaque saison des centaines et des centaines de places. Il n'est pas un producteur au monde qui se permette de négliger ces gens-là.

— Et tu as de l'influence sur eux ?

— En effet, quelques-uns me doivent pas mal de services. Tu ne crois tout de même pas que je vais laisser une poignée d'abrutis détruire notre travail à coup de ragots ?

— On devrait peut-être ouvrir l'accès aux répétitions ?

— C'est hors de question : je t'ai promis la paix et tu l'auras. Qui plus est, il s'en trouverait toujours un pour venir voir si la rumeur dit juste ; ils feraient feu de tout bois pour justifier leurs mensonges. Et après, c'est ça qu'ils iraient répandre dans toute la ville. Fais-moi confiance, Jessie, ne changeons rien. Maintenant, écoute-moi : tu vas dire à Edward que *La Fin du voyage* va faire l'effet d'une bombe et que les autres théâtres nous supplieront de leur laisser reprendre la pièce au bout des deux mois de tournée. Je te le répète : ne t'inquiète pas. Contente-toi d'être le meilleur metteur en scène que cette ville ait jamais vu. C'est tout ce que je te demande.

Jessica eut un petit rire nerveux. Elle se sentait noyée dans une fatigue telle que c'était à peine si elle avait encore la force de faire un geste.

— Hier soir, j'ai eu l'impression que tout était fini, que je n'y arriverais jamais...

— Parce que tu es épuisée, l'interrompit Hermione en l'attrapant par le bras pour la contraindre à se lever. Maintenant, tu vas avaler un morceau et rentrer te coucher très vite. Il faut que tu manges et que tu dormes. Que va devenir la pièce si tu ne tiens pas le coup ? Personne dans cette ville ne serait capable de te remplacer. Toi, moi et notre unique bienfaiteur, Donny Torville, serions désespérés si tu devais atterrir à l'hôpital.

Jessica eut une drôle d'impression en entendant le mot « hôpital », mais elle était trop fourbue pour pouvoir véritablement analyser l'effet qu'il produisait sur elle. Elle mangea ce que son amie lui offrit, but un café et se leva pour partir.

— Je t'aime beaucoup, tu sais, dit-elle sur le pas de la porte. Je... je te remercie d'être là.

Pour toute réponse, Hermione la prit dans ses bras et, l'espace d'un instant, Jessica pensa à sa mère.

Mon cher Luke,

Pardonne-moi d'avoir laissé passer une semaine depuis ma dernière lettre, mais nous avons dû mettre les bouchées doubles pour pouvoir donner quelques représentations en avant-première à Melbourne. Je n'ai pas eu une minute à moi. Nous répétons enfin dans les vrais décors, avec les vrais accessoires, les vrais costumes et… le fameux plateau tournant dont je rêvais tant. Ainsi, on peut voir les deux appartements en même temps sur la scène, et chacun d'eux comporte trois pièces. Je sais que, toi, tu visualiseras parfaitement ce que je veux dire : le plateau tourne et permet de situer l'action dans le salon, la chambre à coucher ou la cuisine de l'un et l'autre des appartements. C'est formidable à voir.

C'est drôle de répéter dans l'Opéra de Sydney, en même temps que les chanteurs lyriques et l'orchestre symphonique. J'ai l'impression d'être une abeille affairée dans une ruche et j'avoue que j'adore ça.

Mercredi, nous partons pour Melbourne où nous allons rester dix jours, avant de revenir ici pour la générale et la première. Je suis nerveuse, si excitée parfois que j'en ai la tête qui tourne. Ce n'est pas l'excitation que j'ai connue jadis, quand je montais sur scène, mais ce n'en est pas moins une sorte de trac. Je ne m'étais jamais vraiment rendu compte à quel point les metteurs en scène peuvent l'éprouver. Et pourtant, quoi de plus normal ? Le metteur en scène ne se soucie pas que d'un seul rôle, mais de tous.

Je n'arrête pas de me dire que j'ai raté des choses, j'en ai fait certaines que je n'aurais pas dû faire, je n'en ai pas fait d'autres que j'aurais dû faire… Et je me demande comment j'ai pu avoir la prétention de m'improviser metteur en scène en ignorant tout, ou presque, de ce métier. Comme s'il ne méritait pas des années et des années de travail et de réflexion… En attendant, à l'heure qu'il est, je me sens moins prétentieuse que terrifiée, crois-moi.

« Je ne devrais pas lui dire ça, songea tout à coup Jessica. C'est trop personnel. Mais il est le seul à qui je puisse confier mes frayeurs et mes doutes. Tout le monde ici – Hermione comprise – s'imaginerait que nous risquons de ne pas être prêts. Et puis Luke saura de quoi je parle, il comprendra. Il comprend tout... », ajouta-t-elle encore intérieurement avant de reprendre sa lettre.

La pièce n'est pas exactement comme je la souhaiterais, mais je crois que le public aidera beaucoup. J'ai l'impression que les acteurs ont atteint leur meilleur niveau, qu'ils ne feront rien de mieux (ou de pire, Dieu merci), mais ils ne pourront pas non plus jouer autrement. Peut-être avons-nous trop répété...

Mon principal souci, c'est Angela. Elle est censée être traversée par une foule d'émotions diverses et souvent contradictoires : la colère, la culpabilité, la peur, la compassion – qui, pour elle, est une découverte – et, plus important encore, l'amour... Et elle n'arrive pas à les restituer simultanément. On a le sentiment qu'elle a trié ces émotions et qu'elle les a rangées dans des petites cases, des tiroirs qu'elle ouvre en fonction des nécessités. Le flux naturel de la vie n'y est pas. Le personnage d'Helen apparaît alors plus calculateur que passionné.

La doublure d'Angela est plus jeune et me paraît plus apte à jouer la passion, mais on ne le saura sans doute jamais, car je ne vois pas Angela s'autorisant la moindre grippe. Elle mettrait en déroute n'importe quel virus !

Nora a beaucoup travaillé, j'espère que le public la dopera un peu. Les deux personnages masculins sont excellents, surtout notre « trouvaille », Edward Smith. Tu te souviens ? C'est ce type que nous avons arraché à son boulot de prof. Il s'est amélioré de jour en jour. Il m'arrive même de penser que c'est lui la vedette, la tête d'affiche, lui qui porte la pièce...

« En tout cas, depuis que je lui ai dit que je n'aurai pas le temps de le revoir, il a fait d'incroyables progrès, songea Jessica. Et il ne m'a plus adressé la parole, sauf lorsqu'il ne pouvait vraiment plus faire autrement. Mais quelle importance, puisqu'il est génial sur scène ! Si seulement Angela pouvait avoir autant d'aisance... »

Si Angela avait l'aisance d'Edward, je ne ressentirais pas une telle appréhension. Car je ne veux pas seulement que cette avant-première à Melbourne soit bonne, je veux qu'elle soit exceptionnelle. Et, dans ma tête, je sais très exactement à quoi doit ressembler une représentation exceptionnelle. Mais je n'ai pas su amener Angela jusque-là. Toi, tu y serais parvenu. C'est sans doute là la différence entre un grand metteur en scène et quelqu'un qui fait ce métier faute de pouvoir en faire un autre.

Je viens de relire cette phrase. J'espère qu'elle n'est pas vraie.

Tu ne m'as rien dit de la nouvelle pièce de Kent. Es-tu sur le point de la monter ?

J'ai bien reçu le manuscrit, mais je n'ai pas encore eu le temps de le lire. Je le ferai peut-être à Melbourne...

Jessica.

Ma Jessica chérie,

Tu ne vas sans doute pas comprendre pourquoi, mais je te demande, si tu reçois un courrier de New York, de ne pas l'ouvrir. Brûle-le, jette-le mais, je t'en conjure, ne le lis pas. Je t'en prie, fais-moi confiance. Ce n'est rien de grave, juste une petite difficulté dont tu n'as pas besoin en ce moment. Concentre-toi plutôt sur ta pièce. Je te promets de tout te raconter plus tard, mais, s'il te plaît, pour l'instant, écoute-moi et, si tu reçois quoi que ce soit de New York, ne le lis pas. Je te le répète : fais-moi confiance.

Je penserai à toi à chaque minute quand tu seras à Melbourne.

Je t'aime.

Luke.

Jessica lut et relut plusieurs fois ce fax entre ses préparatifs de départ, ses bagages et les coups de fil de Nora et de Whitbread qui avaient tous deux des idées et des angoisses de dernière minute.

Qu'avait-il pu se passer pour qu'il lui envoie cette lettre ? Quel danger pouvait-il se cacher dans un courrier venant de New York ?

À présent qu'elle communiquait par fax avec Luke, elle ne recevait plus de courrier. Personne, à part lui, ne savait où elle se trouvait. Il devait donc s'agir de quelqu'un qu'il connaissait, lui... quelqu'un à qui il aurait parlé d'elle... Mais qui ? Et pourquoi ?

« Fais-moi confiance », avait-il répété deux fois dans son message. « Je te fais confiance, lui répondit intérieurement Jessica. Pour tout, ou... presque. Mais au fait, songea-t-elle soudain, je pourrais peut-être aller jeter un œil dans la boîte et vérifier s'il n'est rien arrivé aujourd'hui. »

Ainsi, à minuit passé, elle sortit pour aller ouvrir sa boîte aux lettres. En effet, elle y aperçut dans la pénombre une enveloppe dont la blancheur lui parut saisissante. Elle la prit par un coin, entre le pouce et l'index, comme s'il s'agissait d'un billet piégé, empoisonné. Puis elle rentra dans la maison, referma la porte et examina attentivement l'enveloppe. Elle lui était bien destinée, cela ne faisait aucun doute : on y avait dactylographié son nom et son adresse. Elle la retourna pour regarder au dos : aucune mention d'expéditeur n'y figurait.

« Je ne comprends pas. Si Luke a parlé de moi à quelqu'un, c'est forcément à un ami, ou du moins à une personne bienveillante. Alors pourquoi devrais-je m'empêcher de lire cette lettre ? »

Elle posa délicatement l'objet sur la table de la salle à manger et retourna à ses bagages. Vers une heure et demie du matin, elle se coucha ; à deux heures moins le quart, elle alla chercher l'enveloppe pour la placer sur sa table de nuit et, à trois heures, elle commença à la déchirer : elle s'arrêta au milieu de son geste, manquant se raviser, éteignit puis ralluma la lampe de chevet, et, n'y tenant plus, incapable de se raisonner davantage, finit par céder à l'insoutenable tentation. Le mystérieux contenu de la lettre l'obsédait tant qu'elle en oubliait même la pièce : « Il faut que je sache. Quoi qu'il ait pu se passer, c'est arrivé à Luke, et donc, d'une certaine manière, ça m'est arrivé à moi aussi. »

Dans l'enveloppe, elle ne trouva qu'une coupure de journal, manifestement déchirée dans un geste rageur.

DERRIÈRE LES PORTES CLOSES
par Tricia Delacorte

Un célèbre metteur en scène de Broadway mène une vie de reclus depuis qu'il s'est entiché d'une marsupiale australienne. Reste à déterminer l'espèce de la bête : kangourou, wallaby, ou manicou... cet animal sur le retour ne risque pas de sauter bien haut...

15

L'avant-première au Grand Théâtre de Melbourne se joua à guichets fermés. Rongé d'anxiété, Edward arpentait nerveusement les coulisses.

— On aurait dû garder au moins un siège invendu. Il ne faut pas défier les dieux. Les Indiens prenaient toujours soin de laisser un défaut dans le tissage de leurs couvertures, afin qu'elles ne soient pas parfaites. Les dieux voient dans la perfection notre immense vanité : ils pensent que nous essayons de rivaliser avec eux et, alors, ils nous sont défavorables.

— Les dieux ne sortent pas les soirs d'avant-première en province, lui lança Hermione avec un sourire à la fois ironique et agacé, avant d'aller rejoindre Jessica qui se tenait un peu à l'écart. L'avis des dieux, ce soir, n'est pas ce qui m'inquiète le plus, lui dit-elle.

— Nous n'avons rien à craindre des dieux, répliqua son amie. Nous sommes, hélas, bien trop éloignés de la perfection...

— Non, nous n'en sommes pas si loin, et tu le sais. Mais qu'est-ce qui t'arrive ? Je te trouve bien sombre depuis que nous avons quitté Sydney et... quelque chose me dit que la pièce n'est pas ton seul souci.

Jessica s'efforça de sourire avant de répondre avec une feinte désinvolture :

— Ce n'est rien... J'ai juste trop de choses en tête. Je ne savais pas qu'il restait encore tant de détails à régler avant une première. Mais tout va bien se passer : beaucoup de problèmes disparaissent d'eux-mêmes une fois qu'on se retrouve face au public.

Le chef éclairagiste vint l'interrompre :

— Jessica, les lumières dans le trois...

Elle discuta un moment avec lui, décidant de diminuer progressivement les éclairages dans les cinq dernières minutes de la pièce. La scène allait peu à peu être envahie par une obscurité où ne subsisterait qu'une seule lampe, dans le halo de laquelle se tiendraient Rex et Helen.

— Comment se fait-il qu'on n'y ait pas pensé à Sydney ? s'exclama Hermione. C'est génial, et tellement évident !

— Comme toutes les choses évidentes, celle-ci ne l'est que parce qu'on y a pensé, lui rétorquait Jessica lorsque Dan Clanagh fit irruption en criant :

— S'il vous plaît, tout le monde en scène ! Lever de rideau dans cinq minutes ! S'il vous plaît !

D'instinct, Jessica s'avança, prête à se précipiter. Alors elle sentit la main d'Hermione se poser fermement sur son bras et elle se figea, comme pétrifiée. Oui, bien sûr... ce n'était pas elle qu'on appelait, mais les autres, les comédiens... Et elle, elle n'appartenait plus à leur monde. Elle allait assister à la pièce en spectatrice, et rien d'autre... rien de plus.

— Décidément, tu n'as pas l'air de t'y faire, lui murmura son amie en relâchant doucement son étreinte.

— Non, mais ça viendra sans doute... un jour..., souffla Jessica. Tranquillise-toi : je préfère être ici et faire ce que je fais, plutôt qu'ailleurs et occupée à une autre activité. C'est un miracle pour moi de retrouver le théâtre, et tu le sais.

— Oui, je le sais. Maintenant, viens avec moi, nous allons assister à une pièce sensationnelle !

Sans ajouter une parole, Jessica suivit Hermione, mais, trop nerveuse pour pouvoir rester assise, elle alla s'adosser à un mur dans le fond de la salle, au lieu de s'installer auprès de la productrice. Celle-ci lui lança un regard lourd de significations, puis prit place à l'extrémité d'un rang. À peine le rideau se fut-il levé qu'à son insu Jessica se retrouva tout entière tendue vers la scène, presque penchée en avant, comme prête à bondir. Elle articulait silencieusement chaque réplique deux ou trois secondes avant les comédiens et, anticipant chacun de leurs mouvements, gardait l'œil rivé sur les places qu'ils devaient occuper. Les mains jointes, elle sentait une douloureuse tension gagner chaque muscle de son corps tandis qu'elle incitait mentalement les acteurs à se rappeler tous les points qu'ils avaient examinés ensemble pendant les répétitions. Ils devaient faire mieux, oui, bien mieux encore, se dépasser, se surpasser, comme cela arrive parfois – Jessica le savait – dans l'exaltation des soirs de première.

Le public semblait bienveillant. Il avait applaudi le décor, il avait applaudi Angela Crown, qu'il connaissait bien, à son entrée en scène. Et il était attentif, riant aux bons mots, vigilant, ne remuant pas. Au début de l'acte trois seulement, Jessica commença à se sentir rassurée. Elle était toujours aussi contractée, mais savait désormais qu'Hermione et elle ne s'étaient pas trompées. Certes, il demeurait quelques problèmes, certains détails à revoir – rien de bien méchant : ils auraient tout le temps de s'en occuper d'ici la première à Sydney. Angela paraissait toujours trop mécanique, mais elle allait retravailler son rôle. Nora était meilleure que pendant les répétitions. Whitbread commettait encore de légères maladresses, mais il n'en faisait pas moins un amant convaincant et sympathique. Quant à Edward, il était tout simplement fabuleux.

— Incroyable ! Il est incroyable ! s'écria Hermione lorsqu'elles quittèrent la salle, alors que le public applaudissait toujours. Tu as eu raison de ne pas m'écouter. Dieu merci ! Il est génial !

Jessica ne répondit rien. À cet instant-là, elle se sentit plus proche d'Edward qu'à aucun moment auparavant. Elle se dit qu'elle arriverait peut-être à l'aimer. Il était parvenu à faire pleurer le public et avait profondément touché quelque chose en elle : une nostalgie des émotions que faisait naître la scène, et dont elle avait été si longtemps privée, un trouble qu'elle croyait oublié. Avec Luke, elle avait connu une ivresse inquiète, des sentiments qu'elle tentait d'étouffer depuis son arrivée en Australie. Ce soir, Edward les ravivait.

— Champagne ? demanda Hermione en ouvrant la porte de sa suite, où elles avaient donné rendez-vous aux comédiens et à l'équipe pour y attendre les journaux du matin et les premiers papiers.

Elle tendait une coupe à Jessica lorsque les autres arrivèrent. Superstitieux comme le sont les gens de théâtre, ils se gardèrent bien de manifester leur enthousiasme.

— Aucun commentaire. Contentez-vous de sauter sur le buffet que j'ai fait monter, leur suggéra la productrice.

— Délicieux, fit Whitbread avec une mine gourmande, en mordillant dans un canapé.

— Je ne comprends pas comment vous pouvez avoir le cœur de manger ! s'exclama Edward, fidèle à lui-même. Cette attente va être d'une insupportable longueur.

Elle dura en effet quelques heures, au terme desquelles leur fut livrée enfin la première édition du plus grand quotidien de Melbourne. Un épais et pesant silence gagna la pièce tandis que chacun lisait la critique.

La Fin du voyage, dont l'avant-première avait lieu hier soir au Grand Théâtre, est une pièce puissante, finement écrite, et qui tient presque toutes ses promesses. Jessica Fontaine, l'actrice américaine, fait là ses débuts de metteur en scène. Des débuts étonnants : elle a su créer à la fois l'émotion et le suspense et, plus d'une fois, le public a retenu son souffle, captivé, fasciné. Quant au décor, c'est une merveilleuse réussite : un plateau tournant présente dans une admirable métaphore les deux appartements dont les habitants se croisent sans cesse pour se manquer toujours... jusqu'à la scène finale.

Unique faiblesse de la pièce, le jeu des acteurs entre eux : si Nora Thomas trouve en Doris un rôle qui va certainement lui permettre de percer, Angela Crown, bien qu'excellente, écrase un peu son personnage et jamais les deux femmes ne s'affrontent avec la férocité qu'exige le texte. Whitbread Castle fait un Rex tout à fait persuasif, mais ni lui ni Angela Crown, même dans leur très belle scène d'amour de la fin, ne sont arrivés à me convaincre que leur union était inévitable. Je ne cessais de me dire : « Quelle incroyable chance que ça ait marché ! » Et je suis prêt à parier que tel n'était pas le souhait de l'auteur, ni d'ailleurs celui de Miss Fontaine. En vérité, la vedette de la soirée fut un illustre inconnu, un certain Edward Smith, professeur d'art dramatique à l'université, projeté sous les feux de la rampe par la sagacité de son metteur en scène. Son interprétation éblouissante nous a permis de découvrir un Stan convaincant, pathétique et admirable : on serait heureux de pouvoir en dire autant de nombre de comédiens confirmés.

Jessica parcourut rapidement le reste de l'article. Elle savait que la plupart des lecteurs ne lisent jamais les critiques jusqu'au bout. Seul les intéresse le fait de savoir si la pièce est, ou non, descendue en flammes. Cet article n'éreintait pas la pièce, il ne l'encensait pas non plus, mais on pouvait au moins en tirer quelques bonnes phrases à citer dans les publicités. Il était plutôt positif et, en tout cas, assez tentant pour donner aux gens l'envie de voir *La Fin du voyage*. Jessica allait faire répéter les comédiens, arrondir les angles, laisser tomber certaines astuces qui n'avaient pas fonctionné auprès du public, ajouter du mouvement là où il manquait et...

— Je propose que nous portions un toast à Jessica!

Angela l'arracha à ses pensées. Juchée sur une chaise, elle brandissait sa coupe de champagne. Les autres se mirent à applaudir.

— Angela a raison, tu es merveilleuse, Jessica! s'écria Whitbread. On t'adore!

— C'est vous tous qui êtes merveilleux, répondit l'intéressée en rougissant. Je vous l'ai déjà dit : je n'aurais pu espérer meilleure distribution, et je n'ai besoin d'aucun critique pour me le confirmer. Cette avant-première a été formidable.

Elle avait déjà prononcé certaines de ces phrases auparavant, leur avait déjà fait part de sa satisfaction afin de les encourager, de les rassurer, encore et toujours, et elle savait que, dans les jours à venir, elle ne ferait que les répéter, inlassablement.

— Je vous remercie tous, poursuivit-elle, et je vous donne rendez-vous demain à midi pour la répétition.

Il y eut quelques grognements de principe entrecoupés de joyeux éclats de rire, puis les acteurs et l'équipe technique se remirent à bavarder entre eux. Jessica replia le journal et le glissa dans le grand fourre-tout qui ne la quittait pas.

— Je vais me coucher, murmura-t-elle discrètement à Hermione. Tu auras des notes à me donner avant la répétition ?

— Elles sont déjà inscrites dans ma tête. Tu ne te sens pas bien ?

— Non, j'ai juste besoin d'un peu de solitude.

— Je te comprends. D'ailleurs, je ne vais pas tarder à t'imiter : dans un quart d'heure, je flanque tout le monde dehors. Bonne nuit, Jessie. Au risque de me répéter, je tiens à te redire que tu as accompli un travail extraordinaire et que nous sommes tous terriblement fiers de toi.

Pour toute réponse, Jessica l'embrassa avant de disparaître rapidement dans le couloir de l'hôtel.

Une fois dans sa suite, elle ôta ses chaussures, sa veste et s'effondra dans le canapé du salon, si moelleux et confortable qu'il lui communiqua immédiatement une irrépressible envie de dormir. « Non, pas tout de suite. Il faut d'abord que j'appelle Luke. » Au prix d'un effort qui lui parut prodigieux, elle se redressa pour atteindre le téléphone. Quelle heure pouvait-il être à New York ? Vendredi, quatre heures du matin à Melbourne faisaient... samedi, treize heures à New York. « Il devrait être chez lui. Et s'il n'est pas là, je pourrai au moins laisser un message à Martin. »

Sa main tremblait lorsqu'elle saisit le combiné pour composer le numéro.

On décrocha dès la deuxième sonnerie.

— Luke Cameron.

En entendant le son de sa voix, Jessica sentit ses yeux se mouiller de larmes.

— Luke... c'est Jessica.

Suivirent quelques instants de silence.

— Tu as lu l'article, c'est ça ?

— Il fallait que je le lise. Nous sommes tous les deux impliqués.

— Je ne voulais pas que cet article t'empêche de... Attends. Dis-moi d'abord comment s'est passée cette avant-première ? Triomphale, bien sûr !

— Quasi triomphale, répondit Jessica, riant entre ses larmes. Nous avons encore beaucoup à faire.

— Et Angela, comment était-elle ?

— Plutôt bonne. Un critique a dit que l'histoire d'amour finale ne lui avait pas paru inéluctable. Sur ce point, je ne suis pas arrivée au résultat que j'espérais.

— Tu as dû vivre un enfer pour diriger ce rôle. J'ai eu envie de t'écrire pour t'en parler, mais j'ai préféré attendre que tu le fasses la première.

— Il n'y avait rien à en dire.

— Pas même à moi ?

Jessica ne répondit rien. Elle pleurait. Non, elle n'aurait pas dû l'appeler. Tout allait bien, finalement, tant qu'elle n'entendait pas sa voix.

— Pardonne-moi, ma chérie, reprit Luke. Je ne cherche pas à te rendre les choses plus difficiles encore, mais nous sommes si loin l'un de l'autre, et je passe mon temps à essayer de t'atteindre par un moyen ou par…

— Luke, l'interrompit-elle, parle-moi de ce papier.

— Je vais te parler de ce papier, mais, avant tout, laisse-moi te dire que ça me fait un bien fou de t'entendre. Tu me manques, je t'aime, j'aime tes lettres. Désormais, ma vie tourne autour du fax, je rentre à la maison à toute allure pour les lire et…

Jessica refoula ses larmes pour l'interrompre à nouveau :

— Luke, je t'en prie, parle-moi de ce papier.

— Tout est ma faute, j'aurais dû me montrer plus prudent. Je m'en veux de ne pas être arrivé à te protéger. C'est Claudia qui t'a envoyé ce torchon. Je ne t'en ai pas parlé dans mes lettres, mais elle va de moins en moins bien depuis quelque temps : toujours entre deux verres, entre deux drogues… Elle est de plus en plus incohérente et contradictoire, comme si elle défiait sans cesse les gens de l'envoyer promener. Peruggia l'a laissée tomber, et même les Phelans ne veulent plus la recevoir dans leur tripot. Je suis sans doute le seul qui la supporte encore. Je lui donne de l'argent, en espérant que, de temps en temps, elle s'en serve pour acheter autre chose que des bouteilles ou de la drogue. Elle débarque ici à des heures impossibles afin de réclamer ce qu'elle estime être son dû, mais en fait elle a surtout besoin de compagnie, de quelqu'un qui la rassure. Je connais le texte par cœur : il faut lui répéter sans relâche que, demain,

tout ira bien, que tout s'arrangera la semaine prochaine. Je ne peux pas m'empêcher de vous comparer toutes les deux quand je la vois, de penser à ce
que, toi, tu es parvenue à faire de ta vie. Et, dès lors,
le regard que je porte sur elle n'est ni complaisant ni
compatissant, ce qui la rend plus furieuse encore.
Bref, toujours est-il qu'il y a quinze jours elle a débar-
qué à l'improviste pour le petit-déjeuner. J'étais au
téléphone. Elle s'est mise à tourner comme un lion
en cage dans l'appartement, et elle a trouvé sur mon
bureau le coffret dans lequel, moi aussi, je range tes
lettres. Elle l'a ouvert et elle a lu. Tes premières lettres
étaient encore dans leurs enveloppes, avec ton
adresse au dos. Sans même attendre que j'aie terminé
mon coup de fil, elle m'a sauté dessus comme une
furie en exigeant des explications. Tu imagines bien
que je n'allais pas lui parler de toi, alors j'ai détourné
la conversation. C'était une erreur stratégique.

— Et elle a cherché à se renseigner auprès de ton
amie des potins mondains.

— Oui, elle a appelé Tricia. Je ne l'ai pas revue
depuis mon retour de Lopez Island. Elle n'a pas eu
auprès de moi plus de succès que Claudia. Du coup,
elles se sont liguées comme deux femmes en colère, et
elles ont concocté ce torchon qui ne me touche pas,
moi, mais qui te blesse, toi. Maintenant, je te demande
de ne plus y penser, de ne pas t'inquiéter, tu sais bien
que personne ne s'intéresse à ce genre de ragots.

— Du temps où j'habitais New York, au contraire,
ils passionnaient tout le monde, rétorqua Jessica.
Soit par curiosité, soit histoire de se prémunir contre
d'éventuels impairs. Je serais étonnée que les choses
aient changé à ce point. Cet article est peut-être un
torchon, ajouta-t-elle encore après un silence, mais
il reflète assez bien ce que penseraient les gens si je
revenais à New York. Je te l'avais dit quand tu
m'avais demandé de partir avec toi.

— Jessica, cette histoire ridicule est seulement le fait de deux frustrées désireuses de nuire parce qu'elles s'imaginent qu'on leur a porté tort. Pourquoi te figures-tu que toute la ville penserait comme elles ? Les gens se souviennent de toi avec plaisir, tu serais accueillie à bras ouverts. Et s'il s'en trouvait un pour se montrer cruel ou faire une allusion, nous nous en occuperions tous les deux. Mon amour, nous sommes plus forts qu'eux...

— Luke, je t'en prie, arrête..., supplia Jessica, se recroquevillant sur le canapé comme pour se protéger de ses arguments.

Les larmes dans sa voix se faisaient de plus en plus perceptibles. Elle eût préféré tenter de les dissimuler, mais elle était trop fatiguée pour y parvenir.

— Luke, reprit-elle entre deux sanglots, je ne veux pas me disputer avec toi, je suis épuisée. Nous répétons dans quelques heures à peine, il faut que j'aille dormir. Je suis désolée de ce qui se passe avec Claudia, je sais combien c'est difficile pour toi, mais je ne peux t'aider en rien... Je me sens totalement impuissante. Et je le serais tout autant si je vivais à New York. Tout ce que je peux faire, c'est entendre les gens pouffer de rire sur mon passage. Pardonne-moi, j'ai presque l'impression de parler en dormant. Je regrette, je regrette tant de choses...

Luke resta quelques instants sans voix, puis il dit enfin :

— Je vais t'écrire. Bonne nuit, ma chérie. Dors bien.

Elle entendit le déclic du combiné qu'on raccrochait. Un silence glacial lui succéda. Elle raccrocha à son tour et, l'instant d'après, s'endormit.

— Notre dernière représentation à Melbourne... Cette ville va me manquer : le public y est sensible, les critiques n'y manquent pas de discernement.

Mais, que veux-tu ? Sydney nous tend les bras... et plusieurs entreprises ont déjà réservé la pièce pour des soirées privées...

Hermione avait ajouté cette dernière phrase sur un ton moins badin que les précédentes. Elle regardait Jessica boucler ses valises. Celle-ci leva vers elle un regard étonné.

— J'avais complètement oublié ces soirées, dit-elle.

— C'est exactement ce que je t'avais demandé de faire : les oublier. C'est mon job de m'occuper de ça. Quoi qu'il en soit, pendant les trois semaines à venir, nous allons jouer à guichets fermés !

Les deux amies échangèrent un sourire.

— Décidément, j'adore travailler avec des femmes, poursuivit Hermione. Je m'amuse, je fais rentrer de l'argent et aucun problème de séduction, aucune ambiguïté sexuelle, aucun ego à regonfler !

— Tu as pourtant regonflé le mien...

— Encore heureux, il le méritait et en avait grand besoin. Non, je voulais parler des ego masculins. À propos, as-tu des nouvelles de ton metteur en scène new-yorkais ?

— L'évocation des ego mâles me vaut-elle cette question ? s'esclaffa Jessica. De toute façon, la réponse est oui. Sauf que j'ai oublié de lui donner mes coordonnées à Melbourne. Quelques fax doivent m'attendre à Sydney.

Elle ne se trompait pas : en effet, elle trouva sur la machine une dizaine de lettres de Luke. Elle s'installa confortablement sur le canapé afin de s'y plonger.

Mon amour,
Je suis assis à mon bureau et je vois des spirales de neige tourbillonner devant ma fenêtre. Toutes les cinq minutes, des groupes de flocons se rapprochent les uns des autres, complotant comme des politiciens en campagne, avant qu'une bourrasque de vent vienne les

éparpiller. On nous a prédit trente centimètres de neige pour demain matin. Martin est sorti faire des courses avant que la rue soit complètement sinistrée. Je crois qu'il aime assez cette ambiance de crise qu'accentuent les hurlements du vent...

Intriguée, Jessica parcourut le fax jusqu'au bout avant de passer rapidement au suivant.

Figure-toi que je viens de faire du ski de fond sur la Cinquième Avenue. Sous la neige, dans le silence, New York semble rajeuni d'une bonne centaine d'années. On entend juste le bruit des skis glissant sur la neige, le crissement des semelles de crêpe, les cris exubérants des petits (et des moins petits) qui font des batailles de boules de neige : la ville devient un village, leur village.
Il fait un froid très vif, mais le soleil brille et donne à la neige des reflets argentés...

Elle interrompit à nouveau sa lecture pour feuilleter rapidement la liasse des fax : ils étaient tous à peu près identiques. Amicaux, chaleureux, légers, presque impersonnels. Ils racontaient un opéra, une vente chez Sotheby's, un ballet au Lincoln Center. Pas un mot sur Claudia ni sur Tricia, pas une seule allusion à leur conversation téléphonique, pas même une question sur l'accueil qu'avait reçu la pièce jusqu'à la fin des représentations à Melbourne. «Il abandonne, se dit-elle. Ça y est, je suis arrivée à le persuader que jamais je ne pourrai faire partie de sa vie. Ce que nous avons vécu ensemble à Lopez est fini, bien fini. Peut-être même a-t-il déjà trouvé quelqu'un d'autre. D'où l'intérêt des considérations météorologiques... »
Abattue, comme vidée, Jessica posa le paquet de lettres à côté d'elle sur le canapé. Elle se refusait à les ranger dans le coffret avec les autres, non celles-là

ressemblaient trop sinon à des lettres de rupture, du moins à des messages d'oubli.

La sonnerie du téléphone retentit. C'était Edward :

— Jessica, je crois qu'il est temps pour nous de refermer cette longue parenthèse d'absence. Que dirais-tu d'un petit dîner ce soir ? On pourrait fêter l'accueil reçu à Melbourne, parler de la générale de demain, ou ne pas parler du tout... Oui, on pourrait juste manger, boire et se contenter d'être ensemble.

C'était un nouvel Edward, un Edward qu'elle ne connaissait pas. Il jubilait littéralement.

— Tu n'as pas le trac pour demain soir ? lui demanda-t-elle, essayant, sans grand succès, de dissimuler son étonnement.

— Un peu, bien sûr, et ça risque d'empirer d'ici demain ; avec le trac, on ne sait jamais : il peut augmenter, diminuer ou tout bonnement disparaître. Mais ce qui s'est passé à Melbourne, ces critiques enthousiastes... C'était enivrant, et je crois que je n'ai pas dessoûlé.

— Melbourne n'était qu'un coup d'essai, répliqua Jessica, alarmée par une telle apparente insouciance. La partie sera plus dure à Sydney. On a encore beaucoup à faire, et je te rappelle qu'on répète demain à neuf heures.

— Dans ce cas, nous n'aurons qu'à dîner de bonne heure pour nous coucher tôt. Je passe te chercher en fin d'après-midi ?

Elle jeta un regard aux lettres échouées sur un coussin du canapé. « Après tout, pourquoi pas ? Il est prévenant, attentionné... et la soirée passera plus vite. »

— D'accord, je t'attends.

Elle raccrocha et son regard se perdit dans la contemplation rêveuse d'un ciel chargé de brume, de l'autre côté de la baie. C'était l'été indien. Les arbres commençaient à se parer des couleurs de l'automne.

« Je vais demander à Hermione de me confier la mise en scène d'une autre pièce, se dit-elle. Je ne vais pas pouvoir rester inoccupée. Ce pourrait être une des pièces de Luke... »

L'idée lui parut tout d'abord incongrue, comme sortie de nulle part, puis elle comprit qu'en réalité elle y pensait depuis longtemps déjà : ces pièces étaient bonnes, elles seraient meilleures encore lorsqu'il les aurait retravaillées, et si elle décidait d'en monter une, il comprendrait qu'elle ne lui en voulait pas. « Mais non, c'est ridicule, réfléchit-elle, se ravisant. Si je monte l'une de ses pièces, il va venir à Sydney. Je ne supporterais pas de le revoir en ami. C'est impossible. »

Le cliquetis du fax l'arracha à ses pensées. Machinalement, elle jeta un œil à sa montre. Trois heures de l'après-midi, minuit à New York. En suivant des yeux la lente progression du papier, elle imagina Luke debout derrière sa machine, regardant, lui aussi, avancer la feuille.

De loin, elle reconnut son écriture, mais elle n'approcha pas. Elle ne voulait plus de ces nouvelles cordiales et détachées, de ces bulletins d'enneigement new-yorkais. Elle attrapa une corbeille de fruits pour la ranger dans la cuisine, puis se rendit dans sa chambre, s'étendit sur son lit, ouvrit un livre et entreprit de le lire. Quelques minutes plus tard, elle se relevait pour aller mettre un disque. Là, n'y tenant plus, elle approcha du fax, saisit la lettre dans un geste rageur et lut :

Mon cher amour,
À l'heure qu'il est, tu dois être de retour à Sydney. Je suis allé lire dans un kiosque international quelques-uns des articles parus à Melbourne. Je sais maintenant à quel point tu as réussi. Je n'en suis pas étonné, mais fortement impressionné, car une brillante carrière d'actrice ne garantit pas une transition aisée vers la mise

en scène. *Je suis fier, très fier de toi, et j'espère que tu l'es tout autant.*

Comme tu as dû le comprendre en lisant les lettres qui t'attendaient sur le fax, je t'avoue que je ne sais plus bien comment t'écrire. Parce que je t'aime, Jessica, je t'aime et je veux t'épouser, vivre avec toi. Or je sais que tu ne veux pas en entendre parler. Mais une chose est sûre : si tu ne me demandes pas formellement d'arrêter, je continuerai de t'écrire, indéfiniment, parce que je suis incapable de briser le lien qui existe entre nous. Et, pour moi, ce lien, si mince soit-il, est préférable à pas de lien du tout.

Si tu n'es pas encore prête à me dire ce que tu souhaites, je peux attendre. Je n'ai plus aucune histoire de ski de fond à raconter, cette ville nettoie trop vite ses rues, mais il reste toujours l'opéra, le ballet et Sotheby's...

Je t'aime.

Luke.

En levant les yeux vers la baie, Jessica eut le sentiment que jamais le soleil n'avait été plus brillant. Elle se dirigea vers le canapé, y rassembla les lettres éparpillées et les rangea toutes avec les autres, dans le coffret qui leur était dévolu. À l'exception d'une seule, la dernière. «Non, celle-là, je veux la lire encore, la lire et la relire des dizaines de fois, avant de la ranger.»

Et soudain elle pensa à Edward, au dîner qui l'attendait. Comment avait-elle pu accepter? Elle posa la main sur le téléphone, prête à l'appeler pour décommander cette soirée sous un prétexte quelconque, mais, avant qu'elle ait eu le temps de décrocher, la sonnerie retentit.

— Oui, répondit-elle, persuadée d'avoir Edward au bout du fil.

— Jessica Fontaine? demanda une voix féminine un peu voilée, rauque, et assez agressive.

Jessica s'assit sur le canapé, intriguée, inquiète.

— Elle-même, répondit-elle. Qui est à l'appareil ?

— Claudia Cameron. Vous ne me connaissez pas, nous ne nous sommes jamais rencontrées, mais il semble que vous connaissiez mon mari, Luke Cameron.

— Votre mari ?

— Oui, ex-mari, pourtant nous sommes restés proches, très, très proches. Nous continuons de veiller l'un sur l'autre, et... je me demande de quel droit vous vous permettez de lui écrire.

« Je n'ai pas à parler à cette femme, se dit très vite Jessica. Je pourrais aussi bien lui raccrocher au nez. Mais... Luke, que souhaiterait-il ? Il tente par tous les moyens de la protéger. Sans doute voudrait-il que je fasse de même... »

Elle entendit un cliquetis de glaçons dans un verre à l'autre bout du fil.

— Enfin, répondez-moi ! cria Claudia. Vous avez peur, c'est ça ? Eh bien, laissez-moi vous dire que vous avez raison : je peux vous mettre plus bas que terre, vous nuire, vous détruire...

— En allant raconter des âneries à une colporteuse de ragots ? l'interrompit Jessica, cinglante.

— Ah... Comme ça, vous l'avez reçu... Vous voyez donc que je ne mens pas. Si je le veux, je peux ruiner votre réputation à New York. Et il n'est pas impossible que je le veuille. Maintenant, répondez-moi : pourquoi écrivez-vous à mon mari ?

— J'écris à votre ex-mari parce que nous sommes amis.

— *Amis*, c'est sans doute le mot qu'on emploie chez vous quand on couche. J'ai lu certaines de vos lettres... Le théâtre, l'Australie... Qui croyez-vous tromper avec ce verbiage ? Je *sais* que vous couchez avec lui.

— Ce serait sportif, vu qu'il vit à New York et moi à Sydney.

— Très amusant, repartit Claudia, au comble de l'exaspération. Vous, les actrices, vous êtes toutes les mêmes. Il n'y en a pas une au monde à qui j'accorderais ma confiance. Vous essayez de m'enlever Luke, de le pousser à venir vous rejoindre à Sydney pour l'éloigner de moi. Je lui ai posé la question, et il m'a répondu que c'était vrai.

— Qu'est-ce qui est vrai ?

— Que vous couchez ensemble.

— Je suis certaine qu'il ne vous a jamais dit ça.

— Si. Il m'a dit que…

— Il vous a dit que nous étions amis, que je montais une pièce pour la première fois et que j'avais besoin de ses conseils.

— Vous ne savez rien de ce qu'il m'a dit ! hurla Claudia.

— Je le connais. Je sais ce qu'il peut dire.

— Si vous croyez si bien le connaître, c'est que vous couchez avec lui.

Face à pareille application dans l'illogisme et dans l'irrationnel, Jessica ne put réprimer un éclat de rire.

— Vous n'avez pas le droit de vous moquer de moi ! cria Claudia. Vous êtes finie, vous m'entendez ? Vous n'aurez pas Luke, jamais ! Et vous n'aurez pas non plus de travail dans cette ville ! J'ai des amis influents, vous savez. Et quand Luke apprendra que vous vous êtes moquée de moi, il ne voudra plus jamais entendre parler de vous, il détruira vos lettres, il vous raccrochera au nez quand vous l'appellerez. Je sais comment il est quand il est en colère. Alors ne l'approchez pas, sinon vous aurez droit à un autre petit article dans la rubrique de mon amie. Elle a la matière, elle a de quoi écrire.

— Elle n'a rien du tout, riposta Jessica. Vous ne savez pas ce que vous dites.

« Qu'elle aille au diable, ajouta-t-elle intérieurement. Voilà onze ans qu'elle est divorcée. De quel droit vient-elle me dire ce que je peux faire ou non avec Luke ? S'imagine-t-elle vraiment que cette lamentable rubrique de potins suffirait à m'arrêter si je décidais de revivre à New York ? »

— C'est de la folie..., reprit-elle.

— Je vous interdis de me traiter de folle !

— Vous êtes ridicule. Je ne suis pas avec Luke et je n'ai pas l'intention de revenir à New York, mais croyez-moi, si je le voulais, ce n'est pas vous qui pourriez m'en empêcher.

— Vous croyez ça ? Mais, ma petite, vous ne seriez pas plus tôt descendue de l'avion que...

— Mais quel avion ? De quel avion parlez-vous ? Puisque je vous dis que je ne veux...

— Vous mentez ! Écoutez-moi bien : si vous m'enlevez Luke, je me tuerai. Je le ferai, vous savez ! Je n'ai que lui.

— Je croyais que vous aviez aussi des amis influents.

— C'est vrai... Enfin... c'était vrai. Je ne les ai pas vus depuis quelque temps... ils doivent être en voyage. Mais peu importe puisque j'ai Luke. Il s'occupe de moi, et, si vous me le prenez, je me tue. C'est décidé. C'est du sérieux. Je ne plaisante pas. Vous feriez bien d'y penser avant de monter dans cet avion.

Jessica sentit la colère céder peu à peu à la pitié.

— Claudia, écoutez-moi... Croyez-moi, je ne vais pas venir à New York. Vous dites des choses terribles, vous vous faites du mal inutilement. Vous avez tant de raisons de vivre...

— Citez-m'en seulement une seule... Vous, vous ignorez tout du désespoir : vous avez toujours vécu sous la lumière des projecteurs, n'avez jamais souffert, jamais échoué. Vous êtes belle, intelligente, les gens vous applaudissent, vous flattent. Que savez-vous de l'échec d'une vie ? Vous ne vous réveillez pas chaque matin en vous demandant ce que vous allez bien pouvoir faire de votre journée, en vous disant que vous n'êtes tout simplement *bonne à rien* ! J'ai perdu Luke, je le sais, et vous aussi, vous le savez. Je ne vois plus non plus mes amis. J'ai tout perdu, mais vous vous en fichez, n'est-ce pas ? Vous n'avez jamais rien perdu. Non, vous êtes une prédatrice qui trouve son plaisir à voler les maris des autres. Vous ne faites que prendre, prendre, prendre encore ! Et on vous applaudit. Mais, pour moi, c'est l'inverse : rien ne marche jamais, tout est un échec. *Je suis* un échec. Luke s'en fiche, lui. Il m'aime comme je suis. Et vous, il ne vous aime pas ! S'il vous aimait... S'il vous aime, conclut-elle d'une voix soudain hésitante, je me tue.

— Ne dites pas ça. Vous êtes jeune, vous avez besoin qu'on vous aide...

— Vous allez me suggérer un psy, je parie !

— Pas forcément, mais quelqu'un qui vous aiderait à trouver un sens à vos journées, à donner une forme à votre vie. Vous avez encore des années devant vous, pendant lesquelles vous rencontrerez d'autres gens, d'autres façons de vivre. Contrairement à ce que vous croyez, je connais le désespoir et la solitude...

— Foutaises !

— J'ai passé des moments terribles, j'ai dû...

— Foutaises, je vous dis ! l'interrompit violemment Claudia. Les acteurs mentent comme ils respirent, je le sais. Je vous hais tous. Je hais le théâtre, je hais New York, je hais Luke. Non, ajouta-t-elle, se ravisant aussitôt. Je ne le hais pas. Il est tout ce que j'ai au monde. Je lui manquerai quand je serai morte. Il pleurera, il se sentira coupable, il *vous* sentira coupable. Alors, il vous haïra. Et après, finie la belle histoire de Luke et Jessica. J'aimerais l'entendre vous maudire pour ce que vous avez fait, mais je ne serai plus là...

— Claudia, arrêtez, je vous en prie. Vous n'allez pas vous tuer, vous *ne voulez pas* vous tuer. Vous avez juste besoin d'aide.

— Ne vous avisez pas de me donner des conseils, espèce de garce. Contentez-vous de vous tenir à distance ! À distance, vous comprenez !

Jessica entendit le claquement sec du combiné. Elle resta un long moment assise, l'appareil à la main, avant de pouvoir raccrocher à son tour, comme si elle entendait encore la voix de Claudia. La fureur de celle-ci, la violence de son désespoir la bouleversaient, tout comme la bouleversait aussi sa propre impuissance. Elle se reprocha de n'avoir pas su trouver les mots. Et... si elle le faisait, si elle se tuait...

« Non, elle ne le fera pas, se dit-elle, tentant de se rassurer. Les gens qui parlent du suicide ne sont pas forcément les plus prompts à le commettre. En parler diminue l'urgence de l'acte... Mais, après tout, je n'en sais rien : en réalité, je n'en sais guère plus sur le suicide que sur Claudia. Il faut que j'appelle Luke. Il faut qu'il sache... »

Elle consulta sa montre. Il était bientôt deux heures du matin à New York. « Il doit dormir, se dit-elle. Je l'appellerai demain. »

La sonnerie du téléphone retentit à nouveau. Cette fois, c'était Edward :

— Jessica, que dirais-tu de Chez Catalina pour le dîner ? Je ne veux pas réserver dans ce restaurant si tu en préfères un autre.

— Tu sais, Edward, je préférerais surtout ne pas dîner du tout. J'ai encore beaucoup de travail, un coup de fil à passer et puis... je me sens un peu nerveuse pour demain soir. Je risque de ne pas t'offrir une compagnie très agréable.

— Tu es la seule compagnie dont j'aie envie, quelle que soit ton humeur. Jessica, tu ne peux pas me laisser tomber. Depuis notre coup de fil de ce matin, je n'ai pensé qu'à toi...

Son ton enjoué, léger, avait disparu. Sa voix semblait avoir retrouvé sa mélancolie naturelle et ces inflexions enfantines qui incitaient toujours Jessica à le consoler.

— Il y a longtemps que nous ne nous sommes pas parlé, poursuivit-il. J'ai l'impression que ça fait des années, tant nous avons de choses à nous dire. Jessica, je t'en prie, ne me repousse pas.

Elle fronça les sourcils. Certes, la voix d'Edward avait perdu les accents de la légèreté et de l'insouciance, mais il y avait autre chose encore... quelque chose de calculé et d'habituel en même temps, comme s'il avait déjà prononcé des dizaines de fois les mêmes paroles, sur le même ton, comme s'il s'agissait d'un truc, d'une ruse pour la faire fléchir...

— Juste deux ou trois heures, continuait-il. Ce que tu as à faire peut bien attendre encore deux ou trois heures. Tu peux m'accorder ces quelques petites heures de bonheur. J'ai attendu si longtemps, j'ai été si patient...

« Sous ses airs malheureux, ce type est un rapace, songea Jessica. Il se fiche de ce que je veux, de ce dont j'ai besoin, la seule chose qui compte, c'est ce qu'il veut, *lui*. Comme Claudia. Peut-être Luke et moi les attirons-nous... sauf lorsque nous nous attirons l'un l'autre. Mais je ne peux pas passer ma vie à réconforter Edward comme Luke réconforte Claudia. J'ai trop à faire avec ma vie, trop à faire avec moi-même. Quel dommage, nous aurions pu passer de bons moments ensemble, devenir de vrais amis. Et qui sait jusqu'où aurait pu nous conduire cette amitié ? »

Naturellement, elle n'envisageait de lui confier aucune de ces pensées : elle n'allait prendre aucun risque et surtout pas celui de rabrouer brutalement Edward à huit jours de la première.

— Je ne te repousse pas, comprends-le, lui dit-elle. Tu sais combien j'apprécie ta compagnie, mais mon avenir dépend de cette pièce, le tien aussi d'ailleurs. Nous avons tous les deux besoin d'un succès. Essaie de te mettre à ma place, je t'en prie : si je veux être seule en ce moment, ce n'est pas pour passer la soirée avec quelqu'un d'autre, c'est juste pour me reposer tranquillement.

— Tu n'as pas envie d'être avec quelqu'un d'autre ?

— Je viens de te le dire.

— Dans ce cas, passons la soirée ensemble et, si nous sommes anxieux, nous serons anxieux à deux. Anxieux pour la pièce, mais aussi l'un pour l'autre.

« Mais il est décidément très bon dans son rôle ! s'exclama Jessica dans son for intérieur. Comment ai-je pu ne pas m'en apercevoir plus tôt ? »

Elle parvint, à force de patience, à clore en douceur la conversation et à raccrocher enfin. Le soleil se couchait sur le port et, tout en admirant la vue, elle ressentit soudain une immense nostalgie de Lopez Island, de sa maison sur la crique, des falaises qui la protégeaient. Ici, personne ne la protégeait, sinon Hermione.

Et ce fut vers Hermione qu'elle se tourna tout naturellement lorsque les choses commencèrent à se gâter le soir de la générale. Le théâtre était quasiment plein, et le public agité. Lorsque les lumières se rallumèrent pour l'entracte, elles se précipitèrent toutes deux hors de la salle et se postèrent dans le hall pour regarder sortir les spectateurs, avides de glaner quelques mots parmi leurs commentaires, ou de déchiffrer sur leurs visages l'expression d'une lassitude, d'un mécontentement, ou… d'une joie enthousiaste.

— Je me demande ce qui arrive à Angela, souffla Jessica. Elle est ailleurs, complètement à côté du rôle. Elle a l'air soucieuse. Pourtant, tout allait bien à la répétition cet après-midi. Elle t'a dit quelque chose ?

— Non, répondit Hermione, mais tout à l'heure je l'ai vue raccrocher le téléphone avec l'air désespéré d'une adolescente énamourée. Peut-être une peine de cœur ?

— Je ne pense pas. Elle est mariée. Son mari est en tournée à Los Angeles, il joue dans *Le Fantôme de l'Opéra*. Et je ne lui connais pas de liaison. Tu crois que le public a remarqué quelque chose ? Ils m'ont paru très agités et j'en ai vu certains quitter le théâtre.

— À mon avis, ils sont juste sortis fumer une cigarette. Tu veux que je parle à Angela ?

— Oui, si ça ne t'ennuie pas. D'autant que les autres ont été influencés par son jeu : ils n'étaient pas aussi bons qu'à Melbourne.

Sur ces mots, Jessica laissa Hermione rejoindre Angela dans sa loge et sortit prendre le frais sur la petite place devant le théâtre. Elle y retrouva des visages qu'elle avait aperçus dans le public. « Bien sûr qu'ils ne sont pas partis, se dit-elle, soulagée. Ils ont juste voulu profiter pendant quelques minutes de la douceur de la soirée. » Elle se mit à déambuler entre les groupes, l'oreille attentive, prête à saisir la moindre remarque portant sur la pièce, lorsque quelqu'un l'interpella :

— Jessica !

C'était Alfonse Murre qui se frayait un chemin jusqu'à elle. Sa fine moustache tremblotait, son crâne chauve brillait à la lueur impitoyable des globes des réverbères. Il lui serra la main, détournant les yeux de façon à éviter de poser son regard sur la canne.

— Ma chère, très chère Jessica, dit-il. Il y a trop longtemps que nous ne nous sommes vus. Vous avez disparu depuis notre dernière rencontre dans mon bureau. Mais je suppose que vous avez dû être très occupée. Et à bon escient, semble-t-il ! Vous avez bien travaillé. Naturellement, aucun homme avisé ne juge une pièce au premier acte, mais jusqu'ici, force m'est d'avouer que je passe une excellente soirée. Je serais ravi si vous reveniez me parler de vos projets.

À cet instant-là, Jessica comprit que *La Fin du voyage* serait un succès.

— Cependant, j'ai l'impression que vous avez un petit problème avec Angela, poursuivait Murre. On sent bien qu'elle n'est pas dans sa meilleure forme. Pourtant, j'ai déjà travaillé avec elle, c'est une très bonne actrice. Peut-être est-elle malade ?

— Je n'en sais rien, confessa Jessica.

Elle n'avait aucune raison de mentir. Le public pouvait ne s'être rendu compte de rien, mais il eût été ridicule de nier l'évidence devant quelqu'un du métier.

— Hermione est en train d'essayer de savoir ce qui se passe.

Un hochement de tête de Murre lui montra qu'il appréciait sa franchise et son honnêteté.

— J'espère que ce sera bénin et éphémère.

— Je vous remercie, répondit Jessica.

Son regard croisa celui d'Alfonse Murre : elle y lut de l'intérêt et les prémices d'un respect qu'elle commençait à éprouver elle-même à son égard.

Lorsqu'elle gagna les coulisses, elle trouva Hermione devant la porte de la loge d'Angela.

— Alors ? demanda-t-elle immédiatement.

— Elle vient d'apprendre que son mari a un cancer du larynx. Ça a l'air sérieux. On l'opère la semaine prochaine. Elle dit qu'elle veut absolument être avec lui. Je ne peux pas la blâmer. Jessie…

— Nous avons une doublure, l'interrompit celle-ci. Elle n'a pas le talent d'Angela, mais elle est jeune et elle comprend vite. On va la faire travailler.

— En une semaine ?

— En une semaine, et nuit et jour s'il le faut. Ne t'inquiète pas, ça ira. Elle n'a jamais manqué une répétition, elle connaît chaque réplique, chaque repère. Certes, elle ne sera jamais Angela, mais de toute façon nous n'avons personne d'autre. Elle est notre seule chance. Je vais commencer à la faire travailler dès demain matin. Toi, tu feras répéter les autres.

— D'accord, à condition que tu me donnes tes notes après chaque représentation.

— Naturellement.

Dan Clanagh arriva dans le couloir des loges :

— Tout le monde en place pour le deux !

« Angela n'a pas été éblouissante, se dit Jessica lorsque le rideau tomba sur la fin de cet acte, mais elle a tout de même été meilleure que dans le un. Si seulement elle pouvait tenir comme ça… De toute façon, dès demain, Lucinda Tabor connaîtra la chance de sa carrière », poursuivit-elle intérieurement en se précipitant dans les coulisses.

Elle trouva Lucinda assise dans un coin, plongée dans la lecture d'un magazine.

— Lucy, lui dit-elle sans préambule, Angela doit abandonner le rôle et c'est toi qui vas jouer Helen le soir de la première, la semaine prochaine.

La jeune femme blêmit.

— Pourquoi ? articula-t-elle faiblement.

— Son mari est malade. Elle part pour Los Angeles. On ne sait pas combien de temps elle sera absente. En tout cas, toi et moi, on va passer les prochains jours à bosser plus dur que jamais.

— Non, c'est… c'est pas vrai, bafouilla Lucinda en haussant le ton, presque au bord du cri.

— Parle plus bas. Je ne veux pas le dire aux autres avant la fin de la représentation.

— *Le dire aux autres* ! Alors… Alors… c'est donc vrai. Mais c'est impossible. Jessica, dis-lui de rester. Dis-lui qu'il le faut. Son mari ira bien, je le sais, je veux dire… elle n'a pas besoin d'être avec lui à chaque instant. Il faut qu'elle reste !

— Je t'ai demandé de baisser le ton, riposta froidement Jessica. Qu'est-ce qui te prend ? Il t'arrive ce dont rêvent toutes les doublures. C'est une chance phénoménale, Lucinda !

— Je ne suis pas prête. Je t'en supplie, ne me demande pas ça. Je ne peux pas.

— Tu as accepté ce travail.

— Parce que je pensais qu'il n'y avait aucun risque. Angela n'est *jamais* malade, il n'arrive *jamais rien* à Angela. Jamais je n'aurais pensé que...

— Eh bien, maintenant tu as toute la nuit pour y penser. Et demain matin, au travail. Tu connais le rôle.

— Oui, mais ça ne veut pas dire que...

— Tu as pris des notes ? Tu as relevé toutes les suggestions que j'ai faites à Angela, tout ce dont nous avons discuté ensemble ?

— Oui, tu m'avais demandé de le faire. Mais, Jessica...

— Il n'y a pas à discuter, Lucy, tu vas remplacer Angela. Maintenant je veux que tu rentres chez toi et que tu relises la pièce autant de fois qu'il le faut.

— Que je la relise ?

— Oui, de bout en bout, pour en avoir une vision globale. Tu ne dois pas te cantonner au rôle d'Helen. Je veux que tu t'imprègnes de tous les personnages, du déroulement de l'histoire, des enchaînements. On commencera tôt demain matin. Peux-tu être chez moi à sept heures et demie ?

Lucinda leva vers elle des yeux désespérés, et Jessica soutint son regard sans ciller. Pour finir, la jeune femme souffla :

— Oui, je crois que je pourrai.

— Tu sais où j'habite ? En haut de Point Piper. Et puis ne t'inquiète pas, tout va bien se passer. On va travailler dur, mais tu seras formidable. Tu dois le croire.

— Je me demande bien pourquoi, *toi*, tu y crois. Je me demande pourquoi tu m'as choisie d'abord. Je n'aurais jamais dû me présenter à cette audition. Mais je me suis dit que j'allais apprendre plein de choses en vous regardant, Angela et toi, et qu'un jour j'arriverais à jouer un rôle comme ça. Tous les autres personnages que j'ai interprétés étaient moins importants que celui-là. Tu le savais, pourtant.

— C'étaient de bons rôles et tu t'en es très bien sortie. Tes vidéos étaient excellentes.

— Mais ce n'étaient pas des premiers rôles. Et je ne succédais pas à quelqu'un comme Angela.

— Ne pense pas à ça. Tu seras ta propre Helen, et une autre Helen qu'Angela.

— Et puis je suis trop jeune. Helen a quarante ans, j'en ai vingt-huit.

Jessica la dévisagea un long moment avant de conclure :

— Tu fais plus que ton âge. Qui plus est, tu nous avais bien dit être plus vieille ? Trente et un ans, je crois...

— Parce que je croyais que je voulais faire ce travail. Tout le monde m'y poussait, mes parents, mon petit ami, mon agent... Ils me disaient que je devais saisir ma chance, que sinon je n'irais nulle part, que je n'aurais aucun avenir. Mais comprends-moi, Helen me fait *peur*.

— Pourquoi ça ?

— Parce qu'elle me rappelle ma mère, elle...

Jessica éclata de rire, mais Lucinda poursuivit :

— Non, ne ris pas. Écoute-moi. Je ne t'en ai pas parlé parce que j'étais certaine que ça n'arriverait jamais, que je n'aurais jamais à jouer ce rôle. Mais Helen me fait vraiment penser à ma mère : elle a tellement d'assurance, elle est si brusque dans sa façon d'avancer sans regarder autour d'elle, elle traverse la vie comme sur un nuage, et tout le monde l'admire. Ma mère est exactement pareille, et elle aurait voulu que je sois comme elle. Les gens de mon entourage passent leur temps à me dire ce que je dois faire, comment je dois me comporter, mais autant me demander d'escalader une montagne : *je ne peux pas*. Peut-être un jour serai-je prête à jouer Helen et, ce jour-là, j'aimerais que ce soit toi le metteur en scène, mais pas avant.. Je regrette, je ne peux pas.

— *Tu regrettes !* Mais tu es une actrice, une professionnelle. Nous t'avons engagée de bonne foi. Tu as passé des semaines et des semaines assise là, à assister aux répétitions, et maintenant tu oses dire que tu regrettes ! Dans nos métiers, Lucinda, ces choses-là ne se font pas. Nous t'avons confié un travail et tu vas l'accomplir, c'est moi qui te le dis. Écoute-moi bien : un jour ou l'autre, chaque acteur craint de ne pas être à la hauteur. Et lorsque ça arrive, il faut étudier la pièce de façon à s'en pénétrer si bien qu'elle devient une partie de soi. Tu peux aussi demander aux autres de t'aider. Et moi, je suis là pour ça... pour t'aider. Tu vas jouer Helen, et je te promets que tu vas te faire un nom...

— Je vais surtout me ridiculiser et saboter la pièce.

— Tu ne feras ni l'un ni l'autre, j'y veillerai. Je vais passer chez toi dès ce soir, après le cocktail, et nous ferons une première lecture ensemble. Je ne veux pas que tu rumines ça toute la nuit. On va régler ça toutes les deux ce soir, et demain tu te sentiras déjà beaucoup mieux. Il faut que tu aies confiance en toi, Lucy, sinon tu seras *vraiment* incapable de tenir ce rôle. C'est juste une question de confiance, crois-moi.

Lucinda plongea son regard d'enfant terrorisée dans les yeux de Jessica, et celle-ci se sentit flancher. « Non, se ravisa-t-elle aussitôt. De toute façon, il est trop tard pour appeler une agence de casting et trouver quelqu'un d'autre. Et puis tout le monde en déduirait que les choses vont encore plus mal que ne le prétend déjà la rumeur. »

— Lucy, reprit-elle, je crois que tu es sous le choc. Laisse-toi le temps de t'habituer à cette idée. À quelle heure puis-je passer ce soir ?

— Oh, ne fais pas ça, je t'en prie ! Tu as peur que je ne me volatilise si tu me lâches d'une semelle ? Je ne veux pas te décevoir, Jessica, tu es une femme merveilleuse. J'ai adoré te voir diriger les autres comédiens, et j'espère que nous pourrons retravailler ensemble un jour...

— Certainement. Et pas plus tard que demain. Tu ne me décevras pas, Lucy, je le sais. Je serai fière de toi.

— Tu le crois vraiment ?

— Absolument. Tu vas voir comme nous allons bien travailler ensemble.

— Oh, mon Dieu, j'espère que oui. C'est juste que, tu sais... j'ai tellement peur. Et tellement honte aussi. C'est honteux, n'est-ce pas, d'avoir peur à ce point ?

— Avoir peur n'est rien. C'est la terreur qui serait un problème, répondit Jessica en posant un baiser sur la joue pâle de la jeune femme. Relis la pièce ce soir, et continue de te dire que tu vas y arriver.

« Quand je parle de terreur, je suis encore en dessous de la vérité, se dit-elle pourtant après avoir quitté Lucinda. Si elle ne prend pas un peu confiance en elle, elle n'arrivera pas à prononcer trois répliques. Mais, après tout, c'est mon job de lui donner confiance. Je ne sais pas si elle sera vraiment capable de jouer le rôle, je préfère ne pas me poser la question. Il faut qu'elle joue, et elle jouera. Avec un peu de chance et énormément de travail, elle y arrivera. Ce ne sera sans doute pas l'interprétation du siècle, mais au moins aurons-nous une pièce. Oh, bon sang, pourquoi a-t-il fallu qu'il arrive une tuile pareille, alors que tout allait si bien ? »

Une fois chez elle, elle envisagea d'écrire à Luke pour lui demander s'il était opportun de s'entêter à travailler avec une doublure tétanisée par le trac. Et ce fut là qu'elle repensa à Claudia. «Il faut que je l'appelle, se dit-elle. Même si Claudia a menti, même si elle a dramatisé son état et son désespoir, il faut que Luke soit au courant.» Si elle attendait davantage pour passer ce coup de fil, elle n'aurait plus le temps : la semaine menaçait d'être chargée et exclusivement consacrée à Lucinda.

Elle ne se préoccupa pas de calculer les fuseaux horaires. «Tant pis si je le réveille, songea-t-elle. Il faut que je lui parle immédiatement.»

— Luke Cameron, répondit-il dès la première sonnerie.

Elle éprouva à nouveau cette bouffée de joie qui la saisissait toujours en entendant la voix de Luke, en même temps que la nostalgie, chaque fois plus aiguë, de sa présence, de sa chaleur...

— Luke, c'est Jessica, dit-elle. J'espère que je ne te réveille pas. Je n'ai pas eu le temps de réfléchir au décalage horaire.

— Nous sommes lundi matin et il est sept heures et demie. Tu m'appelles à cause de Claudia? Non, c'est impossible, tu ne peux pas savoir...

— Savoir quoi? s'étrangla Jessica.

— Elle est morte la nuit dernière. On ne sait pas exactement quand.

— Oh non!.... Luke, je ne croyais pas qu'elle le ferait...

— Tu ne croyais pas qu'elle ferait quoi?

— Tu veux dire que ce n'était pas un suicide?

— On n'en sait rien. Elle avait absorbé suffisamment de médicaments, de drogues et d'alcool pour tuer deux ou trois personnes. Par ailleurs, elle en était tellement imprégnée, et depuis si longtemps, que l'issue était peut-être inéluctable... L'alcool et les drogues étaient sa vie. Ils ont été sa mort aussi. Elle n'a jamais parlé de se suicider...

— Si, Luke. Elle m'a appelée et...

— *Elle t'a appelée ? Toi ?* Quand ça ? Pourquoi ?

— Hier après-midi. Pour me dire de te laisser tranquille.

— Seigneur ! Comme si elle avait pu avoir la moindre idée de... Mais... c'est tout ce qu'elle voulait ?

— Non, j'ai eu l'impression qu'elle avait envie de parler, ou plutôt... de se défouler, alors je l'ai écoutée. Je me suis dit que tu me demanderais d'essayer de la protéger, mais on dirait que je n'y suis pas parvenue... Oh, Luke, je suis navrée. C'est horrible de se dire qu'une vie a peut-être tenu à un mot qu'on n'a pas dit, un geste qu'on n'a pas fait... Et puis j'avoue qu'elle m'a vraiment agacée, et je le lui ai montré.

— Elle avait un talent pour ça. Elle obligeait les gens à se montrer cruels envers elle, répondit Luke. Et nous avons été cruels, ajouta-t-il d'une voix tremblante. C'est horrible, tu as raison, mais c'est la solitude dans laquelle elle s'était enfermée qui était horrible. Voudrais-tu me raconter ce que tu lui as dit ?

Jessica lui résuma les propos qu'elle avait tenus à Claudia. Elle entendit un petit rire amer à l'autre bout du fil.

— Nous lui avons servi quasiment mot pour mot le même discours. Rien d'étonnant à ce qu'elle ne t'ait pas crue.

— À propos de quoi ?

— À propos de nous. J'utilisais les mêmes mots quand je lui faisais la leçon. Oh, mon Dieu, dire que je la chapitrais au lieu d'essayer de l'aider. J'aurais pu faire davantage. On peut toujours faire davantage.

— Non, pas toujours, Luke. Tu t'es occupé d'elle pendant des années, et elle en avait conscience. C'est elle-même qui me l'a dit. Et aussi que vous étiez très proches.

— Elle était pourtant bien placée pour savoir que c'était faux, la malheureuse. Elle représentait mon œuvre de bienfaisance privée, celle à laquelle je consacrais du temps et de l'argent parce que c'était plus facile que de la prendre par la main pour l'aider à trouver quelques solutions qui auraient pu marcher. Je l'ai laissée tomber de mille façons.

— Moi aussi, Luke. J'ai même éclaté de rire... Tu te rends compte ? J'ai ri !

— De quoi ?

— Je ne sais plus. Elle a dit quelque chose de tellement absurde que je n'ai pu m'empêcher de rire. Je n'aurais pas dû. Je le regrette.

— Jessica, tu n'es responsable de rien, nombreux sont ceux qui ont laissé tomber Claudia ces derniers temps. Nous l'avons tous déçue, mais toi, tu ne lui devais rien.

— C'était un être humain. Je lui devais respect et compassion.

Luke ne répondit rien, gardant le silence pendant quelques instants, puis il reprit enfin dans un souffle :

— Tu sais, elle m'accusait sans cesse de la diriger, de la traiter comme un acteur dans une pièce, et, d'une certaine manière, elle n'avait pas tort. Pourtant, elle ne me demandait pas autre chose, elle voulait que je guide sa vie. Elle a enfin trouvé un moyen de la guider elle-même, mais vers la mort.

— Si toutefois il s'agit bien d'un suicide, répondit Jessica. Et tu n'en es pas sûr... Tu la regrettes ? ajouta-t-elle après quelques secondes.

— Non, je regrette une vie gâchée. Jamais Claudia ne s'est véritablement donné une chance. C'était son drame. Tu sais, Constance et moi parlions souvent de la façon dont nous menions nos vies, un peu comme au théâtre, avec lever de rideau, développement de l'intrigue, entracte, apartés intimes et nouvelle intrigue au bout de plusieurs semaines, plusieurs mois, voire plusieurs années. Rien de particulièrement admirable, mais nous vivions ainsi et nous en contentions. Mais Constance possédait quelque chose de plus : votre amitié. Et quand je t'ai rencontrée – je veux dire, rencontrée vraiment –, j'ai compris que, moi aussi, j'attendais plus de l'existence : j'ai compris que je voulais une vraie vie, si confuse et imprévisible soit-elle. Claudia… Claudia n'a jamais pu affronter la vie dans ce qu'elle a de confus et d'imprévisible. Et je n'ai rien tenté pour lui apprendre à le faire. Je crois que c'est là tout mon regret : elle refusait d'attraper la vie à bras-le-corps, de la faire sienne, s'entêtant dans des caprices alors qu'il y avait autour d'elle tant de beautés et de richesses. C'est une leçon, n'est-ce pas ?

Jessica demeura silencieuse. Elle savait ce qui se cachait derrière ces dernières phrases : il attendait qu'elle lui dise oui, qu'elle désirait, elle aussi, une vie plus dense, plus intense, profonde et stable que ne l'était la sienne. Et surtout une vie avec lui. Mais trop d'émotions contradictoires se bousculaient en elle pour qu'elle fût capable d'en parler, et même d'y penser. Bizarrement, pourtant, Claudia les rapprochait encore l'un de l'autre, mais Jessica écarta cette idée, tant elle la troublait.

— Luke, Angela abandonne le rôle, annonça-t-elle tout à trac, presque heureuse d'échapper quelques minutes à ses sinistres pensées. Son mari doit se faire opérer à Los Angeles la semaine prochaine et elle veut aller le retrouver. Maintenant, il faut que je travaille avec Lucinda, sa doublure.

— Elle se sent prête ?

— Pas du tout, elle est terrorisée. Ça t'ennuierait de me donner quelques conseils ?

— Tout ce que tu voudras. À mon avis, tu peux essayer de la regonfler pendant huit jours, mais elle restera convaincue qu'elle n'est pas prête. Peut-être devrais-tu modifier un peu la mise en scène, de façon à mettre davantage en valeur les rôles des trois autres plutôt que le sien. Tu pourrais surtout insister sur l'homme... Rappelle-moi son nom.

— Whitbread.

— Je me demande comment il a pu passer sa scolarité avec un prénom pareil, commenta Luke, avant d'ajouter : Tu devrais aussi réfléchir à la façon dont tu pourrais tirer parti de la faiblesse de ta Lucinda...

— Mais le personnage d'Helen n'a rien de faible.

— Dans ce cas, essaie de reprendre scène après scène...

Lovée sur le canapé, Jessica l'écoutait, mémorisant chacune de ses paroles, chacune de ses recommandations. Elle avait l'impression de voir son visage, son sourire, ses gestes, le drôle d'accent que formait son sourcil au-dessus de son œil lorsque quelque chose l'amusait. Elle se pénétrait de sa voix grave, s'en imprégnait. Lorsqu'elle lui faisait part de ses idées, jamais il ne l'interrompait, il l'écoutait au contraire avec attention, la complimentait souvent, et surtout... surtout, il lui parlait d'égal à égal.

— Ça peut marcher si tu arrives à la regonfler et si tu mets davantage l'accent sur les autres rôles, conclut-il. Le problème, c'est qu'il te reste peu de temps. Peut-être parviendras-tu à l'hypnotiser, à lui faire croire que c'est la chance de sa vie.

— On n'apprend pas l'hypnose à l'Actor's Studio. Il va falloir trouver autre chose.

— Si tu arrives à la motiver, elle surmontera sa peur. Fais-la répéter et travaille avec les autres pour qu'ils la portent au moins pendant quelques scènes. Tu vas avoir une rude semaine.

— C'est le moins qu'on puisse dire, mais je te remercie, Luke, j'avais besoin de ton aide, murmura

Jessica, avant d'ajouter : Et puis... je suis vraiment navrée pour Claudia. Je sais à quel point c'est une épreuve pour toi. Je regrette de n'avoir rien pu faire.

— On se dit toujours ça quand les choses tournent mal. Tu sais, Jessica, je me sens triste pour elle, mais le plus triste, c'est que sa vie était tellement vide qu'elle ne laisse pas l'impression d'une perte immense.

— C'est terrible..., souffla Jessica en frissonnant, comme si elle éprouvait presque physiquement toute la désolation de cette dernière phrase.

— Maintenant, tu devrais aller dormir, mon amour.

— Oui. Merci, Luke... pour tout. Bonne nuit.

— Bonne nuit, mon cœur. Dors bien. Et dis-moi comment tu t'en sors avec Lucinda.

— D'accord. Luke...

— Oui, qu'y a-t-il ?

Elle faillit lui dire : « Viens à Sydney, sois là pour la première. Viens. » Mais elle songea aussitôt : « Si tu viens, saurons-nous nous voir en amis, seulement en amis ? »

— Jessica ?

— Rien, répondit-elle. Bonne nuit. Je vais t'écrire.

Elle raccrocha sans avoir pu en dire davantage.

Il ne lui avait pas demandé quels étaient ses projets après *La Fin du voyage*. De toute façon, elle n'aurait su quoi lui répondre. Elle avait compris depuis déjà plusieurs semaines qu'elle ne retournerait pas à sa vie de recluse sur Lopez Island. Que la pièce fasse un triomphe ou non, elle trouverait le moyen de rester dans le théâtre, sans doute à Sydney, et vraisemblablement seule. Peut-être un jour se sentirait-elle prête à unir sa vie à celle de quelqu'un d'autre mais, pour le moment, il lui restait encore beaucoup trop à apprendre sur elle-même ; elle envisageait de continuer dans la mise en scène, de devenir professeur à l'université ou dans un cours d'art dramatique, ou bien encore d'écrire des livres sur le théâtre. Elle devait oublier les souvenirs qui la hantaient, les oublier vraiment, ne plus se contenter de les repousser, de les refouler... Elle devait se faire davantage d'amis et travailler encore, afin de pouvoir se dire qu'elle était finalement parvenue à reconstruire sa vie, une vie à elle, une vie qui lui plaisait.

— Comment s'est comportée Lucinda ce matin ? lui demanda Hermione le lendemain midi, tandis qu'elles déjeunaient à la cafétéria de l'Opéra.

— Mal, répondit Jessica d'un air sombre, tandis que ses doigts déchiquetaient nerveusement une serviette en papier. C'est ma faute, tu sais. Je n'aurais pas dû l'engager. Je savais qu'elle ne ferait pas le poids, mais je voulais en finir avec les auditions : j'étais impatiente de commencer à répéter.

— Attends un peu, tu n'étais pas seule à l'engager. Elle avait fait une bonne lecture, l'as-tu oublié ? Ses vidéos étaient excellentes, et ses recommandations aussi. Nous avions toutes les raisons de la prendre.

Jessica secoua négativement la tête.

— J'aurais dû me rendre compte qu'elle n'était pas mûre pour un grand rôle. J'aurais dû m'apercevoir qu'elle avait peur.

— Oui, mais tu n'es pas voyante. Moi non plus, je ne m'en suis pas rendu compte, ni personne de la troupe.

— Ce genre de chose relève de *ma* responsabilité.

— D'accord, si tu insistes, on t'enverra sur le bûcher un de ces jours, mais pour l'instant on a encore besoin de toi. Alors que comptes-tu faire ?

— Je ne sais pas... Essayer de la persuader qu'elle est bonne, que le rôle d'Helen est la chance de sa vie, de sa carrière. Si je parviens à la rassurer, je suis sûre qu'elle a assez de talent pour assumer le rôle.

— Hypnotise-la.

Jessica éclata de rire.

— Luke m'a dit exactement la même chose cette nuit au téléphone.

— Les grands esprits se rencontrent. J'aimerais pouvoir t'aider pour Lucinda. Y a-t-il quelque chose que je puisse faire ?

— Tu fais déjà tout ce que tu peux. Tu m'offres une oreille compatissante et un visage amical, et c'est tout ce dont j'ai besoin en ce moment.

— Dans ce cas, viens donc boire un verre à la maison quand tu en auras fini avec ta merveilleuse doublure. Je peux même nous préparer un petit dîner.

— Je veux bien, j'adore ton osso-buco, répondit Jessica avec un sourire malicieux.

Puis elle se leva de table pour regagner la petite salle où elle répétait avec Lucinda. Hermione la suivit des yeux tandis qu'elle claudiquait dans l'étroit couloir qui y conduisait.

« Bien sûr, il y a cette fichue canne. Elle poserait un problème... mais rien d'insurmontable », se dit-elle.

Elle termina son cappuccino, l'air sévère, concentré, les yeux perdus dans le vague. La nuit précédente, étendue dans son lit, une idée lui était venue, une idée folle, qu'elle avait tout d'abord hésité à se formuler avec netteté, mais une idée irrésistible tant elle la séduisait.

« Reprenons depuis le début. Pourquoi est-ce que je veux faire ça ? Parce que je l'aime beaucoup, parce qu'elle est la fille que j'aurais aimé avoir, et aussi ma meilleure amie. Parce que, même si elle refuse de l'admettre, diriger d'autres femmes dans des rôles qu'elle aurait pu interpréter la rend dingue. Elle meurt d'envie de jouer... Et puis il y a une autre raison : je ne veux pas que Lucinda joue Helen. Et il n'y a rien à redire à cela. »

Là-dessus, Hermione extirpa son téléphone portable de son immense sac à main et quitta la table pour gagner un coin isolé de la cafétéria. Avec des mines de conspiratrice, jetant de tous côtés des regards soupçonneux, elle composa un numéro, puis parla quelques instants. Ensuite, elle replaça le téléphone dans son petit étui de cuir et le laissa tomber dans son sac grand ouvert avec un geste fataliste. « Mon Dieu, s'exclama-t-elle intérieurement, si jamais ça rate, j'aurai droit à un lynchage en place publique. »

Elle sortit de l'Opéra, reprit sa voiture et rentra directement chez elle où elle s'installa tout de suite devant son ordinateur. Elle dactylographia un unique paragraphe, qu'elle imprima. Puis elle appela les renseignements internationaux et demanda un numéro de fax à New York. Lorsqu'elle l'eut obtenu, elle plaça la feuille dans sa machine et dit avec un soupir :

— Ainsi soit-il.

Cher Lucas Cameron,
Une place pour la première de La Fin du voyage, *mardi prochain, vous attend à Sydney. Vous serez assis à côté de moi. J'espère qu'auparavant vous me ferez l'honneur de venir dîner à la maison. Il est grand temps que nous fassions connaissance.*
Très cordialement,

Hermione Montaldi.

16

— Mais qu'est-ce qui t'a pris? Tu es devenue folle ou quoi?

Jessica avait crié. Elle était arrivée chez Hermione avec une bouteille de bon vin, un livre qu'elle avait promis de lui prêter et les meilleures intentions du monde. Là, en moins d'une minute, elle venait de tout oublier.

— Tu as laissé partir Lucy! Mais enfin, est-ce que tu te rends compte de ce que tu as fait!

— Pourrions-nous nous asseoir, ouvrir cette excellente bouteille et parler de tout ça calmement?

— En huit jours, nous perdons la tête d'affiche et sa doublure, et tu veux qu'on en parle calmement! J'exige de savoir ce qui s'est passé. Que lui as-tu dit? Où est-elle? Il *faut* qu'elle revienne. Réponds-moi! Où est-elle?

— À Melbourne, mais...

— Parfait, l'interrompit Jessica. Je vais l'appeler...

— Non, Jessie. Et inutile de me lancer des regards assassins.

Hermione poussa un long et profond soupir, essayant de maîtriser la peur qui soudain montait en elle. «Je n'aurais jamais dû faire ça, se dit-elle. Qu'est-ce qui m'a pris? Comment ai-je pu penser une seule seconde que ça marcherait? Elle a raison: je suis folle.» Elle sentit ses jambes se dérober sous elle, la tête lui tourner...

— Écoute, moi, je vais m'asseoir, dit-elle, très pâle. Reste debout si ça t'amuse.

Elle prit place au bout du canapé, comme à l'ordinaire, et attrapa sur la table basse la bouteille que Jessica y avait posée. Elle l'ouvrit d'une main tremblante et se servit un verre de vin.

— Délicieux, murmura-t-elle après y avoir trempé les lèvres. Tu as fait des progrès en vins australiens. Tu ne veux pas le goûter ?

Elle essayait vainement d'adopter un ton sinon désinvolte, du moins naturel. Mais, ce soir-là, Jessica restait rebelle aux civilités.

— Pourquoi ne veux-tu pas que je l'appelle ? demanda froidement celle-ci.

— Parce qu'elle est mieux là où elle est, plutôt qu'en train de se faire rudoyer par toi.

— *Rudoyer ?* Moi, je l'ai rudoyée ! Mais qui a bien pu te raconter des bêtises pareilles ?

— Elle-même. Elle m'a dit que – tout comme le personnage d'Helen, d'ailleurs – tu lui rappelais sa mère. Plus tu lui serines qu'elle est bonne, plus elle se sent mauvaise. Elle ne supporte pas l'idée de te laisser tomber, mais elle n'arrive pas non plus à t'affronter directement et à te dire les choses en face. Elle espère qu'un jour tu lui pardonneras.

— Je n'arrive pas à y croire. Quand t'a-t-elle dit tout ça ?

— Jessie, assieds-toi, je t'en prie. On ne peut pas parler comme ça : toi debout, raide comme la statue du Commandeur, et moi assise dans le box des accusés.

— Quand t'a-t-elle dit tout ça ? répéta Jessica.

— Vers cinq heures cet après-midi. Tu venais à peine de la quitter, soupira Hermione.

— Elle a couru se faire consoler chez toi parce que je l'ai soi-disant maltraitée ?

— Non, c'est moi qui suis allée la trouver. J'ai un ami qui monte une nouvelle pièce à Melbourne, il m'a parlé d'un rôle qui lui irait comme un gant. Alors, j'ai trouvé plus honnête de le lui proposer.

Jessica fronça un sourcil soupçonneux.

— Comment ton ami a-t-il pu penser à elle pour le rôle ?

Silence.

— C'est *toi* qui lui as donné l'idée, n'est-ce pas ? C'est toi ? *C'est même toi qui l'as appelé ?* Pourquoi ? Mais pourquoi as-tu fait ça ? Je sais que tu n'as jamais aimé Lucy, mais comment as-tu pu me faire une chose pareille, à *moi* ?

Hermione ne répondait toujours rien.

— Et elle, comment a-t-elle pu oser partir comme ça, en nous laissant le bec dans l'eau, sans personne ?

— Ce n'est pas sa faute. Je lui ai dit que nous avions quelqu'un d'autre pour jouer Helen, avoua enfin la productrice.

— Tu as quoi ? s'écria Jessica, hors d'elle. Mais tu sais bien que c'est faux ! Qu'est-ce qui a bien pu te passer par la tête ? Je serais arrivée à tirer quelque chose de cette fille, je le sais. Elle aurait été prête pour la première.

Hermione était exaspérée : les doutes sur le bien-fondé de sa décision avaient cédé la place à une saine colère.

— Je me fiche de savoir si elle aurait été prête ou non, *je ne veux pas* qu'elle joue Helen ! cria-t-elle à son tour.

— Tu n'avais pas le droit de prendre seule une décision pareille.

— Sur ce point, tu as raison, et ça ne se reproduira plus. Je te demande de m'excuser.

— Les excuses ne suffisent pas, tu le sais bien ! À quoi pensais-tu donc en faisant ça ?

— Tu sais pertinemment à quoi je pensais. Je t'en prie, viens t'asseoir. Il faut qu'on parle et rester debout à me lancer des regards furibonds ne nous mènera nulle part.

Jessica demeura immobile.

— Tu as perdu la tête. Tu t'imagines que je vais jouer ce rôle, et je ne le ferai pas. *Tu le savais*. Tu as détruit notre pièce par orgueil, par caprice, parce que tu as cru pouvoir me contraindre à remonter sur scène, comme si...

— Arrête, Jessie, l'interrompit Hermione avant de respirer profondément, comme pour se donner le courage de plonger dans le vif du sujet. Ce n'est pas un caprice et je ne te contrains pas. Je dégage la voie, c'est tout. Je suis restée éveillée toute la nuit pour y réfléchir. Tu meurs d'envie de remonter sur scène, avoue-le. Là, tu as une chance unique de le faire : tu sais chaque réplique de cette pièce, tu connais le personnage d'Helen à fond. Tu la joueras comme elle doit être jouée, tu *seras* elle. Angela n'en était pas capable, tu le sais aussi bien que moi, quant à Lucy, n'en parlons pas... Tu seras la Helen dont l'auteur avait rêvé...

— Dans mon imagination, peut-être, *mais pas sur scène*. Tu ne le comprends donc pas ? Je t'ai déjà dit cent fois pourquoi c'était impossible.

— Il faut croire que j'ai oublié. Viens t'asseoir, bois un verre de vin et raconte-moi encore tout ça.

Jessica ne bougea pas d'un pouce. La colère, la frustration la pétrifiaient... Mais s'y mêlait aussi désormais quelque chose qui ressemblait à un début de panique.

— Mais qu'est-ce qui te prend ? Tu connais mes raisons, elles sont visibles, non ? Regarde-moi ! hurla-t-elle en boitillant dans la pièce, courbée sur sa canne. Comment imagines-tu que je pourrais traverser une scène ? Le public n'aurait d'yeux que pour ma patte folle et... pour cette saloperie, dit-elle en jetant violemment sa canne sur les coussins du canapé. Il ne verrait que ma façon de marcher, mon apparence physique, rien de plus ! Chaque fois que je ferais deux pas, tous les regards se braqueraient sur cette estropiée feignant de ne pas l'être, jouant à être quelqu'un d'autre ! Le but, c'est bien de raconter aux spectateurs une histoire en laquelle ils puissent croire. À quoi croiraient-ils donc quand ils me verraient ?

Vidée par cette tirade, déséquilibrée par l'absence de sa canne, elle finit par s'asseoir sur le canapé. Suivit un long silence, au terme duquel elle ajouta :

— Hermione, je t'ai posé une vraie question. À quoi croiraient-ils quand ils me verraient ?

Elle n'obtint aucune réponse : son amie grignotait compulsivement des amuse-gueules pour tenter d'apaiser sa nervosité.

— Tu n'es pas plus avancée que moi, c'est ça ? reprit Jessica. Tu n'as pas de solution et tu es aussi inquiète que je le suis moi-même. Mon Dieu, mais qu'allons-nous faire ?

— On n'a plus le choix, marmonna la productrice en toussotant pour s'éclaircir la gorge. Il est vrai que je ne nous en ai pas laissé beaucoup. Maintenant, si ton seul problème est la canne, ça peut s'arranger. On peut adapter les repères dans la mise en scène et faire en sorte qu'Helen ait le moins possible à bouger : elle peut rester debout, s'asseoir, faire un pas ou deux vers un bureau ou un fauteuil et, le reste du temps, laisser les autres s'approcher d'elle. Ça ne devrait pas être trop compliqué à mettre au point pour des gens intelligents.

— Non.

— Non, quoi ? Nous ne sommes pas des gens intelligents ?

— Hermione, je t'en prie, ce n'est pas une plaisanterie. Tu sais, quand j'ai abandonné la scène, j'ai pensé mourir, et j'ai dû lutter pour m'en sortir ; maintenant, je suis satisfaite, et si tu crois...

— Satisfaite ! Tu es aussi satisfaite qu'un koala qui ne pourrait pas grimper aux arbres !

— Admettons. Mais Helen est belle, elle a quarante ans, beaucoup de présence, elle est fière d'elle-même. Elle n'est ni grisonnante, ni infirme...

— Si je te suis bien, tu accepterais un rôle de bancale aux cheveux gris.

Cette dernière réflexion arracha tout de même un bref éclat de rire à Jessica, mais elle se rembrunit aussitôt :

— Hermione, s'il te plaît, ne me tourne pas en ridicule.

— D'accord, Jessie, tu as gagné. Je ne veux plus me battre contre toi. Nous allons annuler la première, trouver une nouvelle Helen et ouvrir la location pour le début avril. On aura perdu le mois de mars, mais on n'aura pas tout perdu. Je vais appeler les agences de casting, on pourra commencer les auditions à la fin de la semaine. Maintenant on va dîner, ajouta Hermione en se levant.

«Annuler la première», se répéta Jessica. La phrase se mit à tourner et retourner comme une antienne dans sa tête. Quiconque travaille dans le théâtre entend ces mots comme un arrêt de mort.

Absolument immobile, fixant la baie vitrée sur laquelle ruisselait une légère bruine, elle posa inconsciemment la main sur la canne échouée à côté d'elle et laissa courir ses doigts sur toute la longueur de l'objet. Hermione disait juste : elles allaient trouver une autre Helen, une actrice talentueuse qui, en deux semaines de répétitions, parviendrait à s'intégrer à la distribution. La pièce serait à l'affiche pendant un mois. Ce serait suffisant pour se faire un nom en tant que metteur en scène. Et alors…

Et alors tout recommencerait…

«Après tout, c'est ma vie maintenant, se dit-elle. Une actrice ou une autre, quelle importance ? Quelle différence ?»

Hermione se pencha pour lui servir un verre de vin.

— Je me suis toujours demandé pourquoi tu ne te teignais pas les cheveux, lui dit-elle, comme en passant. Je les teins bien, moi. Tu pourrais choisir une couleur légère, qui te donnerait des reflets blonds, blond cendré...

Jessica leva les yeux vers elle, la mine à la fois renfrognée et perplexe, cherchant à comprendre de quoi on lui parlait.

— Changer de couleur ne changerait rien au reste, dit-elle quand elle se fut ressaisie. Je ne pourrais pas changer de jambe, ni de visage. Nous avons déjà évoqué ce sujet, et je t'ai dit que j'aurais l'air pathétique, à vouloir jouer les jolies jeunes femmes. Je n'aurais pas une autre allure sous prétexte que mes cheveux auraient une autre couleur.

— Je ne suis pas de ton avis. On devrait faire un essai. Le blond cendré peut être très réussi sur quelqu'un de quarante ans. Comme toi... Comme Helen aussi...

Le visage en face d'elle se durcit.

— Jamais je ne ressemblerai à Helen.

— Dans ce cas, fais en sorte qu'*elle* te ressemble.

Hermione lut dans les yeux de son amie un éclair de surprise, une illumination aussi. Bien sûr. Bien sûr, n'était-ce pas ce qu'elle avait toujours fait ? Adapter le personnage à ce qu'elle était elle, faire en sorte qu'il lui ressemble à *elle*. Comment avait-elle pu oublier ? « Oui, le public doit croire qu'Helen *est* moi. Je sais le faire. Parce que je suis une actrice... »

Une fougue, une ardeur qu'elle croyait ne plus jamais connaître, la gagnait peu à peu. Des larmes roulaient sur ses joues. Elle était à la fois terrifiée, excitée, enthousiaste, heureuse... pétrifiée d'angoisse. « Je vais essayer, se promit-elle. Oui, je vais essayer. Je vais remonter sur scène. Oh ! Constance, si seulement tu pouvais être à mes côtés en ce moment. Et toi, Luke... »

Le cœur battant, Hermione respira à fond et souffla, laissant lentement les muscles de son cou et de son dos se détendre. Chaque tressaillement, chaque cillement sur le visage de Jessica lui révélait un profond bonheur, une joie indescriptible. Elle ne put s'empêcher de songer un instant à tout le travail qu'il allait leur falloir accomplir en l'espace de quelques jours, mais se dit aussitôt que cela n'avait aucune importance : elles se débrouilleraient, songea-t-elle avec jubilation. Le plus dur avait été de convaincre Jessica, et désormais le plus dur était fait, elle le sentait, elle le voyait comme dans un livre ouvert.

Elle tendit un mouchoir en papier à son amie et s'assit auprès d'elle pour la prendre dans ses bras.

— Ne te fais pas de souci, lui murmura-t-elle. Nous allons affronter tout ça ensemble. Nous formons une équipe, tu ne l'as pas oublié ?

Jessica hocha silencieusement la tête. Elle se tamponnait les yeux, mais les larmes venaient toujours.

— S'il te plaît, dit-elle à Hermione, parle-moi. Parle-moi jusqu'à ce que je puisse arrêter de pleurer.

— D'accord. J'avais déjà demandé à l'habilleuse de retailler les costumes pour Lucy, elle peut les rétrécir encore d'une taille ou deux. Cette femme est une magicienne, elle a des doigts de fée. Tu feras un essayage dès demain. Maintenant, passons à tes cheveux : je vais t'emmener chez Sistie. Aucun coiffeur de Sydney ne réussit mieux les couleurs que cette fille. Quant au maquillage... c'est facile. Il suffit qu'il attrape bien la lumière. Mais on reparlera de tout ça demain matin. On pourrait se retrouver au théâtre à sept heures avec Dan. J'apporterai le petit-déjeuner. On a la semaine pour tout régler : les éclairages, les repères, les répétitions avec les autres, les costumes, le maquillage... Que penses-tu de tout ça ?

— Il faudra six répétitions, sans doute plus.

— Pardon ?

Jessica embrassa la joue d'Hermione et se redressa, bien droite sur le canapé.

— Il faudra deux répétitions par jour, peut-être trois. N'oublie pas d'appeler la pub pour refaire les affiches. Il nous les faut dès l'ouverture de la location. Il faudra aussi ajouter un encart dans les programmes, avec quelques lignes me concernant. Je les écrirai tout à l'heure en rentrant à la maison. On doit aussi changer les annonces dans les journaux. Tu pourrais t'occuper de ça par téléphone, mais quelqu'un devra relire les épreuves du nouveau texte. Tu vois autre chose ?

— J'avoue que j'ai du mal à penser à autre chose qu'à toi. Tu es une femme courageuse, tu sais.

— Attends ! poursuivit Jessica sans l'écouter. On oublie l'essentiel : je ne peux pas jouer en Australie, je ne suis pas affiliée ici. En tant que metteur en scène, je n'avais pas besoin de cette affiliation, mais en tant que comédienne, si.

— Les acteurs célèbres peuvent s'en passer. Glen Close l'a fait, Bernadette Peters aussi, alors pourquoi pas Jessica Fontaine ? Cela dit, tu as raison, cette affiliation facilite considérablement les choses. Maintenant, je te propose un toast, ajouta Hermione en levant son verre. À Miss Fontaine, affiliée à la société des acteurs depuis maintenant un mois, c'est-à-dire depuis le jour où j'ai pris sur moi de l'y inscrire ! conclut-elle, radieuse.

— Quoi ? Tu m'as inscrite à..., bafouilla Jessica, partagée entre l'incrédulité et l'indignation.

— Disons que c'était une manière de parer à toutes les éventualités. À présent, veux-tu bien boire à notre réussite ?

— Oui, répondit-elle en attrapant son verre. Je ne peux que te remercier, tu as pensé bien faire, même si...

— Même si je me suis indûment immiscée dans ta vie, j'en ai conscience, compléta Hermione. En cela, tu as absolument raison. Mais je savais que tu ne le ferais pas toi-même, c'est pourquoi je me suis permis d'agir à ta place. Et c'est une bonne chose, car regarde où nous en sommes aujourd'hui : te voilà à l'aube d'une nouvelle carrière.

— T'imagines-tu seulement à quel point je suis terrifiée ? fit Jessica après un silence. Après avoir dit à Lucinda qu'elle avait le droit d'avoir peur, mais pas d'être terrorisée.

— Lucinda n'est pas toi, et tu vas surmonter cette frayeur dès que tu auras mis un pied sur la scène. Maintenant, j'ai une proposition à te faire : nous dînons rapidement et puis nous revenons nous installer ici, dans le salon, pour parler d'autre chose que de cette pièce, d'accord ?

Lorsqu'elle arriva chez elle beaucoup plus tard dans la soirée, Jessica fut accueillie par les démonstrations d'enthousiasme de Chance. Elle sortit la chienne dans la rue et fut heureuse de la regarder gambader devant elle, de pouvoir marcher dans la fraîcheur. Ce soir-là, elle ne se reprocha pas d'avancer lentement, de boiter. Le ciel nocturne était couvert, éclairé seulement de cette étrange lueur jaune orangé particulière aux grandes villes la nuit. On n'y voyait aucune étoile, et Jessica songea à la clarté brillante du ciel de Lopez, à ses grappes d'étoiles scintillantes, à la Voie lactée qui y traçait un chemin si net et touffu à la fois. « Lopez était mon abri, mon port, ma sécurité, songea-t-elle. Et chaque jour qui passe m'en éloigne davantage. »

Des années durant, elle s'était persuadée qu'elle avait fait le bon choix en restant loin à l'écart du monde et de la scène. À présent, comment pouvait-elle être sûre de ne pas se tromper ?

Elle rappela Chance, rentra à la maison et s'assit à la table de la salle à manger pour rédiger l'encart à ajouter au programme :

Angela Crown regrettant de ne pouvoir interpréter le rôle d'Helen pour des raisons familiales, celui-ci sera repris par l'actrice américaine Jessica Fontaine, qui a également assuré la mise en scène de la pièce.

Auparavant, Jessica Fontaine a joué à Sydney *Tout est bien qui finit bien* et *Les Sorcières de Salem*. Aux États-Unis, en Angleterre et au Canada, on l'a vue notamment dans *Anna Christie, De l'importance d'être constant, La Profession de Mrs Warren*...

Elle s'arrêta et relut la liste des pièces : rien que des triomphes, sans compter encore une bonne douzaine de spectacles qu'elle ne mentionnait pas et qui avaient également connu un vif succès. Constance et elle avaient dominé la scène américaine pendant des années, puis Jessica était restée seule en haut de l'affiche, applaudie, adulée, ovationnée à chacune de ses apparitions. Comment pouvait-elle avoir l'audace de se présenter à nouveau devant un public ? Elle n'était plus la glorieuse actrice du passé. Les spectateurs allaient crier à l'imposture. Qui pensait-elle abuser ?

Elle posa les coudes sur la table, enfouit sa tête dans ses mains et resta un long moment ainsi. Puis elle se leva enfin et se rendit dans la cuisine pour se préparer un thé, fixant sans la voir l'eau en train de bouillir dans la casserole : « Constance, j'ai tellement besoin de toi. J'ai besoin d'être rassurée par quelqu'un de sage, qui connaisse le théâtre comme je le connais, qui me connaisse aussi... quelqu'un qui sache ce que j'ai fait autrefois, et ce que je pourrais faire aujourd'hui... »

Il lui revint alors que, peu de temps avant sa mort, Constance lui avait parlé de la peur dans l'une de ses lettres. Elle versa l'eau bouillante dans la théière, puis alla chercher dans le salon le précieux coffret. En passant devant le fax, elle vit qu'un message l'attendait. « Comment ai-je pu oublier ? »

se dit-elle, étonnée. C'était naturellement une lettre de Luke.

Mon amour,
Juste un petit mot, je t'écrirai plus longuement dans les jours à venir. Il est bientôt trois heures du matin. J'ai passé la soirée dans un bar à parler et à boire du scotch – je n'en bois que dans les grandes occasions – en compagnie d'un comédien qui pourrait bien devenir notre tête d'affiche pour la pièce de Kent. Je l'ai rencontré il y a peu de temps et j'ai tout de suite su que c'était lui. Il te plairait : il a une aisance incroyable, et le public l'adore.
Nous avons enterré Claudia hier. Il n'y avait que Monte, Gladys et moi aux funérailles. Ce fut l'une des journées les plus tristes de ma vie. Il n'y a pas si longtemps, à peine quelques années, elle parlait encore de « rebondir ». Elle aimait cette image. Elle la trouvait vive, rapide, brillante. Je regrette de n'avoir pas su l'aider à « rebondir ».
De timides tulipes ont succédé à la neige. Tu me manques. Je t'aime,

Luke.

Jessica retourna s'asseoir à la table de la salle à manger. Ce n'était ni vraiment de Constance ni de lettres dont elle avait besoin, mais de Luke, de sa présence. Elle attrapa une feuille de papier et écrivit :

Luke,
Je vais reprendre le rôle d'Helen dans La Fin du voyage. *Je t'expliquerai tout plus tard mais, pour l'instant, j'ai besoin de quelqu'un à qui parler. J'ai besoin de toi. Pourrais-tu venir à Sydney ? Pourrais-tu venir tout de suite ?*

Jessica.

Dès sept heures le lendemain matin, elle retrouva Dan Clanagh et Hermione au théâtre. Elle s'assit au bureau d'Helen dans la partie du plateau tournant représentant son salon. Ils touchèrent à peine aux croissants et au café de leur petit-déjeuner et entreprirent tout de suite de modifier les repères de la mise en scène de sorte que le personnage d'Helen eût à bouger le moins possible. Les autres comédiens tourneraient dans son orbite. Jessica se sentait raide, tendue. Hermione et Dan se proposèrent de lui donner la réplique, lisant leur texte à partir du manuscrit.

— Nous aurions dû penser à cette mise en scène plus tôt, marmonna la productrice au bout de quelques minutes. Et même pour Angela, ajouta-t-elle en regardant le régisseur tourner autour de Jessica. Helen devient un personnage encore plus central, ça souligne l'importance qu'elle se donne à elle-même.

— Oui, Angela aurait adoré ça, répliqua son amie avec un sourire.

— Mais Lucinda aurait été terrifiée d'être ainsi le point de mire de tous les regards, repartit Dan.

Les deux femmes le dévisagèrent avec surprise.

— Tu analyses aussi finement tous les acteurs ? lui demanda Hermione.

— Dans mon métier, mieux vaut être un peu psychologue, répondit le régisseur avec un clin d'œil malicieux.

— Pourtant, tu ne nous as jamais fait aucune suggestion, s'étonna Jessica.

— Parce que vous ne me l'avez jamais demandé.

— C'est vrai, admit-elle. Eh bien, maintenant, je vais te demander quelque chose : que penses-tu de ma décision de reprendre le rôle ?

— Géniale. Contrairement à Angela, tu ne te sens pas supérieure au personnage et, contrairement à Lucinda, il ne te fait pas peur. Tu vas être formidable.

Hermione adressa un sourire complice et radieux à Jessica.

— Dan, fit celle-ci, tu ne peux pas savoir à quel point ce que tu viens de me dire est important pour moi.

Ils se remirent au travail et, vers dix heures du matin, ils en avaient terminé avec les deux premiers actes. Les autres comédiens devaient arriver pour la répétition. Ils n'eurent pas longtemps à attendre. À dix heures précises, ils étaient tous là, Edward en tête. Celui-ci fit irruption dans la salle, se précipita sur Hermione et l'attrapa aux épaules.

— Où est Lucinda ? Où est Lucinda ? Angela abandonne le rôle et Lucinda est introuvable. Tout est fichu.

Ses vêtements étaient froissés, il avait l'air hagard, désespéré.

— Lâche-moi donc, répliqua sèchement la productrice avant de reprendre plus doucement à l'adresse des autres acteurs : Je serai ravie de répondre à toutes vos questions, mais j'ai d'abord une annonce à vous faire : comme vous le savez, nous avons demandé à Lucinda de reprendre le rôle d'Helen, mais elle a reçu une proposition très intéressante pour une nouvelle pièce qui se monte à Melbourne. Elle préférait cette solution et je ne m'y suis pas opposée.

— Quoi ? Elle est partie ? Complètement ? cria Edward.

— Mais c'est un cauchemar, un cauchemar ! renchérit Whitbread.

— Ça veut dire qu'on annule la première, gémit Nora. C'est vraiment trop dommage. Tant de travail en pure perte.

Hermione attendit patiemment que se termine le concert des lamentations, puis elle dit :

— La première aura lieu mardi soir, comme prévu, mais c'est Jessica qui reprendra le rôle.

— Jessica! s'exclama Edward, braquant brutalement son regard vers la canne posée sur le bureau. C'est impossible!

— Nous apprécions ton soutien et ta délicatesse, riposta sèchement la productrice, avant de se tourner vers les autres dans un mouvement délibéré : Nous étions justement en train de re...

— Hermione, je crois que ce serait à moi d'expliquer tout cela, l'interrompit Jessica en se levant du canapé pour s'appuyer des deux mains sur la table devant elle. J'ai quitté la scène voilà six ans. J'ai eu un grave accident. Il a fait de moi une personne différente, aussi bien physiquement que moralement. J'ai bien cru ne plus jamais rejouer. Mais il n'est pas si facile de renoncer au théâtre quand il est toute votre vie. C'est pourquoi j'ai décidé de revenir et de mettre en scène *La Fin du voyage*.

— Tâche dont tu t'es brillamment acquittée, compléta Hermione. Mais la place de Jessica Fontaine est sur la scène. Je savais qu'il fallait une grande actrice pour remplacer Angela, et c'est pourquoi j'ai demandé à Jessica de reprendre le rôle. Dieu merci, elle a accepté. Avez-vous quelque chose à redire?

— Et la canne? demanda immédiatement Edward.

Le souffle coupé, Nora et Whitbread le dévisagèrent sans un mot. Ulcérée, Hemione s'apprêtait à répondre, mais Jessica la devança :

— Nous sommes en train de modifier un peu les jeux de scène. Helen restera dans ce cercle, fit-elle en désignant un endroit précis de la scène, et vous graviterez autour d'elle, comme des satellites sur son orbite. En d'autres termes, elle ne se déplacera plus vers vous, elle ne sera plus le moteur de la mise en scène, vous ne calquerez plus vos mouvements sur les siens. Désormais, vous ne devrez compter que sur vous-mêmes et sur votre mémoire. Nous sommes en train de réfléchir aux meilleures solutions possibles. Nous répéterons la nouvelle mise en scène ce week-end.

— Non, il faut commencer dès demain, répliqua Edward. On a besoin d'un maximum de temps.

— Nous sommes tous des professionnels, répondit Hermione. Nous aurons le week-end, la journée et la soirée de lundi, ainsi que la matinée de mardi, si besoin est. Ce qui représente déjà pas mal de répétitions pour trois personnes qui connaissent la pièce sur le bout des doigts...

— Je sais que vous êtes tous excellents, reprit Jessica. J'espère juste parvenir à atteindre votre niveau...

— Mais tu plaisantes! l'interrompit spontanément Nora. Tu connais par cœur non seulement le rôle d'Helen, mais les nôtres aussi. Tu ne peux pas savoir à quel point je suis heureuse et fière de jouer avec toi.

— Oui, nous ferons du mieux que nous pourrons, ajouta Whitbread en saisissant la main de Jessica pour la porter à ses lèvres. Les bons acteurs doivent toujours savoir faire face à l'imprévu.

Tous se tournèrent alors d'un même mouvement vers Edward.

— Et toi, Edward, lui demanda Hermione, es-tu prêt à faire face à l'imprévu?

— Je n'aime pas prendre de risques, répondit-il d'un air sombre. Et tout ceci me semble incroyablement téméraire. Mais je crois que nous n'avons pas le choix. J'espère seulement que nous n'y perdrons pas trop de...

— Il n'y a rien à perdre, le coupa calmement Jessica, tout en se demandant ce qu'elle avait bien pu trouver à ce mufle égoïste. Au contraire, nous avons tout à gagner, car l'enjeu est important pour nous tous. Je tiens à vous remercier de votre soutien. Maintenant, passons au programme des jours à venir : nous allons répéter tous les jours à dix heures, sauf ce week-end et lundi où nous commencerons à huit heures. Les nouveaux repères seront prêts dès demain. Nous vous donnerons des schémas que vous pourrez emporter chez vous pour les étudier à loisir. Si vous avez des questions ou des difficultés concernant ma façon de jouer ou la nouvelle mise en scène, n'hésitez pas à m'en faire part. Et s'il vous est difficile de m'en parler directement, confiez-vous à Hermione. Nous voulons tous le succès de cette pièce.

Cette dernière phrase mit un terme à la discussion. Ils répétèrent les deux premiers actes jusqu'à treize heures, puis les comédiens rentrèrent chez eux pour l'après-midi. Hermione emmena Jessica chez le coiffeur.

Une heure plus tard, elles avaient quitté le salon. Hermione jubilait.

— Je le savais, je le savais, ne cessait-elle de répéter. C'est magnifique. *Tu es magnifique!* Tu en conviens, n'est-ce pas?

— Je ne sais pas, répondit Jessica, hésitante. Je ne vois pas une grande différence avec avant.

Comme elles arrivaient à sa voiture, elle se pencha pour se regarder dans le rétroviseur.

— La couleur n'est pas mal, reprit-elle, mais je ne suis pas métamorphosée, hélas. Peut-être vais-je m'y habituer…

— Je te donne un quart d'heure, répondit Hermione en montant gaiement dans la voiture. Tu veux qu'on aille prendre un café quelque part pour arroser ça?

— Non, je préfère rentrer et travailler mon rôle. Je croyais le connaître par cœur, mais je me rends compte à présent qu'une foule de petites subtilités m'échappaient.

Une fois chez elle, sans même prendre le temps de refermer la porte, elle se précipita sur le fax, si vite qu'elle manqua trébucher sur Chance, étendue, comme le font tous les chiens, en travers du chemin. Mais aucune lettre ne l'attendait. Depuis quarante-huit heures, elle n'avait rien reçu. « Il n'a jamais eu mon message, se dit-elle. Sa femme de ménage a dû le faire tomber dans un coin en nettoyant son bureau. À moins qu'il ne soit parti en voyage... ou que son fax ne soit en panne. À moins... à moins, songea-t-elle encore, qu'il n'ait tout simplement pas envie de répondre. Après tout, il n'a aucune raison d'arriver en courant, sous prétexte que je consens enfin à le lui demander. Je lui ai si souvent dit que je voulais faire mon chemin seule, sans rien lui devoir. » Mais, après quelques instants de réflexion, elle se dit que non, c'était impossible, il n'avait pu raisonner ainsi après sa dernière lettre...

Et elle décrocha le téléphone. Il était déjà tard dans la soirée, elle pouvait espérer le trouver chez lui.

Elle laissa sonner plusieurs fois. Sans succès. Il n'y avait pas même un répondeur sur lequel laisser un message. « Ils ont tous disparu, se dit-elle. Même Martin. »

Elle raccrocha brutalement. « Bien fait pour moi. Je voulais m'en sortir seule, eh bien, me voilà au pied du mur. »

Sa maison lui parut soudain une coquille vide, comme si jusqu'alors elle avait été peuplée des lettres de Luke, des coups de fil de Luke, de sa présence impalpable, mais essentielle. Il ne viendrait pas, et chaque pièce lui paraissait plus vide, plus silencieuse que jamais. « Il me reste les lettres de Constance et... Hermione, si forte, dominatrice, intransigeante et définitivement merveilleuse. C'est plus que n'en ont la plupart des gens, se raisonna Jessica, et c'est tout ce dont j'ai besoin. »

Le samedi matin, elle commença à répéter *La Fin du voyage* avec ses trois partenaires. Elle avait lu la veille un excellent article du redouté Gregory Varden, mais elle savait que, à présent qu'elle reprenait le rôle, tout était à refaire : les critiques allaient oublier ce qu'ils avaient vu, ce qu'ils avaient écrit, pour ne plus penser qu'à elle et, très vraisemblablement, l'attendre au tournant, parce qu'elle était célèbre et aussi… parce qu'elle était américaine.

Le samedi après-midi, l'appréhension parut s'installer comme une chape de plomb sur l'ensemble de la troupe. Jessica se révélait incapable de jouer : elle trébuchait sur des répliques qu'elle connaissait pourtant à la perfection, elle oubliait les nouveaux repères et déambulait en boitillant d'un bout à l'autre de la scène. Ils ne parvenaient pas à prononcer plus de trois lignes de dialogue sans avoir besoin de tout recommencer.

— C'est un désastre, grogna Edward dans les coulisses après la première répétition. Toute ma vie repose sur cette pièce et elle est en train de tout bousiller. Elle tient mon avenir dans ses mains et elle le fout en l'air. Il ne restera rien de cette pièce, de tout le travail qu'on a fait, rien !

Jessica l'entendit de l'autre côté de la mince cloison de sa loge. L'habilleuse lui faisait faire un ultime essayage. Elle baissa les yeux et son regard rencontra celui de la femme en train de planter quelques épingles dans un ourlet.

— Qu'il aille au diable ! fit celle-ci sans prendre la peine de baisser le ton. Moi, je vous ai vue dans *Les Sorcières de Salem* et vous étiez magnifique. Il n'y a aucun rôle que vous ne puissiez jouer. Il meurt de trouille parce qu'il se sent minable à côté de vous. Et il *est* minable, tout le monde le sait.

Jessica ne put réprimer un éclat de rire.

— J'aime mieux ça, dit l'habilleuse. La prochaine fois que vous l'entendrez raconter des âneries, venez me trouver. Il ne faut jamais voir qu'un seul côté des choses, elles en ont toujours au moins deux.

— Voilà un conseil d'une grande sagesse, lui répondit Jessica, redevenue grave. Merci, je suis heureuse que vous soyez là.

Mais les problèmes semblaient s'accumuler, insurmontables : incapable de rester immobile sur la scène et de laisser les autres venir à elle, il fallait qu'elle accompagne ses répliques d'un geste, qu'elle marche, s'agite, emportée par les émotions que les mots suscitaient en elle. Si elle ne bougeait pas, elle se sentait comme un bout de bois, pareille à sa canne posée sur le bureau. Elle se figurait que les autres devaient remarquer toutes les différences existant entre elle et Angela, mais que, trop polis pour oser les souligner, ils faisaient semblant de ne pas s'apercevoir combien elle était frêle et malhabile là où Angela se montrait forte, imposait sa présence de toute sa gigantesque stature, de toute son assurance. Elle se trouvait vieille, alors qu'Angela avait exactement l'âge du rôle. Et puis elle se révélait inapte à respecter des repères qu'elle avait pourtant fixés elle-même, alors qu'Angela savait s'accommoder de n'importe quelle contrainte.

Mais, bien loin de l'accabler, ils se montraient tous très gentils.

— Ne fais pas cette tête, Jessie, lui disait Hermione. Ne t'impatiente pas, ça va revenir.

— Ça devrait déjà être revenu. Normalement, c'est comme la bicyclette, ça ne s'oublie pas.

— Oui, mais ton vélo est un peu rouillé, c'est normal. Tu es en train de nous donner à tous la sérénité d'un bataillon partant pour le front.

— Tu as raison... c'est un peu ça...

Lorsqu'ils recommencèrent à répéter cet après-midi-là, elle tenta de masquer sa peur et sa déception pour se concentrer sur son texte. Elle butait moins sur les phrases, sur les mots, mais ne dégageait aucune vitalité et, pareils à des automates, les autres répondaient mécaniquement à ses répliques.

— Ce n'est pas très brillant, lui dit Hermione lorsqu'ils furent péniblement arrivés à la fin de la pièce, mais nous ne sommes que samedi. Il nous reste encore du temps. On recommence ce soir ?

Jessica répondit non de la tête.

— Je crois que tout le monde a besoin de repos. On reprendra demain à huit heures.

— Bien, je vais le dire aux autres. Que penserais-tu d'un petit dîner ce soir ? Tu auras le droit de rire, de pleurer, de jacasser, tout ce que tu veux !

— Non, merci, je crois que je préfère rester seule.

Elle rentra chez elle en roulant lentement. Elle n'éprouvait plus le besoin de se presser pour trouver une lettre, qui, elle le savait, ne l'attendait pas. Lorsqu'elle ouvrit la porte, elle jeta à peine un regard sur le fax. En effet, il était vide. Elle sortit Chance et, en revenant de sa promenade, ne put s'empêcher de jeter à nouveau un œil vers l'appareil. Toujours rien. Elle s'étendit sur le canapé, Chance couchée en boule à ses pieds, et grignota quelques restes sortis du réfrigérateur tout en relisant la pièce.

Elle ne comprenait pas ce qui lui arrivait : ce n'était pas tant le fait de devoir rester quasiment immobile sur la scène, ni non plus un complexe physique. Non, elle connaissait parfaitement son texte, les émotions à communiquer au public, les expressions, les gestes... Mais il lui manquait la joie, cette jubilation dont elle avait gardé intact le souvenir, cet instant où tout se déclenchait, où la barrière se brisait, où elle se coulait dans la peau de son personnage. Un déclic. « Je l'ai perdu, ce déclic. Je suis comme un danseur qui connaît les pas, mais ne peut plus les exécuter. J'ai eu un talent, mais je ne l'ai pas nourri. Il a diminué, s'est éteint peu à peu et aujourd'hui il est mort. »

Le lendemain matin, elle arriva au théâtre avant tout le monde en ne cessant de se répéter : « Mon Dieu, nous sommes dimanche, plus que deux jours... » Elle traversa le plateau tournant encore plongé dans la pénombre pour prendre au bureau la place qu'elle ne devait quasiment pas quitter de tout le premier acte. Elle y demeura pendant presque une heure, laissant divaguer librement ses pensées : elle se pénétrait de la scène, du décor, du théâtre tout entier. Lorsque les autres arrivèrent et que Dan éclaira la scène, elle cligna des yeux comme quelqu'un que l'on réveille.

— Nous allons enchaîner jusqu'à la fin du trois, dit Jessica, mais, si vous avez des questions ou un commentaire à formuler, n'hésitez pas.

Cela se passa beaucoup mieux pour tout le monde. Ses partenaires remarquèrent qu'ils ne lui donnaient pas la réplique comme à Angela. En l'entendant, ils discernaient dans le dialogue des significations nouvelles, inattendues, de nouveaux liens entre leurs personnages. Dès la deuxième répétition de la journée, ils s'accordèrent à dire que la pièce gagnait en richesse, en mystère.

— J'aimerais qu'on répète encore cet après-midi et ce soir, après le dîner, suggéra-t-elle. Êtes-vous d'accord ?

— Bien sûr, répondit spontanément Edward, à la surprise générale. Ça devient très, très intéressant.

Le lundi, veille de la première, la répétition du matin se déroula presque sans accroc.

— On le tient ! s'exclama Whitbread dans les coulisses. Ça marche !

— Mais Jessica n'est pas bonne, répliqua Edward d'une voix désespérée. Elle n'est pas *vivante*. Elle a l'air de penser à autre chose... Et – bon sang, je n'arrive pas à y croire ! – j'ai l'impression qu'elle a le trac !

Une fois encore, l'intéressée se trouvait en plein essayage de l'autre côté de la cloison, dans sa loge. L'habilleuse était en train de rectifier les manches de sa robe.

— Les faibles n'apprennent jamais rien, dit la femme avec philosophie. Ça prend du temps de revenir, ma toute belle. Si je devais fabriquer une robe en une demi-heure, elle ressemblerait à quoi, je vous le demande ? À un sac de patates avec boutonnières. Ils ne comprennent donc pas que c'est ça qu'il vous faut : *du temps* ?

« Oui, et il ne nous reste que la journée d'aujourd'hui, ce soir et demain matin », songea Jessica avec affolement.

— Oublie que tu as réalisé la mise en scène de cette pièce, lui conseilla Hermione à la fin du déjeuner. C'est moi qui vais jouer les metteurs en scène désormais. Je vais m'asseoir au quatrième rang et compter le nombre de fois où tu clignes des yeux.

— Je cligne beaucoup ? s'exclama son amie, inquiète.

— Non, pas plus que les autres, rassure-toi. Je te disais ça pour rire. Maintenant, écoute-moi : je veux que tu oublies tout, sauf Helen. C'était bien ce que tu faisais avant, non ? Tu ne pensais à rien d'autre qu'à ton rôle ? Comment t'y prenais-tu donc avec Constance ? Comment accomplissiez-vous cette transformation dont tu m'as tant parlé ?

— Je ne sais pas. À un moment donné, elle se produisait, c'est tout.

— Alors, laisse-la se produire à nouveau.

— Mais je ne peux…

— Jessie, l'interrompit Hermione, tu te bloques, tu butes sur quelque chose. Peut-être n'en as-tu pas terminé avec tes complexes, à moins… à moins, tout simplement, que tu n'aies peur d'être trop bonne, de regretter toutes ces années passées loin de la scène. Mais, Jessie, le passé est le passé. Fais une croix dessus, et sois Helen *maintenant*.

— On ne peut jamais se débarrasser du passé. C'est exactement le sujet de la pièce.

— Alors, sers-toi de ton passé pour nous faire croire en Helen. Bon sang, tu en es capable, c'est ton métier.

Ils recommencèrent à répéter peu avant quatorze heures. C'était un filage, une répétition en costume, avec lumières, accessoires, tout. Dans l'acte trois, Jessica portait une robe du soir de satin rouge sombre, avec de longues manches aux poignets de dentelle. Lorsqu'elle vint prendre place sur la scène, Whitbread se précipita naturellement vers elle.

— Mon Dieu, Jessica, c'est incroyable, cette métamorphose. Je veux dire... ton maquillage, ta robe, ta coiffure... Notre Helen est décidément une femme impressionnante !

— Pas mal, en effet, commenta plus sobrement Hermione en lui glissant à l'oreille : Si tu es aussi libérée de tes peurs que tu en as l'air, nous n'avons plus aucun souci à nous faire.

Sur ces mots, elle retourna s'asseoir dans la salle.

Jessica regarda les autres prendre leurs marques sur la scène. « Libérée ». Elle se répéta le mot que venait de prononcer son amie. « Libérée. Oui, c'est bien de cela qu'il s'agit au théâtre, de liberté. Liberté d'explorer de nouveaux univers, liberté de mieux connaître la nature humaine, de découvrir et redécouvrir l'infinie variété de la vie. Liberté enfin d'oublier le passé pour vivre le présent. »

Et elle comprit qu'elle tenait la clef, le déclic, qui jusqu'alors lui avait fait défaut : sa liberté.

Les premières répliques du troisième acte étaient prononcées par Edward et Nora. Jessica n'intervenait qu'après, debout près du canapé, dans son appartement. Elle devait s'adresser à Whitbread. Et ce fut là, sur cette phrase précisément, que se produisit le miracle, la transformation : en un instant, elle eut le sentiment de s'embraser et, renouant avec la Jessica d'autrefois, elle devint Helen.

Il fallut quelques secondes aux autres avant de prendre conscience de cette métamorphose, mais, dès qu'ils s'en furent rendu compte, ils interrompirent spontanément la répétition. Nora s'exclama :

— Oh, Jessica !

Edward bondit de son siège et se rua vers elle pour voir son visage.

— En place ! cria Hermione.

— Mais je voulais juste…, commença-t-il.

— Nous sommes en train de répéter. Jessica, dès qu'Edward sera prêt, voudrais-tu reprendre ?

Le comédien regagna sa place en lui lançant un regard noir. Jessica n'avait pas bougé. Elle faisait toujours face à Whitbread, entièrement tendue dans l'attente de la prochaine réplique. Hermione fut la première à observer que, peu à peu, le dos de son amie se redressait, qu'elle parvenait à incliner les épaules de façon à paraître droite, tête haute.

« Merci, mon Dieu », souffla-t-elle. Elle avait presque envie de se lever et de danser dans la salle. Dan Clanagh et l'habilleuse échangèrent un sourire entendu. Dans le perchoir de sa cabine, le chef éclairagiste eut un hochement de tête approbateur. Et, dès cet instant-là, il ne se trouva plus personne dans le théâtre pour songer, fût-ce une seule seconde, que la femme qui se tenait sur la scène avait le dos voûté, le visage trop maigre et ridé, le corps frêle et une claudication handicapante pour une actrice. À mesure que la pièce approchait de son dénouement, ils ne virent plus qu'Helen. Helen ressemblait à Jessica…

Le mardi matin, le filage fut mauvais. Elle l'interrompit avant la fin, décrétant qu'ils avaient trop répété.

— Rentrez chez vous, dit-elle aux comédiens, allez faire du yoga dans le parc ou un tour en ferry, pensez à n'importe quoi, sauf à la pièce. Je vous retrouve ici à dix-huit heures. Vous êtes tous merveilleux et, ce soir, nous allons donner une représentation extra-ordinaire.

— C'est toi qui es extraordinaire ! s'écria Nora, captivée. Tu es fascinante à regarder, dans ta façon de t'asseoir, de te lever, de changer de voix, de passer la main dans tes cheveux... Je ne t'avais jamais vue faire ce geste-là.

Ce fut Edward qui répondit en attrapant tendrement le bras de Jessica :

— Elle ne le fait pas, mais Helen le fait. Jessica, ajouta-t-il en l'attirant à l'écart, nous avons énormément à rattraper tous les deux. Je t'appelle demain matin et on prend la journée rien que pour nous. On ira dans un endroit secret, rien qu'à nous, où on refera connaissance. On va tout recommencer depuis le début.

Elle plongea dans le sien un regard vide, indifférent. Mais de quoi venait-il lui parler ? Comme elle ne lui répondait pas, elle vit les coins de la bouche d'Edward retomber dans une moue dépitée, ses traits s'affaisser, sa mine s'allonger. « Oh non ! Pas ça ! songea-t-elle dans un sursaut. Pas le jour de la première. Ce soir, il faut qu'il soit en pleine forme. »

— Nous reparlerons de tout ça demain, lui dit-elle alors de sa voix la plus douce. Quand la ville de Sydney aura découvert sa nouvelle vedette masculine.

— On pourrait dîner avant la représentation, reprit-il en lui prenant la main. Nous avons été séparés si longtemps.

— Je ne mange jamais avant de jouer, et je te conseille de faire de même. La digestion n'exalte pas le talent, ajouta-t-elle avec un sourire avant d'aller retrouver Hermione en coulisse. J'espère que tu ne m'en veux pas d'avoir renvoyé tout le monde dans ses foyers...

— Bien sûr que non. Tu as très bien fait. Tu as des projets pour cet après-midi ?

— Je crois que je vais aller au cinéma.

— Bonne idée. Tu veux bien que je t'accompagne ?

— Naturellement. Rien ne peut me faire plus plaisir.

— À propos, je ne pourrai pas être là à dix-huit heures ce soir. J'ai un rendez-vous galant.

— Le soir de la première ?

— Oui, je lui ai réservé une place.

— Génial, répondit distraitement Jessica. Elles sont toutes louées, je suppose.

— Toutes, et pour les quatre semaines à venir. Maintenant que te voilà rassurée sur ce point, je te propose un film américain avec courses-poursuites, revolvers, hémoglobine et sexe. La vraie vie, quoi !

Et, en effet, elles en trouvèrent un qui répondait en tout point au programme. En sortant du cinéma, elles regagnèrent tout de suite la voiture d'Hermione qui craignait d'être en retard à son rendez-vous.

— Tu sais que tu es vraiment une fille formidable, dit celle-ci en déposant Jessica devant chez elle. Tu es la meilleure amie que j'aie jamais eue et ma collaboratrice préférée. Ce soir, ils seront tous à tes pieds. Et tu le mérites plus que n'importe qui.

— Tais-toi, ça porte malheur de dire ça avant une représentation.

— Bon, d'accord, ils ne bougeront pas et n'applaudiront pas, pas même par politesse.

Jessica éclata de rire.

— Hermione, je t'adore. Je ne sais pas ce que j'aurais fait sans toi depuis mon arrivée à Sydney. Maintenant, dépêche-toi d'aller rejoindre ton amoureux, tu vas être en retard.

— Je ne te souhaite pas bonne chance ?

— En théorie, ça ne se fait pas, mais toi tu as tous les droits, répondit-elle en embrassant chaleureusement son amie.

Elle ouvrit la portière, descendit, adressa à Hermione un dernier geste d'adieu, suivit des yeux la voiture qui s'éloignait, puis rentra dans sa maison.

Un coup d'œil au fax désespérément vide, et la lancinante douleur de l'absence la transperça de nouveau. Elle avait besoin de partager avec Luke le mélange d'excitation et d'angoisse qui l'étreignait chaque minute un peu plus. « Oh! Pourquoi ne réponds-tu pas? Pourquoi n'es-tu pas là, avec moi? » Mais seul le silence renvoyait l'écho de ses implorations muettes.

Elle arriva très tôt dans les bâtiments de l'Opéra. Les deux heures qui suivirent passèrent dans un brouillard : elle se maquilla, s'habilla, prépara elle-même ses costumes, vérifia tous les accessoires, puis, à mesure que ses partenaires arrivaient, passa dire un mot d'encouragement à chacun. Mais ce fut à peine s'ils l'écoutèrent tant ils étaient saisis par le trac. Soudain, Dan Clanagh surgit en criant :

— En place, tout le monde! En place pour le un!

Debout derrière le rideau, ils devaient patienter jusqu'à ce que les lumières s'éteignent dans la salle avant d'aller prendre, dans l'obscurité, leurs places sur la scène. Jessica avait le souffle court, l'estomac noué. Pour se distraire dans ces ultimes minutes d'attente, elle jeta négligemment un œil par une petite ouverture ménagée à dessein dans la tenture. Et là...

Elle vit Luke.

Il était assis au sixième rang et plongé dans une discussion animée avec Hermione. Dans une main il tenait le programme, dans l'autre l'encart annonçant que Jessica reprenait le rôle. Son visage lui parut à la fois familier et étranger : ses traits puissants, ses sourcils fournis. Et ce sourire, ce merveilleux sourire, elle ne pouvait en détacher son regard, n'arrivant pas à croire qu'il fût là, vraiment.

Pourquoi était-il venu sans l'en avertir? Pourquoi n'avait-il pas répondu à sa lettre? « Je l'ai connu pendant une semaine, je l'aime de tout mon être, et... peut-être que, finalement, je ne le connais pas.

Mais… Hermione… *Hermione sait* », se dit-elle tout à coup. Ce rendez-vous amoureux, cette place qu'elle lui avait dit avoir réservée pour quelqu'un… Pourquoi ?

— Tu es prête ? lui souffla Dan, l'arrachant à ses interrogations.

— Oui, répondit-elle, la bouche sèche.

L'excitation jubilatoire de la répétition de lundi soir avait disparu. Une répétition parfaite n'est pas un gage de réussite pour le lendemain. Tous les acteurs, les écrivains, les peintres le savent : chaque nouvelle journée, chaque nouveau projet est un total recommencement. « Et ce soir, pensa encore Jessica, il y a le public, les critiques… Luke… Et… et je ne me souviens plus de ma première réplique ! »

Mais il en allait toujours ainsi, elle n'avait pas à s'en inquiéter, elle le savait, tout lui reviendrait en temps utile. Au signal de Dan, elle pénétra avec les autres dans l'obscurité de la scène, suivant silencieusement les veilleuses encastrées dans le sol qui les guidaient vers leurs places. Elle s'assit, posa délicatement sa canne par terre, derrière le canapé, et, comme l'exigeait la mise en scène, saisit le téléphone posé sur le bureau. À l'autre bout du plateau, Edward et Nora s'installaient autour de la table de leur salle à manger.

Une salve d'applaudissements éclata lorsque la scène s'éclaira. Puis le silence retomba, et Jessica prononça sa première réplique au téléphone : elle s'en souvenait parfaitement.

Luke se pencha instinctivement vers la scène, agrippant des deux mains les bras de son fauteuil. Il ne la reconnaissait pas : cette femme n'était pas celle qu'il avait rencontrée à Lopez, pas plus qu'elle n'était l'actrice mondialement célèbre d'autrefois. Non, cette femme était Helen, fière, arrogante, satisfaite d'elle-même. Il comprit : si quelqu'un devait remarquer le visage trop maigre, les traits tirés, il ne pourrait que les attribuer à Helen, au personnage, et non à son incarnation sur la scène. Il vit les cheveux blonds, s'en étonna un instant, admira, s'émerveilla du maquillage. Il nota qu'elle bougeait à peine, tout au plus un pas ou deux, puis le dossier d'une chaise, d'un fauteuil, le bord d'une table lui fournissaient un appui providentiel. Tout avait été si bien calculé qu'il émanait de la mise en scène une impression d'évidence qui rendait cette quasi-immobilité naturelle, authentique. Il remarqua encore la position des épaules qui faisait disparaître toute trace de déséquilibre dans son dos. « Hormis un danseur ou un athlète, personne ne peut se rendre compte de l'effort que ça suppose », se dit-il. Le reste du public verrait une femme qui ne l'éblouirait pas par sa beauté, mais par la force de son caractère, de sa volonté, par son interprétation brillante, par sa voix, cette voix passionnée capable de restituer avec une finesse inouïe toutes les émotions – l'amour, la peur, le mépris, la nostalgie – et de les porter jusqu'aux tout derniers rangs, donnant à chaque mot, chaque phrase, chaque intonation une puissance insoupçonnée.

Il fixa Jessica pendant tout le premier acte, espérant que son regard croise le sien. Mais elle se garda bien de poser les yeux sur lui, fût-ce un instant. Elle jouait en communion avec le public, tout le public, et, en même temps, elle était Helen, vivant une histoire qu'elle partageait avec ses partenaires. Et Helen ne connaissait pas Luke Cameron.

Dès que les lumières se rallumèrent dans la salle pour l'entracte, il bondit de son siège, avec l'intention manifeste de se précipiter en coulisse. Hermione agrippa son bras :

— Que dites-vous aux gens qui débarquent dans les coulisses au milieu d'une pièce ?

— Je les flanque dehors, répondit-il en souriant. Vous avez raison.

Ils se dirigèrent vers le foyer, à l'écart de la buvette où se bousculait la foule. En passant, Luke saisit quelques bribes de conversations : tout le monde ne parlait que de la prestation de Jessica.

— Alors, je n'ai pas eu raison ? lui demanda Hermione.

— Comment prétendre le contraire ? fit-il, gonflé d'une fierté qui lui donnait le sentiment de partager ce succès. Elle est extraordinaire. Il y a si longtemps que je ne l'avais vue sur une scène. J'avais oublié à quel point c'est une actrice envoûtante. Elle porte la pièce, elle *est* la pièce ! Mon Dieu, quand je pense à toutes ces années... Elle aurait pu jouer à New York, à Londres, partout !

— N'allez pas lui dire ça.

— Non, naturellement. Et puis... j'ai peut-être tort. Sans doute avait-elle besoin de ces années de solitude afin d'être prête ce soir.

— Une sorte d'incubation ? lança facétieusement Hermione.

— Oui, quelque chose comme ça... Quand on survit au genre de drame qu'elle a connu, on ne peut pas faire comme s'il n'avait pas existé, comme s'il ne s'agissait que d'une péripétie. On a besoin de temps, de beaucoup de temps, pour renaître, pour se recréer.

— Vous l'y avez beaucoup aidée.

— Quand je l'ai retrouvée, elle avait fait seule le plus gros du travail. Vous l'avez sans doute plus aidée que moi.

Hermione demeura un moment silencieuse, puis se résolut à poser la question qui la tenaillait depuis l'instant où Luke avait franchi la porte de sa villa :

— Allez-vous la remmener à New York ?

— Si elle le veut bien, oui.

Il vit le visage de son interlocutrice se décomposer lentement. Elle était incapable de dissimuler sa déception et sa tristesse.

— New York n'est pas le centre du monde, Luke. Jessie a devant elle une brillante carrière australienne, et pas seulement avec moi, mais avec d'autres producteurs aussi, vous vous en doutez.

— Détrompez-vous. Pour Jessica, New York *est* le centre du monde, comme pour toute personne ayant travaillé à Broadway.

— Broadway, sa délicieuse rubrique des potins mondains, ses ragots, ses rumeurs..., fit Hermione sur un ton acerbe.

— J'ai cru comprendre que vous aviez les mêmes ici, à Sydney, riposta Luke. Quoi que vous en pensiez, trois lignes dans les potins mondains ne peuvent pas détruire une carrière. Si Jessica revient à New York, les gens la trouveront changée, moins belle, vieillie, mais, dès qu'ils la verront sur scène, ils oublieront son apparence et elle recevra les mêmes ovations qu'autrefois. Elle retrouvera sa place. Je croyais que c'était ce que vous lui souhaitiez.

— Je lui souhaite le meilleur, mais je ne vous permettrai pas d'en décider pour elle.

— Et vous, qu'avez-vous fait d'autre, sinon décider pour elle ?

— Luke, répondit Hermione après quelques instants, je ne veux pas me quereller avec vous. Pardonnez-moi de me montrer si possessive. Comprenez-moi : Jessie est devenue ma meilleure amie, une amie comme je n'en ai jamais eu. Je rêve d'une vie merveilleuse où nous serions heureux tous les trois dans la même ville.

— Pourquoi pas ? répondit-il en lui lançant un regard appuyé.

— Parce que je sais combien elle vous aime et je devine qu'elle vous suivra, malgré ses réticences.

530

Une sonnerie retentit dans le théâtre, annonçant la reprise. Luke et Hermione regagnèrent leurs sièges en même temps que les autres spectateurs. Le deuxième et le troisième acte parurent filer comme l'éclair, tant le suspense étreignait le public, suspendu aux lèvres des acteurs. Aucune astuce, aucune subtilité dans la mise en scène ou le jeu des éclairages n'échappa à Luke. Jusqu'à la scène finale où, l'unique halo de lumière projeté par une petite lampe encerclant comme à tout jamais les personnages de Rex et d'Helen, il fut ébloui. Le rideau tomba, et un tonnerre d'applaudissements éclata dans la salle.

Les comédiens s'avancèrent de part et d'autre du plateau pour saluer. Tout d'abord Nora et Edward. Ils s'inclinèrent et furent ovationnés. Puis ce fut au tour de Jessica et Whitbread. Elle avait repris sa canne pour faire les vingt pas qui séparaient le côté jardin du centre de la scène. Le public était debout depuis longtemps. De toute part fusaient des bravos enthousiastes. Les spectateurs trépignaient, tapaient dans leurs mains, criaient son nom.

Hermione se leva et, les larmes aux yeux, applaudit son amie. Luke se mit debout à son tour avec en tête cette seule phrase : « Regarde-moi, je t'en prie, regarde-moi. Laisse-moi partager ce moment avec toi. »

Les yeux brillants, le visage radieux, Jessica croulait sous les fleurs que ne cessait de lui apporter un machiniste : deux douzaines de roses de Luke, et les bouquets d'Hermione, d'Edward, de Nora, de Whitbread, de Dan, et même d'Alfonse Murre… Elle s'inclina devant la salle, longuement, et, lorsqu'elle releva la tête, son regard plongea dans celui de Luke.

À ce moment-là, elle tendit la main dans sa direction et fit un geste.

— Elle nous demande de la rejoindre, dit Hermione, entraînant Luke avec elle dans les coulisses.

Arrivés au bord de la scène, ils s'immobilisèrent. Ils voyaient les comédiens de profil, saluant toujours. Loin d'avoir cessé, les applaudissements s'étaient mis à croître. Les critiques même n'avaient pas encore quitté la salle : debout, comme les autres, ils sortaient de leur légendaire réserve pour acclamer la pièce, acclamer Jessica.

Celle-ci tourna un instant la tête, aperçut Hermione et Luke, et leur ouvrit les bras. Hésitants, ils avancèrent sur la scène jusqu'à se trouver tout près d'elle. Les autres comédiens se mirent, eux aussi, à applaudir, à l'exception d'Edward dont le visage marqua tout d'abord la surprise avant de se renfrogner, une lueur de colère dans les yeux. Il dut pourtant se rappeler qu'il se trouvait sur scène et s'obligea à un sourire crispé.

Jessica leva la main pour réclamer le silence. Pendant que, peu à peu, le tumulte des applaudissements s'atténuait dans la salle, Luke lui souffla tendrement à l'oreille :

— Je t'aime, tu as été magnifique, comme toujours.

Une fois le calme revenu, elle s'adressa au public :

— J'aimerais vous présenter deux personnes sans lesquelles je n'aurais pas le plaisir d'être devant vous ce soir. Tout d'abord Hermione Montaldi, la productrice de *La Fin du voyage*, qui a été mon ange gardien depuis mon arrivée à Sydney, a fait le pari insensé de me confier la mise en scène de cette pièce, m'a aidée, soutenue, conseillée, grondée et, pour finir, convaincue, non sans mal, de reprendre le rôle d'Helen.

Elle fut interrompue par une nouvelle vague d'applaudissements qui parut s'enfler dans un grondement, pareille à un raz de marée, avant de balayer la scène. Luke n'avait jamais rejoint les acteurs au moment des rappels, n'avait jamais connu la force de cette déferlante d'enthousiasme où s'entendaient l'adulation, la gratitude, l'amour... Celui à qui elle était destinée ne pouvait qu'éprouver un sentiment de toute-puissance. Il en eut le souffle coupé. En effet, cette sensation devait être comme une drogue, et l'abandonner une véritable mort.

Jessica venait à nouveau de réclamer le silence et se tournait vers lui.

— Permettez-moi aussi de vous présenter Lucas Cameron, un metteur en scène arrivé tout spécialement des États-Unis, et grâce à qui je suis revenue au théâtre après plusieurs années d'absence. Il a cru en moi quand je n'y croyais plus moi-même... Il m'a aimée aussi, quand je pensais ne plus mériter l'amour, ajouta-t-elle après un silence, la voix tremblante d'émotion. Il a toute ma gratitude et mon...

Ses derniers mots se perdirent dans un déchaînement d'allégresse. Toujours debout, le public applaudissait à tout rompre, les visages radieux souriaient, criant leur bonheur. Puis, peu à peu, les lumières se rallumèrent totalement dans la salle, les acteurs disparurent dans les coulisses, les rappels se firent plus brefs. Les critiques sortirent, quelques personnes commencèrent à se diriger vers les portes, d'autres vers les vestiaires, on vit apparaître des sacs et des manteaux. Le soir de la première était déjà presque un souvenir.

Restait pourtant le cocktail prévu dans le restaurant de l'Opéra.

— Vas-y, je te rejoindrai plus tard, dit Jessica à Hermione après s'être changée dans sa loge. J'aimerais rester quelques instants seule avec Luke.

— Mais tu vas venir, c'est sûr ?

— Naturellement.

— Et pas trop tard ?

— Hermione, je t'en prie...

— Pardonnez-moi, je sais que vous avez mille choses à vous dire. Luke, je suis heureuse que vous soyez là, ajouta-t-elle en se tournant vers lui. Heureuse aussi que nous soyons amis.

— Je le suis tout autant, répondit-il. Je vous dois cette merveilleuse soirée.

Hermione embrassa son amie en lui murmurant à l'oreille :

— Bravo, mais ne me refais jamais un coup pareil, j'ai cru que j'allais fondre en larmes devant tout le monde !

Sur ce, elle s'éloigna pour rejoindre le reste de la troupe au restaurant. Luke s'approcha lentement, très lentement, de Jessica et la prit dans ses bras, soudant son corps au sien comme pour s'en imprimer, pour le reconnaître en silence, puis il entendit une petite voix, si faible, lui demander :

— Pourquoi ne m'as-tu pas répondu ?

— Pardon ? fit-il.

— Oui, pourquoi n'as-tu pas répondu à ma lettre ? Je t'ai écrit mardi dernier. J'avais besoin de toi, que tu viennes à Sydney, que tu m'aides à préparer ce rôle, à remonter sur scène.

Il s'écarta légèrement pour plonger son regard dans celui de Jessica :

— Tu m'as écrit, mon amour ? Pour me demander de venir ? Mais, si j'avais reçu ce message, j'aurais sauté dans le premier avion ! Je n'étais pas à New York mardi dernier, et j'avais donné deux semaines de congé à Martin. S'il avait été à la maison, il m'aurait prévenu. Et puis, comme je savais que j'allais venir à Sydney, j'avais pris quelques jours chez Monte et Gladys pour réécrire tranquillement une de mes pièces…

— Tu savais que tu allais venir ?

— Oui, Hermione m'a envoyé un fax pour m'inviter à cette première.

— Je m'en suis doutée en te voyant tout à l'heure dans la salle. Que disait-elle ?

— Qu'elle m'avait réservé une place et qu'elle souhaitait m'inviter à dîner avant. Sans explication. Je n'en avais pas besoin, d'ailleurs. Après l'avoir reçu, je suis parti chez Monte et Gladys, et j'ai pris directement l'avion pour Sydney, sans repasser par la maison. Oh, mon amour, je suis désolé. Pardonne-moi. Quand je pense que j'aurais pu être là et t'aider pendant toute cette semaine...

— Non, Luke, je crois que finalement c'était mieux ainsi. C'est sans doute aussi ce qu'Hermione a pensé, sinon elle m'aurait dévoilé son secret. Elle ignorait que je t'avais écrit et, de toute façon, elle savait que je voulais y arriver seule.

— Tu y es arrivée, et brillamment. Sais-tu que tu as été encore plus éblouissante ce soir que dans mon souvenir ? Tu es devenue une autre actrice, je veux dire... avec une autre dimension, plus profonde, celle que t'ont donnée la tristesse et la solitude, sans doute.

— Parle-moi encore...

Luke éclata de rire. Il n'ignorait pas que, pour une actrice, entendre analyser sa prestation est une irrésistible source d'intérêt et de satisfaction, plus importante que tout autre sujet de conversation.

— Verrais-tu un inconvénient à ce que nous développions ce thème un autre soir ? Je crois que tes amis t'attendent ! fit-il en souriant.

Jessica partit à son tour d'un immense éclat de rire, franc, heureux, et l'embrassa avec fougue.

— Tu as raison, mille fois raison ! Oh, Luke, j'aime le goût de ta bouche, de ta peau, j'aime sentir tes mains sur moi, comme si nous ne devions plus jamais être séparés.

— Et, si tu le veux bien, nous ne le serons plus, répondit-il dans un souffle. Jessica, je t'aime. Tu m'as tellement manqué. Tout ce que je faisais me paraissait inachevé, inabouti, sans toi. Je tournais en rond, j'avais envie de te demander ton avis, de te raconter quelque chose, de m'inquiéter avec toi, de rire avec toi... J'avais beau me dire qu'il était impossible d'éprouver cela après une seule petite semaine, et pourtant...

— Je sais, Luke, je sais, répondit Jessica en lui caressant la joue. Même si j'ai essayé, dans mes lettres, de marquer une certaine retenue, je crois qu'elles ne trompaient personne, et surtout pas toi. Je t'aime, j'ai besoin de toi...

— Mon amour, l'interrompit-il, après l'incroyable triomphe de ce soir, ne crois-tu pas que tu t'es prouvé amplement tout ce que tu désirais te prouver ?

— Où veux-tu en venir ?

— Au mariage, directement au mariage. Épouse-moi, Jessica. Sois ma partenaire, mon amie, ma femme. Constance avait raison : nous serons plus forts ensemble, nous sommes faits l'un pour l'autre. Laisse-moi entrer dans ta vie et entre dans la mienne...

— À New York ?

— À New York, à Sydney, à Londres, au Cap, chez les Papous de Nouvelle-Guinée, où tu voudras. Et à Lopez aussi pour les vacances. Mon amour, nous sommes libres, libres de vivre et de travailler où nous le souhaitons. Je n'abandonnerai pas totalement New York, et je crois sincèrement, tu le sais, que tu pourrais y remonter sur scène avec autant de succès qu'ici. Mais nous ne sommes pas ficelés à cette ville. Hermione et toi voudrez travailler sur de nouvelles pièces, nous pourrions même avoir des projets tous les trois. J'aimerais que tu joues dans la pièce de Kent à Broadway, et après nous monterions autre chose ici, à Sydney, avec Hermione.

— Une de tes pièces, par exemple..., répondit Jessica en souriant.

Luke leva un sourcil étonné.

— Merci, oui, merci d'y avoir pensé, mais ce n'est pas l'essentiel. L'essentiel pour moi, c'est de t'entendre dire oui. Rentreras-tu avec moi ?

Il y eut un long silence. Le théâtre semblait encore vibrer des échos de la soirée : bruissement des pieds, des programmes ouverts, feuilletés, refermés, respiration du public, répliques prononcées sur scène, applaudissements, ovations... « Ma vie est ici, se dit Jessica. J'y suis chez moi désormais. »

Mais cette seule idée ne suffisait plus, elle le sentait. Elle prit dans la sienne la main de Luke et songea : « Non, ma vie, mon chez-moi, c'est Luke, autant que le théâtre. » Il la dévisageait intensément, suspendu à ses lèvres, attendant qu'elle prononce les quelques mots qui allaient décider de leur vie :

— Je t'ai dit un jour que, sans le théâtre, je n'étais qu'une moitié de moi-même. Aujourd'hui, je peux t'affirmer que, sans toi, je ne suis aussi qu'une moitié de moi-même. Alors... c'est oui.

— Oh, mon amour ! s'exclama-t-il en la serrant dans ses bras. Il y a si longtemps que j'attendais ces mots-là !

Ils s'embrassèrent avec passion et le désir, si violent, impérieux, qu'ils avaient connu à Lopez les reprit, là, dans les coulisses du théâtre de l'Opéra de Sydney.

— Ce n'est pas vraiment l'endroit, murmura Luke en souriant.

— D'autant que nous sommes attendus...

— Mais plus tard, cette nuit et toutes les autres nuits, Jessica. À commencer par celle de nos noces, car je veux t'épouser tout de suite, ici, à Sydney : petite cérémonie très privée et petit voyage de noces très secret...

— Comment ? Luke Cameron, le grand metteur en scène new-yorkais, ne veut pas d'un mariage avec journalistes, photographes, critiques de théâtre et...

— Et potins mondains ? Non. Je te veux, toi, rien que toi. Et deux témoins : Hermione sans aucun doute, et peut-être Whitbread, si tu es d'accord. Je ne

parle pas de l'autre... Comment s'appelle-t-il déjà ?....
Edward... J'ai cru discerner dans les regards qu'il me
lançait une certaine animosité, ajouta Luke ironiquement. Qu'en dis-tu ?

— J'en dis que lundi est un jour de relâche.

— C'est donc aussi le jour de notre mariage.

Ils éclatèrent du même rire heureux, épanoui, dont
l'écho parut se répercuter comme à l'infini dans le
théâtre vide, puis se dirigèrent vers la salle qu'il leur
fallait traverser pour rejoindre les ascenseurs menant
au restaurant.

Jessica précéda Luke et, appuyée sur sa canne, lon-
gea lentement les sièges désertés par les spectateurs,
dont il lui semblait encore entendre les clameurs
enthousiastes. Derrière elle, la scène s'éloignait, déjà
prête pour la représentation du lendemain. Et devant
elle, au-delà des portes battantes, un monde inconnu
l'attendait, attendait son retour. Avec Luke, grâce à
Luke, elle y croyait à présent : elle reviendrait.
Ensemble, ils réussiraient.

Elle sentit deux mains se poser sur ses épaules et
leva les yeux. Il lui souriait.

Remerciements

Nombreux sont ceux qui ont contribué aux recherches nécessaires à l'écriture de ce roman. Mes remerciements vont tout particulièrement à :

Harry M. Miller, Sue Greaves, Ann Churchill-Brown, Leon Fink, Pam Jennings, et la Sydney Theater Company, à Sydney, Australie ;

Maya Friedler, à Chicago, Illinois ;

Sam Fifer, avocat, à Chicago, Illinois ;

David Shapiro, médecin, et Judy Solomon, infirmière, à Evanston, Illinois ;

Et aussi, pour leurs remarques d'une extraordinaire pertinence sur la vie des metteurs en scène et des acteurs, à :

Uta Hagen, pour son livre *A Challenge for the Actor* ;

Alan Schneider, Robert Falls et Zelda Fichthandler, interviewés par Arthur Bartow dans *The Director's Voice* ;

Peter Brook, pour *The Open Door* ;

et William Gibson pour *The Seesaw Log*.

6164

Composition Chesteroc International Graphics
Achevé d'imprimer en Europe (France)
par Maury-Eurolivres – 45300 Manchecourt
le 12 mars 2002.
Dépôt légal mars 2002. ISBN 2-290-31791-8

Éditions J'ai lu
84, rue de Grenelle, 75007 Paris
Diffusion France et étranger : Flammarion